BASTEI LÜBBE

Ysabelle Lacamp

DER KUSS DES DRACHEN

Aus dem Französischen von
Barbara Schaden

BASTEI
LÜBBE

BASTEI-LÜBBE-TASCHENBUCH
Band 11 749

Titel der französischen Originalausgabe:
LE BAISER DU DRAGON
Erschienen bei J. C. Lattès, Paris

Lizenzausgabe: Gustav Lübbe Verlag GmbH,
Bergisch Gladbach
Printed in France Oktober 1991
Einbandgestaltung: Schaber & Eden
Satz: KCS GmbH, 2110 Buchholz/Hamburg
Druck und Bindung: Brodard & Taupin
ISBN 3-404-11749-2

Für Jean-Marie Galliand,
den Komplizen dieses Abenteuers . . .

Die Geschichte spielt in Südchina im Jahre 937, während der sogenannten Zeit der »Fünf Dynastien« und der »Zehn Königreiche«, die von 907 bis 960 n. Chr. dauerte.

Der Zusammenbruch der einst angesehenen, seit geraumer Zeit aber durch interne Zerwürfnisse geschwächten Tang-Dynastie (618-907) bedeutete, daß China wiederum eine Zeit der Anarchie und des politischen Umsturzes bevorstand, in der das vormals geeinte Reich der Mitte in zwei Teile zerrissen wurde.

Im Norden folgten fünf kurzlebige Dynastien aufeinander, die unablässig die Einfälle benachbarter Nomaden abzuwehren hatten, während sich die Südprovinzen des zersplitterten Reiches in mehrere selbständige Königreiche aufteilten, die gleichwohl der herrschenden Dynastie im Norden tributpflichtig blieben.

Die Unabhängigkeit und die militärische Macht, die sich manche lokale Herrscher seit dem Niedergang der Tang-Dynastie geschaffen hatten, führten nicht nur zur Zerstückelung, sondern auch zum Ausbruch eines Bürgerkriegs, der das Reich erschütterte.

Unsere Geschichte nun spielt im Nordosten der Provinz Guang-Xi, in einem Königreich im Süden, das man das »Reich der Süd-Hane« nannte, und das in etwa das Gebiet der heutigen Provinzen Guang-Xi und Guang-Dong umfaßte.

Liu-Yin, König und abgefeimter Feudalherr unter der ersten der fünf Dynastien, herrschte dort im Jahr 907 bis zur Thronbesteigung des ersten Song-Kaisers.

Einige Daten zur Geschichte

907 Offizielles Ende der Tang-Dynastie, die sich nach dem blutigen Volksaufstand unter Huang-Chao (874–884) nicht mehr erholt hatte; Beginn der sogenannten Zeit der »Fünf Dynastien« in den Nordprovinzen und der »Zehn Königreiche« im Süden.

907 bis 923 Liang-Dynastie
Ihr Begründer, Zhu-Wen, war einst der Verbündete des Rebellen Huang-Chao.

923 bis 937 Die Spätere Tang
wurde von den Kaisertreuen als legitime Nachfolgerin der untergegangenen Tang-Dynastie anerkannt. Ihr Begründer Ki-Ke-Yong, Herrscher über den Turkstamm Shatuo und Verbündeter der Chinesen, hatte im Jahre 884 dem damaligen Tang-Kaiser geholfen, Huang-Chao zu schlagen. Wie das Schicksal so wollte, vertrieb er jetzt Zhu-Wen vom Thron.

937 bis 946 Jin-Dynastie
Der wie sein Vorgänger turkstämmige Shin-Jin-Tang rebelliert gegen das Kaiserhaus. Dank der Unterstützung durch die Kitan-Stämme, die im Norden des Landes ihr Unwesen treiben, läßt er sich zum Kaiser ausrufen.

Als Gegenleistung für ihr Eingreifen fordern die Kitan den äußersten Norden Chinas, einschließlich des heutigen Peking: von dort aus bestimmen sie ganz nach Lust und Laune die gesamte chinesische Politik, was sich für die Zukunft Chinas als folgenschwer erweisen wird.

946 bis 950 Dynastie der Han

951 bis 960 Dynastie der Zhou

960 Ende der »Fünf Dynastien« und der »Zehn Königreiche«, Beginn der berühmten Song-Dynastie.

Zu jener Zeit waren – wie schon zuvor unter der Tang-Dynastie – die Sitten verhältnismäßig freizügig, zumal sich angesichts der allseits herrschenden Anarchie ohnehin eine gewisse Dekadenz breitmachte.

Das »lustvolle Leben« kannte noch keinerlei moralische Grenzen, wie sie die späteren Song-Kaiser forderten, die einen äußerst strengen Neokonfuzianismus praktizierten.

Ganz im Gegenteil: Die zahlreichen Anhänger des Taoismus vertraten die Auffassung, ein harmonisches Liebesleben sei nicht nur unerläßlich, um Geist und Körper bei Gesundheit zu halten, sondern zudem ein hervorragendes Mittel zur Verlängerung des Lebens.

Die konfuzianischen Prinzipien hatten freilich kaum Auswirkungen auf die wesentlich vom Taoismus geprägten Sitten bei Hofe und den Alltag des niederen Volks, obgleich der Konfuzianismus nach wie vor die Grundlage der patriarchalischen Ordnung von Gesellschaft und Familie bildete, und so war die Unterwerfung der Frau entsprechend den Lehren des *Buchs der Riten* ein unverändert gültiger Grundsatz.

Man mag sich selbst ein Urteil bilden:

»Die Kraft ist die Tugend des Yang, die Unterwerfung aber ist das Verdienst des Yin.«

»Dem Mann gebührt Ehre ob seiner Stärke, die Frau sei gelobt in ihrer Schwäche.«

Zwar galt die Frau im Taoismus und Buddhismus als dem Mann ebenbürtig, und die Religion trug viel dazu bei, ihre

Position zu stärken. Doch Ehrfurcht und Gehorsam waren noch immer die Gebote, gegen die sie keinesfalls verstoßen durfte.

Angesichts einer solchen Geisteshaltung läßt sich ermessen, wie weit unsere Heldin ihrer Zeit voraus war.

1

»Nun, Nichte, Ihr habt gewonnen!«

Dame Yu klappt energisch den bemalten Seidenfächer zusammen und versenkt aufseufzend ihr dralles Händchen in der Schale mit Naschwerk.

Seit zwei Tagen schon herrscht eine klebrige, feucht-schwüle Hitze, unter der die teerosenfarbenen Stofftapeten im Damengemach der Abendlichen Dünste aufquellen.

»Bald ist Regenzeit, Ältere Tante«, stellt Schimmernder Jaspis fröhlich fest und sammelt die elfenbeinernen Mah-Jong-Steine ein. »Wir sind alle klebrig wie Fliegen, die in Essig gefallen sind. Ein Orchideenbad brächte Euren Füßen Entspannung. Soll ich den Zofen befehlen, Euch ein Bad zu richten?«

Doch die greise Dame weilt in Gedanken anderswo und antwortet nicht. Sie zählt angestrengt, unter Zuhilfenahme der Finger, mit halboffenem Mund und gerunzelter Stirn:

»Vor acht Wochen ist Kleiner Tiger nach Guang-Zhou abgereist. Nun wird es wohl nicht mehr lange dauern, bis die Männer zurückkehren.«

Schimmernder Jaspis kichert lautlos in sich hinein, sorgsam darauf bedacht, die Kaninchenzähne hinter der vorgehaltenen Hand zu verbergen. Ungeachtet seines vorgerückten Alters nennt die Dritte Mutter Herrn Tsao noch immer bei seinem Jünglingsnamen.

Sie bricht einige Nüsse auf und wird wieder ernst.

»Für unsere Shu-Mei wird das eine große Freude sein. Sie verzehrt sich doch vor Sehnsucht nach ihrem Vater.«

Dame Yu verspeist ein Trüffelchen aus kandiertem Ingwer und unternimmt sodann eine gründliche Reinigung des linken Ohrs mit Hilfe eines winzigen Silberlöffels, den sie Tag und Nacht um den Hals trägt.

»Da wir gerade von ihr sprechen: Habt Ihr meine Enkelin heute morgen gesehen? Das köstliche Kind ist schon wieder seiner Pflicht nicht nachgekommen. Ich kam nicht in den Genuß ihrer morgendlichen Begrüßung.«

Schimmernder Jaspis errötet, klopft den Staub von der grünseidenen, stickereiverzierten Jacke und schlägt die weiten, hier und da mit Blütenmustern geschmückten Ärmel hoch.

»Eben noch streunte sie um die Ställe, in der Hoffnung, sich den Pferden nähern zu können.«

Dame Yu verschluckt sich an ihrem Jasmintee, und ihr Gesicht nimmt alsbald dieselbe Pflaumenfarbe an wie der umfangreiche, mandelzweigbestickte Brustlatz.

»Welche Schmach! Wie kann sie die Nähe von Tieren suchen!«

»Übt Nachsicht, Tante. In ihrem Alter ist es ein geringes Vergnügen, stets ans Haus gefesselt zu sein.«

»Nicht eine Tochter hätte Kleiner Tiger haben sollen, sondern einen Sohn! So wäre zumindest der Fortbestand seines Stammes gesichert«, murrte die Dame und knabberte etliche Nußkerne.

Schimmernder Jaspis antwortete nicht. Es hat keinen Zweck, den Zorn der dritten Gattin des Ahnen zu schüren. Das schadet nur ihren San-Shi[1].

Sie weiß wohl, daß die greise Dame trotz ihrer stets von neuem aufwallenden Empörung die Enkelin insgeheim ins Herz geschlossen hat.

Shu-Mei ist mit allen erdenklichen Tugenden ausgestattet: Anmut, Schönheit und Klugheit. Wäre sie nicht weiblichen

1 Nach taoistischer Lehre sind dies die drei Seelen, die das Leben jedes Menschen aufzehren.

Geschlechts, würde sie zweifellos ihr Schicksal selbst in die Hand nehmen – ohne Rücksicht und ohne Zaudern.

Die Kleine Tante unterdrückt ein Gähnen. Ihr Blick verliert sich im zerschlissenen Rankenmuster des Brokatvorhangs, auf dem Haubenvögel und fliegende Fische sich tummeln.

Sie, die in Shu-Meis Alter mit Tsaos jüngerem Bruder verheiratet wurde, hat ihren Gatten nie kennengelernt: Er kam bei einer Expedition gegen die rebellischen Völker von Annam ums Leben.

O nein, sie hat sich nie beklagt! Doch zuweilen beneidet sie Shu-Mei: Steht ihr denn nicht jeder Weg offen?

»Wie wollt Ihr je eine gute Partie für sie finden, flegelhaft und ungestüm wie sie ist?« ereiferte sich Dame Yu und klopft mit dem goldenen Pantoffel auf das Kissen, auf dem ihre verkrüppelten Füße ruhen. »Wer will denn eine widerspenstige Gattin, die nur davon träumt, auf Bäume zu klettern, statt die Kunst des Webens zu erlernen?«

Ebonit, Dame Yus kleiner schwarzer Sklave[1] erscheint, um den Damen in lackierten Körben ein Sortiment Erfrischungstücher zu reichen.

»Der Vater jeder Tochter hofft, sie möge eine Maus bleiben, und fürchtet, sie werde zur Tigerin«, zitiert Schimmernder Jaspis halblaut, indem sie ihre Wangen betupft, die infolge von Vernarbungen das Aussehen von Sesambrötchen haben.

Ein wenig unbeholfen steht sie auf, glättet den eiergelben Rock und reicht der Greisin den Arm.

»Kommt, Tante[1], laßt uns einen Rundgang durch den Garten machen und das Vogelhaus betrachten. Xi-Xuan hat es

1 Bereits im 8. Jahrhundert brachten die Muslime schwarze Sklaven nach China, deren Widerstandsfähigkeit die Chinesen besonders schätzten.

2 Eine liebevolle Anrede, auf die Dame Yu als dritte Gattin von Tsaos Vater und ihrem verstorbenen Mann ein Anrecht hat. So bezeichnet Dame Yu auch Shu-Mei als ihre »Enkelin«, wenngleich Tsao nicht ihr Sohn ist.

wieder instand gesetzt.« Im Schatten der Veranda betrachtet Shu-Mei träumerisch den Hof des Frauenpavillons, der zu dieser Stunde des Tages wundersam menschenleer ist.

Zwischen zwei Reihen von Indigokrügen hängen auf schmalen Gestellen üppige Stoffe zum Trocknen. Unversehens entleert sich ein Zuber Schmutzwasser über die ausgetrockneten Ockerfliesen, und es folgt das gedämpfte Geklapper von Holzschuhen. Dann herrscht wieder Stille, nur ein Schwarm Spatzen fliegt auf und raschelt im Laub der Zwerg-Ginkos, die den mittleren Hof zieren.

»Diese Langeweile! Wenn nur endlich mein Vater zurückkäme!«

Shu-Mei seufzt. Weshalb erhielt ausgerechnet Yi-Shou die Erlaubnis, die Männer zu begleiten, – er, der seine Bücher so sehr liebt, daß er sich die Augen verderben wird wie Großer Onkel, weil er sogar noch beim Licht der Glühwürmchen zu lesen versucht?

Wie ungerecht!

Sie sticht sich zornig in den Finger und läßt die Handarbeit auf den roten Samtrock sinken.

»Es ist sinnlos, ich werde doch nie nähen lernen!«

Shu-Mei legt das Hemd beiseite, das sie mit großen, unbeholfenen Stichen zu besticken versucht hat, steht auf und reckt sich.

»Wir wollen doch mal sehen, ob es im Garten fröhlicher zugeht!«

Als Shu-Mei an der Biegung der langen holzgeschnitzten Galerie angelangt ist, die den Pavillon der Frauen mit dem Hauptgebäude verbindet, verlangsamt sie ihren Schritt und setzt eine würdige Miene auf.

Unter dem breiten, fransenbesetzten Schirm ergeht sich Dame Yu, majestätisch in den bodenlangen Witwenschal gehüllt, mit trippelnden Schrittchen auf der kunstvoll geharkten weißen Kiesallee.

An ihrer Seite wandelt Schimmernder Jaspis, knochig und steif wie eine Süßholzwurzel; sie scheint das Werk der Gärtner zu kommentieren. Eine Zeitlang streifen die Damen zwischen Azaleensträuchern und Beeten mit verschwenderisch wuchernden blutroten Pfingstrosen umher und verschwinden sodann hinter einen Vorhang von Trauerweiden, ohne Shu-Meis Anwesenheit zu bemerken.

Shu-Mei atmet auf und stützt sich auf die Balustrade, von der lange Webteppiche herabhängen. In der Ferne, hinter einer Gruppe leise erzitternder Bambusstauden, erheben sich die geschwungenen Dächer des Goldlotospavillons, der an den südlichen Flügel des Haupthauses anschließt.

Am Horizont ragen die schroff abfallenden Gipfel der Guilin-Berge über den Wildwassern des Li-Jiang[1] empor. Bläulich verschwimmen die Umrisse im Dunst der Sommerhitze.

Bescheidenes Talent, der älteste Onkel ihres Vaters, sitzt in der Laube des Hibiskuspavillons. Die blinden Augen des greisen Gelehrten erforschen das Unsichtbare, und die Spitze seines dünnen weißen Kinnbärtchens erbebt, als schlage sie den Takt zu einer Hymne an die Transparenz der Natur.

Shu-Mei liebt den alten Mann, der sie lesen gelehrt hat; der einzige Mensch, der unbekümmert ob ihres Geschlechts je ernsthaft versucht hat, ihren Wissensdurst zu stillen.

Als Bescheidenes Talent in den »Pinselwaldhof«[2] aufgenommen worden war, hatte er die Sorge um die familiären Angelegenheiten seinem Bruder übertragen. Er verzichtete damit auf das Recht des Erstgeborenen, um sich künftig nur noch den klassischen Studien widmen zu können.

Nach seiner Erblindung zog er sich aus dem tätigen Leben vollends zurück und hielt fortan nur noch mit Po-Kiu-Yi und Song-Yu[3] Zwiesprache.

1 Unsere Geschichte spielt in der Provinz Guang-Xi im Südwesten Chinas.

2 Han-Lin-Yuan: In den Kaiserlichen Palast wurden die Gelehrten aufgenommen, die den hochangesehenen Titel Han-Li erlangt hatten.

3 Berühmte chinesische Dichter: Po-Kiu-Yi in der Hang-Zeit, Song-Yu im 3. Jahrhundert vor unserer Zeitrechnung.

Als die Lektüre ihm nicht mehr vergönnt war, wandte er sich statt dessen dem Pinsel zu; wie andere Domino spielen, so komponiert er seine Verse, mit unermüdlichem Schaffensdrang.

Nahe der sichelförmig geschwungenen Steinbrücke, zwischen Fontänen und Brunnenbecken, deren Rand wolkenartig hingeworfenes Muschelwerk schmückt, spielen kleine Mädchen Fangen. Die lebhaften Farben ihrer Gewänder bilden einen hübschen Kontrast zum Grün der Wiese.

Shu-Mei hätte liebend gerne mitgespielt. Doch ach! Seit ihrer frühesten Jugend läßt die Gouvernante Li-Mai sie nicht eine Sekunde aus den Augen. Grimmig wacht sie über die Heranwachsende, auf daß diese sich nicht an eitle Zerstreuung verschwende.

»Solche Lustbarkeiten bringen Euer Blut in Wallung«, pflegt sie zu sagen. »Ihr seid kein Kind mehr. Will eine Kirschblüte sich entfalten, so hüte sie sich vor tückischen Winden.« Eine der ungezählten Lebensweisheiten, die der alten Li Entzücken bereiten.

Der Vater indes würde seiner geliebten Tochter nie verbieten, mit den Zofen zu tollen. Zumal er selbst sich solche Vergnügungen keineswegs untersagt!

Shu-Mei hat mitunter beobachtet, wie er sich mit mehreren Mädchen einschloß, um Schach zu spielen und Tchao-Hing-Wein zu trinken. Dann hielt sie sich stets die Ohren zu, um das Gelächter nicht hören zu müssen, das sich bis spät in die Nacht hineinzog.

Jetzt sehnt sie sich wieder nach dem sonst so regen Leben im Herrenhaus. Zwar stehen Wächter an jeder Pforte, doch ansonsten hallt der endlos weite Palast wie eine leere Muschel – mit Ausnahme freilich des Frauenpavillons und der Küchen, die von Klatsch und Geschnatter überbrodeln.

Am anderen Ende der Galerie entdeckt sie Xi-Xuan, den alten Lakai ihres Vaters. Unter seinem schlurfenden Gang erbeben die Holzdielen.

Er kehrt soeben vom Gemüsegarten zurück. Mit einer tiefen Verneigung, im Gesicht ein affenartiges Grinsen, das vom einen seiner Blumenkohlohren bis zum anderen klafft, grüßt er die junge Herrin und zeigt ihr stolz den Inhalt seines Korbs.

»Seht, wie schön sie sind!« ruft er aus und zieht eine prachtvolle, glänzende Gurke von wenigstens drei Zoll Durchmesser hervor.

Shu-Mei dreht rasch den Kopf zur Seite. Hat ihr Li-Mai nicht streng untersagt, den Blick auf solche unschicklichen Gemüse zu werfen?

»Die zarte Blüte Eurer Jugend bekommt davon häßliche Warzen«, schärft sie ihr immer wieder ein.

Und wie so oft, wenn man den Teufel nennt, ist er zur Stelle; starr und unbeweglich in ihrem Mantel mit den rabenschwanzförmigen Schößen erscheint Li-Mai unter der Veranda. Sie sieht aus wie ein Kreisel, in steifes Linnen gehüllt, einer Vogelscheuche nicht unähnlich.

Shu-Mei kichert.

Mit ihrem Entengang kommt Li-Mai nur mühsam voran. Hoch erhobenen Hauptes stolziert sie einher, das schwarze Haar kunstvoll zum Knoten drapiert, den sie wie eine Ananas auf dem Kopf balanciert, den Putenhals gereckt, um einige Zoll größer zu erscheinen.

Von ihrer Taille hängt der schwere Schlüsselbund herab, für den sie allein verantwortlich ist, seit ihr die Sorge um die Wirtschaft obliegt. Und natürlich weiß jeder nur zu gut, daß mit Li-Mai nicht zu spaßen ist.

Bei ihrem Anblick macht der brave Xi-Xuan sich schleunigst aus dem Staub. Li-Mai wirft ihm einen vernichtenden Blick hinterher. Bei dieser Gelegenheit bemerkt sie die spöttischen Augen, die sie von der Seite beobachten.

»Shu-Mei, es ist Zeit, Euren Imbiß einzunehmen und mir zu berichten, was Ihr den Morgen über getan habt. Zu diesem Zweck werden wir uns auf die Nordterrasse begeben, dort ist es kühler«, bemerkt die Gouvernante unter heftigem Wedeln des Fächers.

Sie hat eine überaus feuchte Aussprache.

Shu-Mei weicht dem ekelerregenden Sprühregen aus und bemüht sich um Würde. Widerwillig folgt sie der Gouvernante, freilich nicht ohne hinter deren Rücken den erheiternden Gang nachzuäffen.

In der Glyzinienlaube auf der kleinen Terrasse ist eine leichte Mahlzeit angerichtet: Reisbrühe, kurz gebratener Spargelkohl mit Gewürzen, eingelegte Rüben und sauer vergorene Sojamilch.

Die Dame Li schwört darauf. Kein Wunder, daß übler Geruch sich verbreitet, sobald sie zu sprechen anhebt.

»Haltet Euch gerade, wenn Ihr nicht wie ein Krummholz aussehen wollt. Die Frau hat sehr wohl den Rücken zu beugen: doch aus Ehrfurcht vor ihren Ahnen.«

Mit herrischer Geste greif Li-Mai nach den elfenbeinernen Stäbchen und beginnt zu speisen. Aufmerksam prüft sie dabei die Haltung ihrer Schutzbefohlenen.

»In der letzten Zeit ist die Kleine recht gewachsen. Ihre Röcke reichen kaum noch bis zu den Knöcheln«, denkt sie bei sich, während sie das junge Mädchen beobachtet, das auf der Matte kniet.

»Sie ist bereits größer als die Blaue Dame in ihrem Alter! *Wespentaille, Schwalbenleib, stolze Stirn, reizende Ohren, die Schöne ist zum Schweigen zu bringen, bevor sie von sich reden macht!*«

Shu-Mei stochert lustlos in ihrem Essen und betrachtet dabei verstohlen die goldenen Grillen, die zwischen den weißen Blüten der hundertjährigen Robinie zirpen.

Einmal hatte sie zusammen mit dem Vetter Yi-Shou eine kleine Wäscherin überrascht, die sich ein Vergnügen daraus machte, den Grillen die Flügel auszureißen. Empört über die sinnlose Grausamkeit hatten sie dem Mädchen gedroht, ihr die Haare zu scheren, wenn sie nicht auf der Stelle die verstümmelten Insekten verschlänge.

Shu-Mei sieht sie noch vor sich – verschreckt, würgend und krampfhaft ihre Zöpfe festhaltend.

Li-Mai hat indessen zu einem endlosen Vortrag über Moral angesetzt. Sie ist fürwahr unerträglich, mit all ihren Verboten und ihren Prinzipien.

Für gewöhnlich muß Meister Kong[1] für ihre Predigten herhalten, doch heute verbreitet sie sich über Dame Pan und deren *Regeln über die Frau*[2].

»Durchdrungen von der Kenntnis des *Buchs der Riten* wird die Frau um so besser ihrem Gatten dienen . . .« Und so weiter.

Eine laue, kaum merkliche Brise kräuselt ganz leicht das Wasser im Becken. Wann werden sie zurückkehren? Shu-Mei gibt sich ihren Tagträumen hin: Wird der Vetter ihr wieder Glühwürmchen fangen wie im vergangenen Sommer? Wird er sie mitnehmen, um im klaren Wasser des Blauen Drachensees Karpfen zu fischen?

»Wie steht es, habt Ihr heute morgen die Schrift geübt?«

Kohlreste zwischen den Schneidezähnen, trommelt Li-Mai auf den Tisch, daß die Schalen klirren.

»Wollt Ihr wohl hören, Unverschämte?«

Shu-Mei schreckt auf; höchst ungern klettert sie vom Pferd, auf dem sie im Geiste über die Ebene galoppiert ist, um sich an der Spitze einer Zwergenarmee ins Kampfgetümmel zu stürzen . . .

Glücklicherweise geht die Mahlzeit zu Ende.

»Ihr könnt Euch zurückziehen und über folgende Worte nachdenken: ›Ein Schatten oder ein Echo sein. Die Frau hat es nicht nötig, ihren Verstand zu schärfen. Sie mag sich im

1 Konfuzius.
2 Das *Nu-Kie*, verfaßt im 1. Jahrhundert unserer Zeitrechnung.

Spinnen und im Gehorsam üben, so wird sie die schönste Anerkennung finden.«

Shu-Mei ist entlassen. Erleichtert steht sie auf.

»Ich werde Euch in Eurer Kammer zum Musikunterricht abholen.«

Shu-Mei wälzt sich unruhig auf ihrem Lager hin und her, einem getäfelten und mit ausladendem Schnitzwerk verzierten Zedernholzbett. Die schwüle Hitze läßt sie nicht schlafen. Es ist, als bereite sich auch ihr Körper insgeheim auf den befreienden Monsunregen vor.

Sie schiebt die schweren Damastvorhänge zur Seite und sieht sich in dem bronzegerahmten Spiegel, der über ihrer Kleidertruhe befestigt ist. Unter Grimassen kneift sie sich in die Nase und zieht sie lang.

»Sie ist so klein! Wenn sie doch nur so lang würde wie die Nase meines Vaters, vielleicht dürfte ich dann reiten!«

Mit dem Übrigen ist sie freilich zufrieden. Die zarten, fein geschnittenen Züge haben keinerlei Ähnlichkeit mit dem plattgedrückten Teigklumpen der dicken Lu oder den pockennarbigen Wangen der Kleinen Tante, ebensowenig mit dem aufgedunsenen Mondgesicht der Dritten Dame. Die sanft zu den Schläfen hin geschwungenen Augen sind groß und strahlend, ganz im Gegensatz zu den von zahllosen Falten gesäumten Schlitzaugen Li-Mais. Der kleine Schönheitsfleck unter dem linken Auge schließlich betont die Lebhaftigkeit ihres Blicks und die vornehme Blässe der Haut... Erfreulich.

Wenigstens wird sie es nie nötig haben, ihren Teint mit dem Fruchtknoten der Jasminblüte aufzuhellen, wie Dame Jing-Hua, die Konkubine ihres Vaters!

Mit den runden Schultern und der katzenhaften Anmut, so heißt es, würde sie leicht den künftigen Gatten betören. Allein beim Gedanken an die zu erwartenden Ratschläge der alten Li verzieht Shu-Mei unwillig das Gesicht.

Sicher, die Spitze des Kinns verrät Eigensinn, doch das liegt eben in der Familie. Sie hebt den hauchdünnen Rocksaum: ihre Beine sind vielleicht ein wenig mager . . . Unsinn! – nichts als mangelnde Übung.

Sie verzieht trotzig den Mund, so daß ihre Lippen sich aufwölben wie eine reife Frucht. Mutwillig schüttelt sie ihr dichtes Haar. Ach, könnte sie sich doch in einen Fisch, einen Tiger verwandeln und wenigstens für Augenblicke dem steinernen Gefängnis entfliehen!

Trotz trüber Gedanken lächelt sie ihrem Spiegelbild zu, und auf ihren reizend ovalen Wangen bilden sich zwei kindliche Grübchen.

»Ob ich wohl dereinst so schön sein werde wie meine Mutter?«

Die Mutter hat sie nie kennengelernt, und das Thema ist tabu. Doch infolge eingehender Befragung der näheren Umgebung, insbesondere von Schimmerndem Jaspis und von Li-Mai, die schon die Gouvernante ihrer Mutter gewesen war, fand sie heraus, daß man sie die »Blaue Dame« zu nennen pflegte und daß der Vater ihr gänzlich verfallen war. Doch ach, eine geheimnisvolle Krankheit hatte sie kurz nach Shu-Meis Geburt dahingerafft, und fortan war es jedermann strikt untersagt, in Gegenwart Tsaos ihren Namen zu nennen.

So hatte der Vater denn auch kein zweites Mal geheiratet.

In Vollmondnächten, so sagt man, gleite sie bisweilen mit gelöstem Haar über dem silbrig spiegelnden Wasser des Sees dahin und rufe ihren Gatten . . . In solchen Nächten bleibt Shu-Mei heimlich wach: Sie gäbe viel darum, sie ein einziges Mal sehen zu können!

Hinter der Schiebetür erklingt ein helles Lachen. Ein zweites Lachen antwortet: gedämpft, als solle die Heimlichkeit eines Stelldicheins gewahrt bleiben. Wer mag das sein?

Shu-Mei lauscht gespannt, mit höchster Aufmerksamkeit. Sie vernimmt noch ein halblautes Gurren, dann herrscht

Stille. Nur eine Meise hüpft flatternd draußen auf dem Holzgeländer der äußeren Galerie auf und ab.

Ihr Mund ist trocken. Wie gern würde sie in eine der goldenen Kakifrüchte beißen, die zum Greifen nah vor ihrem Fenster hängen. Doch kaum will sie die Hand ausstrecken, löst die überreife Frucht sich von selbst vom Ast, fällt zu Boden, und das orangefarbene Fleisch bricht auf.

Shu-Mei erschauert. Unabweislich und bohrend drängt sich ihr die Erinnerung an zwei leere Augen auf, und sie empfindet eine Mischung aus Haß und stummer Verzweiflung.

Es war im vergangenen Winter, an ihrem vierzehnten Geburtstag. Strahlendes Sonnenlicht überflutet den Hof der Jugendlichen Scham, und doch drang ein eisiger Wind durch die lackierten Ziegel des Wetterdachs. Die Männer rüsteten zum Aufbruch nach Yangyou.

Unter Berufung auf ihren Geburtstag hatte Shu-Mei abwechselnd flehend und zornig verlangend ihrem Vater die Erlaubnis abgetrotzt, die Männer auf ihrer Reise zu begleiten: Widerstrebend hatte der Vater schließlich nachgegeben. Fünf Minuten später sauste sie im Sturmschritt aus ihrem Zimmer, hüpfend und springend wie ein übermütiges Eichhörnchen.

Eingemummt in einen pelzverbrämten Mantel, die Zöpfe zu einem Kranz aufgesteckt, der ihr vergnügtes Gesicht umrahmte, hatte sie schleunigst in der Sänfte Platz genommen und die mißgelaunte Li-Mai mit Fragen bestürmt.

Endlich durfte sie die Stadt sehen! Vor Aufregung schob sie den Vorhang zur Seite. Zu Fuß oder auf dem Rücken von Maultieren eilten die Bauern zum Markt. Von Zeit zu Zeit kam ein überfüllter Karren heran und überholte sie, und die Insassen winkten fröhlich.

Wohin wollten sie alle? Heute war doch nicht Markttag!

Auf dem Platz vor dem Yamen[1] hatte sich das Volk versam-

1 Gebäudekomplex mit Gericht und Gefängnis.

melt, schon jetzt standen die Menschen dichtgedrängt. Der Vater, majestätisch im silbrig glänzenden Otterfellmantel, hieß sie aussteigen und an seiner Seite unter einem pupurfarbenen, mit Einhörnern[1] geschmückten Baldachin Platz nehmen.

Shu-Mei riß die Augen auf; die vielen Menschen verwirrten und erschreckten sie. Die Feindseligkeit, die sie auf den Gesichtern las, verursachte ihr Unbehagen. Was sie nun aber sah, schnürte ihr die Kehle zu, und sie traute ihren Augen nicht: ein halbnackter, junger Mann war mit Ketten an einen Pfahl gefesselt.

Was mochte er wohl getan haben, um solche Schmach zu verdienen? Sie wollte ihren Vater fragen, doch der war mit dem neuen Gerichtsbeamten ins Gespräch vertieft. Ein Gong wurde angeschlagen, Trommelwirbel ertönten, und zwei Wächter mit schwarzem Turban begannen den Verurteilten mit nägelbeschlagenen Bambusstöcken im Takt zu peitschen.

Shu-Mei war zutiefst angewidert und hatte das Bedürfnis einzugreifen. Doch das war unmöglich. Sie konnte nur sitzen bleiben und machtlos zusehen, wie ein hilfloses Wesen zum Vergnügen der anderen sich martern ließ.

Der Vater befahl ihr ärgerlich, sich zu beherrschen. Eine junge Dame ihres Rangs hatte stets die Fassung zu bewahren.

Schon begann die Menge zu rasen und skandierte jeden Peitschenhieb wie mit Donnergrollen.

Der gepeinigte Leib, ohnmächtig am Pfahl hängend, zuckte nur noch schwach – eine Strohpuppe, zerrissen und zerfetzt von den Schnabelhieben eines zehntausendköpfigen Schwarms von Feuervögeln.

Der Mann gab keinen Laut von sich. Nur sein Kopf sank ein wenig mehr zur Seite, wie eine Sonnenblume mit geknicktem Stengel.

1 Emblem der Justiz. Mit seinem Horn durchbohrt es jene, die gegen das Gesetz verstoßen.

Bald waren die von messerscharfen Nägeln zerhackten Glieder nichts als blutige Fetzen, ein Klumpen rohen Fleisches. Der Anblick erinnerte Shu-Mei an die scharlachfarbenen Girlanden aus Seidenpapier, die am Neujahrstag aufgehängt werden.

Die Szene schien unwirklich. Nach und nach hatte die rauschhafte Erregung der Menge auch auf Shu-Mei übergegriffen, ohne daß sie sich dessen bewußt war. Plötzlich wandten sich die Blicke aller einem einfahrenden Karren zu, der mit erneut aufbrandendem Geheul empfangen wurde.

Ein zweiter Verurteilter stieg ab. Sein Schädel war bis auf einen einzelnen Haarbüschel vollständig geschoren, die blaugefrorenen Hände ragten aus einem mächtigen, mit Eisenblechen verstärkten Holzkragen.

Der Unglückliche, den das Halseisen nahezu bewegungsunfähig machte, stolperte unter den Peitschenhieben eines wohlfrisierten Folterknechts.

Zwei Knaben schlichen sich an und stellten ihm zum Spaß ein Bein. Der Gefangene fiel schwer auf die Seite; seiner Fesseln wegen konnte er sich kaum rühren und wand sich und zuckte wie ein entzweigeschnittener Regenwurm.

Die Menge war außer sich. Ebenso Shu-Mei. Was geschah mit ihr?

Kurz danach, so erinnerte sie sich, hatte ihr Vater den Gerichtsentscheid verlesen: Die beiden Räuber, die einen Provinzstatthalter des guten Königs Liu-Yin ausgeraubt und getötet hatten, wurden zum Tode verurteilt.

Indessen war der erste Gefangene abgenommen worden, wie man ein Stück Pökelfleisch vom Haken nimmt. Der Henker im safrangelben Gewand unter der schwarzen Kutte hatte ihn am Haarschopf gepackt und auf die Knie gezwungen. Dann verband er ihm die Augen.

Mit einem Mal verstummte das Publikum und sah erwartungsvoll zu Tsao hin.

Der gab mit einer knappen Bewegung des Kinns sein Einverständnis. Da sauste der Säbel durch die Luft und herab auf den weißen Hals, ganz wie die dicke Lu ein Huhn tötet, und durchtrennte ihn mit präzisem Schnitt, so daß der Kopf in einem Schwall von Blut mehrere Ellen weit rollte.

Shu-Mei, die der Anblick des blutigen Schädels im Staub nahezu in Trance versetzte, sprang bei dieser Meisterleistung jäh auf und applaudierte stürmisch.

Die elektrisierte Mente fiel sogleich lauthals ein und ließ ihrer Begeisterung freien Lauf, während der Leib des Räubers nach kurzem krampfartigen Zucken zusammenbrach und sein Blut die Erde tränkte.

In diesem Moment gellte ein schrilles Lachen über den Platz. Eine Frau mit aufgelöstem Haar zum Zeichen der Trauer hatte sich mit dem Gesicht auf den Boden geworfen und schrie sich den Schmerz aus dem Leib. Doch niemand beachtete sie. Das Schauspiel, das der Menge vorn geboten wurde, war durchaus interessanter.

Mit unerschütterlicher Miene schickte der Mann in der Kutte sich an, den zweiten Gefangenen zu enthaupten. Der war freiwillig niedergekniet, stolz hatte er die hingereichte Augenbinde zurückgewiesen.

Dann aber wandte er den Blick Shu-Mei zu: einen zutiefst haßerfüllten Blick, bebend vor Verachtung. Diese Augen würde sie ihr Leben lang nicht vergessen!

Als hätte man ihr einen Schwall Säure ins Gesicht geschüttet, kam sie jäh wieder zu Sinnen. Halb gelähmt vor Scham, zog sie den Schleier vor die Augen, indes unter dem Hohngeschrei der grölenden Gaffer die Klinge, diesmal mit geringerer Treffsicherheit, dreimal ansetzen mußte.

Und dann war der Himmel über ihr eingestürzt...

Mechanisch fährt das junge Mädchen mit der Hand unter das seidene Hemd, das ihr auf der Haut klebt. Ist es die Hitze oder die Erinnerung, die sie so aus der Fassung bringt?

Mit Gewalt versucht sie den unheimlichen Blick des Verurteilten aus ihrem Gedächtnis zu verbannen. Sie greift nach dem Fächer aus schimmernden Pfauenfedern und bewegt ihn sacht über ihrem Körper hin und her.

Wie angenehm kühl ist der Luftzug, sogar noch hinter den Ohren! Shu-Mei fächelt heftiger und spürt durch den Stoff hindurch den leisen Hauch der Daunenfedern wohltuend über ihren Körper streichen. Diese Augen, die ihr nicht aus dem Sinn gehen, verschwimmen endlich und verblassen nach und nach. Den Kopf auf das lederne Kissen gebettet, schließt sie die Augen und stellt sich vor, wie die gestickten Silberschmetterlinge des Wandschirms unter dem laubenartig gewölbten Jasmindach des Sommerpavillons auf und ab flattern.

Gerade hat Yi-Shou einen gefangen. Mit glänzenden Augen läuft er auf sie zu und ist im Handumdrehen bei ihr, noch geblendet vom hellen Licht der Mittagssonne. Er beugt sich über das Bett und läßt lachend das Tierchen über dem Bauch seiner Base frei.

Der Falter führt einen seltsam zuckenden Tanz auf. Wie lange, wehende Federn streicheln die phosphoreszierenden Flügel unerträglich sanft über die matt schimmernde Haut, steigen empor zwischen die aufgerichteten Lotosknospen der Brüste, verweilen ein wenig auf dem zarten Korallenrot des Hofs und tauchen dann hinab, tief . . . immer tiefer.

Das halb spöttische, halb zärtliche Lächeln Yi-Shous hat sich in den Winkeln der getäfelten Holzdecke verloren. Shu-Mei fliegt auf dem Rücken des weißen Schwans vom See der Tausend Blüten davon, als ein Schrei, gefolgt vom Klang zerbrechenden Porzellans, ihrer unverhofften Entrückung ein jähes Ende bereitet.

Shu-Mei schreckt hoch, als sei sie auf frischer Tat ertappt worden. Schlief sie denn? War das ein Traum? Einen Augenblick lang war der Körper ihr entglitten, wie die Vase, die irgendwo zu Boden fiel. Ein merkwürdiges Gefühl.

»Wer nicht Herr über sein Handeln ist, vermag auch nicht Herr über sein Leben zu sein«, pflegte Li-Mai zu sagen.

Shu-Mei reckt und streckt sich mit leichtem Unbehagen und streicht dann verstohlen ihr zerknittertes Unterkleid glatt.

Ist sie etwa ein »Fuchsgeist«, wie die junge Heldin aus dem Buch in der Feengrotte, das sie in der Bibliothek des Ehrwürdigen heimlich zu lesen begonnen hat? Vielleicht ist auch sie den Possen des Mittagsdämons zum Opfer gefallen, der sich einen Spaß daraus macht, die Menschen um ihre Ruhe zu bringen?

Ob sie das verbotene Buch holen sollte, um sich ein wenig die Zeit zu vertreiben? Freilich dürfte sie sich auf keinen Fall von Li-Mai überraschen lassen, sonst bekäme sie unfehlbar die siebenschwänzige Riemenpeitsche zu spüren!

Der Gedanke ans Verbotene ist erregend. Leise schlüpft sie zwischen den Bettvorhängen hindurch und huscht zum Zimmer des Bescheidenen Talents.

Kampfergeruch, durchsetzt von Sandelholzduft, der in Schwaden einem Räucherfäßchen in Löwenform entströmt, steigt Shu-Mei angenehm in die Nase.

Bescheidenes Talent kehrte ihr den Rücken zu. Seine ganze Aufmerksamkeit ist auf ein weißes Blatt Papier konzentriert, der purpurne Pinsel aus Hasenhaar, im Schwung unterbrochen, schwebt in der Luft: Er spürt ihre Gegenwart, denn die Spitzen seiner langen, schmalen Ohren erzittern, als sie sich leise nähert.

»Wer ist da? Bist du es, Shu-Mei?«

Das mäusepfotengleiche Trippeln hält inne.

»Du willst in meiner Bibliothek stöbern, nicht wahr?«

»Ja, Älterer Onkel . . . Wenn Ihr gestattet.«

Der Pinsel zeichnet eine makellose Arabeske in der Luft, bevor er mit sattem Schmatzen auf dem Papier auftrifft. Ein schmerzliches Entzücken huscht über das pergamentene Gesicht.

»Und was ist der Gegenstand der übermächtigen Begierde,

die den Ahnen zu einer Stunde belästigt, da kleine Mädchen gewöhnlich der Ruhe pflegen?«

Shu-Mei, die Hand bereits auf dem Regal, errötet tief und ist gleichzeitig erleichtert, daß der Onkel ihre Verlegenheit nicht sehen kann.

»Der dreiundsechzigste Band des *Buchs der Oden*«, bringt sie mit schwacher Stimme hervor.

Eine schlimme Lüge ist das im Grunde nicht, denn schließlich berichtet auch dieses Buch von den übernatürlichen Kräften der Füchse!

»Bist du sicher?«

»Ja, mein Onkel«, wirft sie noch schnell hin, bevor sie enteilt, den kostbaren Roman in der granatfarbenen Hülle unter dem Arm.

Mit Herzklopfen kehrt sie in ihr Zimmer zurück. Im selben Augenblick öffnet sich unter leisem Knirschen die Schiebetür.

Zu Tode erschrocken, findet Shu-Mei gerade noch Zeit, sich auf den Emailofen zu setzen, das Buch unter sich geschoben, da funkelt schon Li-Mais Jadebrosche in dem dämmerigen Raum.

»Beim Barte des Eunuchen, welcher Teufel hat Euch wieder geritten, daß das Feuer der Scham Eure Wangen wie mit Entenblut überzieht?«

Shu-Mei, bebend vor Schreck, bringt kein Wort hervor.

»Was ist es, das Ihr unter Euren Röcken kühlt? Erhebt Euch!«

Beim Anblick des Manuskripts weichen die marderähnlichen Lefzen zurück und entblößen das Gebiß einer Muräne.

»Ich wußte es! Wie könnt Ihr es wagen, diesen unflätigen Schund auch nur anzurühren, der nichts als Unheil und Verderben stiftet!«

Li-Mai reißt dem Mädchen das verbotene Buch aus der Hand und läßt es in ihren weiten Ärmel gleiten.

»Wartet nur! Ihr werdet noch ausgepeitscht, wie es Euch gebührt. Jetzt beeilt Euch, Meister Sun erwartet Euch.«

Shu-Mei sieht der alten Eule nach, wie sie flügelschlagend und zornbebend von dannen zieht, und zuckt mit den Schultern.

Der Musikunterricht ist Strafe genug. Zwei Stunden lang gerade zu sitzen, die Finger um das Instrument gekrampft, während es so viel angenehmer wäre, Lilien zu pflücken oder die ziehenden Kraniche in den Wolken zu betrachten.

Wehmütig macht sie sich auf den Weg zu ihrem Lehrer ins Kabinett der Blühenden Harmonie.

2

Etwa fünfzehn Li[1] von hier entfernt zieht Tsaos Truppe durch immergrüne Eichen und Eiben, schlängelt sich dahin wie ein langes, silbrig glänzendes Reptil. Helme und Panzer funkeln. Die Tiere indes plagen sich schwer, denn der Pfad, der zum Gipfel des Purpurwolkenberges führt, ist steil und unwegsam.

Der Herr reitet voran, groß und stark, in königlicher Haltung, mit muskulösen Schenkeln. Hohe Wangenknochen und die eigenwillige Stirn verraten die jedem Anführer unentbehrliche Strenge, gepaart mit edler Gesinnung, doch das unzähmbare Feuer, das in der Tiefe seiner Pupillen glüht, läßt die Kampfbegeisterung des Kriegers erkennen. Eine wohlausgewogene Mischung aus Leidenschaft und der von Yi-Qi[2] geprägten maßvollen Vernunft.

Auf dem Gipfel angelangt, läßt er seine ungestüme Stute verschnaufen. Die Hand schirmend vor die Augen gelegt,

1 Altes chinesisches Wegmaß, entsprechend 576 m.
2 Mannhafter und ritterlicher Geist.

betrachtet er in der Pose des Eroberers das Panorama, das sich ihm darbietet gleich einer jungen Braut.

In goldenes Licht getaucht, erstreckt sich vor ihm das Tal der Drei Seligkeiten mit seinen terrassenförmig angelegten Feldern rechts und links des Li-Jiang. Überall herrscht friedliche Stille, nur zwei Wildgänse erheben sich schwerfällig in die Lüfte. In den Reisfeldern steht das Wasser als gleißende Lichtflecke, funkelnd wie die Scherben eines zerbrochenen Spiegels. Überwältigend.

Unterm azurblauen Wams, auf dem silberne Phönixe prangen, beginnt Tsaos Herz heftig zu klopfen, als würden Tausende von Gongs zugleich angeschlagen.

Rechter Hand liegt der Marktfleck Yangyou, an die rote Erde gekauert, mit ockerfarbenen Dächern, die sich aneinander drängen und ballen wie Kinderfäuste im Schlaf, und erwacht eben aus seiner Mittagsruhe.

Nebelumflort ragt in der Ferne das Herrenhaus der Sippe Tsao empor, geschützt von einer mächtigen, turmbewehrten Umfassungsmauer.

Rechts neben den Pavillons, die mit einem Irrgarten von Höfen ein anmutiges Quadrat bilden, ragt ein sechseckiges Gebäude auf, an das die Ställe anschließen. Dort pflegt Herr Tsao, Militärbefehlshaber des Bezirks, seine Truppen unterzubringen.

Versonnen dreht er sich nun zu GuanShang um, seinem getreuen Gefolgsmann, seiner rechten Hand.

»Ich hänge sehr am Sitz meiner Ahnen, GuanShang. Möge Wen-Shu[1] verhindern, daß er je angegriffen werde!«

»Welches schleimige Reptil würde es je wagen, den heiligen Zorn Eurer Durchlaucht auf sich zu ziehen!« gibt der Krieger unterwürfig zur Antwort und tätschelt indessen den Hals seines Pferdes.

»Das kann man nie wissen. Die Räuberbanden sind zahl-

1 Buddhistische Gottheit des Glücks.

reich. Und in elenden Zeiten wie diesen bringen Reichtum und Überfluß nichts als Ärger.«

»Woher sollte Euch Gefahr drohen? Pi-Dun, das unbezwingbare Faß, wacht über Euren Besitz!«

»Um so schlimmer . . . In Abwesenheit ihres Beschützers braucht eine hübsche Frau stets einen Keuschheitsgürtel!«

Die beiden Männer brechen in anzügliches Gelächter aus.

»Wie auch immer«, fährt Tsao schließlich fort, »der erste Teil unseres Auftrags ist erfüllt. Die Fracht mit edlen Hölzern, Perlen und Juwelen ist in Sicherheit. Liu-Yin kann zufrieden sein.«

GuanShang zwirbelt seine drei Bartspitzen und mustert den Herrn mit verschlagenen Schlitzaugen. Rauchender Friedhof verfügt über zwei wertvolle Eigenschaften, die ihn zu einem außergewöhnlichen Gefährten machen: die Stoßkraft des Tigers und die Schläue des Pavians.

»Ich mag Euch nicht schmeicheln, aber für den Transport der kostbaren Fracht von Guang-Zhou nach Guilin konnte der König wahrlich keinen fähigeren und getreueren Untertan finden.«

»Sollte Redlichkeit heutzutage so selten zu finden sein wie ein Ohrlöffel in einem Hirsefeld?«

Auf diesen Seitenhieb findet GuanShang nichts zu erwidern.

Hinter ihnen treffen nun auch die Soldaten ein, erschöpft vom Aufstieg über den felsigen Abhang. Heftig keuchen die schweißnassen Pferde.

Doch die Erschöpfung hält nicht lange vor, schon geht es los mit Gelächter und geistreichen Sprüchen. Im voraus macht man sich über Li-Mai lustig. Denn die alte Eule ergötzt sich daran, heimlichen Fehltritten nachzuspüren: Sie hat es sich zur Aufgabe gemacht, über Zucht und Ordnung zu wachen – ein Vergnügen, dem sie mit unermüdlichem Eifer und ebensolcher Leidenschaft frönt, als gelte es Läuse zu knacken.

»Läßt man einmal das Brackwasser der Unzucht zum Sumpf werden, wird bald das ganze Haus vom Krebsgeschwür der Liederlichkeit überwuchert.«

Überrascht sie ein junges Mädchen mit bloßem Hinterteil, verbannt sie es sogleich an den Küchenherd, freilich nicht ohne Erhebung eines Strafgeldes, andernfalls ihm die Kündigung droht. Gerissen ist sie wohl, die Wirtschafterin: eifriges Bemühen um Sitte und Anstand vorschützend, hortet sie insgeheim klingende Münzen unter ihrer Matratze.

»Solange es Katzen gibt, wird es auch Kater geben!«

Es wäre wahrhaftig an der Zeit, daß dieser vertrocknete alte Melonenkern endlich solch elementarer Weisheit sich beuge. Zu diesem Zweck haben Weißer Wirbelsturm und Narbengesicht einen Plan ausgeheckt, eine Falle, in die sie unweigerlich stolpern muß.

In gelbem Brokatüberwurf, das dichte Haar streng zum Zopf gebunden, treibt Yi-Shou sein Roß bergan. Seine erste Expedition erfüllt ihn mit Stolz. Er schüttelt mutwillig die Stirnfransen und beeilt sich, den Onkel auf dem Bergkamm oben einzuholen.

Jetzt erscheint ihm unverständlich, weshalb er sich zuvor so geziert hatte: nichts als seine Bücher hatte er im Sinn. Und jetzt – was hat er nicht alles erlebt seit dem Aufbruch vom Herrenhaus!

Nachdem sie die bewaldeten Hügel im Norden von Guang-Xi hinter sich gelassen hatten, waren sie durch neue, unbekannte Landschaften geritten, bald zwischen hoch aufragenden Kalkfelsen hindurch, bald an würzig duftenden Pinienwäldern vorbei. Bisweilen zogen sich zwerghaft verkrüppelte, knorrige Maulbeerbäume an den Bergflanken entlang.

Sie waren dem Li-Jiang-Fluß in südöstlicher Richtung gefolgt. Allmählich wurde das Land flacher, sie ritten durch wasserreiche Ebenen, in denen monoton ein Reisfeld auf das andere folgte.

Schließlich überschritten sie die Grenze und betraten die Provinz Guang-Dong, und eines schönen Tages erreichten sie den Hafen von Guang-Zhou[1] im Mündungsdelta des berühmten »Perlenflusses«[2].

Der Legende nach sollen fünf himmlische Geister auf Ziegen reitend den Fischern am Flußufer Getreide gebracht haben: so gründeten sie die Stadt.

Yi-Shou saß hoch aufgerichtet im Sattel und kam aus dem Staunen nicht heraus: Allein der Anblick der in südlicher Himmelsrichtung angelegten Stadt mit ihren Holzhäusern, den steil ansteigenden Gassen, den unzähligen grellbunten Ladenschildern und der Wäsche, die vor den Fenstern flatterte, war überwältigend. Zwischen übelriechenden Abflußgräben verbargen sich unvermutet hübsche Innenhöfe und lauschige Gärten, umsäumt von niedrigen Mauern. Im Labyrinth dunkler Gassen arbeiteten Handwerker aller Art: In lärmender Betriebsamkeit wurde gehämmert, gefeilt, getrieben und gewebt, Elfenbeinschnitzer und Seidensticker waren am Werk; dort, so erfuhr er, werde die berühmte Shan-Tou-Seide hergestellt und die Fo-Shan-Keramik bemalt.

Der tägliche Markt auf dem Hauptplatz mit seinen grellen Farben, den starken Gerüchen und dem Singsang der Marktschreier ist ein Vergnügen für Aug' und Ohr. Fahrende Händler und Hausierer aus den entlegensten Winkeln des Reiches kommen hierher, um zu feilschen und sich Vorräte für ein halbes Jahr anzulegen. Honigmelonen, Pampelmusen und Pomeranzen türmen sich neben den verschiedenartigsten Gewürzen, die im warm-feuchten Klima hier gut gedeihen: Muskatnüsse, Nelken, Zimt, Anis, Kreuzkümmel . . .

Der junge Mann fiel von einem Erstaunen ins nächste, vor allem als die Truppe ins Viertel der ausländischen Händler[3]

1 Früherer Name von Kanton, auch Yang-Cheng genannt. Wörtlich: »Ziegenstadt«.
2 Zhu-Jiang, der größte Fluß Südchinas.
3 In der Mehrzahl Araber: Während der Tang-Zeit lebten 100 000 Araber in Kanton, bei einer Bevölkerung von insgesamt 250 000 Einwohnern.

vorstieß: Seltsame Gestalten mit Pantoffeln und Turban drängten sich in den Gassen und sprachen mit unverständlicher Zunge.

»Das sind Araber«, erklärte ihm der Onkel. »Erst nach der Winterernte kehren sie in ihr Land zurück, und auf ihre Schiffe laden sie Tee, Lack, Seide und Aloe.«

»Sie versorgen das Reich mit seltenen Gütern vom Indischen Ozean: Elfenbein, Weihrauch, Kampfer und Perlen. Nicht zu vergessen die Kupferbarren, die bei uns zu Sapeken geschmolzen werden«, fügte GuanShang voller Stolz auf sein Wissen hinzu.

Die größte Überraschung aber war die Moschee mit ihrem blaugrünen Minarett in der Guang-Talu-Straße.

Das schmucklose Bauwerk schien ihm seltsam kahl neben den reich geschmückten Blütenpagoden des Tempels der Sechs Baniane. Zum ersten Mal in seinem Leben wurde Yi-Shou sich bewußt, daß ferne, geheimnisvolle Länder das Reich der Mitte umgeben. Wer waren jene »Muselmanen«, von denen man ihm da erzählte? Diese Barbaren, die nur kamen, um sich zu bereichern und ihren Gott auf seiner Heimaterde anzubeten!

Die Frage ließ ihn nicht mehr los, überschattete die tausenderlei unbekannten Gerüche und Empfindungen, bis endlich nach einer Wegbiegung, bereits angekündigt vom schwachen Geruch nach Jod, verfaulten Früchten und Schlamm, der Hafen vor ihm auftauchte.

Hunderte von schwimmenden Häusern, fest miteinander vertäut, drängten sich entlang der Hafenmauer und schaukelten in der sanften Brise, die vom Mündungsdelta heraufstieg. Barfüßige Lumpenkinder hüpften wie Äffchen von einem Boot zum nächsten. Frauen riefen einander unverständliche Worte zu, während sie die Netze einholten. Andere, die ihre Kleinkinder auf dem Rücken trugen, bliesen in die Glut, über der die Grütze für den Abend kochte. Wieder andere klopften ihre Wäsche mit breiten, flachen Steinen. Auf Bambusflößen richteten alte Männer Kormorane zum Fischfang ab: Sie banden den Vögeln eine Schnur um den Hals, damit sie die gefangene Beute nicht hinabschlingen konnten. Hier lebte man auf dem Wasser.

Yi-Shou fiel auf, daß auf die kleinen Sampans zur Abwehr der Flußdämonen kreisrunde Augen gemalt waren. Auf dem flaschengrünen Wasser blähten Dschunken mit eckigem Bug und hohem Flachdeck die safrangelben Segel wie abnorme Fledermäuse mit durchscheinenden Flügeln, während auf den Ufermauern geschäftige Kulis Körbe mit Fischen ausluden, die man später auf Bananenblättern zum Trocknen in die Sonne legte.

Weiter in der Ferne, so wußte Yi-Shou, lag das Meer mit seinen violetten schaumgekrönten Wogen, und hinter der blassen Linie des Horizonts verschwanden die Schiffe auf ihrer Reise in jene unbekannten Gefilde, die seit jeher seine Phantasie so sehr beflügelten.

Der melancholische Klang eines Nebelhorns, gefolgt vom langgezogenen Schrei einer Möwe, riß ihn aus seinen Träumereien. Auf einem Hausboot mit Blätterdach stand ein Mädchen und lächelte ihm zu. Einen Augenblick lang glaubte der junge Mann, Shu-Mei zu sehen, und das Herz zog sich ihm schmerzhaft zusammen.

Dasselbe glatte Oval, dieselben funkelnden Augen, glänzend wie wilde Heidelbeeren. Doch anders als Shu-Mei hatte das Mädchen ein sonnengebräuntes Gesicht, und ihre Zöpfe waren struppig wie Disteln.

Doch kaum hatte der Junge seinen Irrtum festgestellt, war die freundliche Erscheinung mit zwei Ruderschlägen im Gewirr der schwimmenden Behausungen verschwunden.

Nach Einbruch der Nacht folgte Yi-Shou aus Höflichkeit der Einladung seiner Gefährten in die Taverne. Dort wurden köstliche gebratene Nudeln und fritierte Fische aller Art gereicht.

Auch ließ man ihn merkwürdige, stark salzig schmeckende

rosafarbene Tierchen kosten, die ihn mit winzigen schwarzen Kugelaugen anstarrten: Garnelen, so wurde er belehrt.

In Abwesenheit von Tsao und GuanShang, die an jenem Abend bei Cai-Zehng, einem hohen lokalen Beamten, zu Gast weilten, beschlossen die Männer, aufs Ganze zu gehen und den Jungen nicht nur in den Genuß von Alkohol einzuweihen, sondern ihm auch seine jungmädchenhafte Sittsamkeit auszutreiben.

Wie will einer lernen, das Leben zu genießen, wenn er die Nase nur in Bücher steckt!

Unter dem rauchgeschwärzten Gewölbe floß der bernsteinfarbene Shao-Xing-Wein in Strömen, und nach anfänglichem Zögern überwand Yi-Shou seine Scheu und begann das angewärmte Getränk immer mehr zu schätzen, das durch seine Adern rann und ihm die Zunge löste.

Bald hatte er sich in eine dicke braune Hummel mit gelben Samtstreifen verwandelt, die mit sirrenden Flügeln über einem balsamduftenden, pollenschweren Blütenkelch schwebt.

»Auf unseren kleinen Yi-Shou und seine erste Expedition!«

Höllengalopp hebt den Zinnbecher, und bald tut es ihm die ganze Tischrunde gleich.

Hoch erhobenen Hauptes schließt der junge Mann sich an und runzelt mit komischem Ernst die Stirn. Er ist jetzt endlich zum Mann geworden? Der Gedanke läßt ihn vor Stolz überquellen. Gerührt blickt er auf seine Tischgenossen, fleckige Gesichter, rotglühend wie Pfefferschoten im gelben Licht der Öllampen.

Wird er bald selbst Anspruch auf einen Beinamen haben, wie ihn jeder seiner Waffenbrüder trägt, den heißersehnten Kriegsnamen, mit dem ein Mann je nach seinen Heldentaten im Kampf oder in der Liebe, nach seinem Aussehen oder seinem Charakter ausgezeichnet wird?

Als er den Pickel befühlt, der ihm unterhalb der Nase sprießt, wird ihm ein wenig unbehaglich zumute: Schlimm wäre es freilich, wenn man ihn mit dem Spitznamen wie »Lenzdocht« oder »Trauerpinsel« belegte!

Im Hinterzimmer entsteht plötzlich Aufruhr.

Umringt von Zuschauern, die in zwei Reihen stehen und vor Ungeduld brodeln, kauern zwei Männer in einer angedeuteten Arena aus frischen Sägespänen und halten ihre Kampfhähne fest, die sich feindselig und hochmütig mustern. Jedes Tier trägt eine scharfe Klinge an einer Kralle.

»Die Wette gilt!«

Die Einsätze steigen, die Spannung ebenso. Als der Gong ertönt, richten die Hähne den Kamm steil auf und gehen mit den Sporen aufeinander los. Phosphoreszierende Lichtstreifen. Alles hält den Atem an . . .

In einer Wolke bunter Federn verkrallen sich die beiden Leiber ineinander, ihr Kampf ist von erschreckender Brutalität. Mit gesträubtem Gefieder schnellen sie empor, verhaken die Schnäbel, ein Rausch von Farben und Bewegung.

Endlich fällt einer zu Boden, blutend; getötet vom Sieger, der sich stolz aufplustert, die wassergrünen Schwanzfedern spreizt und den feuerroten Kamm bläht.

Yi-Shou wendet den Kopf, Ekel steigt in ihm auf. Ist der Wein daran schuld oder diese sinnlose Gewalt, die rohen Farben von zerhacktem Fleisch vor seinen Füßen? Welch ein Unterschied zwischen dem siegreichen, lebensstrotzenden Hahn und dem toten Tier auf der Erde, aus dessen Gefieder bereits aller Glanz gewichen ist!

Vielleicht wird er einst selbst so ums Leben kommen, in einem Hinterhalt? – wird im Staube liegen, und auf der linken Seite seiner Brust quillt ein Fleck, so rot wie der noch warme Hahnenkamm!

»Los, geschwind! Wir wollen zum Planeten Jupiter[1] eilen

1 Eine der zahlreichen Umschreibungen für ein Freudenhaus. Mit der »Königin der Nebel und des Mondes« ist die Bordellmutter gemeint.

und der Königin der Nebel und des Mondes einen Besuch abstatten!« ruft Flammenpinie und drängt Yi-Shou und die anderen ins Freie.

Yi-Shou ist froh, aus der verrauchten Schenke und von den johlenden Männern fortzukommen: Die einen streichen ihre Gewinne ein, die anderen laden einander zum Trinken ein, und allesamt veranstalten sie ein Konzert von klangvollen Rülpsern und sonstigen weithin vernehmlichen Verdauungsgeräuschen.

»Es ist spät geworden. Ich glaube, wir sollten zurückkehren!« läßt der junge Mann schüchtern verlauten.

»Bist du ein Feigling, Yi-Shou? Wer seine Freunde im Stich läßt, um sich selbstsüchtig aufs Ohr zu legen, ist der größten Schändlichkeit fähig!«

»Du wirst schon sehen, es ist das beste Mittel gegen die Akne des jungen Lenz!«

Stolz auf diese denkwürdige Schlußfolgerung, die keinerlei Widerrede zuläßt, zieht Gelockte Ratte, der seinen Spitznamen einer speziellen Vorliebe für gefüllte Ratten zur Bekämpfung seiner beginnenden Kahlköpfigkeit[1] verdankt, Yi-Shou hinter sich her zum Hafen.

In tiefen Zügen atmet Yi-Shou die feuchte, salzig schmeckende Luft, die ihm, wie er hofft, die Weindünste vertreiben wird.

Der Trommelwirbel des Wächters zeigt ihm an, daß die erste Nachtwache vorüber ist. Er stellt sich vor, wie wachsame Augen die Wasseruhr beobachten, hoch oben auf dem Nordturm über dem Tor des Lichten Drachen. Durch dieses Tor haben sie heute morgen erst die Stadt betreten.

Was hat er seither alles erlebt!«

Wenige Schritte entfernt verharrt in fast andächtigem Schweigen eine schier endlose Reihe Gestalten vor einem

1 Damals ein beliebtes Heilmittel.

eindrucksvollen zweistöckigen Hausboot, das wie fürs Laternenfest taghell erleuchtet ist.

Das Oberdeck ist mit Blumengirlanden und kürbisförmigen Lampignons geschmückt, und unter den Vordächern baumeln kleine Glöckchen, die leise durch die nächtlichen Nebel klingen.

»Wie steht's, Yi-Shou, hast du schon einmal deinen Jadeschaft in den Ozean der Seligkeit getaucht?« fragt ihn jetzt Flammenpinie mit geilem Grinsen.

Vor ihnen würgt ein Seemann sein Gedärm aus dem Leib, während sein Kamerad kunstvolle Kreise ins blaugrüne Wasser pißt.

Yi-Shou wird dunkelrot und stottert eine Antwort, die eines Bauern aus Guizhou[1] würdig wäre.

»Jeder Mann, der sein Leben aufs Spiel setzt, muß wenigstens einmal diesen Augenblick intensiver Poesie erlebt haben!«

»Aber«, fügt er nach kurzem Zögern hinzu, »ich habe nicht eine Sapeke mehr!«

»Wir laden dich ein, Yi-Shou. Und wenn du deine Einweihung überstanden hast, dann gehörst du wirklich zu uns!«

Arm in Arm betreten sie die Brücke. Yi-Shou hat beschlossen, sich einfach dem Lauf der Dinge zu überlassen. Den Befehlen der Älteren hat er schließlich zu gehorchen.

Kreischendes Lachen läßt ihn zusammenzucken. Eine grell geschminkte Frau unbestimmbaren Alters, in ein hautenges, malvenfarbenes Gewand gezwängt, ist hinter einem Wandvorhang hervorgetreten. Leise glucksend fächelt sie sich Luft zu und verbreitet eine Wolke von Puder und billigen Jasmindüften. Ein gelbes Schönheitspflästerchen in Form eines Halbmondes ziert ihre Stirn.

Zahnloses Grinsen verzerrt ihr Gesicht, als sie jedem Kun-

1 Von den Bewohnern dieser Provinz heißt es, sie seien nicht imstande, jemals ja oder nein zu sagen.

den die Hand hinstreckt und die empfangenen Münzen hurtig im Ärmel verschwinden läßt.

»Nur herein, edle Gäste. Erobert euch die schönsten Monde von Guang-Dong.«

Das lassen die Männer sich nicht zweimal sagen. Bald ungestüm, bald unsicher schwankend stürmen sie hinein mit dem dringenden Bedürfnis, den Kürbis zu leeren und den Spargel zu stechen.

Beim Gedanken, daß endlich auch er den Körper einer Frau entdecken und seinen Säbel mitten ins taufeuchte Gestrüpp stoßen soll, wird es Yi-Shou recht schwül zumute, und er errötet ob der Kühnheit seiner Gedanken.

Er wird in einen schwach erleuchteten Flur gestoßen. Bei flackerndem Kerzenlicht zieht ihm dort eine grotesk in granatfarbenen Samt gekleidete buckelige Zwergin gebieterisch Über- und Unterhosen herunter.

Auf seine Männlichkeit schielend, die vor ihrer Nase prangt, prüft sie, taxiert und wiegt mit der Hand, drückt hier und da, schiebt die Kuppel zur Seite, um bedenklichen Tau und verdächtigen Ausschlag sogleich aufzuspüren.

In Panik versucht Yi-Shou zu fliehen, doch seine Freunde fangen ihn alsbald wieder ein.

»Nichts da, hiergeblieben! Läuft denn der Tiger vor dem Frosch davon?«

Beschämt läßt Yi-Shou die Untersuchung über sich ergehen.

Als nächstes wird das gute Stück in einer Zinnwanne gesäubert. Tatsächlich sehen die Mehrzahl der überreif klebrigen Früchte so aus, als hätten sie seit etlichen Monden kein Wasser gesehen!

Flammenpinie läßt sein Gemüse bereitwillig begießen und wirft Yi-Shou aufmunternde Blicke zu, indes er das Hinterteil der dienstbaren Wäscherin knetet.

Die hält nun mit einem Mal inne, mit flatternden Lidern

und gespitzten Lippen lüftet sie geschwind das knisternde Gewand und schält aus den Spitzen eine prachtvolle Reitgerte, die vor Erregung bebt.

»Möchtest du mit meinem Jadelöffel spielen?« flüstert sie mit gebrochener Stimme.

Flammende Pinie steht offenen Mundes, während sein Nephritstengel, obgleich schon halb auf der Höhe des Tai-Shan-Berges, unverhofft zu einem winzigen Flußkrebs zusammenschrumpft.

Yi-Shou kann es kaum fassen. Weshalb zum Teufel verkleidet sich einer als Mädchen, wenn er das unverdiente Glück eines so gewaltigen Schwertes genießt!

Und wenn nun seine eigene Haferwurz unter den geübten Griffen des Transvestiten zu wachsen begänne? Eine solche Schande ist um jeden Preis zu vermeiden.

Er schließt die Augen und zwingt sich, an jenen entsetzlichen Tag zu denken, als er, ein Kind noch, vor den Augen seiner Base beinahe in einer Pfütze ertrunken wäre.

Den Göttern sei Dank, nicht die leiseste Regung! Er nimmt das Handtuch aus Seidenpapier entgegen, das ihm kommentarlos gereicht wird, und schickt sich nun an, unbehost und im Hemd seinen Schicksalsgenossen zu folgen, die bereits in das geräumige angrenzende Zimmer vorangegangen sind.

Ah! Wie stolz die Gebärden, wie würdevoll die Haltung der brünstigen Männer auf der Jagd nach flüchtigen Sinnesfreuden und käuflicher Lust!

Mit bloßem Gesäß unter dem Überwurf oder dem Wams, die weiten Hosen hinderlich über einen Arm gehängt, halten sie töricht in der anderen Hand das Stück Seide, das man ihnen gegeben hat. Grotesk!

Manche fächeln sich Kühlung zu oder wischen damit den Schweiß von der Stirn in der eitlen Hoffnung, ein Mindestmaß an Würde sich zu bewahren. Andere versuchen, ihre Männlichkeit mit Hilfe des behelfsmäßigen Wischtuchs zu bedecken, das ein Müßiggänger, ein Amateurdichter, schon einmal zur Blume gemacht hat.

Schlaffes und weiches Fleisch, einer Sojamasse gleich, Krummbeine und Hühnerwaden, räudige Brusthaare, struppige und stinkende Bärte, Triefaugen und Tränensäcke, blühende Nasen wie alte Süßkartoffeln...

Der Ort vereint sie allen Unterschieden zum Trotz. Hier sind sie frohen Mutes zu warten bereit. Mit baumelnden Penissen beschimpfen sie sich, schließen Wetten ab, schwitzen ihren Rausch aus, träumen ... manch einer verkürzt sich gar die Wartezeit mit Schachspiel.

Buschnattern gibt es in jeder Größe und für jeden Geschmack.

Ein wahrer Karneval!

Zum Zeitvertreib vergnügt Yi-Shou sich damit, jede einzeln und losgelöst zu betrachten, um sich anschließend den jeweiligen Besitzer vorzustellen.

Manche recken bedächtig den langen Hals, andere wiederum neigen sich träge zur Seite, vermutlich um die Gespräche der Nachbarn mitzuhören. Da gibt es pausbäckige, trotzige, unternehmungslustige, kurze und dicke mit faltigen Halskrausen, lange und lässig-elegante wie die rosaroten Flamingos, die in der Regenzeit aus dem Norden kommen, gräuliche Pilzformen, prallgefüllte Rüben, fette und schleimige Schnecken mit weichen Hängebacken, knollige Stengel, kropfartige rötliche Auswüchse, zerbrechliche Schilfhalme, kräftige, knotige Rebstöcke, die nach der Weinlese beschnitten werden.

Die Auswahl ist unendlich groß. Manche, eben aus dem Schlaf erwacht, schwingen munter die Standarte und sind mit geblähten Segeln abfahrbereit, und das längste Exemplar gehört ausgerechnet einem hinkenden, einäugigen Kuli in zerlumpten Kleidern. Wer hätte das gedacht.

In einer Ecke verströmt ein Räucherfäßchen Duftspiralen unter einem frommen Bild: Guan-Yin, die Göttin der Barmherzigkeit, die hier mit einer Lotosblüte in der Hand dargestellt ist.

»Sie sollte lieber etwas anderes halten!« grölte ein erheiterter Matrose und kratzte sich die baumelnden Bällchen.

Auf einem Kang[1] aus Backsteinen, über dem ein zweifelhafter libellenbestickter Fransenteppich liegt, lagert ein Mädchen mit langem traurigem Gesicht, singt ein Nan-Qu und schlägt dazu die Laute.

»Die Schalmei solltest du spielen!« knurrt ein turbanbewehrter Gauner mit geschwungenen Schnurrbartspitzen wie Krummschwerter; drohend aufgerichtet ist sein Geschlecht.

Wie vulgär sie alle sind, denkt Yi-Shou. Hinter einem Perlenvorhang vollführen verknäulte Leiber krampfartig zuckende Bewegungen. Schattenfiguren, ersticktes Röcheln, spitze, abgehackte Schreie, Todesstöhnen.

Alle fünf Minuten kommen vier erlöste und schwitzende Helden aus dem Paradies der Nebel und Blüten, um ihren noch warmen Platz für den nächsten Schub zu räumen.

Man ermutigt und stachelt einander an, preist die gute Ware, heiser vor Begierde.

»Vergiß nicht, dreimal an die Tür zu klopfen, bevor du den Schlüssel ins Schloß steckst!«

»Je dichter das Gestrüpp, desto tiefer der Einschlag!«

»Paß auf, Junge, daß du nicht in den Brunnen fällst und ertrinkst!«

Wie anders muß es da in den Freudenhäusern von Hang-Zhou zugehen, von denen Onkel Tsao einst erzählte! Die Kurtisanen, schön wie Mondstein, zart und duftend, ergötzen die Besucher mit Gedichten von Li-Po, mit Violaspiel und Tanz in luxuriösen Gemächern.

Endlich sind sie an der Reihe. Yi-Shou tritt als letzter durch den Vorhang aus bunten Muscheln.

1 Erhöhter Sitzplatz. Eine sinnreiche Erfindung, denn im Winter ist der Kang von unten zu heizen.

Vor ihnen liegen vier übertrieben geschminkte Huren auf Matten hingebreitet, das klaffende Geschlecht besudelt vom noch warmen Samen des Vorgängers, und warten auf den nächsten Kunden. Gleichgültige, gebrochene Frauen.

Eine von ihnen gähnt hörbar, während sie sich zwischen den Schenkeln Kühlung zufächelt. An der Zimmerdecke drehen halb erstickte Fliegen ihre Kreise ...

»Nimm dir die Jüngste!« flüstert Flammenpinie, der schon zum Angriff gerüstet ist.

Das Frauenzimmer lüftet ein wenig den geschlitzten Rock.

Die kohlgeschwärzten Augen und der ungeschickt in aggressivem Zinnoberrot gefärbte Mund stechen grell aus dem weißgetünchten Gesicht.

Vielleicht ist sie sogar hübsch unter der Putzschicht! Doch wozu muß sie derart die Frische der Jugend zerstören? Zitternd kniet Yi-Shou zwischen den geöffneten runden Schenkeln nieder.

Weshalb ist sein Goldschaft noch nicht hart? Die Kleine lächelt ihm zu und faßt mit erfahrener Hand nach seiner Männlichkeit.

Das Lächeln kenne ich, denkt Yi-Shou, aber woher ...? Mit einem Mal wird es ihm mit Grauen bewußt: unter ihm liegt, obszön verkrümmt und verfügbar für jeden beliebigen Kerl, das junge, so reine und frische Mädchen, das ihm noch am selben Nachmittag vom Boot aus herausfordernd einladende Blicke zugeworfen hatte, das schelmische Gesicht von honigwarmem Schimmer umstrahlt. Wie war das nur möglich?

Gegen die Seine gestemmt, bearbeitet Flammenpinie wie toll die gespannte Kruppe.

Gelockte Ratte indes, seit jeher besonders flink unterwegs, zieht den noch harten und triefenden Schaft zurück und fordert die Prostituierte auf – eine krobknochige Geiß mit Pferdegebiß –, ihm die Eichel zu lecken.

Apokalyptische Visionen!

Hinter ihnen das Stimmengewirr der Säufer, Krüppel und Besessenen, die ihre Ungeduld kaum noch im Zaume halten . . . Die bald selbst an der Reihe sind, sich in die namenlosen Löcher zu entleeren, hundertfach begossen, tausendfach beschnitten, gehobelt, zurechtgefeilt.

Weshalb dieses Bedürfnis nach gemeiner Promiskuität, nach einem Klima von ekelerregendem Schmutz und säuerlichem Schweiß? Wie kann angesichts dessen die Lust des »einsamen Wolfes«[1] verpönt sein?

»Was ist, Süßer, beeil dich gefälligst!«

Die Stimme ist hell und sanft wie die Stimme Shu-Meis. Unter der Wirkung des Alkohols tritt einen Augenblick lang das Gesicht der Base an die Stelle der kleinen Hure, die ihn fieberhaft mit einer Hand masturbiert, während sie sich selbst mit der anderen streichelt. Verwirrt und beschämt verdrängt er sogleich das sündige Bild. Das Madonnengesicht unter ihm beobachtet ihn höhnisch.

Sie, die so sanft wirkte, als er sie zum ersten Mal sah, unwirklich fast! Da liegt sie, vulgär und teilnahmslos, und verkauft ihr entehrtes Geschlecht an jeden, der es benutzen will. Wie viele Männer schänden täglich den Kinderkörper mit ihrem mörderischen Stößel!

Vielleicht aber wurde sie käuflich erworben, gezwungen, geschlagen? Vielleicht gibt sie sich hin, um eine vielköpfige Familie zu ernähren? Vielleicht . . . Nein, er wird es den unreinen Schweinen nicht gleichtun. Nein, er wird sie nicht lieben. Sie nicht.

»Nun, was hast du denn? Bist du impotent? Hast wohl zuviel Weißkohl gegessen?« spottet sie.

Um sich nicht vollends lächerlich zu machen und vor den Freunden das Gesicht zu verlieren, legt er sich auf sie und beginnt, sich an ihr zu reiben.

Er empfindet nichts beim Kontakt mit ihrer Haut, und die

1 Masturbation.

von all den vorhergehenden Kunden noch klebrige Goldhöhle widert ihn an.

»Weshalb kommst du zu mir, wenn du ihn nicht hochkriegst?«

Wenn man bedenkt, daß er sich beinahe in sie verliebt hätte! Noch gar nicht lang ist es her, die Sonne versank eben im Fluß, da lief er wie ein Idiot durch die Stadt, in der Hoffnung, ihr lächelndes Spiegelbild noch einmal auf dem farbig schillernden Wasser auf sich zukommen zu sehen.

Alles verschwimmt vor seinen Augen, mit Ausnahme nur des leuchtenden Mundes mit den scharlachroten Lippen, der plötzlich groß und immer größer wird, sich auftut, als schwarzer, bodenlos klaffender Schlund ... und der, weil nicht fähig, Lust zu spenden und zu empfangen, sich verzerrt zu einem Schwall von Gelächter, grollend zuerst, dann immer heftiger, geschüttelt von höhnischem Zucken.

»Geh doch in den rückwärtigen Hof, wenn du Männer vorziehst!«

Obwohl er ihren Groll durchaus nachfühlen kann, ist das doch mehr, als er zu ertragen imstande ist. Der Abscheu überwältigt ihn, und er würgt vor Scham.

Wie eine Woge, die sich am Ufer bricht, tun sich sämtliche Schleusen des Ekels auf, und eine Sturzflut von Erbrochenem ergießt sich über das fassungslose Gesicht der kleinen Prostituierten. Eine bittere, stinkende Masse von schlechtem Alkohol und Galle. Widerwärtig.

Furiengleich fährt sie auf und versucht, sein Gesicht zu zerkratzen, indes sie ihm die übelsten Beschimpfungen entgegenschleudert. Glücklicherweise schaltet Gelockte Ratte sich ein.

Geschwind rettet er den erstarrten Jungen aus den Klauen der Tigerin, packt ihn unter den Achseln, und mit Hilfe von Flammenpinie tritt er vor den zeternden Weibern den Rückzug an.

Der vierte im Bunde jagt unterdessen mit geschlossenen

Augen und in höchster Ekstase dem »Feuer jenseits des Berges« nach.

»Der arme Junge . . . Der Wein war zuviel für ihn!« lautet der einzige Kommentar. Von seiner Verzweiflung begriffen sie nichts -- wie denn auch. Sie hatten ja nichts im Sinn, als ihre Nutten zu besteigen.

Yi-Shou hütete sich wohl, ihnen zu widersprechen. Allein, an jenem Abend hatte man ihm ein wenig von seiner Jugend genommen.

Drei Tage später verließen sie Guang-Zhou mit der kostbaren Fracht. Auf der Rückreise wurden sie nur ein einziges Mal ernstlich angegriffen.

Es war am frühen Morgen. Klamm vor Kälte und nächtlicher Feuchtigkeit schickten die Männer sich an, ihre Suppe zu löffeln, als die Angreifer sich auf sie stürzten.

Es waren nicht die üblichen Wegelagerer, die den Reisenden an den großen Durchgangsstraßen auflauerten. Nur eine Bande einfacher Bauern, vom Hunger zum Äußersten getrieben.

Verblüfft sah Yi-Shou, wie die kläffende Meute mit einem Schlag über sie herfiel, angeführt von einem kriegerischen bärtigen Kerl auf dem Maultier.

Mit größtem Erstaunen bemerkte er, daß sogar Frauen unter ihnen waren und diese die anderen an Wildheit bei weitem übertrafen.

Eine von ihnen, den Kopf in Lumpen gewickelt und Schaum vor dem Mund, schob ihren unförmigen Schwangerenbauch vor sich her und schwang rachedurstig die Sense.

Wie konnten diese verkommenen Hungerleider es wagen, sich gegen die Vertreter von Recht und Ordnung zu stellen? Sich mit Mistgabeln bewaffnet auf die Schlachtbank zu legen?

Sie mußten verrückt sein!

Yi-Shou, der Belesene, konnte sich nicht vorstellen, daß

außerhalb der heilen Welt seiner Bücher Menschen vor Hunger krepierten. Er war entrüstet. Das stachelte seinen Mut an. Diese Wahnsinnigen verdienten eine Lektion, und die würde er ihnen wohl erteilen!

Und er stürzte sich in den Kampf.

Bin, ein noch kaum erwachsener Städter, der Jüngste aus einer Familie mit neun Kindern, der wie Yi-Shou zum ersten Mal eine Expedition erlebte, starb in seinen Armen, nach der Mutter verlangend, während er vergeblich versuchte, das Gedärm zurückzuhalten, das aus seinem klaffenden Bauch quoll.

Er sah, wie sein Onkel mit prachtvollem Streich einem der Halunken den Kopf vom Rumpf trennte: er rollte in den Staub, die Augen vor Überraschung weit aufgerissen, der Mund offen, als wollte er niesen. Er selbst, in Auffangstellung zum Schutze der Fracht, durchbohrte mit einem Pfeil das einzige schreckgeweitete Auge eines Elenden, als der versuchte, Narbengesicht mit der Hacke vom Pferd zu holen.

Mit Grausen stellte er fest, daß der Blutgeruch ihn trunken machte. All seine Angst war vergessen. Zu verlockend war die Vorstellung, in lebendigem Fleisch zu wühlen, so daß er sich Gewalt antun mußte, um nicht einer dieser hysterischen Frauen den Bauch aufzuschlitzen.

Nach einstündigem Kampf war das Bettelvolk in die Flucht geschlagen. Sie ließen etliche Verwundete zurück, die Guan-Shang an Ort und Stelle mit dem Beil erledigen ließ.

Mit wild zerzausten Haaren lag die schwangere Frau in ihrem eigenen Blut, die Hände um den vollen Leib gekrampft, den eine Hellebarde zum Platzen gebracht hatte.

Die Marschunfähigen aus Tsaos Truppe wurden verbunden und auf Tragbahren gelegt. Yi-Shou aber konnte das Erlebte lange nicht vergessen. Sein Schädel hallte wider von den Schreien des jungen Soldaten, dem ein Arm an der Schulter abgehauen worden war: aus dem blutigen Fleisch ragte noch der Knochen. In der folgenden Nacht rammte er sich einen Dolch in die Brust, um den Schlaf seiner Kameraden nicht länger zu stören.

Zum Abendessen rösteten sie die Leber der Feinde und mengten die Galle unter den Haferbrei. Yi-Shou wußte nun, daß der Genuß solch delikater Speisen den eigenen Mut stärkt. Den Ekel überwindend, machte er sich über ein besonders köstliches Stück her... Wie viele unschätzbare Erfahrungen!

Glücklicherweise stießen sie auf keine der Räuberhorden, die in der Gegend ihr Unwesen trieben, etwa die Bande von Long-Jian, den man den »Drachen aus Shandong« nannte.

Dem Ritter der Tiefen Wälder, so erzählte man sich, einem leidenschaftlichen Verfechter der Gerechtigkeit, war es gelungen, einen Haufen Lumpen in seine Räuberhöhle zu locken: unzufriedene Bauern, heimatlose Landstreicher, ehemalige Soldaten, die mit der Justiz in gespanntem Verhältnis standen, zweifelhafte Gelehrte, die aus den Nachbarprovinzen verjagt worden waren, kurz – ein rechtes Volk von Geächteten, die sich sattessen und der Unterdrückung durch geldgierige und perverse Beamte entgehen wollten.

Im Vertrauen auf die starke Persönlichkeit ihres Anführers versammelte sich die kleine Truppe unter dem Banner der Gleichheit und Brüderlichkeit, lebte von organisierten Raubüberfällen und nahm beständig an Stärke und Macht zu.

Im übrigen war Long-Jians Anwesenheit in der Gegend einer der Gründe, weshalb Tsao mit so vielen Männern reiste.

Als Yi-Shou den Berg hinanreitet, auf dem er auch das geringste Hindernis kennt, fühlt er sich dahinschmelzen, als kehrte er in die Wärme des Mutterleibs zurück. Seine Stute stolpert mit dem rechten Vorderhuf über eine Wurzel, und plötzlich erscheint ihm im Geiste das lachende Gesicht seiner Base.

Wie viele Male hat er sich nächtens im Zelt den lilienweißen Leib vorgestellt, wie er sich um den schlanken Stamm einer Weide schmiegt, das schwarze Haar über schwanengleichen Schultern, die schmale Brust, die sich heftig atmend unter dem pupurroten Satinjäckchen hebt und senkt, wie damals, als sie zum letzten Mal miteinander spielten.

Sie tollten durch den Garten, in jeder Hand Büschel von Gräsern und Zierkräutern. Shu-Mei, schon ganz außer Atem, entwendete ihm boshaft den geflochtenen Strohhut. Er lief ihr nach, und auf der Flucht glitt sie aus und fiel hin. Sie kugelten übereinander, ihr Atem und ihr Gelächter vermischten sich. Ihre Wange war heiß.

In seiner Erregung hatte Yi-Shou dann entdeckt, daß Shu-Mei kein Kind mehr war, und die zarten Rundungen, die er unter sich flattern fühlte wie zwei flugbereite Täubchen, gingen ihm seither nicht aus dem Sinn.

Heimtückisch schiebt sich über die schöne Erinnerung das Bild der verwelkten Blume aus Guang-Zhou, wie sie da halb nackt unter ihm hingebreitet liegt, Bauch und Geschlecht brennend heiß, und mit geübten Fingern den intimsten Teil seines Körpers umklammert.

Yi-Shou weiß nicht mehr, wo ihm der Kopf steht. Krampfhaft krallt er sich in das warme Leder des Sattelknopfes.

»Nun, mein Neffe sieht so ratlos aus wie eine fußlose Krabbe!«

Yi-Shou errötet heftig wie frischgepflückter Mohn.

»Es war wirklich an der Zeit, daß der Regenwurm sich in einen Tiger verwandelt, meinst du nicht auch, GuanShang?«

»Ja, Euer Durchlaucht. Um den Charakter zu festigen, gibt es nichts Besseres als den Kampf.«

Tsao wendet sich zu Yi-Shou.

»Vielleicht hast du ebenso wie wir von all den weichen Stoffen und duftenden Unterkleidern geträumt, die seit Wochen der Rückkehr der tapferen Krieger harren!« dröhnt er und läßt seine Pranke auf Yi-Shous Schulter niedersausen.

»In den jungen Pinienstämmen brodelt der Saft. Sind sie erst einmal erleichtert, wachsen sie um so besser«, schließt GuanShang unter allgemeinem Gelächter.

Doch Tsao ist schon in Richtung Yangyou davongesprengt, und seine Mannen folgen ihm mit dem Ungestüm der Tiere, die endlich den heimatlichen Stall wittern.

3

Die Hände auf dem Rücken, das Haupt gesenkt, durchmißt Meister Sun ruhelos den Raum – und hofft auf eine Eingebung, denn für das Fest der Erntegeister hat Herr Tsao eine Komposition bei ihm bestellt.

Abwesend schweift sein Blick über altersdunkle Wandreliefs; mit einem Mal hält er in seinem Gang inne, räuspert sich ausgiebig und befördert sodann mit gekonntem Schwung das solcherart aus der Tiefe der Kehle Geholte in den hierfür vorgesehenen Spucknapf, der, auf einem roten Lacktischchen ins Blickfeld gerückt, die Gestalt eines Frosches hat.

Die Anstrengung freilich kostet ihn einen Knopf am Gewand: endlich befreit, quillt der fette Bauch aus der zum Zerreißen gespannten rostrot schimmernden Seide.

Just in diesem Augenblick betritt Shu-Mei lautlos das Kabinett der Blühenden Harmonie.

Meister Sun, durch ihr Erscheinen jäh aus seinen Gedanken gerissen, vollführt beflissen den Kotau vor seiner Schülerin und läßt sich sodann mit gekreuzten Beinen auf der zu diesem Zwecke ausgebreiteten Matte nieder.

Shu-Mei, ihm gegenüber hockend, kann den Blick nicht von der fleischigen Blöße wenden, die sich aus dem Gewand ihres Lehrers bauscht. Ein erheiternder Anblick – zumal er nichts davon bemerkt!

Denn Meister Sun, während er noch die Stellung ihrer Finger auf der Flöte korrigiert, gleitet bereits ins Träumen ab:

»Welch entzückendes Kind!« denkt er. »Das vollkommene Halbrund des Antlitzes, und diese Augen, glänzend wie der nachtschwarze See im Scheine des Mondes, der fruchtige Mund, einem Granatapfel gleich, das duftende Haar, das des Nachts sich über das Lager breitet. Beim Erhabenen Buddha, ein wahrhaft göttliches Geschöpf!«

Als nun zarte Finger den Perlmuttschaft halten und feuchte Lippen sanft das Mundstück umschließen, schiebt ein sehr unfrommes Bild sich in den umnebelten Geist des Professors.

Zu Suns Entlastung sei gesagt, daß er vor dem Unterricht in Mutter Tchangs Taverne eingekehrt war, um sich dort eine Schale dampfender Nudeln einzuverleiben. Leider hatte er nicht den Mut – er, der nie trinkt! –, die dringliche Einladung fröhlicher Zechkumpane zu einem Glas Mei-Kwei-Lu auszuschlagen.

Ach! Diese Lippen! Pflaumenblüten im Frühlingswind! Es braucht nicht viel Phantasie, um sich solch zarte Berührung am eigenen Leibe auszumalen, der denn auch gleich und heimtückisch in Hitze gerät.

Meister Sun ist das peinlich, er rutscht hin und her auf der Matte, was freilich so scheint, als wiege er sich im Takt zur Musik.

»Sollte er gar Hämorrhoiden haben, daß er sich windet wie eine Raupe auf dem Ast?«

Gesenkten Blicks fährt Shu-Mei fort zu spielen. Wenigstens macht er sich nicht mehr die Mühe, ihre falschen Griffe zu verbessern!

Seine Nase glänzt wie reifer Paprika, und sie will sich ausschütten vor heimlichem Lachen: »Der Ärmste, ihm steigt ja das Blut zu Kopfe! Ja, wenn sich einer für Shi-Gang[1] hält, verliert er darüber leicht den Verstand.«

1 Legendärer Meister der Tonkunst, der im 6. Jahrhundert vor unserer Zeitrechnung lebte. Von ihm hieß es, er könne dank seiner Kunst den Elementen befehlen.

Beide, Lehrer und Schülerin, sind so tief in ihre Gedanken versunken, daß sie erschrocken auffahren, als Li-Mai ins Zimmer tritt.

Ihr folgt eine Zofe, die, dem Ritual gemäß, auf bernsteinernem Tablett den Tee herbeiträgt, der Geist und Körper erfrischt und belebt.

Li-Mai! Das harte Gesicht, von keinerlei Schminke geschönt, mit Ausnahme nur des Reispuders, der auf ihren ausgemergelten und narbigen Wangen bröckelt, und gar die schrille Stimme sind Schrecknis genug, um im Nu wieder Ordnung zu schaffen in den verwirrten Köpfen.

Mit feuchter Hand kratzt Meister Sun sich den Hals und richtete sich auf, während Shu-Mei, bezaubernd gewandt, das kochende Wasser in die blauen Porzellanschälchen gießt.

Beim Anblick der schwärzlichen Teeblätter, die in den Tassen schwimmen, fällt ihr jener sagenumwobene Mönch wieder ein, der sich, über der Meditation in Schlaf gesunken, zur Strafe die Augenlider abschnitt. Großer Onkel hat ihr erzählt, daß jene Lider, zu Boden gefallen, Wurzeln schlugen und eine Pflanze hervorbrachten: den Tee, der seither als Symbol der ewigen Wachsamkeit gilt.

Sie unterdrückt ein Gähnen. Zum Glück ist sie kein Mönch!

Tief bewegt betrachtet Meister Sun indes ihren weißen Nacken mit lockigem Flaum, über dem das schwarze, zu Zöpfen geflochtene Haar sich türmt. Von der Seite gesehen, spannt ihre junge, noch kaum entwickelte Brust den durchwirkten Satin der fliederfarbenen Weste.

»Ah! Wie wollte ich diese zuckersüßen Mandarinen liebkosen, diesen schwellenden Leib, meine Zunge um ihre Goldperle winden und den würzigen Tau ihrer Muschel schlürfen, bis sie vor Lust aufschreit!«

»Du bist sehr hübsch!« murmelt Meister Sun wie im Traum.

Seit Li-Mai sich zurückgezogen hat, verspürt er erneut das prickelnde Fieber des keimenden Lenzes in sich. Was geht mit ihm vor? Ist das die Hitze des Sommers? Sun schließt die Augen.

Er ist jetzt ein Felsen, siegreich thronend im Licht, wie der Berg der Zehn Gipfel, der im Westen den Horizont durchbricht.

Von seiner Höhe herab blickt er auf die morastigen Reisfelder und denkt an all die ameisengleichen Arbeiterinnen, die, gebeugt von Plagen und Mühen, kniehoch im Sumpf waten; an all die hübschen Bauersfrauen mit ihrer frischen, knackigen Haut, wie jene gebratenen Enten, die er so schätzt, ihre runden Hinterteile alle ihm zugewandt – Tausende von prallen und schlaffen, schamhaften und hochmütigen, weichen und straffen Kruppen, dargeboten seinem erzenen Stab, seinem schneidigen Degen, der bereit ist, sie bis zum Heft zu durchbohren.

Seine Phantasie geht ihm durch, sprengt von dannen mit tausend Li in der Stunde. Schon ist er dabei, eine Arbeiterin aus ihrer Wäsche zu schälen wie eine Zwiebel aus ihren Häuten. Jetzt knetet er die schwer herabhängenden Brüste, jetzt spreizt er gewaltsam die Backen aus rosafarbenem Marmor, schnuppert entzückt den scharfen Duft, der entströmt, und endlich, den Pilgerstab fest in der Hand, zielt er mitten ins Herz der Rose und taucht sie ein, erschauernd vor Lust.

»Aaaahh!«

Shu-Mei, die Teekanne noch in der Hand, zuckt zusammen. Sollte der Professor eingenickt sein?

Wie ein gefangener Wolf windet Sun sich in drangvoller Enge. Ah! Diese safttriefenden Pfirsiche, die selbst die Götter ins Verderben zu stürzen vermöchten!

Verstört öffnet er ein Auge. Shu-Mei reicht ihm seine Tasse.

»Du bist schön! Schön bist du, viel zu schön!«

Shu-Mei errötet heftig ob solch inständiger Schmeichelei.

So spricht man nicht zu einem jungen Mädchen aus gutem Hause. Das verstößt gegen jede Regel!

»Wofür hält er mich? Der lächerliche Alte ist gänzlich von Sinnen!«

In ihrer Entrüstung streift sie versehentlich den Bauch des Professors: Mehr ist nicht nötig, um das Unvermeidliche eintreten zu lassen.

Wenige Zentimeter vor den unschuldigen Augen des jungen Mädchens verschafft die von feurigen Trugbildern überreizte Rute des Meisters sich Luft und schnellt mit unbändiger Kraft gleich einem Teufel aus der Schachtel mit einem Satz ins Freie.

Pardauz! Da ist der zweite Knopf geplatzt.

Zu ihrem größten Entsetzen entdeckt Shu-Mei nun zwischen den Falten des Kleides, jäh aufgeschossen wie ein Pilz nach einem Tag Regen, einen Spargel von abnormer Größe, weißlich gebläht und von violetten Adern durchzogen, der stolz das vor Aufregung rot glänzende Haupt wiegt.

Unsanft aus seinem schmachtenden Dämmern gerissen, rollt Meister Sun wild die Augen: ein nach Luft schnappender Karpfen. Seine Schülerin indessen ist sprachlos, hin- und hergerissen zwischen hysterischem Gelächter, Grauen und Neugier. Nie hat sie Derartiges gesehen! Halb kann sie sich vorstellen, worum es sich handelt, doch wagt sie es kaum zu glauben. Ein solch unmäßiger Auswuchs ist zweifellos eine ernstliche Krankheit – zumal die Sache schmerzhaft zu sein scheint: sein Atem geht rasch und keuchend, beunruhigend fast!

Um so mehr scheint es ihr geboten, die Haltung zu bewahren, als sei weiter nichts vorgefallen. Indes, ihre Hand zittert heftig, und sie kann die Augen nicht von jenem Anblick wenden: eine Ungeheuerlichkeit, dieser elfenbeinerne Schaft, prall wie der Rüssel eines Ameisenbärs.

Shu-Mei läßt die Teekanne fallen und stürzt aus dem Zimmer.

Nach kurzer Visite im Kabinett der Blühenden Harmonie ist Li-Mai, ihrer Pflichten ledig, in ihr Gemach geeilt.

Vorsichtig zieht sie die papierne Schiebetür zu, überzeugt sich noch rasch, daß keine Zofe in der Nähe weilt, und läßt sich sodann beruhigt vor dem quecksilberbeschichteten Spiegel nieder, den Herr Tsao ihr einst zum Geburtstag geschenkt hat.

Mit größter Behutsamkeit entfernt sie nun ihre Perücke. Ja, so ist das, Li-Mai ist kahl. Ein böser Wind hat ihr einst die jugendliche Haarpracht vom Kopf gefegt: Am sechsten Tag des dritten zunehmenden Mondes im Jahr 928 ist es geschehen. Damals brachte ihr einziger Bruder, Li-Pou, statt Unsterblichkeit zu erlangen, sich unvorsichtigerweise ums Leben.

Denn Li-Pou, ein überzeugter Taoist, hatte ein alchimistisches Experiment nach dem anderen angestellt – bis zu dem Tag, da seine angegriffenen Eingeweide dem »Lebenselixier«, einem Gebräu aus gelöstem Silber, Glimmer und Zinnober, nicht mehr standgehalten hatten.

Lange fächelt Li-Mai sich Kühlung zu. Die ersten Hitzewellen des Sommers sind unerträglich, zumal die juckende Kopfhaut ihr schwer zu schaffen macht.

Ausgiebig kratzt sie den glatten, schweißglänzenden Schädel mit einem groben Kamm aus Büffelhorn. Eine Wohltat. Da plötzlich hört sie draußen eilige Schritte sich nähern . . . Der Hofdame entfährt ein kaum standesgemäßer Fluch. Hastig stülpt sie die Perücke über und stellt sich beherzt dem Unvermeidlichen.

Draußen, in der halbdunklen Galerie, prallt sie unsanft gegen ihren Zögling. Shu-Mei ist völlig aufgelöst, das Haar hängt ihr wirr herab, und sie stammelt eine Entschuldigung:

»Ich habe die Teekanne zerbrochen, als . . . als dieses riesige Ding von Meister Sun . . .«

Weiter kommt sie nicht. Li-Mai läßt das verdatterte Mädchen stehen und eilt spornstreichs zum Musikkabinett. Dort angelangt, verharrt sie wie angewurzelt auf der Schwelle.

Meister Sun, mit gespreizten Beinen gleich einem im Sande spielenden Kind, hat sich nicht nur der Frischluft wegen, sondern gleichermaßen des bequemeren Zugriffs halber des lästigen Kleides weitgehend entledigt.

»Bei allen blühenden Kürbissen! Wer hätte gedacht, daß der fette Eber aus Hunan eine solch prachtvolle Eidechse unter seinen Röcken birgt!«

Die Hofdame ist fassungslos. Ungläubig steht sie und starrt und traut ihren Augen nicht. Indes, der ekstatische Professor nimmt nichts mehr wahr. Er schwebt in höheren Sphären – schließlich hat er seit geraumer Zeit schon den Kolben nicht mehr vom Rost befreit. Und so sitzt er und poliert hingebungsvoll seine Marmorsäule, bisweilen entschlüpft ihm genüßliches Grunzen.

Da, plötzlich – eine donnernde Explosion sich öffnender Schleusen, und wie ein Geysir schießt die kostbare Flüssigkeit opalisierend empor und ins rechte Auge der Dame. In der Tat hat diese, um der Wahrheit willen sei's gesagt, des Musikanten selige Entrückung mißbraucht, um sein Tun aus der Nähe zu betrachten.

Mit nassen Lippen stammelt der Meister ein letztes Mal den Namen der Begehrten und schlägt sodann die Augen auf. O Grauen! Vor ihm das weißlich bekleisterte Antlitz der Dame: sie schielt, unter unzureichendem Haupthaar, auf seine nun welke Männlichkeit.

Peinlich ist es und schmachvoll, daß sie die schöne und kostbare Teekanne aus Ungeschicklichkeit zerbrochen hat!

Shu-Mei beißt sich auf die Lippen. Nicht zehn, nein fünfzehn Peitschenhiebe wird sie bekommen!

Könnte sie doch diese unselige Musikstunde vergessen! Das Groteske der Situation wird noch übertroffen von der unsäglichen Scheußlichkeit des eben erlebten Schauspiels, und der Gedanke daran will ihr nicht aus dem Sinn.

Weshalb mußte gerade ihr solches widerfahren? War das

etwa die Strafe für den kurzen wollüstigen Schauer während der Mittagsruhe? Sie schämt sich, und doch muß sie lächeln beim Gedanken an die Miene der Gouvernante, falls diese durch Zufall das Gebrechen des Meisters entdeckt haben sollte.

Ob sie wohl der Schlag träfe?

Li-Mai, vor dem Spiegel stehend, mustert sich von oben bis unten. Aus dem Rahmen blicken höhnisch die blaßgrün emaillierten Reiher und Schildkröten auf sie herab. Wie Tränen schimmert der Tau Meister Suns auf der welken Wange. Lustvoll verteilt sie ihn übers ganze Gesicht – denn, so heißt es, die kostbare Masse ist als Verjüngungskur ebenso wirksam wie zerstoßene Spinneneier –, und solchermaßen gerüstet, schreitet sie nun zur Tat.

Aus ihrem Busen zieht sie einen flachen Schlüssel in Form eines Fisches, schiebt, vor Ungeduld zitternd, einen Vorhang beiseite und öffnet die dahinter verborgene Truhe. Für einen Augenblick verharrt sie in andächtigem Schweigen: In stummer Pracht, gleich einem Wald strahlender Hellebarden, spießen zwanzig Phallusfiguren ins rötliche Licht, das durch papierverhangene Fensteröffnungen fällt.

Es ist der geheime Schatz des Fräulein Li, ihr einziger Reichtum. Treue Gefährten eines ganzen Lebens.

Jeden Abend vollzieht sie, geschützt vor neugierigen Blicken, ein stets gleiches Ritual: Sie pflegt und glättet, poliert und fettet, und streichelt bewundernd.

Da sind Kurze und Dicke, gleich knorrigen Stämmen, Lange und Schmale, am Sockel zu befestigen, Doppelköpfige mit bunten Riemen, manch einer gekrümmt wie der Stoßzahn des Elefanten, stämmig und prall oder schlank-elegant mit dem Haupt einer Natter, geädert oder mit Nägeln besetzt, aus Mahagoni und Rosenholz, blattgoldverziert, aus weichem Leder, das aufquillt in heißem Wasser, aus Bienenwachs, aus Schildkrötenpanzer, aus Walzahn, manche bemalt und reich geschmückt, andere, pausbäckige Teufelchen in lüsternem Scharlach... Eine stolze Parade von schier unglaublicher Vielfalt.

Fräulein Li läuft das Wasser im Munde zusammen, als stünde sie vor der reichgedeckten Tafel fürs Neujahrsfest. Ihre Wahl ist freilich schnell getroffen. Natürlich kennt sie jeden Phallus genau, doch nicht genug damit: sie könnte sie selbst mit geschlossenen Augen auf Anhieb voneinander unterscheiden.

Wie manch einer vielleicht mit seinem Schoßhündchen zärtlich zu sprechen beliebt, so hat sie für jeden von ihnen ein freundliches Wort bereit. Und wie es sich für einen Geliebten geziemt, wurden sie sämtlich mit Kosenamen bedacht: Goldstengel, Flaumfeder, Jadehammer, Drachenbart, Bambusblüte, Zitterpappel, Schilfrohr im Winde und viele andere mehr.

Heute freilich ist es der Große Steuermann, der sie ganz und gar fesselt. Die ungebührliche Länge, die stattliche Statur und die harte, glatte Oberfläche des Elfenbeins erinnern sie am meisten an das Prachtexemplar Meister Suns.

Behutsam nimmt sie ihn von seinem Podest, betastet ihn mit Kennermiene, küßt ihn noch rasch und mit kaum verhohlener Gier, und befestigt ihn sodann mit fein gewebten Riemen an der Lehne eines niedrigen Stühlchens.

Einen Augenblick verharrt sie in stummer Bewunderung, wie er da aufrecht thront als stolze Standarte, und weilt im Geiste beim gehabten Erlebnis im Musikkabinette.

Bald schon erzielt ihre Vorstellungskraft das gewünschte Maß an Erregung. Nun reißt sie sich die Kleider vom Leib und salbt, vor dem Spiegel kniend gleich einem tapferen Recken vor seiner Dame, ihre Jadepforte mit einer duftenden Mischung aus Myrte und Enzian. Violett glänzend die Lippen wie der schwellende Kamm des Hahns vor dem Kampf, so wirft sie sich in den Sattel, bereit zu erbarmungslosem Galopp.

Jetzt schwingt sie die Peitsche als Zeichen zum Start. Mit festem Griff hält sie die Lehne des Stuhls, tief beugt sie sich über den Widerrist ihres feurigen Rosses, und so reitet sie los, den Pfahl im Leibe.

Sie galoppiert dahin über Stock und Stein und mit gierigem Schmatzen. Indes, es entgleitet ihr bald die Kontrolle, nicht mehr zu bändigen ist das zügellose Pferd, und so führt der Höllenritt sie geradewegs in den Abgrund.

Und als Pauken und Trompeten die Rückkehr Herrn Tsaos verkünden, ist die alte Li am Ziel angelangt: Aus tiefster Brust entfährt ihr ein Schrei des Triumphes.

4

Seitdem Tsaos Vorhut die Rückkehr des Herrn und seiner Mannen angekündigt hat, herrscht fieberhaftes Treiben in den Höfen.

Tatsächlich ist es Fan-Shi (Heiterer Tiger) und Zhu-Ling (Donnergrollen), den beiden unzertrennlichen Kundschaftern Tsoas, gelungen, die Lakaien aus ihrer tumben Starre zu reißen.

Bald erschallt aus den Küchen ohrenbetäubender Lärm – ins Gezänk der Dienstboten mischen sich die markerschütternden Angstschreie der Schweine, die zur Schlachtbank geführt werden, das Gegacker verschreckter Hühner, der dumpfe Aufprall des Fleischerbeils und das Wetzen der Messer auf dem Schleifstein, der Schlag des Stößels im Mörser, das Geklapper der Kessel und Töpfe: Wenn die Männer heimkehren, wird ein Festmahl gerichtet.

Im rückwärtigen Teil der Küche, einem hohen und weiten Raum mit rußgeschwärztem Gewölbe, braten drei goldbraune Ferkel am Spieß, langsam sich drehend über glühenden Ziegeln.

Zwei Küchenjungen beträufeln die knusprige Schwarte mit würzigem Honig; gleich neben ihnen wacht eine füllige Köchin über einen riesigen Kessel, der auf dem Dreifuß im Feuer steht; darin brodelt es und dampft: Nudelsuppe mit Aal.

In irdenen Schüsseln, schwärzlich versottet durch langjährigen Gebrauch, schmoren Schafskutteln, Schweinefüßchen und Kalbsbries.

Von den Dachbalken hängen verschiedene Sorten Pökelfleisch herab: lange, gerade Pferdewürste und Kränze von Hundewürsten, fette Kapaunen, Stockfisch und Teile von Wild, nicht mehr ganz frisch.

In einer anderen Ecke werden Enten geköpft und gerupft in einer wirbelnden Wolke von Daunen. Blut spritzt hervor und wird eilends in Zinngefäßen aufgefangen. Ein kopfloses Huhn entkommt den Händen des Fleischers und rennt mit verzweifelt flatternden Flügeln seinem eigenen Tod hinterher, was den Küchenmädchen einiges Vergnügen bereitet.

Verstohlen wird von der köstlichen Schlangensuppe gekostet, welche ihrer erbaulichen Wirkung halber den Herrn des Hauses vorbehalten ist. In dieser Hinsicht gleichermaßen beliebt ist eine Brühe, die aus dem saftigen, gelblichen Fleisch dicker Schildkröten gekocht wird.

Manch eine Zofe faßt sich ein Herz und streicht kühn die faltigen Köpfchen[1], die unter ängstlichem Beben sogleich sich hinter dem schützenden Panzer verschanzen.

Es herrscht drückende Hitze. Zwischen Bergen von fleischgefüllten Teigtaschen und dampfenden Hirsebällchen ist die dicke Lu eifrig am Werk. Unermüdlich schüttelt sie das Mehlsieb, und der Schweiß rinnt ihr in breiten Bächen von der Stirn. In ihrer Geschäftigkeit merkt sie freilich nicht, daß Tin-Le, die nichts als Unsinn im Kopf hat, vor ihren

1 Eine der vielen Bezeichnungen für das männliche Glied ist Kwei (Meeresschildkröte).

Augen eines der Affenhirne entwendet, die, in einem Becken mit kaltem Wasser schwimmend, auf ihre Verarbeitung warten.

Hurtig stiehlt sich das Mädchen von dannen, Ausschau haltend nach ihrer Komplizin, Sumpflibelle, die sie auch bald unter einem schweren Eichenholztisch entdeckt.

»Hier, ich habe alles beisammen!« verkündet sie strahlend und entfaltet ihre Schürze. »Ein Hirn, ein Rhabarberblatt, sechs Aprikosenkerne, drei Rüben, und schließlich auch die Paste zum Polieren der Spiegel.«

»Ausgezeichnet. Jetzt fehlt nur noch die Salbe aus Galläpfeln mit Gerbstoff und Essig, wie sie die Dritte Dame benutzt, um ihre Zähne zu glätten. Darauf können wir keinesfalls verzichten.«

Verständnislos starrt Tin-Le jetzt ihre Freundin an.

»Was willst du denn bloß mit all dem Zeug?«

Sumpflibelle bricht in Gelächter aus.

»Zerstampfen, verrühren und schlucken, was sonst! Sieh mich nicht an wie ein Karpfen, der in ein Weinfaß gefallen ist! So einfältig kannst doch selbst du nicht sein!« Sie senkt die Stimme. »Ich gebe dir einen Rat: Du solltest dasselbe tun, wenn du nicht eines Tages mit dickem Bauch dastehen und von der alten Li vor die Tür gesetzt werden willst.«

Tin-Le errötet.

»Nur wenn das Tor nicht mehr schließt, verirren sich streunende Hunde im Hof!«

»Wer mit Steinen wirft, sollte darauf achten, daß er nicht selbst getroffen wird«, gibt Sumpflibelle verärgert zurück.

»Ich danke für dein Interesse, doch ich ziehe es vor, meine duftende Blüte für den künftigen Gatten zu bewahren.«

Sumpflibelle verdreht die Augen. »Dann vergiß nicht, eine Opfergabe auf dem Altar des Zao-Shen[1] darzubringen. Du wirst seinen Schutz dringend benötigen.«

1 Küchengeist.

In einem der Innenhöfe drängeln die Frauen sich vor dem Brunnen. Eimer und Krüge werden gefüllt bis zum Rand, die Zugwinde ächzt, und der Hof hallt wider von heiseren Rufen und Schreien. Die Zofen eilen hin und her, die kostbare Last vorsichtig auf den Köpfen tragend.

Denn wenn die Krieger erschöpft und auf schwankenden Beinen nach langem Ritt endlich vom Pferde steigen, lechzen sie nach dem wohlverdienten Sitzbad, um ihre seit Wochen im Sattel geschundenen und gequetschten Intimteile durch wohltuende Wärme zu beleben.

Die Anfängerinnen kichern verschämt beim Gedanken, daß manche von ihnen wohl auserkoren werden, den edlen Herren im Bade zu dienen.

Ma-Do, das Vielversprechende Fohlen, mit den Sitten im Hause bestens vertraut, gibt ihren Erfahrungsschatz preis und weiht den Nachwuchs ein in die unwandelbaren Gepflogenheiten, denn: »Klug und erfahren hat ein junges Mädchen zu sein, auf daß es imstande sei, auch einem Todgeweihten zu neuem Leben zu verhelfen.«

»Ihr zieht zunächst den Leibstuhl heran, in dessen Vertiefung die Porzellanschüssel bereitsteht. In dieselbe gießt ihr heißes Wasser, welchem ihr zuvor Beifuß[1] zugesetzt habt. Wenn der Mann nun seine Hosen herabläßt, tut ihr, als bemerktet ihr nichts... Freilich dürft ihr diese einmalige Gelegenheit keinesfalls versäumen! Denn, und das könnt ihr mir glauben, es ist eine wahre Augenweide, dieses lange, baumelnde Ding, das, wie es heißt, so weich ist wie Seide aus Huzhou, ganz nach Belieben betrachten zu dürfen.«

Gespannt lauschen die Mädchen, mit offenem Munde vor Staunen.

»Erschöpft von dem anstrengenden Ritt wird er sich schwer auf den Stuhl fallen lassen, die Beine gespreizt, die Stiefelabsätze kraftlos am Boden schleifend, und mit unver-

1 Gewürzpflanze mit schützender Wirkung.

hohlenem Entzücken wird er seine Attribute ins Wasser hängen wie bemehlte Muscheln ins heiße Fett. Er entspannt sich, ein seliges Lächeln verklärt sein Gesicht. Er schließt die Augen und bittet euch, zu verschwinden.«

Enttäuschtes Murmeln unter den Zuhörerinnen.

»Ihr tut wohl daran, euch sodann hinter dem Wandschirm zu verbergen. Ich kann euch versichern, daß ihr, wenn ihr über den oberen Rand späht, mit glänzenden Augen beobachten werdet, wie... Aber ich weiß nicht, ob ich noch mehr sagen soll.«

»Bitte, Ältere Schwester, was werden wir beobachten?«

Dringend fordern die Mädchen, die der Spannung kaum noch standhalten, die Fortsetzung der Geschichte. Eine von ihnen, Lenzverheißung gerufen, zieht gar ein feines Tüchlein aus ihrem Ärmel und stopft es sich vor Aufregung zwischen die Zähne. Alle, wie sie da sitzen und lauschen, verzehren sich vor Neugierde; ungeduldig und flehentlich bitten sie Ma-Do, sie möge ihre Schilderung doch zu Ende bringen.

»Stellt euch vor, wie zwei schlaffe Häute sich mit einem Mal blähen und füllen, als wäre da einer, der Wasser hineinlaufen ließe, und schließlich so prall und rund werden wie die Backen von Meister Sun, wenn er in seine Trompete bläst.«

Um der dramatischen Wirkung willen, unterstreicht Ma-Do nun ihren Bericht durch vielsagende Mimik und die anschaulichsten Gesten.

»Der Mann scheint zu schlafen... Doch mit einem Mal reckt und streckt er sich und beginnt zwischen seinen Schenkeln zu wühlen, als suche er etwas...«

»Was denn?« fragt Sun-Li in völliger Unschuld.

»Nun müßt ihr recht wohl die Augen offenhalten. Denn zumindest bei jedem zweiten Mann geschieht es, daß plötzlich und wie durch einen Zauber das, was eben noch träge und faul zwischen den Beinen baumelte, sich nun dehnt, entfaltet, aufblüht und wächst. Kurz, es schwillt an wie ein trockener Kloß, sobald man ihn in die kochende Suppe wirft. Ein Wunder! Der glückliche Besitzer untersucht und wiegt die Ware gleich einem Händler auf dem Markt, dann packt er sie fest und schwenkt sie hin und her wie ein Glöckchen: Offenbar will er Bewegung und Belastbarkeit prüfen. Doch plötzlich wird er von unbegreiflicher Raserei erfaßt, er beutelt und traktiert das unschuldige Tierchen, und geht gar so weit, es zu beschimpfen . . . bis es, am Ende seiner Kraft ob der argen Behandlung und endlich von Übelkeit ergriffen, sich ein letztes Mal aufbäumt und erbricht in hoch aufschießendem Strahl, gleich einem prachtvollen Feuerwerk.«

Die Zuhörerinnen applaudieren gerührt.

»Erleichtert wirft der Krieger einen letzten Blick auf das nun friedliche Würmchen, das zusammengerollt wie ein faltiger Lampion in seinem Schoß ruht, und läßt ein befriedigtes Grunzen hören. Dies ist das Zeichen für euch: Ihr habt ihm nun frische Wäsche zu bringen und den Blick dabei schamhaft seitwärts zu wenden.«

Einen Augenblick verharrt das Publikum in ergriffenem Schweigen.

»Aber welchen Umfang hat solch ein Kloß?« läßt Pfingstrose sich schließlich vernehmen.

»Die Glücklichen unter euch werden dies bald erfahren.«

Ein Stockwerk höher, auf der anderen Seite des Gebäudes, bewundert Jing-Hua, die derzeitige Favoritin des Herrn, sich mit Wohlgefallen im Spiegel: Noch ist ihr langer eleganter Leib nicht durch Schwangerschaften entstellt, und an Brüsten, so jung und saftig wie Pfirsiche, findet sich kein zweites Paar unter den Frauen des Hauses.

Sie legt ihr Perlengehänge um, befestigt einen Schmetterling, aus Jade geschnitten, im kunstvoll zum Knoten geschlungenen Haar: Keinesfalls darf es geschehen, daß Herr Tsao sie nicht mehr nach seinem Geschmack befände!

Seit er damals, in jenem Tsing-Lou[1] in Guilin, ihre Stimme vernahm und so sehr in Liebe zu ihr entbrannte, daß er sie kaufte und als Konkubine heimführte, träumt sie insgeheim davon, einst die Herrin des Hauses zu werden.

Weshalb hat Tsao nicht wieder geheiratet? In Ansehung seines hohen Standes wäre es doch seine Pflicht gewesen, sich eine Vielzahl von Gattinnen zu halten. Unbegreiflich.

Während Lan, die Zofe, zum Schmuck der Herrin prächtige Gewänder bereitlegt, bestehend aus einem hauchfeinen Beinkleid, mit Seerosen bestickt, einem blauen Seidenjupon und einem ebensolchen Obergewand, welches mit Einhörnern verziert ist, sowie einem weiten und weichen Schal aus hellem Musselin, lagert Jing-Hua träge auf der Bettstatt, die mit rostrot lackierter Holztäfelung eingefaßt ist.

Sie schiebt den Stoff des offenen Hemdes ein wenig beiseite. Unter der schwarzen Seide leuchtet die milchweiße Haut. Genüßlich hebt sie die runden Arme und verschränkt die Hände hinter dem Nacken.

»Komm her, Mädchen, ich möchte enthaart werden!«

Die Zofe gehorcht. Mit der Pinzette entfernt sie sorgfältig einige unschöne Härchen, die rings um die Schlafende Blume vorwitzig sprießen. Bald ist das zarte Beet von unerwünschtem Bewuchs befreit.

Tsao liebt eben nur unbehaarte Frauen.

»Au, du ungeschicktes Ding . . . du tust mir ja weh! Genug damit – massiere mich jetzt mit Rosenhonig!«

Wieder tut Lan wie ihr geheißen, ängstlich bedacht, die Wünsche der Herrin sogleich zu erfüllen: Jing-Hua kennt kein Erbarmen.

Diese indes, die Augen zur Decke gewandt, scheint die zarten Hände nicht zu bemerken, die wie Herbstlaub, vom Winde getrieben, über ihren Körper streichen. Allein die

1 »Grünes Haus«: die Bezeichnung für ein Luxusbordell, dessen Holztäfelungen grün lackiert waren. Dort tanzten und sangen die Kurtisanen, während die Gäste schwelgten und praßten.

Brustwarzen, dunkelrot gleich zwei reifen Kirschen, erbeben leise und richten sich auf.

Lan wird nicht müde, den wohlgeformten Leib ihrer Herrin zu bewundern, schwellende und zuckende Rundungen. Ob ihre eigenen Brüste einst auch so schwer werden?

»Tiefer!«

Jing-Huas Tonfall ist herrisch; gleichwohl schwingt leise Erregung in ihrer Stimme mit. Das junge Mädchen konzentriert sich nun auf den Unterleib, knetet und walkt die Innenseite der Schenkel, streicht über die samtene Haut der Scham, die, gleich einem jungen Schwälbchen im Nest, inmitten zarter Speckfältchen kauert.

Die Luft ist schwer von süßlich berauschenden Düften. Der Zofe wird schwül, ihr Kopf beginnt sich zu drehen... Doch sie ist nicht die einzige, deren Sinne sich verwirren.

Denn mit einem Mal schnellen die runden Hüften der Dame empor, die Schenkel öffnen sich weit und entblößen die schmelzende Goldperle.

»Jetzt mit der Zunge... rasch!«

Wenn Lan den Gehorsam verweigert, läuft sie Gefahr, den Zorn der Herrin auf sich zu laden. So fügt sie sich und beginnt, die vor Erregung zitternde Jadepforte zu lecken.

Der Aufwand lohnt sich, das Ergebnis spricht für sich: In einer Wolke von Licht entschwebt Jing-Hua, braust durch die Lüfte auf einem fliegenden Fisch... Nach und nach drängt sich hinter ihren geschlossenen Lidern ein in noch stärkerem Maße befeuerndes Bild: die beeindruckende Statur ihres Herrn, dessen Körpermitte, in goldenen Glanz getaucht, jetzt unabweislich vor ihrem geistigen Auge steht. Der Appetit ist geweckt, die Jadepforte trieft und verlangt ungeduldig und immer drängender nach einer brauchbaren, kräftigen Rute.

Unerträglich ist die Not. In solchem Augenblick ist schier alles willkommen, sofern der Gegenstand nur geeignet ist, zu graben, zu stoßen, zu bohren... das Feuer zu löschen. Woher den aber nehmen?

»Dein Fuß . . . Gib mir deinen Fuß!«

Das Mädchen unterbricht ihre Arbeit, hebt folgsam den Leinenjupon und zieht den schwarzen Pantoffel mit geschwungener Spitze von ihrem winzigen Goldlotus.[1]

Jing-Hua richtet sich auf, ihre Schenkel sind hart. Der Blick verschwimmt, wird trübe wie das Wasser des Tian-Lu-Sees nach einem heftigen Regenguß. Gierig fährt ihre Zunge über dunkelrot geschwollene Lippen, und sie packt mit beiden Händen den zierlichen Fuß.

Mit kreisender Bewegung und unerträglich langsam balanciert der kleine Seiltänzer die weiche Furche entlang, klopft, zögert erst, an die Rote Grotte und stürzt dann Hals über Kopf in die Tiefe, und die Wogen schlagen über ihm zusammen.

Lan hält den Atem an. Dieses ständige Hin und Her ist nicht auszuhalten. Sie beißt sich auf die Lippen, um nicht zu schreien: ein schmerzhafter Krampf lähmt ihr Bein.

Nun kann sie nicht mehr und windet sich zornig, doch seltsam genug: ihr Sträuben versetzt die Dame nur noch mehr in Raserei. Jing-Hua öffnet weit den Mund, die Augen verdrehen sich entzückt. Welch köstlicher Tag! Sollte diese kleine Bäuerin tatsächlich die Kühnheit besitzen, ihr zur Himmlischen Seligkeit zu verhelfen?

Doch nein! Der geschundene Fuß befreit sich aus klammerndem Griff – just fünf Sekunden vor Erreichen des Ziels.

Jing-Hua, schwebend im luftleeren Raum, fährt empor, außer sich vor Zorn:

»Du wagst es, nichtsnutziges Ding . . .!«

»Verzeiht mir, Herrin, aber . . .«

»Aus meinen Augen! Hinaus!« schreit die Kurtisane.

So geschah es, daß Dame Jing-Hua kurz vor der Rückkehr ihres Herrn knapp an der vollkommenen Befriedigung vorüberging.

1 In der chinesischen Literatur die Bezeichnung für den Fuß der Frau.

Wenige Schritte entfernt von hier betrachtet Shu-Mei vom offenen Kammerfenster aus das rege Treiben im Hof.

Mit den allzu gewöhnlichen Sorgen und Nöten, die das Herrenhaus von der Küche bis in die Alkoven hinein in Atem halten, hat sie nichts im Sinn. Ihr Herz klopft heftig vor brennender Ungeduld: Gleich wird sie ihre beiden Lieben wiedersehen, den Vater und den Vetter.

Ein zusätzlicher Vorteil, den sie mit Wohlgefallen zur Kenntnis nimmt: dank des väterlichen Erscheinens wird Li-Mai kaum Gelegenheit haben, ihr die versprochene Strafe zu verabreichen.

Nun färbt sie die Wangenknochen mit einem Pulver aus Granatapfelblüten, träufelt sich einige Tropfen Zitronensaft in die Augen, um deren Glanz zu verstärken, und löst ihr Haar, das sie mit Jasminessenz einreibt und lange Zeit bürstet, bevor sie es zu einem muschelförmigen Knoten aufsteckt und mit dem goldenen Kamm schmückt, den Yi-Shou ihr am Tag vor der Abreise schenkte.

Jetzt sollten die Männer bereits den Marktflecken erreicht haben.

Der Sandelholztruhe entnimmt sie eine Satinweste mit weiten Ärmeln und einen seegrünen, gefälteten Rock, den sie während der Abwesenheit des Vaters eigenhändig mit Wildgänsen bestickt hat. Anmutige rote Pantoffeln mit goldenen Wölkchen sollen schließlich ihre Füße zieren.

»Seid Ihr wohl verrückt geworden?« zischt hinter ihr eine Stimme, die sie nur zu gut kennt.

Grimmig mustert Li-Mai die schmucken Gewänder, die auf der Bettdecke ausgebreitet sind. Sodann fällt ihr Blick auf das geschminkte Gesichtchen, und es verschlägt ihr die Sprache.

»Eine Kurtisane! Das ist es wohl, was Ihr sein wollt, wie?«

Li-Mai packt das Mädchen und schüttelt es heftig.

»Sofort entfernt Ihr diese Farbe von Euren Wangen und kleidet Euch in ein schlichtes Gewand, wie es einer Person Eures Standes geziemt.«

Die Puderdose nimmt sie an sich.

»Der Monsun hat Euch um den Verstand gebracht! Ab heute abend bekommt Ihr nur noch Rübensaft!«

»Wenn Ihr im Jahr der Ratte geboren seid, wird im dritten aufgehenden Mond Freude in Eurem Hause einkehren. Ich sehe zwei ganz in Weiß gekleidete Männer, die Euch frohe Kunde bringen.«

»Die Rückkehr meines Sohnes?« ruft Mutter Ho und wedelt aufgeregt mit dem Fächer.

»Ich werde die magische Schildkröte befragen[1].«

Die zahnlose Greisin stellt das Tier auf den Boden, in die Mitte des Kartenkreises, versetzt ihm einen leichten Stoß und wartet geduldig auf eine Bewegung.

Neben ihrer eigentlichen Aufgabe, welche darin besteht, »Berge zusammenzuführen«, mit anderen Worten: Ehen zu stiften, empfängt Mutter Ho in ihrem bescheidenen Hause, freilich gegen Zahlung eines gewissen Entgelts, manch ungesetzliches Paar, dessen heimliche Liebeshändel sie solchermaßen fördert. Zeigt ein Kunde sich großzügig, ist sie durchaus bereit, ihm auch einmal junge und gleichwohl erfahrene Künstlerinnen im »Spiel der Wolken und des Regens« zuzuführen.

Am heutigen Nachmittag vergnügt sich im hinteren Zimmer ein fremdländisch aussehender Haudegen mit rötlichem Haar, den sie zuvor nie gesehen hat, mit einer noch sehr jungen, aber begabten Schönheit: Die Stammgäste nennen sie Schneekranich, weil ihre Haut weiß ist und weil sie aus dem Norden stammt.

Mutter Ho ist die Liebenswürdigkeit in Person. Ihren Ruf verdankt sie ihrem stets heiteren und zuvorkommenden Wesen, den runden Ingwerkuchen, die sie vorzüglich zu backen versteht, und nicht zuletzt der Kunst, das »Schilfrohr

1 Altchinesisches Wahrsagespiel: aus zweiunddreißig Karten wird ein Kreis gelegt, in dessen Mitte eine Schildkröte sitzt; indem diese sich auf eine der Karten zu bewegt, gibt sie Antwort auf die gestellte Frage.

zu blasen« – eine Kunst, die sie trotz vorgerückten Alters noch immer vollkommen beherrscht, zum allgemeinen Bedauern jedoch höchst selten und nur zum Vorteil weniger Auserwählter ausübt.

Jetzt gießt sie kochendes Wasser über schwarze Teeblätter und fordert die Wahrsagerin auf, sich erst zu stärken, bevor sie in ihrer Tätigkeit fortfährt.

»Tante, Tante, sie kommen!«

Schemenhaft taucht hinter dem dünnen Papier des Fensters ein braunes Gesicht auf, dunkel wie ein verbrannter Kuchen, und hüpft auf und ab vor unbändiger Ungeduld. Kaum hat Mutter Ho die Tür geöffnet, stürmt Sheng-Fu ins Zimmer, wild gestikulierend und unverständliche Worte stammelnd.

»So beruhige dich doch . . . Von wem sprichst du?«

»Von Herrn Tsao! Sie kommen!«

»Wie? Tausend Teufel, warum sagst du das denn nicht gleich!«

Mit einem Satz ist sie vor der Tür, und ihre Maulwurfsäuglein blinzeln erwartungsvoll im ungewohnt hellen Licht.

Alles ist auf den Beinen und drängt sich in der engen Gasse, mit Ausnahme nur der beiden greisen Laos, die, das Kinn auf den Stock aus Schilfrohr gestützt, unbewegt auf ihrer Bank vor sich hinstarren.

Schellenbaum fegt den Unrat von der Straße und verscheucht die schwarzen Schweine, die sich gewöhnlich in der Gosse tummeln. Der kleine Jin legt frisches Stroh aus, damit die Pferde auf glitschigem Stein nicht ins Straucheln geraten und ausgleiten. Wasserträger eilen herbei, die Eimer an beiden Enden des Tragejochs schwanken gefährlich.

Ein böses Vorzeichen! Der Tofu-Händler ist auf Hundekot getreten und unglücklich gestürzt. Aus seinem Korb rollen die Käselaibe in den Rinnstein.

Da kommt auch Hibiskusduft, die Weißnäherin, mit schamhaft gesenktem Blick die Gasse herauf. Auf dem Kopf trägt sie einen Korb mit Fleischpasteten.

»Seht nur, wie sie die Stolze spielt! Das abgefeimte Frauenzimmer! Mir tut nur ihr Mann leid!«

Hibiskusduft ist seit kurzem das Tagesgespräch. Es geht das Gerücht, sie betrüge ihren gelähmten Ehemann mit einem gesunden und kräftigen Kerl aus dem Nachbarort.

Als sie näherkommt, wenden alle den Kopf, blicken verlegen zur Seite. Nur manch altes Weib, die Hände in die Seiten gestemmt, mustert sie mit Verachtung und unverhohlener Neugier zugleich: Liegt da nicht ein ungewohntes Feuer in ihren Augen, eine verdächtige Röte auf ihren Wangen?

»Aus dem Weg!«

Fu, der Getreidehändler, versucht mit dem Karren, sich einen Weg durch die Menge zu bahnen. Die Glöckchen bimmeln, die Räder knarren, und auf dem Karren türmen die Säcke sich zu gefährlicher Höhe. Indes, die Maulesel bocken und rühren sich nicht mehr von der Stelle. Nun wird gezerrt und getreten, alles schreit durcheinander, der Fuhrmann drischt auf die Tiere ein, verliert endlich die Geduld. Mutter Tchangs Sohn springt rittlings auf einen der Maulesel und versetzt ihm mit strohgeflochtenen Stiefeln kräftige Hiebe in die Flanken. Dies hat Erfolg . . .

Plötzlich ein Höllenlärm: Unter Wiehern, Schnauben und Säbelgeklirr biegt die Truppe bei Meister Hsias Haus um die Ecke.

Meister Hsia ist ein hoher Beamter und ein nichtswürdiger Mensch, Steuereintreiber und bei Bedarf auch Geldverleiher. Dank verwerflicher Intrigen ist es ihm gelungen, sich des Königs Liu-Yin uneingeschränktes Vertrauen zu erwerben, und so waltet er nun seines Amtes als Auge des Königs in der ganzen Provinz.

In seinem prachtvollen Palast aus rosafarbenem Stein häuft er seit Jahren unermeßliche Reichtümer an. Er bewohnt ein Patrizierhaus mit schräg abfallenden Dächern, überragt von einem eleganten, turmartigen Taubenschlag, der mit grün emaillierten Kacheln verkleidet ist.

Man munkelt, er habe sich dieses Haus gleich nach seinem Amtsantritt in schändlicher Weise angeeignet, indem er den vormaligen Besitzer, den Gelehrten Pipai, bei den Behörden staatsfeindlicher Umtriebe bezichtigte.

Nun tritt auch er vor die Tür, den schlangenartigen Kopf unter einer quastenverzierten Kappe verstaut und das dunkelgelbe Gewand mit einem Gürtel aus roten Kranichfedern gerafft, so daß die Stiefel aus feiner schwarzer Seide zu sehen sind.

Als Herr Tsao herannaht, verneigt er sich tief und unterwürfig. Die beiden hassen einander von Herzen, und Hsia wartet nur auf einen Fehler seines Feindes, um ihn endlich beim König anzuschwärzen.

»Das alte Krokodil hätte man schon längst zu Suppe verarbeiten sollen!« murmelt GuanShang in seinen Bart.

»Vorsicht! Wenn uns einer derart viel Honig um den Bart schmiert, spinnt er finstere Ränke!« gibt Tsao ebenso leise zurück.

Sheng-Fu hat sich hinter einem der Reiter aufs Pferd geschwungen und jauchzt vor Vergnügen.

Die Truppe erreicht Mutter Tchangs Taverne, als diese eben einem Trunkenbold unsanft die Tür weist. Der torkelt und stolpert und landet schließlich in der Gosse, aber noch immer hält er in jeder Hand einen Krug mit heißem Wein.

Die Reiter brechen in schallendes Gelächter aus.

»Na, Mutter Tchang, noch immer so ungestüm?«

Die Angesprochene errötet. Trotz ihrer Körperfülle fällt sie sogleich auf die Knie und vollführt einen Kotau.

»Ihr Herren, erweist einer demütigen Sklavin die Ehre Eures Besuchs in ihrem bescheidenen Hause. Der Weg ist lang und beschwerlich, hier sollt Ihr Euch an Speis und Trank laben.«

Der Vorschlag ruft allgemeines Entzücken hervor, im Geiste sehen sie sich schon beim Gelage, doch der gebieterische Tonfall Herrn Tsaos bringt rasche Ernüchterung.

»Ein andermal, Mutter Tchang, beehren wir dich gerne. Jetzt aber rufe mir Mutter Ho herbei.«

»Hier bin ich, Hoher Herr!« Die Gesuchte ist sogleich zur Stelle und verneigt sich ergeben vor dem großen Feldherrn. Gesenkten Blicks harrt sie seiner Befehle.

»Schicke uns deine schönsten Mädchen ins Herrenhaus, meine Mannen bedürfen dringend einer Belebung. Und dies ist für deine Mühe.«

Das läßt die alte Kupplerin sich nicht zweimal sagen. Im Fluge fängt sie den prallen Beutel und enteilt.

Unterdessen hat Ho-Jin, der rotbärtige Haudegen, sich an Schneekranich so lange gütlich getan, bis er in tiefen Schlummer fällt.

Eingezwängt zwischen der Wand und dem narbenübersäten Leib des riesenhaften Kerls, versucht die Ärmste verzweifelt sich zu befreien, um in ihre Kleider zu schlüpfen.

Indes, die Mühe ist vergeblich. Zwei starke Fäuste heben sie hoch wie ein wehrloses Kätzchen. Schneekranich, einen Augenblick lang zwischen Matte und Zimmerdecke schwebend, hat gerade noch Zeit, einen Blick auf das unersättliche Geschlecht zu werfen, das in stolzer Höhe emporragt gleich der Bronzepagode der Himmlischen Pracht in ihrem Heimatdorf in Hebei – da durchbohrt ein Pfahl ihre Eingeweide, und ein Schreckensschrei entringt sich ihrer Kehle, in dem freilich auch lustvolles Seufzen mitschwingt.

Und während Ho-Jin mit festem Griff ihre Hüften hält und sie auf der marmornen Säule reiten läßt, als schaukelte er ein Kind auf dem Schoß, erblickt Schneekranich mit größtem Entsetzen ein gutes Dutzend behelmter Gesichter, aufgereiht vor dem Fenster, die sämtlich in ihre Richtung starren.

»O elende Schmach, mein Ruf ist dahin! Das Fenster steht offen!«

Von der Höhe ihres schneebedeckten Gipfels herab erwidert sie die Pfiffe der Spötter und winkt mit der Hand den Willkommensgruß.

»Tausend Teufel!« brüllt Ho-Jin am Rande der Ekstase. »Was geht da vor?«

»Herr Tsao und seine Truppen sind aus Guang-Zhou zurückgekehrt, mächtiger und baumstarker Hüne«, stammelt Schneekranich schamerfüllt und winkt noch ein letztes Mal.

»Ei, was sehe ich da? Das ist doch Mutter Hos Hühnchen, das mir da eine Kußhand zuwirft!« ruft Narbengesicht mit grölendem Lachen. »Hat sie mich einst nicht als halbtote Schnecke beschimpft? Sollte sie mir jetzt etwa gnädiger gesonnen sein?«

»Tatsächlich«, pflichtet Weißer Wirbelsturm bei. »Wir sollten alle zusammen antreten und ihr zeigen, wie man in Guang-Xi Gänse zu stopfen pflegt!«

Unter Gelächter und losen Reden entfernt sich die Truppe.

»Schlampe! Hättest du mir das nicht vorher sagen können!«

»Was denn?« gibt Schneekranich verwundert zurück.

Wie hätte sie auch die finsteren Absichten Ho-Jins erahnen sollen?

Das Feuer ist erloschen, jegliche Glut erstickt. Ho-Jin macht sich los, fährt fluchend in seine Hosen und schlüpft durch den Vorhang, der die Kammer vom Gastsaal trennt.

Gerade als Ho-Jin sich davonmachen will, kehrt Mutter Ho zurück, außer Atem und aufgeregt wie ein ganzes Heer Flöhe.

»Sagt an, wackerer Geselle, wolltet Ihr Euch gar entfernen, ohne zu zahlen?« erkundigt sie sich argwöhnisch.

»Keineswegs, gute Frau. Ich suchte nur ein wenig Erfrischung«, bringt der hünenhafte Bursche verlegen hervor. Widerwillig läßt er einige Münzen in die aufgehaltene Hand gleiten.

Die Kupplerin steckt die Gabe geschwind in den Ärmel

und kichert in sich hinein, während sie die aus Schildkrötenschuppen geknüpften Vorhänge zurückschlägt.

»Ihr werdet mich doch nicht glauben machen, daß die Kleine Euch so zugerichtet hat . . . einen Burschen von Eurem Format!«

Den Verdacht kann Ho-Jin nicht auf sich sitzen lassen. Um Zeit zu gewinnen, langt er nach einem Krug, der zum Zwecke der Reinigung vor der Kammer steht, und spritzt sich reichlich Wasser ins Gesicht.

»Es sollte mich sehr wundern, wäret Ihr nicht zufrieden mit der Bedienung. Herr Tsao höchstpersönlich, der soeben aus dem Süden zurückgekehrt ist und eine Wagenladung voll Gold und Edelsteine für den König mit sich führt – er selbst ist bei mir Kunde, und nicht der schlechteste, kann ich Euch sagen. Gerade hat er mich aufgefordert, ihm einige meiner Schönen ins Herrenhaus zu schicken.«

Wie ein Pfau spreizt sich die Alte und sonnt sich in ihrem Ruhm. Ho-Jin, der sich eben mit dem Ärmel das Gesicht abwischt, horcht interessiert auf.

»Wollt Ihr damit sagen, daß Tsao und seine Truppe sich eine Zeitlang im Herrenhaus aufhalten, bevor sie nach Guilin weiterreiten?«

Mutter Ho nickt und mustert sodann den Burschen von Kopf bis Fuß.

»Laßt mich raten . . . Wollt Ihr Euch gar als Soldat verdingen?«

Erfreut greift der Räuber den Vorwand auf.

»So ist es, ganz genau . . . Wißt Ihr wohl, wie lange die Truppe in Yangyou zu verweilen gedenkt?«

»Ach, gewiß nicht länger als zwei oder drei Tage. Ihr tätet gut daran, Euch zu sputen.«

Ho-Jin weiß genug. Noch bevor Mutter Ho ihn fragen kann, woher er denn komme, ist er schon aus dem Haus und auf die Gasse gestürmt und bahnt sich einen Weg durch die Menge. Grob stößt er Passanten und fahrende Händler beiseite.

Nicht eine Minute ist zu verlieren. Eilig schwingt er sich auf den noch gesattelten Braunen und sprengt in scharfem Galopp davon. Nur eine Staubwolke ist noch zu sehen.

5

Durch den nördlichen Turm und das große Tor reitet die Truppe in den mittleren Hof. Die Soldaten sitzen ab; sogleich ist eine Schar kurzbehoster Stallknechte zur Stelle, um die Pferde in Empfang zu nehmen.

Vor einer schattenspendenden Bambushecke steht Meister Sun, nach allzu heftigen Lenzgefühlen nun wieder in gefaßter Würde, und dirigiert seine Musikanten: Fünf Flöten- und Lautenspieler, eigens zu diesem Anlaß bestellt, stimmen ein Bravourstück an.

Gegenüber, vor einer Reihe Granatapfelstauden, hat Li-Mai Stellung bezogen. Eingezwängt in ein schweres Prachtgewand, krümmt sie sich zur feierlichen Verbeugung, die schier endlos währt, und die gesamte Dienerschaft hinter ihr tut es ihr gleich.

Ausnahmsweise ist heute auch Dame Yu erschienen, um den Adoptivsohn willkommen zu heißen, freilich nicht ohne die tatkräftige Unterstützung von Schimmerndem Jaspis.

Xi-Xuan humpelt herbei; er verschwindet fast unter seinem neuen, breitkrempigen Hut und ist eifrig bemüht, den Damen faltbare Armstühle und Fußschemel bereitzustellen, während Ebonit, der kleine Mohrensklave der Dritten Mutter, stolzgeschwellt den ausladenden Sonnenschirm aus Straußenfedern über ihren Häuptern hält.

Schmutzig sind sie und erschöpft, die tapferen Helden, die Stiefel lehmverkrustet und die Helme von einer dicken Staubschicht bedeckt. Die seidene Standarte ist zerrissen, die einstmals schildkrötengraue Farbe verblaßt, und der mit

Silberfaden aufgestickte Wahlspruch »Im Dienste der Himmlischen Gerechtigkeit« ist kaum noch zu lesen. Doch in den Augen aller liegt ein tiefes geheimnisvolles Leuchten.

Während die Verwundeten versorgt und die mitgeführten Kostbarkeiten abgeladen werden, erkundigt Herr Tsao sich nach den Neuigkeiten.

Pi-Dun, Garnisonsoffizier, durch seine Fettleibigkeit leider am Reiten verhindert und deshalb betraut mit dem Schutz und der Verteidigung des Hauses, versucht vor dem Herrn sich hervorzutun. Tsao indes winkt ab; Schmeichelreden und Prahlerei sind seine Sache nicht. In barschem Tone erteilt er seine Weisungen:

»Edelhölzer und Elfenbein sind im Getreidespeicher zu verwahren. Die Truhen mit Perlen und Edelsteinen hingegen werdet Ihr in meine Bibliothek schaffen, die von zwei bewaffneten Soldaten zu bewachen ist. Geht.«

Etliche Zofen stoßen einander mit den Ellenbogen und verschlingen Yi-Shou mit Blicken: Er ist wahrhaftig der hübscheste Junge der Truppe. Die wohlgeformte Wade hat schon manches Auge entzückt – wen kümmern da Pickel auf seinen Wangen.

Yi-Shou indes sieht nichts und hört nichts, er hat nur seine Base im Sinn und kann sie doch nirgends finden.

Auch Tsao, nachdem er ausführlich und nach allen Regeln der Kunst die Dritte Dame und seine Schwägerin begrüßt und sich endlich auch vor dem Onkel zu Boden geworfen hat – auch er vermißt Shu-Mei und sorgt sich.

Sollte sie etwa leidend sein? Noch nie hat es sein vielgeliebtes Töchterchen versäumt, ihn bei seiner Rückkehr zu empfangen.

»Weißt du, wo meine Tochter ist, wackerer Sun?«

Erhabener Buddha! Laß nicht zu, daß Tsao je erfährt, auf welche Weise Shu-Mei erschreckt und die unvorsichtige Li-Mai beinahe erblindet wäre . . .!

»Ja, das heißt, nein Herr . . .«, stammelt der Tonkünstler.

Es geht nicht an, dem Vater den pflichtgemäßen Respekt zu verweigern! Erzürnt eilt Tsao durch das Tor des Heimtückischen Drachen, durchquert nacheinander vier in einer Reihe liegende Höfe, etliche Wohn- und Schlafgemächer, und erreicht endlich den Pavillon der Frauen.

Kaum hat er die Türflügel zum Zimmer seiner Tochter aufgestoßen, erblickt er sie schon: ein Bild des Jammers. Zusammengekrümmt liegt sie auf ihrem Bett und schluchzt so erbärmlich, daß sie seine Anwesenheit nicht einmal bemerkt.

Tsaos Zorn schwindet dahin. Behutsam schlägt er die hauchfeinen Vorhänge zurück und betrachtet gerührt den zarten und wehrlosen Körper, die nackten Arme unter zurückgestreiften Ärmeln, die langen Haare, schwarzglänzenden Algen gleich, die sich über das Lager breiten.

»Was ist die Ursache dieser tiefen Traurigkeit?«

Shu-Mei sieht auf mit rotgeweinten Augen; dann schlingt sie die Arme um des Vaters Hals.

»Ich war so glücklich, daß Ihr endlich zurückkehrtet, und ich wollte für Euch die Schönste sein, aber diese alte Eule Li-Mai hat alles verdorben... Ich hasse sie«, meint sie abschließend und reibt die tränenfeuchte Wange am rauhen Bart des Kriegers.

»Eine so hübsche Blüte, Shu-Mei, muß nicht danach trachten, ihre Schönheit zu vermehren. Und hättest du mich auch in bäuerlicher Tracht empfangen, so wäre mein Herz doch übergelaufen vor Freude, dich zu sehen.«

»Ist das wahr?« flüstert sie beglückt und schmiegt sich noch enger an den Vater.

»Nun trockne diese sinnlosen Tränen, die deine Augen aufschwellen lassen wie überreife Pfirsiche. Du hast Li-Mai ebenso zu gehorchen wie deinem Vater.«

Beschämt streicht sie eine widerspenstige Haarsträhne aus der Stirn und leckt eine salzige Träne von der Lippe.

»Laßt mich nie mehr allein, ich flehe Euch an. Das Unglück bräche über uns herein, ich fühle es.«

»Aber das sind doch Kindereien. Irgendwann verziehen sich auch die schwärzesten Wolken, der Himmel klart auf, und die Schwalben kehren zurück. Jetzt bin ich ja bei dir.«

»Und wie lange?«

»Im nächsten Mond erst werde ich aufbrechen, um dem König Liu-Yin die wertvollen Waren aus Guang-Zhou zu übergeben.«

Es klopft an der Tür, schüchtern tritt eine Zofe ein:

»Euer Bad ist bereit, Herr!«

Tsao erhebt sich mit Bedauern.

»Ich sehe dich noch vor dem Abendessen.«

An der Tür dreht er sich um und lächelt ihr ein letztes Mal zu, doch Shu-Mei hat schon den Blick abgewandt. Wie kann man seine Tochter in Tränen aufgelöst zurücklassen, nur um sich von einer Kurtisane den Rücken waschen zu lassen!

»Tausend-, zehntausendfaches Glück, Herr Tsao!«

Lenztraum verneigt sich anmutig und geleitet ihren Gebieter ins Bad.

Dicht wallt der Dampf und beschlägt die Kacheln an den Wänden. Auf einem Podest steht ein Holzbottich, zu drei Vierteln mit heißem Wasser gefüllt, und davor aufgestellt ein Wandschirm aus schwarzem Marmor. Wilde Minze verbreitet würzigen Duft.

Das junge Mädchen nimmt ihm die kurzärmelige Schaube ab, die er über dem Wams trägt. Als Tsao sich umwendet, fällt sein Blick auf Sun-Li, die ausgewählt wurde, ihn beim Bade zu bedienen. Zitternd vor bänglicher Erwartung, steht sie in einer Ecke. Mürrisch ruft er ihr zu:

»Dich habe ich hier noch nie gesehen. Wie heißt du?«

Keine Antwort.

»Herr, Sun-Li ist neu . . . Sie hat noch keinen Beinamen.«

»Was klapperst du mit den Zähnen[1]? Hältst du mich

1 In China herrscht die abergläubische Sitte, »mit den Zähnen zu klappern«, wenn man sich betend an eine Gottheit wendet.

etwa für Guan-Yin[1] ... Hilf mir lieber, die Stiefel abzulegen!«

Zaghaft tritt Sun-Li näher und beginnt, dem Herrn die schweren Stiefel von den Füßen zu zerren.

Der Herr indes lehnt sich zurück und betrachtet eingehend das frische junge Gesichtchen. Anmutig geschwungene Brauen betonen die vollen runden Wangen, die durch keinerlei Schminke entstellt sind, wie denn auch sonst nicht Künstliches und Geziertes an ihr ist, und mit Wohlgefallen bemerkt er die Verwirrung, die ihre mattschimmernde Haut mit zarter Röte überzieht.

Seit langem schon stößt ihn das affektierte Gehabe der Mädchen aus den »Grünen Lauben« ab: Ihr Anblick verursacht ihm Übelkeit wie der allzu reichliche Genuß von süßem Naschwerk.

Standhaft hält Sun-Li die Lider gesenkt und widmet sich ganz der geschnürten Gamasche.

»Nie werde ich diesen Mann nackt sehen können! Eher ertränke ich mich in dem Fluß!« denkt sie bei sich.

Mit heimlichem Vergnügen beobachtet Tsao ihre wachsende Verlegenheit. Tief und leidenschaftlich senkt er den Blick in ihre Augen.

»Fortan wirst du Monddämmerung heißen. So habe ich beschlossen ... und geh und richte mir das Bad.«

Sun-Li verneigt sich, purpurrot im Gesicht. Rückwärts gehend verläßt sie den Raum, gesenkten Hauptes und anmutig wie eine Wiesenblume, deren Stengel unter der Last der schimmernden Blüte sich biegt.

Träumerisch läßt Tsao sich das Panzerhemd abnehmen.

Als sie wieder erscheint, klingt der neue Name ihr noch immer in den Ohren. Ihr Gebieter hat sich bereits in den Zuber begeben, und Lenztraum beschäftigt sich eingehend damit, ihm das Haar zu lösen.

1 Ein von den Chinesen ob seiner unendlichen Barmherzigkeit sehr verehrter Bodhisattva.

Sun-Li tritt hinzu und schüttet etliche Kannen duftenden Wassers ins Bad. In breiten Bächen rinnt es über den gestählten Körper, prallt ab von der glatten Haut und rieselt in Tröpfchen an den Armen entlang. Mit geschlossenen Augen hält Tsao das Gesicht dem Wasserstrahl entgegen, sichtlich zufrieden und entspannt.

In diesem Augenblick erscheint Li-Mai. Diskret hält sie sich hinter dem Wandschirm und wirft sich zum Kotau zu Boden. Dame Hua, so teilt sie mit, lasse fragen, ob er sie gleich nach dem Bade zu empfangen wünsche.

Tsao seufzt. Zu einem anderen Zeitpunkt hätte es ihm großes Vergnügen bereitet, der schönen Hua stürmische Liebesglut zu stillen, zumal unter Zuhilfename so reizvoller Positionen wie »Wildpferde im Sprung«, »Verschlungene Mandarinenten« oder »Dunkle Zikade haftet an einem Ast« . . . Im Augenblick jedoch hat er keinen anderen Wunsch, als »das Vögelchen, das aus dem Nest gefallen ist, in den Händen zu wärmen.«

Mit anderen Worten: Tsao kann die Augen nicht vom weißen Kleid der Jungfer Sun-Li wenden.

»Sagt der Dame Hua, ich werde sie nach dem Festmahl besuchen.«

Li-Mai mag wohl alt sein, aber dumm ist sie nicht, und so entschlüpft ihr, bevor sie enteilt, ein bissiger Seitenhieb:

»Sollte der Sünder vergessen haben, daß das Bächlein der Jugend oft weniger fischreich ist als die tiefen Wasser des farngesäumten Waldsees?«

Tsao unterdrückt die aufsteigende Lachlust und murmelt bei sich:

»Der rauchgeschwärzte Kamin wird noch früh genug gefegt!«

Mit diesen Worten reckt er sich prustend und spritzend, und erhebt sich, einen Schwall von Wasser auf dem Boden ergießend, vor den Augen der Frauen ohne das mindeste Schamgefühl ob seiner Blöße.

»Reibt mich gut trocken. Es gibt kein besseres Mittel, um das Blut des tapferen Soldaten in Wallung zu bringen.«

Mit eigenartigem Lächeln bittet Lenztraum ihre Gefährtin, noch mehr heißes Wasser zu holen.

Fünf Minuten später ist Monddämmerung zurück, doch was sie da sieht, verschlägt ihr den Atem. Regungslos steht sie in der offenen Tür.

Während Lenztraum mit geschickter Hand den Rücken des Herrn mit Reisstroh abreibt, vollführt sie gleichzeitig höchst seltsame, schlingernde Bewegungen, und es scheint fast, als betrinke sie sich zwischen den Beinen ihres Gebieters.

Merkwürdig: Nie hätte sie gedacht, daß diese Sache eßbar sei!

Mit wenigen, aber durchaus gekonnten Stößen des Kopfes entfacht Lenztraum das Feuer des Triumphierenden Phönix, beknabbert ihn spielerisch mit kleinen Zähnchen und verschlingt ihn dann langsam wie die Python ihre Beute.

Einen Augenblick lang verharrt sie reglos, wirft Sun-Li einen herausfordernden Blick zu und nimmt dann den teuflischen Tanz um den ehernen Pfahl wieder auf. Der geht bisweilen vollständig unter, doch nur um majestätischer noch wiederaufzuerstehen: prachtvoll und wie aus Marmor gemeißelt, zumal ein Ring aus getriebenem Silber ihn stützt.

So ist es wahr, was die Mädchen erzählen! Sie versucht sich an ihre spöttischen Reden zu erinnern, an die verständnisinnigen Blicke, die sie einander zuwarfen und die Sun-Lis Phantasie beflügelten. Nie aber hätte sie gedacht, daß der geheimste Teil des männlichen Körpers derartige Ausmaße annehmen konnte!

Was sie, den freizügigen Erzählungen lauschend, im Geiste sich vorstellte als jungen, dicken Kürbis, erreicht hier die Größe eines Rettichs aus Yunnan (bei weitem die längsten aller Rettiche).

Im Augenblick freilich vergeht sie vor Scham. Und wenn

dies alles nur aufgeführt würde, um sie auf die Probe zu stellen? Um sie in Verwirrung zu stürzen?

Doch statt vor dem unwürdigen Anblick einfach die Flucht zu ergreifen, steht sie wie angewurzelt, eine törichte Närrin, und starrt gebannt auf den Zyklopen, der sie mit lüsternem Auge anblickt.

Sie schwankt, bestürzt und benommen, und die Sinne wollen ihr schwinden. Zehntausende von Ameisen kriechen durch ihren Bauch ... Und als Krönung des Ganzen ist der Blühende Pfahl, der da vor ihren Augen sich regt und bewegt, kein anderer als der ihres verehrten Herrn und Gebieters!

Mit einem Mal durchläuft ein Schauer seinen Körper. Ein Niesreiz? Grob stößt er Lenztraum von sich.

Monddämmerung kann natürlich nicht wissen, daß ein weiser Mann imstande sein muß, seinen Samen zurückzuhalten, um seine Lebenskraft nicht zu schwächen: Darin liegt das Geheimnis von Gesundheit und langem Leben[1].

Als wäre nichts weiter geschehen, bittet er Sun-Li, ihm freundlicherweise die Salbe zur Versiegelung des Nabels[1] aufzutragen. Und dabei prangt in seiner Leibesmitte ein Federbusch von der Größe einer jener hundertjährigen Pappeln, die das Ufer des Li-Jiang säumen!

»Aber, Herr ...« flüstert sie, und ist nun schon in arger Verlegenheit.

Wie sollte sie denn nicht immer wieder auf diese teuflische Turmspitze schielen, eine aufgeblasene Wurst in durchsichtiger Haut, so prall gefüllt, daß sie zu bersten droht?

Tsao, dem ihre Bedrängnis nicht entgeht, beobachtet sie verstohlen und mit einiger Tücke.

Das arme Mädchen, nun vollends kopflos, beschließt, bei den Knöcheln zu beginnen; ungeschickt umfährt sie die

1 Das wichtigste Prinzip im Tao der Liebe. Tsao ist selbstverständlich überzeugter Taoist.

2 Ein Balsam, von dem es heißt, er steigere die Manneskraft.

Schenkel mit öligen Händen: Je höher sie steigt, desto größer wird die peinliche Not.

»Los, schneller ... beeil' dich doch!« Tsao verliert die Geduld. »Wenn du so weitermachst, sind wir morgen früh noch nicht fertig!«

Die panische Angst läßt ihre Bewegungen fahrig werden, und so stößt sie versehentlich an die flammende Palme.

Grauen erfaßt sie, und mit einem Satz weicht sie zurück, als hätte sie eine Schlange gebissen. Doch Tsao packt sie und preßt sie an seinen Unterleib.

Zuckend und heiß, wie ein lebendiges Tier, drückt es gegen ihre Stirn, und fühlt sich dabei doch so zart an wie der noch kahle Kopf eines Säuglings. Wild pochen die Adern, wie das Herz des Verliebten, der nach der Freundin schmachtet.

»Nur für dich schlägt er so!« beliebt Tsao zu scherzen.

Ein merkwürdiges, überwältigendes Gefühl überkommt sie jetzt, und dringt bis in die Wurzeln ihrer Haare. Sie ist verloren. Soll sie mit ihren unschuldigen Lippen dieses stolze und edle Glied berühren, ehrfürchtig und aus Ergebenheit gegenüber dem Herrn und Gebieter?

Der Entschluß ist gefaßt. Wenn es ihr bestimmt ist, in den Klauen Yamas zu enden, des Wächters der Hölle, dann soll es eben sein ...

Sanft zieht Tsao sie zu sich empor.

»Überlege gut, Monddämmerung ... Wenn du es wirklich wünscht, wenn du wirklich dein Yin mit meinem Yang[1] vereinen willst, so wisse: Wie das Feuer warten muß, bis das Wasser zu ihm kommt, es zu löschen, so muß das Wasser auf das Feuer warten, das es erwärmt.«

1 Yin und Yang sind die Symbole der kosmischen Kräfte im Universum: Yin steht für das weibliche Prinzip, Yang für das männliche. Darüber hinaus symbolisiert Yang das Feuer, das Licht und den Himmel. Yin dagegen das Wasser, die Dunkelheit und die Erde.

Etwa dreißig Li im Südwesten von Yangyou erstreckt sich ein weitläufiger Gebirgszug, mit bewaldeten Kuppen, steinigen Halden und kesselförmigen Tälern; vereinzelt ragt eine einsame Felsnase. Dort wächst aus einem Gestrüpp vielfältiger Vegetation ein Höcker in Gestalt eines Kegels, weit höher als die umliegenden Gipfel: der Berg der Schreienden Käuze, auf dem es von Schlangen wimmelt.

Zwei Bussarde ziehen unermüdlich ihre Kreise über der kahlen Kuppe; hier und da stößt einer von ihnen zu Boden und auf die Beute, die er dort unten im Schatten erspäht. Ein unheilvoller Ort.

Ein Reisender, der versehentlich sich hierher verirrte, hätte wohl wenig Hoffnung, auch nur auf Spuren menschlichen Lebens zu stoßen, denn wild und unwirtlich ist diese Gegend . . . Und doch bietet der zerklüftete Fels hier Schutz: In urzeitlichen Höhlen von bizarrer Form, zugänglich nur durch ein Dickicht von Dornengestrüpp, fanden der berühmte Long-Jian und seine Bundesgenossen ihre Zuflucht. Durch unwegsames Gelände schlängelt sich ein gewundener Pfad, den außer den Räubern keiner kennt; eine Spalte im Felsen, gut verborgen hinter einem Wald von Farnen und Schachtelhalmen, führt ins Innere des Berges.

Hinter der schmalen Spalte öffnet sich unerwartet geräumig im spärlichen Licht der Fackeln ein Gewölbe im Fels; aus den Wänden sickert die Feuchtigkeit. Ho-Jin, erschöpft nach atemlosem Galopp, kommt zum Ende seines Berichts . . .

»So haben Tsao und seine Truppe also beschlossen, eine Weile im Herrenhaus der Drei Seligkeiten zu rasten, bevor sie nach Guilin aufbrechen?« faßt Long-Jian zusammen.

Die helle Haut und das sichere Auftreten unterscheiden ihn sehr von seinen ungehobelten Gefährten. Der rothaarige Hüne, mit einem Mal unsicher und zaghaft unter dem stechenden Blick, nickt zögernd.

»Und du konntest in Erfahrung bringen, wann er sich wieder auf den Weg zu machen gedenkt?«

»In zwei, drei Tagen, großer Bruder.«

Trotz der Hitze draußen ist Long-Jian in einen Schafspelz gehüllt. Nachdenklich kratzt er sich die struppige Wange.

»Was meinst du dazu, Brüllskorpion?« fragt er zweifelnd.

Dieser, der in dem Ruf steht, ein hervorragender Stratege zu sein, läuft erregt auf und ab. Er denkt so angestrengt nach, daß sein Kopf anschwillt und zu dampfen beginnt, und das kanariengelbe Band, das die durchfurchte Stirn zusammenhält, ist zum Zerreißen gespannt.

»Bruder Long-Jian, wir wissen alle, daß es eine Wahnsinnstat wäre, Tsao unterwegs anzugreifen. Er reist niemals ohne seine Truppe, die wachsam, geübt und mit den besten Waffen ausgestattet ist. Das erbärmliche Scharmützel, in das ihn kürzlich die Bande der Platten Pagode verwickelt hat, ist Euch zweifellos schon zu Ohren gekommen. Ein Hinterhalt auf dem Weg wäre ebenso sinnlos, als wollte man versuchen, sich eine Schale Nudeln einzuverleiben, indem man sich darauf setzt.«

Long-Jian, der auf einem mit Tiger- und Büffelfellen bedeckten Kang sitzt, richtet sich auf. Natürlich hat er sich schon einen Plan zurechtgelegt, aber als kluger und erfahrener Anführer weiß er, wie wichtig es ist, auch seine Gefährten zu Wort kommen zu lassen. Und immerhin erfährt er auf diese Weise ihre Meinung.

Ungeduldig schwenkt er den Fliegenfänger hin und her.

»Und, was schlägst du vor?«

Brüllskorpion spuckt auf den Boden und kratzt sich am Doppelkinn. Ein nervöser Tick läßt sein linkes Auge flattern gleich einem Schmetterling, der sich im Netz einer Spinne gefangen hat. Er fährt fort:

»Nutzen wir die Ruhepause der Krieger! In diesem Augenblick bereiten Tsaos Mannen sich auf eine große Völlerei vor. Sie haben nichts anderes im Sinn, als sich zu betrinken und ihre Bäuche zu füllen, bis sie aus allen Nähten platzen, und als Krönung werden sie dann mit der Hilfe von Blumenmädchen ihr Gift verspritzen. Wir sollten sie im Morgengrauen überraschen, wenn das Haus unter ihrem Schnarchen in seinen Grundfesten erbebt.«

Wohllaut, ein blasser junger Mann mit melancholischen Zügen und schräg abfallenden Brauen, zückt seinen Dolch. Schaum steht ihm vor dem Mund, als er mit haßerfülltem Blick zu schreien beginnt:

»Ja, genau, wir werden sie zerstückeln und zerhacken, diese Mißgeburten von Schildkröten, aufblasen werden wir sie, bis sie platzen, die lahmen Süßwasserkröten! Rache für Bruder Li und Bruder Mao, die der niederträchtige Halunke Tsao hat hinrichten lassen!«

»Beruhige dich, Wohllaut. Vergiß nicht: Unsere wichtigste Aufgabe ist es, uns die Juwelen zu beschaffen, die für Liu-Yin bestimmt sind, dieses Gewürm, das sich auf Kosten des Volkes schändlich bereichert.«

»Aber Tsao ist es, der uns das Leben zur Hölle macht!«

»Alles zu seiner Zeit. Du mußt lernen, weiter vorauszuschauen als bis zur Spitze deines Säbels. Durch dein ungestümes Temperament läßt du dich oft zu kopflosem Handeln hinreißen.«

Zittermolch, ein hagerer, krumm gewachsener Kerl, um dessen schiefe Schulter ein Mantel aus Stroh hängt, was ihm ein wenig das Aussehen einer Kastanie mit gesträubten Stacheln verleiht, verstaut seinen Talisman, eine bösartige Viper, in dem eigens dafür geflochtenen Korb. Mit listigem Zwinkern schlägt er vor:

»Ich meine, wir sollten eine Vorhut vorausschicken, ein paar Leute, die sich ins Schloß einschleichen und uns später von innen helfen können.«

»Ich melde mich freiwillig, großer Bruder!«

Lenzregens helle Stimme hallt vom Gewölbe wider. Mit einem Satz springt sie geschmeidig wie eine Katze von dem erhöhten Aussichtsposten herab, einer Art Schießscharte im Fels, durch die sie mit Luchsaugen das umliegende Land zu beobachten pflegt. Sie kauert sich vor den Füßen des Anführers nieder.

Wie bei ihren Brüdern steckt ihr schlanker Körper in einem enganliegenden, aus drei Teilen genähten Wams, über dem sie ein hanfgeflochtenes Obergewand trägt. Ihr dichtes und kräftiges Haar ist zu einem kurzen Schwänzchen gebunden.

Sie ist eine Bauerntochter, die von Nomaden gestohlen, von einer Weide zur nächsten mitgeschleppt, von Räubern und Soldaten des Königs vergewaltigt und zu guter Letzt von Bruder Long-Jian vor dem Ertrinken gerettet wurde. Und weil ihre Brust so flach ist wie der Boden eines Kahns und ihre Füße so groß und breit wie Melonenscheiben, werden ihr, seitdem sie der Bande angehört, dieselben Aufgaben anvertraut wie einem Mann.

»Wie willst du denn da hinein kommen?« erwidert Brüllskorpion höhnisch. »Indem du ihnen deinen Körper anbietest?«

Long-Jian greift gerade noch rechtzeitig ein: andernfalls hätte das Mädchen dem Kerl kurzerhand ihren Dolch in den Hals gerammt.

Durch die Schießscharte pfeift eine Windbö und löscht eine der geharzten Fackeln.

»Eure Vorschläge sind interessant, Freunde . . .«

Long-Jian spricht in ruhigem und freundlichem Ton. Es ist an der Zeit, Weisungen zu erteilen, bevor die Gemüter sich allzusehr erhitzen.

»Es wäre in der Tat eine unverzeihliche Dummheit, Tsao auf dem Weg nach Guilin anzugreifen. Brüllskorpion hat da völlig recht. Aber es wäre ebenso sinnlos, und würde zudem einige Menschenleben fordern, wollten wir das Herrenhaus der Drei Seligkeiten im Sturmangriff nehmen. Wohllauts Entschlossenheit, unsere Brüder zu rächen, ist eine durchaus löbliche Absicht, eines aber dürfen wir nicht vergessen: Die Schildkröte mag zwar weniger schnell laufen als der Hase, aber sie läuft länger.«

Um seinen Überlegungen Nachdruck zu verleihen, legt er eine dramatische Pause ein. Geistesabwesend knabbert er dabei eine Mandel, die Lenzregen ihm geschält hat.

In den Augen der um ihn herum versammelten Brüder glimmt schon die Gier und der Gedanke an eine saftige Beute; Long-Jian indes sieht weiter voraus. Diesen Schatz muß er sich um jeden Preis aneignen: Eine solche Großtat würde ihm nicht nur beträchtlichen Zulauf von seiten der Bauern verschaffen, sondern vor allem könnte er damit dem Ansehen der Regierungstruppen einen schweren Schlag versetzen. Und dies würde eine weitere Schwächung der Staatsmacht bedeuten: Um so leichter läßt sich da ein massiver Aufstand gegen den Despoten von Guilin anzetteln.

Er räuspert sich und sieht seine Zuhörer eindringlich an, jeden einzelnen von ihnen.

»Deshalb, so denke ich, hat Zittermolch wie ein weiser Mann gesprochen. Ein paar von uns werden sich noch heute Nacht heimlich Zutritt zum Herrenhaus verschaffen.«

»Aber wie?« ruft Ho-Jin, der die Spitze seiner Lanze schärft.

»Nun, wir dürfen Tsao nicht unterschätzen. Er ist ein kluger und weitsichtiger Krieger. Ohne Zweifel bewacht er seine Schätze mit derselben Sorgfalt wie die Jungfräulichkeit seiner Tochter.«

Beiläufig knackt er eine zweite Mandel mit den Zähnen. In geheimnisvollem Ton fügt er hinzu:

»Wir haben freilich eine unschlagbare Karte in der Hinterhand. Einen alten Bekannten, der in Tsaos Diensten steht. Er weiß, daß unsere Sache gerecht ist, und er wird uns seine Unterstützung nicht verweigern. So habe ich mir folgenden Plan ausgedacht ...«

6

Die Nacht ist hereingebrochen mit violetten Schatten, Umrisse verschwimmen im dämmrigen Licht. Bekümmert irrt Yi-Shou durch den Garten. Für das Begrüßungsmahl hat er das entenblaue Gewand mit besticktem Brusteinsatz angelegt, Beinkleider aus kirschrotem Taft und Stiefel aus weißem Tuch. Dazu trägt er eine kleine schwarze Kappe mit seitlich abstehenden verstärkten Flügeln am Hinterhaupt, die den Haarknoten säumen.

Shu-Mei hat nicht einmal versucht, ihn zu sehen. Hat sie ihn denn ganz vergessen? Zögernd umrundet er eine kleine Gruppe von Pomeranzen, deren dunkelgrüne Blätter leise rascheln, blickt auf – und sieht sie, halb verdeckt von den zinnoberroten Säulen, auf denen die Galerie der Schlafenden Eunuchen ruht.

Sein Herz macht einen Sprung. Mit drei Sätzen ist er am Fuß des Balkons.

»Shu-Mei!«

Sie wendet sich um, erkennt ihren Vetter und läuft ihm strahlend entgegen.

Sie begrüßen sich züchtig, ganz der Sitte entsprechend, und gehen schweigend nebeneinander her, fast beschämt ob des unerwarteten Wiedersehens nach so langer Zeit. Durch die laue Abendluft zieht süß der Duft des blühenden Jasmins.

Verstohlen betrachtet Yi-Shou seine Base. Noch ist sie nichts als ein sehr junges und sehr keusches Mädchen. Gelobt sei Guan-Yin! Mit jenem weiblichen Wesen aus Guang-Zhou hat sie wahrhaftig nichts gemein!

»Du fragst mich ja gar nicht nach meiner Reise!« stellt er jetzt enttäuscht fest: Er brennt darauf, sie zu beeindrucken. »Weißt du, ich habe einen Kampf mitgemacht, und ich habe sogar zwei Männer getötet! . . . Ha, diese Feiglinge!« stößt er unvermittelt hervor und tritt gegen einen

Stein. »Sie wagten es, uns anzugreifen! Uns, das Geleit der königlichen Fracht!«

So brüstet er sich und stolziert einher wie der Hahn im Hühnerhof. Shu-Mei mustert den Vetter und ist ein wenig befremdet. Weshalb spielt er sich so auf? Ist er jetzt besser als früher, nur weil er eine Expedition erlebt hat? . . . Kleines Ölmaul!

Trotzdem muß sie zugeben, daß die frische Luft ihm gut getan hat, die gebräunte Haut gereicht ihm zum Vorteil, und der Flaum auf seiner Oberlippe hat sich gar zu einem Schnurrbärtchen entwickelt: er wird zum Mann . . . Mit dieser Feststellung drängt sich freilich auch eine recht peinliche Frage auf: Versteckt gar auch er einen solchen abnormen Stock in den Falten des weiten Gewandes?

Ärgerlich schiebt sie das unschickliche Bild beiseite, um nicht unversehens zu erröten.

»Yi-Shou, hattest du nie Angst in all diesen Wochen?«

Der so Angesprochene fährt herum, leicht irritiert.

»Zweifelst du etwa an meinem Mut? Der Wetteifer zwischen Männern, der Rausch des Abenteuers, das alles sind Dinge, Shu-Mei, die du nie begreifen wirst.«

Ihre abweisende Miene macht Yi-Shou klar, daß er sie offensichtlich gekränkt hat, und so fügt er rasch hinzu:

»Meine einzige Angst aber war, daß ich vielleicht sterben könnte, ohne dich wiederzusehen, kleine Schwester.«

Shu-Mei senkt die Augen und starrt auf die geschwungenen Spitzen ihrer Pantoffeln: nichts anderes wollte sie hören. Für einen kurzen Augenblick hebt sich ihr Herz in die Lüfte und fliegt durch die sternenklare Nacht.

Yi-Shou reicht ihr ein winziges Päckchen, das er im Ärmel aufbewahrt hatte.

»Hier, ein kleines Geschenk aus Guang-Zhou!«

Erwartungsvoll knüpft sie das Band auf, mit dem das seidene Täschchen verschlossen ist. Darin befindet sich eine wunderschöne, vollkommen runde weiße Perle.

»Weißt du, diese Perle hat tausend wunderbare Eigenschaften: Mit ihr findet man verborgene Quellen in der Wüste, oder man entdeckt den Schatz der Drachenkönige auf dem Grund des Meeres! Und es ist nicht einfach eine gewöhnliche Perle aus Hopou[1]. Diese hier stammt aus den Meeren des Südens!« verkündet er stolz. »Man sagt, ein Prinz aus dem Lande jenseits der Hohen Berge habe sich unsterblich in eine Sirene verliebt, die ihm in einer stürmischen Nacht das Leben gerettet hatte. Wie aber sollte er sie wiederfinden? Jeden Tag stach er mit seinem Nachen in See und streute viele Armvoll Blumen aus, die er eigenhändig gepflückt hatte. Doch ach! Alle Mühe war vergebens, nie sah er ihr schaumgekröntes Haupt aus den Wogen steigen.«

»Vielleicht liebte sie ihn nicht?« ruft Shu-Mei aus, die wie gebannt an seinen Lippen hängt.

»O doch, auch sie liebte ihn! Aber sie konnte ihre Welt nicht verlassen. Sie war doch eine Sirene. Eines Tages bekam sie keine Blumen mehr. Der Prinz hatte die Hoffnung aufgegeben.«

»Und dann?«

»Sie weinte lange, sehr lange. Ihre Verzweiflung war so groß und ihre Liebe so aufrichtig und rein, daß der Drache des Meeres von Mitleid ergriffen wurde. Er beschloß, die Ströme von Tränen, die aus ihren Augen geflossen waren, in unvergleichlich schöne Perlen zu verwandeln, wie kein Sterblicher sie je gesehen hatte. Austern kamen und nahmen die Perlen behutsam in sich auf, um sie zu schützen . . . In einer von ihnen wurde diese Perle gefunden.«

»Sie leuchtet so hell und so weiß wie der Mond. Ich werde sie mein ganzes Leben lang aufbewahren.«

Sie lacht und macht zwei, drei tänzelnde Schritte zwischen

1 Dorf im Südosten von Guang-Dong, das von der Perlenfischerei lebt. In den Augen des Kenners sind freilich die Perlen aus dem Indischen Ozean unübertroffen. China importierte davon große Mengen.

den Blumenbeeten. Dann dreht sie sich um, mit einem Mal ernst.

»Wenn du wüßtest, wie eintönig und traurig das Leben während deiner Abwesenheit war! Aber jetzt bist du ja da . . .« Wieder lacht sie, glücklich. »Jetzt können wir wieder Ball spielen, und Pfirsiche pflücken . . . Du wirst mir Gedichte beibringen . . . Und wir essen gemeinsam.«

Yi-Shou gerät in große Verlegenheit.

»Ich wäre entzückt, kleine Schwester . . . Aber du weißt doch, daß ich jetzt am Tisch der Männer sitzen muß. Das ist so üblich.«

»Sogar am ersten Abend?«

Er nickt betreten und hält ihr mechanisch die rote Blume hin, die er gerade gepflückt hat.

Shu-Mei, eben noch vom Glück überwältigt, überkommt tiefe Verzweiflung. Müßte sie doch niemals groß werden! Sie haßt die Welt der Erwachsenen und ihre willkürlichen Gesetze. Dabei hatte sie gehofft . . . Nein, tief in ihrem Inneren hatte sie schon immer gewußt, daß Yi-Shou keine Ausnahme war.

Mit tränenerstickter Stimme versucht sie ihn dennoch umzustimmen:

»Wir haben uns seit Wochen nicht gesehen, und du bist lieber mit den Soldaten zusammen als mit mir. Ich bedeute dir herzlich wenig.«

»Ich kann nicht anders, Shu-Mei.« Yi-Shou seufzt tief. »Aber morgen früh, das verspreche ich dir, gehe ich mit dir über die Brücke der Dreißig Seufzer, und dann laufen wir zusammen durch den Smaragdwald.«

Er will ihre Hand nehmen, doch sie weicht ihm zornig aus.

»Läßt du mich auf deiner Stute reiten?«

Er zögert, doch dann stimmt er zu, ihr zuliebe. Stürmisch wirft sie sich an seine Brust.

»Nun, wie ich sehe, freut meine Tochter sich außerordentlich über die Rückkehr ihres munteren Vetters.«

Wie aus dem Nichts ist Tsao aufgetaucht. Ehrfurchtgebietend, beinahe furchteinflößend steht er vor ihnen, im krapproten Gewand, das mit goldenen Kranichen bestickt ist. Die muschelförmige Kappe zieren viele kleine Anhänger aus Jade, die bei jeder Bewegung klingend aneinanderstoßen, fast wie ein leiser Tadel.

Schuldbewußt fahren sie auseinander, als hätte ein Spaßvogel einen Eimer Schnee über ihren Köpfen geleert.

»Ich . . . wir . . .«, stottert Yi-Shou.

Mit einer Handbewegung fordert Tsao den Knaben auf, ihm zu folgen.

»Gehen wir, Neffe, es ist schon spät und Zeit zum Mahle.«

Der flehentliche Blick seiner Tochter entgeht ihm freilich nicht.

»Li-Mai sucht dich, mein Kind. Vergiß nicht: Du hast ihr zu gehorchen. Im übrigen bedauern deine Tanten, dich den ganzen Tag über nicht gesehen zu haben. Sie erwarten dich in der zweiten Etage, im Salon der Erwachten Blässe[1].«

Böse reißt Shu-Mei ihrer Blume alle Blütenblätter auf einmal ab, die wie Blutstropfen im Winde davonflattern.

»Vater, Eure Tochter ist nicht hungrig!«

Und ehe er antworten kann, ist Shu-Mei schon davongelaufen, mit hoch erhobenem Kopf und geballten Fäusten. Nein, sie wird nicht weinen wie die kleine Sirene!

Die Stunde des Hahns ist vorüber. Im Saal der Reinen Harmonie, zum feierlichen Anlaß taghell erleuchtet, ist das Festmahl in vollem Gange.

Unaufhörlich strömen Scharen von Dienstboten aus den Küchen und tragen Gerichte in den prächtigsten Farben herein, dampfende, randvolle Suppenschüsseln, silberne Plat-

1 In adligen Häusern war es üblich, daß die Männer ihre Mahlzeiten im ersten Stock einnahmen, die Frauen indes speisten im zweiten Stock. Die Küchen befanden sich im Erdgeschoß.

ten, auf denen durchscheinender Aspik sich türmt, marinierte Fische und vielfarbiges Gemüse.

»Bohnensuppe mit Lotoskernen, die Herren...«

»Geschmorte Goldmakrele in würzigen Pilzen...«

»Kalbszunge mit Sternanis, zu Diensten...«

In immer größerer Zahl huschen die Zofen hin und her: ein Schattenballett raschelnder Seidengewänder vor der stierblutfarbenen Wandtäfelung der Vorzimmer.

In der Tür zwischen Küche und Speisesaal erscheint Li-Mai und läßt prüfend den Blick über die Tafelrunde schweifen. Das Ergebnis ist befriedigend. Die straffe Organisation hat sich gelohnt: die Männer lassen sich's schmecken und grunzen vor Behaglichkeit.

Wie ein Schwarm von Schmetterlingen flattern die Mädchen umher, schlängeln sich zwischen niedrigen Tischen hindurch, auf denen die verschiedensten Gerichte aufgebaut sind: gebackene Krabbenscheren, Hundeschwänzchen in Ulmenblätter gewickelt, gebratene Enten in knuspriger Schale, Kamelklauen in Aspik, bläulich glatte Aale in Austernsoße, marinierte Gänse, glasierte Kaninchen und mit allerlei Köstlichkeiten gefüllte Tauben und Wachteln.

Zwischen kleinen Erfrischungstischchen aus blütenverziertem Porzellan und niedrigen Sitzbänken, die mit buntschillernden Stoffen bespannt sind, stehen rosenwassergefüllte Becken, in denen Wassermelonen, Litschipflaumen und Passionsfrüchte schwimmen.

Leicht erschöpft kauern die Gäste auf ihren Sitzmatten, die Bäuche schon jetzt bis zum Bersten gefüllt. Unter Schmatzen und Schlürfen, hastigem Schlingen und weithin vernehmlichen Rülpsern wird gescherzt und gelacht, einzelne Wortfetzen erheben sich über das Stimmengewirr: mit zunehmendem Weingenuß steigt auch die Lautstärke.

Den Vorsitz am oberen Ende der Tafel führt Tsao, wohlig gegen weiche Kissen gelehnt; ihm zur Rechten GuanShang.

Sie heben die Humpen aus fein ziseliertem Silber und trinken einander zu. Welche Eleganz, im Vergleich zu den ungeschlachten Kriegern, unersättlichen Weinschläuchen, die nichts im Sinn haben, als sich die Bäuche vollzuschlagen und nach Herzenslust zu zechen.

Mit sichtlichem Mißfallen wendet Li-Mai sich ab. Doch schon im Weggang begriffen, fällt ihr Blick auf Meisters Sun kahlen Schädel, glänzend wie ein poliertes Entenei, und seine entzückte Miene, während er mit ungeheurer Geschwindigkeit sich verschiedene Leckereien einverleibt und gleichzeitig höchst angeregt die Hüftschwünge einer mit Platten beladenen Zofe verfolgte – bis sein Auge, einem unseligen Zufall gehorchend, in das wutentbrannte Gesicht der Zeremonienmeisterin stolpert...

Pardautz! Schweineinnereien in einem Nest von Glasnudeln, bereits mundgerecht auf die Stäbchen geladen, beginnen zu zittern, verfehlen ihr Ziel und landen neben Kohlresten und Lotosblättern auf dem Bauche des betretenen Sun.

»Der Ärmste«, denkt Yi-Shou bei sich, denn der peinliche Zwischenfall ist ihm nicht entgangen. »Der viele Wein bekommt ihm nicht!«

Er selbst fühlt sich ein wenig fehl am Platz in der überhitzten Atmosphäre. Die vielen Lichter, die prunkvolle Ausstattung steigen ihm zu Kopfe.

Shu-Meis Worte im dämmrigen Garten gehen ihm nicht aus dem Sinn. Sie hat ja recht – er hat sie im Stich gelassen, hat ihr seine Kameraden vorgezogen. Hätte er nicht doch auf sie hören sollen?

Unterwegs war alles so einfach gewesen; er hatte sich den alten Haudegen ebenbürtig gefühlt, er war unter seinesgleichen. Man aß aus demselben Topf, wusch sich mit demselben Wasser, schlief im selben Zelt...

In der herrschaftlichen Umgebung scheint ihm die Anwesenheit der Soldaten indes wie eine Ungebührlichkeit: zwischen damastbezogenen Wandschirmen, kostbaren Gemälden auf pastellfarbener Seide, samtweichen Webteppichen aus Shandong und jadegrünem Porzellan aus Yue diese ungehobelten Kerle – eine Beleidigung für das Auge.

Aber Schluß mit den trüben Gedanken! Er hebt den hohen Kelch in Gestalt einer Seerose. Noch ein Trinkspruch: Gan-Pei[1]! Was soll's? Diesmal wird er nicht nur so tun, als tränke er, und wenn er zum Schluß auch sinnlos betrunken unter dem Tisch liegt! Seine Niedergeschlagenheit am heutigen Abend ist allein Shu-Meis Werk – sie war's, die ihm Schuldgefühle eingeredet hat. Immer dasselbe: wenn es gilt, den Mann in Gewissensnöte zu bringen, sind die Frauen wahrlich unübertroffen!

Ihm scheint, als sähe er vor sich das junge Gesicht, errötend bis unter die Haarwurzeln. Da überwältigt ihn die Rührung, und im Geiste lächelt er ihr zu.

»Verzeih mir, kleine Schwester. Ab morgen werde ich mich um dich kümmern.«

Höllengalopp neben ihm, den Mund voller gebackener Nieren, rülpst geräuschvoll. Zur Aufmunterung versetzt er seinem Tischnachbarn einen freundschaftlichen Stoß.

»Wart ihr schon einmal in Liu-Yins Palast?« fragt Yi-Shou in jäher Erleuchtung, erfreut, endlich ein Gesprächsthema gefunden zu haben.

Gelockte Ratte verschlingt mit einem Satz fünf zimtgewürzte Fleischpastetchen, wodurch er an den Rand des Erstickens gerät, wischt sich dann beide Hände am ausgefransten Rockaufschlag ab und holt tief Luft.

»Selbstverstandlich, Yi-Shou, im Herbst vor zwei Jahren, aber du erinnerst dich natürlich nicht mehr . . . Du warst ja damals auch nicht bei uns Männern, sondern hast die Frauen auf ihrer Wallfahrt zum Kloster der Verblichenen Pracht begleitet.«

»Ist er schön?«

1 Ex auf das Wohl des Gastgebers.

»Was heißt schön? Liu-Yins Palast ist ein Wunder! Er strotzt nur so von Gold, Marmor und Edelsteinen. Seine Höfe sind so zahlreich wie die Frauen, die darin leben und unter schattenspendenden Zitronenbäumen der Muße pflegen. Die Brunnenbecken sind mit Mosaiksteinen aus Silber, Achat und Korallen ausgekleidet, marmorne Schwäne speien duftendes Wasser, und Königspfauen stolzieren auf den türkisfarbenen Kacheln einher.«

Mit glänzenden Augen schwelgt der wackere Krieger in seinen Erinnerungen. Von Begeisterung überwältigt, muß er kurz innehalten. Die Unterbrechung kommt freilich nicht ungelegen, denn er benutzt sie, um nach einer gebratenen Wachtel zu langen, die im Handumdrehen verschwunden ist.

»Ganz zu schweigen von den weißen Elefanten und den Kamelen, die würdevoll in den Gärten einherschreiten. Unser König liebt alles Fremdländische«, fügt Weißer Wirbelsturm halb erstickt hinzu, indes er an einem allzu großen Bissen schluckt. »So pflegt er hochgestellte Gäste in prunkvollen Stoffzelten zu empfangen, und zu solchem Anlaß trägt er nach persischer Manier einen Turban.«

»Weißt du übrigens, Yi-Shou, daß die barbarischen Tänzerinnen[1], die bei Hofe für Unterhaltung sorgen, grüne Augen haben?«

»Jadegrün?« murmelt der Jüngling baß erstaunt.

»Und weißt du auch, daß die schwarzen Eunuchen sich tagein, tagaus an kandierten Eselshoden gütlich tun[2]?« fällt Flammenpinie begeistert ein.

Höllengalopp kratzt sich nachdenklich das vierblättrige Kleeblatt, das seine linke Wange ziert.

»Dies Bild ist in der Tat idyllisch. Ihr habt freilich vergessen, unserem jungen Freund zu erzählen, daß bei Nacht die

1 Tänzerinnen aus Sogdiana, zumeist persischer Abstammung.

2 Den Eunuchen wurde eine besondere Vorliebe für diese Art von Naschwerk nachgesagt.

Grundfesten des Palastes erzittern, und die Mauern wehklagen.«

Neugierig bittet Yi-Shou um eine Erklärung. Höllengalopp senkt die Stimme und fährt fort:

»Man sagt, Liu-Yin habe beim Ausbau seines Schlosses einige seiner nächsten Verwandten und Diener lebendig einmauern lassen, weil sie, wie er behauptete, sich gegen ihn verschworen hätten. Vom Diener, der seine Sänfte unter einem Fenster vorbeitragen ließ, aus dem Frauenwäsche heraushing[1], bis hin zu seinem Neffen, den er nach einer leichten Magenverstimmung beschuldigte, er habe ihn vergiften wollen.«

Narbengesicht, der eben eingehend die weiche, fleischige Hüfte einer Zofe knetet, bricht in schallendes Gelächter aus:

»Zum Glück bleiben ihm ja noch immer etliche Gespielen. Unter Blinden ist der Einäugige König[2]«

Diesen nachahmend, hält er sich das rechte Auge zu und stimmt einen meckernden Gesang an.

Auf zur Jagd, Hasen zu fangen,
Knäblein fein, schön fett und rund!
Wollt ihr nicht ums Leben bangen,
Kommt und küßt mich auf den Mund!

Die angeheiterten Tischgenossen fallen lauthals ein und wiederholen die beiden letzten Verse.

Yi-Shou lacht herzlich ob der unerwarteten Vorstellung, doch plötzlich wird er ernst. Leiser Zweifel steigt in ihm auf:

»Ist es möglich, daß unser König ...?«

Weißer Wirbelsturm hebt das Gesicht aus der Schale mit Affenhirn in Paprikasoße und bestätigt den Verdacht.

»Ja, Yi-Shou, so unwahrscheinlich dir das vorkommen

1 Ein Aberglaube.
2 Ein Scherz. Vom Volk wurde Liu-Yin respektlos »der einäugige König« genannt.

mag: Unser König liebt Frauen nicht. Um die Wahrheit zu sagen, er fürchtet, seine zahme Kaulquappe könnte in ihren unzüchtigen Höhlen vergiftet werden.«

»Vielleicht hat er Angst vor verborgenen Zähnen, oder er hat Angst, sein Schürhaken könnte bei der Berührung Feuer fangen?« mutmaßt Flammenpinie und löst damit allgemeine Heiterkeit aus.

Yi-Shou indes läßt nicht locker:

»Hat er denn keine Konkubinen?«

»Doch, selbstverständlich, aber er läßt die unliebsame Öffnung zunähen.«

Entsetzlich. Yi-Shou traut seinen Ohren nicht. Angewidert schiebt er die Schale mit einem Stück roher Ochsenzunge von sich: fast will ihm scheinen, das rote Fleisch bewege sich und erzittere leise.

Gelockte Ratte, an dessen Kinn wie ein Klümpchen Schleim ein wenig Kastaniengelee klebt, ergötzt sich an Yi-Shous Verwirrung. Mit vollem Mund gibt er weitere Einzelheiten preis.

»Am liebsten pflanzt er Zwiebeln. Angeblich läßt er die Hinterbacken seiner Gespielen mit Blattgold überziehen, damit er darin sein eigenes Spiegelbild bewundern kann . . . und es heißt ferner, er gebe ihnen mit Vorliebe vermahlenes Rhinozeroshorn zu essen, um ihren Lebenssaft zu kräftigen.«

»Und eingedickte Sojamilch, welche den Geschmack verbessert!« quäkt Narbengesicht prustend vor Lachen.

Höllengalopp, der sich die ganze Zeit über in Schweigen gehüllt hat, sieht sie mit hämischem Grinsen an.

»Der gierige Lustgreis, der dem Laster so sehr verfallen ist, daß er die Hintern seiner Liebchen mit kostbaren Perlen füllen muß, um seinem welken Szepter noch ein Mindestmaß an Erregung zu verschaffen, dieser Abschaum macht euch also Vergnügen?«

Zustimmendes Grunzen ist die Antwort.

»Und es macht euch Vergnügen, daß etliche unserer Kameraden ihr Leben lassen mußten, nur damit ein Teil der Fracht in den stinkenden Eingeweiden der königlichen Lustknaben endet? Die Verwundeten und die Krüppel werden entzückt sein, zu hören, daß sie unserem guten König auf solche Weise zu fleischlichen Wonnen verholfen haben!«

»Mach' dir nichts draus, Höllengalopp, dir schlägt sich der Wein aufs Gemüt. Wir alle sind doch großzügig entlohnt worden. Mag er die Edelsteine seinen Goldfischen zum Fraß vorwerfen, wenn ihm der Sinn danach steht... Solang er das tut, führt er wenigstens nicht Krieg!«

Weißer Wirbelsturm zwinkert Yi-Shou aufmunternd zu. Narbengesicht kratzt sich ausgiebig am Kopf. Schielend und mit näselnder Stimme versucht er die Stimmung ein wenig zu lockern:

»Wenn unser König es liebt, Perlen aufzufädeln... Diese hier will ich ihm widmen, und sie sei ihm von Herzen vergönnt.«

Mit diesen Worten entläßt er einen dröhnenden, endlosen Furz, bei dessen hohlem Klang Yi-Shou nervös zusammenzuckt. Daraufhin erhebt er froh seinen Becher.

»Wie steht's, Yi-Shou, begleitest du uns morgen in Mutter Tchangs Weinhaus? Es ist ein alter Brauch nach jedem Zechgelage.«

»Ich käme mit Vergnügen mit«, stammelt Yi-Shou, »hätte ich nicht meiner Base versprochen, mit ihr ans Ufer des Flusses am Rande des Smaragdwaldes zu gehen.«

Hm...hm. Mit wissender Miene grinsen die Kumpanen einander an.

»Und ein Edelmann hält sein Wort, komme was da wolle«, schließt Weißer Wirbelsturm und versetzt ihm einen kräftigen Schlag auf den Rücken. »Los, Freunde, trinken wir auf die Frauen, auch wenn sie unser Verderben sind!«

Tsao am anderen Tischende hat die vielfältigen Speisen kaum angerührt, mit Ausnahme nur einer gesottenen Quappe mit Ingwer und Zwiebeln.

»Hör zu, GuanShang, ich will offen mit dir reden ... Der Türke[1] Shi-Jin-Tang im Norden hat sich mit den Kitan[2] verbündet und ist im Begriff, sich mit ihrer Unterstützung zum Kaiser ausrufen zu lassen.« Er führt den Kelch mit angewärmtem Wein an die Lippen. »Mein Freund Cai-Zheng hat mir diese Nachricht am Tag vor unserer Abreise aus Guang-Zhou bestätigt.«

»Das ist doch ein Scherz, Euer Durchlaucht! Soll das heißen, daß dieser Shatuo mit Hilfe seiner eigenen Feinde die Nachfahren von Li-Ke-Yong[3] vom Thron vertrieben hat?«

»Ja!« Tsao seufzt tief. »Um das Reich wieder zu vereinen, bräuchte unser Land eine starke Hand. Allein unter dieser Bedingung werden wir uns der Nomaden entledigen, die mit fortwährenden Übergriffen die Gegend im Norden des Gelben Flusses plündern und brandschatzen.«

»Wir dürfen uns nicht beklagen, Herr, unsere Provinzen im Süden sind bislang von den Kitan verschont geblieben. Was mir indes ernsthaft Sorgen bereitet, ist die erneute Zunahme des Räuberunwesens hier in der Gegend, und insbesondere der starke Zulauf, den der Drache aus Shandong erfährt. Man spricht derzeit von nichts anderem.«

»Ach GuanShang! Es gäbe keinen Long-Jian, wenn nicht der Pöbel aus dem Norden auf der Flucht vor Krieg und Hungersnot in Massen hierher strömte und unser eigenes Heer von Armen und Elenden vermehrte!«

»Glaubt Ihr?«

»Das ist zweifellos einer der Gründe. Es würde ihm wohl kaum gelingen, unter Berufung auf Gleichheit und Gerech-

1 Shatuo, ein östlicher Turkstamm, ursprünglich in der Wüste Gobi ansässig, aber seit Generationen chinesisch, prägte maßgeblich das politische Leben in China. Zahlreiche historische Persönlichkeiten Chinas waren türkischer Abstammung, insbesondere unter der Tang-Dynastie.

2 Eine Horde von Barbaren protomongolischer Abstammung, die vom Norden her in China einfiel.

3 Begründer der vorhergehenden Dynastie.

tigkeit gemarterten Seelen Trost zu spenden und arme Teufel zum Rauben und Morden aufzuhetzen, wenn hier nicht Chaos und Unsicherheit herrschten.«

GuanShang schüttelt zweifelnd den Kopf, während er unter geräuschvollem Schmatzen ein Schweinerippchen benagt.

»Ihr tut dem unwürdigen Pack stinkender Ratten zuviel Ehre an! Man müßte sie ausrotten, einen nach dem anderen, ihre Schlupfwinkel ausräuchern wie Hornissennester, ihre Anführer auf öffentlichen Plätzen hinrichten... Habt Ihr vergessen, wohin der Aufstand des Banditenführers Huang-Chao führte? Zu einem regelrechten Volksaufstand, der unserer letzten großen Dynastie den Niedergang brachte![1]«

In seiner Erregung schlägt GuanShang so gewaltig mit der Faust auf den Tisch, daß Becher und Humpen klirren.

Von einem Augenblick zum anderen tritt verwundertes Schweigen ein. In der Stille klingt das Gurgeln eines überfüllten Magens aufdringlich laut; irgendwo scheint jemand sich übergeben zu wollen... er gibt Geräusche von sich wie ein altes und leidendes Kamel, das in seiner Gier sich an Kichererbsen überfressen hat.

Natürlich, es ist Meister Sun. Das überreichliche Angebot an köstlichen Speisen hat ihn jegliches Maß und Ziel vergessen lassen. Hemmungslos hat er in sich hineingeschlungen, ängstlich darauf bedacht, nur ja nichts zu versäumen. Doch die halbe Forelle in rotem Pfeffer war offensichtlich zuviel für ihn. Er würgt, halb erstickt, ringt verzweifelt nach Atem – der Tod ist nahe. Gräßlich quellen die Augen hervor, und das schweißüberströmte Gesicht, krebsrot bisher, nimmt die Farbe einer Aubergine an.

Ist dies das Ende des großen Meisters – vor aller Augen,

1 Blutiger Aufstand unter der Tang-Dynastie, der im Jahr 874 in Shandong ausbrach und dramatische Ausmaße annahm, als er auf den Süden übergriff. Huang-Chao belagerte Guang-Zhou und ließ sämtliche Maulbeerbäume der Gegend umhauen, um den Seidenexport nach Arabien lahmzulegen.

mitten während des Festmahls? Nein. Nach endlos langem, krampfartigem Würgen erbricht der wackere Bursche in einem Schwall unverdauter Speisen eine mächtige Gräte von drei Zoll Länge.

Allenthalben seufzt man erleichtert auf und nimmt beruhigt das unterbrochene Gespräch wieder auf.

GuanShangs Erregung hat sich unterdessen gelegt. Tsao, der solange mit verschränkten Armen geduldig gewartet hat, zieht die Hände aus den weiten vogelfederngesäumten Ärmeln und macht eine beschwichtigende Geste:

»Nur ruhig, GuanShang, ich versuche ja nur, die Wurzeln des Übels zu ergründen. Bricht ein Ekzem aus, so reicht es eben nicht, sich die juckende Stelle zu kratzen: vielmehr sollte man aufhören, die krankheitserregenden Speisen zu essen. Glaube mir, es wäre nie so weit gekommen, würde Liu-Yin seine Untertanen nicht schröpfen bis aufs letzte, mit erdrückenden Steuern und maßlosen, nie zu erfüllenden Forderungen, die zwangsläufig den Volkszorn schüren.«

Stumm pflichtet Rauchender Friedhof ihm bei.

»Gäbe er auch nur den zehnten Teil seiner Reichtümer ans Volk zurück, hörte er auf, Beamte und Mandarine zu bestechen, so würden die Bauern friedlich ihr Land bestellen, statt sich in Massen um die barfüßigen Aufrührer zu scharen.«

»Torheiten!« brummt GuanShang in sich hinein und schneuzt sich unfein.

»Weshalb folgen sie denn blind diesem elenden selbsternannten Richter?«

»Rauben, plündern und morden ist eben leichter, als alle Tage mit krummem Rücken hinter dem Pflug einherzugehen!«

Tsao stützt sich auf das goldbestickte Rückenpolster. Es ist sinnlos, das Gespräch fortzuführen. GuanShang ist ein Mann der Tat. Seine ungestüme Leidenschaft, seine Begeisterung im Kampf verträgt sich nicht mit tiefsinnigen Überlegungen.

Wer sich mit allzuviel Verständnis beschwert, wer dem Feind mildernde Umstände zugesteht, dem fällt es nicht leicht, erbarmungslos gegen ihn zu Felde zu ziehen.

Und einstweilen wird weiterhin die Hälfte all der ungezählten Schätze und Kleinodien von unermeßlichem Wert, angeblich der jährliche Tribut Liu-Yins an den Kaiser, in den Kellern des Palastes zu Guilin verschwinden.

Was soll's! Die eigenen Ansichten über die Obrigkeit sollte man besser für sich behalten. Auch Kessel und Krüge haben bisweilen Ohren.

Gedankenverloren läßt Tsao den Blick über die Runde schweifen, wo munter getafelt und gezecht wird. Es macht ihm Vergnügen, seine Männer nach langen Expeditionen mit einem Festmahl zu belohnen. An diesem Abend jedoch ekelt ihn die Prasserei, eine schamlose Zurschaustellung völliger Hemmungslosigkeit.

Im Geiste hört er das leise Rascheln trockener Piniennadeln, atmet den kühlen, frischen Geruch von Waldboden und moosbewachsenem Unterholz, mit einem Mal verspürt er den brennenden Wunsch nach Einsamkeit.

Neiderfüllt denkt er an Bescheidenes Talent, der es vorgezogen hat, in seinen Gemächern zu verweilen, allein mit dem Zirpen der Grillen.

Durch einen Spalt im brokatverhängten Gitter eines Wandschirms hindurch verfolgt Li-Mai bestürzt die Ausschreitungen des späteren Abends.

Gelockte Ratte läßt sich von Blauer Stunde füttern, die auf seinem Schoß hockt: tief steckt sie ihm die silbernen Eßstäbchen zwischen gefräßige Lippen in der Farbe roher Leber. Und der unanständige Kerl saugt daran, lange und ausgiebig, und wirft vielsagende Blicke ins geöffnete Hemd des schamlosen Frauenzimmers. Mit gespieltem Entsetzen flieht Ma-Do vor Flammenpiniens obszönen Gesten, der eine soßentriefende Hühnerkeule hinter der Enteilenden schwingt.

»Bei den heiligen Hoden des Löwen von Shkyamuni! Der himmlische Zorn wird sich über diesem Haus entladen!«

Und der fette Schweinehund aus Hunan, Musiklehrer seines Zeichens, der lüstern die Eulenaugen rollt, sobald eine weibliche Gestalt auftaucht... Es ist die Hölle!

Donnergrollen und Heiterer Tiger, unzertrennlich wie ein Pinseläffchenpaar, schlürfen einträchtig ein gesprenkeltes Rebhuhnei.

»Weißt du, kleiner Bruder, wovon mir allnächtlich träumte, während wir unterwegs waren? Von kalten Kutteln mit Sojakäse und süßem Nelkenpfeffer.«

»Ich dagegen versuchte verzweifelt, an Frauenärsche zu denken... allein, es war vergebens. Ich sah stets nur weiße Hühnerbrüstchen vor mir, und Schweinefüße mit Lotoskernen in Honig, süße Reiskuchen mit warmer Sahne und Datteln. Es war die Hölle! Das Wasser lief mir im Munde zusammen, meine Kehle aber war leer und trocken.«

»Mir ging es noch schlechter. Ich hatte Alpträume. Schweißgebadet wachte ich auf und stand tausend Ängste aus, ich könnte sterben, ohne ein letztes Mal den Duft von vergorenem Kohl mit Knoblauch und Pfefferschoten gerochen zu haben.«

»Genug, kleiner Bruder, ich flehe dich an... Mir dreht sich vor Hunger der Magen um!«

Mit solchen Worten springen sie auf, gierig wie zwei Asketen nach vierzigtägigem Fasten, und stürzen sich auf eine Platte mit gebratenen Täubchen in Kastaniensoße, die eben hereingebracht wird. Köstlich.

Unterdessen imitiert Pfingstrose, leicht betrunken, das aufgeregte Gackern des paarungsbereiten Wasserhuhns, während drei altgediente Soldaten einstimmig mit dem Schrei des brünstigen Auerhahns antworten.

Das ist mehr, als die züchtigen Augen und das ehrbare Gemüt der Dame Li ertragen können.

»Bei allen Bambusknüppeln von Yangyou! Wo bleibt Mutter Ho mit ihren Mädchen!«

Erzürnt eilt sie von dannen in Richtung der Küchen. Dort angelangt, strebt sie auf einen der Tonkrüge zu und füllt einen Humpen mit lauwarmem Wein, den sie auf einen Zug leert.

Das beruhigt die Nerven.

In diesem Augenblick zuckt grell ein Blitz durch den Raum, und bedrohlich grollt gleich darauf der Donner.

7

Rings um das Herrenhaus toben die Elemente. Fast aus heiterem Himmel ist ein furchtbarer Orkan losgebrochen, und das Land versinkt in abgrundtiefer Finsternis. Sintflutartige Regenfälle verwandeln Straßen und Wege im Nu in reißende Wildbäche.

Einige Meilen von Yangyou entfernt versinkt Mutter Ho mit ihren Schützlingen im Schlamm. Auf dem schlechten Weg ist kein Fortkommen mehr. Kniehoch steht das Wasser in Furchen und Schlaglöchern, und der Wagen steckt in Morast und Geröll.

Verzagt hält der Kutscher die Ölpapierlaterne in die regen- und sturmgepeitschte Nacht.

Die jungen Frauen im Wagen, wenngleich aneinander gedrängt wie Salzheringe im Faß, zittern vor Kälte und Furcht. Glücklicherweise bietet die Plane ein wenig Schutz, die bei den ersten Tropfen in aller Eile und gerade noch rechtzeitig über den offenen Wagen gebreitet wurde.

»Wie steht's, Ko-Chang?«

Mutter Ho, fest in einen mandarinenfarbigen Samtumhang gewickelt, streckt vorsichtig die Nase ins Freie.

»Wir sitzen fest, Mutter Ho. Allein schaffe ich es nicht, den Karren aus dem Dreck zu ziehen.«

Die Bordellbesitzerin faucht vor Wut. Grob herrscht sie

Schneekranich und Lenzfluß an, auszusteigen und zu schieben.

Den Ärmsten bleibt nichts anderes übrig, als die langen, faltenreichen Röcke zu raffen, um wenigstens den Saum aus Schwanenfedern zu schützen. Zaghaft setzt jede einen Fuß in hochhackiger Holzpantine auf die Erde.

O weh! Schneekranich versinkt sogleich bis zur Wade im Morast und verrenkt sich schmerzhaft den Knöchel.

Lenzfluß, mit einer Hand den Schleier festhaltend, watet zum rückwärtigen Teil des Wagens. Gemeinsam mit Ko-Chang schiebt und drückt sie aus Leibeskräften. Vergebliche Mühe – sie rutscht aus und fällt der Länge nach hin, hilflos alle viere von sich gestreckt gleich einer böswillig auf den Rücken gedrehten Schildkröte.

»Worauf wartet ihr noch, nichtsnutzige Faulenzerinnen! Steigt aus und helft euren Gefährtinnen!« tobt Mutter Ho und klammert sich an den ledernen Sitz.

Widerwillig steigen Milchstraße und Kleine Tugend hinab in den Kot, als in der Ferne gedämpfter Galopp vernehmlich wird. Wer mag bei solchem Wetter unterwegs sein?

Aus der Finsternis tauchen drei Edelleute zu Pferde auf, in lange, dunkle Pelerinen gehüllt. Hinter ihnen reitet ein junger Mann auf einer Schindmähre, die einen kleinen, buntbemalten Karren zieht.

Dem Buddha sei Dank, welch unverhofftes Glück! Die Mädchen stellen sich mitten auf den Weg und winken mit beiden Armen.

Der Reiter an der Spitze, kein anderer als Zittermolch höchstpersönlich, springt vom Pferd, um den Schaden zu begutachten.

»Die Achse ist gebrochen. Wo wollt Ihr denn hin bei diesem Gewitter?«

»Zu den Drei Seligkeiten, hohe Herren. Würdet Ihr uns wohl das Geleit geben? Es ist schon spät, und meine Nichten sind müde.«

Eine glückliche Fügung des Schicksals! Die kleinen Blumenmädchen, die sich als feine Damen gebärden, werden ihnen die Sache sehr erleichtern.

So beeilt sich Zittermolch, der Alten zu Willen zu sein.

»Aber mit dem größten Vergnügen, edle Dame, zumal dies auch unser Ziel ist!

Ihr müßt wissen, wir sind Gaukler aus Liu-Cheng und gedenken Herrn Tsao unsere Dienste anzubieten«, fügt Galgenstrick rasch hinzu, und seine listigen Äuglein funkeln unter dem runden Helm.

»Oh! Gaukler, Mutter Ho ... Welch ein Zufall!« ruft die von oben bis unten schlammbesudelte Lenzfluß freudig aus.

»Ihr kommt wahrhaftig zur rechten Zeit«, lispelt Schneekranich. »Heute abend wird dort ein Fest gegeben.«

Beim Anblick von Schneekranich und Mutter Hos unverkennbarem Mondgesicht schlägt Ho-Jin eilig den durchnäßten Kragen hoch und zieht die Mütze tief über die Augen. Das fehlte ihm noch, von der einen oder der anderen erkannt zu werden! Die Sache wäre verloren!

»Vielleicht könntet Ihr Euch beim Hausherren für uns verwenden, auf daß er uns Obdach gewähret als Gegenleistung für allerlei Lieder und Zauberkunststücke? Wir wären Euch zu tiefstem Dank verpflichtet ... zumal bei solch ungastlichem Wetter!« Zittermolch findet an seiner neuen Rolle offensichtlich Gefallen.

Der Handel gilt. Während der Kutscher die Stute abschirrt, klettern drei der Damen albern kichernd und umständlich hinter den Reitern aufs Pferd.

Mutter Ho und die kleine Tugend nehmen an der Seite des jungen Burschen im Karren Platz ... So macht sich der wunderliche Zug auf den Weg durch die Nacht.

In der Einsamkeit ihrer Kammer kauert Shu-Mei zwischen Polstern und Decken, zählt die Blitze und knabbert Pinienkerne, die Schimmernder Jaspis ihr heimlich zugesteckt hat.

Das abendliche Beisammensein der Damen zum gemeinsamen Mahl stand unter einem ungünstigen Stern. Dame Yu litt unter Sodbrennen, wie üblich beim Wechsel des Mondes, Jing-Hua zog ein Gesicht wie drei Tage Regen, und Kleine Tante biß sich an einer Lotoswurzel einen Zahn aus.

Indes, es gab einen Lichtblick: Li-Mai war anderweitig beschäftigt, sie überwachte den Küchenbetrieb.

In einzelnen Fetzen dringt das dröhnende Gelächter der Männer bis in die Kammer und martert Shu-Meis Ohren.

Schmerzlich empfindet sie ihr Ausgeschlossensein. Um auf andere Gedanken zu kommen, lauscht sie angespannt dem trommelnden Regen, bis das dumpfe und eintönige Geräusch vollständig von ihr Besitz ergreift. In ihrem Kopf hämmert es, und in den Eingeweiden macht ein heimtückischer Schmerz sich breit, als wüchse ein Bäumchen in ihrem Bauch.

Shu-Mei schließt die Augen, ihr wird übel. Sie stellt sich vor, wie sie unter dem schwarzen Laub der Ginkobäume tanzt und das Wasser wohlig frisch über ihren Körper rinnt. Zwischen den hölzernen Säulen hindurch schimmert es hell aus dem Saal der Reinen Harmonie, Lichtflecke tanzen auf dem nassen Gras. Immer heftiger tobt das Unwetter und übertönt das Gejohle der Zechenden. Um so besser! Yi-Shou steht im Mittelpunkt, von allen Seiten wird er hofiert. Er unterhält sich köstlich, der Verräter! Sie könnte mit den Füßen aufstampfen vor Zorn!

Ihren Ärger läßt sie an den Brombeersträuchern aus, büschelweise reißt sie Blätter und Beeren ab und zerkratzt sich die Hände an den stacheligen Zweigen. Wütend zerquetscht sie das klebrige Fruchtfleisch auf ihrem Bauch, und mit selbstquälerischem Haß verreibt sie den dunkelrot saftigen Brei, besudelt sich absichtlich von oben bis unten. Zwischen den Beinen quillt es hervor und rinnt herab, wie aus einer Wunde, die ewig blutet...

Shu-Mei fährt ruckartig hoch. Sie springt aus dem Bett

und hin zum Licht, und im flackernden Licht der Kerzen betrachtet sie das besudelte Hemd, die tatsächlich blutbefleckte Hand. Ein dünnes Rinnsal sickert an der Innenseite ihrer Schenkel herab und fühlt sich an wie Tauwasser von einem Schneeball, der langsam schmilzt.

Der zwingende Beweis, daß sie kein kleines Mädchen mehr ist. Das ist sie also, die zugleich ersehnte und gefürchtet Blutung, durch die sie jeden Monat von neuem unrein wird, jeden Monat für eine Zeitlang unberührbar, durch die sie heute abend aber zur Frau geworden ist!

Mit einem Finger zeichnet sie gedankenverloren die Linie ihrer Hüfte nach, erfüllt von merkwürdig widerstreitenden Gefühlen, einer Mischung aus Stolz und Beklemmung: da hat sich die Tür zu einer neuen Welt aufgetan, einer strahlenden, lichterfüllten Welt, wie die weiche Schale einer reifen Frucht, in die sie mühelos eindringen und darin ganz sich auflösen kann in wonnigem Erschauern.

In diesem Augenblick erklingt Hufgetrappel auf dem Pflaster des mittleren Hofes, gefolgt vom dumpfen Rollen der Räder.

Shu-Mei stürzt zum Fenster und reißt es weit auf. Aus den durchweichten Blumenbeeten steigt der Geruch von nasser Erde und wilder Minze. Tief atmet sie ein und fühlt selig die Lunge, den ganzen neugewonnenen Leib von der frischen Luft durchströmt. Sie beugt sich weit hinaus und wartet, mit klopfendem Herzen.

Wer mag zu so später Stunde noch kommen?

Durch das innere Tor reitet ein Häuflein sonderbarer Gestalten. Vorneweg ein Lakai mit Laterne, dahinter fünf Wesen in faltenreichen Gewändern, mit trippelnden Schritten und unterdrücktem Gelächter. In einigem Abstand folgen mehrere Männer, unkenntlich unter ihren Kapuzen; sie tragen einen Weidenkorb und einen goldenen Käfig.

Gewiß sind sie Reisende, die bei dem fürchterlichen Unwetter vom Weg abgekommen sind!

Nachdenklich zieht Shu-Mei das Schiebefenster zu und bläst die Kerzen aus.

Fünf Minuten später ist sie eingeschlafen, den Daumen im Mund und ein Lächeln auf dem Gesicht.

Formvollendet verneigt sich Xi-Xuan und enteilt. Mutter Ho indes wirft sich auf der Schwelle zu Boden; überschwenglich vollführt sie den Kotau und wirkt dabei wie ein schlecht gebautes Tongefäß, das, kaum fertiggestellt, in sich zusammensinkt. Gefolgt von ihren vier Grazien betritt sie den Saal der Reinen Harmonie und wird mit Pfiffen und Hohngelächter empfangen.

Verständlicherweise: denn die Damen sind eine wahrhaft jammervolle Erscheinung. Die einstmaligen Prachtgewänder aus rotem und grünem hauchfeinem Tuch, die bestickten Westen aus schimmernder Seide starren vor Schmutz, lehmverkrustet und triefend vor Nässe hängen Jupons und Spitzen traurig herab.

»Sieh nur, unser Anblick bringt sie derart aus der Fassung, daß sie sich gar in die Hosen machen!« flüstert Gelockte Ratte Yi-Shou ins Ohr und weist auf die Pfützen, die sich unter den Röcken der Mädchen bilden.

Frau Ho ist einer Ohnmacht nahe. Muß sie in dieser stürmischen Nacht die erste Schmach ihrer langjährigen Laufbahn erleben?

Nein. Mit klirrenden Armreifen tritt Lenzfluß vor, die ihrem Namen alle Ehre macht, entledigt sich ihres Jäckchens und wirft selbiges unter stürmischem Beifall ins begeisterte Publikum; ihre Gefährtinnen tun es ihr gleich: der Bann ist gebrochen. Jäh verstummen die anzüglichen Witze, und man balgt sich um rote Schleifen und seidene Bänder, um Reiherfedern und weiße Hemdchen aus Spitze.

»Mmmh, das riecht! Wie ein Frosch, der sich parfümiert!«

Zwei Kerle streiten sich um ein im Gewühl erbeutetes Jäckchen, wütend zerren sie an je einem Ärmel, bis sie mit einem Mal beide hintüber purzeln, jeder mit einem Teil in der Hand.

Ein Diener in goldbetreßter Livree klatscht in die Hände. Der Nachtisch wird serviert: »Gefüllte Dattelbällchen, Lotoskernmakronen, Acht Köstlichkeiten auf Erbsenkuchen, süßes Reisgebäck, Sesampasteten . . .«

Halbnackt flüchten die vier Entblätterungskünstlerinnen unter die Tische, spitze Schreie ausstoßend wie verschreckte Jungfern.

Mutter Ho, die unterdessen ihre äußere Erscheinung notdürftig wiederhergestellt hat, benützt die günstige Gelegenheit, um Tsao diskret ihr Anliegen vorzubringen.

Großzügig erteilt dieser seine Zustimmung:

»Die Gaukler mögen eintreten und ihre Künste vorführen!«

Zittermolch, der schon auf der Lauer liegt, schleppt sogleich seine Instrumente herbei.

Weithin vernehmlich erklingen die Zimbeln.

Mit einem kraftvollen Satz springt ein junger Mann herein und wirbelt durch den Raum, sich in schwindelerregendem Tempo um die eigene Achse drehend. Jäh hält er inne und rollt fürchterlich die Augen. Gleich einem Panther zum Sprung geduckt, will er sich eben auf die versammelten Gäste stürzen, als ein zweiter Bursche wie aus dem Nichts heraus auftaucht und ihn, das rot und schwarz bemalte Gesicht zu wilden Grimassen verzerrt, mit drohenden Gesten zum Kampfe fordert.

Wieder werden die Zimbeln geschlagen. Jetzt vollführen sie einen atemberaubenden Tanz, sich knäulend und schlängelnd und kreiselnd im Rhythmus der dumpfen Schläge der Trommel; wie Peitschenhiebe durchschneiden die breiten Gürtel die Luft.

Stürmischer Beifall.

»Und jetzt«, verkündet Galgenstrick noch leicht außer Atem, »folgt der Messerwurf – eine Talentprobe, die besonderen Mut verlangt. Wer meldet sich freiwillig?«

Suchend wandert der ausgestreckte Zeigefinger über das Publikum und bleibt, nicht ganz zufällig, bei einem der Gäste stehen, dem alsbald ein schwarzes Tuch über die Augen gelegt wird.

Die Zuschauer halten den Atem an . . .

In drangvoller Enge zwischen Stoffballen und Kisten kauert Ho-Jin in einem Verschlag, den man ihnen als Umkleideraum zur Verfügung gestellt hat. Dumpf brütend starrt er vor sich hin.

Ursprünglich hatten sie vereinbart, daß Lenzregen, flinker und unauffälliger als ihre Gefährten, nach erfolgter Klärung der Lage sich an den Schatz heranpirschen sollte, während die anderen die Gäste in Bann hielten.

Das unerwartete Auftauchen Mutter Hos hatte indes den Plan vereitelt. Um nicht erkannt zu werden, war Ho-Jin noch in letzter Minute zu einem Rollentausch gezwungen.

Jetzt spitzt er die Ohren. Schritte nahen, jemand pfeift die Ballade des Kieselsteins im Milchkrug.

Beruhigt läßt Ho-Jin sich zurücksinken. Es ist einer seiner Leute.

Zittermolch betritt das Gelaß. Er scheint guter Dinge zu sein.

»Und?« fragt Ho-Jin beklommen.

»Es läuft alles wie geschmiert. Der Spitzel hat bereitwillig geredet, ganz wie Long-Jian vermutet hat. Perlen und Edelsteine befinden sich in zwei dem Aussahen nach völlig gleichen Sandelholzkästchen in Taos Lesezimmer. Jetzt bist du dran!«

Ho-Jin brummt etwas in seinen Bart.

»Ach, beinahe hätt' ich's vergessen! Vor der Tür steht natürlich ein Wachposten. Du wirst deine Überredungskünste gebrauchen müssen. Und vergiß nicht, uns Bescheid zu geben, wenn du fertig bist. Wir haben schließlich keine Lust, die ganze Nacht hier zu verbringen!«

Er zwinkert ihm zu und verschwindet mit dem Käfig, in dem ein halb betäubter Sperling hilflos flattert.

Nachdenklich rappelt Ho-Jin sich hoch, reckt seine langen Glieder und macht sich sodann auf den Weg zu den Küchen, leichtfüßig und anmutig wie ein schwangeres Nilpferd.

Unterdessen...

... sind die ausgehungerten Grazien der Ansicht, lange genug untätig unter den Tischen ausgeharrt zu haben, und stürzen sich auf die köstlichen, safttriefenden Guang-Xi-Würste und die herrlichen, leicht angesäuerten Keulen von Wild und Geflügel. Frische Luft macht hungrig!

Die Gaukler erfreuen Augen und Ohren, und vor den Gästen türmen sich Pyramiden von Naschwerk und süßen Früchten. Fieberhaft haken die Männer Wams und Hosenlatz auf und lassen mit unverhohlenem Vergnügen das arg zerzauste Vögelchen aus dem Käfig.

Welch ein Erlebnis – ein Stückchen wachsbleicher Birne zu lutschen, während in geheimnisvoller Tiefe fremde Lippen den Köder schnappen! Ungeahnte Wonnen, ein wahrhaft erhebender Augenblick, der einen alle irdischen Nöte enthebt, vergleichbar allein mit der trunkenen Begeisterung im Kampf!

Beim Anblick all der aufrechten Kegel, der stolzen Masten, der prachtvollen Gerten, die ihr zum Gruße gnädig sich neigen, dreht sich Lenzfluß der Kopf, und die Wahl wird zur Qual.

Am liebsten nähme sie alle zugleich, zehn von ihnen auf einmal. Doch die Zeit drängt. Es hilft nichts, sie muß eben verzichten auf die schlanke Gerte dort, und hier auf die Kerze, deren Flamme ungeduldig züngelt, auf den kurzhalsigen Stumpen, der wie ein Teufelchen aus der Schachtel ihr entgegenschnellt, und einige andere mehr. So greift sie nach dem nächstbesten Schweif, der freilich nicht schön ist, sondern stämmig, behaart, vierschrötig wie ein Bauer aus Sechuan.

Doch trügerisch ist bisweilen der Schein: sie hat gut gewählt.

Ihr zur Seite kauert Milchstraße. Gleich einer Schlingpflanze windet sie sich höher und höher um den kräftigen Stamm der Flammenden Pinie, Saugnäpfe verleihen ihr Halt an der schlüpfrigen Rinde. Unerschütterlich setzt der Mann unterdessen seine langatmigen Ausführungen über die winterlichen Temperaturschwankungen in Xinjiang fort.

Schneekranich hingegen säuberte hingebungsvoll eine kupferfarbene Flöte, die so spitz ist wie der langgezogene Hut der Musikanten: eine besonders gefürchtete Form in der Position »Fliegender weißer Tiger«.

Seit jeher ein Organisationstalent und auf wirtschaftliches Arbeiten bedacht, breitet Schneekranich die Arme aus und massiert mit flinken, wohlgestalten Fingern einen prächtigen Rettich von leuchtendem Rot, röter noch als ein Sonnenuntergang nach dem Sturm, während sie mit der anderen Hand nach einer bläßlichen, unscheinbaren Zwiebel greift, die – Überraschung! – plötzlich schier endlos zu wachsen beginnt und eine beängstigende Länge erreicht. Vorwitzig fährt das Köpfchen bei jedem Massagestreich aus der äußeren Schale.

Auf höherer Ebene verstummt nach und nach das Gespräch. Die Gesichter röten sich, man antwortet geistesabwesend, zögernd, oft verspätet.

Hartnäckig starrt Gelockte Ratte auf den Inhalt seines Tellers, während Höllengalopp angelegentlich die Fliegen an der Zimmerdecke zählt. Weißer Wirbelsturm umklammert so heftig den Zinnbecher, daß der sich unter dem Druck verbiegt.

Unter dem Tisch wird die Sache allmählich brenzlig. Weißglühend sind die Kessel, und allenthalben droht bereits die Explosion. Die Früchte im Gemüsegarten sind überreif, und Schneekranich weiß nicht, wo mit der Ernte beginnen – bei den Rüben, dem Lauch, dem Kohl?

Meister Sun hingegen fühlt sich in höchstem Maße durch

Li-Mai gestört, die nicht eine Gelegenheit versäumt, ihn mit mörderischen Blicken zu strafen. Hilflos wühlt er in seiner Wäsche, bestrebt, dem Mäuschen ein wenig Luft zu verschaffen. Doch wohin ist es entschwunden? Es wird ihn doch gerade jetzt nicht im Stich lassen?

Endlich gelingt es ihm, das vor Schreck erstarrte Tierchen aus dem Versteck zu locken . . . Sogleich bemächtigt sich seiner das gefräßige Maul der Kleinen Tugend, die mit wildem Gebläse das schlaffe Bündel zu beleben sucht. Doch alle Mühe ist vergebens, auch die feurigste Behandlung vermag den Starrsinn nicht zu brechen.

Meister Sun, in größter Bedrängnis, weiß weder ein noch aus. Zumal ihm die üppige Portion roter Bohnen in Sesamöl üble Blähungen verursacht, die er, so gut er kann, zu unterdrücken versucht.

Unsägliche Schmach! Verzweifelt durchforstet er das schwerfällige Gedächtnis: da, ein blanker Hintern, prall und rund wie ein Laib Käse . . . Ja! Weiße Brüste mit violetten Warzen, schwellend wie das Euter einer trächtigen Kuh . . . O nein!

Grausen packt ihn. Denn über das ohnehin jämmerliche Hirngespinst, das seine Phantasie mühsam zustandegebracht hat, schiebt sich das Bild Li-Mais, grinsend und haarlos, voll Verachtung spuckt sie auf den armseligen Pinsel.

Lenzfluß, obgleich mit einem majestätischen Röhrling in liebevolle Händel verstrickt, ahnt instinktiv die Zwangslage: Die Freundin braucht Hilfe. Flugs reicht sie ihr einen kleinen Tiegel, in dem sie für derartige Notfälle eine rosafarbene Paste verwahrt.

»Damit«, murmelt sie mit vollem Mund, »wirst du unweigerlich zum Ziel gelangen.«

»Was ist das?«

Mit glucksendem Lachen, unter dem die fleischige Pflanze erbebt, antwortet die Kurtisane: »Paprikapüree.«

Kleine Tugend schreitet zur Tat. Hingebungsvoll salbt sie

das matte Köpfchen, verreibt die Paste mit kurzen, kreisenden Bewegungen, und unverzüglich stellt der Erfolg sich ein. Jäh wallt die Hitze unter dem höllischen Gewürz, und aus dem Dickicht schießt ein königlicher Tiger.

Rauchender Hund gähnt mit krachendem Kiefer. Ausgerechnet er muß das unselige Los ziehen, das ihn verdammt, hier Wache zu stehen! Wie gern hätte er sich mit den Kameraden die Nacht um die Ohren geschlagen.

»Wer da?«

Im düsteren Gang nähert sich ein Schatten, zuckend im flackernden Schein der Fackeln.

»Ich bringe dir etwas zu trinken, damit dir die Zeit nicht lang wird.«

»Danke, Freund.«

Erfreut greift Rauchender Hund nach dem dargebotenen Krug. Seltsam, denkt er noch, wer mag jener sein, das Gesicht kenne ich nicht! Doch ihm bleibt keine Zeit, sich zu wundern . . . Schon zieht Ho-Jin den Dolch aus dem Gewand und rammt ihm die gezackte Klinge bis zum Heft in den Leib.

Kein Laut dringt aus dem weit aufgerissenen Mund des Soldaten. Mit festem Griff packt Ho-Jin sein Opfer und schlitzt ihm den Bauch bis zum Magen auf.

Kraftlos sinkt der Kopf zur Seite, die Augen verdrehen sich im Todeskampf. Der Hüne indes fängt geistesgegenwärtig Krug und Körper im Fall und läßt beide lautlos zu Boden gleiten.

Der Weg ist frei. Er stürzt zur Tür . . . und findet sie verriegelt. Er durchsucht den Toten. Kein Schlüssel.

In diesem Augenblick vernimmt er lautes Rufen: Eine ganze Schar lärmender Gesellen scheint den ansonsten menschenleeren Teil des Gebäudes zu stürmen. Hat man ihn entdeckt?

Wie verrückt hämmert sein Herz. Im letzten Augenblick

bemerkt Ho-Jin einen Vorhang in einer Ecke des Gangs. Hastig packt er den Toten bei den Schultern und zerrt ihn, so schnell er kann, in die Nische.

Gerade als hinter dem Räuber der Vorhang fällt, biegt der Schreihals um die Ecke.

In der Dunkelheit hält Ho-Jin den Atem an. Ein haariges Etwas streift sein Bein ...

Pardauz! Zwei Sekunden später zerschmettert eine massige Faust seinen Fuß. Ho-Jin beißt sich krampfhaft auf die Lippen, um den Schmerzensschrei zu unterdrücken. Wenn der Schwachkopf noch ein einziges Mal zuschlägt, ist alles aus.

Doch zum Glück schlägt die verfolgte Ratte einen Haken und flüchtet in entgegengesetzter Richtung. Unter lautem Gezeter stürmt der Kerl hinterher und ist zu beschäftigt, um das Verschwinden der Wache zu bemerken.

Den Göttern sei Dank! Ho-Jin, noch reichlich schwach nach ausgestandenem Schrecken, verläßt sein Versteck. Dank langjähriger Übung gelingt es ihm mühelos, die Tür aufzubrechen.

Mit einer Fackel bewaffnet, schreitet er in die Bibliothek – feierlich, als betrete er ein Heiligtum.

An den Wänden des mit wohldurchdachter Schlichtheit möblierten Raumes stehen hohe Regale, die bis zur Decke mit flach übereinander gestapelten Büchern gefüllt sind.

In der Mitte ein mächtiges Schreibpult aus Mahagoniholz, und dahinter, staubig noch von der langen Reise, zwei völlig gleiche Truhen: Sie scheinen auf ihren Räuber nur zu warten.

8

Ho-Jin jauchzt leise. Bis jetzt war alles ein Kinderspiel! Er stürzt sich auf die Schlösser, läßt alsbald die eisernen Beschläge aufspringen und öffnet den Deckel.

»Bei allen Qualen der Hölle!« entfährt es ihm. Die Truhe ist leer. In böser Vorahnung öffnet er die zweite... Dasselbe!

Wie von Sinnen wirft er Tischchen und Porzellanvasen um, fegt die Regale leer, zerrt sogar den Teppich beiseite in der Hoffnung, auf ein geheimes Versteck zu stoßen. Nichts.

Das ist doch unmöglich! Ist ihm etwa jemand zuvorgekommen?

Ach was, er hat ja noch nicht das angrenzende Zimmer durchsucht. Enttäuschung! Der holzgetäfelte Raum ist völlig leer, bis auf einen Kang mit Fransendecke, auf der das Schriftzeichen für ein langes Leben prangt. Die Zelle eines Asketen.

Es hat keinen Sinn, hier die Zeit zu verschwenden. Um jeden Preis muß er die Perlen finden. Es bleibt ihm wohl nichts anderes übrig, als die Suche im anderen Flügel des Gebäudes fortzusetzen.

Nach Beendigung des Mahls hat Tsao sich unter die Kuppel zu den Wolken der Fruchtbarkeit zurückgezogen. Von hier aus kann er in Ruhe und in allen Einzelheiten den weiteren Verlauf des Abends beobachten.

Vor dem Altar der Ahnen brennen Räucherstäbchen. Auf seinen Wink hin reicht Lenztraum ihm die Rauchutensilien: eine Bambuspfeife mit elfenbeingeschnitztem Kopf, aus dem ein langes, geriffeltes Mundstück ragt, sowie eine runde, mandelblütenverzierte Tabakdose.

Tsao stopft seine Pfeife mit einer erlesenen Mischung getrockneter, scharf riechender Kräuter, die nur hier in Guang-Xi angebaut werden. Bei seiner nächsten Reise nach

Guang-Zhou muß er seinem Freund Kia-Fu, einem äußerst wohlhabenden Kaufmann und Besitzer einer Handelsflotte, eine Kostprobe mitbringen.

Denn zweifellos wartet hier ein interessanter Markt: Man könnte mit anderen Provinzen Handelsbeziehungen aufnehmen ... und weshalb eigentlich nicht auch mit den langnasigen, weißhäutigen Fremden?

Tief inhaliert Tsao den beißend scharfen Rauch. Bald breitet sich ein wohliges Gefühl von Mattigkeit und Schwere in ihm aus, ein Zustand wunschloser Seligkeit, in dem er den unerträglichen Lärm, anzügliche Scherze und grölendes Gelächter der Zechenden, nur noch gedämpft wahrnimmt, wie durch eine dichte Nebelwand hindurch.

Er reicht die Pfeife GuanShang.

»Habt Dank, Euer Durchlaucht, aber dieses fürchterliche Kraut betäubt mir die Sinne.«

Tsao lacht herzlich, ausgelassen wie ein Kind.

»Wie?! Einem tapferen Krieger wie dir wird ein wenig Rauch doch nichts anhaben!«

Eitel wie ein Truthahn wirft GuanShang sich in die malvenfarbene Brust und zwirbelt heftig die Schnurrbartspitzen.

»Der kluge Soldat weiß, daß der Rauch ihn an den Feind verrät ... Überdies will ich heute abend noch etliche Frauenzimmer befriedigen, und deshalb fürchte ich wie die Pest die einschläfernde Wirkung des berauschenden Giftes. Auch Ihr solltet Euch in acht nehmen.«

»Nun, warten wir ab. Wir werden ja sehen, wer von uns beiden den längeren Atem hat!« antwortet Tsao rätselhaft.

Unterdessen versuchen sich einige Tischgenossen im Touhhu-Spiel, bei dem kleine Sandelholzpfeile auf eine langhalsige Vase geworfen werden: das Ziel ist, mit dem Pfeil die enge Öffnung zu treffen.

Die Drei auf der Bühne indes geben unermüdlich zu Lautenklängen und Flötentönen ihre Lieder zum besten und werfen sich heimlich verschwörerische Blicke zu.

Bisweilen drängt sich ein schmachtendes Stöhnen durch den eintönigen Singsang, wodurch auch das durch schwere Verdauung ins Schleppen geratene Tischgespräch vorübergehend Belebung erfährt.

Mitten auf dem Tisch, zwischen einer halb abgenagten Hühnerkeule und den Überresten von gebratenen Kutteln in Ei, legt Gelockte Ratte die Dame Lenzfluß aufs Kreuz, während Höllengalopp, der nach erfolgreichem Spiel zur »Belohnung« drei Gläser Mao-tai leeren muß, die Lust am Werfen verliert und statt dessen den letzten Pfeil in ein gänzlich anders geartetes Fläschchen taucht.

Unter den wollüstigen Blicken Meister Suns, den die feurige Behandlung mit Paprika in den Zustand immerwährender Erregung versetzt hat, preßt er Milchstraße ungeachtet ihres empörten Protests gegen eine der Säulen und durchbohrt sie wie ein zum Braten aufgespießtes Huhn.

Weißer Wirbelsturm und Narbengesicht indes halten Kriegsrat. Der schändliche Plan steht fest, Li-Mais Stunde ist gekommen. Rache ist süß.

Unweit von ihnen lassen die Unzertrennlichen, Heiterer Tiger und Donnergrollen, sich von Tin-Le und Sumpflibelle verwöhnen, die, rittlings auf ihren Galanen, in völligem Gleichklang auf- und niederfedern.

»Du müßtest einmal diese Götterspeise versuchen!« ruft Heiterer Tiger mit vollem Mund und zerkrümelt seinen Hirsekuchen über Sumpflibellens Frisur, freilich ohne daß diese es merkt.

»Ach, ich weiß nicht! Diese Pomeranzen in Honig sind fürwahr unvergleichlich, zumal sie es spielend mit allen sonst anwesenden weiblichen Zitzen aufnehmen!« entgegnet Donnergrollen und knetet Tin-Les Brüste mit klebrigen Fingern.

»Wenn du meine Meinung hören willst, Vetter, so geht doch nichts über den lauwarmen Zimtpudding, den die

Kleine Mutter so köstlich zu bereiten verstand ... Erinnerst du dich?«

»Durchaus ... das waren Zeiten!« seufzt Donnergrollen wehmütig. »Und meine hochverehrte Tante pflegte ihn mit Pinienkernen zu bestreuen, die wir im Wald rund um den Tempel des Kauernden Frosches gesammelt hatten.«

»Übrigens«, fährt Heiterer Tiger fort, und sein Auge wird feucht, »erinnerst du dich auch an die kleinen Laienschwestern im Gebüsch, die uns heimlich beobachteten?«

»O ja. Eines Sommerabends zeigte mir eine ihre kleine Furche, die so glatt und kahl war wie ihr geschorener Schädel.«

Bei der Erinnerung an die ländliche Idylle verschlingt Heiterer Tiger unter wohligem Grunzen einen fetttriefenden Krapfen und starrt gedankenverloren auf den Rücken der Sumpflibelle, der leise erzittert wie die gallertartigen Puddings seiner Kindheit.

»Möchtest du meine Nachspeise kosten?«

»Gute Idee!« ruft Donnergrollen erfreut.

Gesagt, getan. Elegant wie geübte Köche, die einen Pfannkuchen mit schwungvollem Wurf in der Pfanne wenden, wechseln die Freunde ihre Partnerinnen.

Und ehe die beiden Ahnungslosen begreifen, wie ihnen geschieht, gehen die Zuckerbäcker schon emsig mit dem Nudelholz zu Werke und walken den weichen Blätterteig.

»O weh, wie wird mir!« klagt Tin-Le bestürzt unter den rüden Stößen des Heiteren Tigers, der sichtlich sein ursprüngliches Ziel verfehlt hat.

»Was hast du denn?« spottet ihre Gefährtin. »Du warst immer auf die Unversehrtheit deiner duftenden Blüte bedacht – jetzt kannst du froh sein, daß dir auf diese Weise wenigstens nichts Schlimmeres geschieht!«

Kurze Zeit später durchquert Tin-Le auf schwankenden Beinen den Saal in Richtung Küche.

Der glücklose Sun, nach wie vor in Habtachtstellung,

ergreift den günstigen Augenblick und bittet sie dringend, ihn aus seiner Not zu erlösen.

»Habt Erbarmen!« fleht sie, »ich kann kaum noch sitzen . . .«, und flüchtet entsetzt beim Anblick der bläulich-violetten Rute.

Diese unverschämten Lümmel, denkt sie erbost, wenn sie so gierig ihren Durst löschen, könnten sie wenigstens daran denken, daß die Flasche zerbrechlich ist, aus der sie trinken!

Indes, die tiefsinnigen Überlegungen durchkreuzt Ma-Dos barscher Befehl, das Erbrochene eines alten Säufers aufzuwischen, der mit grünem Gesicht, einer unreifen Quitte nicht unähnlich, kraftlos an der Wand lehnt.

Systematisch durchkämmt Ho-Jin den linken Flügel des Herrschaftshauses, bislang erfolglos.

Ein übermächtiger Niesreiz quält ihn. Der schwere Ambraduft, der den Vorhängen und Wandbehängen entströmt, ist wahrlich betörend.

Ein zusammengeschobener Wandschirm erregt seine Neugier. Dahinter entdeckt er eine Kiste, in der sich freilich nichts als Stoffballen und anderer unnützer Tand befinden; doch gleich daneben steht eine mittelgroße Truhe, die sorgfältig in eine Matte gehüllt ist.

Zweifellos das Versteck für einen Schatz! Hätte man sich sonst die Mühe gemacht, die Truhe so gut zu verbergen? Und schließlich, wenn schon keine Perlen, ist ihm jede Beute willkommen.

Fieberhaft hantiert er mit der Zange und bricht das Schloß auf. Kaum aber hat er die Hand in die Truhe gesteckt, zuckt er zurück, als hätte ihn ein Skorpion gebissen.

Unbegreiflich sind die Launen des Zufalls: Ho-Jin ist auf das Geheimnis der alten Li gestoßen.

Lauernd, wie Kaimane, die zum Sprung auf ihr Opfer ansetzen, mit höhnischem Grinsen blickt ihm das obszöne Phallusheer entgegen.

Bodenloser Zorn ergreift ihn. Er schlägt den Deckel zu und verläßt überstürzt den Raum.

Auf dem Rückweg erspäht er eine niedrige, bogenförmige Tür, die seiner Aufmerksamkeit zuvor entgangen war.

Zwei geschnitzte Drachen wölben sich zwischen wolkenförmigen Gebilden aus dem Holz hervor, und darunter prangt ein mächtiger Riegel ... mit einem Vorhängeschloß versperrt.

Sollte dies ein Hinweis sein? Ho-Jin sinkt in die Knie, mit klopfendem Herzen, und zieht sein Werkzeug aus dem Ärmel.

In der Dunkelheit sieht er nicht die drei Augenpaare, die kurz aufblitzen und alsbald verschwinden.

Schneekranich taucht unter dem Tisch auf: endlich ein wenig Bewegungsfreiheit. Sie streckt die Hand aus und nimmt sich eine Pflaume. Das wird ihre müde Kehle erfrischen.

Jenseits der Obstschale erblickt sie eine einsame Gestalt: einen jungen Mann mit schwermütiger Miene, der sich zwischen den beiden eingenickten Gefährten rechts und links tödlich zu langweilen scheint.

Welch hübscher Junge, denkt sie, das ist doch etwas anderes als all die bezechten Kerle.

Yi-Shou indes geht seit dem Mißgeschick im schwimmenden Bordell jenen unheilvollen Wesen tunlichst aus dem Weg, die sein sittliches Empfinden zutiefst kränken.

»Langweilt Ihr Euch?« flötet eine sanfte Stimme. »Darf ich mich zu Euch setzen?«

»Das ist sinnlos. Ich interessiere mich nicht für gefallene Mädchen.«

Die Schöne, in ihrem Elan gebremst, befingert ratlos ihre mehrreihige Kette aus tropfenförmigen Türkisen. Das Spiel wird nicht leicht sein. Doch um so besser: Wer wagt, gewinnt, denkt sie, und: Was ist der Sieg, wenn er nicht mühsam errungen wird?

Als gute Schauspielerin, die sie von Natur aus ist, schüttelt sie untröstlich den Kopf, Schmerz spiegelt sich in ihren Zügen. Tief senkt sie den glühenden Blick in Yi-Shous Augen.

»Wofür haltet Ihr mich? Ihr kränkt mich, mein Herr.«

Der vernichtende Blick, den er ihr zuwirft, sagt alles. Nur über rauhe Pfade gelangst du zu den Sternen, denkt sie.

Für ihre Reize ist er offensichtlich nicht empfänglich. So wird sie an sein Mitleid appellieren.

»Ihr scheint Euch ja sehr sicher zu sein! Kennt Ihr denn mein Schicksal, daß Ihr wagt, mich zu verurteilen?«

Schneekranichs Stimme ist tränenschwer. Sie hält inne und hebt den Blick, um die Wirkung ihrer Worte zu prüfen. Leichte Röte überzieht Yi-Shous Wangen.

Nun weiß sie sich auf dem rechten Weg. Wenn sie es richtig anstellt, kann sie gewinnen. Siegesgewiß schließt sie mit sich selbst eine Wette: Sollte sie verlieren, so schwört sie bei sich, wird sie sich vom höchsten Felsen herab in den Li-Jiang stürzen.

Sie nimmt all ihren Mut zusammen, wirft die Skrupel über Bord und erzählt ihre Geschichte:

»Ich bin ein armes Waisenkind. Mein Dorf in Hebei wurde von einer Horde Nomaden in Brand gesteckt, als ich sechs Jahre alt war. Ich sah, wie mein Vater langsam sein Leben aushauchte. Sie hatten ihm den Bauch aufgeschlitzt, und große rote Ameisen fraßen die heraushängenden Gedärme. Plünderer vergewaltigten meine Mutter, und sie knüpften sie mit den Haaren an den Schweif eines Pferdes und ritten im Galopp davon . . . Dann brach die Nacht herein. Die Erde war übersät mit den Leichen meiner Verwandten wie der Tisch hier mit Knochen. Ich war allein . . . Ich bin lange gelaufen, ernährte mich nur von Wurzeln und Rinde. Eines Tages fand mich ein fahrender Händler. Es schneite . . .«

Sie fröstelt leicht, um ihre Lippen spielt ein trauriges Lächeln: das Lächeln jener, die mit dem Leben abgeschlossen haben.

»Er nannte mich Schneekranich. Mit ihm zog ich durch viele Provinzen. Jedesmal, wenn er Halt machte, um seine schlechten Waren zu verkaufen, befahl er mir zu weinen. ›Aya, aya‹, so klagte er, ›seit meine geliebte Gattin nicht mehr ist, ziehe ich mit meiner Tochter umher, doch das Leben auf der Straße ist hart für ein kleines Mädchen in ihrem Alter . . .‹ Gerührt brachten uns die Gevatterinnen eine Schale Suppe und kauften seine Salben und Bänder . . . ›Damit du deinem Töchterchen zu essen kaufen kannst‹, sagten sie! Eines Tages kamen wir nach Guilin. Der alte Mann war glücklich, weil hier seine Familie lebte. Doch die lange Reise hatte ihn ermüdet, und er starb kurze Zeit später am Typhus. Seine Schwiegertochter, die mich haßte, verkaufte mich an Mutter Ho: Sie war es, die mich aufzog. Jetzt muß ich ihr zu Willen sein, denn ich stehe in ihrer Schuld . . . Es ist grauenvoll!«

Ihre Augen füllen sich mit echten Tränen. Am Ende glaubt sie selbst ihre Geschichte, die sie mit solcher Inbrunst vorgetragen hat. Merkwürdigerweise ist sie dabei ganz aufrichtig: hätte dies Schicksal nicht auch ihr eigenes sein können?

Yi-Shou ist erschüttert. Sie ist so hilflos, so zerbrechlich!

»Aber du richtest dich zugrunde, wenn du dich mit Kurtisanen abgibst!«

»Was soll ich denn sonst tun?«

»Dich weigern.«

Schneekranich bricht in Schluchzen aus.

»Ihr kennt den wahren Charakter der Tante nicht! Als ich sechzehn Jahre alt war, wollte ich fliehen, doch sie ließ mich wieder einfangen. Ein grausamer Mann mit furchterregendem Bart schlug mich bis aufs Blut, und dann sperrten sie mich zwei Wochen in einen Keller mit Ratten . . . Sie drohten mir, mich zum Krüppel zu schlagen, wenn ich noch einmal versuchen sollte zu fliehen . . . Vielleicht . . . Ja, ich sollte mich aufhängen, um diesem elenden Dasein auf Erden ein Ende zu machen!« schließt sie mit gebrochener Stimme.

Yi-Shou fehlen die Worte. Er ist beschämt und unsicher zugleich. Nervös knetet er Kugeln aus Biskuitteig. Er denkt daran, wie Schneekranich kurz zuvor unter dem Tisch verschwunden war, durchaus fröhlich und heiter, niemand hatte sie dazu gezwungen. Die Erinnerung täuscht ihn nicht: er sieht das Bild noch vor sich, in aller Deutlichkeit.

»Aber du bist doch freiwillig unter den Tisch gekrochen!«

»Ja, weil ich Angst vor den Peitschenhieben hatte ... Aber ich habe die Augen dabei geschlossen, ich schwöre es!« Ihr armer, geschundener Leib zittert wie Espenlaub.

»Ich bin so unglücklich!«

Das fliederarbene Schultertuch hat sich ein wenig verschoben und entblößt ein Stück nackte, gepuderte Haut.

Rasch zieht Yi-Shou den Kittel aus schwarzem Satin aus, den er über dem Oberhemd trägt, und legt ihn um die bebenden Schultern.

»Danke. Ihr seid ein Edelmann.«

Schneekranich legt ihre Hand auf seinen Arm. Er zieht ihn nicht zurück.

Krampfhaft umklammert Sun-Li das Tablett mit Teekanne und Schalen, die sie Tsao auf Li-Mais Geheiß zu bringen hat. Mit kleinen ängstlichen Schritten durchquert sie den Saal der Reinen Harmonie: rings um sie die Verwüstungen eines Schlachtfeldes.

Leiber, zu Boden gestreckt gleich leblosen Lumpen, türmen sich wahllos übereinander. Manche, in denen noch ein letzter Rest Lebenskraft steckt, fahren kurz auf, grunzen, rülpsen, und sinken kraftlos zurück. Andere, ineinander verknäult, winden sich unter Röcheln und Stöhnen. Wieder andere, aneinander geklammert im Todeskampf, wälzen und krümmen sich und hauchen ihr Leben aus.

Sun-Li will eben die drei Stufen zur Kuppel emporsteigen, als Flammenpinie mit lüsternem Blick sich aufrichtet und mit der Hand unter ihre Röcke fährt.

Hin- und hergerissen zwischen gehorsamer Demut, wie sie einer Zofe wohl ansteht, und dem Kampf ums nackte Dasein, stößt Sun-Li einen wilden Schrei aus.

»Laß sie los!«

Der barsche Ton Tsaos erstickt jäh des Soldaten wiedererwachte Triebe; murrend zieht er sich zurück auf der Suche nach leichterer Beute.

Noch immer zitternd, doch überströmend vor Dankbarkeit für ihren Herrn und Retter gießt Sun-Li das kochende Wasser über die schwarzen Teeblätter.

Ihr Geschlecht ist heiß; brennende Spuren, wie mit glühenden Eisen gezeichnet, hinterließen die groben Finger, die nach ihrer Jungfräulichkeit trachteten. Nun weiß sie gewiß: Tsao wird sie sich schenken, keinem anderen.

Vorsichtig stößt Ho-Jin die nägelbeschlagene Tür auf und findet sich in einem spärlich erleuchteten Vorzimmer. Am anderen Ende des Raums, zwischen zwei Gefäßen aus grüner Keramik, zeichnen sich schwach die roten Flügel einer zweiten Tür ab.

Hoffentlich ist die nicht auch verschlossen! Lautlos geht er darauf zu. Auf leichten Druck geben die Türflügel mühelos nach . . . Kaum erahnt er zwischen den Bettvorhängen eine weiße Gestalt, als eine Klaue sich in seine Schulter krallt.

»Was tut Ihr hier?«

Zu Tode erschrocken fährt Ho-Jin herum, zum Gegenangriff bereit.

Der Anblick eines Drachens in einem hübschen, idyllischen Wädchen hätte kaum größere Wirkung haben können.

Umringt von drei Zofen, steht mordgierig und mit rauchenden Nüstern Li-Mai drohend vor ihm. Die Arme in die Hüften gestemmt, mustert sie ihn mit Ingrimm.

Hinter ihr naht, nicht weniger gefährlich, der alte Xi-Xuan und schwingt über dem kahlen Haupt eine frisch geschliffene Axt.

9

»Verschwindet auf der Stelle!« brüllt Li-Mai, wobei sie mit der Gerte auf die Tür weist.

Es hat keinen Zweck, die ohnehin unsagbar peinliche Lage noch zu verschlimmern, denkt Ho-Jin bei sich. Im Angesicht einer Megäre dieser Art ist es ratsam, schleunigst das Weite zu suchen, und der Räuber zermartert sich das Gehirn nach einem möglichen Ausweg und schickt Stoßgebete zur guten Mutter Guan-Yin.

Da durchzuckt ihn ein Geistesblitz. Auf schwankenden Beinen spielt er den Betrunkenen, der seinen Fehltritt bereut. Flehentlich wirft er sich der Hausdame zu Füßen.

»Verzeiht Eurem nichtswürdigen Sklaven. Möge Buddha mich mit Taubheit und Blindheit strafen, wenn meine Absicht je schändlich war . . .«

Er bringt seine Rede nicht mehr zu Ende, denn Fußtritte und Peitschenhiebe befördern ihn Hals über Kopf die Treppe hinab, und so findet er sich alsbald im Freien, triefend wie ein begossener Pudel im strömenden Regen.

»Und laßt Euch ja nicht wieder hier blicken, elendes Gewürm! – Versucht doch der Kerl ins Zimmer von Tsaos Tochter einzudringen, es ist nicht zu fassen!« tobt Li-Mai außer sich vor Empörung.

Daraufhin postiert sie Xi-Xuan und seine Axt vor der Eingangstür und hastet von dannen.

Kaum hat Li-Mai den Saal der Erleuchteten Herrlichkeit durchquert, läuft ein Küchenjunge, kopflos und aus vollem Halse plärrend, auf sie zu: ihre Anwesenheit sei dringend erforderlich.

»Weißer Wirbelsturm schickt mich, Euch zu suchen. Narbengesicht geht es schlecht, Herrin, er leidet . . . Soeben hat man ihn in die Küche gebracht.«

Li-Mai ist beunruhigt. Sie eilt dem Jungen hinterher, so schnell sie die krummen Beine tragen.

»Der Unersättliche hat sich wohl wieder sinnlos betrunken... Es sei denn, eine der Dirnen hat ihm das Mark aus den Knochen gesaugt... Auch gut... Hehehe! Das wird ihm eine Lehre sein, dem verkommenen Luder!«

Hinter der Küchentür sitzt Narbengesicht auf dem kalten Fliesenboden, kraftlos an ein Krautfaß gelehnt, während Weißer Wirbelsturm mit einem feuchten Tuch ihm die Stirn und die blutleeren Lippen betupft.

Der Spitzbube sieht wahrhaftig nicht gut aus, es scheint ihm schlechter zu gehen, als sie für möglich gehalten hätte.

»Rasch, legt ihn dort auf die Schlachtbank, damit ich sein Herz abhorchen kann.«

Kaum merklich hebt sich die linke Augenbraue in Narbengesichts bleichem Antlitz. Man wird ihn doch wohl nicht wie ein Wildschwein zerstückeln?! Wer weiß – die Alte mit ihrem selbstgefälligen Gehabe, obgleich lächerlich wie ein ausgestopfter Marabu, ist fürwahr zu allem fähig!

Weißer Wirbelsturm und der Küchenjunge haben einige Mühe, den Kranken auf den mächtigen Eichentisch zu hieven, den die dicke Lu in aller Eile von Schlachtabfällen säubert.

Mutter Ho, die sich in die Nähe des Ofens zurückgezogen hat, um sich die wohlverdiente Verschnaufpause zu gönnen, tritt hinzu und bietet schüchtern ihre Dienste an, doch angesichts der säuerlichen Miene der Wirtschafterin läßt sie die wohlgemeinte Absicht wieder fallen.

»Was ist geschehen? Wo habt Ihr Schmerzen?« erkundigt Li-Mai sich in gespielter Besorgnis.

Narbengesicht, schwitzend und vom Fieber geschüttelt, ist nicht imstande zu sprechen. Die Hände um den Unterleib gekrampft, bedeutet er ihr, daß ebendort der Herd allen Übels sitze.

»Entkleidet ihn!«

Weißer Wirbelsturm tut, wie ihm geheißen, doch in der Eile verheddert er sich in den Schnüren des Hosenbundes und zieht den Knoten nur noch fester zu.

Narbengesicht, unsanft hin- und hergezerrt, heult und stöhnt wie ein Tier in der Falle:

»Aya, aya, zu Hilfe! Rettet mich doch, ich flehe Euch an, eine Feuerkugel verbrennt mir die Eingeweide!«

»Überlaßt das mir, Unfähiger!« schreit Li-Mai und drängt den ungeschickten Wirbelsturm beiseite.

Die Zeit drängt.

Sie greift zum Messer, schneidet den widerspenstigen Knoten durch und stürzt sich auf die Hosen des Kranken. Fieberhaft reißt sie ihm die Wäsche vom Leib wie eine junge Braut, die ungeduldig ihr Hochzeitsgeschenk auswickelt ... Und welch ein Geschenk!

Aus der entblätterten Hülle schnellt ein riesenhafter Knollenblätterpilz, dunkelblau mit roten Tupfen.

Li-Mai prallt zurück, beinahe verliert sie das Gleichgewicht. Ein spitzer Schrei entfährt ihr – ob vor Schreck oder vor Bewunderung sei dahingestellt. Wie vom Donner gerührt steht sie und starrt und schluckt trocken.

Narbengesicht lacht Tränen. Weißer Wirbelsturm indes wird von einem überaus heftigen Hustenanfall geschüttelt.

Li-Mai weiß Bescheid. Die unverschämten Lümmel wollten sie ins Bockshorn jagen. Nun gut, das werden sie noch bereuen, bei allen Dämonen der Hölle!

Mit todernster Miene inspiziert sie den vielfarbigen Phallus, betastet ihn, drückt ihn hier und da, zwickt ihn gar und durchaus nicht sanft – und weidet sich am Geschrei des Kriegers. Schließlich senkt sie die Arme und seufzt:

»Es ist ein bösartiges Geschwür, das sich leider nur allzu rasch vergrößert. Ich bedaure, aber es gibt nur eine Möglichkeit, unseren Freund zu retten ...«

Sie legt eine dramatische Pause ein, blickt bedeutungsvoll in die Runde. Die Spannung wächst.

»Ich bin gezwungen, diese abnorme Wucherung zu amputieren.«

Allgemeine Bestürzung. Es herrscht Stille, so daß man die Schaben in den Abfällen rumoren hört.

»Da seht Ihr, was die Folgen sind, wenn man sich wahllos mit jeder beliebigen Hure einläßt!« fügt sie, zu Mutter Ho gewandt, böse hinzu und ohrfeigt die vor kurzem noch stolze Rute, die seit der Schreckensnachricht zusehends verkümmert.

Und mit diesen Worten greift die teuflische Li zum Fleischerbeil, an dem noch das Blut vergangener Schlächtereien klebt.

»Dreht Euch zur Seite, damit ich die Operation vornehmen kann.«

»Gnade!« heult Narbengesicht, der mit einem Mal echte Tränen weint. »Habt Erbarmen, ich versichere Euch, die Schmerzen lassen bereits nach!«

»Er hat gewiß nur zu viele Pilze gegessen«, fügt Weißer Wirbelsturm eilig hinzu. »Keine andere Ursache hat der ungewöhnliche Ausschlag. Eine leichte Vergiftung, weiter nichts.«

»Tatsächlich?« flötet die Dame, nun unerwartet milde gestimmt, und im Vorgeschmack auf die Rache wird ihr Lächeln honigsüß. »Das ändert natürlich die Situation. Lu, würdet Ihr wohl so gut sein, das Klistier zu richten?«

Narbengesicht rollt verzweifelt die Augen und schickt stumme Hilferufe zu seinem Komplizen, der freilich nur ratlos die Schultern zuckt.

In letzter Verzweiflung bäumt er sich auf und will fliehen – allein, es ist zu spät: Gewaltsam wird er herumgedreht, ein Stück Fleisch auf der Schlachtbank. Verstärkung wird herbeigerufen: nun halten ihn acht Arme mit eisernem Griff. Er ist verloren.

Die dicke Lu eilt herbei, bewaffnet mit Schlauch und Spritze. Li-Mai indes, das Gesicht verzerrt in hämischem

Grinsen, rammt grob das eine Ende in den Darmausgang des eingebildeten Kranken.

Der Knabe steht auf der Küchenbank und hält mit ausgestrecktem Arm das irdene Gefäß, aus welchem der lange Schlauch ragt, während Lu, gefährlich auf einem Schemel balancierend, den Leidenden langsam mit Wasser füllt.

Hölle und Verdammnis! Verflucht sei der Tag, an dem die unselige Idee geboren ward! Wie kann man sich so zum Gespött der Leute machen!

Narbengesichts Bauch schwillt an, wird prall und praller wie ein zum Bersten gefüllter Weinschlauch. In den Eingeweiden brandet und brodelt es. Wie lange wird er es aushalten, bevor er platzt? Er sträubt sich und tobt, doch ohne Erfolg: ein wehrloses Opfer auf der Folterbank.

Schließlich verliert der Küchenjunge das Gleichgewicht... Der Inhalt des Behälters klatscht auf den Boden und bespritzt die Umstehenden von oben bis unten. Li-Mai kreischt empört, die dicke Lu stürzt von ihrem Schemel und in ein Faß Brühe, aus dem sie sich unter lautem Gezeter vergeblich zu befreien sucht, und im allgemeinen Durcheinander springt Narbengesicht auf und flieht – mit nacktem Gesäß, beide Hände krampfhaft auf die Hinterbacken gepreßt, die Hose hängt schlotternd um die Knöchel; sein Gefährte ihm hinterher.

Grob stößt er Xi-Xuan beiseite, der getreulich auf seinem Posten ausharrt, stürzt ins Freie und hinter den nächstbesten Busch.

»Wenn ich gewußt hätte, wie großartig deine verdammte Idee war! Warte nur, das zahle ich dir heim...«, tobt er aus dem Dickicht hervor.

Weißer Wirbelsturm hält sich den Bauch vor Lachen.

»Dein Gesicht hättest du sehen sollen, als sie dich amputieren wollte!« schreit er mit tränenerstickter Stimme.

»Haha, der Witz ist hervorragend! Ich werde die ganze Nacht brauchen, um mich von dieser verfluchten Waschung zu erholen!« schimpft Narbengesicht, während er sich aus den Azaleenbüschen befreit.

Er beutelt sein groteskes Geschlecht, reibt es wild mit einem Mangoblatt – allein, es ist nicht zu wollen: Die Farbe hält.

»Du widerliche Ratte! Deinetwegen werde ich für den Rest meines Lebens blau mit roten Punkten herumlaufen!«

»Mir gefällt's. Das verleiht dir einen zusätzlichen Reiz, eine ganz persönliche Note«, stellt Weißer Wirbelwind fest und haut sich auf die Schenkel, bevor sein Freund ihn zu erwürgen versucht.

Yi-Shou, geschmeichelt durch des Schneekranichs rückhaltlose Geständnisse und in vertrauensseliger Stimmung nach etlichen Gläsern Wein, wird nun seinerseits gesprächig. Er schildert, ihr zuliebe ein wenig geschönt, seinen Kampf gegen die Aufrührer, und schwelgt in der Erinnerung an die Entdeckung von Guang-Zhou ... Nur für sie bläst er in die safranfarbenen Segel der Dschunken, leert ganze Tröge mit fremdartigen Gewürzen, stürzt sich in die salzige Gischt, erklimmt pinienbewachsene Gipfel, wo in schwindelnden Höhen die Glöckchen der Tempel erklingen, führt den Gong der Klöster vor und ahmt das Gebrüll des Tigers nach, der in den Bergen dem erschöpften Pilger auflauert ...

Der mißliche Vorfall auf dem schwimmenden Blumentopf ist freilich weniger interessant: Er mag im trüben Wasser der Erinnerung versinken.

Schneekranich hängt an seinen Lippen. Atemlos lauscht sie seiner Erzählung und verwandelt sich selbst dabei in Sandsturm, brandende Wellen, Feuer oder offenes Meer, je nachdem.

Yi-Shou ist hingerissen. Gegenwärtig berührt der Schenkel seiner neuen Freundin brennend heiß sein Bein; sie indes schildert ihm die abenteuerliche Reise während des Unwetters, den peinlichen Zwischenfall mit dem Wagen und die unverhoffte Hilfe durch die fahrenden Spielleute.

»Und Ihr habt Euch den Knöchel verstaucht, als Ihr aus dem Wagen stiegt?«

»Ja. Er schmerzt noch immer.«

Schneekranich hebt den papageienbestickten Saum ihres mattschimmernden Seidenrocks und zeigt ein winziges Füßchen im rotgoldenen Pantoffel.

Noch nie hat Yi-Shou etwas so Zierliches gesehen. Schneekranich hat eingebundene Füße!

Er entsinnt sich eines Gesprächs mit seinem Onkel, bei dem dieser sich gegen die neue Mode empörte: In ganz Jiang-Su sei von nichts anderem die Rede, seit Li-Yu, der dichtende König, die Füße[1] seiner Lieblingsfrau einbinden ließ, auf daß ihr Gang tänzelnd würde. Ob der neue Geschmack sich auch in Guang-Xi durchsetzen wird?

»Würdet Ihr mich wohl ein wenig massieren?« fragte Schneekranich harmlos.

Yi-Shou wird dunkelrot. Fast grob ergreift er den zarten Goldlotos, den sie ihm hinreicht. Ihm scheint, als hielt er ein kleines Tierchen mit sonnenwarmem Pelz in der Hand.

Bestürzt ob der eigenen Kühnheit, streicht er zaghaft über den Knöchel im bestickten Pantoffel und kann die Augen nicht von der schneeweißen Haut, der zarten Rundung des Schenkels unter den geschürzten Röcken wenden.

Mit einem Mal erfaßte ihn die unwiderstehliche Lust, die Liebkosung in höhere Regionen fortzusetzen. In jene zarte Stelle zu beißen, wo das Strumpfband ein wenig ins Bein einschneidet, die Hand unter das feine Tuch gleiten zu lassen, das wie ein Hauch den hellen Flaum berührt, und seine Wange an der heißen Haut zu reiben.

»Habt Ihr noch immer Schmerzen?«

»Hört nicht auf, das tut so gut!«

1 Dieser Brauch, angeblich von Li-Yu, einem Zeitgenossen von Liu-Yin, verbreitet, führte zu einer jahrhundertelangen Verstümmelung der Frauen. Bis in unser Jahrhundert hinein spielte der eingebundene Frauenfuß eine wesentliche Rolle in der chinesischen Erotik.

Mit bebender Hand führt er über die Rundung der Wade. Die Schöne schweigt. Wie gern würde er sich weiter vorwagen, sein Finger auf der nackten Haut tanzen lassen wie die Seidenhaare des Pinsels auf dem Papier. Ja, er vergeht fast vor Lust, diese großen, verschleierten Augen zu lieben – doch fern von hier, in vertrauter Heimlichkeit, nicht vor den interessierten Blicken der Tischgenossen, schamlos wie die Tiere.

»Mir graut vor all den Leuten hier, Euch nicht?« flüstert Schneekranich, die seine Verlegenheit ahnt.

»Doch«, haucht Yi-Shou leise.

Zu seiner Erleichterung steht sie wortlos auf und zieht ihn mit sich hinter einen Wandschirm.

Dort, geschützt vor unerwünschten Zuschauern, fern von speichel- und schweißfeuchtem Stöhnen und menschlichen Wracks, gleiten sie aneinander hinab auf den Boden.

Schneekranich öffnet ihr Hemd und entblößt zwei warme, duftende Hügel, in die der junge Mann leidenschaftlich sein Gesicht vergräbt.

Betörender Duft von Jasmin und Rosen entströmt der milchweißen Haut. Wie berauscht ist Yi-Shou, der jede einzelne Stelle dieses Körpers tastend entdeckt, den Leib, der heute abend ihm gehört.

Als der Grüne Drache endlich ins Yin des Weißen Tigers taucht, wendet seine Gefährtin den Blick, um ihn nicht zu verwirren. Doch ein blutroter Fingernagel krallt sich in seinen Nacken.

Die Umarmung ist kurz. Schneekranich, die Augen weit geöffnet, hat sich nicht bewegt. Und wie sie stoßweise die Lust des zu sehr erregten Jungen empfängt, weint sie innerlich ihrer Jugend nach, die sie nie hatte. Zum ersten Mal in ihrem Leben empfindet sie etwas . . . ein Gefühl wie Rührung.

Jenseits des Wandschirms zupft Flammenpinie Gelockte Ratte am Ärmel.

»Siehst du den Lautenspieler?«

»Ja . . . warum?«

»Es ist eine Frau!«

Der Krieger reißt die Augen auf und starrt ungläubig.

»Irgend etwas stimmt da nicht, sage ich dir. Ich weiß es bestimmt.«

Gelockte Ratte verdreht die Augen. Seinem Freund ist der Wein nicht bekommen, soviel ist sicher.

»Hör mal, wenn du dir Ärger einhandeln willst, nur zu! Ich will damit nichts zu tun haben. Geh hin und laß dir die Nase einschlagen, die meine ist ohnehin schon platt.«

»Allerdings will ich das, du unförmiger Kakerlak?« erwidert Flammenpinie rülpsend und versucht mühsam, auf die Beine zu kommen.

Schwankend, aber mit ungeheurer Geschwindigkeit stürzt er sich auf den ganz in sein Spiel vertieften Musikanten.

Und bevor dieser begreift, wie ihm geschieht, ist sein Wams von oben bis unten zerfezt, und zwei winzige, wehrlose Brüstchen kommen zum Vorschein.

Flammenpiniens Triumph ist nur von kurzer Dauer. Blitzartig wie ein Chamäleon, das nach seiner Beute schnappt, fährt Lenzregens gefürchteter bleigepolsterter Arm nach vorn und versucht, ihm den tödlichen Schlag zu versetzen.

Der Krieger verdankt sein Leben allein Zittermolchs raschem Eingreifen: Im letzten Augenblick packt er die Furie am Gürtel und hält sie fest.

Mit einer wohlplazierten Ohrfeige streckt er sie zu Boden.

»Verschwinde! Du bereitest uns Schande!«

Weiß vor Wut spuckt Lenzregen dem Angreifer ins Gesicht und hastet davon.

»Verzeiht ihr, hoher Herr, die Frauen aus dem Süden sind heißblütig«, bittet Zittermolch und verneigt sich tief.

Long-Jian ist zu weichherzig. Nie hätte er dem Mädchen

erlauben dürfen, sie zu begleiten. Sobald sie zurück sind, müssen diese Dinge ein für allemal geklärt werden. Die Närrin hätte beinahe alles zunichte gemacht.

Zufrieden mit seiner Tat, doch ohne die leiseste Ahnung, in welche Gefahr er sich in seinem Leichtsinn begeben hat, kehrt Flammenpinie zu seinem Platz zurück. Er hat eben doch eine Spürnase.

Weshalb aber hat dieses merkwürdige Frauenzimmer sich als Mann verkleidet? Eine Weile grübelt er angestrengt, doch da er keine befriedigende Antwort findet, beschließt er, das Problem zu vergessen, und schenkt seinen Becher wieder voll.

10

Tsao ist nichts entgangen, weder die Flucht der beiden Turteltäubchen noch die Handgreiflichkeiten auf der Bühne. Doch er reagiert nicht; der Rauch tut seine Wirkung, sein Geist entschwebt in überirdische Gefilde. Er klopft die Pfeife aus. Rotglühende Asche fällt heraus und zu Boden als grauer Staub.

»Das Leben ist vergänglich. Nichts anderes sind wir als Schmetterlinge, die das Licht umflattern und sich nicht kümmern um die Flamme, die ihre Flügel versengt.«

Mit derlei tiefsinnigen Gedanken erhebt er sich schwerfällig:

Mag auch sein Geist nach acht Pfeifen der Erdgebundenheit entrückt sein, der Körper ist allemal den diesseitigen Gesetzen unterworfen. Mit einer Handbewegung bedeutet er Sun-Li, ihm zu folgen.

»Du wirst uns begleiten, GuanShang ... Ich will Dame Hua eine Überraschung bereiten!«

»Seid ihr beide denn nicht genug, Herr?« brummt Rauchender Friedhof unwirsch und weist dabei auf Monddämmerung.

»Keine Ausreden, alter Fuchs. Das ist ein Befehl!«

Lenzregen, von Verachtung und Ekel geschüttelt, stürzt ins Freie. Der Regen hat aufgehört. In tiefen Zügen atmet sie die frische Luft und spürt, wie die üblen Ausdünstungen aus dem Festsaal allmählich von ihr weichen.

Nervös tastet sie nach der Bleikugel im Ärmel. Hätte sie dem Kerl den Schlag versetzen dürfen, zu dem sie schon angesetzt hatte . . . Ein Elend!

Dem stinkenden Aasfresser aber wird sie es heimzahlen. Eines Tages wird sie ihm seine kraft- und saftlosen Hoden ins Maul stopfen und ihm den Bauch mit siedendem Pech füllen, jawohl!

Sie haßt Zittermolch von ganzem Herzen. Wäre er nicht dazwischengefahren, so hätte sie die ihr angetane Schmach längst bestraft – und hätte Tränen gelacht, gallige Tränen der Rache, angesichts der sterblichen Überreste des dreisten Burschen.

Sie sind doch alle gleich, Bauern, Gelehrte, Soldaten, Räuber – alle haben sie nur eins im Kopf: mit ihrem armseligen Fliegenfänger zu protzen, der ihnen lächerlich zwischen den Beinen baumelt.

Lenzregen ballt die Fäuste in den löchrigen Taschen. Dabei stößt sie auf die Zuckerschale aus zisiliertem Silber, die sie in weiser Voraussicht noch rechtzeitig entwendet hat.

Im Licht des Mondes, der kurz zwischen zwei eilig dahinjagenden Wolken hervorlugt, betrachtet sie ihre Beute und lächelt. Sie wird sie Long-Jian schenken, für seine Mandeln.

Er ist anders, ganz anders, weit erhaben über die grobschlächtigen, ungehobelten Lumpen . . .

»Pst . . . Pst . . .«

Lenzregen duckt sich, als sei ihr eine Wildkatze in den Nacken gesprungen.

Ho-Jin, triefend wie eine geplatzte Qualle, kriecht unter dem Karren hervor, unter dem er sich versteckt hatte.

»Was tust du da? Hast du die Truhen?«

Beschämt schüttelt Ho-Jin den Kopf.

»Sie waren leer. Der Inhalt ist verschwunden.«

Ein harter Schlag. Lenzregen pariert, ohne mit der Wimper zu zucken.

»Weshalb hast du uns nicht Bescheid gegeben?«

»Die Hausdame hat mich entdeckt!«

»Und der Wächter?«

»Tot.«

Wie ist die mißliche Lage noch zu retten? Lenzregen überlegt einen Augenblick.

»Warte hier auf mich. Ich werde die anderen verständigen.«

Tsao, der den Schlüssel bei sich trägt, öffnet vorsichtig die Tür zu Jing-Huas Gemächern.

Mit einer knappen Handbewegung fordert er GuanShang und Sun-Li auf, ihm zu folgen.

»Bleibt im Hintergrund. Dame Hua darf euch nicht sehen!«

Auf Zehenspitzen schleicht Tsao durch den mit seidenen Tüchern verhängten Gang. Mit einem Mal fühlt er sich übermütig wie ein kleiner Junge von zehn Jahren, schwerelos wie ein Glühwürmchen im Sturm.

Gewiß, der Rauch ist nicht ganz unschuldig an seiner Verfassung, aber in gleichem Maße beflügelt wirkt Monddämmerungs Anwesenheit!

Vor dem Wandschirm, der die Geister bannt[1], bleibt er ste-

1 Eine abergläubische Sitte: Wandschirme, vor jeden beliebigen Eingang gestellt, vermögen böse Geister abzuhalten. Denn diese sind glücklicherweise nicht mit Klugheit gesegnet; die Idee, dem Schirm auszuweichen, liegt ihnen fern, und so prallen sie dagegen.

hen und lauscht: Ein wenig damenhaftes Schnarchen läßt das Teeservice aus weißem Tschangan-Porzellan erzittern.

Tsao kichert vor sich hin. Sodann nähert er sich der Bettnische, deren schwere purpurne Vorhänge offen stehen.

Jing-Hua, in duftige Spitze gehüllt, liegt lang ausgestreckt auf dem Bett und schnarcht mit offenem Munde.

Fürwahr, sie hat sehnsüchtig auf ihn gewartet, aber die Zeit wurde ihr gar lang, und sie mußte sich mit einer Karaffe süßen Weins vertrösten; darüber schlief sie ein.

Vorsichtig läßt Tsao sich auf der Daunendecke nieder, auf der Silberreiher majestätisch einherstolzieren.

Zwar hat der Rauch seinem Geist Flügel verliehen, sein irdischer Leib indes ist beschwert. Tsao bewegt sich mit der Anmut eines Nilpferds. Mit dem Ärmel fegt er eine kostbare Schale von dem niedrigen, kirschblütenförmigen Tischchen, das zu Jing-Huas Häupten auf einem Sockel steht. Lotoskerne und kandierte Mandarinen ergießen sich über die Schlafende.

»Was ist das? Zu Hilfe!« schreit Dame Hua in panischem Schrecken und fährt hoch. »Beim Tao, Ihr seid es, Herr? So lange habe ich auf Euch gewartet . . . Hattet Ihr eine gute Reise?«

Die Schöne kneift und betätschelt sich, um ihren Wangen frische Röte zu verleihen.

»Wie Eure Augen glänzen!« Sie nimmt Tsaos Hand in die ihre und küßt sie leidenschaftlich. »Ihr habt mir gefehlt!«

»Es freut mich, daß deine Seele mir zugetan ist. Doch im Augenblick verlangt es mich nach deinem Leib!«

Mit ritterlicher Geste kneift er ihr in eine Brust.

»Oh! Aber Herr . . .«

Verschämt kichernd windet Jing-Hua sich aus den Kissen, macht neben sich Platz für Tsao und versucht unauffällig, ihre durcheinandergeratenen, plattgedrückten Locken in Form zu bringen.

»Heute Nacht spielen wir ein neues Spiel, du und ich. Es

heißt ›Blindschleiche umfängt einen Baum‹«, flüstert er schmeichelnd.

Ehe sie antworten kann, löst er seinen breiten, mit Drachenschuppen besetzten Gürtel und verbindet ihr fest die Augen. Sodann winkt er GuanShang herbei.

»Los!« flüstert er ihm zu, »zeig, wozu du imstande bist, auch ohne Pfeile!«

»Oh, Euer Spiel ist aber lustig!« trällert die Konkubine und streckt auf gut Glück die Arme aus.

Sie stößt an GuanShangs Brust und kauert sich an ihn, schnurrend wie ein Kätzchen.

»Umfangt mich, haltet mich fest mit Euren starken Armen, ich bitte Euch! – Was ist das, tragt Ihr jetzt ein Kettenhemd unter dem Gewand? Welch merkwürdige Idee! . . . Ist das die neue Mode in Guang-Zhou?«

Neckisch faßt sie mit zwei Fingern des Kriegers Nasenspitze; der verzieht das Gesicht.

»Nun, Liebster«, gurrt sie, »wie steht's? Sagt die Wahrheit: wie viele Frauen habt Ihr verführt während Eurer Reise?«

GuanShangs Schweigen wird mißverstanden. Jing-Hua verliert die Geduld und beginnt, auf seine Brust einzuhämmern.

»Schelm! Hattet Ihr denn gar keine Sehnsucht nach meinem Körper?«

Um sie zu besänftigen, läßt GuanShang ein undeutliches Grunzen vernehmen.

»Aha, das ist schon besser! Wir wollen doch einmal sehen, ob unser purpurnes Vögelchen groß und stark geworden ist in all den Wochen!«

Und sie stürzt sich auf das Gewand des Kriegers, zerrt an den Bändern der weiten Pluderhose und holt den Gegenstand der Verehrung behutsam aus seiner Hülle gleich einer Sutrarolle aus ihrem Schrein.

»Sie an, was ist das . . .? Einst warst du munt'rer, stecktest voll Leben – was geht da vor?« tadelt sie, während sie die schlaffe Rute tätschelt. »Ich werde Li-Mai bitten«, wendet sie sich nun in ernstem Ton an den Herrn, »Euch einen Absud aus getrockneter Ginsengwurzel, Maulbeerrinde und dem Harz des Pfirsichbaums zu bereiten... Ein kleines Stärkungsmittel kann nie schaden!«

Mit diesen Worten beugt sie sich nieder, nimmt das rosafarbene Würstchen in beide Hände und knetet es hingebungsvoll, als wäre es ein Stück Teig und sie eine Köchin.

GuanShang läßt solche Behandlung mit zwiespältigem Gefühl geschehen. Gewiß, die Situation hat ihren Reiz, doch der Rollentausch, einseitig empfunden, verursacht ihm etliches Unbehagen, zumal er sich durchaus zu Recht beobachtet fühlt.

Dem Tatmensch, der er nun einmal ist, steht es schlecht an, sich derart manipulieren zu lassen. Er weiß sehr wohl, daß Tsao unter dem Mantel wohlwollender Großmut im Hintergrund sitzt und die Fäden zieht, wie stets, so auch hier, und sein kleines perverses Spielchen nach Belieben in die von ihm gewünschte Richtung lenkt.

Jing-Hua indes plagt sich redlich und mit zunehmendem Erfolg, doch gleichwohl verwundert, daß die wochenlange Enthaltsamkeit ihr Gedächtnis offensichtlich getrübt hat: Hatte sie nicht länger und eleganter in Erinnerung, was jetzt stämmig und gedrungen in ihrer Hand ruht?

Des Gesichtssins beraubt, findet sie freilich Gefallen an der Sache. Welche unschätzbare Erfahrung! denkt sie bei sich. Werde ich endlich den wahren Grund der Dinge erfassen? Keinesfalls darf ich versäumen, die Theorie der Verbundenen Augen in meinem Nachtbuch eingehend zu untersuchen!

Tsao hingegen beobachtet Monddämmerung. Diese sitzt reglos gleich einer Salzsäule und verschlingt mit den Augen das erregende Schauspiel, indes ihr Inneres sich nach und nach in Strömen heißen Sandes auflöst.

Rauchender Friedhof, der endlich seine Bedenken fallen

läßt, entzieht dem Johannisbeermund den saftstrotzenden Lebensbaum und beschließt, die Festung zu erobern.

Mit derbem Griff packt er die Dame und drückt sie, das Gesicht nach unten, in die zerwühlten Kissen des Lagers, gleich einer wehrlosen Raupe.

Dann hält er kurz inne, vertieft in den Anblick der Gebirgsschlucht; wohl sinnt er auf die rechte Weise, sie zu erstürmen. Welche Taktik ist vorzuziehen – »Sperling, Reiskörner aufpickend« oder »Aufgeschreckte Schlange, sich unter einen Stein flüchtend«?

Bei der ersten Salve beißt Sun-Li sich auf die Unterlippe, bis sie Blut schmeckt. Wird auch sie eines Tages imstande sein, allein mit ihrem Körper die Männer zu verzaubern?

Sie wirft ihrem Herrn einen verstohlenen Blick zu: Er sitzt auf einem niedrigen Diwan in der Form eines Halbmondes; keinerlei Regung verrät seine Miene.

Wer ist er wirklich?

GuanShang indes gebärdet sich wie toll, schwingt triumphierend den Säbel wie ein siegreicher General in der Schlacht.

»Oh, Herr!« stöhnt Jing-Hua entzückt, »nie wart Ihr so meisterlich wie heute!«

Tsao, den das Erlauschte durchaus ergötzt, beginnt nun im Schatten des schilfgewebten Wandschirms Sun-Li langsam von ihren schmucken Hüllen zu befreien.

Träumerisch, gleich einem Maler vor seiner Leinwand, betrachtet er den bernsteinfarbenen Körper; behutsam zieht er, eine nach der anderen, die Haarnadeln mit Phönixkopf aus der getürmten Frisur, bis das schwarzglänzende Haar kaskadenartig auf die nackten Schultern herabfällt.

Das junge Mädchen, vor Furcht wie gelähmt, schweigt und hält die Augen gesenkt. Mit sachten Fingern streichelt Tsao über die perlmutterglänzenden Brüste, sanft fordert er sie auf, sich auf ihn zu setzen.

Sun-Li nimmt all ihren Mut zusammen, schließt die Augen

und tut, wie ihr geheißen. Millimeter für Millimeter schiebt sich der Jadeschaft in die gebrochene Blume, und ein eisiger Wind betäubt ihre Sinne. Ein Seufzer entschlüpft ihr, so leise freilich, daß er neben den lustvollen Schauern und feurigen Liebesworten der Dame Hua ungehört verklingt.

Sie wagt sich nicht mehr zu rühren. Einsam, allein in der Mitte eines nachtschwarzen Sees, dessen Ufer ein undurchdringlicher Gürtel giftiger Pflanzen säumt, versucht sie vorwärts zu kommen ... Doch der Boden schwindet ihr unter den Füßen, kristallenes Licht wirbelt vor ihren Augen, immer schneller. Eine vielfarbige Woge erhebt sich und kommt auf sie zu, steigt immer höher und will sie verschlingen. Auf den Zehenspitzen, das Kinn gerade noch über Wasser, öffnet sie den Mund und schnappt nach Luft ... Zu spät, die Welle reißt sie mit fort.

Diesmal ist Dame Hua sich sicher. Kein Zweifel, sie hat einen Schrei gehört, der nicht aus ihrer Kehle kam. Jemand ist im Zimmer.

Mit einer knappen Handbewegung reißt sie die Binde von den Augen. Grauen malt sich in ihrem Gesicht, während sie den schweißüberstömten GuanShang von sich stößt.

»Ich wußte doch, daß hier etwas nicht stimmt! Tsao schwitzt nicht! Der Treulose glaubte, ich würde das überaus gewöhnliche Licht seines Gehilfen für die strahlende Fackel meines Herrn halten[1]!«

Tsao wirft ihr ein spöttisches Lächeln zu, während Sun-Li schamrot aus dem Raum stürzt.

Nun weiß Jing Hua zumindest, wer den Schrei ausstieß, der sich vermessen in ihre Wollust drängte.

»Ungeheuer! Wie könnt Ihr es wagen!«

In ihrem Grimm greift sie nach einem Lampenschirm und wirft ihn nach Tsao, der dem Geschoß jedoch knapp entgeht.

1 Chinesische Wortspielerei, im Deutschen kaum wiederzugeben; sie bedeutet in etwa: »Jemandem ein X für ein U vormachen.«

Auf einen Wink seinerseits bezwingt GuanShang, der es an Feingefühl wahrlich nicht mangeln läßt, die rasende Furie, indem er ihr eine schallende Ohrfeige verabreicht, die sie gleich einem gefällten Baum wehrlos aufs Lager streckt. Jing-Hua schwinden die Sinne, sie liegt in den Kissen und rührt sich nicht.

So geschah es, daß Dame Hua noch in derselben Nacht verstoßen wurde, da sie es an der nötigen Achtung vor ihrem Herrn hatte fehlen lassen.

Die vierte Nachtwache ist nun längst vorbei.

Draußen im Hof laden die Gaukler Sack und Pack auf den Karren und haben es eilig, zu verschwinden, bevor irgend jemand die Heldentaten Ho-Jins entdeckt.

Der Saal der Reinen Harmonie hat sich nach und nach geleert, nur vereinzelt ist noch ein Schnarchen vernehmlich.

Allein Meister Sun findet nicht den ersehnten Frieden in Morpheus' Armen. Noch immer unter der Wirkung des fürchterlichen Stimulans, irrt er umher gleich einem ruhelosen Geist, und findet nicht eine menschliche Seele, die sich seiner erbarme. Die wenigen Zofen, die sich den gierigen Händen zu entziehen wußten, sind sämtlich verschwunden . . . und Sun gerät in Verzweiflung, ein ungeahntes Empfinden.

Rund um die Tafel sind noch etliche Diener zu Werke. Durch die schwefligen Dämpfe seiner unbefriedigten Lust hindurch erblickt Sun verschwommen den kleinen runden Hintern des Küchenjungen. Dieser füllt eben eine Schüssel mit den Resten des Mahls und schickt sich an, dem Wachtposten das wohlverdiente Frühstück zu bringen.

Sun hat seinen Entschluß gefaßt. In seinem gegenwärtigen Zustand ist ihm die Schande herzlich gleichgültig.

Unfähig, den verwerflichen Trieb noch länger zu beherrschen, zerrt er den prallen Stengel aus der Tiefe des Gestrüpps, nimmt ihn fest in die Hand, und solcherart gerüstet folgt er dem Jungen auf leisen Sohlen.

Es bleibt ihm nichts anderes übrig, als die Verschwiegenheit eines finsteren Gangs auszunutzen und den Jungen in einer Ecke zu überraschen... Im Vorgeschmack auf die langersehnte Erlösung läuft Sun das Wasser im Mund zusammen. Starr heftet er den Blick auf die spröde Gestalt: er wird sich sträuben. Um so besser. Widerstände erhöhen die Lust.

Der Küchenjunge beschleunigt den Schritt. Wohin mag er eilen? Vor der Tür zu Tsaos Arbeitszimmer bleibt er stehen. Kein Wächter weit und breit!

Hat er sich verlaufen, ist er in den falschen Flur eingebogen? Er zögert... Dies ist der Augenblick, in dem Sun sich auf seine Beute stürzt.

Doch wehe! Er gleitet aus, fällt auf den Jungen, und Hals über Kopf stürzten beide zu Boden, und die Schüssel dazu – und finden sich in einer Blutlache wieder.

In panischem Schrecken klammert sich der Junge an einen Vorhang, um sich aus der Umklammerung zu befreien. Indes, der Vorhang reißt, und der Leichnam des Rauschenden Hundes bricht über ihn herein.

Des Meisters Augen treten aus den Höhlen, als er voll Grauen auf das blutleere Antlitz des toten Soldaten stiert und das aus klaffendem Bauch quellende Gedärm.

»Rasch, Tsao muß benachrichtigt werden!« schreit der Junge und stößt den Toten mit Abscheu von sich.

11

Unterdessen graut der Morgen, und mit dem ersten falben Streif am Horizont verlassen drei berittene Gestalten das Herrenhaus. Mit einigem Abstand folgen Gaul und Karren.

Sie reiten am Wagen der Blumenmädchen vorüber, der noch immer im knietiefen Sumpf steckt, und erreichen eine Wegkreuzung. Dort steht ein kleiner Altar aus sturmzerzaustem Gezweig. Fromme Bauern haben dort Blumen und Reisbällchen zu Ehren der Schutzgottheit des Dorfes niedergelegt.

Nach kurzer Beratung reiten Galgenstrick und Lenzregen geradeaus weiter, während die beiden anderen nach links abbiegen.

Was mögen sie vorhaben?

Größte Aufregung herrscht indes in den Drei Seligkeiten. Verzweifelt sucht man den Herrn des Hauses und findet ihn endlich, als er eben Dame Huas Gemächer verläßt. Eiligst begeben Tsao und GuanShang sich zum Ort des Verbrechens.

Angesichts der bereits eingetretenen Leichenstarre muß die Tat, wie übereinstimmend festgestellt wird, vor mehr als einer Nachtwache erfolgt sein.

GuanShang, der das Schlimmste befürchtet, eilt Tsao voraus und stürzt in die verwüstete Bibliothek.

»Die Truhen sind leer, Herr!« schreit er, am Boden zerstört.

Bekümmert schiebt Tsao mit dem Fuß verschiedene erotische Holzschnitte beiseite, die ein Tölpel ohne jedes Kunstverständnis rücksichtslos aus der Rolle gerissen hat, in der sie gewöhnlich aufbewahrt werden.

»Nur keine unnötige Aufregung, GuanShang. Perlen und Edelsteine sind an einem sicheren Ort. Du solltest wissen, daß es sinnlos ist, einem alten Krokodil das Schwimmen beibringen zu wollen.«

Rauchender Friedhof wischt sich den Schweiß von der Stirn. Erleichterung.

»Unverzeihlich ist dagegen die mangelnde Wachsamkeit. Dafür bist du allein verantwortlich.«

Der General senkt den Kopf, nur mühsam seine Wut unterdrückend: eine Falle – und er gerät prompt hinein!

»Keiner verläßt das Haus. Ich will Mutter Ho und ihre Gaukler verhören.«

»Die Spielleute sind fort, Euer Durchlaucht«, stammelt Sun im Hintergrund, grün im Gesicht wie ein faules Ei.

Tsao seufzt. Das war vorauszusehen. GuanShang indes, wild sich am Barte reißend, eilt mit großen Schritten zur Tür.

»Wir werden sie einholen, darauf könnt Ihr Euch verlassen!«

»Zu spät, sie sind über alle Berge. Laßt mich nachdenken.«

Mit einer knappen Geste entläßt Tsao die beiden Männer und streckt sich auf seinem Kang aus. Die Perlen sind in Sicherheit. Es hat keinen Sinn, weitere Verwirrung zu stiften.

Nachdenklich starrt er auf die beiden Porzellangefäße, die matt schimmern im Halbdunkel. Es war in der Tat eine göttliche Eingebung, vor dem Festmahl den Inhalt der Truhen in die Vasen zu leeren.

Zwei Stunden später wird Shu-Mei von den Meisen geweckt, die vor ihrem Fenster zwitschern. Sie reibt sich die Augen, räkelt sich träge in den Kissen. Dann fällt ihr der versprochene Ausritt mit Yi-Shou wieder ein: Aufgeregt springt sie aus dem Bett, kleidet sich rasch an und verläßt auf leisen Sohlen den Pavillon der Frauen.

In den menschenleeren Gängen brennen noch immer die Fackeln, der letzte Überrest von der gestrigen Festbeleuchtung. Mit klopfendem Herzen betritt sie den Saal der Reinen Harmonie.

Ein Schlachtfeld liegt vor ihr, ein Schauspiel der Verwüstung. Zwischen den halb eingestürzten Tischen liegen kreuz und quer und übereinander die Leiber der Bezechten, ein tierischer Geruch, der ihr den Atem nimmt, erfüllt den Raum. Shu-Mei hält sich die Nase zu.

Hier und da bewegt sich noch einer, schwerfällig und träge wie die Made im Sojaquark.

Mit dem Finger fährt sie das besudelte Tischtuch entlang, das übersät ist mit verdächtigen Überresten, bräunlichen

Gerippen zweifelhaften Ursprungs wie Baumstümpfe in einem abgebrannten Wald.

Ein Rieseninsekt, an eine Säule geklammert, verliert plötzlich den Halt und klatscht vor ihr zu Boden. Shu-Mei erschrickt sich zu Tode: es ist ein Mensch... doch das Wesen ist bereits reglos in sich zusammengesunken wie ein aufgeschlitzter Sack Getreide.

Rasch steigt sie darüber hinweg und strebt dem Ausgang zu. Dabei fällt ihr Blick auf ein zu Boden gefallenes Sitzkissen, auf dem ein spitzengeschmücktes Band liegt, von der Art, wie es die Frauen verwenden, um ihre bestickten Strümpfe zu befestigen.

Angewidert wendet sie den Blick ab. So hatte sie also recht: eine Orgie wurde hier gefeiert, und Yi-Shou hat sich daran beteiligt!

In den Küchen sind bereits die Mägde und Zofen am Werk, doch heute fehlt ihnen der rechte Schwung; bleich sind die Gesichter und die Augen geschwollen. Sumpflibelle und Lenzpflaume, die kichernd miteinander flüsterten, verstummen jäh bei Shu-Meis Erscheinen.

»Bringt mir meine Suppe bitte auf die Nordterrasse.«

Nach dem sintflutartigen Gewitter der Nacht ist die Luft klar und durchscheinend, in neuer Blütenpracht erstrahlt der Garten nach dem großen Regen und verströmt berauschende Düfte.

Shu-Mei seufzt. Wie soll sie sich nur die Zeit vertreiben, bis der faule Vetter endlich aufsteht?

Yi-Shou, jäh aus unerquicklichem Schlaf erwacht, erscheint auf der Terrasse. Die Base kehrt ihm den Rücken zu, gänzlich vertieft in den Anblick der flaumig weißen Blüten der Robinie vor der Terrasse. Er begrüßt sie scheu.

»Ich habe dich so früh gar nicht erwartet!« ruft Shu-Mei fröhlich.

»Was malst du?« fragt Yi-Shou und zeigt auf die Zeichnung

in ihrer Hand: ein merkwürdig unförmiges Gebilde, einem schiefen Strohsack nicht unähnlich.

»Den Baum meines Herzens, wenn du nicht da bist.«

Sie wischt den Pinsel ab und verstaut Papier und Tintenstein.

»So, ich bin bereit für den Spaziergang!«

Yi-Shou sinkt das Herz in die Knie. Er versucht, sich aus der Affäre zu ziehen, grübelt nach einer Ausrede, einem dringenden Auftrag, der als Vorwand zu gebrauchen ist.

Er sieht schlecht aus! Shu-Mei sind die tiefen Augenringe, die aschfahle Haut des jungen Mannes noch gar nicht aufgefallen.

»Du siehst müde aus, Vetter!«

»Das Mahl war allzu reichlich. Mir ist manches nicht recht bekommen.«

Er lügt, soviel ist sicher. Weshalb gibt er nicht zu, daß er zuviel getrunken hat und erst im Morgengrauen zu Bett gegangen ist? Es sei denn . . . Glühende Eifersucht wallt in ihr auf.

O nein, sie wird sich nichts anmerken lassen!

»Kleiner Bruder!« bittet sie in schmeichelndem Ton, »vor deiner Reise in den Süden hast du mir versprochen, mich bei deiner Rückkehr auf deiner Stute reiten zu lassen. Erst gestern . . .«

»Aber es ist verboten!« unterbricht sie Yi-Shou. ». . . Dein Vater wäre höchst erzürnt, wenn er es erführe.«

»Er wird es nicht erfahren!«

»Aber Li-Mai oder irgendein Stallbursche könnte es ihm hinterbringen.«

Ihre Miene wird trotzig: eigensinnig ist sie wie eh und je.

»Mir scheint, ein Edelmann hält stets sein Wort. Solltest du etwa feige sein?«

Yi-Shou, dessen Kopf dröhnt und zu platzen droht wie ein überreifer Kürbis, weiß keine Antwort. Er ist viel zu schwach, um das Argument seiner Base zu widerlegen.

Wieder hat sie gewonnen.

»Ich werde mein Pferd satteln lassen.« Yi-Shou seufzt tief und versucht, den aufkommenden Brechreiz zu bezwingen.

Tsao hat die ganze Nacht kein Auge zugetan; seine Laune ist denkbar schlecht, und er fühlt finsteren Groll in sich aufsteigen. Wie ein dummer, gutmütiger Bär hat er sich von den Gauklern an der Nase herumführen lassen. Allein der Gedanke, daß einer dieser Halunken sozusagen vor seiner Nase völlig ungestraft sein schändliches Werk verrichten konnte, erfüllt ihn mit Zorn. Spätestens in dem Augenblick, als die kleine Transvestitin versucht hatte, sich mit einem seiner Männer zu prügeln, hätte ihm ein Licht aufgehen müssen.

Von der Kupplerin Ho hat GuanShang natürlich keinerlei hilfreiche Auskunft erhalten. So verbietet Tsao ihr unter Androhung der schlimmsten Strafen, im Städtchen auch nur ein Wort über das Vorgefallene verlauten zu lassen. Bis auf weiteres ist strengste Geheimhaltung unerläßlich.

Schweigsam und schwärzlichen Angesichts trinkt er seinen Tee – übrigens einen vorzüglichen Schwarztee aus Hang Zhou – um den üblen Geschmack im Mund fortzuspülen.

Ein zaghaftes Pochen an der Tür: Li-Mai begehrt Einlaß. Sie bittet um Gehör, denn sie habe dem Herrn eine dringende Nachricht zu überbringen, die keinen Aufschub dulde. Die Bitte wird gewährt.

»Herr, ich habe erfahren, daß eine Eurer Wachen getötet wurde.«

Die alte Li starrt auf die mit perlmuttgeschnitzten Bienchen geschmückten Spitzen ihrer Pantoffeln. Sie zögert, findet nicht die rechten Worte. Schließlich faßt sie sich ein Herz und gesteht schamrot und mit gesenktem Blick die nächtliche Entdeckung eines Sittenstrolchs in den dunklen Gängen.

»Ich hielt es zunächst nicht für nötig, Euch zu belästigen. Der Mann schien betrunken . . . Erst heute morgen bemerkte ich, daß jemand auch mein Zimmer durchsucht hat.«

Li-Mai hält inne. Das lederne Gesicht unter der gerüstartig getürmten Perücke wirkt wie mit vielen kleinen gelben Schuppen übersät.

Tsao überlegt: Der Halunke hat demnach einen Teil der Nacht damit zugebracht, das Haus zu erkunden. Solche Nachlässigkeit kann ihn teuer zu stehen kommen – der Kerl wird seinen Anführern jetzt den exakten Bauplan seines Hauses verraten können.

»Wo hast du ihn entdeckt, ehe du ihn fortgejagt hast?«

Li-Mais Nüstern erbeben, über die Wange geht ein Zucken.

»Er wollte eben ins Schlafgemach Eurer Tochter eindringen, Herr!«

Tsao springt auf.

»Bringt Shu-Mei zu mir, auf der Stelle!«

Der Li-Jiang ist über die Ufer getreten. Die mit wilden Blumen und gelbblühendem Ginster überwucherte Böschung steht zur Hälfte unter Wasser.

In gemächlichem Schritt folgt Yi-Shous Stute dem Lauf des Flusses. Shu-Mei kauert auf der Kruppe hinter dem Vetter und schmiegt sich an seine Schulter.

»Wirst du mir beibringen, wie ein Mann zu reiten, Yi-Shou?«

Er antwortet nicht.

An seinem Halsansatz bemerkt sie einen merkwürdigen, kreisrunden und violetten Fleck, der ihr zuvor gar nicht aufgefallen ist: eine Prellung, könnte man glauben, gefolgt von einem langen Kratzer, der im Ausschnitt des Gewands verschwindet.

Sie schöpft Verdacht, und ihr Herz beginnt zu rasen. Hatte er ein Abenteuer? Ist er gar verliebt? Abwesend ist er, auf ihre Fragen antwortet er nicht, als hätte er sie nicht gehört. Weilt er im Geiste bei einer anderen Frau?

»Laß uns hier anhalten, ja? Ich möchte am Flußufer ein wenig rasten.«

Yi-Shou steigt ab und reicht ihr die Hand, um ihr vom Pferd zu helfen.

»Wer hat dich in den Hals gebissen?« fragt sie unvermittelt.

»Niemand«, stammelt er, und sein Gesicht wird rot wie sein Wams. Beschämt und schuldbewußt schlägt er rasch den Kragen hoch. Mit energischer Geste streicht Shu-Mei ihren Rock glatt und sieht ihm tief in die Augen.

»Heute nacht sind Reisende gekommen. Nahmen sie teil an euren Lustbarkeiten?«

»Ja, denn es waren Spielleute, die für unsere Unterhaltung sorgten.«

»Und die Frauen? Waren sie auch dabei?«

»Äh, nein . . . das heißt, ja . . .«

Angesichts der wachsenden Bedrängnis Yi-Shous, der sich in seinen Ausflüchten verheddert wie ein zappelnder Fisch im Netz, hat Shu-Mei Erbarmen. Statt ihn der Lüge zu überführen, ändert sie ihre Taktik.

»Yi-Shou, seit unserer frühen Kindheit sind wir Freunde . . . Du weißt, daß du dich auf mich verlassen kannst«, sagt sie in beschwörendem Ton, nachdem sie sich ins Gras hat sinken lassen. »Ich spüre, wie angespannt und nervös du bist. Wolltest du dich mir nur anvertrauen, so könnte ich dir vielleicht helfen. Ich bin doch deine kleine Schwester . . . nicht wahr?« Und dabei nimmt sie die Hand des Vetters in die ihre und hält sie zärtlich fest.

Gerührt von soviel Güte und Anteilnahme, beschließt Yi-Shou, ein Geständnis abzulegen; doch kein vollständiges: er beschränkt sich darauf, von jenem innigen Gespräch mit Schneekranich zu berichten, und von ihrem freilich harmlosen Getändel, dem sie sich hingaben, ehe sie hinter dem Wandschirm verschwanden.

»Sagtest du nicht, vor Frauen, die des Nachts ausgehen, müsse man sich hüten wie vor ungelöschtem Kalk?«

»Aber sie ist fürwahr eine vortreffliche junge Dame, und von hohem Wert, sei versichert!«

Shu-Mei zuckt die Schultern.

»In der Tat, sie ist ganz anders als ihre Gefährtinnen ... Ein wenig erinnerte sie mich an dich.«

Er beißt sich auf die Lippen – zu spät: das hätte er nicht sagen sollen. Solche Worte könnten ihr gar mißfallen ... Doch nein, erstaunlich genug, Shu-Mei scheint die Kränkung entgangen zu sein.

»Empfindest du etwas für sie?« fragt sie nach einer Weile in durchaus sachlichem Ton.

Yi-Shou schweigt.

Er ist verliebt in dieses Mädchen, flüstert eine tückische Stimme in ihr, und jetzt will er beichten und um Vergebung heischen.

»Dein Schweigen sagt viel ...«

»Aber du bist es, die ich liebe, kleine Schwester!« ruft Yi-Shou inbrünstig und faßt ihren Arm.

Hochmütig macht sie sich los: »So beweise es!«

»Verlange, was immer du willst«, flüstert er da, tief über ihre Hand gebeugt: »Ich werde es tun«, und küßt die huldvoll überlassenen Fingerspitzen.

Shu-Meis Blick gleitet gedankenverloren über den Fluß dahin. Trotz ihres Kummers bereitet ihr der Gedanke an die Prüfung, die sie ihm aufzuerlegen trachtet, ein recht grausames Vergnügen. Mit todernster Miene verkündet sie:

»Ich möchte gern, daß du über den Fluß schwimmst.«

»Aber die Strömung ist viel zu stark!«

»Es steht dir frei, mein Ansinnen abzulehnen ... Worum ich dich bitte ist nichts als ein kleiner Beweis deiner Liebe.«

Was bleibt ihm anderes übrig, als ihren Wunsch zu erfüllen? Trotz seiner schlechten Verfassung: schließlich steht seine Ehre auf dem Spiel.

Bis auf die Pluderhose wirft er all seine Kleider ab und stürzt sich in die schmutziggelben Fluten.

Gebannt starrt Shu-Mei auf den Vetter, der sich mit kräftigen Stößen vom Ufer fort und auf die Flußmitte zu bewegt.

Das Wasser spritzt auf und funkelt im Sonnenlicht, aus dem Schilfrohr fliegt eine Wildente auf.

Am liebsten würde sie ihn zurückrufen. Ach, ausgerechnet er ist der einzige, der sie zu trösten versteht in ihrem ersten Liebeskummer.

In diesem Augenblick schreit ein Käuzchen. Es raschelt im Gras . . . und ehe sie sich noch über Eulenrufe am hellichten Tage verwundern kann, packt eine derbe Hand sie von hinten, und ein Tuch legt sich über ihr Gesicht und erstickt ihren Schrei.

Sie fühlt sich vom Boden emporgehoben, jemand fesselt sie an Händen und Füßen.

Yi-Shou, nur wenige Züge noch vom gegenüberliegenden Ufer entfernt, wendet den Kopf, um Shu-Mei zuzuwinken: Er hat sie verletzt, und ihr Kummer beschwert ihm das Herz.

Doch was er jetzt sieht, kommt ihm vor wie ein Alptraum. Aus Leibeskräften, doch gleichwohl vergeblich sträubt sich Shu-Mei und schlägt um sich, während zwei Gestalten, unkenntlich unter dunklen Kapuzenmänteln, sie mit brutalem Griff an Armen und Beinen festhalten und zu zwei grauen Pferden davonschleppen, die unweit des Ufers warten.

Yi-Shou gerät in Panik. Nie wird er das Ufer rechtzeitig erreichen! Dennoch macht er kehrt und schwimmt, schwimmt verzweifelt und kämpft gegen die Strömung.

Die Räuber indes werfen Shu-Mei wie einen Sack Mehl mit dem Kopf nach unten quer über den Widerrist eines Pferdes und schwingen sich in den Sattel. Zu spät! – jetzt ist alles verloren.

Doch bevor sie davonsprengen, wendet der kleinere von beiden sich um, spannt den Bogen . . . und schießt den Pfeil mit außergewöhnlicher Treffsicherheit Yi-Shou mitten in die Brust.

In ohnmächtiger Verzweiflung schreit Shu-Mei seinen Namen und versucht den Kopf zu heben, um ihn ein letztes

Mal noch zu sehen ... Doch Ho-Jin und Zittermolch geben den Rössern die Sporen.

Im gestreckten Galopp entfernen sie sich rasch. Durch die Pappelreihen hindurch erkennt sie nur undeutlich, wie Yi-Shou mit letzter Kraft sich über Wasser zu halten versucht. Dann erfaßt ihn die Strömung, und über seinem Kopf schlagen die reißenden Fluten zusammen.

Shu-Mei schwinden die Sinne.

12

Sheng-Fu wischt sich mit dem Ärmel den Schweiß von der Stirn. Die Sonne steht im Zenit, und die Hitze ist unerträglich, obwohl er im Schatten sitzt, unter Zwergweiden mit lang herabhängendem Geäst.

Er stellt die Beine in den Fluß und beschwert die Angelrute mit zwei Steinen, denn er will sich eine Stärkung gönnen. Aus dem ziegenledernen Beutel holt er einige *mantus*[1], die seine Tante ihm fürsorglich mitgegeben hat, und will eben das rote Tuch aufknüpfen, in das die Mahlzeit eingewickelt ist, als ein prachtvoller, silbrig glänzender Karpfen herausfordernd seine Wade streift. Er springt auf und greift zum Kescher, um den Fisch zu fangen ...

Ein dunkler Gegenstand am jenseitigen Ufer erregt seine Aufmerksamkeit. Neugierig teilt er das Schilfrohr, das ihm die Sicht verwehrt: Kein Zweifel, ein menschlicher Körper, angeschwemmt vom Fluß!

Ohne zu zögern, läßt er Strohsandalen und Angelgerät fallen und läuft ein Stückchen flußaufwärts, bis zu einer Engstelle; dort angelangt, nimmt er seinen Mut zusammen und stürzt sich kühn in die Fluten.

1 Brötchenartiges Dampfgebäck.

Yi-Shous Körper, halb unter Wasser liegend, steckt im Schlamm und Gezweig der Uferböschung fest: In seiner linken Brust steckt ein Pfeil. Blut sickert aus der Wunde und färbt das Wasser rötlich.

Sheng-Fu packt ihn am Arm und zerrt ihn mit großer Mühe an Land. Aus seiner tropfnassen Hose zieht er einen kleinen Spiegel, den ihm einst eine der Schutzbefohlenen seiner Tante geschenkt hat; beklommen hält er ihn an die bläulich angelaufenen Lippen . . .

Nein, er ist nicht tot: ein schwacher Hauch, die blanke Fläche beschlägt, noch ist Yi-Shou am Leben . . . Erleichtert springt Sheng-Fu auf und davon, um Hilfe zu holen.

Shu-Mei kommt langsam zur Besinnung. Schmerzhaft drückt sich der Sattelknopf in ihren Bauch, ihre Wange schlägt gegen die schweißnasse Flanke des Pferdes, und die Haarsträhnen, die ihr übers Gesicht und in den Mund hängen, schmecken feucht und salzig.

Schuldbewußt denkt sie an die Ereignisse am Ufer des Li-Jiang, an ihre selbstsüchtige Forderung, die Launen einer verwöhnten Prinzessin. Der arme Yi-Shou! Beim Gedanken an sein unseliges Ende dreht sich ihr das Herz im Leibe um. Übelkeit erfaßt sie, und sie erbricht Galle.

Wer sind diese brutalen Fremden, die nach schlecht gegerbtem Büffelleder stinken? Wie können sie es wagen, sie einfach zu entführen? Hätte man ihr nur beigebracht, zu kämpfen und sich zu verteidigen! Sie hätte sich ihrer Haut wohl zu wehren gewußt!

Der Boden unter ihr hat sich verändert; über hellen Sand zuerst, reiten sie jetzt über rötlichen Lehm, und immer in vollem Galopp; durch Wälder und über Geröllhalden, vorbei an Dornengestrüpp, das ihr Gesicht und Arme zerkratzt, geht es zuletzt einen unwegsamen Gebirgspfad empor.

Jäh werden die Pferde angehalten. Der Hüne, der hinter ihr saß, springt behende aus dem Sattel, durchtrennt die Fesseln, die ihr in Knöchel und Handgelenk schnitten, und stößt sie grob vom Pferd.

Shu-Mei fällt auf lockeren Erdboden.

»Steh auf, Schlampe!«

Ho-Jin versetzt ihr einen mörderischen Fußtritt in die Rippen. Shu-Mei stockt der Atem, ihre Augen füllen sich mit Tränen. Sie streicht die Haare zurück und sieht zum ersten Mal das platte und grausame Gesicht ihres Angreifers ...

Es erinnert sie an eine jener furchterregenden *taotie*-Masken[1], mit welchen die berühmten Li-Vasen bemalt sind, mit riesigen runden Augen, die aus den Höhlen quellen.

Ha, mit keinem Wort wird sie ihn merken lassen, daß sie leidet! Sie beißt die Zähne zusammen und stellt sich ihm herausfordernd entgegen; das Kinn vorgereckt und das Gesicht mit ockerfarbenem Lehm beschmiert, versucht sie gar, den Kerl gegen das Schienbein zu treten.

Allein, sie ist zu schwach: Mit einem einzigen Stoß wirft er sie um, grinsend über sein ganzes gräßliches Gesicht, und Shu-Mei liegt auf der Erde, das Gesicht im Staub, während die Räuber sich vor Lachen ausschütten wollen.

Li-Mai befeuchtet die schweißüberstömte Stirn. Ein halbersticktes Röcheln dringt über die Lippen des Verwundeten. Seit einer halben Stunde schon behandelt sie Yi-Shou mit einem Absud aus Antilopenhorn und versteinerten Krebsen, beides zu feinem Pulver vermahlen, welches bekanntlich das Fieber senkt ... Freilich muß man erst die Nacht abwarten, bevor man eine Voraussage über den weiteren Verlauf der Krankheit wagen darf.

Die Blutung stillte sie, indem sie die Wunde mit der Asche von Fischschuppen bestäubte und mit dem Saft bestimmter ätzender Heilkräuter bestrich.

Mehr kann sie nicht tun: jetzt heißt es nur noch, am Kran-

1 Tiermaske, symbolisiert Gefräßigkeit.

kenbett zu wachen. Li-Mai fühlt sich entsetzlich schuldig! Nie wäre es den leichtsinnigen Kindern gelungen, sich heimlich fortzustehlen, hätte sie nicht ihre Aufsichtspflicht vernachlässigt! Schlimmer noch: Hätte sie Tsao schon am Abend verständigt, säßen die Gaukler jetzt hinter Schloß und Riegel, und Shu-Mei und Yi-Shou wären wohlauf und in Sicherheit.

Die gefährliche Gleichgültigkeit, die sich in diesem Haus breit gemacht hat wie ein böses Geschwür, hat zuletzt auch von ihr Besitz ergriffen. Und jetzt hat sie selbst ihr Gesicht verloren, sie, die Hüterin über Zucht und Anstand. Ob sie die Schmach überleben wird oder nicht, hängt seltsamerweise von der Genesung des jungen Mannes ab.

Nur diese Hoffnung hält die alte Li davon ab, sich in den nächsten Brunnen zu stürzen, um sich von Schimpf und Schande reinzuwaschen.

Sie hört nicht, wie hinter ihr Schimmernder Jaspis lautlos ins Zimmer schlüpft und am Fußende des Bettes stehenbleibt.

Der Kleinen Tante Antlitz ist von Kummer und Tränen gerötet, und sie kniet vor der Bronzepfanne mit durchbrochenem Deckel nieder, in der Räucherstäbchen brennen. Einem Elfenbeinkästchen entnimmt sie ein Kügelchen aus Rosen und gemahlenen Lotoskernen und legt es auf die glühenden Kohlen.

Das beim Verbrennen verursachte Knistern läßt Li-Mai zusammenfahren. Um Furcht und Sorge zu verbergen, beginnt Schimmernder Jaspis mit abgehackter Stimme aufs Geratewohl zu schwätzen.

»Für die Zeremonie der Gebete und der Opfergaben schickte die Dritte Mutter nach zwei Nonnen vom Tempel des Gelben Pfirsichs. Sie müßten bald eintreffen.« Fieberhaft betätigt sie ihren Fächer. »Die Ärmste! Die Ereignisse haben sie doch sehr mitgenommen. Als ich eben bei ihr war, erkannte sie mich nicht, und den ganzen Vormittag über war sie gezwungen, sich zu stärken. Einen ganzen Korb teiggebackene Fleischklößchen verlangte sie, und ein Dutzend Chrysanthemenküchlein, man glaubt es kaum!«

Als die junge Frau sich mit einem Mal bewußt wird, wie unpassend ihre banalen Reden im Zimmer eines Sterbenden sind, legt sie beide Hände vors Gesicht und bricht in Wehklagen aus.

»Unselige!« herrscht Li-Mai sie daraufhin an, »fürchtet Ihr denn nicht, die bösen Geister anzulocken, wenn Ihr Eurer Verzagtheit so ungehemmt freien Lauf laßt? Verzweiflung und Mutlosigkeit waren noch nie von Nutzen!«

Vor Verwunderung über den barschen Ton, den die Hausdame sich ihr gegenüber erlaubt, gewinnt Schimmernder Jaspis ihre Fassung wieder.

»Ihr habt recht«, antwortet sie verwirrt, »ich habe den Kopf verloren. Ich werde veranlassen, daß zehn Pfund Kerzen, hundert Scheffel weißer Reis und fünf Ballen ungebleichtes Tuch für die Klostergemeinschaft bereitgestellt werden, zum Dank für ihre Unterstützung.« Fröstelnd zieht sie den herbstfarbenen Umhang enger um sich und verläßt den Raum.

In völliger Reglosigkeit sitzt Li-Mai neben dem Verwundeten. Sie hält seine heiße Hand in der ihren und wacht über jede, auch die geringste Veränderung in seiner Miene. Allein die Lippen bewegen sich im Gebet.

Es klopft an der Tür. Schüchtern und linkisch treten Narbengesicht und Gelockte Ratte ins Zimmer, nachdem sie sich zuvor ihrer Stiefel entledigt haben.

»Wie geht es dem Kleinen?« stammelt der eine heiser, denn die Erschütterung schnürt ihm die Kehle zu.

Der andere indes kauert sich am Fußende des Bettes nieder und betrachtet eine Weile das wachsbleiche Gesicht, aus dem nach und nach das Leben zu schwinden scheint. Yi-Shou hat ihnen doch von dem geplanten Ausritt erzählt! Sie hätten ihn daran hindern können... ein wenig mehr Nachdruck, ein Machtwort hätte genügt.

»Wir können hierbleiben, wenn Ihr wünscht. Ihr seid gewiß müde.«

Li-Mai antwortet nicht. Sie rafft die gestärkten Röcke und tritt zur Seite, scheinbar gleichmütig. Allein, zwischen den Wimpern perlt eine Träne, und ihre Augen glänzen wie der schwarze Panzer der Küchenschabe.

»Danke, es dauert nicht lange«, meint sie entschuldigend mit rauher Stimme.

Sie hastet davon. Beklommen betritt sie sodann Tsaos Arbeitszimmer, um die jüngsten Neuigkeiten zu erfahren.

Schwer atmend durchmißt GuanShang den Raum. In der Hoffnung auf einen Hinweis, der zu Shu-Mei führt, haben seine Leute ausgiebig und gründlich die Ufer des Li-Jiang abgesucht.

Etwa zwei Li stromaufwärts von der Stelle entfernt, an der Yi-Shou aufgefunden wurde, entdeckten sie Hufabdrücke auf dem feuchten Erdboden. Die Entführer waren zu zweit.

Soweit sie zu verfolgen waren, führten die Spuren nach Südwesten. Irgendwann verloren sie sich im Sand. Sehr hilfreich sind solche Auskünfte nicht.

GuanShang schnaubt geräuschvoll.

»Ich schlage vor, das ganze Gelände systematisch zu durchkämmen. Zwei Reiter, die quer über dem Sattel ein junges Mädchen mit sich führen, können nicht völlig unbemerkt bleiben . . . Und die Bauern, für gewöhnlich blind und taub, finden sehr wohl ihr Gedächtnis wieder, sofern man im richtigen Ton zu ihnen spricht«, fügt er hinzu, die Hand bedeutungsvoll auf dem Degenknauf.

»Ja . . . es sei denn, es handelt sich um den Drachen aus Shandong.«

Tsao, hinter dem Arbeitstisch sitzend, auf dem Bücher und Schriftrollen sich türmen, lächelt traurig.

»Wenn sich einer die Mühe gemacht hat, meine Tochter zu entführen, so deshalb, weil er sich ein Lösegeld verspricht.

Warten wir ab, die Räuber werden ihre Forderungen bald stellen ... Dann ist noch immer Zeit, über das weitere Vorgehen zu beraten.«

»Herr«, erkühnt sich Li-Mai, der die Frage schon lange auf der Zunge brennt, »glaubt Ihr denn, daß der Strauchdieb heute nacht in der Absicht eingedrungen ist, sich Shu-Meis zu bemächtigen?«

Flehentlich hebt sie ein verzerrtes, eingefallenes Gesicht zu ihm empor. Arme Li-Mai, wie ist sie gealtert in den letzten Stunden! Es hat keinen Sinn, wenn sie weiterhin sich im Staube wälzt und mit Selbstvorwürfen zerfleischt.

»Erhebe dich, Li-Mai. Der angebliche Gaukler konnte ja nicht wissen, was sich hinter jener Tür verbarg. Den Schatz suchte er, nichts anderes.«

Tsao lehnte sich in dem mächtigen Armsessel zurück. Lange Zeit verharrt er schweigend, tief in Gedanken versunken. Auf seiner Stirn bildet sich eine lange, waagerechte Falte. Bevor er weiterspricht, stopft er seine Pfeife und zündet sie an:

»Eines macht mir zu schaffen, GuanShang ... Nehmen wir an, daß der Lump meine Bibliothek zufällig zuerst durchsucht hat. Wie konnte er wissen, das Shu-Mei am nächsten Morgen die Festungsmauern zum Ausritt verlassen würde?«

»Ein Zufall – für ihn zweifellos ein Glück!«

»Nein!« Tsao schlägt so heftig mit der Faust auf den Tisch, daß die Papierwände erbeben.

Tief atmet er den Rauch ein, der rotglühende Tabak knistert leise. Mit einem Mal ist die Stille erdrückend geworden.

»Ein Verräter ist unter uns.«

Während Angst und Unsicherheit auf dem Haus lasten, schnürt Dame Hua, ganz im Bewußtsein ihrer verletzten Würde, das letzte Bündel.

So schwer lastet die Schande der Verstoßung auf ihr, daß sie beschlossen hat, den Ort zu verlassen, an dem nichts mehr sie hält.

Xi-Xuan wurde von Tsao beauftragt, sie nach Yangyou zu bringen. Von dort aus wird sie sich, begleitet von der treuen Lan sowie einem in weiser Voraussicht zusammengesparten Goldpäckchen, der nächsten Karawane nach Guilin anschließen, wo sie dank ihrer vielfältigen Talente sicherlich bald einen neuen Beschützer finden wird.

Sie wischt eine Träne der Wut von der Wange und durchschreitet das von steinernen Einhörnern eifersüchtig bewachte Tor des Heimtückischen Drachens.

Mühsam öffnet Shu-Mei die Lider und blinzelt: ringsum herrscht völlige Dunkelheit. Wo ist sie? Sie liegt auf gestampftem Lehmboden, mit schmerzenden Gliedern und zitternd vor Kälte. Die Feuchtigkeit durchdringt sie bis ins Mark. Man hat ihre Füße erneut gefesselt.

Die Mauern verströmen einen merkwürdig modrigen Geruch nach Schimmel und Pilzen. Als ihre Augen an die Dunkelheit gewöhnt sind, erkennt sie schwärzliche Büschel an den Felswänden. Wie spät mag es wohl sein?

Plötzlich hört sie ein blechernes Geräusch, ein dumpfes Grollen -- Shu-Mei fährt erschrocken zusammen: sie ist nicht allein. In einer Ecke hockt ein riesiges schwarzes Ungetüm und starrt sie aus kleinen bösen Augen drohend an: ein Bär. Dann und wann schüttelt er sich, und die Kette um seinen Hals klirrt. Man hat sie mit einem Bären als Wächter zusammengesperrt!

Durch eine Öffnung im Felsen wird Stimmengewirr laut. Durch mühevolle Verrenkungen gelingt es ihr, sich auf die Knie aufzurichten, und mit einer letzten Anstrengung kommt sie schließlich auf die Beine.

Sie faßt sich ein Herz. Den Blick auf die nächstliegende Schießscharte gerichtet, versucht sie trotz der engen Fesseln hüpfend sich fortzubewegen. Es gelingt. Doch sie ist nicht groß genug, um hindurchsehen zu können. So lauscht sie angestrengt und fängt einige Gesprächsfetzen auf, freilich ohne den Sinn vollständig zu erfassen.

»Und die Beute, was machen wir damit?«

»Gemach, gemach! Erst müssen wir Tsao überhaupt zum Nachgeben zwingen... Wenn uns das gelingt, wird der Gewinn, den wir damit erzielen, zum Teil den Ärmsten der Bauern zugute kommen.«

Füßescharren, gefolgt von mißbilligendem Gemurmel. Eine verdrossene Stimme wird laut:

»Was soll das? Wir nehmen doch nicht all die Gefahren auf uns, um das Pack der ganzen Gegend abzufüttern! Jeder für sich, ist meine Devise.«

In scharfem Ton gebietet der, von dem Shu-Mei annimmt, er sei der Anführer, den anderen zu schweigen, und fährt fort:

»Im übrigen werde ich euch bitten, ausnahmsweise ein Opfer zu bringen und die Hälfte des euch zustehenden Anteils in die Gemeinschaftskasse einzuzahlen... dies zu eurem eigenen Wohle.«

Noch während er spricht, beginnen alle in höchster Erregung durcheinanderzureden. Er hebt die Stimme:

»Das ist unerläßlich. Um gegen die bestehende Macht zu kämpfen, müssen wir unsere Mitgliederzahl erhöhen, das heißt, wir müssen neue Gefährten in unsere Gemeinschaft aufnehmen und mit Waffen und Pferden ausstatten, und überdies brauchen wir eine neue Organisation.«

»Zuerst hieß es, wir sollten die Eskorte unterwegs überfallen und uns die Ärmel mit Gold vollstopfen, um dem einäugigen König den Krieg zu erklären. Nie war die Rede davon, daß wir unser Leben auf Spiel setzen, nur damit uns die Perlen schließlich doch durch die Lappen gehen!«

»Ich will euch keineswegs die Beute vorenthalten. Aber bedenkt bitte eines: wo wärt ihr, wenn es die Gemeinschaft nicht gäbe? Mir scheint, einige von euch haben ein schwaches Gedächtnis.«

Seine letzten Worte gehen im wütenden Protest fast unter.

»Im übrigen ist jeder von euch völlig frei. Wenn die Sache abgeschlossen ist, erhalten jene, die mit der Vereinbarung nicht einverstanden sind, eine Abfindung und können gehen.«

Eine säuerliche Stimme fällt ihm ins Wort:

»Und das Mädchen?«

Shu-Mei dröhnen die Ohren; sie strengt sich aufs Äußerste an, um nur ja die Antwort nicht zu versäumen – doch es nähern sich Schritte: Welches Schicksal sie erwartet, wird sie so bald nicht erfahren.

Mit eisiger Miene mustert Long-Jian die Anwesenden.

»Es war nie die Rede davon, das Mädchen zu töten. Wir geben sie zurück, wie besprochen.«

Wieder redet alles laut und erregt durcheinander. Der einzig Gleichmütige ist Grübelnder Kot, eine windschiefe, drei Fuß hohe Mißgeburt. Der sitzt stumm in seiner Ecke, schnitzt einen Pfeil und schüttelt nach jedem Satz den Kopf.

Es bilden sich Gruppen, die untereinander zu tuscheln beginnen. Zwei Brüder flüstern Brüllskorpion etwas ins Ohr, der aufmerksam zuhört, zu allem ja sagt, dann plötzlich aufspringt und mit energischer Geste den Hirschfänger zwischen sich und den Hauptmann in die Erde rammt.

Sogleich herrscht eisiges Schweigen. Man hört eine Mücke summen. Brüllskorpion tritt vor den Hauptmann:

»Die Brüder und ich, Long-Jian, wir glauben, daß deine schönen Ideen von Größe und Menschlichkeit dir allmählich zu Kopf steigen und dich blind machen. Wir haben keine Lust, deinetwegen zu krepieren.«

Grübelnder Kot unterbricht ihn näselnd und stotternd:

»Long-Long-Long-Jian haaat seine Gründe. Wir-wir hahaben immer auf ihn gehört. Wir-wir-wir mü-müüüssen ihm auch jetzt vertrauen!«

»Du, Zwerg, du hältst deinen Mund!« bellt Ho-Jin.

Long-Jian runzelt die Brauen. Brüllskorpion indes fährt fort:

»Das Mädchen muß beseitigt werden. Wenn wir sie freilassen, wird sie früher oder später einen der Unsrigen wiedererkennen und ihren Leuten alles über unser Versteck verraten. Sie am Leben zu lassen wäre ein Leichtsinn, der uns den Kopf kosten kann. Die Gefahr ist zu groß.«

»Wir könnten ihr die Augen ausstechen!« schlägt Wohllaut genüßlich vor, wobei er in rascher Folge mehrere Dattelkerne ausspuckt.

Long-Jian indes springt ungestüm auf, so daß die Gehänge an seinem Gürtel klirren, und zieht den Krummsäbel aus der Scheide. Und ehe einer der Männer reagieren kann, berührt die Klinge Brüllskorpions empfindlichen Adamsapfel.

Die Machtprobe dauert nur kurz.

Brüllskorpion hält dem stechenden Blick nicht lange stand und schlägt die Augen nieder, mit knackendem Kiefer und zornroten Ohren.

Mit klarer und deutlicher Stimme verkündet Long-Jian, wobei er jede Silbe betont:

»Merkt euch eines: Ein ehrenwerter Räuber hat keine Angst vor dem Tod . . . und er hält stets sein Wort!«

»Aha, wir spionieren wohl?«

Erschrocken läßt Shu-Mei, die eben zu ihrem Platz zurückhüpfen wollte, sich zu Boden fallen. Eine burschikose Gestalt – der Stimme nach wohl ein Mädchen – mit sehr schmalen Augen und kurzgeschnittenem Haar, in grauem Oberhemd und Hose aus grobem Tuch, steht vor ihr und mustert sie höhnisch.

»Was habt ihr mit mir vor?« stammelt Shu-Mei.

Lenzregen grinst:

»Wenn dein Vater uns erwischt, verurteilt er uns zum Tode . . . Aber tröste dich, wir sind nicht so grausam wie er.

Wir lassen dir die Wahl – was ist dir lieber: daß wir dir die Augen ausreißen oder dich mit Ba-Bahr verloben?«

Shu-Mei erschauert. Wild brummt der Bär und scharrt mit der Tatze, als freue er sich über die gute Nachricht.

»Aber warum mich?« flüstert sie mit erstickter Stimme.

»Weil du viel wert bist, du törichte, verdorbene Person! Nicht dein Hintern oder dein Gebiß, nein, das, was du darstellst... Geld und Macht. Alles, was ich aus tiefster Seele verabscheue!«

In diesem Augenblick betritt ein schlanker, hochgewachsener Mann das Verlies, bekleidet mit einer dunkelblauen gefütterten Jacke und Stiefeln aus Büffelleder.

In höchstem Maße beeindruckend sind sein hochmütiges und stolzes Gebaren, seine eigenwilligen Gesichtszüge, und ganz besonders seine mächtige Statur. Das dichte schwarze Haar ist straff zurückgekämmt und am Hinterkopf zu einem kleinen Knoten gebunden, bedrohlich hängt der Krummsäbel an seiner Seite.

Ehrfürchtig neigt Lenzregen den Kopf und weicht zur Seite, als er an ihr vorüberschreitet. Shu-Mei nimmt die Wandlung im Verhalten des Mädchens mit Interesse zur Kenntnis.

Schweigend, ohne die beiden Frauen auch nur eines Blickes zu würdigen, geht er auf den Bären zu.

Ist dies der große Räuberhauptmann? Shu-Mei stützt sich auf den Ellenbogen und spricht ihn mit folgenden Worten an:

»Wer seid Ihr, Herr...? Weshalb haltet Ihr mich gefangen?«

Keine Antwort. Long-Jian wirft dem Braunbär etliche Leckerbissen zu.

Wofür hält sich dieser anmaßende Grünschnabel? Shu-Mei unternimmt einen zweiten Versuch, diesmal bereits leicht verärgert:

»Weshalb laßt Ihr mich nicht frei, worauf wartet Ihr denn? Daß mein Vater mich holen kommt? An Eurer Stelle würde ich für meinen Kopf keinen Pfifferling geben?«

Sie versucht überzeugt zu klingen, aber sie ist sich des raschen Eingreifens ihres Vaters längst nicht mehr so sicher. Jetzt dreht der Mann sich um und sieht sie an: Edel sind seine Züge und gebieterisch, wohlgeformt die scharfgeschwungene Nase, der Blick eindringlich und merkwürdig stechend – das Gesicht eines Herrschers. Ein spöttisches Lächeln kräuselt die schmalen Lippen, der Mund wirkt fast kindlich unschuldig, und doch liegt darin eine Spur von Bitterkeit.

»Tatsächlich?«

Verständnisinniger Blickwechsel mit dem Hermaphroditen. Beide brechen in heiteres Gelächter aus.

Shu-Mei haßt ihn mit Leidenschaft. Seine Überheblichkeit, diese betont sanfte Stimme, diese abscheuliche Selbstsicherheit ... Alles, wirklich alles an ihm mißfällt ihr und stößt sie ab.

»Feigling! Ihr würdet ohnehin nicht wagen, ihm gegenüberzutreten! Da nützt Euch all Euer hochmütiges Gehabe nichts, kleinmütig seid Ihr, und ängstlich wie ein Hase. Wärt Ihr ein Mann, so hättet Ihr nicht einmal im Traum daran gedacht, ein wehrloses Mädchen hinterrücks zu überfallen!«

Rasch tritt Lenzregen hinzu, die Hand schon ausgestreckt, um die Unverschämte zu züchtigen.

»Laß sie in Ruhe!«

Ungerührt befaßt Long-Jian sich weiterhin mit dem angeketteten Bären, krault und neckt ihn mit einem Stäbchen aus geflochtenen Binsen, was Shu-Mei vollends erbost.

»Euer Bauch ist so weich wie der einer ertränkten Katze. Schmutzig seid Ihr und Ihr stinkt. Ich verabscheue Euch, abartiger und grausamer Mensch. Mein Vater wird Euch zerquetschen wie eine gemeine Laus!«

Sie windet sich vor Wut, und ihr Gewand ist bis auf die Knie gerutscht. Knirschend kommen die ledernen Stiefel jetzt auf sie zu. Als er vor ihr steht und sie turmhoch überragt, weicht sie zurück, soweit es geht. Mit dem Rücken zum Felsen schreit sie ihn an:

»Ich verbiete Euch, mich anzufassen! Nicht einen Finger werdet Ihr an mich legen!«

Der Räuber, den ihr Geschrei durchaus nicht erschüttert, kniet neben ihr nieder. Auf dem Kinn hat er ein mandelförmiges Grübchen.

Sie spuckt ihm ins Gesicht.

Long-Jian holt aus und versetzt ihr eine schallende Ohrfeige. Sodann zieht er ihr das Kleid zurecht, bis die Knie wieder bedeckt sind.

»Ich bin verwundert, daß die Tochter eines Herrn vor einem Feigling mit weichem Bauch so bedenkenlos ihre Röcke schürzt. In Zukunft solltet Ihr vorsichtiger sein: Nicht alle meine Männer sind gegen einen solchen Anblick gefeit.«

»Ich hasse Euch!«

Shu-Meis Schrei verhallt im Leeren. Allein das zornige Brummen des Bären antwortet ihr.

Long-Jian ist fort.

Lenzregen indes hat alles genau beobachtet. Des Drachen Hochherzigkeit peinigt ihre Seele. Gehässig mustert sie die Gefangene und stößt böse mit dem Fuß einen großen Krug um, der auf dem Boden steht.

Das Wasser breitet sich rasch aus und überflutet die von schwärzesten Gedanken niedergeschmetterte Shu-Mei.

Nun?« fragt Tsao, während er den Blick über das Tal schweifen läßt, das im Licht der Abendsonne purpurn erstrahlt. »Bist du mit deinen Nachforschungen vorangekommen?«

GuanShang seufzt und stützt einen Arm auf die Zinnen des Turms.

»Nicht eigentlich. Ich denke, daß Yi-Shou während des Festmahls den geplanten Ausritt am nächsten Morgen erwähnt hat . . . vielleicht machte er nur eine kurze Bemerkung, die freilich nicht ungehört verklang!«

Durch die niedrige Pforte des Burgfrieds tritt Li-Mai, schwer atmend nach dem mühevollen Aufstieg über die achtzigstufige Wendeltreppe, und strebt mit trippelnden Schrittchen und gerafften Röcken auf die beiden zu.

»Herr, Euer Neffe hat das Bewußtsein wiedererlangt! Das Fieber ist zwar noch nicht gesunken und er redet noch immer wirr, doch jetzt besteht vielleicht Hoffnung – und wenn es Guan-Yin gefällt, wird er gerettet!«

Tsaos Gesicht verdüstert sich.

Amitabhâ! Wenn sie die Wahrheit spräche, wenn er nur am Leben bliebe, dieser Junge, den er wie seinen eigenen Sohn liebt!

Vierzehn Jahre sind es nun schon! Es war kurz nach Shu-Meis Geburt. Ein verheerendes Hochwasser war über weite Teile des Landes hereingebrochen und hatte die Gegend verwüstet.

Mehrere Fischerdörfer waren einfach fortgerissen worden, weggeschwemmt von den gewaltigen Fluten, nichts war mehr übrig von den Strohhütten, den Booten, den Fischernetzen auf Trockenrahmen. Die Wassermassen, Ströme von Geröll und Schlamm hatten alles unter sich begraben.

Als das Hochwasser allmählich sank, eilte Tsao sogleich an den Ort des Unglücks. Nie wird er die vor Grauen und Angst geweiteten Augen des schwächlichen, ausgemergelten kleinen Jungen vergessen, der hilflos durch die Trümmer irrte auf der Suche nach seinen Eltern, seinen Geschwistern.

Der einzige Überlebende – durch welch gnädiges Schicksal?

Es fiel ihm auf, daß das Kind einen hölzernen Spachtel verzweifelt an sich drückte und sich keinesfalls davon trennen wollte

Die Blaue Dame hatte kurz vor ihrem Tod eine Wallfahrt unternommen: Es war ihr dringendes Anliegen, der Göttin Yun-Li zu opfern und ihr den mit symbolischen Reiskörnern verzierten Löffel als Gabe darzubringen, damit ihr größter Wunsch in Erfüllung ginge, dem Gatten einen Sohn, einen Stammhalter zu gebären.

War dies nun ein Wink des Schicksals?

Als solchen faßte Tsao die merkwürdige Übereinstimmung auf: ein Zu-Fall, ein Geschenk des Himmels, das ihn zutiefst ergriff, und er nahm den Jungen zu sich und erzog ihn als seinen Neffen.

Die Dramatik der Gegenwart reißt ihn aus der Erinnerung.

»Aber wie soll es den Gauklern gelungen sein, mit ihrem Mittelsmann Verbindung aufzunehmen?« fragt Rauchender Friedhof, dem der Gedanke nicht aus dem Kopf will.

»Nun, es herrschte ein arges Durcheinander, die ganze Nacht hindurch ein ständiges Kommen und Gehen. Es brauchte ja nur einer der Musikanten die Nachricht entgegenzunehmen, und dann zu verschwinden – unter irgendeinem Vorwand, ein fehlendes Musikinstrument oder ähnliches – und seinem Gehilfen Bescheid geben«, mutmaßt Tsao. Doch er ist nicht recht bei der Sache, und sein Blick verliert sich am blauen Rand des Horizonts von Guang-Xi.

Plötzlich schlägt GuanShang sich mit der Hand an die Stirn.

»Natürlich, Ihr habt recht! Erinnert Ihr Euch an die Auseinandersetzung, die Flammenpinie mit der kleinen Verkleidungskünstlerin hatte? Gleich darauf verschwand sie. Zweifellos war das ein abgekartetes Spiel.«

Stirnrunzelnd versucht Tsao sich den Verlauf des Abends in Erinnerung zu rufen.

»Du darfst keine voreiligen Schlüsse ziehen, GuanShang. Auch während des Messerwerfens hätte einer von ihnen sehr gut Gelegenheit gehabt, kurz zu verschwinden.«

Rauchender Friedhof schüttelt zweifelnd den Kopf. Nachdenklich knetet er sein rechtes Ohrläppchen.

»Das zu überprüfen wird nicht leicht sein. Zu dem Zeitpunkt waren mehrere unserer Männer nacheinander auf der Bühne.« Er zögert, räuspert sich umständlich. »Herr, habt Ihr je an die Möglichkeit gedacht, daß der Verräter eine Frau sein könnte?«

»Wie könnt Ihr es wagen, eine derartige Beleidigung auszusprechen!« fährt Li-Mai ihn empört an. »Ich selbst wähle die Mädchen aus, die im Hause aufgenommen werden, und ich bürge für jede einzelne von ihnen!«

»So wie ich für meine Männer bürge!« gibt GuanShang scharf zurück.

»Hört auf, es ist wahrlich nicht der rechte Augenblick, sich über Nichtigkeiten zu zanken«, unterbricht Tsao verärgert. »Jetzt gilt es vor allem, die Augen offenzuhalten. Früher oder später wird der Verräter sich selbst entlarven.«

In diesem Augenblick taucht auf der noch immer schlammigen und von tiefen Furchen durchzogenen Straße ein Karren auf; mühsam erklimmt der alte Gaul den steilen Pfad, der zum Schloß führt.

Nach sechsfachem Kotau stellt Väterchen Fu einen großen Korb mit frischem Salat und Auberginen vor Tsao zu Boden. Nachdem Xi-Xuan den Besucher gemeldet und die Dringlichkeit seines Anliegens dem Herrn unterbreitet hatte, ließ dieser sich herbei, den alten Fu im Vorzimmer der Flüchtigen Schritte zu empfangen.

»Was verschafft mir das Vergnügen deines Besuchs zu so später Stunde, wackerer Fu?«

Der Alte tritt unruhig von einem Fuß auf den anderen, verlegen und entzückt zugleich. Ohne den Blick von den goldenen Schriftzeichen auf der Willkommenstafel über der geschnitzten Holztäfelung wenden zu können, stammelt er:

»Also . . . Ich war eben damit beschäftigt, meine Bohnensetzlinge zu bewässern, die ich auf dem Stück Land anpflanze, welches Euer Durchlaucht in seiner unendlichen Güte seinem nichtswürdigen Diener huldvoll zu überlassen beliebte . . .«

»Ja, und?« drängt Tsao, der seine Ungeduld nur schlecht im Zaum zu halten vermag.

». . . da höre ich, wie jemand von hinten sich nähert und mit einem Fußtritt meine Wassereimer umstößt . . . Ich hebe den Kopf, die untergehende Sonne blendet mich, so daß ich zunächst nichts erkennen kann ... Ein Mann mit Mantel und Kapuze steht breitbeinig vor mir.«

Fu knetet den mit neuen Bändern geschmückten Strohhut.

»Ich habe sofort gedacht, er will mir meine Gemüse stehlen. Deshalb biete ich ihm vorsichtig die Melonen an, die ich eben gepflückt habe ... Da grinst er höhnisch und zertritt die größte und schönste Melone mit dem Fuß, als wäre sie ein Ohrwurm.«

Fu zieht ein Tuch aus dem Ärmel und wischt sich den Schweiß vom tiefroten Gesicht.

Tsao verliert die Geduld. Er packt den Alten am Kragen und beutelt ihn.

»Was wollte er?! Sag es mir, schnell!«

Fu, dem bereits die Augen aus den Höhlen quellen, schluckt und stößt hastig hervor: »Er hat gesagt, daß der Drache aus Shandong Eure Tochter entführt hat, und wenn Ihr sie gesund und munter wiederhaben wollt, müßt Ihr ihm die Perlen und die Edelsteine geben.«

Tsao läßt ihn los. Er ist niedergeschmettert. So hat sich seine schlimme Befürchtung also bewahrheitet: Long-Jian steckt dahinter!

»Hat er dir einen Ort genannt?«

»Morgen früh bei Sonnenaufgang, in der Schlucht des Kastrierten Mönchs. Eure Tochter wird noch am selben Tag wieder bei Euch sein.«

»Weiter sagte er nichts?«

»Nein, Herr. Der Mann drückte mir den Hut ins Gesicht, bis über die Augen. Dann sprang er auf sein Pferd und verschwand. Ich machte mich sofort zu Euch auf den Weg.«

»Hab' Dank, Freund. Sprich zu keinem Menschen darüber ... Warte, dies ist für deine Mühe.«

Auf seinen Wink zieht GuanShang den Beutel aus dem Gewand und reicht dem Alten etliche Münzen.

Fu verneigt sich tief und schüttelt den Kopf.

»Euer nichtswürdiger Diener braucht nichts, Herr. Ich werde mit meiner Frau zu Guan-Yin beten, damit Eure Tochter wohlbehalten heimkehrt.«

Kaum ist der Alte verschwunden, donnert GuanShang los:

»Das ist eine Falle, Herr. Wenn wir in die Schlucht hinabsteigen, stürzen sich diese Wilden auf uns und vernichten uns.«

»Was schlägst du denn vor?«

»Wir müssen ihnen folgen und sie in ihrem Versteck überfallen.«

Erwartungsvoll betrachtet Tsao den ehrwürdigen Greis, der regungslos, wie erstarrt auf seinem Porzellanschemel sitzt. Seine erloschenen Augen schimmern in demselben milden Licht wie die graugrüne Alabasterlampe hinter ihm.

Die Nachricht nahm er ohne erkenntliche Regung auf, schweigend, als wüßte er bereits alles. Allein die Spitze seines Kinns erbebt leise.

»Heute nacht hörte ich den Berg grollen«, sagt er unvermittelt. »Ich glaube, Yama[1] würde im Morgengrauen kommen und mich holen.«

Bescheidenes Talent hält inne und greift sich an den runden gestärkten Kragen. Er denkt an Shu-Mei, stellt sich vor, wie sie liebevoll mit der Hand die Regale entlangfährt, die sich unter der Last der Bücher biegen, und er lächelt.

Nervös scharrt Tsao mit den Füßen. Ist es möglich, daß der Onkel die Tragweite der Ereignisse nicht recht erfaßt? Kam er nicht zu ihm, um sich Rat zu holen, den Rat eines Weisen?

»Macht Euch keine Sorgen um Eure Tochter, Neffe. Ihr Verstand und ihr wacher Geist werden ihr helfen, sich den Umständen anzupassen, in welch mißlicher Lage auch

1 Gott der Unterwelt.

immer sie sich befindet. Wenn sie wollte, würden sogar die Berge sich vor ihr verneigen. Und doch . . .«

In der gedämpften Atmosphäre des Arbeitszimmers hängt die dünne Greisenstimme wie eine Warnung im Raum.

Tsao schluckt schwer.

»Handelt nur nach reiflicher Überlegung. Vergeßt nicht . . . Shu-Mei ist kostbarer als alle Diamanten des Reichs. Siebenmal sollt Ihr Euren Entschluß vor Eurem Gewissen prüfen – erst dann schreitet zur Tat.«

Seit Fus Besuch gehen Tsao in rascher Folge tausenderlei Pläne und Überlegungen durch den Kopf, werden gefaßt und bedacht, und gleich darauf wieder verworfen. Doch jetzt hat der Onkel, ohne es zu wissen, ihn bestärkt und ermutigt, allen Widerständen und diplomatischen Abwägungen zum Trotz den Weg zu gehen, den zu beschreiten er noch gezögert hatte, als er die Schwelle dieses Zimmers überschritt.

Für Shu-Meis Leben ist kein Preis zu hoch. Er wird weder auf GuanShang hören noch eine List anwenden, um den Inhalt der Truhen zuletzt doch zu behalten. Was kümmern ihn die verlorene Ehre, der Treuebruch gegen den König. Wenn Shu-Mei zurück ist, wird immer noch Zeit genug sein, den Verbrechern eine Lehre zu erteilen.

Als Tsao sich von seinem Onkel verabschiedet, fragt er sich, ob Long-Jian wohl sein Wort halten wird.

Die frische Luft im Freien belebt seine Sinne. Tief atmet er den Wohlgeruch der Eukalyptusbäume, die dunkelgrün und rauschend im Abendwind den Weg durch die Höfe säumen.

Er bleibt stehen. Eine außergewöhnlich schöne Elster[1] mit glänzendem Gefieder hüpft vor seinen Füßen auf und ab. Gedankenverloren betrachtet er den weißen Bauch, die metallisch schwarz schimmernden Flugfedern.

Ja, sie verheißt ihm Glück. Zuversichtlich sieht er dem Schicksal entgegen.

1 Elstern sind in China sehr beliebt. Wie es heißt, verkünden sie die Rückkehr eines geliebten Menschen.

13

In der taufeuchten Kühle der Morgendämmerung durchquert ein kleiner Trupp Berittener die in milchiges Licht getauchte Ebene. Es ist kurz vor Sonnenaufgang. In knappem Abstand traben die Reiter hintereinander her. Ringsum herrscht Stille, nur das rhythmische Stampfen der Hufe ist zu hören.

Nach und nach lichtet sich der morgendliche Nebel, und in der Ferne taucht das kahle Felsmassiv mit seinen schroff abfallenden Klippen auf.

Flammenpinie reitet voran, die schildkrötengraue Standarte flattert im Wind. Tsao hat so entschieden: Sollte tatsächlich er der Verräter sein, wie GuanShang vermutet, wird er als Anführer der Truppe zwangsläufig sich zu erkennen geben.

Die sechs Männer zu seiner Begleitung wurden ausgelost. Die Stimmung ist gedrückt; lustlos erfüllen sie ihren Auftrag, in dem sie keinen rechten Sinn sehen.

War es denn wirklich eine kluge Entscheidung, sie ohne Rückendeckung zur Übergabe des Lösegelds loszuschicken? Inständig hofft jeder bei sich, er möge nicht auserkoren sein als Opfer – ein sinnloses Opfer für die Verwirklichung eines Plans, dessen Hintergründe keiner von ihnen kennt.

Am Horizont erstrahlt riesig und rot die aufgehende Sonne. Gut verborgen hinter den Felsen lauert ein Dutzend Räuber.

Von ihrem Beobachtungsposten aus übersehen sie die ganze Schlucht des Kastrierten Mönchs, die sich an einem Ende zu einem schmalen, unpassierbaren Spalt verengt.

Hier bilden drei flache, moosbewachsene Steine eine Art natürlichen Altar: dies ist die Stelle, an der die Übergabe stattfinden soll. Man sagt, in früheren Zeiten hätten Mönche auf diesen Steinen Jungfrauen geopfert, um die Seele des Kastrierten Mönchs zu besänftigen.

Zittermolch schlüpft aus den Steigbügeln und streckt die

Beine: Ein schmerzhafter Krampf lähmt seine Waden. Durch seine glorreiche Tat vom Vortag, ohne die sie gezwungen gewesen wären, unverrichteter Dinge, sozusagen mit eingezogenem Schwanz aus dem Herrenhaus zu flüchten, wurde ihm die hohe Ehre zuteil, die Übergabeaktion zu leiten: Die Entführung war seine Idee, und dank seiner Genialität werden sie bald in den Besitz der kostbarsten Perlen und Edelsteine gelangen!

Seine Brust schwillt vor heimlichem Stolz. Long-Jian verdankt ihm alles!

Von ferne vernimmt er gedämpftes Hufgetrappel. Zittermolch hebt den Arm: Für seine Gefährten ist dies das Zeichen, sich bereit zu halten. Sie verharren reglos, aufs Äußerste gespannt.

Die Reiter haben die Engstelle erreicht und kommen nur mühsam auf dem schmalen, gewundenen Pfad voran. Rechts und links ragen fast senkrecht turmhohe Felswände auf und verursachen ihnen das beklemmende Gefühl, sich geradewegs in eine Falle zu begeben.

Tief unten in der Schlucht freilich wachsen üppig grüne Pflanzen und wilde Blumen. Dort schlängelt sich ein winziges Bächlein zwischen bunten Kieseln hindurch.

»Der Ort verheißt nichts Gutes«, knurrt Heiterer Tiger.

Sein Vetter sieht nach oben. Über ihnen schwebt ein Bussard im Gleitflug. Keine Menschenseele scheint in der Nähe zu sein.

»Weißt du, woher die Schlucht ihren Namen hat?« fragt er plötzlich, um die Stimmung ein wenig zu lockern.

»Erzähl . . .«

»Angeblich kamen dem Begründer des Tempels, dessen Überreste du hier zu deiner Linken bewundern kannst, während eines Spaziergangs im Mondenschein an diesem idyllischen Ort seine Eier abhanden.«

Heiterer Tiger starrt den Vetter ungläubig an. Angesichts

seiner entsetzten Miene bricht der andere in Gelächter aus.

»Zweifellos war es ein Wolf, der in der Dunkelheit seine Hoden für pikante Schweinefleischbällchen hielt!«

»Hör auf, ich bekomme Hunger!«

Die Freunde beginnen zu lachen, ausgelassen zuerst, dann immer zaghafter, bis ihnen das Lachen schließlich vergeht – die unheimliche Atmosphäre des Ortes schlägt sich ihnen aufs Gemüt.

»Auf jeden Fall werde ich auf meine Bällchen sehr gut aufpassen«, flüstert Donnergrollen. »Ich will nicht, daß einer von diesen räudigen Hunden sie als Kinderspielzeug mit nach Hause nimmt!«

Tsaos Mannen sind in Sicht. Die Räuber halten den Atem an, bebend vor Ungeduld.

»Sobald die Truhen in unserem Besitz sind, werden wir das Gewürm zertreten. Andernfalls kommen sie vielleicht auf die Idee, unserer Spur zu folgen«, murmelt Zittermolch halblaut.

»Das war aber nicht ausgemacht«, wendet Trommelschlag ein.

»Jetzt ist es ausgemacht . . . Und überhaupt, kümmere du dich um deine Schlegel!«

Der Bruder, der wenig Sinn für solche Scherze hat, springt erbost auf und gibt dabei seine Deckung preis.

»Ich denke nicht daran, mich an einem sinnlosen Gemetzel zu beteiligen. Das entspricht nicht Long-Jians Vorstellungen von . . .«

Ehe er den Satz vollenden kann, schnellt Ho-Jin aus dem Gebüsch und rammt ihm seinen Dolch in den Rücken.

»Hat noch jemand etwas zu sagen?« erkundigt sich Zittermolch, den Mund zu einem bösen Grinsen verzogen.

Keiner rührt sich.

»Ausgezeichnet. Wir werden also folgendermaßen vorgehen . . .«

Am Ende des Engpasses angelangt, steigen Heiterer Tiger und Donnergrollen vom Pferd und laden die beiden Truhen ab, die sie wie vereinbart auf den drei flachen Steinen abstellen.

Der Auftrag ist damit erfüllt. Erleichtert macht die Truppe kehrt und hat es eilig, den ungastlichen Ort zu verlasen, der ihnen fürwahr wie das Ende der Welt erscheint. Doch als Flammenpinie seinem Pferd die Sporen gibt, stürzt von oben ein riesiger Felsblock herab und blockiert den schmalen Pfad. Der Rückweg ist versperrt.

Erschrocken wiehernd bäumen die Rösser sich auf, während ein Pfeilregen auf die Reiter niedergeht.

Lanzenstich, mitten ins Herz getroffen, fällt rücklings vom Pferd. Wie von Sinnen sprengt der Braune davon und schleppt den tödlich Verwundeten hinter sich her, dessen Fuß sich im Steigbügel verfangen hat.

Sternschnuppe zerrt an einem Pfeil, der durch das dicke Tuch des Beinkleids hindurch in seinen Schenkel eingedrungen ist, doch der Schaft zerbricht, die Spitze bleibt stecken. In diesem Augenblick durchbohrt ein zweiter Pfeil seine Kehle. Er prallt zurück; die Augen weit aufgerissen, versucht er den unsichtbaren Gegner abzuwehren, doch pfeifend schwirren abermals zwei Pfeile heran und dringen ihm rechts und links in die Brust.

Wie durch dichten Nebel hindurch sieht er die Räuber aus ihrem Versteck heraus- und mit lautem Geschrei säbelschwingend die Steilwand hinabstürmen.

»Jeder für sich, Freunde! Hauen wir das widerwärtige Pack in Stücke!« brüllt Flammenpinie und sprengt den Angreifern entgegen.

Sirrend durchschneidet die gekrümmte Klinge die Luft. Doch ach! Seine Wehrhaftigkeit währt nicht lange. Ein Speer durchbohrt ihn und hebt ihn aus dem Sattel; mit rötlichem Schaum auf den Lippen fällt er zu Boden, und vergebens versucht er sich noch einmal aufzurichten.

Ohrmuschel, sein kleiner Bruder, rammt einem der Wüstlinge, der ihn mit der Sichel bedroht, sein Schwert ins Auge. Doch Ho-Jin springt von einem Felsen rittlings auf seinen Rücken und schneidet ihm mit dem Messer die Kehle durch.

Mitten im Schwung macht Ohrmuschel, das Schwert weit von sich gestreckt, noch mehrere Schritte, mit der anderen Hand seinen Kopf festhaltend – indes, in einem Schwall von Blut löst der sich schließlich vom Rumpf, und Wohllaut, prompt zur Stelle, spießt ihn auf seine Lanze und schwingt ihn siegreich wie eine Trophäe.

An der Flanke verwundet, bricht Zügellos, des Heiteren Tigers schwarze Stute, in der Vorderhand ein und stürzt schwer zu Boden. Der Reiter rappelt sich auf, entgeht knapp einer Heugabel, die noch seine Schulter streift, zermalmt mit einem rächenden Fußtritt die Hoden seines Angreifers, und während der sich vor Schmerzen krümmt, rammt er ihm seine Partisane bis zum Heft in den Leib.

Er will kurz verschnaufen und wischt die Klinge an einem Grasbüschel ab, doch das war ein Fehler: ein stechender Schmerz in der Lunge zwingt ihn in die Knie. Nach Atem ringend, bricht er zusammen.

Kaltschale, ein hünenhafter Kerl mit flachem Hirn und ellenlangem Bart, welcher in zwei Teile geteilt und hinter den Ohren zu einem Knoten geschlungen ist, packt sein Schwert mit beiden Händen und spaltet Flammenpiniens Schädel, der wie eine Haselnuß krachend zersplittert, während der Sterbende sich noch immer an die blutbesudelte Standarte krallt.

Laut wiehernd bäumt Donnergrollens fuchsrotes Roß sich auf: Ein Mordbube mit beringtem Ohr und Narbe quer über der Stirn hat ihm die Schulter mit dem Speer durchbohrt. Blind vor Wut beginnt Donnergrollen mit dem Knüppel auf die Brust seines Gegners einzudreschen, als von irgendwoher eine Axt heranfliegt und in seinem Rücken steckenbleibt.

Schwankend gleitet der Soldat vom Pferd. Eine rote Wolke

trübt ihm die Sicht. Doch so groß ist der Haß, daß er noch immer die Waffe schwingt und in dem sich verdunkelnden Gesichtskreis wütende Hiebe ins Leere ficht.

Doch bald fällt sein Arm kraftlos herab. Noch zwei Schritte seitwärts, taumelnd wie ein Betrunkener, dann stolpert er und stürzt schwer auf seinen Vetter, der am Boden liegt und sich nicht zu rühren vermag.

»Ich bin am Ende, kleiner Bruder . . . am Ende.«

In einem lichten Augenblick hat er den Heiteren Tiger erkannt, doch sein Lächeln verwandelt sich bald in eine schmerzverzerrte Grimasse.

Liebevoll nimmt der Vetter ihn in die Arme.

»Nur Mut, das schaffen wir schon . . . Denk einmal an all die verschiedenen Gerichte, die wir noch nicht gekostet haben. An all die Nachspeisen . . .«

Vergebens sucht er nach aufmunternden Worten, doch nach Scherzen ist ihm freilich kaum zumute. Zärtlich betrachtet er das Muttermal auf der so vertrauten Stirn.

»Was die Nachspeisen betrifft«, stößt Donnergrollen röchelnd hervor. »Eins möchte ich noch wissen . . . Hast du die kleinen Schwestern Lai gekostet?«

Heiterer Tiger will ihm eine Freude machen und nickt.

»Das dachte ich mir. Alle beide?«

»Ja. Wundert dich das?«

»Verdammter Glückspilz!«

Heiterer Tiger kämpft mit den Tränen. Sein Vetter wird nicht mehr lange leben. Schon tritt ihm blutiger Schaum vor die Lippen. Trotzdem gelingt ihm noch mit übermenschlicher Anstrengung ein Flüstern:

»Ich muß dir ein Geständnis machen . . . Den Zimtpudding der Älteren Tante, den hab' ich überhaupt nicht gemocht . . . Ich hab' nur gesagt, er schmeckt mir, weil ich's dir gleichtun wollte . . . aber in Wirklichkeit fand ich ihn scheußlich.«

Heiterer Tiger drückt sanft seinen Arm; er bringt kein Wort hervor.

Ein letztes Mal bäumt der Sterbende sich auf und bricht dann über dem Vetter zusammen. Ein Schwall von Blut ergießt sich über des Heiteren Tigers Gesicht.

Alle Feinde sind niedergemetzelt, lähmende Stille breitet sich über die Schlucht. Die Sonne steht mittlerweile so hoch, daß ihre Strahlen zwischen den steilen Felswänden einfallen und das Blutbad in all seiner Grausamkeit beleuchten.

Die überlebenden Räuber scharen sich um Zittermolch. Auf sein Zeichen hin rennen sie los und stürzen sich auf die Truhen; achtlos trampeln sie über die Leichen.

Triumphgeheul bricht aus. Die Truhen sind voll. Ho-Jin läßt sich die Perlen durch die Finger rieseln, und ein wildes Grinsen verzerrt sein Gesicht.

Spanferkel, ein Fettwanst, der unter ständigen Blähungen leidet, schnalzt gierig mit der Zunge.

»Ich schlage vor, wir teilen sofort und machen uns schleunigst aus dem Staub.«

Zittermolch stößt ihn grob zur Seite.

»Nein. Wir kehren ins Lager zurück. Die Brüder warten auf uns.«

»Mit welchem Recht denn?« mault Wohllaut verdrießlich. »Die haben doch nicht ihre Haut riskiert!«

»Zuerst wollen noch ein paar Dinge erledigt werden. Wir laden jetzt die Truhen auf und reiten los. Abgerechnet wird später.«

Mißbilligendes Gemurmel allenthalben.

Zittermolch bläht die Brust und reckt sich auf die Zehenspitzen. Er wird ihnen schon zeigen, wer hier das Sagen hat.

»Das ist ein Befehl! Ho-Jin, du erledigst die Verwundeten.«

Undeutlich sieht Heiterer Tiger eine Gestalt auf sich zukommen, die er bald als einen Angreifer erkennt: in der Hand den Dolch, mit dem er, im Vorübergehen, einem Sterbenden das Auge durchbohrt, als wäre es ein weiches Ei.

Jetzt fällt der Schatten des Hünen auf ihn. Mit der Fußspitze dreht er Donnergrollen auf den Rücken und spuckt ihm ins Gesicht. Heiterer Tiger, der im Blut seines Vetters schwimmt, hält den Atem an.

Ho-Jin versetzt ihm einen Fußtritt in die Rippen. Keine Reaktion. Pfeifend geht er weiter.

Erleichtert und gleichzeitig angewidert, noch am Leben zu sein, hört der Soldat, wie die Stiefeltritte auf knirschenden Kieselsteinen sich entfernen, wie die Männer die Felswand erklimmen und sich lautstark dabei ihrer jeweiligen Taten rühmen.

Im Geiste läßt er die Gesichter all seiner hingemetzelten Gefährten an sich vorüberziehen. Wenn er es schafft, wenn er überlebt, so schwört er sich, wird er sich rächen, jeden einzelnen von ihnen, und diese Schakale bis zum letzten Mann in Stücke reißen.

Dies ist sein letzter Gedanke, ehe er das Bewußtsein verliert.

Oben angelangt, besteigen die Räuber ihre Pferde. Kaltschale und Wohllaut werden als Vorhut vorausgeschickt: Es fehlt noch, wenn sie jetzt in eine Falle von Tsaos Mannen gerieten!

Zittermolch ist höchst befriedigt. Freilich, er hat sieben Männer verloren, doch die Macht – in Form von zwei perlengefüllten Truhen – ist jetzt allein in seiner Hand.

Fortan wird *er* die Spielregeln bestimmen!

»Der Weg ist frei!« schmettert einer der Meldegänger.

Die Fünf geben den Tieren die Sporen und sprengen davon in gestrecktem Galopp.

Eine Stunde vergeht. Stille hat sich auf die Schlucht herabgesenkt, nur das Brummen und Schwirren unzähliger Insekten ist zu hören.

Heiterer Tiger ist der einzige Überlebende. Als er wieder

zu sich kommt, reißt er ein Stück Stoff von seinem Wams und säubert unendlich behutsam das Gesicht seines Vetters.

Er streicht die blut- und schweißverkrusteten Haarsträhnen zurück und bläst sacht auf seine Stirn, als wollte er ihn wecken. Schon ballen sich dicke, grünschillernde Fliegen um die Wunden.

Er nimmt ihn in die Arme und wiegt ihn hin und her, wie ein Kind. Halblaut, mit erstickter Stimme singt er ihm seine liebste Ballade. Dann schließt er ihm für immer die Augen und streckt ihn sanft auf das weiche Moos hin. Mühsam rafft er sich auf und schleppt sich fort, so weit fort wie möglich von den ekelerregenden Leichen und gespaltenen Schädeln, und wirft nicht einen Blick zurück.

Er kriecht fort aus der stechenden Sonne, auf den Schatten zu. Es gelingt ihm, an einen Felsen geklammert und auf den Säbel gestürzt, sich aufzurichten. Seine Wunde brennt höllisch. Er hebt den Kopf, gegen die Ohnmacht ankämpfend: Weit über ihm am blauen Himmel kündigen die ersten Gäste dieses schauerlichen Mahls sich an, schon ziehen drei Geier gefräßig ihre Kreise, bereit, sich auf die noch warme Beute zu stürzen.

14

Long-Jian ist voller Sorgen. Bisher hat es nie Schwierigkeiten gegeben. Der Hunger war es, der die Gefährten zusammenhielt. Erst vor kurzem sind die ersten Spannungen aufgetreten: Die Bruderschaft ist beträchtlich gewachsen, und sie haben etliche Reichtümer erbeutet, die zwar die leibliche Not lindern, aber die persönlichen Gelüste und den Ehrgeiz jedes einzelnen nur um so heftiger schüren.

Nie war eine Beute wichtiger als die Perlen, die sie jetzt – vielleicht, wenn das Unternehmen gelingt! – in ihren

Besitz bringen werden. Den Aufstand, von dem er seit langem träumt, der die Voraussetzungen und den Rahmen schaffen wird für die ideale Gesellschaft, die keine Ungerechtigkeiten mehr kennt – diesen Aufstand zu organisieren, das wird bald kein Traum mehr sein.

Dennoch ist Long-Jian besorgt. Er wird gegen die Gier, die Engstirnigkeit, die Selbstsucht mancher seiner Gefährten ankämpfen müssen. Bisweilen ist es notwendig, die schlechten Triebe zu kappen, ehe der ganze Baum zugrunde geht.

Er betritt das Verlies. Die Kleine schlummert selig, mit angezogenen Beinen, den Kopf in die Armbeuge gekuschelt. Er betrachtet sie einen Augenblick versonnen: Auf den feinen Gesichtszügen scheinen sich die Träume der Schlafenden zu spiegeln. Wer würde je vermuten, welch dünkelhaftes und anmaßendes Wesen sich hinter der hübschen Fassade verbirgt, dem Inbegriff der Friedfertigkeit und Unschuld?

Long-Jian seufzt. Wird sie ihrem Vater eine ganze Ladung von Perlen und Edelsteinen wert sein? Und nicht nur dies, sondern auch den Verlust seiner Ehre und seines Ansehens beim König? Im Augenblick wird Tsao auf glühenden Kohlen sitzen und sich dennoch nicht zu rühren wagen. Was aber wird sein, wenn die Tochter erst wieder bei ihm ist?

Ist nicht die Geduld die beste Waffe? Die Zukunft gehört dem, der es versteht zu warten.

Shu-Meis Lider beginnen zu flattern, sie dehnt und reckt sich wollüstig trotz ihrer Fesseln, wie eine Wildkatze nach einem Schläfchen in der Mittagssonne.

»Seid Ihr hungrig?«

Kaum hat sie ihn gesehen, zeigt sie die Krallen.

»Ihr belauert mich wohl? Weshalb?«

Angesichts der spöttischen Miene Long-Jians, der sie schweigend mustert, beginnt sie sogleich zu schreien: »Wie ein gewöhnlicher Hühnerdieb habt Ihr mich gestohlen, und jetzt raubt Ihr mir auch noch meinen Schlaf! Ihr habt gerade soviel Stolz wie eine tote Ratte!«

Long-Jian kehrt ihr den Rücken zu, innerlich höchst belustigt, und wirf Ba-Bahr eine Handvoll klebriger Reisbällchen zu, während er in kühlem, herablassendem Ton zu ihr spricht.

»Meine Männer werden bald zurückkehren. Wenn Euer Vater sich bereit gefunden hat, das Lösegeld zu zahlen, bleibt Ihr am Leben, und ich werde Euch nach Yangyou zurückbringen lassen. Im anderen Fall . . .«

»Einen anderen Fall gibt es nicht. Mein Vater, der Großherr Tsao, mißt Gefühlen einen durchaus anderen Wert bei als Ihr. Die Gier, werter Herr, ist das Vorrecht der Schwachen!«

Ärgerlich fährt Long-Jian herum, doch er versagt sich eine heftige Bemerkung. Statt dessen wirft er ihr verächtlich das letzte übriggebliebene Reisbällchen hin.

»Da, nehmt. Er hat genug.«

Shu-Mei betrachtet die Süßspeise vor ihren Füßen: Seit dem Vortag hat sie nichts gegessen, und vor Hunger dreht sich ihr fast der Magen um. Indes, sie widersteht der Versuchung.

»Ich bin nicht gewohnt, nach den Tieren zu essen«, sagt sie hochmütig.

Außer sich vor Zorn greift Long-Jian nach der sandigen Reiskugel und schluckt sie hinab.

»Närrin! Eines Tages wirst du merken, daß rings um dich die Menschen vor Hunger krepieren, daß Kinder sich prügeln würden, nur um ein einziges von diesen armseligen Reisbällchen zu bekommen . . . Es wäre an der Zeit, daß du endlich begreifst, was Leben bedeutet, und die Augen nicht länger vor dem Elend verschließt.«

Ein wenig beschämt sieht Shu-Mei zu Boden. Gleich aber wallt wieder der alte Trotz in ihr auf, und sie haßt diesen widerwärtigen Kerl, der nichts anderes im Sinn hat, als sie zu demütigen.

»Auch wenn Ihr ein Gesetzloser seid, so habt Ihr noch lange nicht den alleinigen Anspruch auf Großherzigkeit.

Eine Erpressung, wie Ihr sie Euch ausgedacht habt, ist eines Ehrenmannes unwürdig. Fast hoffe ich, daß mein Vater sich weigert zu zahlen, auch wenn es mich das Leben kosten sollte . . . und wenn ich einen Wunsch frei hätte, so würde ich mir wünschen, daß man Euren Kopf auf einen Pfahl steckte und die Würmer Euch das Gehirn zerfräßen und zu den Augenhöhlen herauskröchen.«

Long-Jian ist beeindruckt: Er hat sie unterschätzt – das Mädchen hat Mut. Wäre sie nicht in Samt und Seide aufgewachsen, hätte sie vielleicht sogar eine der Ihren werden können.

»Um deinetwillen wünsche ich, daß Tsao anders denkt als du!«

Ohne ein weiteres Wort dreht er sich um und geht, und überläßt sie ihrem bohrenden Hunger.

Kaum hat Long-Jian das Verlies hinter sich geschlossen, stürzt Lenzregen atemlos auf ihn zu:

»Sie kommen! Galgenstrick ist mit ein paar Brüdern aufgebrochen und reitet ihnen entgegen.«

»Warum habt ihr mir nicht Bescheid gesagt?«

»Ich wollte dich nicht stören«, antwortet sie boshaft.

Long-Jian schluckt seinen Ärger hinab und eilt ins Freie, um seine Männer zu empfangen.

Vor dem Höhleneingang stellen zwei Brüder in aller Eile den Bau einer Falle fertig: eine inwendig mit Stacheln gespickte Grube, die unerwünschte Besucher schmerzhaft an den Fußsohlen kitzeln wird.

Etwas weiter unten werden jetzt die Rückkehrer in Empfang genommen. Durch die Bäume dringen die Freudenschreie bis zur Höhle herauf. Zwischen Pinienstämmen hindurch beobachtet Long-Jian, wie Zittermolch von mehreren seiner Gefährten im Triumphzug auf den Schultern bergan getragen wird.

Er seufzt erleichtert. Tsao hat also Wort gehalten. Als

erstes wird er den Bauern von Beiting und Ma-Lu helfen können, die von der Hungersnot am stärksten betroffen sind.

Erst jetzt fällt ihm etwas auf, das ihn stutzig macht: Zwölf Männer hat er zur Schlucht des Kastrierten Mönchs geschickt – nur fünf sind zurückgekehrt. Was ist geschehen? Sollten sie, seinen Befehlen zum Trotz, die gegnerische Abordnung überfallen haben? Hat Tsao versucht, ihnen zu folgen?

In der Begeisterung über den triumphalen Erfolg scheint niemand sich um die Verschwundenen Sorgen zu machen. Allein die Beute zählt.

Ein Rascheln wie von trockenem Laub hinter ihm läßt ihn aufhorchen. Er will sich umdrehen – doch zu spät: Ein dumpfer Schlag dröhnt auf seinen Schädel, ihm schwinden die Sinne.

Zittermolch geht auf Long-Jians Kang zu, den Platz des Häuptlings, und läßt sich schwer auf das Tigerfell fallen. Herablassend schnippt er mit den Fingern und läßt sich seine Viper herbeitragen. Nachdenklich starrt er auf das zusammengerollte Tier im Korb.

Na-Na hat ihm Glück gebracht. Long-Jian hatte seinen Bären: Fortan wird auch er sein persönliches Attribut haben.

Hinter ihm betreten Ho-Jin und Kaltschale den Raum, die beiden Truhen auf ausgestreckten Armen stolz vor sich hertragend. Von überallher strömen die Räuber zusammen, und ihre Augen leuchten begehrlich.

Plötzlich, wie verabredet, lassen beide gleichzeitig die Truhen fallen. Die Deckel springen auf, und Perlen und Edelsteine kollern auf den Boden.

Gierig schnellt eine Hand vor und will Kostbarkeiten an sich raffen, doch Zittermolchs Dolch nagelt sie auf der Erde fest.

»Vorerst wird nur betrachtet, mehr nicht!«

»In wessen Namen sprichst du?« ereifert sich Lenzregen. »Bis auf weiteres befiehlt Long-Jian und kein anderer.«

»Bist du dir da so sicher?« tönt von hinten Brüllskorpions gehässige Stimme, der eben den Raum betritt.

Lenzregen öffnet den Mund zu einer Antwort, doch was sie nun sehen muß, verschlägt ihr die Sprache. Zu Füßen des Usurpators werfen drei Brüder den unglücklichen Long-Jian nieder, geknebelt und gefesselt mit starken Stricken gleich einem wilden Tier.

Der Verräter indes läßt sich neben seinem Komplizen auf dem erhöhten Sitzplatz nieder.

»Brüder, Long-Jians Willkür und Gewaltherrschaft sind mit der Zeit untragbar geworden. Deshalb haben Zittermolch und ich beschlossen, seinen Platz als Anführer der Gemeinschaft einzunehmen.«

Hier und da wird empört gemurmelt. Long-Jians älteste Gefährten, Später Blitz und Gezähmter Aal, seit kurzem erst von einem vertraulichen Auftrag in Liu-Zhou zurück, geben laut ihrer Entrüstung Ausdruck.

Höhnisch schneidet Zittermolch ihnen das Wort ab:

»Narren! Denkt lieber an euren Geldbeutel – und an euren Kopf!«

Ungeachtet der unmißverständlichen Warnung eilt ein Jüngling herbei, an Jahren fast noch ein Kind, und will den Drachen befreien.

Kaum bückt er sich zu ihm hinab, schießt Na-Na, von ihrem Besitzer gereizt, empor und beißt ihn in die Armbeuge. Wie vom Blitz getroffen, bricht Windbeutel zusammen.

Die Umstehenden sind vor Entsetzen wie gelähmt. Keiner rührt sich.

»Na so was!« grinst Zittermolch, während er das Tier einfängt und in den Korb zurück steckt. »Hat noch jemand einen Einwand?«

Die Räuber sehen einander ratlos an. Allein Lenzregen will etwas sagen, doch Grübelnder Kot, der sich hinter sie geschlichen hat, gerade noch rechtzeitig, zupft sie am Ärmel. »Nicht bewegen«, flüstert er.

Befriedigt kratzt Brüllskorpion sich den Bauch. Mit dem Fuß schiebt er Windbeutels Leiche von sich, um dessen Todesgrimasse nicht länger sehen zu müssen.

»Long-Jian wollte euch um euren rechtmäßigen Anteil prellen. Er wollte ihn an die Bauern verschwenden, um sich bei ihnen noch beliebter zu machen. Das durfte nicht länger so weitergehen. Wozu sollen wir unser Leben aufs Spiel setzen, wenn stets die anderen den Nutzen davon haben. Künftig wird nach jedem Raubzug die Beute unter den Brüdern aufgeteilt, und nur unter den Brüdern!«

Freudengeschrei. Die verlockende Aussicht auf reiche Beute glättet die Wogen der Zwietracht und überzeugt auch die letzten Zweifler. Ohnehin bleibt ihnen ja nichts anderes übrig, als zuzustimmen, oder?

Nur Später Blitz und Gezähmter Aal bleiben stumm; sie fühlen sich nicht recht wohl in ihrer Haut. Long-Jian ist in einer denkbar schlechten Lage, und zu zweit, selbst zu dritt oder zu viert im besten Falle, ist an Widerstand nicht zu denken: Wohl oder übel werden sie sich der Mehrheit beugen müssen.

Doch andererseits: Was ändert im Grunde der Führungswechsel an ihrer Aufgabe, ihrer Bestimmung? War es nicht seit jeher ihr Ziel, die Reichen um ihr Geld zu erleichtern?

Und ist es schließlich, im rechten Lichte betrachtet, nicht vernünftiger, den eigenen Kopf höher zu halten als alle trefflichen Ideale?

Der Sperling in seiner Ecke flattert hysterisch im zu engen Käfig hin und her und stößt sich in einem fort an den Gitterstäben.

»Was werden wir mit dem Hauptmann machen?« erkundigt sich Spanferkel.

»Mit welchem Hauptmann?«

»Ich meine: mit Long-Jian . . .«, korrigiert er beschämt.

Brüllskorpion leert in einem Zug einen Becher Reisschnaps.

»Unser Bruder hat eine empfindsame Natur. Er liebt die Tiere . . .«

Saubohne, der bei diesen Worten in fettes Gelächter ausgebrochen ist, verstummt mit einem Schlag, als des Skorpions mörderischer Blick ihn trifft.

». . . deshalb dachten wir daran, ihm als würdiges Abschiedsgeschenk ein letztes trautes Beisammensein mit seinem geliebten Bären zu gönnen. Ba-Bahr wird überglücklich sein, wenn man ihn endlich von seinen Ketten befreit.«

»Und wenn er solche Zweisamkeit überlebt?«

»Dann wird ihm die besondere Gnade des Hängens zuteil!« schließt Zittermolch.

Brüllskorpion bemerkt, daß Lenzregen vor Empörung kaum noch an sich halten kann.

»Bist du etwa nicht einverstanden?«

Sie reagiert nicht, hin- und hergerissen zwischen Todesangst und dem übermächtigen Drang, ihm das Gesicht zu zerkratzen.

»Long-Jian hat dir beigebracht, zu kämpfen und dich zu benehmen wie ein Mann. Das muß für dich ja ein rechter Zwiespalt gewesen sein . . . Siehst du, ich dagegen bin galanter: Ich werde dir zeigen, wohin du gehörst, Weib . . . Komm her und zieh mir die Stiefel aus!«

»Los, geh!« murmelt Grübelnder Kot und versetzt ihr einen leichten Stoß.

Widerwillig läßt sie sich vor dem abstoßenden Kerl auf die Knie und tut, wie ihr geheißen. Pestgestank steigt ihr in die Nase. Er hingegen, nicht im mindesten verlegen, spreizt genüßlich die Zehen vor ihrem Gesicht.

»Sehr gut. Von heute an wirst du dich um das Essen kümmern und zur Befriedigung der fleischlichen Gelüste der Brüder zur Verfügung stehen . . . Wie gefällt euch das?« ruft er den Umstehenden zu.

Diese klatschen erfreut Beifall, und Spanferkel macht eine obszöne Geste.

»Und das andere Mädchen?« fragt Wohllaut. »Können wir die auch haben?«

»Hat sich einer von euch schon mal eine Tochter aus herrschaftlichem Hause vorgenommen?«

»Wenn sie furzt, riecht es bestimmt nach Anis!« wirft Saubohne genüßlich schmatzend ein.

Mit erhobenen Armen gebietet Zittermolch Schweigen.

»Also gut, ich schenke sie euch.«

In den Augen aller glimmt wilde Begierde auf.

»Jetzt gleich?« brüllen die nach langer Enthaltsamkeit von übermächtigen Trieben bedrängten Männer fast wie aus einem Mund.

»Sobald wir es für richtig halten.«

»Und dann? Steht sie uns auch danach zur Verfügung? Immer wenn wir Lust drauf haben?« erkundigt sich Kaltschale, dem bereits der Geifer von den Lippen tropft.

»Wenn der Fuchs nur gebratene Tauben frißt, verlernt er das Jagen!« brummt Brüllskorpion und betrachtet verdrießlich den grünlich-fasrigen Speiserest, den er sich mit dem Messer aus den Zähne geholt hat.

Dann grinst er breit und versetzt Lenzregen einen Stoß, so daß sie neben Long-Jian zu Boden fällt.

»Dieses verdammte Mädchen ist an allem schuld, sie hat uns nichts als Unglück gebracht«, flüstert sie wütend dem Gefangenen ins Ohr.

»Tu, was sie dir sagen!« gibt er leise zurück; dann senkt sich Ho-Jins Pranke herab und zerrt sie unsanft fort.

Mit einem Schnitt durchtrennt Kaltschale Shu-Meis Fesseln, die ihr die Knöchel einschnüren.

»Nicht einmal du sollst das Schauspiel versäumen. Wir laden dich ein!«

Grob stößt er sie vor sich her aus dem Verlies.

Nach der Dunkelheit ihres Gefängnisses ist Shu-Mei wie geblendet, als sie einen geräumigen Saal betritt, der mit

Fackeln schaurig ausgeleuchtet ist. Was für ein Schauspiel soll hier stattfinden? Vielleicht ihr eigener Tod?

Nein, es geht nicht um sie. Noch nicht. Long-Jian, die Füße aneinandergekettet, steht allein und aufrecht an der hinteren Wand der Höhle. Die Räuber hocken im Halbkreis vor ihm auf dem Boden und schmähen ihn mit allen erdenklichen Namen.

Wozu dieses Theater ...? Es sei denn, argwöhnt Shu-Mei mit Erschauern, sein Glück hat sich gewendet! Kaltes Entsetzen erfaßt sie: Er wird sie nicht nach Yangyou zurückbringen!

Jetzt geht ein Raunen durch die Menge: Ba-Bahr ist frei.

Mit seinem plumpen Gang trottet der Braunbär einher und weiß mit der neugewonnenen Freiheit noch nichts Rechtes anzufangen. Da schwirrt ein Pfeil heran und bleibt in dem dicken Pelz stecken.

Er hält inne, irritiert durch den heimtückischen Stich, und glotzt verständnislos in die ihn umringende Menge. Angstvoll weicht Shu-Mei einige Schritte zurück ... Ein zweiter Pfeil bohrt sich in sein Hinterteil. Diesmal zuckt er vor Schmerz. Versucht man ihn zu reizen?

Er setzt sich auf die Hintertatzen: In aufrechter Stellung überragt er sogar den größten Räuber noch um gut eine Haupteslänge. Unsicher wiegt sich das Tier hin und her, und wendet sich dann seinem Meister zu, mit fragendem Ausdruck.

Schicksalsergeben bedeutet Long-Jian ihm mit einer Handbewegung, daß er wartet. Ba-Bahr begreift. Nimmt Anlauf und stürzt sich auf ihn.

Mit einem Sprung weicht Long-Jian zur Seite. Der Bär indes, bereits verärgert, setzt von neuem an, und diesmal gelingt es ihm, den Gegner mit einem Prankenhieb zu Boden zu werfen. Mit schiefem Kopf starrt er den Herrn an, und noch immer vermeint man, einen verwunderten, fast ungläubigen Ausdruck in seinen Augen zu erkennen: Welch merkwürdiges Spiel!

Um dem Spektakel zusätzliche Würze zu verleihen, wirft Galgenstrick sein Messer in die Arena:

»Geben wir ihm eine Chance!« Long-Jian greift nach dem Messer, ohne den Blick von den gelbfunkelnden Augen des Freundes zu wenden. Innerlich nimmt er Abschied von ihm, verdrängt die Erinnerung an das Bärenjunge, das er einst in den Armen gehalten und aufgezogen hat.

Ba-Bahr indes findet allmählich Gefallen an dem Spiel. Er knurrt bedrohlich, fletscht das Gebiß und scharrt mit der Tatze.

Plötzlich macht er einen Satz, stürzt sich auf Long-Jian und reißt ihm die Brust auf mit seinen Krallen.

Shu-Mei schaudert. Welche Ironie: Sie ertappt sich dabei, wie sie bangend den Sieg desselben Mannes herbeifleht, dem sie vor kurzem noch so leidenschaftlich den Tod gewünscht hat! Rings um sie steigt die Spannung. Widernatürliche Erregung dampft auf den schweißfeuchten Gesichtern. Unweit von ihr steht Lenzregen. Zufällig kreuzen sich ihre Blicke . . .

Und wieder geht der Bär auf sein Opfer los. Das Messer saust durch die Luft, und die Pranke des Bären stürzt auf Long-Jians Schenkel herab, tief graben sich die Krallen ins Fleisch.

Die Waffe hat ihr Ziel nicht verfehlt, doch beim Bären bewirkt sie nur einen kurzen Augenblick der Überraschung . . . währenddessen Long-Jian am Boden sich um die eigene Achse dreht, um dem neuerlichen Angriff des Gegners zu entgehen.

Ba Bahr beherrscht souverän die Lage. Spielerisch zerfetzt er ihm einen Teil der Schulter, als wollte er ihn für den feigen Ausbruchsversuch bestrafen.

Jetzt aber dringt ihm das Messer in die Brust, einmal, zweimal . . . Bräunliches Blut quillt hervor und tropft auf den zerwühlten Lehmboden, während der Bär, toll vor Wut, mit der Tatze Long-Jians Wange zerreißt. Der schreit auf vor Schmerz, das Blut nimmt ihm die Sicht.

Shu-Mei schließt die Augen. Ein wilder, tierischer Geruch mischt sich unter die säuerlichen Schweißdünste.

Ohnmächtig ballt Lenzregen die Fäuste, während Brüllskorpion sich mit hämischem Blick an ihrer Verzweiflung weidet.

Long-Jian zieht das Messer aus der Wunde. Er muß ein Organ getroffen haben, denn der Bär beginnt leicht zu wanken, und seine Raserei scheint für einen Augenblick nachzulassen.

Der Mann nutzt die kurze Gelegenheit und weicht kriechend zurück. Er ist am Ende seiner Kraft. Trifft er nicht mit dem nächsten Stich das Herz, wird der Bär ihn unweigerlich zerreißen.

Und als die massige dunkle Gestalt sich erneut auf ihn stürzt, spannt er jeden Muskel an und springt ihm entgegen – und stößt ihm das Messer in die Brust, so tief wie nur möglich.

Einen Augenblick lang herrscht Stille. Dann erhebt sich ein leises Raunen, erwartungsvoll hält die Menge den Atem an. Heftig blutend ist der Bär über Long-Jian zusammengebrochen. Noch immer schlägt er wild um sich, doch seine Bewegungen sind unsicher geworden, fahrig und langsam. Der Krieger indes umklammert das Messer und wühlt und gräbt damit in des Bären Brust...

Der riesige Körper wird schwächer. Er keucht, und sein heißer Atem beginnt zu rasseln. Mit der Kraft der Verzweiflung setzt Long-Jian seine Schlachterei fort. Er muß siegen!

Doch dann sieht er auf, und sieht Ba-Bahrs Blick auf sich ruhen -- einen so sanften, so freundlichen Blick, fast lächelnd, wie damals, als er freudig seinen Herrn empfing, der ihm sein tägliches Futter brachte.

Mit einer Pranke scharrt das Tier auf dem Boden. Gelblich leuchten die Pupillen, und in seine Augen tritt ein erstaunter Ausdruck, so als wollte er fragen, wem dieser sinnlose Tod wohl nütze. Hätte er es nicht verdient, zuvor noch einmal die

Wälder zu sehen, auf Felsen zu klettern, den Geruch der großen Bäume zu atmen?

Müde nickt er ein letztes Mal mit dem Kopf, dann schließt er die Augen, um nicht länger den Mann zu sehen, der sich sein Freund nannte.

Verstört schiebt Long-Jian den Bären von sich und versucht, sich aufzurichten. Doch es gelingt ihm nicht mehr, er bricht zusammen, das Gesicht im Staub. Rings um ihn herrscht völliges Schweigen, und Long-Jian rammt das Messer vor sich in den Boden und stößt ein markerschütterndes Heulen aus, wie ein wildes Tier.

Lenzregen stürzt herbei und will sich seiner annehmen, doch Ho-Jin versperrt ihr den Weg.

»Wozu? Das verlängert ihm nur die Wartezeit bis zum Tod.«

Shu-Mei, seltsam erleichtert, starrt auf den Balg des großen Bären, der rücklings aus der Höhle gezerrt wird.

Weshalb hat sie gegen das Tier Partei ergriffen? War er nicht auch ein Opfer, und unschuldiger als sein Herr? Die Empörung, das Bedürfnis, sich aufzulehnen, einzugreifen, das sie während des Kampfes nicht einen Augenblick losgelassen hatte – von all dem hatte sie damals, auf dem Marktplatz von Yangyou, doch keinerlei Regung verspürt?

15

Die Nacht sinkt hernieder auf die Höhle der Räuber. Allzu erregt sind die Männer und brauchen eine Stärkung. Die reichliche Beute, die Thronbesteigung der neuen Herren wollen ausgiebig gefeiert werden. Bald kreisen die Humpen, stets gut gefüllt, die wüsten Gesichter der Trunkenbolde beginnen zu leuchten wie Fu-Zhous-Lampions, und auch die letzten grämlichen Mienen hellen sich auf.

In einer Ecke liegt Long-Jian, gefesselt mit Ba-Bahrs Halskette. Hin und wieder wirft ihm einer der Tafelnden unter grölendem Gelächter einen abgenagten Knochen zu.

Vergänglich ist die Macht.

Natürlich sind die Mahlzeiten hier heroben derb und und einfach, ganz zu schweigen vom Benehmen bei Tisch: Der Unterschied zu den erlesenen Sitten, wie sie im herrschaftlichen Haus zu den Drei Seligkeiten gepflegt werden, könnten nicht größer sein. Natürlich gibt es hier weder fein verzierte Eßschälchen noch ausgeklügelte Speisen: Man frißt aus dem Topf. Aber es gibt Fleisch, zumindest an diesem Abend. Bärenfleisch. Und mit beiden Händen reißt jeder sich Brocken aus dem Braten und stopft sich dazu den Reis mit den Fingern ins Maul.

Doch damit nicht genug: eine besondere Würze, eine ausgesuchte Delikatesse verspricht der Abschluß des heutigen Fests. Und so schlingen die Männer im Vorgeschmack auf kommende Freuden das Essen hastig in sich hinein, schon werfen sie scheele Blicke auf die hingebreiteten Frauenleiber und der Geifer trieft ihnen von den Lefzen. Lenzregen und Shu-Mei liegen gefesselt, jede mitten auf einem Tisch, Arme und Beine gespreizt und festgezurrt mit dem Zaumzeug der Pferde; unverwandt an die Decke starrend, sehen sie ihrem Schicksal entgegen.

Mit geblähten Backen schielt Saubohne auf Lenzregen, minutenlang, und windet sich vor Begierde, bis er schließlich nicht mehr an sich halten kann, seine fettverschmierte Pfote ausstreckt und sie verstohlen in den Schenkel kneift . . . aber Lenzregen heult und bäumt sich auf, um seinem Zugriff zu entgehen.

Kaltschale, seinerseits ermutigt durch die Kühnheit des Gefährten, reißt ihr das Hemd vom Leib und gießt eine Kelle heißer Suppe zwischen die Brüste, die er, über den Tisch gebeugt, unter dem Beifall der Kameraden gierig ableckt.

»Hände weg! Keiner rührt sie an, bevor ich nicht die Erlaubnis erteilt habe!« schreit Brüllskorpion.

Wie eine Furie wehrt Lenzregen sich und versucht nach Kräften, sich von den Fesseln zu befreien. Ho-Jin, feinfühlig wie stets, verpaßt ihr einen Faustschlag auf die Nase, der sie vorübergehend zur Ruhe bringt.

Shu-Mei auf dem anderen Tisch wird einstweilen noch verschont. Sie ist dem Hauptmann vorbehalten: Brüllskorpion, der ihr gegenüber sitzt, starrt mit hervorquellenden Augen, den Stößel bereits in der Faust, auf die dunkel umwaldete Jadepforte unter dem zerrissenen und verrutschten Rock, und sinnt auf die wirkungsvollste Art des Angriffs.

Shu-Mei hält den Blick abgewandt, um die geilen Blicke aus blutunterlaufenen Augen, die zahnlosen, fetttriefenden und nach Wein stinkenden Münder nicht zu sehen, die sich über die Töpfe hermachen und das Fleisch hinabschlingen, ohne es auch nur ein einziges Mal zu kauen.

Mit den Bärten wischen sie sich die Gesichter ab, spucken Knochen und sonstige Abfälle auf den Tisch, erzählen sich grölend ihre wüsten Witze, und beim Lachen fallen ihnen die Brocken aus dem vollen Maul.

Spanferkel langt nach dem Weinkrug und schüttet sich, ohne mit der Wimper zu zucken, einen wahren Sturzbach in den aufgerissenen Schlund. Er gurgelt geräuschvoll, spült sich den Mund und spuckt den mit Speiseresten gemischten Wein Shu-Mei mitten ins Gesicht.

»Schlaf ja nicht ein, Göre ...! Wir haben noch einiges mit dir vor!«

Er rülpst und taxiert mit lüsternem Blick ihren Körper, den er im Geiste bereits entkleidet.

Vor dem tödlichen Funkeln in Shu-Meis Augen prallt er freilich zurück. Ha, die Schlange! Das wird sie bereuen!

In unanständiger Position lümmelt Brüllskorpion auf dem Kang. Jetzt steht er auf, den Sperling auf der Schulter, und stellt sich breitbeinig vor Long-Jian, der blutüberströmt auf der Erde liegt und vor Schmerz aufschreit, als der neue Hauptmann gehässig mit dem Fuß gegen seine zerfetzte Schulter tritt.

»Bevor du krepierst, Kerl, werden ich und die Brüder dir noch ein letztes Vergnügen ganz besonderer Art gönnen. Also, halte deine Augen gut offen!«

Er klatscht in die Hände und ruft dröhnend:

»Herhören, ihr geilen Lüstlinge! Die Festlichkeiten können beginnen!«

Mit Freudengeheul stürzt die Meute sich auf die beiden Mädchen und reißt ihnen johlend, unter Rülpsen und Furzen, die Kleider vom Leib.

»Für das, was du vorhast, werde ich dir die Augen ausreißen«, stößt Long-Jian zwischen zusammengebissenen Zähnen hervor.

»Vielleicht in einer anderen Welt . . . Lebe wohl, Freund!« antwortet Brüllskorpion mit sarkastischem Grinsen und entfernt sich pfeifend, um sich Shu-Mei vorzunehmen.

»Je spitzer die Zunge, desto besser pfeift die Amsel!«

Mit gierigem Schmatzen leckt Brüllskorpion sich die Lippen, Schaum steht ihm vor dem offenen Mund. Er beugt sich vor, um den weißen, schutzlos hingebreiteten Körper besser betrachten zu können.

»Wir wollen doch mal sehen, ob Tsaos Tochter noch Jungfrau ist.«

Er krempelt die Ärmel auf, befeuchtet den Zeigefinger. Sogleich drängt sich hinter ihm die lüsterne Meute, zwanzig Augenpaare heften sich auf den Ort des Geschehens. Atemloses Schweigen.

Mit seinem fetten Finger bahnt er sich den Weg durch den zarten Flaum und stößt mit Gewalt die fest verschlossene Pforte auf.

Shu-Mei zuckt zusammen. Sie schließt die Augen: Es hat keinen Zweck, sich gegen das Schicksal aufzulehnen. Zu jeder anderen Zeit wäre sie vor Scham vergangen, doch wozu soll sie sich jetzt gedemütigt fühlen, da sie ohnehin nur der Tod erwartet?

Sollen die schmutzigen Hände sie doch mißhandeln, soviel sie wollen – sie wird nicht zu Kreuze kriechen. Nein, sie wird sie gar nicht beachten, und sie wird nichts spüren. Zärtlich denkt sie an Yi-Shou, der an den Gelben Quellen[1] auf sie wartet, und betet zur Fürstin der Blauen Wolken um sicheres Geleit für ihre Seele auf dem Weg in den Hafen des Friedens.

Grünlicher Nebel senkt sich auf sie herab und verschluckt das Gelächter, die heiseren Rufe rings umher, schon spürt sie kaum noch den stechenden Schmerz in ihrem Bauch.

Brüllskorpion indes zieht seinen Finger heraus. Triumphierend weist er den Blutstropfen vor, den er mit gespitzten Lippen und Kennermiene kostet.

»Kinder, das ist freilich Jungfrauenblut . . .! Ich bin so frei . . .«

Mit diesen Worten holt er sein gewaltiges, keilförmiges, olivbraunes Geschlecht aus dem Gewand und stößt es mit grausamer Wonne in den wehrlosen Leib.

Shu-Meis Schrei fährt Long-Jian durch Mark und Bein. Ein gräßlicher, unerträglicher, unmenschlicher Schrei, Todesschmerz und hilflose Klage . . . und er verflucht seine Ohnmacht und versucht vergeblich, seine Ketten zu sprengen.

Unter des Zittermolchs rasenden Stößen kommt Lenzregen auf dem anderen Tisch allmählich wieder zu Bewußtsein. Wild bäumt sie sich auf unter unsäglichen Flüchen, um den Eindringling abzustoßen.

»Diese Sau hat es weidlich verdient, daß man sie Na-Na

1 Das Jenseits.

zum Fraß vorwirft... damit sie endlich begreift, was es bedeutet, wenn eine Natter ihr freundlich gesonnen ist!«

»Warte, ich werde ihr schon das Maul stopfen!«

Spanferkel zieht einen rosaroten Stab hervor, erstaunlich straff im Gegensatz zu den schlaffen Fleischmassen ringsum, und stößt ihn ohne weitere Vorwarnung in Lenzregens Mund, tief hinab bis in den Rachen. Halb erstickt, würgend vor Ekel und Wut, beutelt sie den Kopf, und es gelingt ihr, die Zähne in das widerwärtige Gebilde zu schlagen.

Das Spanferkel flieht unter gequältem Gejaule, ähnlich dem Trompeten eines Elefanten, während der stets hilfsbereite Ho-Jin herbeieilt und die Widerspenstige mit kräftigen Ohrfeigen zähmt.

»Du bist dran!« befiehlt Zittermolch dem zunächst stehenden Wohllaut in rüdem Ton, um zu zeigen, wer der Herr im Hause ist.

Der hat freilich absonderliche Bedürfnisse. Er greift sich eine angebissene Pferdewurst und stößt sie grob in den schmalen Spalt; schmerzhaft zerreißt die empfindliche Haut.

»Da hast du, das wird dich an Long-Jian erinnern!«

»Die Schlunze ist ja völlig ausgedörrt!« beschwert sich Saubohne, der als nächster an der Reihe ist und verzweifelt versucht, sein schlaffes Würzelchen zwischen die störrisch zusammengepeßten Lippen zu zwängen.

»Die berühmten Wurstwaren aus Su-Zhou sind ihr eben lieber als solch unreifes Gemüse!« spottet Wohllaut.

»Mach dir nichts draus! Paß auf, ich werde schon dafür sorgen, daß ihr das Wasser im Munde zusammenläuft!« erklärt Kaltschale hochgemut und drängt den Erfolglosen beiseite.

Er langt nach dem Kessel, in dem noch ein halb erstarrter Rest kalter Soße schwimmt, leert die eklige Sülze mit Schwung über die entblätterte Blume und taucht böse grinsend den geblähten Schaft mitten hinein.

»Da staunst du, was? Mit solchem Kaliber hat Long-Jian dich nicht verwöhnt!«

Lenzregen heult vor Schmerz.

»Ich glaube, sie will noch mehr«, behauptet Galgenstrick forsch, tritt nach vorn und zückt dreist die armselige Rübe, angesichts derer seine Selbstsicherheit fürwahr verblüfft: es mögen die unterhalb prangenden, höchst beeindruckenden Stierhoden sein, die ihn zu solcher Kühnheit berechtigen.

An Shu-Mei haben sich unterdessen schon drei Brüder gütlich getan. Beharrlich heftet sie den Blick auf das Gewölbe und zerbeißt sich die Lippen, um nur ja keinen Laut mehr von sich zu geben. Denn ihr ist nicht entgangen, daß Lenzregens Schreie auf die Kerle befeuernd wirken. Je stärker sie sich zur Wehr setzt, desto üblere Gemeinheiten denken sie sich aus, desto größeren Gefallen finden sie an dem unwürdigen Treiben. Und so zwingt sie sich, völlig reglos zu verharren, nicht zu klagen, nicht zu stöhnen, an nichts zu denken. Doch sie spannt alle Gliedmaßen an, versteift sich, als sei sie aus Holz.

Zu Anfang, beim ersten Blick auf die prallen Organe, pochend unter dem mächtigen Blutandrang, auf diese ekelerregenden, schleimtriefenden, fleischfressenden Mollusken, da wagte sie nicht, sich vorzustellen, was die Männer damit tun würden. Undeutlich weht eine Erinnerung an kopulierende Hunde sie an – die dicke Lu hat sie belehrt, daß auf solche Weise Nachwuchs entstünde. Und kürzlich hatte der Anblick von Meister Suns Elefantenrüssel sie um eine Erfahrung bereichert – eine erstaunliche Erfahrung, und ein Spaß war es ihr damals gewesen... Hätte sie geahnt, welche Greueltaten damit verübt werden!

Als Brüllskorpions Kolben in sie eindrang, meinte sie zu sterben – nein, sie hoffte zu sterben, um die zahllosen, quälenden Stöße nicht länger ertragen zu müssen, die ihr die Eingeweide zerfetzten und sie verbrannten wie ein inwendiges Feuer. Unterdessen knetete der Räuber ihre Brust, gleich einem Roßhändler, der die Ware prüft, und er hauchte ihr seinen stinkenden Atem ins Gesicht, daß sie zu ersticken glaubte. Der zweite preßte ihr die wülstigen Lippen auf den Mund und versuchte, seine dicke, schwärzliche Zunge zwischen ihre zusammengebissenen Zähne zu zwängen. Es schmeckte abscheulich, nach fauligem Kohl... Brechreiz kam sie an.

Ihr Bauch ist eine einzige Wunde, der Schmerz breitet sich aus im ganzen Körper – nichts anderes spürt sie mehr als diesen unsäglichen Schmerz. Sie darf nicht daran denken, um keinen Preis. Bei der Vorstellung, daß diese fleischigen Wucherungen bis ins Innerste ihres Wesens vordringen, wird ihr schwarz vor den Augen.

Einst, vor vielen Jahren, wollte sie aus dem Goldlotospavillon ihren Kreisel holen, den sie dort vergessen hatte, als sie in einer Abstellkammer verhaltenes Stöhnen vernahm. Zuerst glaubte sie, ein Kätzchen sei versehentlich eingeschlossen worden, und öffnete sacht die Tür.

Nein, kein Kätzchen. Zwischen zusammengerollten Teppichen umschlangen zwei Leiber sich im Staub. Die Zofe lag auf dem Rücken, und aus dem offenen Hemd wölbte sich der weiße Bauch, weiß und weich wie das Brustgefieder einer Möwe. Für Shu-Mei war der Anblick verwirrend und erschütternd zugleich, und eine unbestimmte Erregung erfaßte sie angesichts des vor Lust bebenden Körpers. Als sie im Halbschatten einen Schritt auf die beiden zu machte, verschlug es ihr den Atem: Der Partner, der die kleine Zofe vor Wonne erschauern ließ, war eine Frau! Wie sanft, wie liebevoll, wie zärtlich waren die beiden zueinander, verglichen mit diesen brutalen, männlichen Tieren.

Nun weiß sie Bescheid. Sollte sie durch eine wunderbare Fügung des Schicksals am Leben bleiben, wird kein Mann sie mehr anrühren. Ihr heimlicher Garten wurde mit Füßen getreten, verwüstet und unwiederbringlich zerstört. Nie mehr werden dort die Blumen der Liebe erblühen.

Nach erfolgter Befriedigung kehren die Räuber einer nach dem anderen zu den Tischen zurück. Von neuem werden die

Becher gefüllt, man zankt sich im voraus um die Aufteilung der Beute... Von Zeit zu Zeit fällt ein gleichgültiger Blick auf die Mädchen, an denen die letzten noch rasch ihre Bedürfnisse stillen.

Dröhnend läßt Wohllaut seine Hand auf des Gezähmten Aals Rücken fallen.

»Nun, Aal, wie steht's? Fällt es dir schwer, zwischen zwei Wassern zu schwimmen?«

Statt einer Antwort zuckt der andere nur kurz mit den Schultern.

»Übrigens hat Später Blitz sich heute abend gar nicht sehen lassen. Wo steckt er denn?«

Gezähmter Aal errötet.

»Er zog es vor, zu gehen.«

»Und sein Anteil?«

»Er verzichtet.«

»Sehr gut, dann bleibt für uns um so mehr!« Galgenstrick ist höchst erfreut. »Du hingegen bist den irdischen Gütern durchaus nicht abhold, was? Plagt dich nicht dein Gewissen?«

»Ich habe mir nichts vorzuwerfen«, faucht der Beschuldigte empört. »Ein tellergroßes Geschwür soll mir wachsen, wenn ich Long-Jian mit einem einzigen Wort verraten habe!«

Saubohne hebt den Kopf und wittert mit geblähten Nüstern.

»Puh! Das stinkt nach Feigling, der sich vor Angst in die Hosen macht.«

»Sind das nicht gar seine Zähne, die ich da klappern höre?« spottet Saubohne, indem er die abgenagten Knochen durcheinander wirft.

»He, Zwerg, weshalb so enthaltsam? Bist du etwa beleidigt?« ruft Wohllaut gehässig.

Grübelnder Kot kaut seelenruhig an einer Zimtstange und würdigt ihn keiner Antwort.

Spanferkel versucht ihn zu reizen: »Du traust dich wohl nicht, dein erbärmliches Würstchen öffentlich zu zeigen?«

Der kleine Mann hebt den Kopf und wirft einen ausdruckslosen Blick auf den Spötter. Dem vergeht bald das dümmliche Grinsen, denn ein wohlgezielter Fausthieb trifft ihn mitten auf die Nase, die Äuglein schließen sich, und aus den Wangen weicht die Farbe.

»Kü-kü-kü-kümmer dich um deine ei-ei-eigenen A-a-aaangelegenheiten, verweichlichtes Mo-mooondgesicht!«

Saubohne, dessen untrüglicher Instinkt ihm stets den rechten Zeitpunkt für einen Ortswechsel anzeigt, zieht es vor, die Gefahrenzone zu verlassen.

»Na gut, ich werde mir noch mal das feurige Fohlen dort vornehmen. Tsaos Tochter ist ja kalt wie ein eingefrorener Brunnen.«

»Meinst du? Warte, mein Blasebalg wird ihr schon einheizen«, brummt Ho-Jin, schon auf dem Wege zu Shu-Mei.

Er holt einen furchterregenden Kolben hervor, spuckt elegant auf die pralle Spitze, die rund und rot leuchtet wie eine reife Erdbeere, packt die Wehrlose mit einer Hand an der Hüfte und durchbohrt mit einem einzigen zornigen Stoß die winzige Muschel.

Diesmal kann Shu-Mei den Schrei nicht unterdrücken. So gewaltig ist der Schmerz, der ihr den Leib zerreißt, daß sie das Bewußtsein verliert.

Long-Jian schließt die Augen.

Ein Eimer Wasser bringt Shu-Mei wieder zur Besinnung. Der Raum liegt fast völlig im Dunkeln, nur in einer Ecke brennt noch ein mattes Öllämpchen.

Die Räuber haben die Beute unter sich aufgeteilt. Keiner wagt mehr die Stimme zu erheben, um die weihevolle Stimmung dieses erhabenen Augenblicks nicht zu zerstören. Die beiden Truhen sind zu nichts mehr nutze; rasch werden sie mit den Überresten des Mahls gefüllt.

Aufrecht steht Zittermolch, das Gesicht zur Wand gekehrt,

und rammt kraftvoll sein Messer in einen zugebundenen Sack, der sich sonderbar bewegt.

Shu-Mei unterdrückt einen Laut des Entsetzens. Eine Weile zappelt und winselt das Ding, dann wird es ruhig, liegt starr auf der Erde. Einer nach dem anderen treten die Brüder herzu und stoßen ihren Dolch in das leblose Bündel. Bräunliches Blut quillt hervor, mit dem sie sich feierlich das Gesicht beschmieren. »Möge das Blut dieses unreinen Tiers die bösen Geister vertreiben, die Long-Jian auf dieses unser Versteck herabgezogen hat.«

Shu-Mei traut ihren Ohren nicht. Ein Hund war es, der dort im wahrsten Sinne des Wortes hingerichtet wurde! Sie hat wohl einmal gehört, daß solche Blutopfer allenthalben heimlich verrichtet werden, und es heißt, man könne mancherlei Schadenszauber damit bannen. Aber welch üble Sitte – nicht einmal unschuldige Tiere sind vor der sinnlosen Grausamkeit gefeit!

Jetzt erheben sich die Stimmen und singen im Chor die Beschwörungsformeln, während der Sperling in seinem Käfig mit schriller Stimme dazwischenfährt.

Die Männer verstummen; sie schütteln sich und ziehen schweigend von dannen, übergroß tanzen ihre Schatten über die Felswand. Kaltschale tritt herbei und befreit Shu-Mei von ihren Fesseln. Grob wirft er sie über die Schulter.

Die Nacht ist kühl, der mondlose Himmel schwarz wie Tinte. Wohllaut zerrt an Long-Jians Ketten. Unter dem Gejohle seiner Gefährten zwingt er ihn, auf allen vieren sich vorwärts zu bewegen wie ein Tier.

Mit geballten Fäusten starrt Lenzregen der davonziehenden Truppe nach. Es ist zu Ende, sie kann nichts mehr tun. Noch vor dem Morgengrauen werden Tsaos Tochter und der Drache gehängt.

Der unheimliche Zug steigt einen gewundenen Pfad hinan, der sie zu einem sturmgepeitschten Hochplateau führt. Ein schauerlicher Ort, eine Steinwüste und völlig kahl, nur der Baum des Gehenkten ragt einsam am Rande empor. Seine Blätter haben den heftigen Winden nicht widerstanden, die ohne Unterlaß über die ungeschützte Fläche hinwegfegen. Wie eine verkohlte Puppe krümmt sich der knorrige Stamm, weit über den Abgrund hinaus reckt sich das laublose Gezweig.

Ho-Jin, eine Seilrolle über die Schulter gehängt, zielt mit zusammengekniffenem Auge auf den Wipfel des Baums; er holt aus und wirft, und das Seil verfängt sich in der Gabelung der beiden kräftigsten Äste.

Kaltschale, neben ihm stehend, entledigt sich seiner Last, während ein anderer Long-Jian von den Ketten befreit.

Ho-Jin knüpft eine Schlinge an beiden Enden des Seils: Daran haben die Gefangenen sich festzuhalten, die Hände über Kreuz gebunden.

Mit hämischem Blick mustert Wohllaut den zum Tode verurteilten Long-Jian. Der aber denkt an die Geschichte vom Spatzen, der sich für einen Adler hielt, nachdem ein jäher Windstoß ihn auf die Spitze einer Tanne getragen hatte.

»Warum hast du mich verraten? Habe ich dir nicht das Leben gerettet damals, als die Wachsoldaten von Jin-Tian dich zu Tode prügeln wollten?«

Wohllaut antwortet nicht. Zusammen mit zweien seiner Gefährten treibt er Shu-Mei und Long-Jian mit Peitschenhieben vor sich her, bis sie ins Leere stürzen.

Am Seil baumelnd gleich Rauchwürsten über der Esse, drehen sie sich eine Weile um sich selbst und beginnen dann gefährlich hin und her zu schwingen. Unter ihnen die Felsenkluft, mehrere hundert Fuß tief.

Shu-Mei sieht hinab, und ein Schrei des Entsetzens entfährt ihr.

»Haltet Euch fest!« brüllt Long-Jian.

Am Rande des Abgrunds wird applaudiert. Unter grölendem Gelächter prosten die Brüder einander zu.

»Es wird kühl, laßt uns zurückkehren . . .«, fordert Zittermolch sein Gefolge auf.

»Viel Spaß, Freunde . . . Wir werden auf eure Gesundheit trinken!« ruft Brüllskorpion ihnen zum Abschluß noch zu.

Ehe Wohllaut sich zum Gehen wendet, greift er in sein Wams und zieht einen winzigen Achatsplitter hervor, den er mit großherrlicher Geste Long-Jian zuwirft.

»Da, fang!«

Das Steinchen prallt am Felsen ab und fällt in die Tiefe. Erst Sekunden später hört man den Aufschlag.

»Siehst du, ich bin nicht undankbar. Ich pflege zu zahlen für jeden Dienst, den mir einer erweist.«

Lärmend und polternd entfernen sie sich. Kaltschale, als Wächter zurückgelassen, hockt sich nieder und lehnt sich an den Felsen.

Im Geiste überschlägt Long-Jian alle Möglichkeiten einer Flucht. Es gibt keine.

Die hier angewandte Todesart nennt sich »die Waage« – ein ebenso sinnreiches wie grausames System, bei dem die Verurteilten voneinander abhängig sind. Wenn einer der beiden losläßt, gibt das Seil nach und reißt den anderen unweigerlich mit in den Tod.

Nun kann das Mädchen freilich nur wenige Minuten durchhalten: binnen kurzem werden beide in den Abgrund stürzen und zerschmettert liegenbleiben, zerplatzt wie überreife Granatäpfel.

Die Schurken haben wahrlich an alles gedacht: wegen ihres geringeren Körpergewichts hängt Shu-Mei am längeren Seilende. Das Vergnügen soll ja nicht zu kurz dauern!

Long-Jians Gewicht zieht sie unaufhaltsam nach oben. Schubweise rutscht das Seil durch die Astgabelung, und mit jedem Schub schaukeln sie hin und her und drehen sich im Kreise. Als sie endlich auf gleicher Höhe hängen, streifen sich ihre Körper.

»Ich kann nicht mehr«, flüstert sie, am Ende ihrer Kraft.

»Habt Mut! Tsaos Tochter gibt so leicht nicht auf.«

Der Appell an ihren Stolz tut seine Wirkung; tapfer schluckt sie die Tränen hinab. Ihr Gesicht ist bleich, mit großen, dunklen Schatten unter den Augen, und das Kleid ist zerrissen und blutbefleckt.

Long-Jian denkt an die Vergewaltigung; an den Schrei, den Schmerzensschrei des Kindes, an ihre Beherrschtheit, ihre Schicksalsergebenheit. Er atmet tief, bläht die Lungen weit, um den aufsteigenden Zorn niederzuhalten.

»Klammert Euch an mich!«

»Wie denn?« fragt Shu-Mei stockend.

Auf keinen Fall darf sie jetzt in Panik geraten.

»Legt Eure Beine um meine Hüften. So spart Ihr Eure Kräfte.«

Verständnislos starrt das Mädchen ihn an. Wozu denn! Das Seil ruckt, und Long-Jian fällt wieder ein Stück tiefer, dem Abgrund zu: Jetzt oder nie.

»Tut, was ich Euch sage . . . Versteht Ihr denn nicht: wenn wir uns aneinanderhängen, stabilisieren wir unsere Lage – und wir halten länger durch.«

Shu-Mei gehorcht; schamrot schlingt sie ihre Beine um ihn. Die Stellung ist höchst unanständig. Er verzieht das Gesicht vor Schmerz, als sie versehentlich seine offenen Wunden berührt.

»Verzeihung«, stammelt sie.

Wider Willen muß er lächeln: Höflichkeiten unter Todgeweihten, wie absurd.

»Stützt Euch auf mich, wenn Ihr glaubt, Euch nicht länger halten zu können.«

Der Schmerz in seiner Schulter wird unerträglich. Wie lange noch?

Verwundert sieht Shu-Mei diesen Mann an, der sie noch vor kurzem kaltlächelnd geopfert hätte.

»Weshalb tut Ihr das?«

In der Ferne ruft ein Käuzchen. Einen Augenblick lang

stellt Long-Jian sich dieselbe Frage. Vielleicht hat er einfach das Bedürfnis, ein letztes Mal den Körper einer Frau hautnah zu spüren, um die Angst vor dem Tod zu überwinden?

»Früher oder später laßt Ihr los, und ich habe keine Lust, mit Euch zu fallen!« antwortet er kurz angebunden.

Shu-Mei schweigt irritiert.

Long-Jian sieht nach oben: Hoffentlich hält der Ast! Violett schimmert die nackte Felswand. Auch im Vollbesitz seiner Kräfte und ohne die Belastung durch einen zweiten Körper wäre er außerstande, den Rand des Abgrunds zu erreichen.

Ohne Hilfe von außen besteht keine Hoffnung auf Rettung. Bei dieser Feststellung spürt er einen bitteren Geschmack im Mund: Nicht einer seiner einstmaligen Getreuen hat sich auf seine Seite gestellt, alle, alle bis auf einen, haben den Mantel nach dem neuen Wind gehängt.

Seltsamerweise kommt ihm diese schmerzliche Erkenntnis erst jetzt zu Bewußtsein, zum ersten Mal. Es ist wie beim Tod eines engen Freundes, eines nahen Verwandten: den Schlag, die Erschütterung gewahrt man erst, wenn alles vorbei ist.

Immer schwerer wird Shu-Meis Kopf auf seiner Schulter.

»Nicht aufgeben, haltet die Augen offen! Wir müssen durchhalten.«

»Warum, habt Ihr Angst vor dem Tod?«

Der Hohn in ihrer Stimme ist nicht zu überhören. Ja, gewiß wäre er weitaus lieber im Kampf gestorben, mit der Waffe in der Hand!

So nahe ist sie ihm, daß er spürt, wie ihr Herz klopft ... oder ist es sein eigenes? Ihr Haar streicht über sein Kinn und duftet leicht nach Jasmin.

»Erzählt mir von Euch.«

»Was interessiert Euch das! Soll ich Euch vielleicht erzählen, wie es war, als sie mich vergewaltigt haben?«

Immerhin hat sie die Kraft gefunden, den Kopf zu heben.

Ihre Lippen berühren fast sein Gesicht, und er spürt den warmen Atem. Überrascht ertappt er sich dabei, wie er ihren Mund mit einer Korallenblüte vergleicht.

Unwillig wendet er die Augen ab. Keinesfalls will er sich jetzt von unpassender Rührung übermannen lassen. Zumal ihm ein beginnender Krampf allmählich den linken Arm lähmt.

»Beim Erhabenen Buddha, werdet Ihr vielleicht ein einziges Mal gehorchen!«

»Ich habe Euch nichts zu sagen.«

Gegen seinen Willen gerät Long-Jian in Zorn:

»So hört endlich auf mit dem Unsinn! Erzählt mir, was Ihr wollt, mir ist das völlig gleichgültig . . . Von mir aus Eure Kindheitserinnerungen, wenn es Euch Spaß macht. Aber sagt irgend etwas . . .! Ich brauche es, um nicht loszulassen.«

Jetzt rinnt eine dicke Träne über Shu-Meis Wange.

Long-Jian wird weich:

»Nicht weinen. Auch wenn der Mond nicht scheint, hüpft das Jadekaninchen[1] umher.«

Wie ein zerbrochener Kristall klingt jetzt Shu-Meis Stimme:

»Ich will nicht sterben.«

Unwillkürlich drängt sie sich dabei enger an ihn.

Als Tsao in die mondlose Nacht starrt, geht ihm ein Satz durch den Kopf, immer wieder. Nicht er ist es, der ihn denkt, sondern es scheint ihm, als höre er ihn von außen, hartnäckig, eindringlich wie ein Mu-Yun[2]: »Der Himmel trauert um meine Tochter.«

Long-Jian hat ihn betrogen. Er hat seine Soldaten umgebracht und seine Tochter behalten. Sekundenlang sieht er

1 In China heißt es, auf dem Mond lebe ein Kaninchen aus Jade.

2 Holzinstrument in Gestalt eines Fisches, das im Tempel bei der Rezitation der Sutren rhythmisch geschlagen wird.

Shu-Mei vor sich, geprügelt und vergewaltigt, aufgespießt, erdolcht von männlichen Geschlechtsorganen. Wäre es ihm lieber, sie tot zu wissen? Nein, muß er sich zu seiner Schande gestehen. Was bliebe ihm vom Leben, wenn sie nicht mehr wäre?

Gedankenverloren starrt er in den nachtschwarzen Garten, fast gewaltsam muß er sich losreißen. Die Piniennadeln knistern unter seinen Füßen, als er ins Haus zurückkehrt.

In banger Erwartung kauert Sun-Li auf einer Matte. Sie hat ihr Haar gelöst und trägt ein langes, seitlich geschlitztes Hemd aus hellblauer Seide. Der Duft von Geißblattessenz, mit der sie sich den Leib gesalbt hat, durchzieht in sanften Schwaden das Zimmer.

Wieder erinnert sie ihn an seine Tochter, doch dieses Mal fühlt er sich unangenehm berührt.

Mit gesenktem Blick erwartet sie seine Befehle. Ihre Unterwürfigkeit ärgert ihn. Nein, fürwahr, sie hat keinerlei Ähnlichkeit mit Shu-Mei!

»Du bist frei, Monddämmerung. Tu, was dir beliebt. Ich bin heute abend nicht in Stimmung.«

»Ich weiß, Herr«, antwortet sie ruhig.

Sie steht auf und macht sich in der Nähe des Kang zu schaffen; leise raschelt das seidene Hemd.

»Aber ich möchte bei Euch bleiben.«

In ihrer Stimme liegt eine leidenschaftliche Wärme, die er bei ihr noch nie vernommen hat. Nimmt sie denn Anteil an der Trauer und Ratlosigkeit ihres Herrn, fühlt sie mit ihm?

Tsao gewährt ihr die Bitte. Wer weiß, vielleicht vermag ihre Gegenwart, zurückhaltend und zartfühlend wie sie ist, seine Alpträume zu verscheuchen?

»Richte mir eine Pfeife!« bittet er sie und streckt sich auf den goldbestickten Kissen aus.

Als der zur Übergabe des Lösegelds abgeordnete Trupp gegen Mittag noch immer nicht zurück war, hatte Tsao in großer Sorge GuanShang in Begleitung einiger Männer ausgesandt. Eine unheilvolle Ahnung hatte ihn befallen, und er fürchtete das Schlimmste. Noch immer hatte er keinerlei Nachricht von Shu-Mei, als bei Einbruch der Nacht Guan-Shang zurückkehrte, das Banner auf Halbmast gesetzt. Nur einen brachte er mit: den Heiteren Tiger, verwundet und zu Tode erschöpft. Alle anderen Gefährten waren an Ort und Stelle begraben worden.

Ein Betrug, so geplant von Anfang an!

Sun-Li reicht ihm die gestopfte Pfeife, doch er weist sie zurück. Long-Jians Verrat hat ihn ins Herz getroffen. Wie konnte er sich so täuschen, wie konnte er den Mann so verkennen, ihm blind vertrauen? – Der aufrechte Ritter ist nichts als ein geldgieriger Halunke, dessen Wort nicht mehr gilt als das eines gewöhnlichen Wegelagerers.

Bis zum heutigen Tag hatte Tsao insgeheim die Großmut dieses außergewöhnlichen Mannes bewundert: Beschützer der Armen und Unterdrückten, der sich bemühte, wo immer er konnte, Unrecht wiedergutzumachen und Elend zu lindern, und das Volk liebte und verehrte ihn als seinen Helden. Ihrer beider Ideale waren sich recht ähnlich ... Gewiß, Tsao stand im Dienste der staatlichen Macht, doch im Grunde seines Herzes hätte er bisweilen nur zu gern seine Stellung gegen die Freiheit des Gesetzlosen eingetauscht.

Deshalb fühlte Tsao sich zweifach verraten.

»Schlafende Tiger zieht man nicht am Barte.«

Nun greift er doch zur Pfeife und nimmt einen tiefen Zug. Ein blindes, übermächtiges Verlangen nach Rache hält all seine Sinne gefangen. Wie scharfkantiges Eis hat der Zorn jedes Gefühl in ihm abgetötet.

Sun-Li kauert zu seinen Füßen, schweigend. Sie horcht auf das Rauschen des Winds im Gezweig, fährt auf beim geringsten Geräusch, als kündete es die Rückkehr der Tochter ihres Herrn.

An diesem Abend fühlt Tsao sich angewidert vom Rauch.

Li-Mai, über den Heiteren Tiger gebeugt, lauscht seinem Atem. Bei den ersten Anzeichen von Yi-Shous Genesung hat sie neuen Mut geschöpft. Mit um so größerer Aufmerksamkeit und Sorge widmet sie sich nun dem neuen Verletzten: Dank ihrer Pflege wird auch er überleben.

Indes, Heiterer Tiger ringt mit dem Tod. Was er erlebt hat, schnürt ihm die Kehle zu, er glaubt zu ersticken – würde ihm leichter, wenn es ihm gelänge, die grauenvollen Bilder loszuwerden, den Alpdruck abzuschütteln, der ihn gefangen hält ...?

Dieser gräßliche Anblick: die Geier, die sich auf seine Gefährten stürzen. Der Aasfresser, der den nackten Hals reckt und mit krummem Schnabel Fleischfetzen aus der Brust seines liebsten Freundes reißt ... Gewiß, er hat versucht, das scheußliche Vieh mit Steinwürfen zu verjagen, aber was konnte er ausrichten, bald war alle Kraft aus ihm gewichen, und er schleuderte sinnlos seine Geschosse, ohne den Vogel auch nur im mindesten zu stören.

Bald waren es drei, die sich über seinen Freund hermachten, seine Eingeweide zerhackten und sich um die besten Stücke zankten. Schwerfällig schlugen sie mit den Flügeln, und ihre unheilvollen Schreie hallten durch die Schlucht.

Als schließlich einer von ihnen den dürren Hals beugte und mit sichtlichem Entzücken wühlte und endlich einen rötlichen Klumpen hervorzog, den er lange im Schnabel hin und her beutelte, glaubte Heiterer Tiger den Verstand zu verlieren: Die erbeutete Köstlichkeit war die Zunge seines Vetters.

Er mußte den Bach erreichen, so rasch wie möglich – der einzige Weg, um nicht so zu enden wie die anderen. Das kühle Wasser würde ihn wohl bei Bewußtsein halten ...

Dort hatte GuanShang ihn gefunden, bäuchlings im spärlichen Rinnsal, besinnungslos. Einer der Raubvögel hatte ihn bereits erspäht, stürzte herab und begann, ihn zu zerstückeln. Mit dem Säbel hieb GuanShang ihm den Kopf ab. Gerade noch rechtzeitig.

Schon zum zweiten Mal wäre Kaltschale beinahe eingenickt. Es muß mit dem Teufel zugehen, daß die beiden nicht schon längst vor Erschöpfung in den Abgrund gestürzt sind! Gewiß, Long-Jian ist stark wie ein Felsen, aber er ist verwundet und trägt zudem noch das Gewicht des Mädchens!

Steht ein Geist ihm bei? Etwa der Geist des Gehenkten, der den Sturm über die Kuppe jagt und die Reisenden erblinden läßt, damit sie in die Kluft stürzen?

Kaltschale erschauert. Dieser Ort war ihm seit jeher unheimlich. Grauen erfaßt ihn, als er zwischen schwärzlichen Felsbrocken tanzende Irrlichter zu sehen vermeint. Als der Blitz in den Galgen einschlug, so heißt es, habe das tote Holz ausgetrieben, und an derselben Stelle sei jener Baum gewachsen.

Long-Jian kam oft hierher, um nachzudenken, und ließ den Blick über das Land schweifen, die endlose Ebene tief unterhalb, rotviolett überwuchert von Heidekraut wie ein stürmisches Meer.

Kein Zweifel: damals hat er mit dem Gehenkten einen Bund geschlossen!

Ein leises Knacken hinter ihm läßt ihn auffahren. Er dreht sich um.

»Wer da?«

Nur noch wenige Schritte entfernt, sieht er in der Dunkelheit eine Gestalt auf sich zukommen.

»Ich bin es, Lenzregen.«

»Was willst du?«

Mit katzenartigen Bewegungen nähert sie sich und streichelt sich verführerisch über die Brustspitzen. »Weißt du, es hat mir gefallen, als du mich genommen hast. Du hattest recht . . . Ich hätte nie gedacht, daß es so schön sein kann.«

Ist es die Möglichkeit! Diese Wildkatze, stachlig wie ein Kaktus zu jedem Mann, der sich ihr nähern will – und jetzt schleicht sie sich an und kann nicht genug bekommen. Kaltschale ist sprachlos.

Herausfordernd fährt sie sich mit der Hand zwischen die Beine.

»Ich hab' Lust . . . Komm.«

Der Wachposten zögert, hin- und hergerissen zwischen seiner Pflicht und solch unwiderstehlicher Aufforderung. Aber Vorsicht: wer weiß, was die doppelzüngige Viper vorhat? Wenn es um Long-Jian geht, ist sie doch zu allem fähig!

»Verschwinde. Ich laß' mich nicht kaufen . . . Von mir bekommst du es nicht.«

In seinem Zwiespalt konnte er freilich nicht sehen, wie Grübelnder Kot schattengleich an ihm vorüberhuscht. Da schwirrt ein Pfeil und trifft ihn mitten in den Bauch. Er klappt zusammen wie eine geknickte Blume – und ehe er sich's versieht, hat Lenzregens sanfte Miene sich in eine Grimasse glühenden Hasses verwandelt: Sie zückt den Dolch und durchtrennt ihm den Gürtel.

Aus der Hose holt sie sein Geschlecht, zerrt es hervor, als zöge sie eine Wurzel aus der Erde – und schneidet es ab. Dann packt sie den blutigen Klumpen und stopft ihn ihm in den Mund, um sein Geschrei zu ersticken.

»So besteht wenigstens keine Gefahr, daß du das Ding noch einmal benützt.«

Und sie lächelt böse und befriedigt.

Kaltschale quellen die Augen aus den Höhlen. Vergeblich versucht er das klaffende Loch zuzuhalten, aus dem schwärzliches Blut stoßweise sprudelt. Er rinnt aus wie ein geschächtetes Schaf.

Am Rande des Abgrunds steht Grübelnder Kot und pfeift – eine vereinbarte Melodie. Long-Jian vernimmt sie mit einem Seufzer der Erleichterung.

»Dem Himmel sei Dank! Macht schnell!«

Von den Schultern des Zwergs aus erklimmt Lenzregen mit verblüffender Geschicklichkeit den Stamm, schwingt sich bäuchlings auf den Ast und kriecht vorwärts, bis sie das Seil erreicht.

»Haltet euch fest!«

Sie packt das Seil und versetzt es in leichte Schwingung. Nur jetzt nicht das Gleichgewicht verlieren! Eindringlich spricht Long-Jian auf Shu-Mei ein:

»Halt aus, es dauert nicht mehr lange . . . Wir schaffen es!«

Seine Ruhe, seine Sicherheit verleihen ihr neue Kraft. Sie schmiegt sich an ihn wie eine Schlingpflanze und klammert sich fest ans Seil. Nach und nach wird die Pendelbewegung stärker, hin und her schwingt das Seil, und fast schon erreichen sie den Rand, bis mit einem Mal der Ast über ihnen gefährlich zu knacken beginnt.

Ihre Blicke kreuzen sich. Nicht jetzt, bitte nicht jetzt, es wäre zu schrecklich!

Schnell zieht Lenzregen sich zurück und springt zu Boden: Bloß nicht den Baum durch ihr Gewicht noch zusäztlich belasten!

Am äußersten Rand des Abgrund stemmt Grübelnder Kot sich mit seinen krummen Beinen gegen den Felsvorsprung.

Mit jeder Bewegung kommen die beiden am Seil dem rettenden Rande näher. Die Arme weit ausgestreckt, versucht er sie zu fassen. Vergebens: Noch reicht der Schwung nicht aus, Long-Jian und Shu-Mei prallen zurück und ins Leere.

Beim nächsten Schwung fehlt nur noch eine Handbreit; der Baum aber ächzt bedrohlich.

»Springt! Schnell!«

Sie lassen das Seil los im Fluge. Glücklicherweise ist Lenzregen zur Stelle, und mit vereinten Kräften gelingt es ihr und dem Zwerg, die Fallenden gerade noch an den Armen zu fassen. Doch Shu-Meis Fuß tritt fehl, die Felskante bricht, und sie verliert das Gleichgewicht.

Reflexartig reißt Long-Jian die Arme hoch, packt sie um die Mitte und hält sie fest, ehe sie in die Tiefe stürzt.

Über- und aufeinander rollen sie über den Abhang – fort, nur fort von der tödlichen Kluft. Shu-Mei kann es kaum glauben: sie lebt. Von Dankbarkeit überwältigt, schlingt sie einen Augenblick lang die Arme um ihn und preßt sich an ihn.

Lenzregen bereitet dem Gefühlsüberschwang ein jähers Ende:

»Dort drüben warten drei Pferde. Beeilen wir uns.«

»Wir sind zu viert.«

Sie starrt Long-Jian an, ohne zu begreifen.

»Wir werden uns doch nicht auch noch sie auf den Hals laden!« protestiert sie empört. »Wir haben ihr das Leben gerettet, jetzt soll sie selbst sehen, wie sie zurechtkommt!«

»Wir nehmen sie mit. Sie reitet mit dir!«

Long-Jians Ton duldet keine Widerrede. Lenzregen dreht sich wortlos um; vor Wut versetzt sie Kaltschalens Leichnam einen heftigen Fußtritt.

Völlig lautlos klettern sie den Hang hinab. Ein schwieriges Unterfangen, denn in der Finsternis sieht man nicht einmal die eigene Hand vor den Augen. Plötzlich stolpert Shu-Mei. Ein Stein gerät ins Rollen . . .

Der Wachtposten, aus der Ruhe aufgeschreckt, wendet den Kopf und blickt angestrengt in die Richtung, aus der das Geräusch kam . . . und traut seinen Augen nicht. Er zwickt sich in den Arm und glaubt doch nicht, was er sieht:

»Gespenster! – Gespenster?!«

Auf unsicheren Beinen, gestützt von Lenzregen, geht Long-Jian schwankend voran, hintennach Tsaos Tochter, die sich am Dornengestrüpp festhält, um nicht zu stürzen.

Dem Wachtposten bleibt freilich keine Zeit, um Alarm zu schlagen. Eine Hacke trifft ihn ins Kreuz, zerschmettert sein Rückgrat. Ihm wird seltsam weich in den Knien, und er sinkt in sich zusammen, unendlich langsam; die papierne Laterne gleitet zu Boden und verlöscht.

Mit stummen Gesten drängt Grübelnder Kot sie zur Eile.

Vor dem Gehege stehen die Pferde bereit, die Hufe mit Lumpen umwickelt: Der Zwerg hat fürwahr an alles gedacht!

Noch wagen sie nicht aufzusitzen. So leise wie möglich führen sie die Tiere am Zaum den Pfad entlang. Doch ohnehin hört sie keiner: besinnungslos liegen die Bezechten um das erloschene Feuer.

Als sie die Räuberhöhle endlich genügend weit hinter sich gelassen haben, besteigen sie ihre Pferde – Long-Jian vermag sich kaum im Sattel zu halten. In weiser Voraussicht läßt Grübelnder Kot, der einen erneuten Zornesausbruch von Lenzregen befürchtet, Shu-Mei auf seine Stute klettern.

Dann sprengt der kleine Trupp in die schwarze Nacht davon.

16

Shu-Mei kauert auf der Kruppe des Gauls, an Grübelnden Kot geklammert, und starrt ins Leere. Ihr Geist entschwebt, gleitet ab in einen Dämmerzustand, in dem hohnlachende Yaksha[1] ihre Fratzen schneiden, rotglühende Dämonen mit dampfenden Nüstern unter wüstem Geschrei aus dem Nichts auftauchen, um ihr zu Leibe zu rücken: Bald versuchen sie, die Wehrlose zu würgen, bald wollen sie ihr mit stachligen Rüsseln das Blut aus den Adern saugen.

Sie will fliehen, doch wie gelähmt ist sie und vermag kein Glied zu rühren: Brüllskorpion hat sich an die Spitze der geflügelten Armee gesetzt, stürmt auf sie zu – und springt mit Bocksbeinen auf ihren Bauch.

Ein Sog erfaßt ihren Körper, und sie wird fortgerissen, stürzt Hals über Kopf in den Strudel, in einen gähnenden, bodenlosen Schlund, dessen Wandung glatt und blaugrün schimmert wie das ewige Eis. Und plötzlich herrscht Stille,

1 Böse Geister der buddhistischen Mythologie.

eine geisterhafte Stille, in der sie von fern den Nachhall vergangener Stimmen zu vernehmen meint.

An der spiegelnden Wand erscheinen jetzt menschliche Köpfe, auf Haken gespießt wie Teile von Tieren im Laden eines Fleischers. Schwarz und leer sind die Augenhöhlen, und die stummen Münder rufen ihren Namen, doch kein Laut dringt über die blutleeren Lippen.

Lauter gleiche Gesichter, aufgereiht nebeneinander in unendlicher Zahl, und Shu-Mei glaubt in ihnen Long-Jian zu erkennen. Grauen erfaßt sie, und sie schlägt die Augen auf. Ringsum herrscht Dunkelheit. Wie viele Li haben sie so schon zurückgelegt?

Gemächlich traben die Pferde vor sich hin und verfallen nur dann und wann in kurzen Galopp, wenn ein gerades Stück Weg vor ihnen liegt. Dann leidet sie Qualen in ihrem verwundeten, geschundenen Bauch, doch sie achtet nicht darauf. Sprühregen peitscht ihr Gesicht, und sie zittert vor Kälte in den nassen Kleidern, doch dies bringt ihr freudig zu Bewußtsein: sie lebt!

Neben ihr reitet Lenzregen, aufrecht, mit straffen Zügeln und zusammengekniffenen Lippen. Long-Jian indes krümmt sich vor Schmerzen und vermag sich kaum noch im Sattel zu halten.

Zweimal hat er ihr das Leben gerettet. Hätte er nicht darauf bestanden, sie mitzunehmen, wäre sie jetzt verurteilt, durchs Gestrüpp zu irren und sich von Wurzeln zu nähren, stets darauf gefaßt, von einem der Räuber entdeckt zu werden. Möge der Himmel gnädig sein und auch ihn am Leben lassen!

Die Milchstraße über ihr verblaßt, die Grillen der Nacht sind verstummt: langsam dämmert der Morgen herauf. Vor dem fahlen Streifen des Horizonts ragt dunkel das Felsmassiv auf, über den Wiesen liegt Nebel, und schon beginnt das Auge, Farben wahrzunehmen. Sie haben die Ausläufer des Vorgebirges erreicht.

In diesem Augenblick sinkt Long-Jian zur Seite, gleitet aus dem Sattel und stürzt zu Boden.

Am Fuße einer mächtigen, uralten Pinie liegt der Drache auf einem Bett von Moos. Seine Wunden sind entzündet und eitern: Der Kampf mit Ba-Bahr hat tiefe Spuren hinterlassen.

Lenzregen löst den Gürtel und reißt ihr Unterkleid in Streifen, indes Grübelnder Kot seine Kürbisflasche hervorzieht, die er wohlweislich stets bei sich trägt, und befeuchtet die Stoffetzen mit Reisschnaps: freilich nur ein behelfsmäßiger Verband, den das Mädchen behutsam auf die offenen Fleischwunden legt.

Long-Jian, wenngleich nicht bei Bewußtsein, stöhnt auf, seine Züge sind schmerzverzerrt.

Shu-Mei geht einige Schritte in den Wald hinein, wo sie eine Silbertanne erspäht hat. Mit den Nägeln kratzt sie die Borke ab, bis ihre Fingerkuppen blutig sind. Als das Harz zu tropfen beginnt, nimmt sie die Haarnadel, deren Kopf in Gestalt eines Schmetterlings löffelartig gewölbt ist, und fängt die klebrige Substanz Tropfen für Tropen auf. Von Li-Mai weiß sie, daß abgeschälte Rinde, mit Tannenharz getränkt, schmerzstillend wirkt – üblicherweise wird das Mittel freilich im Verein mit Ingwer, Klette und Bärlapp verabreicht, welche hier nicht zu finden sind. Doch mag das Harz genügen, um Long-Jian Linderung zu verschaffen.

Als sie neben dem Verwundeten niederkniet, verzieht Lenzregen unwillig das Gesicht. Shu-Mei tut, als bemerke sie nichts. Doch als sie sich anschickt, den Balsam auf die Wunden aufzutragen, stößt die andere sie grob zur Seite und schlägt ihr die rötliche Rinde aus der Hand und zu Boden.

»Ich verbiete dir, ihn anzurühren! Du bist an allem schuld – ohne dich wären wir nicht hier und er nicht in diesem Zustand!«

Shu-Meis Blick drückt tiefste Verachtung aus.

»Meinst du nicht, daß es besser wäre, wenn wir mit vereinter Kraft versuchten, ihn zu retten?«

»Was kümmert es dich, ob er lebt oder stirbt?« schnaubt Lenzregen außer sich vor Zorn.

»Du bist so dumm, daß der Schlamm der Torheit dir aus dem Munde rinnt.«

Das reicht. Mit ausgestreckten Krallen stürzt Lenzregen sich auf Shu-Mei, die, wenngleich wenig vertraut mit solchen Methoden der körperlichen Ertüchtigung, prompt reagiert und ihrer Gegnerin einen Tritt vors Schienbein versetzt. Und schon wälzen sich die beiden Kämpferinnen im Staub, ineinander verkrallt und verbissen . . .

In der Ferne erzittert der Boden unter den Hufen galoppierender Pferde. Grübelnder Kot, der, verborgen zwischen buschigen Riesenfarnen, aufmerksam die Umgebung beobachtet, gebietet ihnen, sich ruhig zu verhalten.

Sie blicken auf, angstvoll horchend, und ducken sich rasch hinter den gelben Blüten des Springkrauts. In einer Staubwolke sehen sie die Reiterschar auf sich zukommen.

Wie ein Besessener reitet Brüllskorpion voran, tief über den Widerrist seines Falben gebeugt, und gibt dem Roß Peitsche und Sporen zugleich. Seine Mannen folgen ihm mit Kriegsgeschrei, und die Hufe dröhnen auf der trockenen Erde.

Doch die Sterne stehen günstig: Sie sprengen vorbei ohne einen Blick zur Seite, so groß ist ihre Eile, die Flüchtigen einzuholen.

Nach überstandenem Schrecken sitzt Grübelnder Kot auf einem Stein und kaut nachdenklich an einem Grashalm: Long-Jians Verfassung schließt eine Fortsetzung der Reise zu Pferde aus. Was tun? Lange grübelt er vor sich hin, da endlich kommt ihm der rettende Gedanke. Nur ein kurzes Stück Wegs von hier in den Bergen liegt der Tempel der Tiefen Weisheit. Dort könnten sie Zuflucht finden: Seit zehn Jahren ist sein Bruder dort Mönch.

»Reiten wir nicht weiter?«

»Nein. Wi-wi-wir bleiben hier. Bei-bei Ei-ei-einbruch der Dunkelheit bre-bre-breeechen wir auf.«

»Aber sein Zustand verschlimmert sich.«

»I-i-ich weiß. A-a-aber si-sie mü-mü-müssen endgültig unsere Spur verlieren.« Sein Ton läßt keine Widerrede zu.

Es ist noch früh am Morgen, doch schon jetzt ist die Hitze unerträglich, und die Grillen veranstalten einen ohrenbetäubenden Lärm. Der kleine Mann fordert Shu-Mei auf, sich zu ihm in den Schatten zu setzen. Lenzregen indes kehrt den beiden ostentativ den Rücken; unermüdlich fächelt sie Long-Jian Kühlung zu. Vor ihnen liegt ein langer Tag.

Zur selben Zeit sendet Tsao Herolde in alle Städtchen und Marktflecken der Umgebung und läßt weithin vernehmlich verkünden, daß auf Long-Jians Kopf ein Preis ausgesetzt sei; großzügige Belohnung winke demjenigen, der ihm seine Tochter wiederbringe.

Allenthalben wird die Bevölkerung aufgefordert, Anzeige zu erstatten und jede verdächtige Beobachtung zu melden. Jede Person, gleich welchen Geschlechts, die sich im Besitz von Perlen befindet, ist dem Richter vorzuführen.

»Endlich, Herr, endlich seid Ihr wieder Ihr selbst – so kenne ich Euch!« ruft GuanShang erleichtert aus.

Tsao würdigt ihn keiner Antwort.

»Und Heiterer Tiger?«

»Er hat kurz das Bewußtsein wiedererlangt und gesprochen. Flammenpinie hat gekämpft wie ein wahrer Feldherr. Er ist mit der Standarte in der Hand gestorben?«

Wer also war der Verräter?

Jing-Hua öffnet ein Auge. Hinter den zugezogenen Vorhängen des ohnehin bedrückend engen Alkovens herrscht ein widerwärtiger Gestank. Der Ort ist ihr fremd. Angesichts des häßlichen Schnarchers an ihrer Seite kehrt die Erinnerung freilich rasch zurück. Ein gramerfüllter Seufzer entringt sich ihrer Brust: Neben ihr schlummert Meister Hsia (er pflegt seine Stirn mit einem Band zu umwickeln und offenen Mundes zu schlafen, seit eine hartnäckige Erkältung seine Nase unbrauchbar gemacht hat) und verströmt üble Gerüche, eine unsägliche Mischung aus fauligem Fisch und den säuerlichen Ausdünstungen eines beschwerten Magens, der den Anforderungen längst nicht mehr genügt.

Schuld daran ist ein koreanisches Gericht, Kimchi genannt, für welches er in der Zeit, da er Zuchthausaufseher auf den Insel der Sandpforte[1] war, eine wahre Leidenschaft entwickelt – vielleicht die einzige Leidenschaft, die sein freudloses Dasein ein wenig erhellt. Diese Speise nun – Kohlblätter, kräftig gewürzt und in Knoblauch vergoren – läßt er sich in versiegelten Tonkrügen, welche seinen persönlichen Bedarf für ein ganzes Jahr decken, mittels eines Sondertransports aus dem Koreanerviertel von Peng-Lai[2] bis nach Yangyou liefern.

Ein Rülpser dringt aus seiner Kehle, der Geruch verstärkt sich. Angewidert schließt Jing-Hua die Augen. Der Anblick des quittengelben Greises mit seiner schrundigen Haut, nicht unähnlich den Schuppen eines alten Herings, stößt sie in höchstem Maße ab.

Doch aller Ekel läßt sich überwinden, sobald er der Rache dient. Genüßlich kuschelt Jing-Hua sich in die weiche Decke aus Gänsedaunen: Tsao wird sein schändliches Benehmen ihr gegenüber teuer bezahlen.

Zwei Tage zuvor war sie in Yangyou eingetroffen. Dort mußte sie erfahren, daß innerhalb der nächsten drei Tage keine Karawane zu erwarten sei. Meister Hsia indes, der

1 Die Shamendao-Inseln vor der Küste von Deng-Zhou, damals eine Zwischenstation für Handelsschiffe auf dem Weg nach Korea.

2 Hafen an der Ostküste. Dort gab es ein von der chinesischen Verwaltung faktisch unabhängiges koreanisches Viertel.

sich, wie stets auf der Lauer nach jeder Art von Klatsch, in Mutter Tchangs Kaschemme herumtrieb, machte ihr sogleich das freundliche Angebot, sie bei sich aufzunehmen. In allen Ehren, versteht sich.

Der Schwadroneur war entzückt ob so vieler unverhoffter Glücksfälle. Tsaos Mannen, die in alle Himmelsrichtungen ausströmten, der überstürzte Besuch des völlig kopflosen Fu im Herrenhaus, gewisse Gerüchte, wonach im Hause Tsao nicht alles zum Besten stünde – kurz, eine ungewöhnliche Spannung, die in der Luft lag: All dies hatte seine krankhafte Schaulust geweckt. Und als Krönung des Ganzen fiel ihm nun auch noch Tsaos verstoßene Konkubine in die Hände, schön wie eine Blume, aber trunken vor Rachlust: ein Geschenk des Himmels.

Sie indes hatte nichts Besseres zu tun, als ihm alsbald in allen Einzelheiten von der Entführung der Tochter Tsaos zu berichten. Gleich am nächsten Morgen entsandte er zu den Drei Seligkeiten seinen Leibdiener, welcher, wie er wohl wußte, mit der dortselbst tätigen Waschfrau auf freundschaftlichem Fuße stand. Diese nun hatte seinem Gesandten getreulich alles berichtet, was unter der Dienerschaft gemunkelt wurde: Das Lösegeld sei nichts anderes als die Perlen des Königs! – Endlich hatte er ein Mittel in der Hand, seinen Feind in die Enge zu treiben!

Als die Nacht hereinbrach, saß Jing-Hua mit schwärzlicher Miene und streichelte das Windspiel ihres Gastgebers, das zusammengerollt auf ihrem Schoße lag. Finstere Gedanken wühlten in ihr.

Die Stunde war günstig. Gesalbt und gestriegelt, mit duftendem Bärtchen, nahm er ihr gegenüber Platz. Äußerst vorteilhaft wirkte seine Kleidung: Ein bodenlanger graugrüner Hausmantel, unter welchem, farblich abgestimmt, ein jadegrünes Kleid aus feinstem Linnen hervorlugte, und eine Goldkordel, um die Leibesmitte geschlungen, verbargen Spitzbauch und Hühnerbrust. Siegesgewiß rieb er sich die

Hände und schlug der verwöhnten Konkubine einen Handel vor:

Wenn sie bereit sei, ihm ihre Gunst zu schenken, so stehe ein Kurier bereit und warte nur auf seinen Befehl, um spornstreichs zum Hofe des Königs Ma-Yin[1] zu reiten, bei welchem Liu-Yin derzeit zu Gast weile, und diesem die Botschaft zu bringen, daß der Verräter Tsao mit Long-Jian ein Bündnis geschlossen und die dem König zustehenden Schätze den Räubern ausgeliefert habe.

Der abgefeimte Schurke hatte es wahrhaftig eilig! Jing-Hua konnte sehen, wie die Spitzen der Brokatpantöffelchen auf den bestickten Fußkissen vor Ungeduld zuckten. Er neigte das Haupt, sah ihr tief ins Auge:

»Nun?«

Wohl oder übel stimmte sie zu. Seine schändlichen Absichten kamen ihren Vorstellungen durchaus entgegen, wenngleich ihr der Preis für die Rache ein wenig hoch erschien... Allzu leicht würde sie es ihrem ehrenwerten Gastgeber nun doch nicht machen. Und so nötigte sie ihm das Versprechen ab, sie am Hofe des guten Königs Liu-Yin einzuführen. Der Handel war beschlossen. Frohlockend erhob sich Hsia, reichte ihr huldvoll die Hand und geleitete sie in sein Schlafgemach...

...einen nahezu leeren Raum, eine Kammer vielmehr, die Wände mit schwarzer Seide ausgekleidet; und sie sah sich verwundert um, indes er ihr mit galligem Lächeln ein schlichtes Unterkleid aus weißem Linnen reichte, sowie eine härene Henkerskutte.

»Zieht Euch dies über.«

Jing-Hua verschlägt es die Sprache, doch sie tut, wie ihr geheißen. Freilich macht sie sich ein hämisches Vergnügen daraus, ihn schmachten zu lassen; unendlich langsam, mit anzüglichen Bewegungen entledigt sie sich ihrer Hüllen.

1 Der damalige Monarch im Königreich Chu, in der Provinz Hunan.

Hsia aber starrt sie nur unverwandt an; der prachtvolle Leib, der sich nach und nach vor seinen Augen entblättert, scheint ihm keinerlei Gemütsregung zu entlocken.

Endlich steht sie fast nackt vor ihm, nur die bändergeschmückten Strümpfe aus hauchdünnem Seidengespinst hat sie anbehalten. Wie gemeißelt wölbt sich die schimmernde Brust über der schmalen Taille hervor, wollüstig runden sich darunter die Hüften, spöttisch und herausfrodernd richten die schwellenden Brustwarzen ihr Köpfchen auf...

Er indes benimmt sich durchaus ungezogen und trommelt mit den Fingern auf die Armlehne seines Sessels. Jing-Hua bemerkt die abnorme Länge seiner Nägel: gelbliches Horn, gekrümmt wie Krallen. Der Zeigefinger jedoch steckt in einem Futteral aus schwarzem Leder.

»Würdet Ihr Euch wohl ein wenig beeilen?«

Verdrossen stülpt sie sich die Henkerskluft über. Welch absonderliche Idee! Als sie fertig ist, nimmt sie mit Erstaunen zur Kenntnis, welch geile Blicke er jetzt, ausgerechnet jetzt auf sie wirft: Ihre Kostümierung wirkt auf ihn unvergleichlich erregender als ihre fleischliche Nacktheit. Aus dem Ärmel zieht er eine siebenschwänzige Peitsche hervor und reicht sie ihr:

»Peitscht mich!«

Das darf doch nicht wahr sein! Der Verrückte wird ihr allmählich lästig...! Andererseits, eine Züchtigung hat er sich gewißlich verdient.

Hsia lüftet sein Kleid, beugt sich vornüber und bietet ihr in grotesker Pose seinen Hintern. Sie tut ihm den Gefallen und drischt auf das schlaffe Fleisch, das bald mit blutigen Striemen übersät ist.

Hsia scheint bald in der rechten Stimmung zu sein, denn er richtet sich auf, springt aufs Bett und kreischt im Falsett:

»Fesselt mich!«

Jing-Huas Augen unter der Henkerskapuze funkeln vor Vergnügen. Sie greift nach allem, was ihr in die Hände gerät, um den Steuereintreiber an die ebenholzgeschnitzten Drachen und Einhörner der Bettpfosten zu fesseln.

Alle viere von sich gestreckt, wird er festgezurrt, und sie kann sich ein hämisches Grinsen nicht verkneifen angesichts des armseligen Schlängleins, das vor Anstrengung Falten wirft, und dem es dennoch nicht gelingen will, sich aufzurichten. Ein Hieb, ein zweiter . . . mit trockenem Knall saust die Peitsche auf die ausgemergelten Froschschenkel nieder. Heiser, fast tonlos fleht er sie an.

»Berührt mich im After!«

Genug! Dame Hua ist empört: Was nimmt der Vermessene sich heraus? Der perverse Lustgreis ist höchst abstoßend. Doch gut, er soll seinen Willen haben, und mehr als ihm lieb ist!

Ihren Abscheu unterdrückend, dreht sie die Peitsche um, bahnt sich den Weg durch das weiche Fleisch, bohrt versuchsweise mit dem Stiel am Rande der von Hautlappen überwucherten Öffnung, und dann, ohne Vorwarnung, stößt sie den Griff fest hinein bis zum Anschlag.

Die hierdurch erzielte Wirkung fällt gänzlich anders aus als erwartet: Ein Schrei der Verblüffung, und das Schlänglein schnellt empor, aus dem verschrumpelten Hals platzt ein hübscher rötlicher Kopf.

Derlei Exzesse bringen schließlich auch Dame Hua in Wallung. Sie reißt sich das linnene Gewand vom Leib und schwingt sich mit wogenden Brüsten auf die Kruppe des Amtsschimmels, den sie mit kräftigen Gertenhieben in schnellere Gangart versetzt.

In der Ferne erahnt sie den Ozean der Seligkeit, nebelverhangen noch, doch in Reichweite. Dame Hua legt sich in die Riemen und rudert, was das Zeug hält. Sie verausgabt sich geradezu. Diesmal wird sie sich die himmlischen Genüsse nicht entgehen lassen!

Doch nein! Der Jammer ist grenzenlos – unter dem zügellosen Ritt der Amazone ist der Gaul allzu rasch erschöpft:

Ein kurzer Rausch der Sinne treibt seine gesamte Kraft aus ihm heraus ... und bald liegt nur noch ein armseliges Hautläppchen zwischen Meister Hsias rachitischen Schenkeln.

Mit seligem Lächeln auf den Lippen ist der Staatsbeamte unter ihr entschlummert. Abermals hat Dame Hua die Fähre zu den Inseln der Vollkommenen Glückseligkeit verpaßt.

Welch eine Nacht! Bei der Erinnerung wogt erneut der Zorn in ihr auf. Ohne noch einen Blick auf den Undankbaren zu werfen, verläßt Jing-Hua das nächtliche Lager. Sie nimmt eine Frucht aus der am Bettrand stehenden Obstschale, schlägt die Vorhänge des Alkovens zurück und gähnt: Höchste Zeit, daß diese Müßiggängerin Lan ihr das Frühstück bringt!

Wenigstens ist um diese Zeit der Kurier bereits auf dem Weg, sie zu rächen.

Phosphoreszierende Blitze durchzucken das tiefschwarze Wasser. Es wird heller. Yi-Shou läßt sich langsam an die Oberfläche treiben. Wie duftiges Gewölk wirbeln Algen einher und umschlingen ihn. Nur noch ein, zwei Stöße ... Schon sieht er über sich den grünen Schimmer, gischtsprühend branden die Wellen. Jemand ergreift seine Hand. Er lächelt. Die Sirene hat ihn gefunden ... Er flüstert den Namen seiner Base, und endlich taucht sein Kopf aus dem Meer.

Verblüfft öffnet er die Augen. Wo ist er? Rauchschwaden dringen ihm in die Nase, er blickt auf ein dreibeiniges Räucherfaß ... Neben ihm sitzt Li-Mai und hält seine Hand. Zum ersten Mal in seinem Leben sieht er sie lächeln.

Dank wohldosierter Gaben von Schildkrötenblut ist Yi-Shou gegen Abend endlich aus seinem Dämmer erwacht. Kurz darauf erschien der Onkel, um sich nach seinem Befinden zu erkundigen. Yi-Shou fragt nach Shu-Mei. Der Onkel beruhigt ihn: Die Base würde bald wieder hier sein.

Li-Mai tätschelt ihm sanft den Arm.

»Jemand wünscht Euch zu sehen. Aber seid vorsichtig, sprecht nicht zuviel, das ermüdet Euch nur.«

Wer mag das sein?

Es ist Schneekranich. Auf Zehenspitzen betritt sie das Zimmer und verneigt sich vor ihm. Sie trägt ein dem Anlaß entsprechend schlichtes, zartgelb getöntes Obergewand mit weiten Ärmeln über einem Unterrock aus violettem Damast.

Wie schön sie ist, so ganz ohne Schminke! Yi-Shou errötet vor Freude über das unverhoffte Wiedersehen. Er richtet sich auf, blickt suchend umher, um sicherzugehen, daß Li-Mai nicht überflüssigerweise in der Nähe weilt; doch nein, sie hat sich diskret zurückgezogen.

Schneekranich nähert sich scheu und setzt sich auf die äußerste Kante des Bettes. Keiner von beiden hat den Mut, dem Schweigen ein Ende zu machen. Sie ist es, die sich schließlich ein Herz fast; sie zieht ein Päckchen aus dem Ärmel mit den Worten:

»Ich habe Euch Mondkuchen gebacken... Ich weiß wohl, daß es nicht die rechte Zeit ist[1], aber sie werden Euch Glück bringen.«

Yi-Shou ist so ergriffen, daß er keine Worte findet. Schamröte überzieht seine Wangen, wenn er sich vorstellt, welch abscheuliche Gedanken er gehegt hatte, als sie sich zum ersten Mal neben ihn gesetzt hatte.

Sie stockt.

»Wenn Ihr wollt, bringe ich Euch das nächste Mal kandierte Kumquats...«

»Das ist eine Spezialität aus Hebei, nicht wahr?« erkundigt Yi-Shou sich höflich.

Bei diesen Worten fühlt Schneekranich sich an ihre sinnreiche Lügengeschichte erinnert, die sie an jenem Abend für ihn erfunden hatte. Wie lange wird sie die Täuschung

1 Mondkuchen werden nur anläßlich des Herbstfestes gebacken.

noch aufrechterhalten können? Ein Schatten umwölkt ihr Antlitz.

Yi-Shou bemerkt die Veränderung bestürzt. Hat er sie verletzt? Ungehobelter Narr, der er ist! Grausam und sinnlos ist es, ihr die unselige Kindheit ins Gedächtnis zu rufen. Um die Taktlosigkeit vergessen zu machen, lobt er die Schönheit des Jadesteins in ihrem Haarschmuck.

Einer plötzlichen Eingebung folgend, zieht sie die Haarnadel mit dem Phönixkopf aus dem Knoten und reicht sie dem jungen Mann.

»Nehmt sie, bitte, und verwahrt sie als Pfand unserer Freundschaft.«

Verwirrt nimmt Yi-Shou das Geschenk entgegen. Ihre Finger berühren einander. Ein heftiges Verlangen kommt ihn an, den seidenweichen Arm zu streicheln, doch just in diesem Augenblick tritt Li-Mai ins Zimmer, um den Besuch zu beenden. Wie ist die Zeit schnell vergangen! Mit tiefem Bedauern läßt Yi-Shou das Mädchen gehen.

»Kommt Ihr wieder?«

Nicht eine Frage, nein, eine flehentliche Bitte waren seine Worte. Schneekranich ist entzückt. Sie nickt und winkt zum Abschied kurz mit der Hand, ehe sie hinter dem Vorhang verschwindet.

Yi-Shou legt sich nieder und zieht die Decke hoch. Wie eine Wolke von Zitronenduft schwebt ihr Parfum im Raum. Beschämt stellt er fest, daß sein Lenzschaft nahezu auf das Zweifache seiner Größe gewachsen ist, was er fast als schmerzhaft empfindet.

Diese Frau hat ihn verhext . . . Oder sollte es Li-Mais Zaubertrank sein, der solche Wirkung hervorruft? Wer weiß?

Nach der letzten Wegbiegung taucht endlich das Kloster auf. Als dunkle Masse ragt die wehrhafte Umfassungsmauer in den nachtschwarzen Himmel; hinter der Säulenhalle am Haupteingang zeichnen die verschiedenen Tempel und Wirtschaftsgebäude sich ab: eine Vielzahl geschwungener Dächer, hinter- und übereinander, allesamt überragt von der mehrstufigen Pagode der Tiefen Weisheit; diese ist, wie Shu-Mei weiß, der Hort für den Gegenstand der höchsten Verehrung, den Stupa.

Hoffentlich wird man sie dort gnädig aufnehmen!

Bei Einbruch der Dunkelheit waren sie aus ihrem Versteck gekrochen. Long-Jians Zustand hatte sich weiter verschlimmert: Im Verlauf des Nachmittags hatte er zu phantasieren begonnen. Unaufhaltsam stieg das Fieber, die schwärenden Wunden verfärbten sich schwärzlich, und er schien bei lebendigem Leib zu verfaulen. Sie hatten es kaum geschafft, ihn auf das Pferd zu hieven; es war völlig ausgeschlossen, ihn allein reiten zu lassen: Lenzregen schwang sich hinter ihm in den Sattel. Deshalb hatte Grübelnder Kot Shu-Mei sein Pferd überlassen: »Es ist viel sanfter«, hatte er entschuldigend gemeint. In Wahrheit aber wollte er einem neuerlichen Auftritt von Lenzregen vorbeugen.

Shu-Mei war sich dessen freilich bewußt. Sie schätzte den Zwerg, seine Zurückhaltung, seine Entschlossenheit, die ihn ohne viel Worte stets das Richtige tun ließ. Während der Nachmittagsruhe hatte sie gar den Mut gehabt, ihn zu fragen, wie er denn zu dem wenig schmeichelhaften Beinamen gekommen sei. Der kleine Mann hatte gelacht, ausgelassen wie ein Kind und nicht im geringsten verärgert. Seltsamerweise, erzählte er, sei dies sein wahrer Name. Er sei der erstgeborene Sohn, und seine Eltern fürchteten sich vor bösen Geistern, vor allem aber vor der höchsten Yaksha, der Menschenfresserin, die kleine Kinder stiehlt. Von einem Balg mit Namen Grübelnder Kot aber, so dachten sie, würde niemand entzückt sein. In der Tat hatte ihm kein Geist je ein Leid getan. So wollte er auch als Erwachsener sich von dem liebgewordenen Namen nicht mehr trennen und behielt ihn als Glücksbringer.

Da erkannte Shu-Mei, daß der Zwerg trotz seines Aussehens, trotz seines Sprachfehlers den anderen, den wohlgestaltenen, selbstsicheren Männern, die sich über ihn lustig machten, im Grunde überlegen sei; dieser hier, so wußte sie plötzlich, war ein Weiser.

Als sie später auf dem Gaul saß und Mühe hatte, sich im Sattel zu halten, verwünschte sie sich, weil sie nicht reiten konnte. Der Pfad war steil und voller Tücken, und in der undurchdringlichen Finsternis sah man keine zwei Schritte weit. Das Pferd, auf das man sie gesetzt hatte, nutzte ihre Unerfahrenheit weidlich aus und tat alles, wonach ihm der Sinn stand; bald blieb es stehen und bockte, bald scheute es und verfiel in zügellosen Gelopp. Mehrmals war Shu-Mei nahe daran, das Gleichgewicht zu verlieren, doch sie hielt durch. Sie mußte ihre Angst schlecht und recht überwinden: In den vergangenen zwei Tagen hatte sie schließlich Schlimmeres durchgestanden!

Endlos schien ihr der Ritt. Doch schließlich waren sie am Ziel.

Grübelnder Kot wirft einen besorgten Blick auf Long-Jian, der abermals das Bewußtsein verloren hat. Hoffentlich ist es noch nicht zu spät! Er springt vom Pferd und pocht stürmisch ans Haupttor.

Keine Antwort.

Nach langer Zeit öffnet sich im Wächterhäuschen oberhalb des Tors ein Fenster. Verschlafen streckt der Pfortenbruder den Kopf samt einer Laterne heraus und mustert die nächtlichen Besucher.

»Wer da!«

Mit gewählten Worten bittet Grübelnder Kot um Aufnahme und Pflege für einen Schwerstverwundeten. Wenige Augenblicke später öffnen zwei Novizen, in aller Eile aus den Betten getrieben, die Seitenpforte.

»Würdet Ihr wohl Erloschener Leidenschaft mitteilen, daß sein Bruder eingetroffen ist?«

Einer der beiden Brüder wirft sich ehrfürchtig zu Boden und verschwindet rückwärts in den heiligen Hallen.

Wenig später eilt ein junger Mönch mit kahlgeschorenem Schädel herbei, hält kurz inne und erblickt alsbald Grübelnden Kot; stürmisch schließt er ihn in die Arme.

Nach erfolgter Begrüßung erklärt der Ältere mit wenigen Worten den Sachverhalt. Erloschene Leidenschaft schreitet sogleich zur Tat und ruft seine Brüder herbei: Bald sind die Besucher von einem Schwarm dienstfertiger Mönche umgeben. Der Abt des Klosters ist zwar nicht persönlich erschienen, doch von seiner Zelle aus hat er die Weisung erteilt, im Saal der Stummen Betrachtung für Long-Jian ein Lager zu richten – dies als besondere Ehre; denn er hat von dem legendären Verteidiger der Gerechtigkeit viel gehört, und seine Achtung vor ihm ist grenzenlos.

Kaum hat man den Drachen in dem weiten und leeren Raum zur Ruhe gebettet, ist Erleuchteter Lampion, der Fachmann für Kräuter und Arzneien, zur Stelle, um sich des Kranken anzunehmen.

Schnaubend wie ein Blasebalg, hantiert er mit Tüchern und Tinkturen, eilt geschäftig hin und her, so daß seine Fettwülste beben, doch niemand kommt auf die Idee, bei seinem Anblick auch nur zu lächeln. Gelingt es nicht, die Entzündung einzudämmen, wird Long-Jian unweigerlich noch vor Anbruch des nächsten Tages am Wundbrand sterben.

Shu-Mei betrachtet den ausladenden Rücken, der sich über den Kranken beugt, die gemessenen Bewegungen, mit denen der Mönch die Waschung der offenen Stellen vornimmt und das bereits in Verwesung übergegangene Fleisch entfernt. Einer in Fächer unterteilten Arzneitruhe entnimmt er sodann etliche Phiolen, aus welchen er feierlich und geheimnisvoll die kostbaren Elixiere auf die klaffenden Wunden träufelt, wobei er einige unverständliche Formeln murmelt. Zuletzt trägt er einen Balsam aus getrocknetem Ginsengharz, zerstoßenem Perlmutt und Lilienblättern auf.

Es herrscht andächtige Stille, nur das Holz knackt leise. Der Raum, ein Ort der Meditation, ist nahezu schmucklos; die Wände sind mit glatten Holztafeln verkleidet, allein im Halbschatten des Hintergrundes befindet sich ein schlichtes Relief.

Völlig lautlos haben die Mönche sich am Fuße des Podiums versammelt, auf welchem der Todkranke ruht, und ihre Gebetsmatten entrollt.

Long-Jian, mit weißen Verbänden umwickelt und mit Kampfer und ätherischen Ölen gesalbt, liegt leblos, wie aufgebahrt auf dem behelfsmäßigen Lager. Shu-Mei erschauert. Mit einem Mal scheint ihr, als hielten sie bei einem Toten die Wache.

Nun erklingt, erst leise, wie ein Raunen, dann anschwellend wie ein aufkommender Wind der eintönige Gesang: Die Mönche rezitieren die Sutras.

»Long-Jian, schweißgebadet, wird von Krämpfen geschüttelt; er scheint irgend etwas sagen zu wollen. Die beiden Mädchen beugen sich über ihn.

Der Räuber öffnet halb die Augen. Seine fiebrig heiße Hand tastet umher, als suche sie nach einem Halt; Shu-Mei streckt ihm die ihre entgegen. Einen Augenblick lang hält er sie krampfhaft fest, dann, wie erleichtert, lockert sich die Anspannung. Shu-Mei hat sich nicht bewegt. Ergriffen sieht sie, wie seine Gesichtszüge mit einem Mal friedlich werden. Seine Augen sind geschlossen, der Atem geht ruhig; er schläft.

Auf der anderen Seite des Lagers kauert Lenzregen, zutiefst getroffen. Sie würgt an ihrer Eifersucht wie an einer bitteren Frucht.

Die ganze Nacht hindurch hält Long-Jian sich an dieser Hand fest, zwischen Leben und Tod schwebend wie eine Möwe zwischen Himmel und Meer. Als könnte es ihm helfen, nicht ins Jenseits abzugleiten.

17

Die Ruhe und das beschauliche Leben regen offensichtlich zum Nachdenken an. Ich würde gern vergessen, meine Seele fortschwimmen lassen in den schwarzen Wassern eines traumlosen Schlafs.

An die unsägliche Beschmutzung, die meine Reinheit und meine Unschuld zerstört hat, wage ich kaum zu denken. Zerstört für immer: ein Schaden, der nicht wiedergutzumachen ist. Werde ich mich je von dem Alptraum befreien können, der mich Nacht für Nacht heimsucht?

So habe ich beschlossen, jeden Tag einige Zeilen niederzuschreiben, und wenn dies nur dazu dient, die langen leeren Stunden zu füllen und meine Angst zu beschwören. Yi-Shous Tod, die sinnlose Grausamkeit und die Gier der Menschen, die auch den schändlichsten Verrat nicht scheut – all dies flößt mir Abscheu ein und entrückt mich dem irdischen Dasein. Ich fühle mich, als hätte man mir die Augenlider abgetrennt.

Es ist nicht so lange her, seit ich mein Zuhause und meine wohlbehütete Kindheit hinter mir gelassen habe, und doch kommt es mir vor, als wären es Jahre. Wie nichtig und leer waren meine harmlosen Spiele, und wie beschränkt mein Gesichtskreis zwischen dummem Gezänk und den Handarbeiten der Frauen!

Hier ist niemand, der mir zu Diensten steht. Keine Zofe, die mir federngeschmückte Pantöffelchen reicht oder mich nach dem Bade trockenreibt. Niemand, der mir auf Schritt und Tritt folgt. Ich atme auf.

Schon zu Hause habe ich mich stets geweigert, mir beim Frisieren oder beim Ankleiden helfen zu lassen. Jetzt, endlich, habe ich gelernt, Wasser aus dem Brunnen zu holen, und ich wasche meine Kleider im Bach, der hinter dem Kloster fließt.

Gewiß, das muntere Treiben im Schloß fehlt mir, und ich

sehne mich nach den Meinen. Doch der Schmerz der Trennung wäre geringer, wüßte ich, daß mein Vater sich über mein Schicksal keine Sorgen mehr macht.

Vor drei Tagen, am Tage nach unserer Ankunft, wäre Long-Jian beinahe gestorben. Trotz der aufopfernden Pflege der Mönche, trotz ihres Fastens und ihrer Gebete war sein Gesicht wächsern, und sein Atem ging von Stunde zu Stunde schwächer. Es schien, als würde er ganz langsam von den Nebeln der jenseitigen Welt aufgesogen. Ich mußte an das Schreckensbild denken, sein fratzenhaftes Gesicht in vieltausendfacher Zahl, das mir in jener Nacht erschienen war, in der wir aus der Räuberhöhle flohen.

Erleuchteter Lampion war der Ansicht, es sei nur die Reaktion auf das Elixier, das er ihm in der Nacht verabreicht hatte: Seine verwirrten und geschwächten Lebensgeister bekämpften sich gegenseitig bis zur Erschöpfung. Aber schon bald würden sie wieder zur Vernunft kommen.

Als Lenzregen einmal für einen Augenblick hinausging, schob ich schnell die Kette aus Pfirsichkernen[1] *unter sein Hemd, die man mir in die Wiege gab und die ich seither nicht abgelegt habe.*

Von den eintönigen Litaneien der Bonzen wurde mir schwindlig. Grübelnder Kot irrte umher wie eine ruhelose Seele und schüttelte immer wieder verzweifelt seinen großen Kopf. Er konnte den Erklärungen und hoffnungsvollen Vorhersagen des Heilers wohl nicht so recht glauben.

Seit heute morgen ist Long-Jians Zustand gleichbleibend. Ich bin zuversichtlich. Mein Geburtsamulett beschützt ihn, sonst hätten ihn die Gelben Quellen bereits fortgerissen.

Lenzregen haßt mich, und sie läßt es mich spüren. Wir reden nicht mehr miteinander, aber ich kann ihr nicht wirklich böse sein. Sie liebt Long-Jian, das sieht man. Ich bin

1 Amulett, das den Neugeborenen um den Hals gebunden wurde. Die Pfirsichkerne, so hieß es, hätten die Fähigkeit, böse Geister zu bannen.

in ihre Welt eingebrochen, und das stört sie. Sie sieht in mir die Ursache allen Übels. Was kann ich dafür? Ich habe die Räuber doch nicht gebeten, mich für ein Lösegeld zu entführen!

Leidenschaft verengt den Geist, pflegt Himmlische Entrücktheit, der Abt des Klosters, unermüdlich zu wiederholen.

Wir halten abwechselnd am Krankenbett Wache. Ich bin gleich wieder an der Reihe . . .

Grübelnder Kot pocht leise an die Tür ihrer Zelle. Mit leichtem Bedauern streut Shu-Mei Sand über das Papier, das Erloschene Leidenschaft ihr geschenkt hat. Sie rollt das Blatt zusammen, legt die mit Pflaumenblüten verzierten Tintenstäbchen säuberlich neben das Tintenfaß und steht auf.

Das Licht draußen läßt alle Gegenstände wie durchsichtig erscheinen, und sie schließt geblendet die Augen. Im Unterschied zur heißen, stickigen Ebene ist die Luft hier oben angenehm mild. Unter den letzten Strahlen der Sonne flimmern die Bergkämme und verschwimmen bläulich in der Ferne.

Shu-Mei bleibt stehen, atmet tief und lange. Ein Laienbruder in blauer Kutte, über den Rechen gebeugt, harkt die Kieswege.

Bescheidenes Talent kommt ihr in den Sinn, sie sieht ihn vor sich, wie er des Morgens im Schatten des Hibiskuspavillons frische Luft schöpft, und ihr Herz zieht sich zusammen.

Wie mag es den Ihren wohl ergehen? Sie denkt daran, wie jeder von ihnen Tag für Tag sich bemühte, mit kleinen Freuden seinen Alltag zu schmücken, und stellt sich vor, welchen Einschnitt ihr Verschwinden und der Tod von Yi-Shou in ihrem Leben bedeuten; stellt sich vor, wie unter den Klagen und Tränen die Rote Kammer[1] erbebt. Und all dies nur, weil sie ungehorsam war!

1 Pavillon der Frauen.

Gewiß haben der Vater und GuanShang mittlerweile das Versteck der Räuber ausgehoben, um sie zu befreien – und haben sie nicht gefunden. Man wird sie für tot halten.

Am Eingang des Tempels wird dröhnend der bronzene Gong angeschlagen. Shu-Mei fühlt sich mit einem Mal gänzlich verlassen.

Schwach dringt ihr der Gesang der Mönche ans Ohr, die im Saal der Weißen Wolken zum Gebet versammelt sind. Der Wind hat sich gedreht... Sie entsinnt sich ihrer Pflicht. Hastig rafft sie die Röcke und eilt zu Long-Jians Zelle in einem Seitentrakt hinter der Bibliothek der heiligen Schriften.

Schon viele Male hat sie diesen Hof durchquert, und noch immer bewundert sie staunend die prachtvolle Anlage, die geschwungenen Dächer mit den lotosblütenförmigen Ziegeln unter glänzendem Firnis, das geschnitzte Gesims, bemalt in leuchtenden Farben. Mit drohender Gebärde bewachten Jin-Gang und Li-Shi, die furchterregenden Vajras[2], den Tempel; unerbittlich zermalmen sie jeden Dämon, der Einlaß begehrt.

Shu-Mei betritt ein langgestrecktes, niedriges Gebäude. Fünf Minuten später sieht Grübelnder Kot, der an eine Steinbank gelehnt seinen Träumen nachhängt, sie wieder hervorstürzen, in Tränen aufgelöst. Es bedarf nicht der Kenntnisse eines Großmandarins, um die Ursache dieses Kummers zu erraten.

Das Mädchen eilt an ihm vorüber und sieht ihn nicht einmal. Hinkend läuft er ihr nach und holt sie ein.

»Nie mehr werde ich bei ihm wachen«, ruft sie entschlossen, sobald sie sich wieder ein wenig beruhigt hat.

Der kleine Mann reicht ihr sein Taschentuch.

1 Sinnbild der himmlischen Wächter ist der Blitz, Vajra, daher ihr Name. Sie schützen die Welt vor Angriffen böser Geister; ihre Bilder oder Statuen, bisweilen von riesenhaftem Ausmaß, werden deshalb stets am Eingang des Tempels aufgestellt.

»Da-da-das w-w-war sie, nicht wahr?«

Shu-Mei nickt wortlos. Lenzregen hat ihr die Kette aus Pfirsichkernen ins Gesicht geworfen und sie mit allen erdenklichen Schmähungen beschimpft.

Grübelnder Kot ergreift ihren Arm und schüttelt sie sacht: »Ge-geh sss-seinetwegen. E-er bb-braucht dich.«

Sein Blick fällt auf das Amulett, das Shu-Mei an ihre Brust drückt, und er begreift.

»Ma-mach di-d-dir keine Sorgen. I-iich wwwerde es ihm ssselbst wieder umlegen.«

Freundlich, aber bestimmt drängt er sie zur Tür. Über Shu-Meis verweintes Gesicht huscht ein dankbares Lächeln.

Long-Jians Fieber ist gefallen. In schwärmerischer Begeisterung verläßt Erleuchteter Lampion seine Zelle. Gewiß, er hat nie an der heilenden Wirkung seiner Arzneien im Verein mit den ununterbrochenen Gebeten der ganzen Klostergemeinschaft gezweifelt, aber eine so offensichtliche Bestätigung ist doch eine Wohltat. Freilich muß der Genesende sich noch einige Tage schonen.

Long-Jian indes, den Rücken von weichen Kissen gestützt, bittet Lenzregen und Grübelnden Kot an sein Lager. In seinen Augen funkelt ein ungewohntes Feuer.

»Ich habe lange nachgedacht, Freunde. Wenn die Götter mich am Leben ließen, so deshalb, weil sie wünschen, daß ich die mir auferlegte Aufgabe zu Ende führe. Es ist jetzt unsere Pflicht, die Beute wieder an uns zu bringen, um sie wie vorgesehen an die Ärmsten der Armen zu verteilen und jenen Abschaum auszumerzen, der unser Ideal verraten hat.«

»Aber wie denn nur?« fragt Lenzregen verzagt. »Wir sind nur zu dritt, und du bist noch viel zu schwach, um dich überhaupt auf den Beinen zu halten, geschweige denn um zu kämpfen.«

»Dazu wollte ich gerade etwas sagen . . .« Long-Jian hält inne und fährt sich über die rauhen Bartstoppeln, die seine ausgezehrten Wangen überwuchern. »Ihr werdet euch auf den Weg machen und landauf, landab entschlossene und vertrauenswürdige Männer für unsere Sache gewinnen . . . Doch seid wachsam. Vergeßt nicht, daß ein winziger Wurm stark genug ist, den Pfirsich zu zerstören.«

»Wa-wwwann sollen wir aufbrechen?«

»Warum nicht gleich heute . . .«, antwortet Long-Jian müde.

Shu-Mei, die sich die ganze Zeit über im Hintergrund gehalten hat, tritt einen Schritt vor und fragt zaghaft:

»Kann ich auch gehen? Ich möchte so gern nach Hause. Ich gebe Euch mein Wort, daß ich nichts über Euer Versteck sagen werde.«

»Das werden wir sehen, wenn die beiden wieder zurück sind. Vorläufig bleibst du hier.« Er spricht in scharfem Tone, als wolle er jedes Mißverständnis von vornherein ausschließen. »Man kann nie wissen – es ist durchaus möglich, daß wir dich eines Tages als Tauschware benötigen.«

Lenzregen knirscht mit den Zähnen. Ihm ist jeder Vorwand recht, um dieses liederliche Frauenzimmer bei sich zu behalten! Während ihrer Abwesenheit wird die andere in aller Muße ihre Ränke spinnen können, um Long-Jian für sich einzunehmen.

Grimmig verläßt sie hinter Grübelndem Kot die Zelle, die Hände zu Fäusten geballt.

Zutiefst enttäuscht will Shu-Mei sich ebenfalls zurückziehen.

»Ich sehe aus wie ein alter Bock. Würdest du mir wohl den Bart rasieren?«

Das Mädchen, schon fast bei der Tür, hält inne und dreht sich um, mit stolz erhobenem Kopf.

»Sprecht Ihr mit der Zofe oder mit der Gefangenen?«

»Mit Shu-Mei«, erwidert er ruhig.

Meister Sun, den die Hundstage völlig aus dem Gleichgewicht werfen, sitzt wie betäubt in Mutter Hos Gaststube, fächelt sich Kühlung zu und schlürft in kleinen Schlucken den brühheißen Tee.

»Ich werde Euch gleich Blätterteigfladen mit Nußfüllung vorsetzen, sie sind ganz frisch und noch warm«, schnattert die Zuhälterin, die hinter dem Vorhang in der Küche hantiert. »Da werdet Ihr Augen machen!«

Sun auf dem niedrigen weinroten Sofa sinkt in sich zusammen und seufzt. Ach, es ist eine ganz andere Art von Blätterteig, den zu füllen ihn im Augenblick gelüstet!

Der Monsun hat nicht nur ihm den Kopf verdreht. Er knöpft verstohlen das Wams auf und wirft einen Blick auf seine Männlichkeit. Vorsichtig löst er die vor Hitze festgeklebten Bestandteile voneinander, feucht glänzt die Schnauze an dem vorwitzig vorgestreckten Kopf. Sun tätschelt das Tierchen begütigend, in der Hoffnung, es möge sich wieder beruhigen, erzielt jedoch damit eine gegenteilige Wirkung ... Es sträubt sich heftig, während sein Herr sich verfärbt, die großen Ohren beginnen zu glühen. Höchste Zeit für einen Auslauf!

In diesem Augenblick wird unter Schellengeläute der Vorhang an der Eingangstür zur Seite geschoben, und ein fetter, kurzbeiniger Mann betritt das Zimmer. Seine Schenkel, in hautenge Beinkleider aus Hirschleder gezwängt, sind so dick und rund wie geräucherter Wildschweinschinken. Schwerfällig läßt er sich auf einem Schemel nieder, aus dessen Polsterung unter der Last zischend die Luft entweicht.

Hastig schlägt Sun das Gewand über den zitternden Unterleib.

»Macht es Euch bequem, fühlt Euch ganz wie zu Hause!«

Mit strahlendem Lächeln erscheint Mutter Ho in der Küchentür, in jeder Hand eine randvolle Schale mit Süßigkeiten.

»Schneekranich trifft ihre Vorbereitungen. Sie wird gleich

fertig sein«, flüstert sie dem Meister der Tonkunst ins Ohr. »Was Eure nichtswürdige Dienerin anlangt . . .«, sie geht zum Spiegel an der Wand, um ihre Nase von einem Mitesser zu befreien, ». . . sie hat alle Hände voll zu tun. Stellt Euch vor, Duftender Hibiskus hat uns eine Fehlgeburt beschert! Und da soll einer herausfinden, wer der Vater ist!«

Die vielbeschäftigte Gevatterin schickt verzweifelte Blicke zum Himmel, wirft sich ein Schultertuch um und verläßt mit raschelnden Gewändern das Haus.

Der dicke Mann, kein anderer als Spanferkel in eigener Person, verschlingt unterdessen ein Halbdutzend Fladenkuchen, läßt zum Abschluß des genossenen Mahls seine inneren Gase entweichen und beginnt, mit großen Schritten das Zimmer zu durchmessen, wobei seine Fleischmassen hüpfen.

Endlich tritt Schneekranich in voller Pracht durch die Hintertür, behängt und beringt und geschmückt, die Brauen mit Kobaltblau nachgezogen, und die Lippen in der Farbe des aufblühenden Mohns.

Anmutig geht sie auf Sun zu und fordert ihn auf, ihr zu folgen, als Spanferkel dazwischenfährt, sie heftig am Arm packt und an sich zieht.

»Aber dieser Herr war vor Euch hier!« empört sie sich schrill und versucht sich zu befreien.

»Das stimmt!« stößt Sun mit zorngerötetem Gesicht hervor. Keinesfalls wird er sich von diesem lärmenden Hängebauchschwein von seinem rechtmäßigen Platz vertreiben lassen!

Wutschnaubend tritt er hinzu, doch der andere läßt sich von solchem Gehabe nicht im mindesten einschüchtern, sondern tätschelt unter Hohngelächter einhändig der Dame Hinterteil, während er mit der anderen Hand in seinem Geldsack wühlt und eine edle Perle hervorzieht, die er zwischen Daumen und Zeigefinger genüßlich kreisen läßt.

Schneekranich sperrt vor Staunen Mund und Augen auf, und ihr Widerstand schmilzt dahin.

Der Räuber indes zerrt eine ihrer runden Brüste aus dem Mieder, dreht sich zu Sun um und grinst triumphierend:

»Siehst du, meine Perlen hat sie lieber als deine weichgekochten Eier. Du kannst dich einstweilen ja nützlich machen, das Messing polieren oder so ... Weichlinge kommen bei den Frauen eben nicht an!«

Sun tobt vor Zorn ob der erlittenen Schmach. Doch was soll's, für Galanterien ist später noch immer genug Zeit. Ein gütiges Schicksal hat ihm eine einmalige Gelegenheit beschert, und er wird sie gewiß nicht ungenutzt verstreichen lassen!

Im Laufschritt stürmt er aus dem Freudenhaus, schwingt sich auf sein Maultier und sprengt davon, um Tsao zu benachrichtigen und die ausgesetzte Belohnung einzustreichen.

Spanferkel hat Schneekranich zwei Perlen in Aussicht gestellt, wenn sie verspricht, ihr Bestes zu geben. Das läßt sie sich nicht zweimal sagen und setzt all ihre Künste ein. Auf die Stellung des »Affen beim Angriff« folgen das »Kaninchen, seine Barthaare säubernd« und die »Aufsteigende Schildkröte«. Spanferkel, gefühlsmäßig bereits verausgabt, döst vor sich hin, während seine leiblichen Bedürfnisse sichtlich noch nicht gestillt sind; seine Gerte ragt kerzengerade empor und hält den härtesten Maßnahmen stand.

Schneekranich indessen übertrifft sich selbst. Augenblicks bearbeitet sie ihn mit der gleichen Entschlossenheit, als gelte es, eine widerspenstige Kuh zu melken. Im übrigen mißfällt ihr solches Treiben nicht einmal: Wider Erwarten erwies sich der Fettwanst nach der Entkleidung als weniger unschön, als sie zunächst befürchtet hatte. Sie hat sich fest vorgenommen, ihn derart zu verwöhnen, daß er mit Freuden immer wieder kommt und seine Perlen allesamt an sie verschwendet.

Wenn sie sich nur eines Tages freikaufen könnte! Seit einiger Zeit verrichtet sie ihre gymnastischen Übungen mit vollkommenem Gleichmut. Die Männer können kommen und gehen und sich ihres Bauches bedienen – es läßt sie kalt. Ihr Geist weilt anderswo.

Plötzlich ein Krachen, die Tür zersplittert in tausend Stücke. Spanferkel fährt auf, doch es bleibt ihm nicht einmal mehr Zeit, seine Blöße zu bedecken. Weißer Wirbelwind sowie zwei Soldaten aus seiner Eskorte zerren ihn gnadenlos vom Lager und fesseln ihm die Handgelenke. Einer von ihnen reißt ihm die Börse vom Gürtel: Sie ist randvoll mit Perlen.

»Das dürft ihr nicht! Es ist die Erbschaft meiner armen Mutter!« kräht Spanferkel empört.

Als ihm bewußt wird, daß er mit solchen Ausflüchten wohl kaum das Herz eines Soldaten rühren wird, fügt er prompt hinzu:

»Wenn ihr wollt, teilen wir . . . Aber laßt mich los, ich hab' doch nichts getan.«

»Das kannst du Herrn Tsao erzählen.«

Schneekranich hat sich ihrerseits erhoben und ein tief ausgeschnittenes Hauskleid übergeworfen, das unterhalb der Brust von einem nachtblauen Band gehalten wird.

»Hat er dich bezahlt?«

Sie schüttelt den Kopf. Weißer Wirbelwind wirft ihr zwei Sapeken zu, damit ihr aus der unerwarteten Verhaftung des Kunden wenigstens kein Schaden entstünde. Als der sich heftig sträubende Räuber abgeführt wird, hält sie den Krieger am Ärmel zurück.

»Wie geht es Yi-Shou?«

»Er erholt sich allmählich.«

»Darf ich dich um einen Dienst bitten? Würdest du ihm sagen, daß ich ihn heute zwar nicht besuchen konnte, dafür morgen aber ganz sicher komme?«

Weißer Wirbelwind nickt. Das Mädchen ist verrückt, aber sie hat ein weiches Herz.

»Ist das alles?«

»Ja.«

Sie tritt bescheiden zur Seite, um ihm den Weg freizugeben. Fröstelnd zieht sie ihr Schultertuch enger um sich. Sie zögert, dann faßt sie Mut:

»Das heißt, nein ...« Sie errötet wie eine junge Nonne im Angesicht der Klostervorsteherin. »Ich bitte dich um einen Gefallen ... Versprich mir, ihm nie zu sagen, wer ich bin.«

Der Hüne streichelt ihr das Kinn. Die Kleine ist verliebt. Rührend.

»Versprochen. Ich werde dafür sorgen, daß er es nicht erfährt!«

Mit gespreizten Armen und Beinen hängt Spanferkel in den Lederriemen, mit denen er an eisernen Ringen an die Wand gefesselt ist, und quietscht vor Angst wie ein Schwein vor der Schlachtbank.

Das Verhör zieht sich in die Länge. Tsao führt die Befragung allein in Gegenwart von GuanShang durch und hat sämtliche Männer fortgeschickt. Ihm ist nicht daran gelegen, allfällige Enthüllungen ruchbar werden zu lassen – es sei denn, dies sollte sich aus strategischen Gründen als erforderlich erweisen.

Um der Geständnisbereitschaft des Gefangenen ein wenig nachzuhelfen, wendet er die Folter des »langsamen Todes« an.

Während GuanShang also seelenruhig sein Messer schleift, stellt Tsao sich breitbeinig vor dem Räuber auf und nimmt ihn ins Verhör.

»Und Long-Jian?«

Beim Anblick der spitzen Klinge, die ihn binnen kurzem in Einzelteile zerlegen wird, umwölken sich des Spanferkels Sinne, und er vergißt zu antworten.

Sogleich sticht GuanShang mit der Messerspitze das Fett des linken Schenkels an, macht einen präzisen rechtwinkligen Einschnitt, etwa zwei Zoll lang und einen Zoll breit, und zieht schließlich das Hautstückchen vom Fleisch wie die Schale vom Pfirsich.

Das Spanferkel brüllt bereits wie ein Kalb.

Tsao, der allmählich die Geduld verliert, stellt seine Frage erneut.

Die Antwort erfolgt diesmal bereitwillig:

»Long-Jian ist aus dem Versteck geflüchtet!«

Tsao wendet sich grimmig ab, wirft sich in einen Sessel und knirscht mit den Zähnen. Es ist durchaus möglich, daß der Kerl seinen Anführer deckt, indem er alle Spuren verwischt. Äußerste Vorsicht ist geboten.

»Weshalb sollte er seine Brüder im Stich lassen?«

Spanferkel stöhnt erbärmlich: sein gehäutetes Bein verursacht ihm arge Schmerzen. GuanShang aber kennt keine Gnade, im Gegenteil. Bedächtig macht er sich daran, eine zweite Scheibe Schenkel abzuschneiden.

Der freigelegte Muskel zuckt, das Geschrei verstärkt sich. Glücklicherweise befinden sie sich im Goldlotospavillon, der recht solide gebaut ist.

»Nun?«

»Er wollte die Beute für sich allein behalten. Wir konnten nur einen kleinen Teil abzweigen.«

Tsao runzelt die Stirn. Der Mann lügt, soviel ist sicher. Niemals würde Long-Jian sich zu einer solchen Dummheit hinreißen lassen – er müßte denn den Verstand verloren haben. Wie könnte er ernstlich glauben, mit heiler Haut davonzukommen, wenn eine Meute hungriger Wölfe ihm auf den Fersen ist!

Ein Wink genügt. Dienstbeflissen führt GuanShang den Befehl aus und fährt fort, des Spanferkels Beine zu zerstückeln. Sorgfältig tranchiert er, schabt und säubert das Fleisch auch von den letzten Resten Haut, die er abzieht wie die Schale einer überreifen Tomate.

»Und meine Tochter?«

Am Boden bildet sich bereits ein kleines Häufchen abgeschnittener Fleischfetzen, das Spanferkel indes windet sich in seinen Fesseln und heult in den höchsten Tönen.

Tsao fährt auf, schreiend:

»Antworte, wo ist sie?«

»Eure Tochter ist bei ihm«, stößt der Gemarterte schließlich röchelnd hervor. »Er wollte sie für sich behalten, wie die Perlen.«

Wie betäubt starrt Tsao ihn an.

»Zuvor hat er sie vor unseren Augen vergewaltigt.«

Tsao bebt vor Zorn. Mit einem Wink gebietet er Guan-Shang, sein Gemetzel zu unterbrechen. Keuchend fährt der Räuber in seinem Bericht fort, wobei er all seinen Groll gegen Long-Jian entlädt . . . Als könnte ihm das helfen, sich aus seiner üblen Lage zu befreien!

»Wie ein Wilder hat er sich über sie hergemacht, bis sie in Ohnmacht fiel. Dann brachte er sie mit einem Krug Wasser wieder zur Besinnung und forderte uns auf, uns ebenfalls an ihr gütlich zu tun.«

Weiß vor Wut packt Tsao ihn bei den Hoden.

»Also hast auch du meine Tochter vergewaltigt?«

Das Ferkel kreischt zum Steinerweichen.

»Nein, ich nicht . . . Das hätte ich nie gewagt. Es war unwürdig und abstoßend . . . Sobald ich meinen Anteil hatte, verließ ich die Brüder . . . Das ist die Wahrheit. Ich schwöre.«

Der Kerl ist ein Feigling. Aus diesem Umstand wird man vielleicht noch einmal Nutzen ziehen können. Tsao lockert seinen Griff, indessen GuanShang sein Messer schwingt und Anstalten macht, ihn zu kastrieren.

»Nein, das nicht . . .! Bitte!«

»Sag uns, wo das Versteck ist, und die Folter hat ein Ende.«

Spanferkel überlegt nicht lange: Unter Ächzen und Winseln gibt er seine Geheimnisse preis, halb Dichtung, halb Wahrheit. Tsao geht aus dem Zimmer, er bedarf dringend frischer Luft. Seine Kehle ist wie zugeschnürt bei dem Gedanken an die Schändung, die Shu-Mei an Leib und Seele zugefügt wurde. Seine Rache aber, dies schwört er bei sich, seine Rache wird fürchterlich.

Unterdessen streicht GuanShang mit dem Messer ganz sacht über den schwammigen Bauch. Fast tut es ihm leid, sein Werk nicht vollenden zu dürfen.

»Würdest du den Spitzel wiedererkennen, der uns verraten hat?«

Der Gefesselte gerät in Panik, er stammelt beschwörend:

»Ich kenne ihn nicht, wirklich, ich weiß von nichts, ich bin erst vor kurzem angeworben worden. Long-Jian hat seinen Namen nie erwähnt. Er traute niemandem.«

Zu Recht! Mit der Miene tiefster Verachtung taucht Guan-Shang die Hand in ein Faß und streut grobkörniges Salz auf die Wunden.

Das Ferkel röhrt.

»Du wirst mit uns zu diesem Versteck gehen. Wenn deine Angaben falsch sind, werde ich dir den Balg über die Ohren ziehen wie einem Karnickel. Unsere Köchin wird dich mit Entzücken zu Frikassee verarbeiten.«

Vier Stunden später steht Tsao an der Spitze einer bis an die Zähne bewaffneten Truppe bereits in Sichtweite vor der Räuberhöhle. Das Spanferkel, verarztet und gefesselt, wird auf einem eigenen Pferd mitgeführt, das ein Soldat am Zügel hält.

Sie stehen am Fuße des Vorgebirges mit seinen bewaldeten Kuppen und wild zerklüfteten Felswänden. Unweit von hier steigt weißer Rauch aus dem Gebüsch. Tsao schöpft neue Hoffnung. Vielleicht ist Shu-Mei noch dort!

Er winkt das Spanferkel zu sich heran.

»Führen mehrere Wege zur Höhle?«

»Nur einer . . . Ich werde Euch . . . ich werde ihn Euch zeigen«, stottert der Hasenfuß.

»Bist du sicher?«

Tsao zückt das Schwert. Bedrohlich schwebt es über dem dicken Schenkel, dessen Umfang auf das Zweifache angeschwollen ist.

»Aaaaah . . . Nein, ich erinnere mich. Es gibt noch einen Weg. Er beginnt hinter dem weißen Gesteinsbrocken dort zu Eurer Linken.«

Angewidert wendet Tsao sich ab; der andere atmet hörbar auf, mit leisem Zischen, als weiche vor Erleichterung die Luft aus ihm. Wie konnte Long-Jian sich mit solchen Leuten umgeben!

Er erteilt seine Weisungen:

GuanShang wird mit mehreren Männern vorausreiten, darunter Gelockte Ratte, der sich damals, während der Darbietungen der vorgeblichen Gaukler, an den Messerwerfereien beteiligt hatte. Jetzt wird sich zeigen, wie rein sein Gewissen ist. Er selbst wird mit dem Rest der Truppe den zweiten Pfad abriegeln und sich bereit halten, um im Notfall einzugreifen.

Tief über die Pferdenacken gebeugt, machen die Männer sich auf den Weg. Zwischen Dornbüschen hindurch, deren Äste sie hier und da mit dem Schwert abhauen, führt der steile Pfad bergauf. Mit wachsamem Auge reitet GuanShang voran, auf allfällige Hinterhalte gefaßt.

Auf halber Höhe lichtet sich der Bewuchs, das mannshohe Gehölz weicht niedrigem Buschwerk, und die Soldaten sind der schützenden Deckung beraubt. Da schwirrt auch schon ein Pfeil heran und bohrt sich einem der Männer in den Schenkel, ein zweiter streift Höllengalopps Bart.

Die Antwort folgt auf dem Fuße: Ein Pfeilhagel geht auf das Dickicht nieder, und der Heckenschütze wird mitten ins Herz getroffen. Er tut einen Satz und fällt rücklings zu Boden; sein Gefährte indes springt leichtsinnig auf und will fliehen, doch Weißer Wirbelsturm kommt ihm zuvor: Er setzt die Schleuder an und spaltet treffsicher den geschorenen Schädel.

Aufgeregtes Flattern im Gebüsch, dann herrscht Stille. Der Weg ist frei. GuanShang bedeutet seiner Truppe, während des weiteren Aufstiegs in Deckung zu bleiben.

Hinter baumhohen Farnpflanzen ist bald der Eingang der Höhle zu sehen. GuanShang bezieht Stellung im Dickicht und schickt, wie mit Tsao vereinbart, Gelockte Ratte als Aufklärer voraus.

Der gleitet vom Sattel und schleicht sich lautlos an, die Streitaxt kampfbereit in der Hand. Doch schon nach wenigen Schritten schwindet ihm der Boden unter den Füßen, und mit einem Aufschrei fährt er kerzengerade hinab in die Tiefe.

Narbengesicht überlegt nicht lange. Mit einem Satz ist er aus seinem Versteck, um dem Freunde zu Hilfe zu eilen... Zu spät! – die spitzen Dornen am Boden der Falle haben seinen Leib durchbohrt. Gelockte Ratte rührt sich nicht mehr.

In diesem Augenblick taucht in einer der Schießscharten im Felsen ein Kopf auf. Reflexartig reißt Narbengesicht den Schild hoch – gerade noch rechtzeitig: Die Axt, zum tödlichen Hieb geschwungen, prallt an dem schützenden Panzer ab.

Nun schwirrt ein Speer durch die Luft und bohrt sich tief in des Räubers Stirn. Überraschung malt sich in seinen Zügen, als er langsam in sich zusammensackt.

GuanShang bricht aus dem Dickicht hervor und gibt das Zeichen zum Angriff. Von allen Seiten strömen die Männer herbei und umstellen das Versteck, sorgfältig darauf bedacht, die Falle zu vermeiden, in der Gelockte Ratte den Tod fand. Seltsamerweise hält niemand sie auf.

Wildes Gestrüpp und Schlingpflanzen überwuchern den Eingang. Auf einen Wink von GuanShang wird die Höhle gestürmt. Sie ist leer. Noch liegen Waffen am Boden verstreut, und es herrscht ein heilloses Durcheinander, umgestürzte Truhen, ausgeleerte Kessel, Kleidungsstücke, zerknüllt und in die Ecke geworfen – alles weist darauf hin, daß der Ort fluchtartig verlassen wurde. Aus der Feuerstelle, hier und da noch rotglühend, steigt Rauch. Weißer Wirbelwind tritt versehentlich in einen Napf, der noch zur Hälfte mit Reis gefüllt ist. Aus einer dunklen Ecke fliegt ein Schwarm Fledermäuse auf und flattert aufgeregt durch die Höhle.

Der Kang, mit Tierfellen bedeckt, scheint unberührt. Nur ein einsamer Sperling kauert in seinem Käfig und rollt verschreckt die Augen. Auf dem Boden liegt ein einzelner Stiefel... GuanShangs Blick fällt durch eine Fensteröffnung.

Auf der Rückseite des Berges, klettert ein Räuber in halsbrecherischer Weise von einem Felsen zum anderen und ist bald außer Sichtweite.

Die Bande ist entkommen. An eine Verfolgung ist nicht zu denken, der Vorsprung ist zu groß.

Wieder am Fuße des Berges erstattet GuanShang, bebend vor Wut, seinem Herrn Bericht. Mit der Bartspitze weist er auf Spanferkel.

»Dieser Elefant da hat uns den dritten Zugang zur Höhle verheimlicht. Die Galgenvögel haben uns vermutlich schon vor geraumer Zeit erspäht: So blieb ihnen genügend Zeit, ihre Sachen zu packen und durch den hinteren Ausgang zu fliehen. Vier Kerle ließen sie zu unserem Empfang zurück – unser einziger Trost ist, daß es nur einem glückte, sich aus dem Staub zu machen.«

»Und meine Tochter?«

Rauchender Friedhof senkt die Stimme:

»Nicht eine Spur, Herr. Sie wurde zweifellos nicht dort gefangengehalten: wir haben alles durchsucht.«

Er dreht sich zu Spanferkel um, starrt den Dicken an, der unter dem mordlustigen Blick zu zittern beginnt.

»Was machen wir mit diesem Lügner?«

»Ich will ihn nicht mehr sehen. Seine widerwärtige Fratze verursacht mir Bauchgrimmen.«

»Aber Ihr ... Ihr habt mir versprochen, daß ...«, stottert der Verräter, dem der Angstschweiß in Strömen übers Gesicht rinnt.

GuanShang packt sein Schwert mit beiden Händen. Wortlos holt er aus und durchtrennt ihm mit einem einzigen Schlag den Hals. Mit heraushängender Zunge hüpft der Kopf davon, bergabwärts.

Die Truppe wendet sich zum Aufbruch. Es ist zwecklos, die Flüchtigen zu verfolgen. Zu Shu-Mei führt keine Spur mehr.

Tsao ist müde.

18

Gleichförmig gehen die Tage dahin, einer ähnelt dem anderen wie die Bonzen im safrangelben Gewand, wenn sie sich zum Gebet versammeln und dicht gedrängt auf den Steinfliesen knien.

Der Gong, der den Mönchen die liturgischen Stunden anzeigt, bestimmt auch meinen Tagesrhythmus. Allein in meiner Zelle verbringe ich die Zeit und atme den Geruch der Pinien vor dem Fenster.

Gestern aber war ein besonderer Tag. Erloschene Leidenschaft lud mich ein, mit ihm die Werkstatt zu besuchen, in der schriftkundige Brüder von morgens bis abends die Legenden der Heiligen und der Weisen niederschreiben und mit kunstvollen Bildern schmücken.

Stundenlang hätte ich dort verweilen und zusehen mögen, wie die Mönche Begebenheiten im Leben des Buddha schildern, oder auf seidene Tücher, über Sandelholzrahmen gespannt, Bilder aus dem Nirwana zeichnen.

Erloschene Leidenschaft erklärte mir, daß zur Herstellung dieser wunderbaren Farben eisenhaltiger Lehm, Kobalt aus Wei-Chou, Weißbleierz, Malachit und Zinnober aus den Bergwerken von Wou-Ling zu feinem Staub vermahlen und mit verschiedenen Bindemitteln zu einer Paste verrührt werden.

Er zeigte mir die Bottiche mit Leim aus Hirschhorn und Fischschuppen, und erklärte mir, wie die alten, teilweise beschädigten Malereien wiederhergestellt werden, nachdem sie in Bohnensud eingeweicht, mit klarem Wasser abgewaschen und auf hölzernen Gittern getrocknet worden sind.

Schließlich lernte ich, wie aus der Rinde von Maulbeerbäumen oder aus Bambusfasern Papier hergestellt wird. Wie gern würde ich mein neu erworbenes Wissen mit Yi-Shou teilen!

Der Abt hat endlich meine inständigen Bitten erhört und mir gestattet, kleinere Tätigkeiten im Hause zu verrichten. Seit zwei Tagen nun helfe ich den Laienbrüdern, Gemüse zu ernten, zu sortieren und zu schneiden, unter dem gestrengen Blick des Küchenmeisters, genannt Unwürdige Schabe. Im Garten darf ich mich frei bewegen. Der Gärtner, Demutsvoller Kürbis, hat sich meiner angenommen: Er bringt mir bei, wie die Gemüsebeete geharkt und gepflegt, die Rosenstöcke und Obstbäume beschnitten werden, und zu welcher Zeit des Jahres die Früchte des Gartens heranreifen und geerntet werden... Nie hätte man mir zu Hause erlaubt, derartigen Beschäftigungen nachzugehen! Hier aber bin ich glücklich darüber. Die Arbeit erleichtert mir die Eintönigkeit meines Daseins und verscheucht die quälenden Gedanken. Diese scheinbar niedrigen Tätigkeiten lehren mich Demut und Ergebenheit in mein Schicksal, und zudem die praktischen Dinge des Lebens – denn wer weiß, was mir die Zukunft noch alles bringt? Und eine weitere Erfahrung: Die alte Li hatte unrecht, als sie mir unablässig predigte, beim Gurkenpflücken bekäme ich einen Ausschlag!

Die Bonzen lachen über meine Ungeschicklichkeit. Aber ihre gute Laune ist ansteckend; sie sind ein wenig wie Kinder ... Auch wenn sie Hand in Hand spazierengehen und kichern, als wären sie Mädchen. Am Anfang war ich sehr erstaunt, aber was wußte ich denn vom Leben? Nie hätte ich mir Narbengesicht und Gelockte Ratte vorstellen können, wie sie miteinander durchs Gras tollen oder sich, zwischen Säulen verborgen, verstohlen umarmen.

Ich habe mit Long-Jian darüber gesprochen. Der sagte mir, daß die Natur die heiligen Männer, die sich ja für den Rest ihres Lebens verpflichtet hätten, auf Frauen zu verzichten, bisweilen einander näherbringe. Das mag eine Erklärung sein. Auf jeden Fall bin ich ganz gerührt, wenn ich sehe, wie zart und zuvorkommend sie miteinander umgehen. Warum sind die Männer zu den Frauen so grausam, zueinander aber so liebevoll?

Als ich hierher kam, glaubte ich, das Leben eines Mönchs, so fern vom tätigen Leben, müsse entsetzlich langweilig sein. Welcher Irrtum!

Shu-Mei hebt den Kopf und knabbert am Pinselstiel. Sie denkt an ihr Erlebnis an diesem Morgen: Als sie zum Gewächshaus wollte, ging sie der Hitze wegen nicht durch den Gemüsegarten, sondern durch die überdachte Galerie entlang des Saals der Waschungen. Plötzlich vernahm sie von irgendwoher ein vielstimmiges Gelächter. Als sie zufällig durch das nächstliegende offene Fenster blickte, erschrak sie und konnte kaum glauben, was sie da sah.

Eselsfüllen hatte die härene Kutte gerafft und den Saum in den Gürtel gesteckt. Die Hände in die Hüften gestemmt, die Beine gespreizt, stand er da und stellte sein Horn zur Schau, das hochaufgerichtet und schlank in der Leibesmitte prangte gleich einer stolzen Kerze.

Shu-Mei wollte fliehen, das Unfaßbare beleidigte ihr Auge. Allein, bei dem Anblick, der sich ihr bot, stand sie wie angewurzelt, unfähig, sich zu rühren: Ein Ring flog herbei, zielsicher geworfen, und landete geradewegs auf dem anvisierten Bolzen. Beifall brandete auf.

Verwirrt suchte Shu-Mei die Gestalten im Halbschatten des Hintergrunds zu erkennen. Mehrere Bonzen, soeben dem Bade entstiegen, stellten sich in angemessenem Abstand der Reihe nach auf. Unter Anleitung von Pfauenauge, dem Vorsänger im Tempel, durfte jeder sich in dem neuen Geschicklichkeitsspiel üben.

Der Vorsänger eilte von einem Mitspieler zum nächsten, verteilte Wurfringe, korrigierte Körperhaltung und Abstand und notierte die jeweils erreichte Punktezahl. Es wurde gelacht und gescherzt, auch manch gehässiger Ton war zu hören, als sich erwies, daß Jadekäfer mit seiner Unschuldsmiene, der stets aussah, als könne er keiner Fliege etwas zuleide tun, gemogelt hatte! Einstimmig wurde die Strafe beschlossen: Bei der Abendmahlzeit würde er keine Nachspeise bekommen.

Nachdem der erste Schrecken allmählich verklungen war, begann Shu-Mei Spaß an dem Spiel zu finden. Bald ließ sie sich ganz gefangennehmen und schloß insgeheim sogar eine Wette auf den Sieger ab.

Unwürdige Schabe und Nephritflöte waren bei weitem die besten Werfer. Erleuchteter Lampion hingegen beteiligte sich nicht. Seine Aufgabe war es, nach jedem Treffer den Ring vom Bolzen zu nehmen und letzteren beim geringsten Anzeichen von Schwäche mit Liebkosungen wieder aufzurichten. Denn im Kloster hatte man sich seit langem nicht mehr einer so prachtvoll langen Rute erfreut: Keinesfalls durfte sie vorzeitig ins Wanken geraten!

Nach mehreren Durchgängen aber verirrte eine Wespe sich in den Raum und steuerte schnurstracks auf den jungen Mönch zu. Er wollte sie verscheuchen, indes, die Ruchlose stach ihn in die linke Hinterbacke ... Große Katastrophe! Kaum hatte die Aufmerksamkeit des Besitzers nachgelassen, fiel der Fockmast im Handumdrehen in sich zusammen – zum Schaden der Allgemeinheit: Das Spiel war zu Ende.

Shu-Mei lächelt. Sie denkt an die Begebenheit, die Long-Jian ihr bei jenem Gespräch über die Liebe zwischen Männern erzählt hat:

Der Kaiser Aiti pflegte mit einem Jüngling das Lager zu teilen, in den er sich unsterblich verliebt hatte. Eines Tages war der Geliebte auf dem kaiserlichen Ärmel eingeschlummert. Der Kaiser, vor den Rat der Fürsten gerufen, brachte es nicht übers Herz, den Schönen zu wecken, und um seinen Schlaf nicht zu stören, zog er es vor, den Ärmel abzuschneiden. – Seit damals nennt man Männer, die sich lieben, scherzhaft Abgeschnittene Ärmel.

Shu-Mei gefällt die Geschichte sehr. Könnte sie nur selbst eine solche Liebe erwecken! Doch sie ist ja nur eine Frau.

Aus der angrenzenden Zelle, die vom Demutsvollen Kürbis bewohnt wird, tönt lautes Schnarchen; die Tür zum Garten steht weit offen. Shu-Mei lächelt versonnen: Der heilkundige Gärtner wird über seiner Meditation eingeschlafen sein.

Sie sieht ihn vor sich, im Lotossitz auf dem Lager, das Kinn auf der Brust und ein knurrender Magen: Der Bruder fastet, schon seit Tagen. Er ist ein Träumer, der schwärmerisch seine Blumen liebt; ihm liegt nicht viel an der Gemeinschaft der Mönche, und so lebt er zurückgezogen, ein beschauliches Leben allein mit sich und seinem Garten.

Natürlich kann Shu-Mei nicht wissen, daß der Mönch, wenn ihm der Duft der Blütenkelche allzusehr die Sinne verwirrt, bisweilen auf eine bestimmte Entspannungsübung zurückgreift, die, in aller Eile an einem gewissen Körperteil vollzogen, ihm die Erlangung von Dhyânâ, dem Zustand mystischer Versenkung, erleichtert. Und weil die solcherart erjagte Entrückung zwar die Seele stärkt, doch den Leib auszehrt, besiegelt er unweigerlich jede Meditation mit einem erholsamen Schlummer.

Shu-Mei knetet den Tintenstift und reibt ihn an dem glänzenden Stein. Schmerzhaft kommt ihr der elfenbeinerne Pinsel des Vaters und das Tintenfaß aus weißem Jade in den Sinn, das seinen Schreibtisch ziert.

Sie beugt sich über das Papier und nimmt die unterbrochene Niederschrift wieder auf. Mit besonderer Sorgfalt malt sie ihre Schriftzeichen.

Seit einigen Tagen beherrscht mich ein bislang ungekanntes Gefühl. Ich frage mich, ob Rache nicht das einzige Mittel ist, das mir bleibt, um meinen Geist von der Beschmutzung durch die Vergewaltigung reinzuwaschen. Ich weiß nicht, wie ich darüber denken soll!

Long-Jian erholt sich allmählich. Immer öfter läßt er mich rufen. Wir unternehmen kleine Spaziergänge, seit gestern gehen wir bis zur Rosenlaube. Er liebt es, sich auf die flechtenbewachsene Steinbank zu setzen und sich in den Anblick der Natur zu vertiefen, als sähe er sie zum ersten Mal.

Seine Unbeholfenheit in manchen Dingen, seine unbeteiligte Sanftmut allem und jedem gegenüber rühren mich bisweilen. Aber meistens fürchte ich mich vor ihm, ich weiß nicht, weshalb. Er ist häufig niedergeschlagen; wenn ihn die Mutlosigkeit überfällt, schweigt er oft stundenlang. Taucht er dann aus seiner Finsternis wieder auf, glimmt ein unheilvolles, dämonisches Leuchten in seinen Augen.

Dann schweige ich und wage mich nicht zu rühren. Und doch möchte ich aufspringen und fortlaufen und meinen Geist der frischen Luft aussetzen. Statt dessen verharre ich regungslos, wie gelähmt, und warte, bis er mir endlich das Gesicht zuwendet und lächelt.

Verträumt läßt Shu-Mei den Blick durch das offene Fenster schweifen. Eine gebückte Gestalt mitten im blühenden Mohn hinter den terrassenförmig angelegten Feldern erregt ihre Aufmerksamkeit. Unschwer erkennt sie Himmlische Entrücktheit, den Klostervorsteher, in Gesellschaft der beiden Novizen, die ihm auf Schritt und Tritt folgen: Kichererbse und Federgewicht. Was mögen sie dort treiben?

Sie reißt die Augen auf: Einer der beiden Jungen, hinter dem Abt stehend, scheint ihm den Rücken zu massieren, eine Tätigkeit, der er mit wahrer Hingabe nachgeht. Sollte der Ehrwürdige sich einen Wirbel verrenkt haben, als er sich bückte, um Blumen zu pflücken? denkt Shu-Mei erstaunt.

Gedankenverloren geht sie zu der schmalen Pritsche, die ihr als Lager dient, und streckt sich aus, den Blick auf die weiß getünchte Wand geheftet.

Wäre sie auf die Idee gekommen, das wilde Gestrüpp vor ihrem Fenster beiseite zu schieben und genauer hinzusehen, so hätten die Dinge sich ihr gänzlich anders dargeboten. In der Tat steht Himmlische Entrücktheit mit geweiteten Nüstern, betört durch den Duft der blühenden Gräser, und läßt sich massieren, ja, das wohl – doch von Kichererbsens kräftiger Rute. Ihm gegenüber rezitiert Federgewicht unterdessen die heiligen Sutras, und der Wind reißt ihm Wortfetzen von den Lippen und trägt sie weit über das Land.

Von der machtvoll anstürmenden Ekstase überwältigt, erhebt der Ehrwürdige das Haupt, korrigiert seinen Schüler und preist mit rauher Stimme die Schriften des Buddha.

Der Jüngling indes, von ehrfurchtsvollem Staunen vor so großer Weisheit erfaßt, kniet nieder und beginnt hingebungsvoll, sich der Vorderseite des Herrn und Meisters zu widmen ... dieweil Kichererbse mit feurigem Kolben von hinten zu Werke geht, daß dem Ehrwürdigen Hören und Sehen vergeht, sehr zum Vorteil der übrigen Sinne.

Gibt es eine schönere Weise, die Natur zu verherrlichen?

In völliger Reglosigkeit sitzt Long-Jian und betrachtet die blauen Bergkämme in der Ferne. Durchscheinende Wolken, die am Himmel dahinziehen, werfen ihre zarten Schatten auf die Erde. Stundenlang könnte er so verharren, versunken in den Anblick der Landschaft, bis die bläuliche Linie des Horizonts ihm vor den brennenden Augen verschwimmt.

Über ihm rascheln leise die Blätter eines blühenden Mangobaums im Wind. Mit einem Mal hat er das unbeschreibliche Gefühl, das Gegenwärtige in gleicher Weise schon einmal erlebt zu haben, und weiß nicht mehr wann. Seine Kehle wird trocken, ein bitterer Geschmack füllt seinen Mund. Und endlich ist die lang verbannte Erinnerung da.

Der Baum war ganz der gleiche wie dieser, doch stand er am Eingang des kleinen Dorfes in Shandong. An jenem Nachmittag spielte er dort mit seinem Zwillingsbruder Long-Su, als eine geschlossene Kutsche neben den beiden hielt. Der Vorhang bewegte sich ein wenig, und sie erkannten eine Dame, die sie mit unendlich trauriger Miene betrachtete. Die beiden Kinder, mit wirrem Haar, von Kopf bis Fuß mit Lehm beschmutzt, standen mit offenem Mund und sahen dem prachtvollen Gespann hinterher, das sich in einer golden flimmernden Staubwolke entfernte, ohne zu ahnen, daß diese Begegnung über ihr Schicksal entscheiden sollte.

Am folgenden Tag erschien ein Bote der Dame Tai, einer reichen Kaufmannswitwe aus der Gegend, und bot ihrer Mutter dreitausend Unzen Silber für einen ihrer Söhne.

Dame Tais Gatte war kinderlos gestorben. Die Tradition wollte, daß seine Witwe deshalb einen männlichen Erben adoptierte, einen Stammhalter, auf daß sein Name weitergetragen und der Altar der Ahnen geehrt würde.

Die Bäuerin war empört und wies das Angebot von sich. Long-Su hockte in der Hütte auf dem gestampften Lehmboden und kaute weinend an einer Süßholzwurzel: Der Bruder hatte den letzten Buchweizenfladen gegessen. Nein, nie würde sie ihre Kinder verkaufen, eher mochten sie allesamt Hungers sterben!

Angesichts ihrer Weigerung wandte der Mann sich ab, doch im Gehen drohte er ihr mit der Faust. Drei Tage später rückte eine berittene Truppe an, um einen der Zwillinge mit Gewalt zu entführen.

Long-Jian hatte gerade noch Zeit, sich im Mehlkasten zu verbergen, der schon seit Tagen leer stand.

Als wäre es gestern gewesen, sieht er seine Mutter vor sich, aufgelöst und tränenüberströmt preßt sie Long-Su an die Brust, umringt von den fürchterlichen Fremden. Ihr verwaschener Kittel war zerrissen.

Dann trat einer der Männer auf sie zu. Er trug Gamaschen und über dem dunklen Gewand einen breiten Leibriemen, von dem Fischotterschwänze herabbaumelten. Der weinenden Mutter, die sich weigerte, ihr Kind freizugeben, versetzte er einen derben Stoß, so daß sie rücklings in den Zuber mit schmutziger Wäsche fiel, und begann sie zu prügeln, während Long-Su trotz verzweifelten Widerstands von den tätowierten Armen der Gehilfen fortgerissen wurde.

Long-Jian, der den Deckel des Kastens einen Spalt offen hielt, hatte alles beobachtet. Viele Male war er drauf und dran, hinauszuspringen, aber immer wieder biß er sich auf die Lippen und duckte sich: Die Angst, daß auch er entführt würde, hielt ihn zurück. Denn was sollte dann aus der Mutter werden?

Diese kam indessen wieder auf die Beine. Mit aufgelöstem Haar stand sie und schrie, schrie wie besessen. Dann fiel ihr Blick auf einen Krug; sie packte ihn und schleuderte ihn mit aller Gewalt nach dem Hinterkopf des Mannes. Der reagierte blitzschnell trotz seiner Körperfülle, wich zur Seite und stürzte sich wütend auf die Frau, den Dolch in der Hand. So schlitzte er ihr den Bauch auf, als stäche er in einen Sack Kleie.

Als sie fort waren, warf Long-Jian sich über seine Mutter. Lange hielt er sie in den Armen und streichelte sie, und mochte nicht glauben, daß sie ihn verlassen würde . . . Doch es war zu spät. Bald wich das Leben aus ihr; ein letztes Mal noch flüsterte sie die Namen ihrer beiden Kinder. Dann starb sie in seinen Armen.

An jenem Tag packte ihn ein grenzenloser Haß, und er schwor sich, sie zu rächen, und mit ihr alle Unterdrückten, die Opfer der Grausamkeit und der Gier der Menschen.

Long-Su indes hatte nichts von seinem neuen Leben im Wohlstand: Ein böses Fieber raffte ihn drei Monate später dahin.

Ein Bauer nahm sich Long-Jians an. Er wuchs heran, verzehrt von seinem Hunger nach Rache. Eines Nachts erhielt er Gelegenheit dazu. Tagelang hatte er ihn verfolgt, und endlich stieß er in einer finsteren Gasse auf jenen Mann, den Haushofmeister der Dame Tai, der mittlerweile Verwaltungsbeamter geworden war. Er stellte ihn, als er aus dem Haus seiner Geliebten trat, und es ereilte ihn dasselbe Schicksal, wie er es einst Long-Jians Mutter zugefügt hatte.

Von der Obrigkeit verfolgt, war Long-Jian gezwungen, aus Shandong zu fliehen. Von einer Provinz zur anderen, von einem Abenteuer ins nächste kam er schließlich nach Guang-Xi.

Scharf zieht er die Luft ein und wendet den Blick von den dunstumflorten Berggipfeln. Er fühlt sich elend. Und verfolgt von seinen Erinnerungen. Weshalb läßt ihn die Vergangenheit nicht in Ruhe?

Am Ende des Wegs taucht eine helle Gestalt auf, umgeben von einem schimmernden Kranz aus Sonnenlicht. Seine Beklemmung weicht, er atmet auf. Shu-Mei kommt auf ihn zu, den Arm voller Mohnblumen. Sie ist schön geworden, die frische Luft hier in den Bergen... Ihre Gegenwart tut ihm wohl, sie beruhigt ihn, er weiß selbst nicht, weshalb. Langsam steht er auf und geht auf sie zu.

Unweit von hier haben sich die besonders gewissenhaften Bonzen wie jeden Tag um diese Stunde im Gemeinschaftsraum zum Studium der heiligen Texte eingefunden.

Nach erbaulicher Lektüre ist bisweilen eine kurze Entspannung nötig, um den Geist für weitere Erkenntnisse zu öffnen. Erloschene Leidenschaft tritt ans offene Fenster und lehnt sich über die Brüstung.

»Seht nur, wie schön sie sind, unsere beiden Täubchen!« ruft er verträumt aus.

Erleuchteter Lampion ist hinter ihn getreten. Für die Rosenlaube, in der Shu-Mei und Long-Jian einträchtig nebeneinander sitzen, hat er nur einen zerstreuten Blick übrig. Statt dessen legt er seine dicken Händchen um die Hüften des jungen Mönchs und schielt lüstern auf den gebeugten Rücken.

»Ja. Vor allem Long-Jian! Ein wahrlich prachtvoller Mann, seit er wieder bei Kräften ist!«

Bei diesen Worten läßt er spielerisch die kurzen Finger über des hübschen Bonzen Brustkorb gleiten.

Welch wohlgestalteter Jüngling!

Mag er ruhig seinen Gedanken nachhängen ... Erleuchteter Lampion schürzt die gelbe Kutte und entläßt sein Erlebnisorgan in die Freiheit: Die Hülle ist ihm zu eng geworden, seit sein Besitzer gewisse Absichten hegt. Behende deckt dieser nun den hübschen Hintern vor ihm auf, streicht mit Kennermiene um den dunkelhäutigen Spalt und mit der triumphalen Geste des Siegers rammt er endlich die Standarte ins eroberte Land.

»Oh!« tönt es erstaunt von vorn.

»Wie meinen?« erkundigt Goldkäfer sich mit jäh erwachtem Interesse, der trotz seiner langen Ohren unter Schwerhörigkeit leidet.

Doch hat er bald begriffen, was da vor sich geht. Beim Anblick der zuckenden Gestalten am Fenster verengen seine Äuglein sich zu lüsternen Schlitzen. Er rafft die Kutte über ausgemergelten Beinen und entblößt ein verknittertes Schwänzchen, das er liebevoll krault, bis es sich zu voller Pracht entfaltet. Rasch tritt er hinter die beiden. Begehrliche Blicke auf die verlockende Kehrseite seines Vordermanns werfend, beschloß er sodann, demselben einen Besuch abzustatten, was auch auf Anhieb gelingt.

Silberreiher, eben noch damit beschäftigt, seine negativen Kräfte abzubauen, indem er auf den Knien den Holzfußboden polierte, eilt freudig herbei, das Ölkännchen noch in der Hand.

Mit diesem begießt er des emsig tätigen Goldkäfers enge Öffnung, die, seit längerem außer Gebrauch, sichtlich eines Gleitmittels bedarf. Sodann schwingt er sein Horn und schließt sich der Karawane an, keuchend vor Anstrengung.

»Welch kurzweiliges Spiel! Das sieht ja fast aus wie ein wohlbestückter Bratspieß!«

Pfauenauge, der die Unterbrechung des Studiums dazu benutzte, sich die Zehennägel zu säubern, läuft mit ausgebreiteten Armen herbei, und seine weiten Ärmel flattern wie Flügel.

»Gnade! Laßt mich nicht allein, ich möchte bei euch sein!«

Ohne die Antwort abzuwarten, geht er kurz in die Knie, und schon ist es geschehen. Fest sitzt der Pilgerstab in des Silberreihers schlotterndem Gesäß.

»Ich will auch . . .!«

Eselsfüllen, den ein Schluck jenes vorzüglichen Kräuterlikörs, dessen Geheimnis allein der Demutsvolle Kürbis kennt, nahezu in Ekstase versetzt hat, kann nicht mehr an sich halten: Den massiven Stab fest in der Hand, stößt er mit leisem Jauchzen dazu.

Wie zauberhaft! Welch herrlicher Tag! Dank für diesen heiligen Reigen zur höheren Ehre des Erhabenen Buddha!

In völligem Einklang bewegen sie sich und ziehen dahin wie ein Tausendfüßler mit seinen zahlreichen Gliedern. Ein großer Anblick! Nun reißen auch Unwürdige Schabe und Nephritflöte sich von ihrer Lektüre los und schließen sich der feierlichen Prozession an.

Endlich erheben sich die Stimmen, und aus tiefster Brust steigt wie ein unaufhaltsamer Strom die Dankbarkeit für die erhaltene Gnade empor, ein jubelnder, glockenreiner Gesang von großer Schönheit zum Lob der Ewigkeit.

Fürwahr, es führen unzählige Wege zur Weisheit!

Shu-Mei stöhnt unter der Hitze, trotz der schattigen Laube. Ohne sich etwas dabei zu denken, öffnet sie den Kragen ihres Oberkleids und fächelt sich Kühlung zu. Heimtückisch schiebt ein Bild sich in ihre Gedanken, jene unabsichtlich beobachtete Szene des ringgekrönten Geschlechts.

Sonderbar . . . Trotz seines beängstigenden Umfangs war ihr dieser Auswuchs wie ein natürlicher Körperteil erschienen, und harmlos -- ganz im Gegensatz zu jenen spitzen Pfählen der Räuber, die sich ihr grausam ins Fleisch bohrten. Die Mönche sind anders: Sie haben ihr Leben dem Guten geweiht und deshalb gelernt, das Böse in jeder Erscheinungsform zu läutern.

Sie sieht auf und bemerkt, wie Long-Jians Blick über den Ansatz ihrer Brüste streift. Schamhaft schließt sie ihr Kleid.

»Hier können nur die Berge dich sehen«, hörte sie in ihrer Verwirrung.

»Und Ihr, wenn ich nicht irre!«

Long-Jian verzieht das Gesicht zu einem bitteren Lächeln.

»Nun, das ist eine der letzten Freuden, die mir noch bleiben.«

In seiner Stimme liegt Trauer. Sie schlägt die Augen nieder. Ihr Blick fällt auf den Schenkel des Räubers; unter dem rauhen Stoff zeichnen sich deutlich die Muskeln ab. Da lacht sie kurz auf.

»Weshalb sagt Ihr so etwas? Ihr dürft nicht so niedergeschlagen sein. Ganz sicher wird es Euch gelingen, die Beute wieder an Euch zu bringen!«

Long-Jian wendet sich jäh um, starrt sie an. Der harte Glanz in seinen Augen macht ihr Angst.

»Törichte! Glaubst du etwa, ich habe die Perlen aus Raffgier gestohlen?« Fieberhaft entblättern seine Finger eine Mohnblüte. »Ich habe an meine Brüder geglaubt. Ich habe ihnen aus ganzem Herzen vertraut . . . Narr, der ich war! Sie waren nicht einen Deut besser als all die käuflichen Mandarine und skrupellosen Großgrundbesitzer, die ich bekämpfte.«

»Mein Vater ist nicht käuflich.«

»Was soll's? Er steht im Dienst Liu-Yins. Das ist dasselbe.«

»Was wolltet Ihr denn mit den Juwelen des Königs?«

Long-Jian zögert. Zum ersten Mal seit langem verspürt er den Wunsch, zu reden, sich auszusprechen. Seine Gefährten gehorchten nur den Befehlen. Seine Sorgen, seine Überlegungen interessierten sie nicht, sofern sie nicht rasch zu konkreten Ergebnissen führten.

»Ich hatte die Hoffnung, die Bauernschaft zu organisieren, den Elenden und Ausgebeuteten wollte ich die Mittel in die Hand geben, mit welchen sie das Joch der Unterdrückung abschütteln und sich gegen die Ungerechtigkeit der Staatsmacht erheben könnten.«

Shu-Mei sieht ihn verwundert an. Manchmal hat der Vater sie mitgenommen, wenn er zu den Gehöften fuhr, die zum Familienbesitz gehörten. Gewiß, die Leute sind arm; doch ist es denkbar, daß in ihrem unterwürfigen, bisweilen auch ängstlichen Verhalten der Keim des Aufstandes steckt? Sind sie wirklich so unglücklich?

»Aber was würden sie denn ohne uns anfangen?« ruft sie schließlich aus, und ihrer Stimme schwingt Entrüstung. »Schließlich gewähren wir ihnen Schutz, und wir stellen ihnen Werkzeug, Vieh und Saatgut für jedes Jahr zur Verfügung, ist es nicht so?«

»Doch. Damit sie sich aufopfern für die empfangenen Wohltaten, damit sie sich zu Tode arbeiten, um euch pünktlich die gesamte Ernte abliefern zu können.«

»Aber so ist es nun einmal. Was wollt *Ihr* denn tun, um den Gang der Dinge zu ändern?«

Auf den leichten Spott, der in ihrer Frage liegt, geht Long-Jian nicht ein.

»Nichts«, antwortet er müde. »Nichts mehr. Ich hatte ja keine Gelegenheit. Und zu kurz war die Zeit, die mir blieb. Die Geldgier macht das Gesetz, ob man auf Heu und Stroh schläft oder in seidenen Betten. Das habe ich am eigenen Leib erfahren.«

Er macht eine ausladende Handbewegung, so als wollte er den Umfang seiner Träume ermessen. Wieder verliert sein Blick sich am Horizont.

»Dabei schwebte mir eine große Gemeinschaft vor, in der alles Gut geteilt würde, die Ernte, die Einkünfte ebenso wie die Ausgaben, und in der jede Ungerechtigkeit beseitigt wäre.«

Mit einem Mal verstummt er. Weshalb diese plötzliche Vertraulichkeit? Er redet mit ihr, als wäre sie seinesgleichen, als könnte sie ihn je verstehen, sie, die Tochter eines Großherrn. Mehr zu sich selbst gewandt murmelt er:

»Man darf nicht versuchen, die Menschen zu ändern, wenn sie sich nicht ändern wollen.«

»Aber ein wenig schmeichelt Euch doch auch das Gefühl, daß Ihr es seid, der am Beginn und an der Spitze all dieser Veränderungen steht, nicht wahr?«

»Vielleicht«, antwortet Long-Jian kurz angebunden.

Sie hat recht, es gibt keine Selbstlosigkeit.

»Gehen wir«, meint er schließlich seufzend. »Am Ende glaube ich noch selbst, daß diese Klosterbrüder die einzig wahre Entscheidung getroffen haben: Sie ziehen sich aus der Welt zurück ins Gebet . . .«

Über Shu-Meis Gesicht huscht ein boshaftes Lächeln. Er merkt ja nicht einmal, welch zärtliche Blicke die Mönche ihm zuwerfen! Zweifellos würden sie ihn mit offenen Armen in ihrer Gemeinschaft aufnehmen.

»Das meint Ihr doch nicht im Ernst. Es ist der Müßiggang, der Euch zu schaffen macht.« Sie sieht ihn an, und ihr Blick ist beschwörend. »Man darf seine Ideale nicht auf halbem Wege aufgeben – denkt doch nur an jene, die ihre Hoffnungen auf Euch gesetzt haben. Es mag Euch nicht gelingen, den Verlust Eurer Ehre zu rächen, doch Ihr seid es Euch und allen anderen schuldig, wenigstens Euren Prinzipien treu zu bleiben.«

Verwundert über die Leidenschaftlichkeit, mit der sie gesprochen hat, sieht Long-Jian sie an.

»Man darf nie vergessen«, fügt sie im Tonfall tiefster Überzeugung hinzu. »Das Vergessen ist der Trost der Mutlosen.«

In diesem Augenblick nähert Erloschene Leidenschaft sich im Laufschritt der Laube. Atemlos stößt er hervor:

»Kommt schnell, der Ehrwürdige Abt macht sich Sorgen. Soeben hat der Nudelverkäufer eine Truppe berittener Männer gemeldet, die unterwegs zum Tempel sind.«

»Vielleicht ist es mein Vater!« ruft Shu-Mei aufgeregt.

Sie wußte es, im Grunde ihres Herzens hat sie es immer gewußt: Solange auch nur der geringste Hoffnungsschimmer bestand, würde der Vater sie niemals aufgeben.

Long-Jian indes runzelt die Stirn. Keinesfalls sind es Lenzregen und Grübelnder Kot, sie hatten nicht genügend Zeit, um eine ganze Truppe zusammenzustellen. Wer also mag es sein?

Eilig kehren sie ins Kloster zurück. Mit gerafften Röcken läuft das Mädchen neben den beiden Männern einher, die so rasch ausschreiten, daß sie kaum Schritt zu halten vermag.

»Es liegt dir also soviel daran, mich am Galgen baumeln zu sehen?« stößt Long-Jian endlich halblaut hervor.

Verblüfft sieht Shu-Mei ihn an:

»Wie kommt Ihr denn darauf? Ihr habt nichts zu befürchten. Ich werde ihm alles erzählen, ich werde ihm die Wahrheit sagen, und er wird es verstehen!«

Für sie besteht tatsächlich nicht der geringste Zweifel. Ihr Ungestüm und ihre Aufrichtigkeit versetzen Long-Jian einen Stich.

Zu ihrer Linken erstrahlt in der Abendsonne das geschwungene Dach des Großen Saals des Buddha mit seinem prachtvollen, geschnitzten Gesims. Bei dem Anblick empfindet er Freude – und das Bedürfnis, ihren Worten zu glauben ... In diesem Augenblick schiebt eine dunkle Wolke sich vor die Sonne, der goldene Glanz der Ziegel verlischt. Das bringt ihn wieder zur Vernunft. Er schüttelt den Kopf.

»Nein, Shu-Mei. Wenn er es ist, so wird er mich töten. Dessen bin ich gewiß.«

Himmlische Entrücktheit, einmal ohne seine beiden Novizen, tritt aus dem Hauptgebäude und eilt mit kleinen, hastigen Schritten auf sie zu.

Er nimmt Long-Jian beim Arm und zieht ihn mit sich zum Pavillon der Himmlischen Leere, von dem aus man das ganze Tal überblickt und den Weg, der zum Kloster führt.

Auf dem gewundenen Pfad nähern sich mehrere Männer zu Pferd. Sie führen keine Standarte mit sich. Dafür tragen sie die wohlbekannten dunklen Jacken.

Long-Jian legt die Hand vor die Augen, um die Reiter genau zu sehen. An der Spitze vermeint er die weiße Halskrause von Brüllskorpion zu erkennen.

Die Wölfe sind ihm auf der Spur. Er hat keine Gnade zu erwarten, weder er noch Shu-Mei.

»Ehrwürdiger Abt, könnt Ihr uns verstecken?«

19

In höchster Eile führt Himmlische Entrücktheit die Verfolgten zum Pavillon des Buddha. Sie durchqueren den Goldenen Saal, der schweigend im Dunkeln liegt, bewacht von den Heiligenstatuen Luo-Hans. Die Luft ist schwer von Weihrauch.

Auf den Wänden und den prächtigen Seidenvorhängen prunken fremdartige Gottheiten mit drei Köpfen und einer Vielzahl von Armen. Bodhisattvas, auf weißen Elefanten und Löwen, überwinden die Meere und brechen durch die Wolken, umringt von steinernen Einhörnern und geschnitzten Drachen.

Shu-Mei erschauert. Wie gebannt starrt sie auf einen grünlichen, flammenumzüngelten Geist, der eine Armee von Affen und Eulen anführt. Ein blauer Dämon taucht grinsend aus der Finsternis, der Rücken übersät von Stacheln, die sich beim Näherkommen als Schlangen und abgeschnittene Menschenköpfe erweisen, und aus seinem einzigen Auge auf der Stirn quillt ein Strom von Blut. Entsetzt schließt Shu-Mei die Augen und zwingt sich, weiterzugehen. Gleich darauf hört sie sein Hohngelächter hinter ihrem Rücken.

Auf dem Altar, der überhäuft ist mit frischen Blütenblättern und kleinen Schalen für die Opfergaben, steht das Horn für die Austreibung böser Geister neben dem Rad des Gesetzes. Reich verziert ist die Decke des Raums, die Felder rot, grün und golden lackiert. Zimbeln und Trommeln, Hörner aus Muscheln und Knochen, Pauken, in Perlmutt gefaßt, schimmern im spärlichen Licht.

Shu-Mei sehnt sich danach, aus dieser drückenden Atmosphäre fortzukommen, die unheimlichen Schattengestalten hinter sich zu lassen. Die betörenden Düfte von Myrrhe und Sandelholz sind gar verwirrend... Endlich erreichen sie eine durchbrochene Wand aus kostbarem Holz, in der Mitte eine schmale Öffnung.

Sie schreiten hindurch. Dahinter thront mit untergeschlagenen Beinen, Handflächen und Fußsohlen nach oben gekehrt, ein ehrfurchtgebietender Buddha auf einem Sockel von Lotosblüten. Ein rätselhaftes Lächeln liegt auf den Lippen, das Auge blickt in die Ewigkeit: Sein Gesicht strahlt vollendete Ruhe aus. Welcher Unterschied zu den schrecklichen Dämonen und furchterregenden geflügelten Erscheinungen im davorliegenden Raum!

In tiefer Demut wirft Himmlische Entrücktheit sich zu Boden. Doch verharrt er nur kurz in gesammelter Haltung: Bald erhebt er sich und schlüpft hinter die Statue, die geschnitzte Holztäfelung betastend. Ein leises Knacken ertönt, und sogleich öffnet sich knarrend eine kleine Tür. Mit einem Wink fordert der Abt sie auf, sich dort zu verbergen.

Gerade rechtzeitig. Schon hallt der Goldene Saal von eiligen Schritten und aufgeregtem Rufen wider:

»Herr . . . Herr, kommt rasch! Bewaffnete Männer wollen die Tempeltür sprengen!«

Himmlische Entrücktheit klopft sich den Staub von der Kutte und schließt die Geheimtür.

»Niemand darf den Namen Long-Jians nennen oder von der Anwesenheit des Mädchens sprechen. Dies teile allen mit . . . Geh.«

In dem engen, stickigen Raum ohne Fenster ist die Hitze unerträglich. Mit angezogenen Beinen, aus Platzmangel dicht aneinandergedrängt, verharren Shu-Mei und Long-Jian, schweigend und wartend.

Beide denken dasselbe, doch keiner wagt es dem anderen zu gestehen: Werden die Bonzen uns verraten?

In sämtlichen Gebäuden des Klosters fallen Brüllskorpion und seine Schergen ein. Beim Anblick ihrer struppigen Bärte, ihrer furchterregenden Mienen flüchten die wenigen Mönche, die sich im Saal der Stillen Betrachtung zum Gebet versammelt haben, in den hinteren Teil des Raumes, drängen sich aneinander wie Hühner, wenn der Schakal in ihren Stall einbricht.

Jede einzelne Zelle wird durchsucht und das Unterste zuoberst gekehrt. Ho-Jin und Zittermolch nutzen die günstige Gelegenheit, um aus der Küche drei Keulen Bergschinken verschwinden zu lassen, während ihre Gefährten die Mönche vor sich her treiben und gar bis auf die Latrine verfolgen.

Erregt, und wild gestikulierend, eilt Himmlische Entrücktheit hinter ihnen her.

»Wie könnt ihr es wagen, den Frieden dieses heiligen Ortes zu stören! ... Was sucht ihr denn?«

»Das geht dich nichts an, alter Narr. Geh und versaure bei deinen Gebeten«, erwidert Wohllaut mit höhnischem Grinsen.

»Wißt ihr überhaupt, mit wem ihr sprecht?« entrüsten sich Kichererbse und Federgewicht im Chor.

Brüllskorpion, den diese Ansammlung von Abgeschnittenen Ärmeln in höchstem Maße anwidert, zückt seinen Dolch und setzt die Spitze auf den Bauch des ehrwürdigen Greises.

»Ich bin auf der Jagd nach Long-Jian, dem Drachen von Shandong, und du tätest gut daran, mir zu sagen, wo du ihn versteckst, Alter, wenn du nicht willst, daß ich deinen Papiergöttern die Köpfe abschlage!«

Empört stößt Himmlische Entrücktheit die Klinge zurück.

»Möge es Shâkyamuni gefallen, niemals den Namen des bösartigen Dämons gehört zu haben!«

Er schließt die Augen, faltet die Hände und murmelt unverständliche Worte, ein rasches Beschwörungsgebet, in das die umstehenden Bonzen sogleich einfallen.

»Hätte dieses nichtswürdige Gewürm auch nur den Versuch gewagt, die Schwelle des Tempels zu überschreiten, so wäre er auf der Stelle von den Blitzen der Himmlischen Wächter gefällt worden ... Jetzt aber geht, bevor eure fluchwürdige Gegenwart den Zorn der Götter erregt.«

Just in diesem Augenblick erhebt sich ein Donnergrollen in den Bergen. Verstört sehen die Räuber einander an.

»Gemach ... Du hast es ja recht eilig, uns loszuwerden ...« Brüllskorpion läßt den Blick über die klösterlichen Gebäude schweifen, die mit einem Mal in unheimliche Finsternis getaucht sind; am Pavillon des Buddha bleibt er haften. »Dort waren wir noch nicht ...«, stellt der Räuber fest und geht entschlossen darauf zu.

Mit verschränkten Armen stellt der Abt sich ihm in den Weg.

»Dies ist ein Heiligtum. Niemand hat dort Zutritt als die Angehörigen dieser heiligen Ordensgemeinschaft . . . Allerdings . . .«

Er kratzt sich die Kehle, sieht stirnrunzelnd von einem zum anderen, wiegt nachdenklich den Kopf. Wohl oder übel, so gesteht er sich ein, muß er sich auf ihr Spiel einlassen. Anderenfalls wird er sich dieses Abschaums nie entledigen.

». . . wir werden euretwegen eine Ausnahme machen«, schließt er, mit einem Mal milde gesonnen. »Folgt mir.«

Die Mönche werfen einander fassungslose Blicke zu. Sollte der Abt den Verstand verloren haben?

Long-Jian horcht auf. Im Goldenen Saal werden Stimmen laut. Klirrend fällt ein metallischer Gegenstand zu Boden, in vielfacher Wiederholung hallt der Klang von den Wänden wider.

Shu-Mei erschrickt zu Tode. Instinktiv drängt sie sich an seine Schulter. Sie zittert vor Angst.

Lärmend nähern sich Schritte. Jenseits der Gitterwand wird in hitzigem Ton gestritten; aus dem Stimmengewirr ist durchdringend die hohe Stimme des Abtes herauszuhören.

»Hat er uns verraten?« wispert Shu-Mei.

Long-Jian, der gespannt auf das geringste Geräusch draußen lauscht, bedeutet ihr zu schweigen. Mit einer raschen Bewegung zieht er aus dem Stiefelschacht einen Dolch mit Perlmuttgriff, und ehe sie weiß, wie ihr geschieht, spürt sie die scharfe Klinge an der Kehle, während sein Arm sie umklammert, bis sie sich nicht mehr rühren kann.

Shu-Mei wird schwarz vor den Augen vor ungläubigem Entsetzen. Sekunden vergehen. Eine Ewigkeit . . . Plötzlich ertönt Brüllskorpions zornige Stimme, schallend unter dem hohen Gewölbe:

»Wenn du uns belogen hast, kommen wir wieder und

schlachten euch ab wie die Schweine, hast du verstanden, du schlappe Schote?!«

Holzpantinen klappern auf den Kacheln, die Schritte entfernen sich.

Im Vorübergehen greift sich der Räuber einen goldblattverzierten Reiskuchen vom Altar und verschlingt ihn gierig. Mit dem Kinn weist er auf einer der in Meditation vertieften Statuen.

»Der da kriegt heute nichts zu fressen! Ist ohnehin schlecht für seine Zähne! Hahahaha! . . .«

Regungslos horcht Long-Jian, wie nach und nach wieder Stille einkehrt. Die Verräter, die stinkenden Hunde, sind ihm also noch immer auf den Fersen. Und sie werden sich nicht eher zufriedengeben, als bis sie ihn erlegt haben. Vorsicht ist der bessere Teil der Tapferkeit.

Sie tun gut daran. Denn seine Rache wird fürchterlich sein!

Die Gefahr ist vorüber, zumindest für den Augenblick. Es herrscht Grabesstille, nicht ein Laut ist mehr zu hören.

Erleichtert nimmt er das Messer von dem bebenden Hals.

Shu-Mei ist wie erstarrt, unfähig zu sprechen. Eine Träne rinnt über ihre Wange.

»Warum?« stammelt sie endlich mit einem Schluchzen.

Erst jetzt wird ihm bewußt, daß sie seinetwegen zweifache Angst ausstehen mußte; unwillkürlich drückt er sie an sich. Dann wischt er ihr die Träne der Angst aus dem Gesicht.

»Ich hätte es nicht ertragen, wenn sie dich ein zweites Mal mißhandelt hätten.«

»Du . . . du hättest mich getötet, nicht wahr?«

»Ja. Dich und mich.«

Shu-Mei öffnet den Mund, doch kein Ton dringt über ihre Lippen. Sie sieht ihn nur an, und in ihren großen schwarzen Augen tut ein Abgrund sich auf . . .

Verstört wendet Long-Jian den Blick.

Der Anblick der blutleeren Larve, die sich schamlos an seiner Niederlage weidet, erfüllt Tsao mit Abscheu.

In weinrote und mausgraue Seide gehüllt, das Amtssiegel an der breiten Goldkette über die Brust gespannt, räkelt sich Meister Hsia in der Sonne seines Triumphes. Mit honigsüßer Stimme verkündet er sein Verdikt:

»Auch die Nachsicht Liu-Yins hat ihre Grenzen, Herr Tsao ... Er gewährt Euch eine Frist von dreizehn Tagen, um die Güter wieder aufzufinden, deren sicheres Geleit er Euch anzuvertrauen die Gnade hatte.«

Tsaos Beklommenheit wächst: So sehr drängt die Zeit, und seine Nachforschungen machen kaum Fortschritte. Tag für Tag reiten seine Männer aus und durchstreifen die Umgebung auf der Suche nach Spuren oder irgendwelchen Hinweisen. Doch das Unmögliche zu vollbringen, kann niemand von ihnen verlangen: Es sind viel zu wenige. Um jedes Dorf, jeden Tempel, alle Täler und Berge abzusuchen, bräuchte er ein Vielfaches seiner derzeitigen Truppenstärke.

Gewiß, es wurden mehrere Gauner gefaßt, die Perlen bei sich trugen. Doch sie waren Einzelgänger, die sich von der Gruppe abgesetzt hatten, und die Geständnisse, die ihnen unter der Folter abgepreßt wurden, widersprachen sich sämtlich. In einem Punkt freilich stimmten sie überein: Seine Tochter war tatsächlich zusammen mit Long-Jian verschwunden.

Daraufhin änderte Tsao seine Taktik: Er ließ die Gefangenen frei, in der Hoffnung, sie würden ihn – ohne ihr Wissen – zum Schatz oder zu Long-Jian führen, doch nichts dergleichen geschah. Allem Anschein nach hatte sich die Gemeinschaft mangels eines wirklichen und fähigen Anführers aufgelöst, die Bandenmitglieder waren in alle Winde zerstreut.

Long-Jian indessen war und blieb unauffindbar. Befand sich tatsächlich ein Teil der Perlen bei ihm, wie Spanferkel behauptet hatte? Trieb er noch immer in der Gegend sein Unwesen? War er überhaupt noch am Leben?

Zu allem Überfluß hatte ihn sein mysteriöses Verschwinden schon bald zur Legende werden lassen. Unzählige hatten ihn schon gesehen, einen Schimmel reitend, hoch droben in den Bergen, am Rande einer Schlucht, auf dem Haupt einen Goldhelm... Andere behaupteten, sie hätten ihn gehört, wie er als Wolf heulend den Vollmond beschwor; wieder andere meinten, er habe sich in einen Fuchs verwandelt und tauche in regelmäßigen Abständen in den Dörfern auf, um ihre Hühner und ihre Jungfrauen zu stehlen. Unglaublich!

Tsao hatte sogar den taoistischen Wahrsager der Familie zu sich gebeten. Freilich in aller Heimlichkeit, denn niemand durfte wissen, wie sehr ihn Zweifel und Unsicherheit quälten. Er hatte schon genug damit zu tun, Dame Yu und Schimmernden Jaspis zu beruhigen, deren Tränen allein ausgereicht hätten, den Dong-Ting-See zu füllen.

Sternenstaub, der Seher, erschien bei Einbruch der Nacht, aus gegebenem Anlaß in vollem Ornat, einem feierlichen Umhang aus Schwanenfedern; sein Haar war zu beiden Seiten des Kopfes zu geflochtenen Schnecken gewunden und mit goldenen Nadeln befestigt, wie das taoistische Zeremoniell befiehlt.

Mit Hilfe des Licht- und Schattenspiels erkundete er den Lauf des Universums und konnte Tsao zumindest in einer Hinsicht beruhigen: Seine Tochter war am Leben. Doch wie würde er sich Liu-Yin gegenüber rechtfertigen?

Aufreizend trommelt Hsia auf die Armlehne des Rohrstuhls. Sein faltiger Mund, der gewöhnlich verkniffen und sich so selten öffnet wie die Börse eines Geizhalses, verzieht sich zu einem raubtierähnlichen Grinsen:

»Schätzt Euch glücklich! Er hätte Euch auf der Stelle verurteilen können.«

Dieses widerliche Reptil. Tsao läßt sich nicht täuschen. Er weiß sehr wohl, daß er seine ausweglose Lage Hsia selbst zu verdanken hat, der mit Hilfe der beleidigten Jing-Hua seine

Intrigen am Hof des Königs spann. GuanShang hatte ihn gewarnt.

Vor seiner Entscheidung, gleich welcher Art, hätte er einen Boten nach Guilin senden müssen. Doch die Räuber hatten ihm keine Zeit gelassen, und die Antwort seines Königs kannte er ohnedies: »Gebt nie einer Erpressung nach, selbst wenn Menschenleben in Gefahr sind.«

In diesem Fall handelte es sich freilich um seine eigene Tochter.

Mit dem Ausdruck abgrundtiefer Verachtung starrt Tsao sein Gegenüber an und spuckt einen Pflaumenkern in die bauchige Vase neben seinem Sitz.

»Und wenn ich die Frist nicht einhalte?«

Hsia bricht in frohes Lachen aus, das die abstehenden Flügel seines Amtshutes erzittern läßt.

»Ich bedauere, Euch mitteilen zu müssen, daß Seine Majestät in diesem Falle gezwungen wäre, Euren Besitz zu beschlagnahmen und Eure Person in Gewahrsam zu nehmen.«

Tsao schluckt trocken. Dank dieses unseligen Long-Jian wird er den Kelch bis zur bitteren Neige leeren müssen.

»Und Eurem unwürdigen Diener obliegt die Aufgabe, den Königlichen Willen zu vollstrecken«, fügt der Speichellecker mit einer tiefen Verneigung hinzu, sich in hämischer Vorfreude die Hände reibend.

»Freut Euch nicht zu früh! Das Vergnügen, Euch in meinem Schloß breitzumachen, sollt Ihr nicht so leicht bekommen, wenn es das ist, worauf Ihr wartet«, entgegnet Tsao höhnisch. »Ich weiß sehr wohl, daß Ihr die Gewohnheit habt, Euch von den Brosamen zu ernähren, die in anderen Häusern unter den Tisch fallen, aber dies hier geht nun doch zu weit . . .«

»Was wollt Ihr damit sagen?« fährt Hsia grob dazwischen.

»Nun, Ihr dürft mich nicht für dümmer halten als Euch selbst, verehrter Hsia«, antwortet Tsao. »Ihr habt bereits meine ehemalige Bettgefährtin aufgelesen ... Aber Ihr werdet doch nicht behaupten, daß Ihr jetzt bereits scheele Blicke auf mein Schlafzimmer werft?«

In der säuerlichen Miene gegenüber zuckt nicht eine Wimper. Tsao erhebt sich, die Unterredung ist beendet.

»Ihr könnt Liu-Yin ausrichten, daß ihm sein Eigentum zum vereinbarten Zeitpunkt übergeben wird.«

»Das hoffe ich für Euch!« stößt der Schurke böse hervor und entschwindet grußlos in einer Wolke purpurfarbener Seide.

Im Kabinett des Launischen Urteils öffnet Tsao weit die Fenster, als könne die frische Luft ihm Hoffnung und neuen Mut verleihen. Angewidert läßt er sich auf eines der Sitzkissen fallen und betrachtet die einsame Nachtigall, die in ihrem silbernen Käfig umherflattert.

Hat sein Schicksal nicht Ähnlichkeit mit dem des Vogels? Sitzt nicht auch er hinter Gittern, ein Gefangener seiner eigenen Widersprüchlichkeit? Ein Unterschied besteht freilich: Die Mauern seines Gefängnisses rücken jeden Tag ein Stück näher, und bald schon, in acht Tagen, wird er seine Federn lassen!

Tsao steht auf und geht zum Käfig. Aus dem Ärmel zieht er einen winzigen goldenen Schlüssel und öffnet zögernd das Türchen. Der Vogel plustert die weiße Brust auf und hüpft ruhig auf den ausgestreckten Zeigefinger. Einen Augenblick lang fühlt sich Tsao versucht, die kleine warme Kugel zu erwürgen – nur um dieses blinde Zutrauen zu strafen.

Doch er tut nichts dergleichen. Versonnen streicht er über das goldschimmernde Gefieder; dann geht er zum Fenster, und mit traurigem Lächeln läßt er ihn fliegen, den Vogel.

Am Fuße des offenen Holzpavillons, der hoch über den Westgärten aufragt und eine wunderbare Aussicht über das Land bietet, lustwandelt ein Paar, wie jeden Tag zu dieser

Stunde nach Mittag. Schneekranich, in sehnsüchtigem Schweigen, schmiegt sich an Yi-Shous Arm, der mittlerweile völlig genesen ist.

Mit heimlichem Vergnügen verfolgen die Soldaten die romantische Liebe. Doch sie halten ihr Versprechen, kein Sterbenswörtchen dringt über ihre Lippen. Tsao hingegen ist von anderen Dingen viel zu sehr in Anspruch genommen, um sich über eine, wie er sie bezeichnet, flüchtige Laune Gedanken zu machen. Zunächst befremdete ihn zwar Yi-Shous offenkundige Teilnahmslosigkeit angesichts des Schicksals seiner Base. Später freilich kam er zu dem Schluß, daß sich eben jeder von den Schlägen des Schicksals schützte, so gut er konnte.

Was kann dem jungen Bambussproß schließlich Besseres geschehen, als von einer gleichermaßen erfahrenen wie einfühlsamen Verführerin in die Künste der Liebe eingeweiht zu werden?

Die glühende Leidenschaft ihrer Begegnungen, die täglichen Umarmungen im Goldlotospavillon haben ein loderndes Feuer in ihm entfacht, und seither verbringt er seine Zeit in sehnsüchtigen Träumen, hingestreckt auf dem Lager, dieweil er ihren Besuch erwartet, erschöpft von durchwachten Nächten, in denen er an nichts anderes denken kann als an ihre verschlungenen Leiber. Er vernachlässigt das Studium der Klassiker, das *Buch der Wandlungen,* achtlos beiseite gelegt, ist staubbedeckt.

Denn sein Geist ist gefangen von der Erinnerung an die Brüste, den Bauch dieses Mädchens, an ihr brennend heißes Geschlecht. Wenn er könnte, würde er seinen Kopf in den feuchten Spalt zwängen und bis ins Innerste der violettroten Orchidee vordringen, bis er allmählich ganz eintauchte, aufgesogen von der schmelzenden Höhle.

Stundenlang möchte er an den bebenden Spitzen ihrer samtweichen Pfirsichbrüste saugen, sich vollsaugen mit dem süßen Duft, bis ihm die Sinne schwinden, in das zarte

Fleisch ihrer Schenkel beißen und von ihren Lippen die Seufzer der Lust empfangen.

So übermächtig ist seine Leidenschaft, daß er die Leere, die Shu-Meis Verschwinden zurückgelassen hat, völlig darüber vergißt.

Schneekranich indessen tanzt auf dem Seil, einem dünnen Seidenfaden, die Augen verbunden, um den bodenlosen Abgrund nicht sehen zu müssen, in den sie jede Sekunde hinabstürzen kann.

Als sie sich unlängst zum Aufbruch schickte, nahm Li-Mai sie im Hof der Herbstlichen Wohlgerüche beiseite:

»Was erwartet Ihr von ihm?«

Aufs äußerste überrascht, wußte sie nichts zu sagen. Nichts erwartete sie, rein gar nichts! Sie lebte allein in der Gegenwart, und jeder Augenblick war erfüllt: Eine solche Frage hatte sie sich nie gestellt. Sie war glücklich, mehr wollte sie nicht!

»Ihr solltet nicht wiederkommen . . . Vergeßt ihn, das rate ich Euch.«

Die Unheilsprophetin flatterte mit krähenschwarzen Flügeln. Schneekranichs Glückseligkeit sank in sich zusammen, ein Strohfeuer nach dem Brand.

»Aber . . . warum?« murmelte sie schließlich traurig.

»Weil Euch diese Liebe nichts als Tränen bringen wird.«

Schneekranich war verwirrt: Wie hätte sie je vermutet, daß die Hüterin von Zucht und Sitte auch nur einen Gedanken an die seelische Verfassung eines Freudenmädchens wenden, ja eine Seele bei dieser überhaupt vermuten könnte?

An jenem Tag verlor die Tänzerin ihre traumwandlerische Sicherheit, und das Seil begann sich zu lockern. Doch beharrlich hielt sie an ihrem Traum fest: Erwachen konnte sie später noch immer.

Aus dem Nebenzimmer dringt Sun-Lis wohltönende Stimme an Tsaos Ohr, begleitet von den sehnsuchtsvollen Klängen der Laute.

Er hebt den Blick von seinem Buch, dem *Buch vom Weltgesetz und seinem Wirken*[1], und denkt über die eben gelesenen Sätze nach:

> *Wer im Übermaß liebt, dessen Kraft versiegt,*
> *Wer Reichtümer anhäuft, wird alles verlieren,*
> *Wer sich aber mit wenig begnügt, der hat nichts zu fürchten . . .*

Welche Ironie! Die Zeilen, so oft gelesen, verschwimmen ihm vor den Augen, höhnisch hallen die Worte in ihm nach.

Es klopft an der Tür . . . GuanShang stürzt in die Bibliothek, einigermaßen erregt, doch strahlend übers ganze Gesicht wie eine frisch erblühte Sonnenblume.

»Ich habe eine außerordentlich interessante Neuigkeit für Euch, Herr . . . Gestattet Ihr?«

Schwer läßt er sich vor dem Go-Brett mit den vom Vortag noch aufgestellten Steinen auf ein Sitzkissen fallen und streicht sich mit befriedigter Miene über das Spitzbärtchen:

»Der Drache hat eine Tatze aus der Höhle gestreckt . . . Es führt ein Weg zu ihm.«

Tsao legt das kostbare, in dünne Seidenschnüre gebundene Werk in die lackierte Kassette mit Silberverschluß und nimmt dem Freund gegenüber Platz.

»Was meinst du damit?«

»Long-Jian ist nicht spurlos verschwunden: der Phönix will aus der Asche aufsteigen. Es sieht so aus, als ließe er derzeit neue Männer anwerben.«

»Woher weißt du das?«

1 Das Tao-te-ching von Lao-tse.

»Des Weißen Wirbelsturms Schwester weilte in Liu-Cheng zu Besuch bei einer Tante. Diese aber beweinte den Fortgang ihres Enkels, der sich der edlen Sache des Drachen verschrieben hatte; ihn zurückzuhalten war ihr nicht gelungen. Sie scheint im übrigen nicht die einzige im Dorf zu sein, der es so erging. Alle verfluchten den Tag, an dem ein Zwerg in Begleitung eines Jünglings vorbeikam.«

Tsao atmet auf. Zum ersten Mal schimmert ein Funken Hoffnung in den seit langer Zeit glanzlosen Augen.

»Endlich! Die erste Spur, die mich zu meiner Tochter führt . . .« Mit fiebrigen Fingern verschiebt er die elfenbeinernen Spielsteine auf dem Brett. »So hat der wackere Long-Jian also Angst, sich leibhaftig zu zeigen, und vergräbt sich wie ein Hase in seinem Bau!«

Er sieht GuanShang an: Grenzenloser Haß spiegelt sich in seiner Miene.

»Du mußt mir so schnell wie möglich die Losung dieses Aasfressers aufspüren!«

Sirrend schwirrt der Pfeil durch die Luft und bohrt sich tief in den Pinienstamm. Shu-Mei läßt den Bogen sinken und klatscht vor Freude in die Hände. Dann dreht sie sich zu Long-Jian um:

»Na?«

»Du machst rasche Fortschritte. Aber dein linker Arm muß den Bogen ruhiger halten . . . Jetzt steig wieder aufs Pferd.«

Ein wenig ungeschickt schwingt Shu-Mei sich in den Sattel. Sie hat noch so viel zu lernen!

Nach dem Einfall der Räuber ins Kloster hat Long-Jian, der unterdessen vollends genesen ist, sich endlich einverstanden erklärt, ihr das Reiten und Jagen beizubringen. Die Sehnsüchte ihrer Kindheit werden wahr: Endlich hat sie keinen Grund mehr, ihre Zugehörigkeit zum schönen Geschlecht zu verwünschen!

Und während sie hoch zu Roß hinter dem neuen Lehrmeister sich den Weg durch Buschwerk und Unterholz bahnt, öffnet sie weit ihre Lungen und atmet tief; sie ist glücklich. Long-Jians ideale Gefährtin muß eine vollendete Reiterin sein, geschult auch im Umgang mit Waffen.

»Einer Frau, die sich in den Bergen verirrt, nützt es wenig, wenn sie einen Hasen mit Goldfaden auf seidene Tücher zu sticken weiß: Ihn zu schießen muß sie verstehen!« pflegt er zu sagen, und weiß genau, daß er damit offene Türen einrennt.

Shu-Mei lernt schnell: Ihre Wißbegierde und ihre Geschicklichkeit verblüffen Long-Jian stets von neuem – und doch hatte schon ihr erstes Wortgefecht, damals in der Räuberhöhle, ihm eine Ahnung davon vermittelt, was alles in ihr steckt.

Wie sehr hat sie sich seither verändert! Keine Spur mehr von dem kleinen Mädchen, das sie damals war: Die Umstände haben sie nach und nach gezähmt. Die einstige Überheblichkeit ist verschwunden, und sie ist frei, die unerschöpflichen Kräfte eines eisernen Willens zu entfalten.

Long-Jian läßt sein Pferd verschnaufen. Folgsam wartet das Mädchen neben ihm auf sein Urteil, auf weitere Anweisungen.

Er korrigiert ihren Sitz, achtet auf die Zügelhaltung. Dann holt er aus und versetzt ihrer Stute unversehens einen kräftigen Hieb auf die Kruppe, so daß das Pferd im Galopp davonsprengt.

Vor Überraschung läßt Shu-Mei die Steigbügel fahren und klammert sich an die blonde Mähne. Mit aller Kraft preßt sie die Beine an die Flanken des Tiers; nur so gelingt es ihr, sich im Sattel zu halten. Bald fühlt sie sich sicher, und ein Taumel ergreift sie, ein Entzücken aller Sinne: Die rasende Geschwindigkeit, der Geruch, der aus dem aufgewühlten Waldboden steigt, die Wärme des Pferdeleibs unter ihr...

all dies macht sie trunken vor Seligkeit. Sie ist glücklich, sich austoben zu dürfen: im Freien. Seit einiger Zeit stellt sie – freilich mit Beunruhigung – fest, wie unendlich viel ihr die neu gewonnene Freiheit bedeutet. Vielleicht wird sie nicht mehr imstande sein, eines Tages zurückzukehren, dasselbe Leben zu führen wie früher, eingesperrt in steinernen Höfen und den Gemächern der Frauen, bis in alle Ewigkeit.

Durch ihre smaragdgrüne Welt zuckt wie ein Blitz die Angst. Ist das ihr Schicksal, endlose Tage zwischen Klatsch und Handarbeiten? Ist das Abenteuer, das sie jetzt erlebt, nichts als ein kurzer, rauschhafter Traum, eine Gnadenfrist, die ihr gewährt wird? Ja, sie weiß es wohl: Bald wird sie zurückkehren in ihr gewohntes Leben. Es kann nicht anders sein.

In der Ferne vernimmt sie Long-Jians Stimme, der sie besorgt zurückruft. Sie zieht am Zügel und verlangsamt die Gangart; als sie die Lichtung erreicht hat, läßt sie die Stute wenden, wie sie es gelernt hat.

Und als sie endlich die hohe Gestalt des Reiters erblickt und sein Gesicht erkennt, lächelnd, obgleich er sich um eine gestrenge Miene bemüht, da fragt sie sich, ob es wirklich nur diese neue Lebensart ist, die sie so in den Bann gezogen hat ... oder nicht vielmehr dieser Mann, der sie achtet und durch den sie zu ihrem wahren Selbst gefunden hat.

Long-Jian macht sich Sorgen: Grübelnder Kot und Lenzregen hätten längst zurückkehren oder ihm zumindest eine Botschaft senden müssen!

Ich bete zu Guan-Yin, daß sie meinen Verwandten Frieden schenke und den Kummer von ihnen nehme. Doch ich kann nicht anders, und zu meiner großen Schande muß ich's gestehen: Ich bin ihr dankbar aus tiefstem Herzen, weil ich endlich lebe!

Zu Hause in meinem Zimmer, zwischen elfenbeinernen Kämmen und Pudertöpfchen, hätte ich mir ein solches Leben nie träumen lassen, so ganz anders als alles, was ich bisher kannte.

Ich denke oft an Long-Jians Worte und an die Befreiungsbewegung, die er auslösen wollte, um die Lage der Bauern zu verbessern. Vielleicht stellte er sich vor, sie nach dem Vorbild dieser Ordensgemeinschaft zu organisieren? Aber ein großer Unterschied wird immer bestehen bleiben; den Mönchen liegt nichts an irdischen Gütern!

Wir machen jetzt schon weite Ausritte im Galopp, und ich lerne zu jagen. Gestern hat mich mein Lehrmeister gelobt: Ich machte gute Fortschritte, sagte er. Das war Balsam für meine steifen Glieder und meine schmerzenden Gelenke.

Er ist streng, aber er hat auch sehr viel Geduld mit mir. Wenn Li-Mai mich so sehen könnte, würde der Schlag sie treffen. Der Vater dagegen wäre vielleicht gar nicht so ärgerlich, wenn der erste Zorn einmal verraucht ist. Er hat doch immer davon geträumt, einen Sohn zu haben, und der Neffe, den er als sein eigenes Kind aufgezogen hat, ist nicht mehr am Leben.

Freilich, wenn sie von meinen Eskapaden hier wüßten, würde ihr konfuzianisches Bild von Sitte und Anstand arg ins Wanken geraten. Eine vergnügliche Vorstellung: Die Tochter des Herrn sitzt rittlings auf dem Pferd und schießt mit Pfeil und Bogen.

Shu-Mei spornt ihr Pferd mit aller Kraft und erreicht endlich Long-Jian, der auf sie wartet. Sie ist schweißüberströmt ... und er hat das Rennen gewonnen.

»Das gilt nicht ... Du bist plötzlich davongeritten, ohne jede Vorwarnung!«

Sie lachen, vom Ritt außer Atem, und betrachten verzückt das Tal, das sich zu ihren Füßen ausbreitet.

Aus der saftiggrünen Senke steigen feuchte Schwaden empor, und dahinter verschwimmen die strohgedeckten Häuser im Dunst. Wie Ameisen eilen in weiter Ferne winzige

Menschen geschäftig hin und her, die Köpfe beladen mit Körben und Ballen. Der Sommer geht dem Ende zu, es riecht nach überreifen Früchten und fauligem Wasser. Eine erfrischende Brise streicht über Shu-Meis Rücken und fährt in die Ärmel ihrer Leinenjacke, die Demutsvoller Kürbis ihr aus einem Gärtnerkittel geschneidert hat.

Sie reckt sich der Abendsonne entgegen, vollkommen glücklich. Plötzlich ertönt von rechts ein bösartiges Grunzen, krachend splittern die Äste, und ein Wildschwein bricht durch das Dickicht und rennt mit wütendem Schnauben auf sie zu.

Shu-Mei überlegt nicht lange. Sie spannt den Bogen, zielt und trifft das schwärzliche Ungeheuer mitten in die Brust. Das Tier bleibt jäh stehen; noch zwei, drei taumelnde Schritte, dann bricht es bäuchlings zusammen. Shu-Mei traut ihren Augen nicht: die erste Jagdbeute!

Rasch springen die Reiter vom Pferd. Long-Jian zieht den Dolch und gibt dem sterbenden Tier den Gnadenstoß, um ihm sinnloses Leiden zu ersparen.

»Gut gemacht!« Er kneift Shu-Mei lächelnd in die Wange. »Ich bin stolz auf meine Schülerin!«

Sie bringen die Pferde in den Stall. Shu-Mei sattelt ab und striegelt ihre Stute, wie Long-Jian sie gelehrt hat. Dann tritt sie ins Freie, reckt und streckt sich: In dieser Nacht wird sie gewiß gut schlafen!

Anfangs war ihr die Stallarbeit, die gewöhnlich die Burschen erledigen, äußerst zuwider; Pferdeschweiß und Stallmist verursachten ihr Ekel. Doch sie überwand sich, und bald machte es ihr nichts mehr aus: Zu Hause hätte sie freilich nicht reiten dürfen. So war es fürwahr an der Zeit, die seidenen Handschuhe abzulegen.

Aus den Küchen strömt der Geruch von gebratenem Fleisch und steigt ihr angenehm in die Nase; der Austritt hat sie hungrig gemacht.

Von weitem erblickt sie Erloschene Leidenschaft. Er eilt auf Long-Jian zu, der schon vorausgegangen ist. Fröhlich geht er dem Mönch entgegen und weist voller Stolz auf das erlegte Wildschwein. Über Shu-Meis unerwartete Meisterleistung ist er fast so glücklich wie sie selbst.

Sie zieht die Stalltür hinter sich zu und beeilt sich, die beiden einzuholen, strahlend übers ganze Gesicht.

Die Männer indes sind ins Gespräch vertieft und kehren ihr den Rücken zu. Auf Zehenspitzen schleicht sie sich hinter Erloschene Leidenschaft und legt ihm die kühlen Hände über die Augen.

»Rate, wer das ist!«

Ihre Freude schwindet jäh, als sie ihre verdüsterten Mienen sieht.

»Was ist geschehen?«

Erloschene Leidenschaft wendet sich zu ihr, sein Gesicht ist verzerrt.

»Grübelnder Kot ist gefaßt worden. Er soll morgen in Yangyou hingerichtet werden.«

20

»Das war mein Vater, nicht wahr?«

Shu-Meis Kehle ist wie zugeschnürt, und die widersprüchlichsten Gefühle bewegen sie. So hat denn alles ein Ende. Sie sieht auf, wirft Long-Jian einen flehentlichen Blick zu:

»Was wirst du jetzt mit mir machen?«

Er schüttelt traurig den Kopf. Was könnte er ihr antworten? Höhnisch starrt das tote Wildschwein aus glasigem Auge. Shu-Mei klammert sich an seinen Arm.

»Ich bin die einzige, die noch irgend etwas ausrichten kann . . . Laß mich mit ihm reden!«

Erloschene Leidenschaft geht schweigend vor ihnen her.

»Das würde nichts nützen«, entgegnet Long-Jian dumpf. »Dein Vater steht im Dienst des Königs; hier am Ort ist er der Vertreter der Macht... Einmal abgesehen von seinen persönlichen Beweggründen, würde er das Gesicht verlieren, wenn er seine Entscheidung rückgängig machte. Grübelnder Kot muß an meiner Stelle sterben, das ist alles.«

Er schluckt bitter.

»Ich kann noch von Glück reden, daß ich überhaupt davon erfahren habe... Wären nicht die Reisenden mit den Neuigkeiten aus dem Tal gekommen, so hätte ich mich nicht einmal von ihm verabschieden können.«

Shu-Mei reißt die Augen auf.

»Was soll das bedeuten?«

Long-Jian tritt grimmig gegen einen Stein.

»Im Morgengrauen breche ich auf nach Yangyou. Ich kann meinen treuen Gefährten in der Stunde seines Todes nicht im Stich lassen.«

»Aber das ist eine Tollkühnheit! Der Abt sagt, daß auf deinen Kopf ein Preis ausgesetzt ist!«

Long-Jian antwortet nicht. Unterdessen sind sie beim Speisesaal angelangt. Als Long-Jian den Fuß auf die Schwelle setzt, hört er Shu-Meis wild entschlossene Stimme hinter sich:

»Ich komme mit dir!«

Mühsam bahnen sie sich einen Weg durch die tobende Menge, von allen Seiten bedrängt und gestoßen von den Schaulustigen. Shu-Mei, den gefüllten Gemüsekorb über den Arm gehangt, hält sich krampfhaft an der geflickten Jacke ihres Begleiters fest.

Demutsvoller Kürbis hat ihnen Kleider zur Verfügung gestellt. So trägt Shu-Mei jetzt einen alten, viele Male ausgebesserten Rock nebst dem gewohnten Leinenjäckchen, und mit ihrem wettergegerbten Gesicht, dem weiten Tuch über dem Kopf könnte man sie ohne weiteres für eine Bäuerin halten, die vom Markt nach Hause zurückkehrt.

Auch Long-Jian, in Strohsandalen und viel zu kurzen Hosen, ist nahezu unkenntlich, zumal ein hoher, kegelförmiger Basthut sein Gesicht zur Hälfte verbirgt. Ein geschnürtes Bündel auf dem Rücken weist ihn als Wanderer aus, und er verhält sich durchaus nicht ungewöhnlich, schiebt und drängt sich rücksichtslos durch die Menschenmenge . . . Und überhaupt, wer sollte denn auf die Idee kommen, die beiden genauer ins Auge zu fassen?

Eine geballte Meute, aneinander geklebt wie pappige Reisbällchen, die Körbe und Bündel auf dem Kopf und dem Rücken, drängen die Bauern sich vor dem Yamen.

Shu-Mei fühlt sich unbehaglich: Gern würde sie vergessen, daß sie einst selbst zu den Gaffern gehörte, gierig darauf, endlich Köpfe rollen zu sehen.

Die Scham sitzt tief. Zumal Long-Jian ihr auf dem Weg hierher eröffnet hat, daß er an jenem Wintermorgen bei der Enthauptung seiner Brüder anwesend war. Und als er sie gesehen hatte, wie sie aufgesprungen war, um begeistert zu applaudieren, da hatte er bei sich geschworen, sie eines Tages dafür büßen zu lassen . . . In gewisser Weise hat sich, zum Teil dank unvorhersehbarer Umstände, sein Gelübde erfüllt.

Diese widerwärtige Erregung, die säuerlichen Schweißdünste, die vor Ungeduld und perversem Gelüst verzerrten Gesichter, gierige Blicke . . . Menschen, vom Tod herbeigelockt wie Raubtiere vom Blutgeruch – sie glaubt es nicht länger ertragen zu können. Und doch hatte sie sich einst selbst in den Bann ziehen lassen. Wie konnte sie nur, was war damals mit ihr geschehen?

Beim letzten Mal war sie sich vorgekommen wie im Theater, eine unbeteiligte Zuschauerin vor der Bühne, auf der unsichtbare Drahtzieher ihre Puppen bewegen; vulgäre Puppen in einem abscheulichen Stück, dessen Widerwärtigkeit man erst eigentlich ermißt, wenn der Vorhang gefallen ist.

Was hatte sie dazu getrieben, so zu reagieren? Ihr Sitzplatz dort oben auf dem Podium, wo sie herausgehoben war aus der wimmelnden Masse, gleichsam erhöht über das gemeine Volk? Der kaum verarbeitete Schock, das jähe Entsetzen über diese geplanten und gutgeheißenen Morde, die Austauschbarkeit der Opfer? Oder etwa das tröstliche Gefühl, zu dem sie sich dank des Vaters Stellung berechtigt fühlte: Dies geschehe ja alles im Namen der Gerechtigkeit, somit des Guten?

In Schwaden umweht sie der Gestank von schweißigen Füßen und rohen Zwiebeln. Shu-Mei würgt. Sie fragt sich, ob diese Menschen ihre eigene Not vergessen, wenn sie, getrieben vom kollektiven Wahn, ihren geballten Haß auf ein beliebiges, namenloses Opfer übertragen?

Denn was hatte Grübelnder Kot irgendeinem von ihnen getan? Vermag das Unglück anderer die Elenden und Unzufriedenen für ihr eigenes Los zu entschädigen?

Zum ersten Mal spürt sie am eigenen Leib, was Armut bedeutet. Hier ist alles vertreten, begüterte Kaufleute, die über den Fleischpreis diskutieren, edle Damen in Sänften, und daneben ausgemergelte Männer und Frauen in Lumpen, hohläugige Kinder, Bettler mit grindigen Köpfen, starrend vor Schmutz: Sie alle wollen dabei sein und das Schauspiel erleben.

Einer streckt bettelnd die Hand aus, seine Zunge ist schwarz und geschwollen, und mit zahnlosem Mund murmelt er in einem fort unverständliche Worte.

Niemand beachtet ihn, allein Shu-Mei kann den Blick nicht von ihm wenden, und schamerfüllt denkt sie an die köstlichen Speisen, die sie so oft, aus einer plötzlichen Laune heraus, verächtlich zurückgewiesen hatte . . .

Mit einem Mal erhebt sich ein großes Geschrei: Tsao tritt auf. Mit klopfendem Herzen beobachtet Shu-Mei ihren Vater, der mit GuanShang unter dem Einhornbaldachin Platz nimmt.

Er ist gealtert. Enttäuschung hat seine Züge hart werden

lassen, zwei tiefe, bittere Falten verlaufen rechts und links der Mundwinkel.

Wie gebannt starrt Shu-Mei ihn an. Einen Augenblick lang verliert sie den Boden unter den Füßen: Soll sie sich heimlich davonschleichen, ihren Entführer im Stich lassen, um sich dem Vater in die Arme zu werfen? Die Gelegenheit ist günstig . . . aber sie kann sich nicht entschließen, kann sich nicht einmal vorstellen, Long-Jians warme Hand loszulassen.

Der Widerstreit der Gefühle währt freilich nicht lang. In diesem Augenblick wird mitten durch die vor Erregung brodelnde Menge ein Karren auf den Platz geschoben. Zwei Männer springen herab und laden eine längliche Kiste aus, über deren Rand ein unförmiger Kopf ragt, übersät von schwärzlichen Beulen und eitrigen Schwären, punktweise, an manchen Stellen zu Flecken geballt, als hätte man ihn mit glühenden Spießen behandelt.

Shu-Mei starrt ihn fassungslos an. Endlich erkennt sie, wer da in der Kiste hockt, und ein unsägliches Grauen erfaßt sie. Es ist Grübelnder Kot. Der Gefangene wird aus seinem Käfig gezerrt und auf das Podium geworfen, ein lebloses, verschnürtes Bündel. Shu-Mei wird schwarz vor den Augen. Sie klammert sich an Long-Jians Hand und beißt sich die Lippen blutig, um nicht zu schreien: Hat der Kummer den Vater um den Verstand gebracht?

Wie Flossen zucken vier verstümmelte Glieder, notdürftig mit blutigen Fetzen umwickelt.

Man hat dem Gefangenen Hände und Füße abgesägt.

Er ist bei Bewußtsein. Sein Blick schweift suchend über die Menge; so, als hielte er Ausschau nach dem Mann, für den er gekämpft hat bis zum Tod.

Long-Jian schließt die Augen: Sein Gefährte hat ihn nicht verraten, nicht einmal unter der grausamsten aller Foltern.

Shu-Mei, die den Anblick nicht länger erträgt, beugt sich vornüber und erbricht sich. Niemand beachtet sie.

»Tod dem König! Nieder mit Liu-Yin!«

Shu-Mei zuckt erschrocken zusammen. Die Frau neben ihr schreit sich ihren Haß aus dem Leib, mit wilden, verstörten Augen. Gegen den aufgeblähten Bauch preßt sie ein lebloses Bündel, ein neugeborenes Kind. Der Kopf baumelt hin und her, und mit glasigem Blick starrt es Shu-Mei an. Zwei Fliegen hocken auf seiner Stirn. Es ist in ein löchriges Tuch gewickelt, aus dem ein winziges, bläuliches Händchen ragt, regungslos . . . Ist es tot?

Willenlos läßt Shu-Mei sich fortziehen, als ein unmenschlicher Schrei ihr durch Mark und Bein fährt.

Sie wagt sich nicht umzudrehen. Aber sie betet, daß es das Kind sei, das vor Hunger schreit.

Hinter ihnen hat die Menge sich wieder geschlossen, eine undurchdringliche Mauer. Shu-Mei läßt sich zu Boden fallen. Long-Jian aber zieht einen kleinen Spiegel aus dem ledernen Gürtel.

Unterdessen ist am anderen Ende des Platzes ein Galgen errichtet worden. Der Abwechslung halber wird der Verurteilte diesmal gehängt.

Trommelwirbel ertönt. Teilnahmslos vernimmt Grübelnder Kot sein Urteil. Da erregt ein Lichtfleck seine Aufmerksamkeit: Spiegelreflexe des Sonnenlichts zucken über ihn hinweg, streifen sein Gesicht, blenden ihn.

Er richtet sich auf, starrt suchend ins Publikum und wagt kaum zu glauben, was er sieht. Der Lichtfleck blinkt einmal, zweimal, dreimal . . .

An der Schwelle des Todes kämpft der kleine Mann mit den Tränen der Erleichterung. Also hat Long-Jian ihn nicht vergessen. Auf die Gefahr hin, selbst gefaßt zu werden, ist er gekommen, um dem Freund Lebewohl zu sagen.

Jetzt kann er in Frieden sterben.

Rings um ihn herrscht geschäftiges Treiben, über seinem Kopf baumelt schon die Schlinge. Unwichtig. Beim zweiten

Trommelwirbel wird ein Schemel gebracht. Sein Blick trübt sich, der Boden schwankt. Er spürt, wie er gepackt und hochgehoben wird.

Bevor er den großen Kopf durch die hingehaltene Schlinge steckt, nimmt er all seine Kraft zusammen und ruft laut und mit fester Stimme:

»Es lebe Long-Jian... Der Drache aus Shandong wird niemals sterben!«

Das Stottern ist verschwunden, zum ersten Mal in seinem Leben.

Ein Raunen wogt durch die Menge, wird lauter und lauter wie eine heranbrandende Welle, und alsbald erschallt es im Chor: Lang lebe Long-Jian! Der Name allein schlägt die Menge in seinen Bann, und wie hypnotisiert stellt sie sich geschlossen auf seine Seite.

Tsao läßt sich indes nicht aus der Fassung bringen. Mit unbewegter Miene neigt er sein Ohr zu GuanShang, der sich alsbald erhebt und überstürzt aufbricht. Dann senkt er den Arm.

Da stößt der Henker den Fußschemel beiseite, der Verurteilte baumelt im Leeren. Noch einige Male zuckt der kleine Körper, dann versteift er sich, die Augen treten aus den Höhlen, die Zunge hängt aus dem Mund.

Grübelnder Kot ist tot.

Bald darauf zerstreut sich das Publikum, noch immer trunken vom genossenen Schauspiel streben die Menschenmassen lärmend den engen Gassen zu. Doch Tsaos Mannen haben den Platz umstellt, jeder Ausgang ist abgeriegelt.

Shu-Mei sieht Long-Jian mit angsterfülltem Blick an. Ein Hinterhalt! Hat ihr Vater geahnt, daß die Hinrichtung des Zwergs den Räuber aus seinem Versteck locken würde?

Was können sie anderes tun als hoffen, daß sie keiner erkennt?

So ballt sich das Volk in langen Reihen an den Ausgängen

des Hauptplatzes, während die Soldaten gruppenweise die Gesichter der Wartenden prüfen.

Long-Jian dreht sich um; durch den Druck der Menge wird Shu-Mei eng an ihn gepreßt.

»Es ist Zeit, voneinander Abschied zu nehmen, Shu-Mei.«

Mit einem Finger streicht er sacht über das ihm zugewandte Gesicht, als wollte er sich jede Einzelheit einprägen.

»Unsere Wege trennen sich hier... Du wirst zu deinem Vater zurückkehren.«

Verständnislos starrt Shu-Mei ihn an. Ringsumher herrscht ein wüstes Durcheinander, unter lauten Rufen eilen Menschen kopflos hin und her. Eine Frau wehrt sich mit Händen und Füßen gegen den Griff eines Wachtpostens, der lauthals den Umstehenden den Vorfall erklärt: Sie habe ihm seinen Geldbeutel gestohlen... Von allen Seiten wird gestoßen und geschoben, und ein Bauer versucht seine Hühner einzufangen, die aus dem umgekippten Käfig entflohen sind.

Jetzt endlich begreift Shu-Mei das furchtbare Mißverständnis, dem sie zum Opfer gefallen sind. Die grausame Verstümmelung von Grübelnder Kot war die Kriegserklärung ihres Vaters. Und die Falle, in die sie unausweichlich geraten mußten, ist nur ein weiterer Beweis. Herr Tsao wird so lange seine Schreckensherrschaft aufrechterhalten, bis er Long-Jian vernichtet hat, und seine Strafen werden grauenvoll sein. Mehr denn je fühlt Shu-Mei sich verantwortlich.

Als Gefangene des Räubers hatte sie keinen Grund, sich als Verräterin zu fühlen, wenn sie ihr neues Leben dem früheren Dasein vorzog. Doch jetzt? Long-Jian hat ihr die Freiheit wiedergegeben. Muß sie sich von ihm abwenden, jetzt, da sie ihn ihretwegen verfolgt weiß?

»Allein wirst du nie durchkommen!«

»Das ist unwichtig. Ich habe mich entschieden; dies ist mein Schicksal... Geh.«

Um den Abschied schnell hinter sich zu bringen, stößt er Shu-Mei fast grob von sich.

»Nein!«

Mit beiden Händen fest an ihn geklammert, wirft sie ihm einen flehentlichen Blick zu. Da nimmt er sie bei den Schultern und küßt sie sanft auf die Lippen.

»Ich werde dich nie vergessen.«

Er lächelt traurig. Dann, wie um die Wirkung seiner Worte zu mildern, fügt er hinzu:

»Wie könnte ich eine solche Schülerin je vergessen?«

Shu-Mei aber denkt nicht an Abschied. Hastig flüstert sie ihm zu:

»Ich bleibe . . . Wenn wir es schaffen, dann laß mich nur kurz eine Nachricht für meinen Vater hinterlegen, damit er weiß, daß es mir gut geht.«

Angesichts seines fragenden Blicks fügt sie trotzig hinzu:

»Ich muß mich auch rächen. Ich habe die Schweine nicht vergessen, die mich vergewaltigt haben!«

Ihr Ton duldet keine Widerrede. Long-Jian hat verstanden. Für eine Antwort bleibt ihm ohnehin keine Zeit, denn in diesem Augenblick taucht ein Soldat neben ihnen auf, zerrt sie grob aus der Reihe der Wartenden und bedeutet ihnen zu folgen.

Nervös zieht Long-Jian sich den Hut tiefer ins Gesicht, seine linke Hand umklammert den Gürtel.

Der diensthabende Wachtposten wird von einer Traube zeternder Frauen umringt. Dort angelangt, ruft der Soldat seinem Kameraden zu, indem er auf Shu-Mei deutet:

»Ist sie das?«

Zitternd vor Angst schlägt sie die Augen nieder. Sie wird Long-Jian ins Verderben stürzen, durch ihre eigene Dummheit! Er hatte recht; besser wäre es gewesen, sie hätten sich getrennt. Doch dann hebt sie herausfordernd den Kopf, zu jeder Lüge entschlossen. Unterdessen faßt der alte Haudegen sie gründlich ins Auge.

»Nein!«

Verblüfft kaut der andere auf den Schnurrbartspitzen herum.

»Bei allen Schatzkammern des Himmelssohnes! Ich wäre jede Wette eingegangen, daß diese hier die Schwester deiner Frau ist!«

»Freilich, ich muß zugeben, daß sie durchaus Rasse hat! Da wärst du gern mein Schwager geworden, was?«

Die beiden Soldaten hauen sich grölend auf die Schenkel, indes Long-Jian erleichtert aufatmet.

Vielleicht können sie die augenblickliche Unachtsamkeit der Wachen ausnutzen und sich in der allgemeinen Heiterkeit aus dem Staub machen? Doch just in diesem Moment fährt eine Weidenrute unter seine Krempe und reißt ihm vor aller Augen den Hut vom Kopf. Kalter Schweiß rinnt ihm in den Nacken.

»Und du, du bist nicht zufällig der Drache aus Shandong . . . groß und stark wie du bist?«

Long-Jian zuckt mit den Schultern, während er zur Einschätzung der Lage verstohlen einen Blick rings um sich wirft. Wenige Schritte entfernt steht eine Gruppe bewaffneter Männer in lebhaftem Gespräch. Eine Flucht ist ausgeschlossen.

»Antworte, woher kommst du?!« brüllt der Soldat und zielt mit der Säbelspitze auf Long-Jians Kehle.

Alsbald ist ein Helfer zur Stelle, bereit, Long-Jian stehenden Fußes zu verhaften. Schon schicken die beiden sich an, einen Vorgesetzten herbeizurufen, da erscheint Höllengalopp mit schwerem Tritt.

Shu-Mei spürt, wie ihr die Beine den Dienst versagen. Dieser hier wird sie auf jeden Fall wiedererkennen!

»Was geht da vor?«

»Der Kerl hier scheint mir wenig vertrauenerweckend. Er ist nicht von hier!«

Höllengalopp mustert Long-Jian ausgiebig, dann wendet er sich an den Soldaten:

»Narr! Laß diesen Mann auf der Stelle frei. Mit deinen amselkotgefüllten Augen würdest du nicht einmal den Unterschied zwischen einer Porzellanvase und einem Lampenschirm merken!« Er spuckt verächtlich auf den Boden. »Sieh doch genau hin, kennst du ihn nicht: Das ist der neue Gärtner der Familie Li!«

Verblüfft und beschämt treten die Soldaten zur Seite. Höllengalopp indes zwinkert dem einstmaligen Bruder verstohlen zu.

Als sein Blick jedoch zufällig auf Shu-Mei trifft, verschlägt es ihm vor Überraschung den Atem. Trotz ihrer Verkleidung und der sonnengebräunten Haut hat er sie sofort erkannt.

Was tun? Das Mädchen könnte ihn sehr wohl an den Vater verraten!

Indes, sie erlöst ihn rasch aus seinen Gewissenskonflikten. Hochmütig mustert sie ihn von Kopf bis Fuß und ergreift sodann Long-Jians Arm: mit deutlicher Geste, um keinerlei Mißverständnis aufkommen zu lassen, auf wessen Seite sie steht...

»Eure nichtswürdige Dienerin dankt Euch, ihren älteren Bruder erkannt und gerettet zu haben!«

Sie verneigt sich kurz und folgt Long-Jian, der sich bereits auf den Weg gemacht hat. Höllengalopp ist sprachlos: Die Tochter seines Herrn in den Armen des Drachen!

Auf den Brunnenrand gestützt, starrt Long-Jian angestrengt auf den Lehmpfad, der sich den Hügel hinauf windet und nach den letzten Häusern des Städtchens hinter einer dichten Hecke aus Zuckerrohr verschwindet.

Der kleine Mann ist tot. Nie wieder wird Grübelnder Kot neben ihm einhertrotten und ihn mit seiner unerschütterlichen Zuversicht ermutigen, seinen großen Augen, in denen stets auch ein Funken liebevollen Spotts glomm. Er war so zerbrechlich! Und er hatte sich doch geschworen, ihn bis zuletzt zu beschützen.

Geistesabwesend läßt Long-Jian einen Kieselstein in den

Brunnen fallen. Sein Spiegelbild verzerrt sich und verschwindet alsbald im aufgewühlten Wasser. Ein warnendes Vorzeichen?

Shu-Mei sollte längst wieder zurück sein. Hat sie ihre Meinung geändert? Was soll's, im Grunde wäre es besser so . . . Ihr Platz ist nicht bei ihm. Früher oder später, dessen ist er gewiß, wird sie davonlaufen und in ihre geordnete Welt zurückkehren, um sich den Regeln der Ahnen zu beugen: Dann wird der Vater ihr einen Garten suchen, und sie wird sich dem väterlichen Wunsche widerspruchslos fügen.

Wie könnte es anders sein?

Long-Jian seufzt. Wenn ohnehin alles so enden muß, soll sie lieber gleich bleiben, wo sie ist. So werden sie sich ohne ein Abschiedswort getrennt haben, ohne Wissen um die Endgültigkeit der Trennung, schmerzlos. Wie diese dunkelroten Ahornblätter, die sich vom Ast lösen und im Wind davonflattern.

So besteigt er sein Pferd. Als er oben auf dem Hügel angelangt ist, wird ihm das Herz schwer, und er dreht sich ein letztes Mal um. Unten sieht er eine Gestalt hastig auf den Brunnen zulaufen, die sich immer wieder besorgt umblickt.

Er kann es kaum glauben. Das ist sie.

Keuchend erklimmt Shu-Mei den Hügel.

»Ich hab's geschafft! Ich habe die Nachricht einem Kind aus dem Dorf gegeben. Mein Vater wird sie heute abend erhalten.« In vertraulichem Ton fährt sie fort: »Ich habe ihn gebeten, sich meinetwegen keine Sorgen mehr zu machen und dich in Frieden zu lassen.«

Kann es sein, daß sie den Brief schon am Vortag geschrieben hat?

Sie gibt sich freilich einer großen Illusion hin: Tsao wird sich von den treuherzigen Worten keineswegs beruhigen lassen, sondern erst recht in Raserei geraten. Eine Spur von Wehmut huscht kaum merklich über Long-Jians Gesicht.

Shu-Mei, schon zum Aufbruch bereit, rafft den Rock und steckt den Saum in die Hose, die Demutsvoller Kürbis für sie genäht hat.

Mit einem so kühlen Empfang hat sie wahrlich nicht gerechnet. Hoffte er denn heimlich, daß sie nicht wiederkommen würde?

»Du wolltest ohne mich reiten, nicht wahr?«

Long-Jian schweigt, unfähig, die Gefühle zu äußern, die ihn bestürzen.

Shu-Mei indes mißversteht dieses Schweigen. Niedergeschlagen besteigt sie ihr Pferd, jegliche Freude über das Wiedersehen ist erloschen. Vielleicht hat sie sich ja vollkommen in ihm getäuscht? Sie hat sich entschieden, diesem Mann zu folgen, hat sich bereit erklärt, auf den Vater, die Familie zu verzichten, zumindest vorläufig, um mit ihm zu gehen – und dabei ist sie ihm völlig gleichgültig?

Nein, sie wird sich weder die Enttäuschung noch die Verwirrung anmerken lassen. Schließlich ist es nicht seine Schuld, wenn sie sich geirrt hat. Und überhaupt, sie darf nicht den wahren Grund vergessen, weshalb sie geblieben ist:

»Vorwärts, wir müssen uns rächen!«

Mit diesen Worten gibt sie ihrem Pferd die Sporen und sprengt im Galopp dem Abenteuer entgegen.

Bald wird die Nacht hereinbrechen. Mit der Abenddämmerung steigt der Geruch feuchter Erde auf, das Land hüllt sich in Schweigen. Es ist kühl geworden.

Long-Jian verfällt in langsamere Gangart. Schon seit einiger Zeit lahmt seine Stute an der Hinterhand.

»Wir werden die Nacht hier verbringen, Lanzenspitze braucht Ruhe.«

»Aber es ist gar nicht mehr weit bis zum Kloster!«

In gebieterischem Tonfall schneidet er Shu-Mei das Wort ab: »Ich muß sie versorgen!«

Unweit eines kleinen Bächleins haben sie unter Bäumen ihr Lager aufgeschlagen. Long-Jian streckt sich im Gras aus, die Verletzung seiner Stute ist weniger schlimm, als es zunächst den Anschein hatte. Der lange Ritt aber hat ihm seine finsteren Gedanken nicht vertrieben. Er fühlt sich völlig leer, wie ausgebrannt.

»Geh, hol ein wenig Reisig und kleine Äste, ich werde uns ein Feuer anzünden.«

»Ich hab' keinen Hunger!«

Der ärgerliche Tonfall überrascht ihn, und er sieht sie erstaunt an.

»Was soll das? Für verwöhnte Kinder ist kein Platz in der Welt der Flüsse und Seen[1]. Los, mach schon!«

Widerwillig steht Shu-Mei auf und geht.

Als sie mit den Armen voll Holz wiederkommt, hat Long-Jian bereits eine kleine Schnepfe erlegt, die er jetzt sorgfältig rupft. Er wirft ihr den Vogel zu:

»Mach du weiter ... Ich hole einstweilen Wasser.«

Shu-Mei nimmt den Vogel und reißt ungeschickt an den Federn. Seit ihrem Aufbruch von Yangyou haben beide es peinlich vermieden, das Erlebte auch nur mit einem Wort zu erwähnen.

Macht Long-Jian ihr den Tod seines Freundes zum Vorwurf? Mit einem Mal treten ihr die Tränen in die Augen ... Die blutigen Stümpfe des Zwergs, der Vater, unnahbar und unerschütterlich auf seinem Thron, die verzerrten Gesichter der gaffenden Menge, die Fliegen auf dem kalten Körper des Kindes ... In ihrem Kopf überstürzen sich die Bilder.

Solange sie Long-Jians Hand hielt, schien das Entsetzliche unwirklich; ein Alptraum, gewiß, doch auch der entsetzlichste Traum hat irgendwann ein Ende. Daran zweifelt sie jetzt, und das Grauen steigt in ihr auf, würgend.

1 Die »Welt der Flüsse und Seen« ist ein chinesischer Ausdruck für das Leben der Gesetzlosen.

»Was ist, bist du noch immer nicht fertig?«

Der barsche Ton des Drachens dringt ihr bis ins Mark.

Beleidigt wirft sie die Schnepfe zu Boden. Sie hatte so große Hoffnungen auf ihr Wiedersehen gesetzt! Wie war sie gelaufen, wie eilig hatte sie es gehabt, ihn am Brunnen zu treffen, wo er auf sie warten sollte. Und dann war er schon vorausgeritten. Seine Zurückhaltung, sein Schweigen hatten sie gekränkt. Und jetzt? Die Lage wurde immer aussichtsloser. Was war sie denn für ihn? Ein kleines Mädchen, dem man befiehlt, was es zu tun hat?

Bedächtig hebt Long-Jian den Vogel auf.

»Ich begreife sehr wohl, daß dies alles schwer für dich ist, Shu-Mei. Und ich bin dir nicht böse, wenn du beschließt, zu deinem Vater zurückzukehren.«

Sie lacht kurz und höhnisch auf. Doch dann bricht all der gestaute Kummer aus ihr heraus, und unter Tränen der Wut und der Enttäuschung stößt sie hervor:

»Wer sagt dir, daß ich bei dir bleiben wollte? Ich bin nur mitgegangen, weil ich mich an deinen Brüdern rächen wollte . . . Das ist alles! Damit das ein für allemal klar ist. Und vergiß nicht: Ich bin deine Weggefährtin, eine Zeitlang, aber ich schulde dir nichts, und ich bin zu nichts verpflichtet!«

Vor Erregung versagt ihr die Stimme. Sie springt auf. Mag sein, daß sie zu weit gegangen ist, doch ihr Stolz verbietet ihr, vom einmal eingeschlagenen Weg abzuweichen. Aus zornblitzenden Augen starrt sie ihn an:

»Du hattest recht, ich bin wahrhaftig nicht dafür geschaffen, mit dir zu gehen!«

Sie dreht sich um und stürzt davon durch knackendes Geäst.

Long-Jian hört noch, wie sie ihr Pferd losbindet . . . gedämpfter Hufschlag . . . dann herrscht Stille. Shu-Mei ist fort.

Long-Jian verharrt regungslos. Langsam ist die Nacht hereingebrochen und umhüllt ihn sanft; am Himmel funkeln Millionen Sterne.

Er liegt auf dem Rücken im Gras und betrachtet lange, sehr lange das unendliche Himmelsgewölbe, bis er selbst sich in Sternenstaub verwandelt.

Endlich übermannt ihn der Schlaf. Doch ist kaum eine Stunde vergangen, als er unsanft aus dem Schlummer gerissen wird: Eine Hand legt sich über sein Gesicht und nimmt ihm den Atem. Und ehe er begreift, wie ihm geschieht, spürt er eine scharfe Klinge auf der Halsschlagader.

Der Schrecken lähmt ihn. In der Dunkelheit versucht er vergebens, den Angreifer zu erkennen . . . da dringt Shu-Meis helle Stimme an sein Ohr:

»Wenn ich will, kann ich mit der Spitze dieses Dolchs das Leben aus dir herausfließen lassen.« Sie verstärkt den Druck. »Statt andere zu belehren, solltest du lernen, auf der Hut zu sein!«

Long-Jian schluckt trocken. Nun gut, sie hat ihn überrumpelt. Doch der Meister hat sein letztes Wort noch nicht gesprochen. Jäh packt er ihr Handgelenk, reißt ihren Arm empor, und ehe sie zur Gegenwehr ansetzen kann, wirft er sie zu Boden.

Nach kurzem Kampf zwischen ungleichen Gegnern ist sie besiegt, das Messer fällt ihr aus der Hand. Long-Jian über ihr drückt sie zu Boden, so daß sie sich nicht mehr zu rühren vermag . . .

»Die Schülerin hat noch einiges zu lernen!«

Vergebens versucht sie, sich zu befreien. Er hält sie fest mit eisernem Griff.

»Weshalb bist du zurückgekommen?«

Sein Tonfall ist mit einem Mal ganz anders. Shu-Mei schlägt die Augen nieder. Sie war davongelaufen, zornentbrannt und gekränkt, und entschlossen, ihn nie wiederzusehen.

Wie soll sie ihm jetzt erklären, daß die Stute ihren Befehlen nicht mehr gehorchte, sich weiterzugehen weigerte, daß sie sich schließlich umwandte und den Weg zurück trabte, und daß sie, Shu-Mei, mit all der Kraft ihres Verstandes sich gegen die eigenmächtige Entscheidung des Tieres wehrte und doch nicht imstande war, sich durchzusetzen?

Als sie dann wieder beim Lager war und auf ihn zuging, hatte sie ihn schlafend gefunden, eine Hand um die Kette aus Pfirsichkernen geschlossen, die sie ihm geschenkt hatte. Es schnürt ihr die Kehle zusammen. Sie kann ihre Gefühle nicht länger unterdrücken, und mit aller Macht bricht es aus ihr heraus . . .

Wie betäubt, ohne zu wissen, was sie tut, fällt sie ihm um den Hals, und sie klammert sich zitternd an ihn. Verwirrt birgt Long-Jian sein Gesicht in ihrem offenen Haar.

»Nicht«, sagt er immer wieder, »tu das nicht.«

Sacht streicht sie mit einer Hand über die Narbe, die Ba-Bahr auf seiner Wange hinterlassen hat. Ihr Blick wird traurig.

»Bitte, laß mich die Schmach vergessen, die sie mir angetan haben.«

Long-Jian ist ergriffen. Er hält sie still in den Armen, ohne sich zu rühren. In der Nähe zirpt leise eine Grille.

Hat der alte Mann im Mond mit seinem roten Faden ihre Schicksale verknüpft[1]?

Sanft hebt er sie hoch und legt sie auf seinen Pelzumhang. Über ihnen rauschen die Bambusgräser im Nachtwind. Shu-Mei erschaudert.

Als er ihre Stiefel löst und von ihren Füßen streift, staunt er über die Zartheit der Knöchel und streichelt sie behutsam, als fürchte er, sie zu zerbrechen.

Unendlich zart streichen die Hände ihren Körper entlang und empor; Shu-Mei schließt die Augen. Hinter ihren Lidern

1 Eine bildliche Redensart, die einer chinesischen Legende entstammt.

dämmert es grau herauf, und wie ein leiser Wind weht ein Hauch über ihre bloße Haut. Mit aller Kraft sehnt sie die Umarmung des Mannes herbei, den sie liebt, des Mannes, bei dem sie alles vergessen möchte.

Long-Jian hat verstanden. Schweigend streckt er sich neben ihr aus. Sie erbebt unter seiner Berührung und klammert sich an ihn, mit den Armen umfängt sie seinen Kopf und Hals.

»Du mußt mich beschützen.«

Lange Zeit liegen sie so, neben- und aufeinander, eng umschlungen und beinahe regungslos. Haut schmiegt sich an Haut, heiß vermischt sich ihr Atem, und sie sind überrascht, befremdet, und trunken zugleich.

Zeit und Raum lösen sich auf. Die Körper bewegen sich nicht; und dennoch durchströmt sie ein sinnliches Glück, dessengleichen sie noch nie erlebt hat. Doch im Augenblick des Ineinandergleitens verkrampft sie sich unwillkürlich.

Quälend steigt die Erinnerung in ihr auf, das Bild jener gräßlichen Fratzen, aufgerissenen Schlünde, der Pfähle in ihrem Fleisch, die sie inwendig zerfetzen. Und all ihre Sehnsucht weicht einer einzigen, wilden Angst: Nein, so kann es, so darf es nicht sein, nicht mit ihm!

Mit hämmernden Schläfen versucht sie, sich zu beschwichtigen. Vorsichtig schlägt sie die Augen auf und fällt in seinen Blick, der sie mitten ins Herz trifft: Long-Jian betrachtet sie, eine Hand in ihr Haar gewühlt, mit unsäglicher Zärtlichkeit, doch in seinen Augen liegen Trauer und Ohnmacht. Da überwältigt sie die Liebe, und ihr Herz öffnet sich weit. All ihre Angst schwindet dahin, sie vergeht in seinem Blick.

Und dann, als sie ihn in sich empfängt, entdeckt sie erstaunt, daß der so sehr gefürchtete Schmerz sich in Wollust und eine unsagbare Freude verwandelt hat. Und während die Seelen sich ineinander verflechten, gelingt den Körpern das Wunder. Long-Jian ist in ihr, und sie in ihm, sie stürzen in die Leere, und die Leere trägt sie.

Gemeinsam überlassen sie sich den Wogen, lassen sich treiben von der Strömung, gleiten tief hinab, während über ihnen die Brandung tost, und tauchen wieder auf in einem Schwall von Gischt, triefend und selig und außer Atem . . . bis ihre nassen Leiber endlich erschöpft am Ufersand stranden, ermattet und noch erschauernd vor den erlebten Wonnen.

Unterdessen hat es zu regnen begonnen, ein leichter, warmer Regen. Als Long-Jian sich über sie beugt, um sie mit seinem Körper vor der Nässe zu schützen, sieht er, daß sie weint.

»Du bereust es, nicht wahr?«

Shu-Mei schüttelt den Kopf. Umschlingt ihn mit beiden Armen und preßt ihn verzweifelt an sich. Sanft küßt er ihre Lider und betrachtet sie gerührt. Sie ist schön.

Mit tränenfeuchten Augen lächelt Shu-Mei ihn an.

Als sie am nächsten Morgen den steilen Pfad hinaufreiten, der sie zum Kloster führt, sehen sie Lenzregen schon von weitem. Sie erwartet sie vor dem Tore. Zwölf Männer sind bei ihr.

Vor dem gestuften Turm, der die »Pforten des Berges«[1] überragt, mustert Long-Jian seine Rekruten.

Viele von ihnen sind junge Bauern, herbeigelockt vom legendären Ruhm ihres Helden. Jetzt, da sie ihm von Angesicht zu Angesicht gegenüberstehen, wirken sie gänzlich verschüchtert. Einer von ihnen wirft sich dem Räuber gar zu Füßen, zum Zeichen seiner Dankbarkeit. Dieser indes heißt ihn, sich zu erheben:

»Das kommt nicht in Frage«, tadelt er ihn. »Bei mir gibt es derlei Unterwürfigkeit nicht. Wir sind alle gleich, und ich freue mich, meine neuen Brüder zu begrüßen.«

Die Männer brechen in begeisterte Beifallsrufe aus.

1 Shan-Men, die Pforten des Berges: das Haupttor des Tempels.

Unter ihnen ist ein stämmiger Bursche mit tätowiertem Gesicht und dunkelbraunem Umhang. Auf dem Kopf trägt er den schwarzen Turban, wie er unter den letzten Tang-Kaisern üblich war. Jetzt tritt er vor, geht auf Long-Jian zu und umarmt ihn.

Der ist zunächst höchst überrascht, dann aber erkennt er ihn:

»Goldsiegel[1]! Wie kommst du hierher?«

»Ach, Bruder Long-Jian, seit wir uns damals in Jiangxi trennen mußten, bin ich auf der Suche nach dir! Als ich endlich in diese Gegend hier kam und an den Wänden der Yamens deine Verurteilung las, da dachte ich, du könntest vielleicht meine Hilfe gebrauchen... Dein Stern hat mich geführt: durch eine glückliche Fügung stieß ich auf deine Freunde, als sie durch das Land zogen und neue Gefährten warben.«

Voll Freude über das Wiedersehen umarmen sie sich und tauschen den Bruderkuß. Dann wendet Long-Jian sich wieder den anderen zu. Die Bronzekugeln, die als Symbole der Letzten Wahrheit die Spitze der Pagode krönen, funkeln in der Sonne.

»Eines müßt ihr wissen, Freunde: ihr setzt euer Leben aufs Spiel, wenn ihr euch mir anschließt. Daher überlegt euch diesen Schritt sehr gut... Noch ist es nicht zu spät.«

Büffelhorn, ein vierschrötiger, stiernackiger Bauer, tritt vor: Er spricht im Namen seiner Kameraden.

»Wir haben reiflich überlegt, bevor wir zu Euch kamen. Die Gefahr, der wir uns aussetzen, ist unvergleichlich geringer als Eure Seelengröße. Wir alle, samt unseren Familien, stehen tief in Eurer Schuld. Mögen jene, die Euch verleugnen, die Hand heben, und ich werde sie zerschmettern wie

1 Ein häufiger Beiname, der auf die Gesichtstätowierung vieler Sträflinge zurückgeht.

einen Hasen, der nicht mehr Mumm in den Knochen hat als eine kastrierte Maus!«

In seinem Überschwang zückt er die Streitaxt und schwenkt sie über dem Kopf, und bald tun es die anderen ihm gleich.

Long-Jian lächelt:

»Angesichts einer solchen Begeisterung schätze ich mich glücklich, euch bei uns aufzunehmen... Nun, wir werden uns schon morgen auf den Weg machen. Ihr sollt bald Gelegenheit haben, eure Tapferkeit unter Beweis zu stellen. Jetzt müßt ihr mich freilich entschuldigen: Ich will den Abt begrüßen.«

Himmlische Entrücktheit empfängt Long-Jian mit ausgebreiteten Armen wie einen verloren geglaubten Sohn. Und doch kann er sich eines Gefühls der Erleichterung nicht erwehren, als der Drache ihm seine Absicht kundtut, das Kloster zu verlassen:

»Ihr mögt recht haben, dies ist vermutlich die beste Lösung. Wie ich den Gerüchten entnehme, die allenthalben im Umlauf sind, seid Ihr bei uns nicht länger in Sicherheit.«

Mit einem knappen Wink schickt er Kichererbse und Federgewicht aus dem Zimmer und fügt halblaut, mit aufrichtiger Begeisterung hinzu:

»Nun steht Euch also eine ganze Truppe der trefflichsten jungen Männer zur Seite, derengleichen mit eigenen Augen zu erblicken mir in Jahrzehnten nicht vergönnt war... Welch ein Glück!«

Und in seinem Blick funkelt die Lüsternheit. Zum Dank für seine Gastfreundschaft verspricht Long-Jian, ihm so bald wie nur möglich das erforderliche Geld für die Instandsetzung des Goldenen Saals zu schicken.

Himmlische Entrücktheit indes schüttelt heftig den Schildkrötenkopf auf dem langen, faltigen Hals: »Nein, mein Sohn. Die Bauern benötigen das Geld dringender als die Ordensgemeinschaft. Uns genügt das kostbare Andenken an Euer Verweilen unter unserem Dach.«

In Demut und Dankbarkeit wirft Long-Jian sich zu Füßen des Ehrwürdigen und berührt mit der Stirn den Saum seines Gewandes. Der Abt aber heißt ihn, sich zu erheben; um seine Lippen spielt ein wehmütiges Lächeln.

»Geht in Frieden, mein Sohn. Um eines möchte ich Euch freilich noch bitten: Wenn Ihr unsere hochgeschätzte Orchidee bei Euch behaltet, so versprecht mir, sie zu beschützen, als wäre sie . . . äh . . . als wäre sie Eure Schwester.«

Long-Jian nickt gedankenverloren, verneigt sich ein letztes Mal und entfernt sich.

Nach dem Vorbild der Mönche hat auch Long-Jian die Gewohnheit angenommen, vor dem abendlichen Mahl im Hof des Ewigen Wissens eine Weile auf- und abzuwandeln.

In der lauen Abendluft bestürmen ihn brennende Fragen. Diese Männer, die seinem Ruf blind gefolgt sind, werden früher oder später durch seine Schuld den Tod finden. Was bedeutet ihm die Rache? Ist sie es wert, daß ihretwegen so viele Menschenleben geopfert werden? Weshalb stürzt er sich erneut in den Kampf – um der guten Sache willen? Oder vielmehr, um seinen Glorienschein zu bewahren, um seinen maßlosen Stolz zu befriedigen, wie Shu-Mei ihm unlängst zu verstehen gegeben hatte?

Nun hat Lenzregen ihn erspäht, wie er den Saal des Edlen Gastes durchquert. Sie eilt ihm nach, doch dann zögert sie, bleibt einige Schritte hinter ihm, unschlüssig, ob sie es wagen soll, ihn durch ihre Gegenwart zu belästigen. Schließlich hält sie es nicht länger aus und unterbricht seine Grübelei:

»Verzeih, aber wir hatten noch keine Gelegenheit, miteinander zu reden . . . Ich habe den Eindruck, daß du mir aus dem Weg gehst . . .«

Long-Jian dreht sich um und sieht sie erstaunt an.

»Aber nein . . . im Gegenteil, ich bin stolz auf dich.« Freundschaftlich nimmt er sie beim Arm. »Mit deiner Arbeit hast du dich des Vertrauens, das ich dir stets entgegengebracht habe, mehr als würdig erwiesen.«

Ohne ein Wort gehen sie nebeneinander her. Aus einer Thujahecke flattert ein gelbgefiederter Pirol auf. Da faßt sich Lenzregen ein Herz und bricht erneut das Schweigen:

»Ich konnte nichts tun für Grübelnden Kot, das mußt du mir glauben. Ein starkes Fieber hatte ihn befallen; deshalb nahmen wir entgegen unserer Gewohnheit in einer Herberge Quartier. Der Wirt hat uns verraten. Des Morgens ging ich aus, um frische Früchte zu holen . . . währenddessen hat man ihn verhaftet. Nur durch ein Wunder gelang es mir zu entkommen.«

»Du hast dir nichts vorzuwerfen, Lenzregen. Jeder hat sein Schicksal.«

»Du warst in Yangyou, um dich von ihm zu verabschieden, nicht wahr?«

Long-Jian nickt wortlos.

Nun nimmt Lenzregen all ihren Mut zusammen und stellt die Frage, die ihr auf der Zunge brennt, seit sie ihn in Begleitung Shu-Meis zurückkommen sah:

»Und Tsaos Tochter, warum hast du sie mitgebracht?«

»Sie ist mir aus freien Stücken gefolgt.«

Long-Jians ausweichende Antwort versetzt sie in Wut.

»Ich erkenne dich nicht wieder, großer Bruder! Seitdem sie da ist, setzt du dich in unverantwortlicher Weise den größten Gefahren aus . . . Bist du denn vollends blind geworden? Ihr eigener Vater ist es, der Grübelnden Kot hinrichten ließ! Solltest du das vergessen haben? Um der Gerechtigkeit willen müßte sie dasselbe Schicksal erleiden wie er . . . und das weißt du so gut wie ich!«

»Shu-Mei ist für das Tun ihres Vaters nicht verantwortlich.«

Bestürzt starrt Lenzregen ihn an:

»Du bist verrückt, Long-Jian . . . Verrückt oder verliebt!«

»Ich habe es nicht nötig, mich von irgend jemandem belehren zu lassen«, entgegnet er kalt. »Und jetzt geh, ich will allein sein.«

Lenzregen schnappt nach Luft, ihr Gesicht verfärbt sich dunkelrot, Sie tritt einen Schritt zurück und ruft gehässig:

»Ich bitte vielmals um Verzeihung, großer Bruder, aber dies ist eine Frage, die uns alle angeht: Was hast du mit ihr vor, jetzt, da sie als Lösegeld nicht mehr zu gebrauchen ist?«

»Sie kommt mit uns«, verkündet Long-Jian in eisigem Ton.

»Und warum?«

Lenzregen schreit fast. Sie will die Antwort nicht hören, vermeint sie im voraus zu wissen. Long-Jian sieht sie an, gefährlich ruhig ist seine Stimme, als er antwortet:

»Weil ich es will.«

So verhärtet sich die düstere Ahnung zur unumstößlichen Gewißheit: Long-Jian ist verliebt . . . und dieses Mädchen wird ihn ins Verderben stürzen.

21

Tsao sitzt im Badezuber und läßt sich den Rücken waschen, als Li-Mai eintritt und ihm Shu-Meis Nachricht überreicht, die Sheng-Fu pflichtschuldigst im Herrenhaus abgeliefert hat:

Macht Euch um Eure Tochter keine Sorgen mehr. Sie befindet sich wohl und handelt aus freiem Willen. Laßt ihr noch ein wenig Zeit, und Ihr werdet begreifen, weshalb sie vorerst nicht zu Euch zurückkehren kann.

Vergebt dem Drachen. Er ist stets gut zu mir gewesen.

Eure Tochter, die Euch achtet und liebt.

Shu-Mei.

Seither wird Tsao von einem gewaltigen Zorn geschüttelt: Diese aberwitzige Botschaft geht über sein Verständnis. Der Irrsinn greift um sich, die Welt ist aus den Fugen, schlimmer noch: mit dem Reich der Mitte geht's zu Ende.

Nicht nur droht ihm sein König, ihn, den völlig Unschuldigen, aus seiner Provinz zu verbannen, nein: Seine eigene Tochter macht ihn zum Gespött des ganzen Volkes, indem sie mit diesem Gesetzlosen auf und davon geht, seinem Erzfeind – ausgerechnet! –, der ihm Ansehen und Ruf ruiniert hat und ihn bald auch noch ins materielle Elend stürzen wird! Doch nein, das ist undenkbar, nicht Shu-Mei ... Dieser Abschaum, dieses halbverweste Gewürm hat sie gezwungen, solche Ungeheuerlichkeiten zu schreiben ... Nie würde sein sanftmütiges, folgsames Kind es wagen, ihn derart zu beleidigen!

Doch während Sun-Li ihm beim Ankleiden hilft, schleicht der Zweifel sich in sein Herz. Li-Mais Worten zufolge war es eine junge Bäuerin, die Sheng-Fu die Nachricht in die Hand drückte ... Sollte Shu-Mei tatsächlich die Frechheit besessen haben, nach Yangyou zu kommen? Vor Wut reißt er sich einen Knopf vom Kleid.

Vergeblich verweigert er sich der Erkenntnis, denn im Grunde seines Herzens weiß er es: Seine angebetete Tochter hat diesen verabscheuenswerten, verbrecherischen Vagabunden begleitet, ist mit ihm vorgedrungen ins Zentrum seines Machtbereichs. Und nicht nur dies: Allen beiden ist es gelungen, vor seinen Augen durch die Maschen des sorgfältig gespannten Netzes zu schlüpfen – ein Hohn des Schicksals!

Bei dieser Vorstellung schwillt sein Zorn ins Unermeßliche, und nur knapp entgeht er einem Herzanfall.

»Ich will den Kopf des Drachen«, stößt er unermüdlich hervor. »Ich will ihn serviert auf einem Silbertablett, warm noch, und mit einem Büschel Mangold in den Nasenlöchern ... Sein Hirn will ich aussaugen, und seine Augen als Kompott verspeisen, als wären sie Litschis. Mit meinen eigenen Händen will ich seine Zunge abschneiden, um mir damit den Hintern auszuwischen. Ich will . . .«

Sun-Li ist entsetzt. Sie bettet ihn auf das Ruhelager, schiebt ihm weiche Kissen unters Haupt und kühlt seine Schläfen mit einem feuchten Tuch. GuanShang, durch den wüsten Lärm herbeigerufen, steckt vorsichtig den Kopf durch die Tür.

»Die Lage ist ernst, Herr. Wenn Long-Jian trotz aller Wachtposten und trotz der sorgfältigen Kontrollen die Flucht gelungen ist, so muß ihm einer unserer Leute dabei geholfen haben. Und damit sind wir wieder am selben Punkt: Es besteht kein Zweifel, daß in unseren Reihen ein Verräter sitzt.«

Tsao freilich kennt nur noch einen Gedanken: ihn dürstet nach Rache. Und so fehlt ihm jeglicher Sinn für die tiefsinnigen Überlegungen seines Untergebenen.

»Jajaja! . . . Dein Geschwätz ist unerträglich! Ohnehin haben all deine schlauen Vermutungen zu nichts geführt. Du tätest besser daran, endlich deinen Hintern in Bewegung zu setzen: Schaff mir den Kopf dieses Untiers herbei, wenn du nicht willst, daß ich dich den Schweinen der Mutter Tong zum Fraße vorwerfe!«

Woraufhin Rauchender Friedhof – als erfahrener Diplomat – es vorzieht, das Feld zu räumen, bevor der Sturm über ihn hereinbricht.

Zum ersten Mal seit langer Zeit hat Bescheidenes Talent seinen Neffen zu sich rufen lassen

Tsao gehorcht widerwillig. Zur Zeit will er niemanden sehen.

Der greise Gelehrte sitzt regungslos, in tiefer Meditation, die Hände in den weiten Ärmeln aus teefarbener Seide verborgen, die blinden Augen starr auf den Kirschblütenzweig in der vor ihm stehenden Vase geheftet.

Als Tsao mit schwerem Schritt sich nähert und eben den

Mund öffnet, um dem erhabenen Onkel seinen Gruß zu entbieten und ihm einen friedlichen Abend zu wünschen, heißt ihn dieser mit erhobenem Zeigefinger zu schweigen. Nichts rührt sich in seiner Miene.

»Der Groll dringt aus allen Poren Eures Wesens, ich spüre es. Kleiner Tiger verheimlicht mir etwas. Seine Seele ist belastet. -- Wollt Ihr Euch nicht aussprechen?«

Während Tsao nun den Brief seiner Tochter vorliest, stellt er mit Bewunderung fest, daß der Onkel mit dem Herzen besser zu sehen vermag als Li-Lou[1] mit den Augen des Adlers.

»Nun, Ihr solltet Euch glücklich schätzen. So ist unsere Shu-Mei also am Leben und wohlauf!«

Erleichterung und tiefe Ergriffenheit glätten seine faltigen Züge.

Tsao indes verschlägt es die Sprache. Verblüfft starrt er den Onkel an: Wie kann er, der Ahne, angesichts des schmachvollen Benehmens seiner Großnichte derartige Reden führen? Wie steht er denn zu den überlieferten Werten, den seit altersher gültigen Gesetzen? Zur Pflicht des unbedingten Gehorsams, der Ergebenheit und der Achtung gegenüber den Älteren?

Der Greis aber streicht versonnen über den geschnitzten Knauf seines Stocks und murmelt:

»Wenn Shu-Mei sich entschieden hat, so zu handeln, dann hat sie ihre Gründe. Wenn Ihr sie liebt, dann versucht zu begreifen, bevor Ihr urteilt.«

Zornbebend kehrt Tsao in seine Gemächer zurück. Dort angelangt, macht er sich erbarmungslos über Sun-Li her, traktiert und mißhandelt sie, quält sie mit kaum je erfüllbaren Ansinnen, pflügt sie um und um wie ein wahnsinniger Gärtner, der in einem Anfall von Raserei seine Beete verwü-

1 Ein Würdenträger am Hofe des legendären Gelben Kaisers, der wegen seiner scharfen Augen berühmt war.

stet. In seiner Wut befriedigen ihn nicht einmal die abartigsten Stellungen. Ohne den Fluß der Handlung zu unterbrechen, ohne der armen Sun-Li auch nur eine Atempause zu gönnen, wechselt er von der »Schmollenden Kröte« zum »Affen, an den Füßen aufgehängt«, und vergißt auch nicht die »Eselin im späten Frühjahr« und den »Hund im Herbst«.

Für ihn ist das die einzige Möglichkeit, seinen Zorn zu verarbeiten.

Bevor Sun-Li im Morgengrauen zu Füßen ihres Herrn in den Schlaf der Erschöpfung sinkt, denkt sie in weiser Erkenntnis bei sich, daß auch der Ärger bisweilen sein Gutes hat.

Es sind nun schon zehn Tage, seit wir den Tempel der Tiefen Weisheit verlassen haben. Entsprechend der Tradition opferten wir zuvor Sapeken aus gelbem Papier und bunte Zhi-Ma[1].

Die gute Laune und die vielen harmlosen Scherze der Mönche fehlen mir sehr. Demutsvoller Kürbis hat beim Abschied geweint.

Erloschene Leidenschaft aber hat sich angeschlossen. In der Nacht vor dem Aufbruch erschien ihm im Traum der Geist seines Bruders und bat ihn, an seiner Stelle mit Long-Jian zu gehen. Der Abt befragte daher die Geheimnisse des Dhyâna und erhielt eine günstige Antwort, woraufhin er ihn für die erforderliche Zeit von seinem Gelübde entband und ihn ziehen ließ, freilich mit schwerem Herzen. Es sei sein Schicksal, stellte er seufzend fest. Wenn er dann ins Kloster zurückkehrte, würde er gestärkt sein im Glauben und der Erleuchtung nahe.

Long-Jian ist wieder der unumstrittene Anführer, der er stets war: unerbittlich und großmütig. Ich bin glücklich, daß ich zu seinen Männern gehöre (sozusagen). Ich werde in kei-

1 Pferde, aus Papier gefaltet und mit buddhistischen Symbolen versehen, die als Opfergabe verbrannt werden.

ner Weise bevorzugt behandelt, aber das macht mir nichts aus, im Gegenteil. Es ist besser so.

Jetzt begreife ich auch Yi-Shous Hochspannung bei seiner Rückkehr aus Guang-Zhou! Die Nächte unter freiem Himmel, die Aufregung der langen Ritte unter der bleiernen Sonne lassen mich die Unannehmlichkeiten gern vergessen, die ein solches Leben trotz allem mit sich bringt: Wir können uns nur selten waschen, und die Bequemlichkeit des Nachtlagers läßt freilich zu wünschen übrig. Und was das Essen betrifft; fast schon sehne ich mich nach den fleischlosen Eintöpfen und den ungesalzenen Speisen der Mönche[1]*! Denn unsere Nahrung beschränkt sich auf das notwendige Mindestmaß; nur nach erfolgreicher Jagd gibt es Fleisch, über dem Feuer gebraten, ansonsten Reis, der an guten Tagen mit gekochten Wasserkastanien vermischt wird. Manchmal, wenn wir nachts reiten, knabbern wir kleine Pfefferschoten, um uns wach zu halten.*

Glücklicherweise ist die Zeit der größten Hitze und der Regenfälle vorbei. Der Mensch gewöhnt sich an alles, sofern er nur ab und zu etwas zu beißen hat...

Der Mao-Tai[2] *ist gar nicht so schlecht, und dank der männlichen Gesellschaft hat meine höfische Sprache rasch eine unschätzbare Bereicherung erfahren. So viele Worte und Ausdrücke habe ich gelernt, daß ich sie fast aufschreiben müßte, um sie nicht zu vergessen (das werde ich bei Gelegenheit nachholen).*

Goldsiegel, der tätowierte Riese, hat sich meiner angenommen. Er ist ein ehemaliger Garnisonsoffizier, der irrtümlich zu lebenslänglichem Zuchthaus verurteilt wurde. Long-Jian traf er in Shandong nach seinem ersten Ausbruch. So werde ich also vom besten Schwert von Shan-Xi beschützt.

1 Die buddhistischen Mönche sind Vegetarier und verzichten auf scharfe Gewürze.
2 Eine Art Schnaps, gebrannt aus Kaoliang, der chinesischen Variante des Sorgho.

Das ist tröstlich. Seither schlafe ich so ruhig und sicher wie ein junges Kätzchen.

Lenzregen behandelt mich, als sei ich nicht vorhanden. Das hat freilich auch seine guten Seiten... Kann ich ihr denn noch in die Augen sehen?

Aber ich leide unter Long-Jians Unzugänglichkeit. Ich weiß wohl, daß die Umstände ihn zu solcher Zurückhaltung zwingen, aber sie macht mich traurig und unruhig zugleich. Gewiß, er spricht des öfteren mit mir, doch als Anführer; ich aber sehne mich nach dem Mann. Werde ich denn überhaupt keine Gelegenheit mehr haben, ihn allein zu sehen? Tagsüber bemühe ich mich, beim Reiten und Jagen mit meinen Gefährten mitzuhalten und ihnen auch sonst in nichts nachzustehen – nur um jene Nacht zu vergessen, die mein Herz zutiefst erschüttert hat. Aber es fällt mir schwer. Und es tut weh.

Was soll ich tun, wenn meine Rechnung beglichen, mein Durst nach Rache gestillt ist? Ach, ich wünschte, dieser Augenblick käme niemals!

Manchmal fallen mir Li-Mais Worte wieder ein: »Ihr seid nichts als eine kleine Närrin, unwissend und ungehorsam.«

Arme Li-Mai, wenn sie wüßte! Müßte ich nur nie mehr ihre Vorhaltungen ertragen, und ihre stundenlangen Predigten, die mir Magenschmerzen verursachten!

Es sieht freilich so aus, als sollte mein größter Wunsch, meine einzige Sehnsucht nicht nur nicht in Erfüllung gehen, sondern als fiele überdies die Entscheidung weit früher als erwartet. Wie Muskelkraft heute früh berichtete, rechnen die Bauern eines der umliegenden Dörfer morgen mit der Rückkehr der Räuber, die ihnen Geld und Nahrung abzupressen versuchen. Long-Jian vermutete gleich, daß seine ehemaligen Brüder dahintersteckten.

Heute abend schon werden wir aufbrechen, um sie aus dem Hinterhalt zu überfallen.

Zittermolch beobachtet das Dorf, das in der Mittagshitze wie ausgestorben daliegt. Er bemerkt nichts Ungewöhnliches, alles scheint normal zu sein. Er dreht sich zu seinen Männern um, die erschöpft im Schatten eines Kakibaums rasten.

»Los, auf, ihr faulen Säcke. Wir werden diese armseligen Wichte ordentlich durchrütteln, bis sie ihre Sapeken ausspucken! Und anschließend werden wir in Liu-Zhou ein paar Krüge leeren . . . Das haben wir uns wohl verdient!«

»Jawohl! Diese jämmerlichen Klageweiber tun gut daran, unsere Forderungen zu erfüllen, anderenfalls röste ich ihnen den Hintern, als wären sie Sesamsamen!« fällt Saubohne erfreut ein, wobei er sich die Überreste eines ranzigen Sojakäses aus den Zahnlücken pult.

»Halt bloß dein Maul! Du stinkst wie eine Jauchegrube!« schnauzt ihn Galgenstrick daraufhin an.

Die Aussicht auf Beute hält sie nicht länger. Unter wildem Kriegsgeschrei sprengen sie den Hügel hinab und auf das Dorf zu. Hinter ihnen steigt weithin sichtbar eine Staubwolke auf.

Nicht eine Menschenseele ist auf der Straße, der einzigen des ganzen Dorfes. In Todesangst haben die Bauern sich in ihren Hütten verbarrikadiert. Am Dorfbrunnen angelangt, macht Zittermolch Halt und winkt einen seiner Männer zu sich. Er weist auf ein baufälliges Holzhaus:

»Hol mir den Dorfschulzen aus seinem Rattenloch! Ich habe Hunger.«

Der Angesprochene stürmt auf die Hütte zu und tritt mit einem Hieb die morsche Tür ein. Im selben Augenblick spaltet eine Axt ihm den Schädel in zwei Hälften, während eine Flut von Hirnmasse und Blut sich über den kopflosen Rumpf ergießt . . . Und auf die verdutzten Räuber prasselt alsbald ein Pfeilregen nieder.

Drei von ihnen stürzen zu Boden, von Einschüssen durchsiebt, während die übrigen vier in aller Eile den Rückzug antreten: Lieber ein leerer Bauch als ein vorzeitiger Tod!

Zittermolch läuft es eiskalt über den Rücken, und eine würgende Angst packt ihn bei der Kehle. Wer sonst sollte diesen elenden Bauern geholfen haben, wenn nicht der teuflische Long-Jian!

Die Flucht hat indes bald ein Ende. Kaum haben sie die letzten Hütten am Dorfrand hinter sich gelassen, erblicken sie oben auf dem Hügel ein berittenes Empfangskomitee von wenigstens sechs Mann, die mit gespanntem Bogen ihrer harren.

Einen Augenblick lang herrscht Unentschlossenheit. Büffelhorn ergreift die günstige Gelegenheit, gibt seinem Roß die Sporen und stürzt sich, die Heugabel im Anschlag, auf einen der Räuber, den er aus dem Sattel hebt wie einen Ballen Stroh.

Baumelnd und zappelnd tut Saubohne noch einen letzten Rülpser, denn alsbald fällt der Dreizack herab und nagelt ihn ein für allemal auf der Erde fest.

Zittermolch und die letzten zwei ihm verbliebenen Gefährten machen abermals kehrt und versuchen zu fliehen, doch Erloschene Leidenschaft ist ihnen hart auf den Fersen. Drohend schwenkt er den Pilgerstab über dem kahlen Schädel, und seine Kutte flattert.

Sie fliehen vergebens. Von einem rächenden Pfeil getroffen, geht Galgenstricks Pferd zu Boden, indes der Reiter, unversehens aus dem Sattel geworfen, mit dem Gesicht nach unten im Staub landet.

Shu-Mei, die sich an Goldsiegels Seite hinter einer niedrigen Mauer verbirgt, erkennt ihn wieder. Auch er hat sie vergewaltigt. Sie spannt den Bogen, doch ihre Hand zittert. Noch nie in ihrem Leben hat sie einen Menschen getötet!

»Los . . . schieß!« ermutigt sie der vormalige Sträfling.

Da schnellt der Pfeil von der Sehne und bohrt sich in die Wade des Räubers, als der sich eben aufzurappeln versucht . . . doch bevor er auch nur einen Schritt tun kann, dringt ihm der Speer des Tätowierten mitten ins Herz.

Sein Gefährte hingegen, bis zu den Zähnen bewaffnet, rudert verzweifelt mit den Armen und würgt, schon bläulich verfärbt. Vergebens: Muskelkrafts Wurfseil schnürt ihm die Luft ab und zerrt ihn rücklings vom Pferd, woraufhin Lenzregen mit gezücktem Messer herbeieilt, um ihn seiner Manneskraft zu berauben.

Auf der Suche nach einem Ausweg dreht Zittermolch sich im Kreise. Dies ist sein Verhängnis: Mit einem Mal steht er – fast Auge in Auge – Long-Jian gegenüber, der ihn seelenruhig am Dorfbrunnen erwartet.

Nun kann er sich freilich nicht mehr unauffällig aus dem Staub machen; ohnehin hat der andere das bessere Pferd. So gibt er seinem Roß die Sporen und stürmt mit wütendem Geheul dem einstigen Waffenbruder entgegen.

Geschickt weicht Long-Jian der tödlichen Lanze aus. Ein zielsicher geworfener Dolch schleudert indes den Gegner zu Boden, und ehe der sich's versieht, spürt er des Drachen Schwert auf der Kehle und den schweren Stiefel auf seiner Brust.

»Du widerlicher Wurm hättest dir nicht träumen lassen, daß du mich wiedersiehst, was?«

Zittermolch bebt am ganzen Leib. Greinend fleht er um Gnade:

»Schone mich, älterer Bruder, ich ergebe mich, ich tue alles, was du willst, aber laß mich am Leben . . . Ich habe mich oft für dich eingesetzt.«

Erbost über soviel Feigheit verstärkt Long-Jian den Druck auf die Kehle. Ein Blutstropfen quillt aus dem Hals des Verräters.

»Wo ist Brüllskorpion?«

»Ich weiß es nicht . . . Das ist die Wahrheit. Kaum warst du fort, begann er, sich zum Tyrannen zu entwickeln. Die Macht stieg ihm zu Kopfe und ließ ihn anschwellen wie ein

Riesenkürbis. Gezähmter Aal und einige andere gingen allein ihres Wegs. Ich hingegen zog es vor, mich mit ein paar Freunden zusammenzutun . . . ähnlich wie du.«

Long-Jian schüttelt den Kopf. Das also ist das Beispiel, das er ihnen gegeben hat?

»Wohin du auch gehst, säst du Kummer und Tränen. Du beutest die Armen aus, erpreßt sie bis aufs Blut. Weshalb? Einst warst du gut und großmütig.«

»Du hast gut reden! Du hast ja immer die Unterstützung der Bauern gehabt«, ächzt Zittermolch, bereits halb erstickt. »Dir haben sie freiwillig und gern zu essen gegeben . . . Uns dagegen bleibt nichts anderes übrig, als mit offenem Maul zu krepieren . . . Auch wir hungern, genauso wie jene, die du stets verteidigt hast, und . . .«

Er hält inne, schielt entsetzt auf die Klinge, die sich langsam gehoben hat und jetzt drohend über ihm schwebt.

»Gib mir noch eine Chance, großer Bruder . . . Ich flehe dich an!«

»Mit Verrätern kenne ich kein Erbarmen«, entgegnet Long-Jian und senkt das Schwert.

Die überglücklichen Dorfbewohner feiern ihre Retter. Eine nach der anderen strömen die Familien herbei und legen ihnen die Früchte der Erde, Speisen und Geschenke zu Füßen; die Helden aber lehnen ab.

»Wir haben euch nicht von den Räubern befreit, um euch nun selbst alles zu nehmen, was ihr habt«, erwidert Long-Jian auf die überschwenglichen Dankesbezeigungen.

Ihre Gastfreundschaft und das zu ihren Ehren gegebene Festmahl nimmt er freilich gern an. Bis spät in die Nacht hinein wird gespielt, getanzt und gesungen, fässerweise fließt der Wein.

Im Kreise einiger Gefährten betrachtet Long-Jian Muskelkraft und Goldsiegel, die, begleitet von dröhnenden Gongschlägen und beleuchtet von kleinen Fackeln in irdenen Töpfen, einen närrischen Tanz aufführen; über die Lehmwände der umliegenden Häuser huschen groteske Schatten.

»Ich brauche jemanden, den ich nach Yangyou schicken kann... Dabei habe ich an dich gedacht«, erklärt er, an Erloschene Leidenschaft gewandt.

Dankbar für das ihm erwiesene Vertrauen, verneigt sich der Mönch vor Long-Jian.

»Ich muß einem Bruder eine Nachricht zukommen lassen, der durch eine Fügung des Schicksals Soldat in Tsaos Truppe geworden ist.«

»Aber wie soll ich mit ihm Verbindung aufnehmen?«

»Er nennt sich Höllengalopp. Du kannst die Nachricht in der Schenke zum Himmlischen Karpfen hinterlegen, denn dort verkehrt er regelmäßig. Die Wirtin, Mutter Tschang, wird sie weiterleiten... Zu einem Mönch hat sie zweifellos Vertrauen. Du sagst einfach, ein entfernter Verwandter habe dich geschickt.«

»Erwartest du eine Antwort von ihm?«

»Ich werde ihn bitten, mir Bescheid zu geben, sobald er herausgefunden hat, wo Brüllskorpion sich versteckt hält. Tsao wird ihn ja wohl bald ausfindig machen... und wenn ich ihn lebend will, muß ich Tsao unter allen Umständen zuvorkommen.« Long-Jian nimmt einen tiefen Schluck Mao-Tai. »Leider ist mir noch kein geeigneter Ort eingefallen, an dem wir uns ohne Schwierigkeiten treffen könnten.«

In die Augen des Mönchs tritt ein Leuchten wie nach dem Gebet.

»Oh! Ich habe eine Idee... Silberreihers Onkel lebt am Ufer des Li-Jiang, einige Li von Yangyou entfernt. Dort könnte ich warten, bis der Bruder uns die Botschaft zukommen läßt.«

»Großartig. Lenzregen wird dir dann unseren neuen Aufenthaltsort mitteilen.«

Singend und gefährlich torkelnd, taucht ein betrunkener Bauer auf, gleitet aus und fällt mitten in einen Kuhfladen.

Doch mit unveränderter Heiterkeit rappelt er sich hoch und tanzt weiter, von oben bis unten mit Exkrementen besudelt, die, seiner Miene nach zu schließen, offenbar köstlichen Duft verströmen.

Lenzregen füllt Long-Jians Becher bis zum Rand: »Der erste Kampf bringt uns Glück. Wir haben nicht einen Mann verloren!« ruft sie gewollt fröhlich.

Er aber erwidert nachdenklich: »Manchmal hat ein Sieg einen bitteren Nachgeschmack.«

Shu-Mei sitzt weitab von allen Festlichkeiten. Noch steht sie tief unter dem Eindruck des Erlebten, jener barbarischen Mordlust, der die Menschen anheimfallen, sobald sie nur einen Tropfen Blut riechen.

Sie hat Lenzregen beobachtet, wie sie Galgenstrick entmannte, wie sie triumphierend seine Hoden schwang und schließlich mit Wonne hineinbiß.

Daraufhin gerieten sämtliche Frauen aus dem Dorf in Hysterie, machten sich gemeinsam über die noch warmen Leichen her und schnitten ihnen die Geschlechtsteile ab. Und unter Freudengeschrei zogen sie die Straße hinab und winkten mit ihren grauenhaften Trophäen aus Menschenfleisch, die sie schließlich auf dem Altar des Erntegottes als Opfergabe darbrachten – um ihn versöhnlich zu stimmen, auf daß er ihnen reiche Erträge gewähre!

Bei diesem Anblick packte Shu-Mei ein tiefes Entsetzen, das sich in Abscheu vor den Menschen an sich verwandelte, als ihr bewußt wurde, daß man sich an derartige Ausschreitungen gewöhnen konnte – so lange, bis das Morden irgendwann zum Bedürfnis wird.

Woher kommt diese Roheit? Weshalb? Ist das die wahre Natur des Menschen?

Sogar ihr Vater war dem Blutrausch verfallen, der Lust an der sinnlosen Grausamkeit gegenüber einem Wehrlosen wie Grübelnder Kot. Und sie selbst, einst nicht einmal imstande, eine Heuschrecke zu quälen, – wohin würde sie sich entwickeln? Niemand kann behaupten, er kenne sich selbst, solange er nicht erfahren hat, was Haß bedeutet. Im Augenblick weiß sie nur eines gewiß: Sie hat die Angst kennengelernt, und sie hat ihren Mut auf die Probe gestellt.

Leise ist Long-Jian hinter sie getreten.

»Weshalb ziehst du dich zurück?«

Shu-Mei mustert angelegentlich ihre schmutzverkrusteten Sandalen.

»Ich bin so enttäuscht.«

»Worüber?«

»Als der großartige Anführer, der du bist, hättest du dieses Massaker verhindern müssen. Du hättest nicht zulassen dürfen, daß sie die Hoden der Feinde – so schrecklich sie immer gewesen sein mögen – am Spieß braten und aufessen, damit der Sieg vollkommen ist.«

Er macht eine Bewegung auf sie zu, möchte sie an der Schulter fassen, sie aber weicht aus und stößt ihn zurück.

»Du bist wie mein Vater, wie alle andern. Genauso grausam und blutrünstig.«

Hinter den harten Worten verbirgt sich eine empfindsame Seele. Sie ist doch trotz allem noch ein Kind . . . ein Kind, das erfahren hat, was Grauen ist. Wie er, damals.

»Laß mich. Ich will allein sein.«

Unendliche Müdigkeit legt sich über sein Gesicht, und seine Züge sind wie erstarrt. Langsam wendet er sich ab; sie wird wohl recht haben. Von weitem tönt das ausgelassene Gelächter seiner Gefährten herüber; es klingt hohl.

»Warum bist du gekommen? Macht dir das Fest keinen Spaß mehr?«

In ihrer Stimme schwingt ein flehender Unterton. Er dreht sich um, und sein Herz wird weich. Dort sitzt sie, zerbrechlich und so leicht verletzbar, und sie wartet doch auf ihn! Er nimmt sie in die Arme, behutsam, wie einen verwundeten Vogel.

»Weil ich dich brauchte«, sagt er leise.

Muskelkraft, Erloschene Leidenschaft und einige andere sitzen in der Runde und würfeln, während Büffelhorn laut schnarchend seinen Rausch ausschläft, immer wieder von hohlem Husten geschüttelt. Goldsiegel, jasminbekränzt, mimt den Satyr und verfolgt zwei Bauernmädchen, die kichernd ins Gebüsch entfliehen.

Allmählich kehrt Ruhe ein. Einträchtig hocken die Brüder neben den Dörflern und deren Kindern und lauschen dem Dorfältesten, der zum hundertsten Mal die Geschichte des Helden Huang-Chao erzählt, und von jenem großartigen Volksaufstand, der zur Einnahme der Stadt Changan und der Flucht des letzten Tang-Kaisers führte.

Wo mag Long-Jian sein? Lenzregen steht auf und verschwindet unauffällig in der Dunkelheit. Lautlos tastet sie sich an den armseligen Hütten entlang, bis sie an den Rand des Dorfes gelangt. Doch als sie das letzte Mäuerchen aus getrocknetem Lehm hinter sich gelassen hat, bleibt sie wie angewurzelt stehen.

Für Shu-Mei und Long-Jian ist die Welt ringsum versunken. Sie sind nur noch füreinander da, für ihre Sehnsucht, ihren Hunger, ihre Liebe, die sie drei Tage lang verbergen und unterdrücken mußten. Er hat sie hochgehoben, preßt sie gegen einen Zaun, umarmt sie mit seinem ganzen Körper. Und sie, mit gerafften Röcken, keucht, den Kopf auf seiner Schulter, die Augen geschlossen und im Gesicht den Ausdruck leidenschaftlicher Hingabe.

Angewidert wendet Lenzregen sich ab. Sie hatte es schon längst vermutet. Jetzt weiß sie es gewiß.

Rötlich leuchtet der Mond durch den feinen Dunst. Ein halb unterdrücktes Seufzen dringt an ihr Ohr, leise und zart wie ein Kind, das im Schlafe stöhnt, und es läuft ihr kalt über den Rücken. Alles in ihr schreit nach Rache. Nun gut, morgen geht die Sonne wieder auf.

In dieser Nacht findet Yi-Shou keinen Schlaf. Seit zwei Tagen schon hat er nichts von Schneekranich gehört! Es hilft nichts, es gibt nur einen Weg, die durch lange Wartezeit gemarterten Sinne zu beschwichtigen: Er muß sich selbst aufmachen und sie in Yangyou besuchen.

Als der Entschluß einmal gefaßt ist, schläft er erleichtert ein, das Gesicht in den zitronenduftenden Schal gewühlt.

Am folgenden Nachmittag faßt Yi-Shou sich ein Herz. Er überwindet seine angeborene Schüchternheit und betritt das Haus der Mutter Tschang.

Ein paar grüne Fliegen schwirren träge um die Töpfe; immer wieder hindert der Scheuerlappen der Wirtin sie daran, sich auf den kalt gewordenen Nudeln niederzulassen.

»Wie, ist es die Möglichkeit? Nein, welche Überraschung, welch seltener Gast!« ruft sie glucksend, als sie Tsaos Neffen erkennt. »Nur herein, junger Herr, labt Euch an einem Becher Huang-Tang-Wein!«

Doch Yi-Shou wehrt verlegen ab; nach mehreren stockenden Ansätzen erkundigt er sich endlich nach dem Hause der Mutter Ho.

»Ich ... Es ist nämlich so: Ich möchte ihre Nichte besuchen«, fügt er hinzu, um keinerlei Mißverständnis aufkommen zu lassen.

Die dicke Wirtin zwinkert ihm schelmisch zu.

»Ganz klar, ich verstehe schon ... Diese Hitze in der letzten Zeit ... Im übrigen seid Ihr nicht der einzige, der unter dem Klima leidet!« schließt sie und bricht in ein anzügliches Gelächter aus.

Yi-Shou ist beleidigt und tut, als wisse er nicht, wovon die Rede ist.

»Nachts ist das Haus leicht zu finden, wegen seiner roten Laterne, aber macht Euch keine Sorgen, ich führe Euch hin. Das ist am sichersten ... Ach übrigens, da fällt mir etwas ein ...« Sie kramt ein mehrfach gefaltetes Blatt unter der

Theke hervor: »Ein Bonze hat dies für Höllengalopp abgegeben. Er sagt, sein Vetter aus Pi-Ping sei schwer krank. Würdet Ihr wohl so freundlich sein, ihm diesen Brief zu geben? Denn falls er heute abend nicht hierher kommt, müßte ich mich selbst auf den Weg machen, und da Ihr ohnehin geht . . .«

Bei Yi-Shous Anblick gerät Mutter Ho in helle Aufregung und überschlägt sich fast vor Liebenswürdigkeit.

»Amitabhâ! Ein so hübscher Junge wie Ihr in meiner armseligen Hütte . . . Was verschafft mir die Ehre Eures Besuchs?«

Mit beflissenem Eifer führt sie Yi-Shou in die Gaststube und heißt ihn, Platz zu nehmen. Dort sitzt bereits ein Fettwanst, aufgebläht und weißlich wie Hefeteig, und kratzt sich ununterbrochen am ganzen Körper.

»Ihr müßt nicht glauben, daß ich deswegen komme . . . Ich möchte Schneekranich nur sehen . . .«

»Euer Wunsch ist mir Befehl. Sie müßte ohnehin bald erscheinen. Jenem Herrn dort werde ich Kleine Tugend zuteilen, auf daß Ihr Euch in aller Ruhe mit unserer nordischen Schönheit unterhalten könnt. Hihihahaha . . .«

Entzückt drückt sie Yi-Shou auf ein Kissen nieder und fächelt ihm eifrig Kühlung zu, und während sie über die schwüle Hitze klagt, knöpft sie mit der anderen Hand ihr hautenges entengrünes Mieder auf. Die ausladende Brust quillt ihm entgegen, er aber weicht empört zurück.

Unter leisem Klirren wird der Perlenvorhang beiseite geschoben. Kleine Tugend erscheint in einem leichten Kleid aus durchscheinendem Stoff, der unterhalb der spitzen Brüste von einer Samtschleife gehalten wird; in ihrem Haar steckt eine rosafarbene Orchidee. In einer Wolke betörenden Duftes wogt sie Yi-Shou entgegen, ein honigsüßes Lächeln auf den Lippen und im Geiste bereits die Sapeken zählend, die durch solch hohen Besuch gegebenenfalls für den eigenen Beutel abfallen.

In diesem Augenblick erzittern die papiernen Wände unter einem Lustschrei, den er nur zu gut kennt.

Das darf nicht wahr sein. War denn alles von Anfang an nichts als ein niederträchtiges Spiel, in dem er der Dumme war? Jäh schießt ihm der Gedanke durch den Kopf, daß Schneekranich ihn die ganze Zeit über zum Narren gehalten hat, und ihm wird heiß und schwindlig, als hätte er einen Becher Branntwein in einem Zug geleert.

Mit hochroten Wangen stößt er das Teegeschirr von sich und stürzt hinaus, in das hintere Zimmer, gefolgt von der entsetzten Mutter Ho.

Grob reißt er den Muschelvorhang beiseite.

Schneekranich, auf dem Rücken liegend, gänzlich unbekleidet bis auf ein Paar leuchtend violetter Strümpfe, keucht unter der zuckenden Last des Weißen Wirbelsturms. – Wirbelsturm, der sein Freund war, sein Vertrauter, der alles von seinem Liebesabenteuer wußte!

Bei Yi-Shous Anblick gibt Schneekranich einen trockenen Laut von sich. Sie fährt hoch, und ihre Augen weiten sich entsetzt.

Durch die ungelegene Störung irritiert, wendet Weißer Wirbelsturm sich um, die Fackel noch in der Hand. Er erfaßt sogleich das gesamte Ausmaß des Dramas. Seine eigene Lage ist freilich prekär, jede Rechtfertigung ausgeschlossen.

Yi-Shou indes hat sich bereits abgewandt. Weit größer als seine Verzweiflung ist der Zorn, der sich unaufhaltsam in ihm ausbreitet. Schneekranich, ihre Blöße behelfsmäßig mit einem Stück Tuch verbergend, stürzt ihm nach.

»Yi-Shou . . . Yi-Shou . . .«

»Du bist nichts als eine Hure!« schleudert er ihr mit verzerrtem Gesicht entgegen.

»Nein . . . Ich kann alles erklären . . . Es ist nicht meine Schuld, ich schwöre es . . . Du bist es doch, den ich liebe!«

Schluchzend klammert sie sich an ihn. Er aber versetzt ihr eine schallende Ohrfeige und stößt sie von sich.

»Du hast mich belogen. Du hast mich zum Gespött gemacht . . . Ich will dich nie wieder sehen, hörst du . . . Nie wieder.«

»Bitte, tu mir das nicht an, laß mich nicht allein. Ich verspreche dir, daß ich mich nicht aufdrängen werde . . . Ich komme nur, wenn du es wünschst . . . Aber verlaß mich nicht.«

Yi-Shou zuckt die Achseln und wendet den Blick ab. Sein Herz ist jäh erkaltet, als wäre nie etwas zwischen ihnen geschehen.

Er entfernt sich wortlos, eingezwängt in seinen Panzer aus Stolz und Selbstliebe, steif und ungelenk wie eine Puppe.

»Ich bitte dich, Yi-Shou . . . Diesmal bin ich es, die dich braucht, ich brauche dich so sehr . . . Laß mich nicht allein, bitte . . .«

Ihr herzerschütterndes Flehen verhallt ohne Antwort. Schneekranich sinkt in sich zusammen, vom Kummer geschüttelt, ein armseliges Häufchen Elend.

»Komm, weine doch nicht . . . Ich rede mit ihm. Du wirst sehen, es kommt alles wieder in Ordnung.«

Weißer Wirbelsturm hebt sie auf und drückt sie liebevoll an sich.

»Nein, es ist zu Ende . . . Ich weiß es«, schluchzt sie und lehnt sich verzweifelt gegen die mächtige Brust des Soldaten.

Draußen auf der Straße ertönt Hufgeklapper: im Galopp reitet Yi-Shou von dannen.

Schneekranich schließt die Augen.

Meister Hsia im goldgrünen Hausrock mit breiten, blütenbestickten Aufschlägen zählt emsig seine Silberbarren, wobei seine schwarze Zunge ein klein wenig aus dem Mund hängt. In letzter Zeit verursacht der übermäßige Kohlgenuß ihm üble Magenbeschwerden, so daß er gezwungen ist, zerstoßene Kohle zu sich zu nehmen, um der Verflüssigung seines kimchigefüllten Gedärms Einhalt zu gebieten. Ach, das Leben ist auch nicht mehr das, was es einmal war!

Freilich, bisweilen entschädigt einen das Schicksal für die dahinschwindende Jugend. Süß ist die Rache. Morgen, zur Stunde Mao[1], verstreicht die von Liu-Yin gewährte Gnadenfrist . . . Und verläßlichen Auskünften zufolge ist Tsao nicht einen Schritt weiter als vor dreizehn Tagen!

Bei dieser erfreulichen Vorstellung reibt der Alte sich die Hände. Bald ist das Schloß sein, und alle Ehren des Amtes obendrein. Hsia erschauert im Vorgefühl künftiger Wonnen und streichelt zärtlich seine Silberstücke.

Zum Teufel mit dem Geschwür! Morgen ist ein großer Tag. Andächtig entnimmt er einer rotlackierten Truhe einen Topf mit Kimchi »Güteklasse eins«, dessen Gärung er über Jahre hinweg aufmerksam verfolgt hat. Allein der Anblick genügt, um ihm den Speichel von den Lippen tropfen zu lassen. Verzückt taucht er die Stäbchen hinein und will eben den köstlichen Bissen zum Munde führen . . .

»Puuuh! Welch ein Gestank, teurer Freund!«

Auf der Türschwelle steht Jing-Hua. Abscheu malt sich in ihren Zügen, bevor sie rasch den reiherblauen[2] Tüllschal vors Gesicht schlägt.

»Statt dieses ekelerregenden Kohls solltet Ihr lieber Euer Stärkungsmittel einnehmen!«

Mit verächtlicher Geste stellt sie einen mit Ginseng-Pulver gefüllten Becher neben dem Aquarium ab, in welchem ein Papageienfisch seine stumpfsinnigen Kreise dreht, als ihr Blick zufällig auf das funkelnde Silber fällt, und alsbald verklärt ein frohes Leuchten ihre finstere Miene.

Die Augen stets auf das Silber geheftet, gleitet sie hinter seinen Rücken und schlingt die reifenbehängten Arme klimpernd um den ausgemergelten Hals ihres Beschützers.

»Darf Eure unwürdige Dienerin an diesem von den Göt-

1 Zwischen 5 und 7 Uhr morgens.
2 In der Tat sind die Eier des Silberreihers blaßblau.

tern gesegneten Tag auf Eure stets gleichbleibende Güte hoffen?«

Sogleich legt Hsia mit eifersüchtigem Blick beide Arme schützend über seine Silberbarren.

»Undankbare . . . Ich gewähre dir Obdach, und du willst dich der Früchte all meiner Mühen und Plagen bemächtigen? – Das törichte Weib scheint von Sinnen!« knurrt er böse unter einem Schwall übelster Verwesungsgerüche.

Draußen auf der Gasse preist ein fahrender Händler seine Waren an.

Dame Hua wendet sich angewidert ab. Energisch wedelt sie mit dem Fächer, um den Geruch zu vertreiben, und sagt sich, daß es fürwahr an der Zeit ist, diesen saftlosen Greis zu verlassen – nicht nur ein unerträgliches Stinktier, sondern obendrein habsüchtig und kleinlich. Zuvor freilich gilt es einen Weg zu finden, ihn um sein Vermögen zu erleichtern.

22

Chou-Chong trabt auf seinem Maultier dahin und kratzt sich den Kopf, was bei ihm stets ein Zeichen von intensivem Nachdenken ist. Ja, in den letzten Jahren hat er sich so oft gekratzt, daß er darüber nahezu sämtliche Haare verlor. Aber die Probleme, die er in seinem bisherigen Leben zu lösen gezwungen war, sind nichts im Vergleich zu dem Schlag, den er soeben einstecken mußte.

Seit vielen Jahren schon macht Chou-Chong sich jedes Frühjahr auf den Weg nach Guang-Dong, um sechs Monate lang seine Dienste als Landarbeiter zur Verfügung zu stellen . . . Und in jedem Herbst, wenn er zurückkam, fand er wie durch ein Wunder seine Frau schwanger. Umsonst zählte Chou-Chong wieder und wieder die Monate an den Fingern ab, es stimmte nie.

Die Sache war merkwürdig. »Das hat nichts zu bedeuten«, erklärte sie ihm. »Durch die feuchte Hitze zieht eine Schwangerschaft sich eben sehr in die Länge.«

Chou-Chong hatte seine Zweifel. Doch es mochte genausogut stimmen, wer kann solche Dinge begreifen, die Natur ist eben launisch und tut, was sie will. Ein Unglück war es freilich, daß die Frau jedes zweite Jahr ein Mädchen zur Welt brachte. In elenden Zeiten wie diesen konnte er es sich einfach nicht erlauben, einen nutzlosen Esser zu ernähren[1]. Daher war Chou-Chong gezwungen, sich bei Nacht und Nebel wie ein Dieb aus dem Hause zu stehlen und das Neugeborene am Flußufer auszusetzen. Das brach ihm jedesmal für mindestens achtundvierzig Stunden das Herz. Armer Chou-Chong, er hatte eben eine zarte Seele.

Auch in diesem Jahr empfing ihn seine Gattin mit rundem Bauch und frostiger Miene, und seine Zweifel nahmen zu. Der Vetter, dem er seine Befürchtungen anvertraute, riet ihm, Frau Pin-Pong heimlich im Auge zu behalten: »Ein Wasserbüffel hat mitunter kürzere Hörner als sein Besitzer.«

An diesem Morgen nun hatte Frau Pin-Pong über einen plötzlichen Anfall von Fieber geklagt und sich geweigert, ihn ins nächste Dorf zu begleiten, wo er seine Fladenkuchen zu verkaufen pflegte. So hatte er sich denn allein auf den Weg gemacht, auf dem Rücken den randvollen Korb.

Doch nach der Hälfte des Weges begannen die Worte des Vetters an ihm zu nagen, und in seinen Ohren klang es laut und aufdringlich wie die Schellen des Leprakranken.

Bald hielt er es nicht länger aus und kehrte um.

Zu seiner Verblüffung war die Frau gänzlich wiederhergestellt; soeben verließ sie die gemeinsame Strohhütte und strebte den Bergen zu. Er folgte ihr mit großem Abstand, bis

1 Töchter werden geboren, um die Familie zu verlassen: Sind sie erst einmal verheiratet, dienen sie nur noch der Familie des Mannes. Im patriarchalen System Chinas zählte nur die Geburt eines Sohnes. Deshalb konnte eine Frau, die nicht imstande war, einen männlichen Erben zu gebären, ohne weiteres verstoßen werden.

sie in der Höhle des Weißen Tigers verschwand, in der Reisende, die in stürmischen Nächten vom Weg abgekommen sind, zu rasten pflegen.

Neugierig erklomm nun auch er den Felsen und fand eine Öffnung, durch die er sie ungehindert beobachten konnte. Doch was mußte er da entdecken! Für eine lumpige Handvoll Sapeken gab die Verwerfliche sich etlichen zerlumpten Männern hin, die allem Anschein nach gemeine Wegelagerer waren.

Ihm sträubten sich die noch verbliebenen Haare. Sein Leben lang hatte er geschuftet, um diese Undankbare zu ernähren! Welche Schmach!

Was aber war es, das Pin-Pong dazu trieb, ihren armen Mann in so schändlicher Weise zu hintergehen? Der Dämon des Lasters mußte das ausgetrocknete Flußbett mit roten Riesenameisen gefüllt haben!

Vor Wut zerstampfte er all seine Fladen.

Während er, mehr stolpernd als laufend, den Abhang hinabhetzte und laut sein Elend beklagte, erinnerte er sich plötzlich, daß Herr Tsao eine hohe Belohnung für die Ergreifung der Räuber ausgesetzt hatte, die das Land unsicher machten.

Wie angewurzelt blieb er stehen und schlug sich auf die Stirn. So wahr er Chou-Chong hieß, er mochte die längsten Hörner der ganzen Provinz haben, doch er würde seine Lage zu nutzen wissen und sein Unglück in großes Glück verwandeln!

Dank der Belohnung würde er diese Schlampe in einer Weise verstoßen, wie es sich sonst nur die Reichen leisten können; er würde sich selbständig machen und sich, ja, warum nicht, eines dieser jungen Mädchen aus Sichuan kaufen, so ein entzückendes, folgsames, zuvorkommendes Wesen, bei dem er sein bisheriges Hundeleben vergessen würde.

Solcherart waren Chou-Chongs Überlegungen, als er sich an jenem Nachmittag nach den Drei Seligkeiten begab.

Doch der Weg war weit!

Yi-Shou sinkt kraftlos auf einem Schemel zusammen: Er fühlt sich leer, wie ausgebrannt. Als die Zofe besorgt herbeieilt, bittet er sie matt um eisgekühlten Rosentee.

Höllengalopp, so erfährt er, ist unterwegs; an der Spitze eines Spähtrupps kontrolliert er die Umgebung, insbesondere die Ufer des Li-Jiang; er wird nicht vor morgen früh zurückerwartet. Auch recht, so wird er den Brief des Mönchs eben GuanShang zur Verwahrung geben: soll er ihn dem Empfänger aushändigen.

Je weniger er mit seinen Waffengefährten zu tun hat, desto besser: Alle haben sie gewußt, daß Schneekranich eine Hure ist, aber keiner hat den Mut gefunden, es ihm zu sagen. Das wird er ihnen nie verzeihen.

Welch herrliches Schauspiel mag er ihnen geboten haben, wie müssen sie über ihn gelacht haben, wenn sie hinter seinem Rücken diese Nichtswürdige aufs Kreuz legten, der er, Yi-Shou, der größte Einfaltspinsel aller Zeiten, den Hof machte wie einem anständigen Mädchen, nachdem bereits die gesamte Truppe über sie hinweggegangen war.

Ärger und Scham drohen ihn zu ersticken. Yi-Shou beschließt, sich in seinem Zimmer einzusperren und auf den Tee zu verzichten. Er kann niemandem mehr ins Auge blicken.

Auch Sun-Li leidet: Seit dem Abend, an dem die Nachricht von Shu-Mei eintraf, verschanzt Tsao sich in seinen Gemächern. Mit Ausnahme jener Nacht, in der er sie so brutal überfallen hatte, geruhte er nicht ein einziges Mal, sie zu sich zu rufen. Eine trostlose Lage!

Heute hat sie ihm gar heimlich eine Mixtur aus Kantharidenflügeln, getrockneten und vermahlenen Eidechsen und zerriebenen Hirschhoden in die abendliche Gemüsesuppe geschüttet, ein Rezept, auf das sie große Hoffnungen setzte.

Doch die Liebesmüh blieb vergeblich. Nicht nach der schönen jungen Geliebten verlangt der Herr, sondern nach Li-Mai, der alten Spinne.

Sun-Li versteht die Welt nicht mehr.

Wenn die Alte ihm nur nicht einredet, die Konkubine zu wechseln: Wie viele ihrer Gefährtinnen warten nur auf den Tag, an dem er sie verschmähen wird! Jetzt gilt es, Umsicht und Klugheit zu beweisen, um die bevorzugte Stellung, deretwegen man sie allenthalben beneidet, nicht leichtsinnig aufs Spiel zu setzen.

Die alte Li verbeugt sich demutsvoll und hüstelt diskret, zart errötend unter der weißen Puderschicht.

Tsao pflegt seine Erkältung, den Kopf mit einem Tuch bedeckt und die Nase über einem Topf heißen Wassers mit Kampferöl. Als er ihre Anwesenheit bemerkt, hebt er den Kopf und blickt sie aus blutunterlaufenen Augen an.

»Ich brauche deine Hilfe, Li-Mai ... Deine Hilfe und deine Verschwiegenheit.«

»Euer Vertrauen ist zuviel der Ehre, Herr! Wie könnte die unwürdige Dienerin ihrem Herrn von Nutzen sein?« erwidert die Hofdame verschämt.

Tsao antwortet nicht sofort. Er steht auf, füllt eine Teetasse bis zum Rand mit Orangenschalenlikör und bietet auch Li-Mai davon an.

Diese lehnt entrüstet ab. Der Herr weiß nicht mehr, was sich gehört! Überhaupt ist sein Gesundheitszustand in höchstem Maße besorgniserregend: seine Nase läuft, und er beginnt heimlich zu trinken!

Und als Tsao sie jetzt bittet, ihm Frauenkleider in seiner Größe zu beschaffen, entgeht sie nur knapp einem Schwächeanfall. Ein schlechter Scherz? Oder hat sich aufgrund der Ereignisse in der letzten Zeit sein Geist so sehr verwirrt, daß der Herr der Versuchung erlegen ist und sich der Bruderschaft der Abgeschnittenen Ärmel anzuschließen wünscht?

»Ich bitte vielmals um Verzeihung ... aber wozu braucht Ihr dieses?« stammelt sie. Es fällt ihr sichtlich schwer, ihre Fassung wiederzuerlangen.

Nicht einmal angesichts ihrer befremdeten Miene ist Tsao zum Lachen zumute. Er hat nur noch einen einzigen, quälenden Gedanken: Morgen ist die dreizehntägige Frist zu Ende, und er hat Meister Hsia keinerlei Vorschlag zur Lösung des Dilemmas anzubieten.

»Um mein Haus und meine Ehre zu retten, gute Li-Mai!« seufzt er und schneuzt sich dröhnend.

Bestürzt über die Verzweiflung in seinem Ton, beeilt sie sich, ihn ihrer uneingeschränkten Unterstützung zu versichern. Welche Ränke ihr Herr auch schmieden mag, sie wird ihm stets die Treue halten. Um so mehr, als sie sich zum Teil für Shu-Meis Verschwinden verantwortlich fühlt. Ach, wäre sie doch strenger mit ihr verfahren, hätte sie nicht immer wieder Nachsicht geübt, so hätte Shu-Mei sicher nicht gewagt, den Verboten zuwiderzuhandeln!

»Ich werde im Kleiderschrank der dicken Lu nachsehen. Macht Euch keine Sorgen, es wird sich zweifellos etwas Passendes finden.«

Bei der Vorstellung von stämmigen, behaarten Männerwaden in seidenen Unterkleidern muß sie freilich schmunzeln.

Erleichtert zieht sich Tsao wieder das Tuch über den Kopf.

»Vielen Dank! Ich wußte wohl, daß ich Vertrauen zu dir haben kann. Versprich mir nur eines: Es muß alles unter uns bleiben.«

Stolz gibt Li-Mai ihr Ehrenwort. Dennoch hegt sie im Grunde ihres Herzens den leisen Verdacht, daß die Entführung seiner Tochter Tsaos Hirn ein wenig erweicht haben könnte.

»Bsss . . . Bsss . . . Bsss . . .«

Völlig nackt bis auf einen breiten zitronengelben Gürtel, an welchem zwei riesige Flügel aus gestärktem Tuch befestigt sind, versucht sich Jing-Hua als Biene; hüpfend und tänzelnd, die Lippen anmutig gespitzt, schwirrt sie um Hsias Lager.

Nun hat das brave Tierchen einen höchst interessanten Blütenkelch gewittert und steuert geradewegs darauf zu.

Hsia, das Gewand kelchförmig um den Nabel drapiert, schwebt bereits in höheren Gefilden. Fieberhaft salbt er seine Leibesmitte mit Honig, in der Hoffnung, mit den berückenden Düften das emsige Insekt zu verführen.

»Oh! Welch hübscher Griffel!« flötet die Kurtisane, als sie, die Hand schützend über die Augen gelegt, die nektarduftende Blume erspäht.

Nun bahnt sie sich einen Weg durch die fliederfarbene Seide und ergreift den honigtriefenden Stengel, um ihn kräftig zu bearbeiten.

»Herrje«, denkt sie bei sich, während der Schweiß ihr bereits in den Nacken rinnt, »soviel Anstrengung, um dieses kränkliche Würzelchen zum Leben zu erwecken!«

Doch o Wunder, der Alte befindet sich wider Erwarten erstaunlich wohl. Erfreut stellt sie fest, daß der heutige Abend erfolgreich zu werden verspricht: Zweifellos ist es die Aussicht auf neue Reichtümer und die Demütigung Tsaos, die ihn derart beschwingt.

Denn kaum hat die Dame den Honig gekostet, wirft er sich auf sie, daß ihre gestärkten Flügel zerknittern, und beginnt sie wie rasend mit einem ansehnlichen Stachel zu bearbeiten.

Die Schöne kann sich nicht genug wundern. Den Alten muß eine Tarantel gestochen haben!

Von ihren süßen Schlemmereien ganz in Anspruch genommen, hören sie nicht, wie sich im Nebenraum leise das Fenster öffnet. Und sie sehen auch nicht jene massige Gestalt, die sich erstaunlich behende und lautlos ins Schlafgemach schleicht und zwischen zwei Wandschirmen verbirgt.

Als Jing-Hua sich endlich erhebt und zum Waschtisch schreitet, um sich nach gehabten Wonnen durch einen kühlen Guß aus dem Kruge zu erfrischen, legt sich ihr eine kräftige Hand quer übers Gesicht und erstickt den Schreckensschrei.

Ping! Abermals bricht ein Feuerwerk los, ebenso überwältigend wie das erste, wieder sieht sie Tausende funkelnder Sterne, dann sinkt sie selig ins Nichts, es wird Nacht.

Hsia ist eingenickt. Im Traum ist er der König der Hornissen und thront auf einem turmhohen Stapel von Goldbarren. Doch mit einem Mal erhebt sich ein eisiger Wind, dringt in sein wohliges Nest und bläst mit aller Macht gegen die goldene Pyramide. Diese stürzt ein und zerfällt zu einem Meer von Kot.

Der Beamte spürt einen bitteren Geschmack auf der Zunge. Zögernd öffnet er ein Auge und erblickt im Halbschlaf seine Geliebte, die sich soeben an seine Seite bettet.

Merkwürdig, wie kräftig sie in der letzten Zeit geworden ist! Weshalb ist ihm das nicht früher aufgefallen? Sie wird doch nicht schwanger sein . . .?!

Die Vorstellung, daß Jing-Hua zu einer solchen List gegriffen haben könnte, um ihm sein Geld zu entlocken, verursacht ihm Herzflattern. Hsia fährt auf, ringt nach Atem . . . und stellt mit Grausen fest, daß die dicke Matrone auf seinem Bett niemand anderes ist als Tsao. In Frauenkleidern und in einer Weise bemalt, die das Auge aufs höchste beleidigt.

Aus dem Alptraum ist entsetzliche Wirklichkeit geworden!

Im selben Augenblick verspürt er einen stechenden Schmerz im Unterleib. Tsao wirft ihm mörderische Blicke zu, indes er böse an seinem mittlerweile welken Schwänzchen zieht, in der anderen Hand eine Schere, die bedrohlich klappert.

Hsia stockt das Herz. Vergeblich versucht er in den Kissen zu verschwinden. Es hat keinen Zweck, den Helden zu spielen; dieser rasende Irre ist durchaus imstande, ihn der letzten Freude seines Altes zu berauben!

Fieberhaft sinnt er nach Worten, um den Wilden zu

besänftigen. Endlich stößt er piepsend hervor, gleich einem Mäuschen in der Falle:

»Wenn ... wenn Euer Durchlaucht den königlichen Zorn fürchten, so ... so bin ich natürlich bereit, bei Liu-Yin Fürsprache einzulegen, auf daß er eine Verlängerung der Frist gewähre ...«

Tsaos Lächeln mißverstehend, erkühnt er sich zu weiterem Entgegenkommen:

»Solltet Ihr die Perlen tatsächlich nicht wiederfinden, so können wir selbstverständlich ein Abkommen treffen ... Wenn Ihr mir Euer Land überlaßt, werde ich mich dafür verwenden, daß Ihr an einen nicht allzu fernen Ort und nur für begrenzte Zeit verbannt werdet.«

Ein Aas, ein Haufen Unrat, ein Auswurf der Gesellschaft! Tsao würdigt ihn keiner Antwort. Statt dessen setzt er die Schere an und trifft Anstalten, das Geschlecht in Scheibchen zu schneiden, als wäre es ein Stück Räucheraal.

»Nein, das nicht ... Bitte nicht ... Ich tue alles, was Ihr wollt, aber das nicht!«

Daraufhin reicht ihm Tsao Schreibzeug und Pinsel: »Gut, so schreibe.«

Tsao holt tief Atem. Dieser Augenblick ist entscheidend.

»Du wirst dem guten König Liu-Yin mitteilen, daß ich dir die Perlen bei meiner Rückkehr aus Guang-Zhong zu treuen Händen mit der Bitte übergeben habe, sie bis zu meiner Weiterreise zum Königspalast aufzubewahren.«

»Aber ...«

Der Druck der Klinge wird stärker.

»Du bist doch sein offizieller Vertreter, oder nicht?«

Hsia schluckt trocken. Unter der libellenbestickten Nachtmütze sträuben sich ihm die Haare. Er nickt.

»Also. Du wirst ihm erklären, daß du sein Eigentum beim Glücksspiel und mit Frauen vergeudet hast ... und daß du, um seinen Zorn von dir abzulenken, dieses Verbrechen in schändlicher Weise auf den armen Tsao abgewälzt hast. Mit der Zeit aber wurde dir die Qual des schlechten Gewissens unerträglich, und du bereust von ganzem Herzen deine Tat. Bevor du einen Unschuldigen ins Elend stürzest, flehst du auf Knien um die königliche Vergebung.«

»Aber das ist eine abscheuliche Lüge!«

»In der Tat. Wäre dies wirklich geschehen, so hättest du niemals auch nur eine Spur von Reue empfunden, sondern hättest leichten Herzens meiner Verurteilung zugesehen. Schreib.«

Ein kurzer Druck der Schere, und Hsia gehorcht zitternd.

»Er wird es aber nicht glauben, und er wird Euch entlarven!«

»Das wird sich zeigen... Jetzt die Unterschrift.«

Tsao nimmt den noch feuchten Brief, drückt das Jadesiegel des königlichen Beamten unter die Unterschrift, rollt das Papier zusammen und läßt es im Halsausschnitt verschwinden.

»Was werdet Ihr jetzt mit mir tun?«

»Ich? Gar nichts...«, entgegnet Tsao gelassen. Aus dem geblümten Jäckchen zieht er ein dünnes seidenes Seil und reicht es dem erschauernden Hsia. »Ich hoffe, du weißt, was du zu tun hast, ohne daß dein König oder ich dich dazu zwingen.«

»Ich weigere mich!« schreit Hsia lauthals. »Ihr seid ein niederträchtiger Schurke!«

»Das, lieber Hsia, sollte dir weidlich bekannt sein... Wohlan, handle als Mann, wenigstens einmal in deinem Leben... Was ziehst du vor, das Seil oder die Schere?«

Jing-Hua, endlich wieder bei Bewußtsein, steht auf der Türschwelle und ist sprachlos.

Mit aufgeblähtem Bauch und einwärts gekehrten Füßen baumelt Hsia von einem Balken wie ein Stück Rauchfleisch im Kamin; schwärzlich hängt ihm die Zunge aus dem Hals, und der blau verfärbte Kopf neigt sich in unnatürlicher Verrenkung zu den hübschen blauen Kranichen auf dem bestickten Brustlatz herab.

Tsao, der die Gegenwart eines Dritten instinktiv spürt, fährt herum. Das Schultertuch ist verrutscht, so daß die starken Muskeln, kaum zu bändigen in dem knappen Frauenjäckchen, in aller Deutlichkeit hervortreten.

Jing-Hua ist freilich nicht zum Lachen zumute. Tränenüberströmt wirft sie sich ihm zu Füßen.

»Ich werde kein Wort sagen, Herr, ich schwöre es. Ihr könnt Eurer einstigen Geliebten voll und ganz vertrauen ... Sie hat bis zum heutigen Tage nicht aufgehört, Euch zu lieben.«

Erbarmungslos stößt Tsao sie von sich.

»Ich habe keinen Grund, deinen Worten zu glauben. Bei der ersten Gelegenheit, die sich bot, hast du mich verraten ... Du verdienst das gleiche Schicksal wie er.«

»Das tat ich nur, weil ich mich über Euren harmlosen Scherz so sehr erzürnte, und weil ich eifersüchtig war!« entgegnet Jing-Jua lebhaft. »Wenn Ihr ein Herz habt, so schont mich, ich bitte Euch auf Knien ... im Gedenken an die gute Zeit, die wir miteinander verbrachten.«

Ihr aufrichtiger Blick, ihr tränenfeuchtes Antlitz könnten einen Klumpen Fett zum Schmelzen bringen, doch Tsao läßt sich nicht beirren.

»Meine arme Jing-Hua, du hast nicht mehr Stolz als ein Huhn auf der Schlachtbank. Dein Geliebter besaß wenigstens soviel Ehrgefühl, um freiwillig aus dem Leben zu scheiden.«

»Ja, freiwillig ... weil Ihr ihm den Schemel unter den Füßen weggezogen habt!« ruft sie aus. »Oh, ich mache Euch deshalb keinen Vorwurf, beileibe nicht. Ich habe ihn stets gehaßt, diesen Maulwurf, dieses zahnlose Reptil mit seinem Knoblauchgestank!«

Mit dem Ausdruck tiefster Verachtung bespuckt sie Hsias baumelnde Leiche, während ihr Verstand mit rasender

Geschwindigkeit arbeitet. Um das Schlimmste zu vermeiden, hilft nur eines: Sie muß den Spieß umdrehen und Herrin der Lage werden. Da kommt ihr der rettende Einfall:

»Ich möchte Euch einen Handel vorschlagen.«

»Was denn für einen Handel? Du hast doch nur deinen Körper, den du verkaufen kannst.«

Er hat angebissen. Jing-Hua lächelt geheimnisvoll und kräuselt anmutig ihr Näschen.

»Glaubt Ihr?«

Einen Augenblick noch bewahrt sie ihre letzte Karte im Ärmel, um ihren Triumph vollständig auszukosten. Tsao wird indessen ungeduldig; es drängt ihn, von hier fortzukommen: seine Lage wird ihm allmählich brenzlig.

»Nun, so hört: Ich bin die einzige, die weiß, wo Hsia sein Vermögen hortet«, verkündet sie und wirft stolz den Kopf in den Nacken, wobei sie freilich Tsao aus dem Augenwinkel heraus beobachtet. »Und ich kann Euch versichern: es ist atemberaubend!«

Tsao weiß wohl, wie gerissen Jing-Hua ist, und die Fähigkeit, auch ein so sorgfältig gehütetes Geheimnis zu erforschen, traut er ihr ohne weiteres zu.

»Und was willst du für diese Auskunft?«

»Laßt mich am Leben.«

Es war ihre Begabung, ihn stets von neuem zu überraschen, die ihn einst bezaubert hatte. Sie hat sich seither nicht geändert!

»Nun gut, so führe mich zu diesem Versteck! Es scheint, als könnten wir doch noch eine Möglichkeit zur Verständigung finden.«

Unter Hsias furchterregender Todesgrimasse tastet Jing-Hua im doppelten Boden des perlmuttbesetzten Schreibtisches und zieht schließlich triumphierend einen flachen Schlüssel hervor.

Unter angeregtem Plaudern führt sie Tsao in die Bibliothek. Dort angelangt, rückt sie ein Kästchen beiseite, drückt auf den Knopf eines geschnitzten Ungetüms im Gesims der Holztäfelung, und sogleich öffnet sich ein Fach: Dahinter gähnt eine schwarze Öffnung. Jing-Hua schlüpft durch die schmale Tür und bedeutet ihm, ihr zu folgen.

Sie führt ihn durch einen langen Geheimgang mit zahllosen Ecken und Winkeln. Endlich stehen sie vor einer verriegelten Tür. Jing-Hua öffnet das Vorhängeschloß: Vor ihnen liegt die Schatzkammer, bis zur Decke angefüllt mit Kostbarkeiten.

Tsao kann einen Ausruf der Überraschung nicht unterdrücken... Das stinkende Reptil war von einer geradezu grenzenlosen Gier besessen. Ein unvorstellbares Vermögen lagert hier, und wer es nicht mit eigenen Augen gesehen hat, vermöchte es sich kaum vorzustellen. Wie viele Menschen mag er betrogen und ausgeplündert haben? Wie viele Bestechungsgelder mag er eingestrichen, wie viele Besitztümer beschlagnahmt haben? Wie viele Jahre brauchte er, um solchen Reichtum anzuhäufen?

Vor den sich türmenden Gold- und Silberbarren, den Truhen mit Perlen und Edelsteinen vertraut Jing-Hua ihm flüsternd an:

»Manchmal brachte er mich hierher, weil er auf seinem Gold ausgepeitscht werden wollte. Daher kenne ich den Ort!«

Tsao indes hört kaum, was sie sagt. Er rechnet bereits... Dank Hsias Brief ist sein Ansehen bei Liu-Yin vollkommen wiederhergestellt. Und diese Reichtümer, notfalls ergänzt durch sein eigenes Vermögen, müßten vollauf genügen, um die Schulden gegenüber dem König zu tilgen. In dieser Hinsicht ist alles geregelt. Ihm bleibt also nur noch eine einzige Sorge: Shu-Mei. Und dies ist eine andere Sache!

Jing-Hua neben ihm hält den Atem an. Angenommen, er hält sein Wort und läßt ihr gegenüber Gnade walten, was soll dann aus ihr werden?

Er betrachtet den langen, zierlichen Nacken, die wohlgeformte Brust, den schwarzglänzenden Haarknoten unter dem silbernen Netz, und sieht sie wieder als Biene während jener grotesken Vorstellung, um die schmale Taille das lächerliche Kostüm.

In einem Akt der Willkür hat er selbst, von der Höhe seiner ungeteilten Macht herab, sie verurteilt, um ihres Überlebens willen solche und schlimmere Demütigungen auf sich zu nehmen. Und doch wird ihm dieselbe Frau jetzt möglicherweise aus einer höchst mißlichen Lage helfen.

Er steht in ihrer Schuld. So ist es nur recht und billig, sie für vergangenes Unrecht zu entschädigen.

Er bückt sich, langt nach einem Beutel mit Goldstücken und reicht ihn ihr:

»Dies behalte zur Erinnerung an die heiteren Spiele der Schwalbe und des Pirols.«

Jing-Hua wagt es kaum zu glauben. Sie sinkt in die Knie und küßt seine Hände.

Tsao indes will solche Ehrbezeigungen nicht gelten lassen. Er hebt sie vom Boden auf:

»Wir beide brauchen uns doch nichts vorzumachen! ... Aber einen kleinen Gefallen könntest du mir noch erweisen. Morgen früh verbreitest du die traurige Kunde – unter Tränen, versteht sich! – und anschließend schickst du einen Boten mit diesem Brief, den der Verstorbene dir hinterlassen hat, zu Liu-Yin.«

»Ihr könnt Euch auf mich verlassen!«

Alles braucht nur einen Anfang. Er streichelt ihr liebevoll den Nacken.

»Daraufhin schnürst du dein Bündel, nimmst deine Zofe und machst dich möglichst unauffällig auf den Weg. Ich empfehle dir Guang-Zhou ... Dort lebt ein Mann namens Cai-Zheng, ein guter Freund von mir. Geh zu ihm und grüße ihn von mir; er wird dir weiterhelfen.«

Jing-Hua mit tränenfeuchtem Auge dankt ihm überschwenglich, während Tsao seine falschen Brüste zurechtrückt:

»Viel Glück, Komplizin!«

Am folgenden Tag zur Stunde Mao stürzt GuanShang unangemeldet in Tsaos Arbeitszimmer und legt triumphierend die an Höllengalopp gerichtete Botschaft auf den ebenhölzernen Schreibtisch.

»Lest dies . . . Yi-Shou sagt, ein Bonze habe es bei Mutter Tchang hinterlegt. Fremde Post geht mich freilich nichts an, aber angesichts der Umstände war es meine Pflicht, jedem meiner Männer gegenüber mißtrauisch zu sein.«

Tsao hat den Brief noch nicht zu Ende gelesen, als Guan-Shang voll Tatendrang ihm bereits seine Pläne auseinandersetzt:

»Gleich bei seiner Rückkehr nehme ich den niederträchtigen Halunken fest, und es wird mir ein leichtes sein, den Namen der Person aus ihm herauszuholen, die ihn angeblich am Ufer des Li-Jiang erwartet.« Vor Aufregung zwirbelt er fieberhaft sein Bärtchen. »Ich werde sie alle zum Reden bringen, Herr, so daß sie uns Long-Jian mundgerecht auf dem Tablett servieren, verlaßt Euch darauf!«

»Wir wollen doch nichts überstürzen, GuanShang!« erwidert Tsao indes in beschwichtigendem Ton.

Jetzt heißt es, Ruhe zu bewahren. Dies ist ein überwältigender Glücksfall – und nicht durch voreiliges Handeln darf der Sieg vereitelt werden!

In diesem Augenblick klopft es an der Tür, und ein Wachsoldat meldet, daß ein Bauer aus Ma-Hu, völlig verdreckt und allem Anschein nach ein wenig wirr im Kopfe, dringend Herrn Tsao zu sprechen wünsche, da er ihm eine Mitteilung von, wie er selbst unablässig behaupte, allergrößter Wichtigkeit zu machen habe.

GuanShang weist den Soldaten unwillig ab: Einer seiner Vorgesetzten möge die Aussage des Bauern aufnehmen. Seitdem die Belohnung erhöht worden sei, habe man schon zu viele Hinweise erhalten, die sich bei näherer Überprüfung sämtlich als falsch erwiesen hätten.

Doch Tsao unterbricht ihn:

»Nein, wir wollen ihn anhören. Man weiß ja nie ... Ich habe das unbestimmte Gefühl, daß das Blatt sich gewendet hat.«

Ein wahrlich prachtvoller Erpel ist ihnen da ins Netz gegangen! Und wenn das Gesetz der Serie zutrifft, kann die Ente nicht weit sein.

Entzückt verläßt Chou-Chong die Drei Seligkeiten, einen prallen Beutel mit klingenden Münzen am Gürtel.

Munter trabt er in Richtung Yangyou, entschlossen, das große Ereignis gebührend zu feiern. Diesmal wird er das Leben von der richtigen Seite anpacken... Und warum sollte er nicht mit einem von Mutter Hos vielgepriesenen Mädchen den Anfang machen, deren Ruhm weit über die Grenzen der Stadt hinausreicht?

Ja, er könnte sich sogar einen langgehegten Wunsch erfüllen und sich zwei auf einmal gönnen!

Sein Entschluß ist gefaßt, und im Vorgeschmack auf baldige Heldentaten verspürt er männliche Gefühle. Fröhlich pfeifend gibt er dem Maultier die Sporen: Der Weg ist nicht mehr weit.

Über der Brücke der Jähen Erleuchtung taucht ein leuchtendroter Fleck auf: Ein Papierdrachen, der alsbald ins Trudeln gerät und im Sturzflug im Teich landet. Sogleich bricht eine Bande kreischender Kinder aus dem Gebüsch hervor und stürzt ihm nach.

Tsao sitzt auf der Nordterrasse des Goldlotospavillons und befühlt gedankenverloren eine Kugel aus Gagat, deren samtweiche, warme Oberfläche sich wohltuend auf seine San-Shi auswirkt.

»Habt Ihr Euren Entschluß gefaßt, Herr?« fragt GuanShang, der sich zögernd nähert.

Ein kurzer Wink, und Monddämmerung begreift, daß die Herren sich unter vier Augen zu unterhalten wünschen.

»Ja. Ich habe gründlich nachgedacht. Statt Höllengalopp festzunehmen, wirst du ihm die Nachricht aushändigen, als sei nichts geschehen. Du weißt von nichts. Statt dessen wirst du den Soldaten verkünden, wir hätten das Versteck der Räuber ausfindig gemacht . . . Sieh zu, daß der Verräter anwesend ist, wenn du besagten Ort beschreibst.«

»Aber Herr, das begreife ich nicht! Dem Wortlaut der Nachricht zufolge erwartet Long-Jian, daß Höllengalopp ihm ebendiese Auskunft erteilt. Wozu soll es gut sein, ihm die Sache zu erleichtern?«

Tsao lächelt. Genüßlich lehnt er sich in die lindgrüne Samtbespannung des Bambusgestühls. Selten hat sein Verstand so klar und scharf gearbeitet wie in diesem Augenblick; Rauchender Friedhof indes scheint mit Blindheit geschlagen. Nun, gewiß wird auch GuanShang sich noch eines Tages von den Wohltaten des Pfeifenrauchs überzeugen lassen!

»Eine Ahnung sagt mir, daß der Drache auf Abrechnung mit seinen einstigen Gehilfen sinnt. Welchen Grund hätten wir, ihnen das blutige Wiedersehen zu vergällen? Nein, GuanShang, wir werden ihnen seelenruhig zusehen, wie sie sich gegenseitig niedermetzeln, und erst im letzten Augenblick eingreifen, um etwaigen Flüchtigen den Garaus zu machen.«

»Und wenn der Hinweis über das Versteck falsch ist? Wenn die Räuber, von denen der Bauer berichtet hat, gar nicht die ehemaligen Genossen von Long-Jian sind – was dann?« gibt GuanShang zweifelnd zurück.

»Das macht kaum einen Unterschied. Deine Bedenken sind grundlos. Denn in jedem Fall werden wir uns dieses Köders bedienen, um Long-Jian in die Enge zu treiben . . . Darum geht es uns doch vor allem!«

»Ja«, brummt GuanShang und kratzt sich die Nase. »Aber Eure Tochter? Wie werden wir vorgehen, um sie wiederzubekommen?«

Tsaos Miene wird abweisend.

Im Garten schaukelt ein kleines Mädchen, und ihr Rock, leuchtend rot zwischen den Pinien, flattert im Wind. Er denkt an die Zeit, da Shu-Mei so klein war: Sie liegt gar nicht so lange zurück...

»Darüber entscheide ich an Ort und Stelle. Ich werde ja sehen, ob sie diesem Untier aus eigenem Antrieb folgt oder nicht.«

Im Städtchen Yangyou herrscht große Aufregung: Der Steuereintreiber hat sich erhängt! Und wie man hört, soll er einen Brief hinterlassen haben, in welchem er den Grund seines Selbstmordes nennt.

Wie ein Lauffeuer verbreiten sich die Gerüchte. Manch einer will gesehen haben, wie eine Frau sich heimlich in sein Haus schlich. Die Vermutung, der vertrocknete Alte sei aus enttäuschter Liebe aus dem Leben geschieden, wird freilich als völlig abwegig beiseite geschoben. Vielmehr verdächtigt man ihn, zweifelhafte Beziehungen zu Jünglingen unterhalten zu haben. Hatte er denn nicht im vergangenen Winter den halbwüchsigen Jin zu nötigen versucht, indem er dem Jungen das Blaue vom Himmel herab versprach, falls er seine Hosen herunterließe?

Natürlich kommt auch sein sprichwörtlicher Geiz zur Sprache. Unter großem Gelächter vermuten einige, das Seil sei ein Geschenk gewesen, auf jeden Fall müsse man ihn dafür bezahlt haben, daß er seinen Schildkrötenkopf in die Schlinge steckte. Denn wie könne ein Mensch wie er, den irdischen Gütern in geradezu krankhafter Weise verbunden, ohne die Aussicht auf reichliche Entlohnung zu diesem fatalen Schritt imstande sein? ... Es sei denn, Yama habe ihn im Traum aufgesucht und die Selbstgeißelung als einen Akt der

Sühne für seine lebenslange Bereicherung zu Lasten des kleinen Volkes gefordert.

Chou-Chong freilich ist das Stadtgespräch herzlich gleichgültig: Der Tod des Halsabschneiders ist seine geringste Sorge!

Im Augenblick bahnt er sich einen Weg durchs Gedränge, ohne auf das Geschrei der fliegenden Händler zu achten, die ihren Tand anpreisen, Spitzen und Tücher, Puder und Schminke; unbekümmert auch um die Stöße und Beschimpfungen vieler, die seine Hast als ungebührlich empfinden – Chou-Chong hat nur eines im Sinn: so rasch wie möglich eine kostbare Phiole zu finden, um den Inhalt seines Ölkännchens darein zu entleeren...

Als er endlich zu Mutter Hos Hause vorgedrungen ist, klopft er stürmisch an die Tür und ruft laut... allein, es ist vergebens. Nicht ein Spalt öffnet sich, wie zum Hohne sind Fenster und Vorhänge fest verschlossen.

Plötzlich durchzuckt ihn ein Geistesblitz, und er schlägt sich mit der flachen Hand auf die Stirn: Weshalb hat er nicht früher daran gedacht! Jene über Nacht verstorbene Persönlichkeit war offensichtlich der Beschützer der Damen, so daß diese, wie es sich gebührt, zum Zeichen der Trauer ihre Tür für ein Weilchen verschlossen halten. Nun, das macht nichts. Er wird sich einstweilen anderweitig vergnügen – etwa bei einem Besuch im Himmlischen Karpfen.

Indes, die Stimmung bei Mutter Tchang ist niederschmetternd. Ungelenk läßt Chou-Chong sich auf einer Bank nieder und bestellt zu trinken.

Am Nebentisch sitzt Meister Sun mit Trauermiene. Er schneuzt sich ausgiebig und geräuschvoll, bevor er wieder den Becher ansetzt. Chou-Chong faßt sich ein Herz und richtet das Wort an ihn:

»Verzeiht meine Frage, lieber Freund, aber was geht hier vor? Um ganz offen zu sein: Ich begreife nicht, wie man den

Tod eines Steuereintreibers beweinen kann. An Eurer Stelle würde ich auf diesen glorreichen Tag trinken!«

Unterdessen schlurft Mutter Tchang herbei und stellt einen Krug gewärmten Wein und einen Teller mit Pökelfischchen vor ihn hin.

Befriedigt über den Beweis eines messerscharfen Verstandes, schenkt Chou-Chong großzügig auch den Becher seines Tischnachbarn voll.

Sun schüttelt den Kopf, schniefend und mit grämlicher Miene.

Nun rinnen die Tränen auch aus der Wirtin Augen, als sie die Glut im Ofen anfacht.

»Ach, wenn es nur das wäre, guter Mann ... Nein, etwas weit Betrüblicheres ist geschehen. Ein großes Unglück, das uns alle hier angeht.«

Am Morgen desselben Tages hat Schneekranich ohne Eile ihre Sachen gepackt, hat all ihren Schmuck geordnet und die Kleider hübsch säuberlich gefaltet, mit Ausnahme jenes zartgelben Obergewandes und des violett schimmernden Damastrockes, die sie bei ihrem ersten Besuch bei Yi-Shou getragen hatte.

Sie wusch ihr Haar und flocht es zu Zöpfen wie damals, als sie noch auf dem Lande lebte. Dann rief sie ihre Freundinnen herbei und verteilte ihre kleinen Ersparnisse und ihre Besitztümer. Das Duftbeutelchen schenkte sie Kleiner Tugend, Milchstraße erhielt die lange goldene Haarnadel und Lenzfluß die schmetterlingsförmige Jadebrosche.

Die Mädchen sahen sie verwirrt an und begriffen nicht.

»Ich gehe«, sagte sie einfach.

»Ist etwa jemand aus deiner Familie erkrankt?«

Sie antwortete nicht.

»Aber weshalb verschenkst du dein Geld?« rief Lenzfluß, die sich nicht genug wundern konnte. »Du brauchst es doch für die Reise.«

»Dort, wo ich hingehe, brauche ich nichts«, erwiderte Schneekranich traurig.

Trotz ihrer eingebundenen Füße erklimmt Schneekranich behende den hohen Felsen. Der Wind fährt ihr ins Gesicht und zerrt an ihren Kleidern, doch sie achtet nicht darauf. Bald wird sie am Ziel sein.

Als sie über einen Stein stolpert, fällt ihr ein, wie Yi-Schou ihr schüchtern den Knöchel massierte, den sie sich während des Unwetters auf der morastigen Landstraße verstaucht hatte, und sie beginnt zu lachen. Und noch lauter lacht sie, als sie an jene heimliche Wette denkt, die sie aus einer Laune heraus, in der ausgelassenen Stimmung eines Festmahls mit sich selbst abgeschlossen hat.

Ein Hohn des Schicksals. Hätte sie damals geahnt, daß sie sich eines Tages selbst in die Falle gehen würde, ein Opfer ihres Leichtsinns, ihrer eigenen Eitelkeit?

Doch nein, sie bedauert nichts. In den wenigen Wochen, die seither verstrichen sind, hat sie erfahren, was Hoffnung ist, ein bislang ungekanntes Gefühl.

Und jetzt, da er sich von ihr abgewandt und die Flucht ergriffen hat, ohne auch nur ein einziges Mal zurückzublicken, jetzt wird sie einen Freudentaumel erleben, der noch weit größer ist, überwältigender als alle gehabten Wonnen. Und bei diesem Gedanken läuft ihr ein Schauer über den Rücken: Freiheit.

Gegen Windböen ankämpfend, steuert sie auf einen buschbewachsenen Felsvorsprung zu, der hoch über die reißenden Fluten des Li-Jiang hinausragt.

Die Wand fällt hier senkrecht ab; tief unterhalb einzelne zerklüftete Felsnasen, die sich den gischtenden Wassermassen entgegenstellen.

Schneekranich schließt die Augen. Ein Schatten, ein Nichts ist sie angesichts dieser endlosen Weite, vom Wind gebeutelt wie ein loses Blatt.

Schon vor Jahrhunderten priesen die Dichter diese Gegend, die immerwährenden Felsen hoch über dem Fluß. Doch was wird von ihr bleiben nach dem Tod? Die kurze, schattenhafte Erinnerung an einen Körper, der zugänglich war für jeden, den danach gelüstete . . . und dann nichts mehr.

Die Gesichter Tausender anderer werden sich über diese Erinnerung legen, über ihr Gesicht, das einst so oft mit dem Antlitz der schönen Yang-Gui-Fei[1] verglichen wurde.

Wer mag sich einer kleinen Hure entsinnen, deren vorgetäuschte Lust das einzige war, was man von ihr wußte und zur Kenntnis zu nehmen bereit war. Prostituierte haben bekanntlich keine Seele.

Einen Augenblick lang erscheint ihr wie ein verzerrtes Spiegelbild im Wasser die hoch aufragende Silhouette des Herrenhauses, hufeisenförmig umlagert von den Pavillons. Dort läßt sie ihr Herz. Ein jungfräuliches Herz, das keiner je haben wollte.

Und so hat es auch keine Bedeutung, wenn sie ihren Körper ein letztes Mal hingibt.

In ihren Ohren braust es, tosend schäumt das Wasser tief unter ihr, als sie einen Schritt vorwärts tut und, mit einem Mal heiter, sich ins Leere fallen läßt.

Diesmal seufzt nur der Wind.

Entmutigt sinkt Li-Mai vor ihrem Spiegel nieder und nimmt die Perücke ab. Welch ein Leben.

Hier im Herrenhaus wurden die beiden Selbstmorde zur selben Zeit bekannt. Ein absurder Zufall.

Sogleich befahl Tsao, dem Steuereintreiber ein prunkvolles Begräbnis zu bereiten. Li-Mai stellt empört die Scheinheiligkeit dieser Anordnung fest: Der Zusammenhang zwischen

1 Die Favoritin des Kaisers Xianzong, deren Schönheit legendär war.

dem unerwarteten Hinscheiden Hsias und dem nächtlichen Gang ihres Herrn liegt auf der Hand.

Schneekranichs Tod hingegen berührt sie mehr, als sie vermutet hätte. Vielleicht wegen des Verhaltens von Yi-Shou, der, ohne eine Miene zu verziehen, die Nachricht von ihrem tragischen Ende entgegennahm. Nichts als ein kurzes Achselzucken waren ihm ihre Gefühle wert, ihre Liebe, die hingebungsvolle Pflege während seiner Genesung, die täglichen stundenlangen Besuche. Keinerlei Gemütsregung, keine Reue, kein Bedauern. Li-Mai könnte ihn ohrfeigen!

An diesem Abend ist sie wie niedergeschmettert. Sie läßt ihre Vergangenheit an sich vorüberziehen, ein ganzes Leben, gewidmet der Wahrung von Zucht und Sitte in einer Welt, in der die grundlegenden Werte menschlichen Zusammenlebens nichts mehr gelten. Langsam steht sie auf, geht zur Wand und nimmt die Matte von ihrer geheimen Truhe. Sie läßt den Deckel aufspringen und betrachtet ohne Freude die emporgereckten Köpfe ihrer kostbaren Fetische.

Seit jeher empfand sie die Männer als enttäuschend, heute indes mehr denn je. Sie taugen zu nichts anderem, als sich zu prügeln, rauschende Feste zu feiern und sich an der erstbesten Frau ihre Befriedigung zu verschaffen. Steckt denn nicht eine Spur von Mitgefühl oder Empfindsamkeit in diesen trägen Gehirnen?

Grübelnd forscht sie nach einer Ausnahme unter all den Männern, die sie gekannt hat. Es fällt ihr keiner ein. Nun, so wird sie sich auch von den Symbolen männlicher Selbstsucht trennen müssen: dem Inbegriff ihrer versteinerten Herzen, die allein für das eigene Vergnügen schlagen.

Einen nach dem anderen nimmt sie die Gefährten eines ganzen Lebens aus der Truhe. Einer nach dem anderen meldet sich mit stolzem Gruße zur Stelle. Li-Mai aber wickelt sie in ein Tuch, ergreift eine Fackel und verläßt verstohlen ihr Zimmer.

Li-Mai durchquert eilig den Park. In einer abgelegenen Ecke hat sie bei Einbruch der Dunkelheit einen kleinen Scheiterhaufen errichtet, auf dem sie jetzt ihre Last behutsam niederlegt.

Sie deckt Reisig und kleine Pinienzweige darüber, kniet nieder und legt die Fackel an das dürre Geäst: Lebt wohl, meine Freunde, meine Kinder.

Die Scheite fangen rasch Feuer, und bald stehen die Statuen in hellen Flammen, hoch aufgerichtet gleich Opfergaben auf dem Altar.

Einen Augenblick noch verweilt Li-Mai in Gedanken versunken, den Blick auf die Glut geheftet, in der sich nun schwärzlich die Überreste jener Götzenbilder winden, die sie so lange liebevoll verehrt hat.

Mit der kleinen Hure fühlt sie sich seltsam verschwistert. Vielleicht weil sie, die am Abend ihres Lebens steht, die Tote beneidet, der es gelungen ist, Hoffnung zu schöpfen, eine Hoffnung, die sie selbst nie gekannt hat. Vielleicht auch, weil sie beide insgeheim wußten, daß diese Liebe zum Scheitern verurteilt war.

Schneekranich hatte die zwangsläufige Einsamkeit ihres verwundeten Herzens mit ihren Lebensumständen bezahlt. Li-Mai indes verharrte in selbstgewählter Klausur. Zumindest glaubte sie dies bis heute.

Zum ersten Mal zweifelt sie am Sinn eines Lebens im Korsett starrer Grundsätze.

»Keiner will das Herz der Frau, die ihren Körper hingibt; aber wer will einen Körper, in dem das Herz in Fesseln liegt?«

Sie fröstelt trotz der Hitze der Feuerstelle, und erhebt sich: eine hagere, gebückte Gestalt im schwarzen Gewand. Was bleibt? Mit ihrem archaischen Akt der Phallusverbrennung hat sie stellvertretend zumindest das tragische Schicksal der kleinen Schneekranich gerächt.

Zur selben Zeit führt eine vermummte Gestalt ein gesatteltes Pferd durch die Höfe und verläßt heimlich das Schloß durch die Südpforte.

23

Höllengalopps heimlicher Aufbruch ist GuanShang nicht entgangen. Hoch oben auf dem hölzernen Wachturm reibt er sich vor Vergnügen die Hände. Einstweilen verläuft alles so, wie von Tsao vorhergesagt.

Aber, beim bartlosen Antlitz des Eunuchen, er hatte sich wahrlich Gewalt antun müssen, um dem verräterischen Soldaten jenes fatale Schreiben auszuhändigen (natürlich wieder sorgfältig versiegelt). Der elende Wurm hatte ihn schändlich hintergangen, und es juckte ihn wie eine Armee von Filzläusen, dem Kerl den Hals umzudrehen.

Tsao indes hatte ihn von solchem Vorhaben abgebracht: »Ein entlarvter Verräter ist lebendig mehr wert als tot!«

Der Herr mochte für dieses Verhalten seine Gründe haben, doch er, GuanShang, hielt nach wie vor an seinem Grundsatz fest, Ungeziefer sei nur mit radikalen Methoden beizukommen. Und sollte ihm dieser Kothaufen noch ein Mal unter die Augen treten, so würde er ihn eigenhändig entmannen!

»Beim Morgengrauen haben alle Männer gerüstet und abmarschbereit anzutreten!« hatte Tsao befohlen, bevor er sich in seine Gemächer zurückzog.

Binnen weniger Stunden würde sich zeigen, auf wessen Seite das Glück stand. Einstweilen verschaffte Tsao sich durch Leibesübungen die dringend benötigte Erleichterung – eine Beschäftigung, der er, Monddämmerungs spitzen Schreien nach zu urteilen, mit wahrer Besessenheit nachging. Offensichtlich hatte die Vorstellung seiner Tochter in den Armen des Erzfeindes alle Schleusen in ihm geöffnet!

»Wahrhaftig, wie glücklich ist doch derjenige, der sich nur auf sein Schwert verläßt!« sagte sich GuanShang und entfernte sich.

Zur selben Zeit steigt Höllengalopp vom Pferd und kämpft sich durch dorniges Gestrüpp. Gemäß den Anweisungen der Erloschenen Leidenschaft war er stets den Li-Jiang entlang geritten, bis er endlich an die Biegung des Flusses gelangte.

Im Licht des Mondes erkennt er deutlich drei hölzerne Kähne, die unterhalb der Böschung am Ufer vertäut liegen.

Am vereinbarten Treffpunkt, einem abgelegenen Weiler etliche Li flußabwärts, hatte er sich mehrmals überzeugt, daß ihm niemand gefolgt war, und sodann dem Bonzen die gewünschte – erst am selben Nachmittag erfahrene – Auskunft erteilt.

Erloschene Leidenschaft hatte ihn daraufhin gebeten, an diesem Orte weitab jeder menschlichen Siedlung zu warten, bis er zurückkehre. Die Vorsicht, so sagte er, zwinge ihn zu solchem Vorgehen. So würde einerseits das Geheimnis um das Lager gewahrt, und andererseits der Soldat, sollte ihm jemand begegnen, nicht in bewohntem Gebiete angetroffen. Und nicht zuletzt sei es ja möglich, daß der Drache ihn, Höllengalopp, zu sehen oder ihm weitere Anweisungen zukommen zu lassen wünsche.

Durch raschelndes Schilfrohr steigt er jetzt hinab zur Anlegestelle und beschließt, in einem der Kähne zu warten: Möge die Mückenplage auf dem Wasser erträglicher sein als im Schilf.

Leise rauschen die Mangrovenblätter im Wind, und von Zeit zu Zeit flattert ein silberner Kranich auf. Höllengalopp schließt die Augen und läßt seinen Gedanken freien Lauf.

So viele Erinnerungen verbinden ihn mit Long-Jian, der sich, damals fast noch ein Junge, geopfert hatte, um ihn aus den Krallen der Justiz zu retten.

An jenem Morgen hatte Höllengalopp ein wohlgenährtes

Schwein gestohlen, in der Hoffnung, das Fleisch auf dem Schwarzmarkt verkaufen zu können. Ihm und seiner Schwester Li-You, die beide seit Tagen nichts mehr gegessen hatten, war beim Gedanken an fette Rippenstücke, an goldbraun gebratene Fleischbällchen und prall gefüllte Würste das Wasser im Munde zusammengelaufen. In diesem Moment aber kamen die Gendarmen und wollten ihn festnehmen: Ein neidischer Nachbar, herbeigerufen durch die Todesschreie des Tiers, hatte ihn angezeigt.

Doch als sie ihm die Fesseln anlegen wollten, erschien Long-Jian, der just in diesem Augenblick gekommen war, um Reisig zu holen, und gebot ihnen Einhalt. An seiner Stelle gestand er die Tat, damit Höllengalopp sich weiterhin um die kleine Schwester kümmern konnte, damit nicht beide für den Rest ihres Lebens geächtet und aus dem Dorfe verbannt würden.

Bis ans Ende seiner Tage würde er in Long-Jians Schuld stehen.

Bald darauf trennten sich freilich ihre Wege. Sobald Long-Jian seine dreimonatige Haftstrafe abgebüßt hatte, ging er fort und ward in der Gegend nicht mehr gesehen.

Kurze Zeit später erfuhr Höllengalopp von der Ermordung jenes Verwaltungsbeamten, der am Tode von Long-Jians Mutter schuld war.

Nach Jahren, als die Schwester glücklich verheiratet war und keinerlei Familienbande ihn hielten, machte Höllengalopp sich auf den Weg nach Süden und verdingte sich endlich als Söldner in Tsaos Truppe.

Er verfügte über sämtliche Eigenschaften, die einen vollkommenen Soldaten ausmachen: weder besaß er Land, noch fühlte er irgendeine Neigung zum Handel. Zudem war er stark wie ein Ochse und von eiserner Selbstzucht.

Im vergangenen Winter nun geschah es, daß er aufgrund der Verhaftung zweier Räuber, die in der Folge geköpft wurden, über Long-Jians Anwesenheit in der Gegend Gewißheit erhielt. Er selbst war beim Verhör zugegen, und die Geständnisse der beiden stimmten überein. Der, den sie den Drachen aus Shandong nannten, war sein Freund.

Denn auch Höllengalopp war dieser Beiname aus Kindheitstagen geläufig. Es verwunderte ihn kaum, daß Long-Jian mittlerweile das Leben in den Grünen Wäldern[1] führte, hatte er sich doch seit jeher gegen Ungerechtigkeit, Ausbeutung und Bestechung empört.

Eines Tages trafen sie sich. Und als Long-Jian ihn bat, ihm das Versteck der königlichen Perlen zu nennen, hatte Höllengalopp nicht einen Augenblick gezögert. Sein Freund brauchte ihn. Und er kämpfte für die gerechte Sache, wie denn anders.

Später, als es hieß, Long-Jian habe sein Wort gebrochen und mit Tsaos Tochter nebst Beute die Flucht ergriffen, glaubte er kein Wort. Im Gegenteil. Insgeheim war er fest überzeugt, daß alle Gerüchte nichts als niederträchtige Lügen seien, und der Drache das Opfer finsterer Ränke.

Doch wie konnte er ihm helfen?

Als Grübelnder Kot gehängt wurde, bot sich ihm erstmals eine Gelegenheit, und er war glücklich, zur rechten Zeit eingreifen zu können. Doch beim Anblick Shu-Meis, die aus freiem Willen des Drachens Arm ergriff und mit ihm das Weite suchte, schwand seine Freude dahin.

Freilich, es war nur natürlich, daß Long-Jians unwiderstehliches Wesen, seine faszinierende Ausstrahlung auch auf die Herrschaftstochter ihre Wirkung nicht verfehlten. Doch für Höllengalopp stand damit fest: Für ihn würde die Sache mit Blut und Tränen enden. Und dieser Gedanke läßt ihn seit jenem Tag nicht mehr los.

Er schaudert.

1 Ein chinesischer Ausdruck für Gesetzlose.

Ein sonderbares Plätschern läßt ihn aus dem Schlummer hochfahren. Bei allen Teufeln der Hölle, nun hat die Strömung ihn fortgerissen! Vor Schreck bringt er beinahe das Boot zum Kentern.

»He, he, nur die Ruhe, kleiner Bruder!«

Höllengalopp reißt entsetzt die Augen auf, als habe er ein Gespenst erblickt.

Vor ihm sitzt Long-Jian, gleichmäßig rudernd, und mustert ihn mit liebevollem Spott.

»Na? Läßt deine Sehschärfe nach? Erkennst du mich nicht mehr?«

Von freudigem Schrecken überwältigt, findet Höllengalopp zunächst keine Worte. Endlich stößt er hervor:

»Du hast mir vielleicht eine Angst eingejagt! Ich dachte, jetzt haben sie mich erwischt.«

Long-Jian lacht auf. Mit seinen strahlenden Augen, den leicht auseinanderstehenden Vorderzähnen wirkt er einen Moment lang wie ein Kind, und seine Fröhlichkeit steckt an. Er hat sich nicht verändert.

»Ich wollte mich für deine Hilfe bedanken, heute ebenso wie kürzlich in Yangyou . . . Außerdem hatte ich Lust, dich wiederzusehen.«

Die letzten Worte fügt er leise, fast schüchtern hinzu.

Der Kahn gleitet über das schwarze Wasser, in dem hier und da silbern der Mond funkelt. Sie schweigen lange. Endlich hebt Höllengalopp zu sprechen an:

»Li-You, meine Schwester, hat geheiratet. Sie hat auch schon zwei Kinder . . . Knaben«, fügt er stolz hinzu.

»Das freut mich. Und wie steht's mit dir?«

Höllengalopp macht eine wegwerfende Geste.

»Ach, weißt du, für mich ist es zu spät. Ich bin auf die schiefe Bahn geraten, hab' mich auf die falsche Seite geschlagen.«

»Es gibt keine richtige oder falsche Seite, kleiner Bruder. Das Übel sitzt überall. Was immer du tust, wie du dich auch entscheidest, früher oder später steckst du selbst bis zum Halse darin.«

Long-Jian hat die Ruder eingezogen. Trotz des spärlichen Lichts gewahrt Höllengalopp die Bitterkeit in seinen Zügen.

»Was sind das für Reden? Wo ist der feuerspeiende Drache geblieben, der auszog, das Reich der Mitte zu erobern, gefolgt von der gesamten Bauernschaft?« versucht er zu scherzen.

Eine Weile sieht Long-Jian den Freund starr an, dann antwortet er mit dumpfer Stimme:

»Er ist tot, Höllengalopp . . . Er ist vor nicht allzu langer Zeit gestorben, als er zusehen mußte, wie Menschen, die er für zurechnungsfähige und verantwortliche Wesen hielt, ein Kind vergewaltigten, weder aus Haß, noch aus Lust . . . einfach so, für nichts.«

Höllengalopp wagt nicht zu widersprechen. Er weiß wohl, daß dies nicht der wahre Grund ist. Doch er schweigt. Matt schimmert das Mondlicht über der glatten, schwarzen Fläche, ein zarter Hauch wie Nebel, schwebend über dem Wasser. Er räuspert sich umständlich.

»Eines möchte ich doch noch wissen, großer Bruder. Wie hast du herausgefunden, daß ich für Tsao arbeite?«

»Zuerst sah ich dich in Yangyou bei der Hinrichtung der Brüder Li und Mao. Als ich dann deine Hilfe brauchte, beschrieb ich dich den vorgeblichen Gauklern, damit sie mit dir Kontakt aufnehmen konnten. Es fiel ihnen nicht schwer, dich zu erkennen!«

In der Tat. Unwillkürlich legt Höllengalopp seine Hand auf die Wange, auf die er sich vor Jahren ein vierblättriges Kleeblatt tätowieren ließ.

Long-Jian trägt dasselbe Zeichen auf dem linken Arm.

»Aber wie konntest du wissen, daß ich mittlerweile lesen kann?«

»Legt Tsao denn nicht größten Wert darauf, daß seine Truppenführer nicht allein den Gebrauch der Waffen erlernen, sondern auch imstande sind, wenigstens eine kurze Nachricht zu entziffern?«

»Das stimmt.«

Der Soldat betrachtet Long-Jian mit unverhohlener Bewunderung. Eine Fledermaus flattert über das Boot und streift beinahe ihre Köpfe.

»Ich habe es mir überlegt, großer Bruder... Nimm mich in deiner Gruppe auf. Ich möchte an deiner Seite kämpfen.«

Eine Weile sieht Long-Jian ihn nachdenklich an und schweigt. Der Gedanke ist verlockend – welche Wohltat wäre es, einen Mann von solchem Schlage bei sich zu haben, eine verläßliche Stütze zu jeder Zeit.

»Mein Herz sagt ja, kleiner Bruder, doch die gegenwärtigen Umstände lassen es nicht zu.«

»Aber Tsao wird keine Ruhe mehr geben. Vielleicht brauchst du meine Hilfe.«

»Eben darum. Als Mittelsmann, der mich über Tsaos Vorhaben auf dem laufenden hält, bist du von unschätzbarem Wert.«

Höllengalopp hält den Kopf gesenkt und antwortet nicht. Dunkel ahnt er, daß Long-Jian mit seiner Weigerung ihm das Leben zu retten versucht. Und was ist gegen dieses Argument einzuwenden? Sie wissen beide nur zu gut, daß Tsao sie früher oder später entdecken wird, und dann werden sie beide dasselbe Schicksal erleiden.

»Wenn dies dein Wunsch ist«, seufzt er schließlich, »so muß ich mich beeilen, um noch vor Morgengrauen wieder zurück zu sein.«

Long-Jian nickt erleichtert und wendet das Boot. In beider Köpfe überstürzen sich die vielen gemeinsamen Erinnerungen. Schweigend kosten sie den Augenblick aus: Eine geheimnisvolle Zauberkraft hat die Zeit zurückgedreht, und sie erleben wieder die Jahre ihrer Kindheit und Jugend.

Plötzlich wird Höllengalopp von einem unbändigen Lachanfall geschüttelt.

»Was ist los, woran denkst du?«

»Ich stelle mir vor, wie ein Fischer mitten in der Nacht aufsteht, um zu pissen. Da steht er am Ufer, den Pimmel in der Hand, und sein Blick schweift traumverloren über das Wasser, als er mit einem Mal auf dem Fluß zwei Schatten gewahrt . . .«

»Und?« fragt Long-Jian und spürt, wie auch in ihm eine unerklärliche Heiterkeit aufsteigt.

»Na ja, woran mag er dabei denken? An zwei Lustknaben, die einander beim Mondenschein den Hof machen, oder den Drachen aus Shandong, der sich in Gesellschaft eines alten Komplizen vergangener Zeiten und jugendlichen Überschwangs entsinnt?«

»Ich meine, er wird sich für die Abgeschnittenen Ärmel entscheiden.«

»Das ist es ja, was mich so zum Lachen bringt! Stell dir vor! Du mußt zugeben, daß wir in der Tat einen recht zweideutigen Eindruck machen.«

Nun beginnen beide schallend zu lachen. Doch der Ernst holt sie jäh und hinterrücks wieder ein.

»Sag . . .«, setzt Höllengalopp zögernd an, das Thema ist ihm peinlich. »Was ist mit der Kleinen?«

Long-Jian starrt auf das Ufer, das langsam näherrückt; die Gegenwart ergreift wieder Besitz. Er hebt den Blick und sieht den Freund lange an, bevor er antwortet.

»Sie ist geblieben, um sich zu rächen.«

»Liebst du sie?«

Long-Jian zögert. Derlei Vertraulichkeiten liegen ihm nicht. Doch dem Freund kann er seine Gefühle wohl nicht verschweigen, da dieser sie ohnehin erraten hat.

»Sie wird mir fehlen«, sagt er endlich leise.

Shu-Mei, in ihre Decke gewickelt, versucht angestrengt die Finsternis der Nacht zu durchdringen. Erloschene Leidenschaft war am Abend kurz im Lager aufgetaucht und wieder verschwunden, gefolgt von Long-Jian. Wohin mag er um diese Zeit gegangen sein?

In der letzten Zeit läßt er es sehr an der gebotenen Vorsicht fehlen, ja, er scheint das Schicksal geradezu herauszufordern. Als sei irgend etwas in ihm zerbrochen, als versuche er, den Gang der Dinge zu beschleunigen – mit einer Unbekümmertheit, die der Verzweiflung entspringt.

Kein Laut ist zu hören, und doch spürt sie plötzlich seine Gegenwart. Er ist da, sie weiß es; ohne ihn zu sehen oder zu hören, hat sie ihn gewittert mit tierhaftem Instinkt, »wie die Antilope beim Herannahen des Tigers«, denkt sie verträumt.

Sie schließt rasch die Augen, und als er sich über sie beugt, um sie auf die Stirn zu küssen, tut sie, als schliefe sie.

Lautlos streckt er sich neben ihr aus. Eine warme Hand legt sich in die ihre. Shu-Mei lächelt.

»Wo warst du?«

Er antwortet nicht sofort. In dieser Nacht spürt er den schalen Geschmack des Todes, wer weiß, weshalb.

War es eine düstere Vorahnung, die ihn bewog, den Jugendfreund wiederzusehen? Ein merkwürdiges Gefühl hat sich seiner bemächtigt; ihm ist, als hielte er sein ganzes Leben in der Hand. In dem Augenblick, da er seinen Gefühlen für Tsaos Tochter nachgab, verstieß er wider den natürlichen Verlauf des Schicksals. Wissentlich versuchte er, seinen Stern in eine andere Bahn zu lenken, hoffend, daß ihnen dank der Reinheit und der Aufrichtigkeit ihrer Liebe das Unvermeidliche erspart bliebe, daß ihnen erlaubt würde, die Grenze zu überschreiten. Doch er hat den Glauben daran verloren, unaufhörlich nagen die Zweifel in ihm. Das Unheil kann über sie beide hereinbrechen ... Und er hat Angst um Shu-Mei.

»Ich glaube, ich weiß jetzt, wo Brüllskorpion sich versteckt«, sagt er unvermittelt. »Noch vor dem Morgengrauen werden wir das Lager auflösen. Du solltest jetzt schlafen.«

Damit hat sie gerechnet, davor fürchtet sie sich seit Tagen. Die Stunde der Rache ist da: Morgen wird sie sich entscheiden müssen, die Trennung vollziehen zwischen ihrer Liebe, der Leidenschaft ihres Lebens, und der Zuneigung und Anhänglichkeit der Tochter für den Vater – als könnten die beiden Gefühle nebeneinander nicht bestehen.

Wie absurd! Und wie grausam.

»Was wirst du danach tun?« fragt sie mit klopfendem Herzen.

Insgeheim fleht sie eine tröstende, eine ermutigende Antwort herbei: eine Antwort, die ihr die Entscheidung abnimmt und sie aus dem Zwiespalt erlöst.

»Ich werde diese Gegend verlassen. Ich werde gehen, wohin das Schicksal mich weist«, hört sie wie von ferne.

Ein eisernes Band schnürt ihr die Kehle zusammen, und alles Blut weicht aus ihrem Herzen. Ohne ihre Verzweiflung und ihre Ratlosigkeit auch nur zu ahnen, hat Long-Jian sie also schon aus seinem Leben gestrichen. Er hat sie benutzt und wirft sie nun fort wie das Stroh zum Striegeln der Pferde.

»Ich dagegen werde zu meinem Vater zurückkehren«, hört sie sich sagen – und verwünscht sich selbst ob ihrer voreiligen Zunge. Hätte sie nur geschwiegen.

Sie spürt noch ein Zucken seiner Finger, dann zieht sich die Hand aus der ihren zurück.

Nun hat auch sie ihn verletzt, aus Ungeschicklichkeit, und aus unbeugsamem Stolz. Aber was sonst hätte sie sagen sollen?

»Unsere Wege werden sich wieder kreuzen, dessen bin ich gewiß«, fügt sie rasch hinzu. »Das heißt, wenn du es willst.«

Das Gespräch ist zu Ende, der Faden gerissen. Wie versteinert liegen beide, jeder hinter einer Mauer aus eisigem Schweigen. Vielleicht wird einer von ihnen morgen sterben, vielleicht sie, vielleicht er. Was auch geschieht: Morgen werden sie sich für immer trennen.

Wie ein Blitz durchzuckt sie die Erinnerung, und sie sieht jene Blaumeise vor sich und den vor Angst starren Blick, als Yi-Shou den Vogel vor ihren Augen erwürgte, um ihr zu beweisen, daß er der Stärkere war.

Im Angesicht des Todes muß das kleine Tier ähnlich empfunden haben wie sie in diesem Augenblick.

Übermächtig stürmen Wut und Verzweiflung auf sie ein: Über ihre Ohnmacht, ihre Unfähigkeit, ihr Schicksal selbst zu bestimmen, ihre Gefühle zu gestehen, nein: laut hinauszurufen in alle Welt, sich über Vorschriften und die widernatürlichen Regeln der Schicklichkeit hinwegzusetzen, ihren maßlosen Stolz zu bezwingen. Weshalb ist sie nicht imstande, ihm zu sagen, daß sie nur auf ein Wort von ihm wartet, um alles hinter sich zu lassen und ihm zu folgen: ohne Bedauern – und sollte sie vom Vater verleugnet, von jedermann geächtet werden.

Er indes vergräbt sich in seiner Trauer. Er möchte sie in die Arme nehmen, sie an sich drücken, so fest er kann. Doch er hält sich zurück. Er hat gelernt zu kämpfen, nicht seine Gefühle zu äußern.

Morgen wird Shu-Mei ihn verlassen. Wozu also sollte er sein Herz öffnen, wenn das Leiden dadurch nur größer wird!

Er fühlt sich hilflos: An diese Art der Kriegsführung ist er nicht gewöhnt.

Lange Zeit liegen sie so, mit offenen Augen, regungslos und ausgeliefert, treiben nebeneinander her, unfähig, einander zu berühren, miteinander zu sprechen.

So sehr sehnt Shu-Mei seine Umarmung herbei, daß sie endlich vor Erschöpfung einschläft.

Noch ist kein Lichtschimmer zu sehen, doch im Lager herrscht bereits emsige Betriebsamkeit. Shu-Mei schreckt auf: Behelmt und gespornt steht Long-Jian vor ihr und reicht ihr eine Schale mit klebrigem Reis.

»Hier, nimm. Wir haben einen harten Tag vor uns.«

Als sie sich aufrichtet, bemerkt sie auf ihrer Brust die Kette aus Pfirsichkernen, aufgefädelt auf ein geflochtenes Band aus fünf farbigen Seidenfäden. Long-Jian hat sie ihr im Schlafe umgelegt.

»Warum gibst du sie mir zurück? Ich habe sie dir doch geschenkt!«

»Das Amulett gehört dir. Ich will nicht, daß dir vor deiner Rückkehr nach Hause ein Unglück zustößt.«

»Du lehnst es sogar ab, eine Erinnerung an mich zu behalten!«

Sie starrt ihn an. Er hält ihrem Blick stand, keine Gemütsregung verrät seine Miene.

»Ja«, erwidert er ruhig.

Verleugnet er ihre Liebe, hat er sie ein für alle Mal aus seinem Herzen verbannt, oder versucht er nur, sich zu schützen? Dieses Spiel ist unerträglich. Was treibt sie dazu, einander an Gleichgültigkeit zu überbieten, wozu dieser Kampf um das letzte Wort? Shu-Mei steht auf, es hat ihr die Sprache verschlagen. Was erwartet er denn von ihr – daß sie sich ihm in die Arme wirft, ihm sagt, wie sehr sie ihn liebt? Während er nur daran denkt, sie zu demütigen.

Mit Widerwillen schiebt sie die Reisschale von sich und befestigt die Kette an ihrem Hals. Wortlos wendet sie sich ab, kehrt ihm den Rücken zu.

Atemlos kauern die Männer im Gebüsch. Einige Hundert Fuß entfernt ragt wie ein Pilz der Felsen empor, in dem sich die Höhle des Weißen Tigers befindet. Rötlich schimmert der kahle Stein in der aufgehenden Sonne. Nichts regt sich. Wer weiß, ob Höllengalopps Auskunft richtig war?

Bald erkennen sie Lenzregens schmale Gestalt, die vom Erkundungsgang zurückkehrt. Unauffällig und behende bahnt sie sich ihren Weg zwischen Dornensträuchern hindurch und stößt endlich zu ihnen.

»Sie sind es. Ich habe Ho-Jin an seinen schwärenbedeckten

Riesenfüßen erkannt, die unter der Decke hervorlugen. Sie liegen im Tiefschlaf... und schnarchen wie die Wildschweine«, fügt sie hinzu und verzieht vor Abscheu das Gesicht. »Die Narren waren nicht einmal klug genug, einen Wachtposten aufzustellen.«

»Nun gut, das ist der rechte Augenblick, sie zu überraschen. Jetzt oder nie«, erwidert Long-Jian und steht auf.

Mit gezückten Waffen nähert der kleine Trupp sich dem Felsen, lautlos versammeln die Krieger sich vor dem Eingang, aufgestellt in Reih und Glied – und endlich, auf ein Zeichen des Anführers hin, stürmen sie mit Geheul die finstre Höhle.

Ausnahmslos alle Räuber lassen sich im Schlaf überraschen, und so geschieht es, daß sie erst zaghaft ein Auge öffnen, als der Feind bereits über ihnen steht.

Wohllaut, aus süßen Träumen aufgeschreckt, starrt verblüfft in Lenzregens haßerfülltes Grinsen. Doch seine Verwunderung währt nicht einmal einen Atemzug: Mit einem einzigen, wütenden Axthieb spaltet sie ihm den Unterleib vom Schritt bis zum Nabel, indessen Goldsiegel den Morgenstern schwingt und Ho-Jins Schädel zermalmt wie eine große Melone.

Er stürzt zu Boden, der Kopf geborsten unter den Einschlägen der eisernen Spitzen, das Gesicht eine blutige Masse.

Von irgendwoher springt Muskelkraft hinab auf die Erde, mordlüstern, mit Spritzern von Blut und Hirn auf dem Wams, und landet neben einem jungen, pockennarbigen Räuber, der, noch im Liegen, sein Messer zückt. Doch der andere kommt ihm zuvor und trennt ihm den Kopf vom Rumpf, mit einer Leichtigkeit, als pflückte er eine reife Frucht vom Baum.

Von den tierischen Schreien seiner Kameraden ist unterdessen auch Brüllskorpion aus ohnmachtsähnlichem Rausch erwacht. Er fährt hoch und sieht sich verständnislos um, doch schon zerschmettert ihm Long-Jians Stiefel das Kinn, so daß er das Gleichgewicht verliert und hintüber in die noch glühende Asche der Feuerstelle fällt. Brüllend vor Schmerz und Wut, tastet er fieberhaft nach einer Waffe...

Shu-Mei hat ihn sogleich erkannt: Er war der Vergewaltiger, der erste, der schlimmste, der sie nach vollbrachter Tat seinen Kumpanen zum weiteren Gebrauch freigab.

Regungslos stehen sich Long-Jian und Brüllskorpion gegenüber und lassen einander nicht aus den Augen. Shu-Mei benützt die unerwartete Unterbrechung: Sie stürzt sich auf den niederträchtigen Schurken, dem der Angstschweiß aus allen Poren rinnt, und rammt ihm den Dolch in den Bauch.

Und ehe sie sich's versieht, ist die Klinge bis zum Heft in das weiche Fleisch eingedrungen wie der Löffel in den Honigtopf.

Der Räuber gerät vorübergehend aus dem Gleichgewicht. Doch nach dem ersten Überraschungsmoment hat er sich bald wieder gefaßt, greift mit seinen dicken Händen nach Shu-Meis Hals und will sie erwürgen.

Sie aber, obgleich halb erstickt, gibt nicht auf. Mit beiden Händen hält sie ihr Messer gepackt und wühlt wie besessen mit der Klinge in den Eingeweiden herum, bis ihm das weiche Gedärm aus dem Leib trieft.

»Das ist die Strafe für die Schmach, die du mir angetan hast. Eine Tsao verzeiht nie!« stößt sie japsend hervor.

Ein böses Leuchten glimmt in den schmalen Augenschlitzen des Räubers. Auch er gibt nicht auf. Bis zu seinem letzten Atemzug wird er sie zu vernichten suchen. Seine Entschlossenheit indes feuert Shu-Mei nur noch stärker an.

»Du kannst dich noch glücklich schätzen! Mein Vater wäre weit grausamer mit dir verfahren.«

Noch immer hält der Mann ihren Hals umklammert, doch seine Kraft läßt merklich nach, und schon spürt sie schwer sein Gewicht. Shu-Mei empfindet seltsamerweise keinerlei Skrupel noch Mitleid, nur Ekel und eine bleierne Müdigkeit.

Endlich lockert sich sein Griff, und aus dem schmerzverzerrten Mund dringt ein würgendes Stöhnen. Dreimal bäumt der Körper sich auf unter Krämpfen; dann quillt ein Strom von schwärzlichem Blut hervor und herab auf Shu-Mei, die entsetzt zurückweicht.

Er sinkt in die Knie, noch immer an Shu-Meis Gewand geklammert, glasig ist sein Blick.

Angewidert stößt sie ihn mit dem Fuß von sich. Mit ausgestreckten Händen und weit aufgerissenen Augen fällt die zähe, besudelte Masse in sich zusammen, ein letztes Mal geht ein Zittern durch den schweren Leib, er ist tot.

Shu-Mei steht wie erstarrt, das Gesicht von Haß verzerrt. Erst jetzt, beim Anblick des reglosen Körpers, wird ihr bewußt, daß sie kaltblütig und ohne zu zögern einen Menschen getötet hat.

Es erscheint ihr so unwirklich, als hätte eine ihrer Puppen mit einem Male begonnen, echte Tränen zu vergießen.

Mit eisigen Händen hat sie ein Leben vernichtet, und doch verspürt sie keinerlei Reue. Sie empfindet nichts, rein gar nichts. Völlig gefühllos starrt sie auf den Haufen Fleisch zu ihren Füßen, unfähig, einen Gedanken zu fassen, versteinert.

Doch endlich kehren ihre Lebensgeister zurück. Sie zieht den Dolch aus der Leiche, wischt flüchtig das Blut ab. Ihre Hand zittert, und das Herz schlägt ihr bis zum Halse: Vergeblich versucht sie, sich zu beruhigen.

Nächtelang hat sie von nichts anderem geträumt, als von diesem Augenblick: Rache. Rache für die Vergewaltigung, für die Wunde, die seit jenem Tag in ihr blutet und sie mit Alpträumen quält. Sie glaubte, nein, sie war gewiß, daß sie nach dieser Tat ihren Frieden wiederfinden würde. Dessen ist sie sich jetzt nicht mehr so sicher.

Langsam sinkt sie zu Boden. Sonderbare Bilder gehen ihr durch den Kopf; ein Schmetterling, dem jemand die Flügel ausgerissen hat; sie wachsen nach, wie durch ein Wunder, doch wie sehr er sich auch bemüht, er ist nicht mehr imstande, zu fliegen.

Durch eine Felsspalte fällt ein Sonnenstrahl in die Höhle und kriecht langsam über den Boden. Unerbittlich beleuchtet er die toten Gesichter, im Schlaf überrascht und zu Masken des Grauens erstarrt.

Shu-Mei steht mühsam auf, zitternd am ganzen Leib; sie ist am Ende ihrer Kraft. Mit dem Racheakt hat sie einen Kreis geschlossen, eine Brücke geschlagen von jener Nacht des Schreckens bis zu diesem Morgen. Ekel steigt in ihr auf, und sie spürt einen dumpfen Schmerz in der Brust. Und all die Zeit dazwischen? Ist denn auch ihre Liebe zu Long-Jian nur ein Umweg gewesen? Vielleicht von beiden als solcher empfunden, weil der Gedanke an Vergeltung ihn ebenso wie sie gefangen hielt?

Als sie sich umwendet, trifft sie der Blick des Drachen: eine Mischung aus verhaltenem Stolz und tiefer Wehmut.

Er hätte sie an ihrem Tun hindern, ihr zuvorkommen können. Doch nichts dergleichen, er hatte begriffen: es war allein ihre Sache, sich für die erlittene Schmach Genugtuung zu verschaffen. Nur so konnte sie sich erlösen.

Dafür ist sie ihm dankbar.

Sie weiß auch, daß er keinen Finger gerührt hätte – auch auf die Gefahr hin, sie unterliegen zu sehen. Vielleicht war es dieses Wissen, das ihr die Kraft und den Mut zu siegen verliehen hatte. Denn den Verlust ihrer Ehre konnte nur sie allein wettmachen, und nur um den Preis ihres Lebens.

Jetzt ist es geschehen.

Sie sieht zu ihm auf und lächelt. Nichts regt sich in seiner Miene. Wortlos wirft er einen zerrissenen Überrock auf die Leiche seines Feindes. Er weiß sehr wohl, daß Shu-Mei mit ihrer Tat, einem symbolischen Akt, einen unerledigten Teil ihrer Vergangenheit abgeschlossen hat, wie ein Fluß, der sich nach dem ersten Hochwasser vom angeschwemmten Geröll reinigt.

Er mußte es zulassen. Denn vielleicht wird sie auch ihn nach und nach aus ihrem Gedächtnis streichen, als hätten all diese Ereignisse nicht stattgefunden, und als wäre auch zwischen ihnen nie etwas geschehen. Dieses Risiko mußte er eingehen.

Wie dem auch sei: Wäre Brüllskorpion, dieser Abschaum der menschlichen Rasse, nicht durch ihre Hand ums Leben gekommen – er hätte ihn verfolgt bis zum Tod. Um nie wieder den Schrei des gemarterten Kindes zu hören.

Bedrückt sieht er sich um: Die Männer plündern die Leichen, wie üblich.

»Wir brechen auf! Hier haben wir nichts mehr verloren!« ruft er vernehmlich in die Runde.

Was wird er anfangen ohne Shu-Meis Liebe?

Long-Jian schwingt sich auf sein Pferd. Die in der Höhle aufgefundenen Schätze, Silbermünzen und Edelsteine, verteilt er an seine Gefährten; er selbst behält sich nichts, und Shu-Mei lehnt den ihr zustehenden Anteil ab, wie erwartet.

»Weshalb sollen wir alles bekommen, großer Bruder?« ruft Büffelhorn verwirrt aus. »Sollte das Geld nicht ganz der neuen Gemeinschaft gehören? Wir haben kein Recht, uns persönlich zu bereichern!«

Der Bauer will seinen Anteil zurückgeben, doch mit einer raschen Handbewegung gebietet Long-Jian ihm Einhalt.

»Mit eurer Hilfe war es mir möglich, mit der Feigheit der Menschen abzurechnen. Dafür danke ich euch. Aber mehr habe ich nicht zu tun in dieser Gegend.«

Und wie zu sich selbst gewandt, fügt er hinzu, wobei er Shu-Meis Blick mit Absicht vermeidet:

»Diese Erinnerung möchte ich mir bewahren.«

»Wir wollen uns nicht trennen, laß uns mit dir reiten«, bittet Muskelkraft.

Long-Jian aber schüttelt den Kopf. Er strafft die Zügel und tätschelt beschwichtigend den Hals des ungeduldig stampfenden Pferdes.

»Ich kenne eure Treue, Freunde, und weiß sie wohl zu schätzen. Aber mein Herz ist müde. Kehrt in die Dörfer zurück. Euer Vieh und eure Reisfelder brauchen starke Arme dringender als die staubige Straße, die ohnehin nur flüchtige Abenteuer ohne Zukunft bereithält . . . Geht, ihr werdet dieses Geld unter jenen verteilen, die es nötig haben, dessen bin ich gewiß.«

»Aber ich habe keine Familie, und auch kein Dorf, in das ich zurückkehren kann«, beharrt Goldsiegel und schnürt sein Bündel. »Laß mich mit dir gehen als dein Gefährte.«

Wieder schüttelt Long-Jian den Kopf.

»Der Drache muß seinen Weg allein gehen. Doch ich habe schon an dich gedacht. Geh nach Nan-King zum Kommandanten der Kaiserlichen Besatzungstruppe und bestelle ihm meine Grüße. Er verdankt mir sein Leben. Er wird dich in seinen Dienst nehmen . . . Überhaupt ist es an der Zeit, daß das Wildschwein sich ein wenig zähmen läßt«, fügt er schmunzelnd hinzu. »Freilich, am Anfang wird dir dein Leben als Gesetzloser vielleicht abgehen, doch du wirst sehen, du gewöhnst dich rasch an die neuen Umstände. Ich möchte dich nur um eines bitten: Begleite Lenzregen nach Ping-Xiang zu meinem alten Freund Pang-La, dem Teehändler . . .« Er wendet sich an das Mädchen: »Er wird dich glücklich machen. Seine Großmut steht seinem Reichtum in nichts nach.«

Lenzregen fährt herum. »Niemals!« ruft sie empört. »Ich bin nicht mit dir gegangen, damit du mich zum Schluß wie irgendein gewöhnliches Frauenzimmer an ein altes Schwein verkaufst, Long-Jian.«

Statt einer Antwort gibt Long-Jian seinem Pferd die Sporen und sprengt davon. Lenzregen schreit hinter ihm her; schrill ist ihre Stimme, und das Haar hängt ihr wirr ins Gesicht . . .

»Uns läßt du also im Stich, das war ja nicht anders zu erwarten. Aber bist du auch imstande, mit so leichtem Herzen auf dieses Weib zu verzichten, das dir nur deshalb den Kopf verdreht hat, weil sie ihn auf der Spitze einer Lanze sehen will?!«

»Spar dir deine Worte, Natternzunge«, herrscht Shu-Mei sie an. »Ich kehre zu meinem Vater zurück.«

»Ja, damit du uns besser verraten kannst!« keift Lenzregen haßerfüllt.

Shu-Mei enthält sich einer Antwort. Zustimmung heischend blickt Lenzregen herausfordernd von einem Gesicht zum anderen, doch es verzieht sich keine Miene, niemand beachtet sie.

Einer nach dem anderen machen die Reiter sich auf den Weg, über den steilen, gewundenen Pfad ins Tal hinab.

Eine Weile reiten sie schweigend zwischen lehmfarbenen Felsblöcken hindurch, die wie riesenhafte Schilde aus der Erde ragen.

Seltsam, wie Zuckerbrot, denkt Long-Jian, und offenbar typisch für Guang-Xi.

Aus den Nebeln ferner Erinnerung taucht das gewaltige Felsmassiv des Tai-Shan-Berges[1] auf, der sich majestätisch in den Himmel von Shandong erhebt: Der ganze Stolz seiner Heimat – ihm zu Ehren strömen Herrscharen von Pilgern selbst aus den entlegensten Winkeln des Reiches herbei. Der mächtige Berggott, rotschimmernd im Winter, seidig glänzend wie dunkler Malachit im Sommer.

Um ihre Kinder ernähren zu können, hatte die Mutter sich Tag für Tag auf den Weg gemacht und am Eingang der Tempel, die sich am Fuß des Berges drängten, saftige Äpfel verkauft.

1 Der Tai-Shan ist der berühmteste Berg im Reich der Mitte. Überall, nicht nur in Shandong, wurde er als Gott verehrt. Man sagte, die Seelen der Verstorbenen kehrten dorthin zurück.

»Wenn du nicht artig bist, wird der Tai-Shan dich fressen«, pflegte sie ihm zu sagen, wenn er sich an ihre Röcke hängte und mitgenommen werden wollte.

Unerwartet übermannt ihn das Heimweh nach seinem Dorf und den goldblühenden Jujuben, und er erschrickt. Empfindet so nicht der alte Mann, der sein Ende nahen fühlt? Er hört wieder das Grollen des Berges hinter dem Haus, in dem er geboren ist, und lächelt bitter.

Bald werden sie das Tal der Schwarzen Schildkröte erreichen. Dort trennen sich ihre Wege. Shu-Mei wird nach Norden, dem väterlichen Hause zu reiten, nur noch ein kurzes Stück Weg liegt vor ihr. Muskelkraft und Büffelhorn werden zusammen mit Goldsiegel und Lenzregen sich nach Westen aufmachen, zurück in ihre Dörfer. Der Weg der Erloschenen Leidenschaft führt nach Süden: Hinter dem Paß des Roten Schwans liegt der Tempel der Tiefen Weisheit. Und die übrigen, allein oder in kleinen Gruppen, werden nach Osten aufbrechen, um ihr Glück in Guang-Dong zu versuchen.

Durch die Talsohle schlängelt sich ein schmales Bächlein. Dort werden die Pferde getränkt, und auch die Reiter erfrischen sich am kühlen Wasser. Die Stunde des Abschieds ist gekommen.

»Ich danke euch, meine Brüder ... Ihr habt mir mehr bedeutet, als ihr ahnen könnt, und ich werde euch stets in meinem Herzen bewahren. Eines Tages aber werden unsere Wege sich wieder kreuzen, das weiß ich gewiß. Denn gemeinsam gehen wir den Weg des Tao.«

»Sieh doch!« ruft Lenzregen plötzlich aus und zieht Long-Jian am Ärmel.

Oben auf dem Kamm des Hügels flattert die schildkrötengraue Standarte des Hauses Tsao im Wind, vor einem tiefblauen Spätsommerhimmel. Rasch blicken sie um sich: Auf allen Hügeln ringsumher erscheinen jetzt die Soldaten, und bald wimmelt es von berittenen Kriegern, deren flügelbewehrte Helme in der Sonne glänzen. Sie sind eingekesselt, es gibt kein Entrinnen.

Im Norden, auf einer Anhöhe oberhalb der Schneise, durch die Shu-Mei hätte davonreiten sollen, gewahrt Long-Jian nun Tsaos grimmige Gestalt, wie stets flankiert von seinem getreuen GuanShang.

Seine Gesichtszüge kann er freilich nicht erkennen. Doch Long-Jian weiß, daß der Herr der Drei Seligkeiten ihn beobachtet, geduldig, mit dem scharfen Blick des Raubvogels, der bereit ist, sich im nächsten Augenblick auf sein Opfer zu stürzen.

Was kann schon eine armselige Schar Bauern gegen diese Armee ausrichten? Man möchte meinen, die aufwendige Zurschaustellung geballter Übermacht würde einzig aus dem Grund veranstaltet, das nachfolgende Gemetzel gebührend herauszuheben. Ein Bühnenspiel zur allgemeinen Erbauung.

Nein, es ist nicht die Vorwegnahme des sicheren Sieges, die Tsao mit Wonne erfüllt, sondern der Gedanke an die Hinrichtung des Feindes.

»Ich hab's euch ja gesagt, das ist ihre Schuld!« heult Lenzregen auf, und sie schwingt ihr Beil und stürzt sich auf Shu-Mei.

Mit einem Peitschenhieb schlägt Long-Jian ihr die Waffe aus der Hand.

»Solange du unter meinem Befehl stehst, wirst du dich nicht unterstehen, eigenmächtig zu handeln!«

In diesem Augenblick ertönt ein Trommelwirbel, und der Gong gibt das Zeichen zum Angriff. In vollkommener Harmonie setzen die Truppen sich in Bewegung. Langsam, aber unaufhaltsam wie ein Lavastrom, gleitet es die Abhänge hinab, von allen Seiten auf die Talsenke zu. Tsao reitet an der Spitze, ungebührlich prunkvoll ausstaffiert mit einem Gewand aus schwarzer Seide und Brokat. Zur Rechten wie zur Linken, in der Formation ziehender Wildgänse, eskortierten ihn Reiter auf weißen Rossen. Es folgen die Lanzenreiter in türkisfarbenem Tuch, auf dem Kopf die hornbewehrte Sturmhaube, dann die Bogenschützen im rotmetallenen Panzerhemd. Eine Reiterschwadron in hellschimmernder Rüstung beschließt den Zug.

Long-Jian begreift sofort, was geschehen ist. In schmählicher Weise hat Tsao sich Höllengalopps bedient, um sie in dieses Loch zu locken, eine Falle, wie er sie sich besser nicht hätte wünschen können. Eine Kriegslist, freilich, doch ein solcher Hinterhalt wäre einem heimtückischen Wegelagerer angemessen, nicht aber dem Ritter und Ehrenmann, für den er Tsao lange Zeit hielt.

Sie sind verloren.

Einen Augenblick lang sieht er Höllengalopp wieder vor sich, aus vollem Halse lachend, während der Kahn langsam über das schwarze Wasser glitt, und sein bewegter Ausdruck, als sie sich mit einer Umarmung voneinander verabschiedeten. Wo mag er jetzt sein? Vermutlich in Ketten gelegt, gebrochen und vernichtet, sofern sein Kopf nicht schon längst gefallen ist . . .

Im Geiste läßt Long-Jian die Gesichter der Männer an sich vorüberziehen, die ihm aus freien Stücken, aus Begeisterung für die gerechte Sache gefolgt sind. Stolz und hochherzig. Hätten auch sie sich nach dem ersten Beutezug als habgierig und feige erwiesen, bereit, ihre Fahne nach jedem Wind zu hängen und bei der ersten Gelegenheit ihre Brüder zu verraten, ohne auch nur mit der Wimper zu zucken? Nein, ausgeschlossen. Es war seine eigene Schuld, damals. Blind vom Sieg und seinen Erfolgen war ihm alle Weisheit des Herzens abhanden gekommen, und er hatte es nicht verstanden, die rechten Männer um sich zu scharen.

Reglos und gelassen erwarten sie seine Befehle. Allein eine dumpfe Spannung scheint alle zu beherrschen, hier und dort knackt vernehmlich ein Kiefer, und ein Muskel zuckt im grimmigen Gesicht. Um sein eitles Verlangen nach Rache zu befriedigen, brauchte er sie, und nun schickt er sie in den Tod. Mit welchem Recht? Hoffnungslosigkeit übermannt ihn, und er empfindet grenzenlosen Schmerz.

Mit einem Mal erhebt sich ein Raunen, zaghaft zuerst und nur von wenigen Stimmen getragen, doch bald immer stärker: Und einer nach dem anderen fällt in den Chor ein, bis es unaufhaltsam, gleich einem Donnergrollen weithin vernehmlich schallt:

»Der Drache aus Shandong geht niemals unter . . . Der Drache aus Shandong geht niemals unter . . .«

Als wollten sie seine finsteren Gedanken Lügen strafen, wenden sich alle Gesichter ihm zu. Hoch erheben die Männer ihre Waffen, und in ihren Augen erstrahlt das Feuer der Begeisterung und die Bereitschaft zu kämpfen bis zum letzten Atemzug.

Allein Shu-Mei ist stumm.

»Du hast deine Rache, Shu-Mei . . . Geh, noch ist es Zeit!«

Das Mädchen hebt den Blick zu ihm und sieht ihn lange an. Kupfern schimmern ihre Augen, doch sie sind ausdruckslos, verraten keinerlei Empfindung.

»Ich bleibe.«

Ihre Stimme ist fest, da ist kein Zaudern, kein Schwanken. Verwirrt über ihre Sicherheit, versucht Long-Jian sie zur Vernunft zu bringen:

»Geh, Shu-Mei, wir werden alle sterben . . . Er wartet auf dich.«

»Ich habe mich entschieden, komme, was da wolle . . . Ich dachte, du hättest verstanden«, fügt sie hinzu, ohne den Blick von ihm zu wenden.

Und als wäre es das Selbstverständlichste der Welt, stimmt sie in den Chor der anderen ein. Und sie wirft den Kopf in den Nacken und hält ihre Waffe hoch, um die Tränen zu verbergen, die ihr über die Wangen rinnen.

»Der Drache aus Shandong geht niemals unter!«

24

GuanShang in seiner besten Rüstung, rotlackiert und goldgerändert, die Augen abgeschirmt mit der behandschuhten Hand, blickt forschend in die grüne Talsenke hinab, in der sich die barfüßige Bande zusammengerottet hat.

»Habt Ihr Eure Tochter erkannt, Herr?«

Tsao antwortet nicht gleich. Wie gebannt starrt er auf die Handvoll armseliger Gestalten, die sich, zusammengeballt gleich Fliegen im Siruptopf, um ihren Häuptling scharen.

Mit einem Mal tut sein Herz einen Sprung. Er hat sie entdeckt, einen hellen Fleck, hoch aufgerichtet auf einem stämmigen kleinen Fuchs... Wie sollte er sie nicht erkennen! Selbst in den Lumpen einer Landstreicherin, selbst in der viel zu weiten, sackartigen Kutte und den zerrissenen Männerhosen würde noch dem letzten Dorftrottel die königliche Würde ihrer Haltung auffallen.

Welch unerwartete Verwandlung! Er hatte mit einer ausgezehrten, erschöpften, mißhandelten Tochter gerechnet und findet statt dessen eine Kriegerin vor, die sich im Sattel bewegt, als hätte sie ihr Lebtag nichts anderes getan, braungebrannt und aufgeblüht wie eine makellose reife Aprikose.

Tief in seinem Inneren empfindet er Stolz. Seine Tochter! So und nicht anders hätte er sie erzogen, gäbe es nicht die althergebrachten, unwandelbaren Regeln der Ahnen... Andererseits: Wie kommt eine Tsao dazu, sich mit einem Haufen dahergelaufener Haderlumpen einzulassen?!

Wie zum Hohn schiebt sich in seine widerstreitenden Gefühle die Erinnerung an Shu-Meis neunten Geburtstag, an ihr flehentlich erhobenes Gesicht, als er einen Bettler verprügeln lassen wollte, der beschuldigt wurde, den Brunnen eines Pächters vergiftet zu haben.

»Vater, bestraft ihn nicht, bitte! Es ist nicht die Zahl der Flöhe, die das Alter eines Hundes verrät!«

Er geriet in Zorn, weil sie es gewagt hatte, ihm zu widersprechen, und tadelte sie. Doch sie hatte recht gehabt. Wie sich später herausstellte, war der arme Kerl gänzlich unschuldig.

Auch wenn sich bei dem Gedanken der Magen umdreht, so muß er sich doch eingestehen, daß Shu-Mei diesen Männern niemals gefolgt wäre, wenn sie sich nicht aufgrund charakterlicher und moralischer Werte dessen als würdig erwiesen hätte.

Trotzdem: Es ändert nichts an der Tatsache, daß sie ihn verraten hat! Er dreht sich zu GuanShang um, der ihn schon seit geraumer Weile mit einer Spur von Mitleid betrachtet.

Himmel, wie er diese unmännlichen Weichlinge verabscheut, denen die Unterwürfigkeit das Mark aus den Knochen saugt, als hätte man sie in Süßholzsaft eingelegt!

»Ja, ich habe sie gesehen!« stößt er wütend hervor.

Rauchender Friedhof windet sich im Sattel, als säße er auf Stacheln.

»Aber worauf wartet sie noch? Weshalb kommt sie nicht?«

Tsao lacht kurz und zornig auf; dann antwortet er tonlos:

»Weil sie ihn liebt, GuanShang.«

Dem fällt vor Staunen der Unterkiefer herab. Bisweilen hat er Mühe, den Gedankengängen des Herrn zu folgen. Wenn im Soldaten die Seele des Dichters durchbricht, sollte er tunlichst den Säbel gegen den Pinsel eintauschen!

»Was sind also Eure Befehle bezüglich Eurer Tochter?« fragt er nach diskretem Hüsteln, denn die Sache ist ihm höchst peinlich.

»Schont sie, soweit dies möglich ist.«

Das Netz zieht sich zusammen. Unerbittlich rückt die Mauer von Panzern und Schildern heran, dichtgedrängt und gleißend im Licht wie die Schuppen eines silbernen Fisches auf dem sonnenbeschienenen Grund eines Bachs . . . Ein wehrhafter Fisch, stachelgespickt und unheilvoll leuchtend. Die eisernen Panzer klirren, Schwerter und Lanzen sind drohend erhoben, bereit, sie niederzumetzeln.

Muskelkraft, wie stets ein Ersatzpaar Strohsandalen um den Hals, wickelt sorgfältig den verwaschenen Turban um das wirre Haar, indes Büffelhorn nervös die Sehne an seinem Bogen befestigt[1].

»Worauf warten wir? Sollten wir nicht zum Angriff übergehen?«

Long-Jian schüttelt den Kopf, die Stirn gerunzelt.

»Nein, sie sind noch zu weit entfernt. Wir warten, bis sie auf Schußweite sind. Wir haben nur eine Chance: eng zusammenzubleiben und an einem einzigen Punkt anzugreifen. Wenn wir Glück haben, könnten wir den Überraschungseffekt ausnutzen, so daß wenigstens ein paar von uns durchkommen.«

»Und an welcher Stelle sollen wir angreifen? An der Flanke?« erkundigt sich Goldsiegel, während er sich die Handflächen mit Knoblauch einreibt, um böse Geister zu bannen.

»Dort, wo sie uns am wenigsten erwarten. Wir reiten geradewegs auf Tsao.«

»Worauf warten die Memmen? Auf eine Tarantel, die ihnen in den Hintern sticht?« knurrt Narbengesicht, der gemeinsam mit Weißem Wirbelsturm und Heiterem Tiger zu Tsaos Deckung abgestellt ist.

»Warum sollten sie sich herbemühen, wenn wir sowieso zu ihnen kommen?« gibt Weißer Wirbelsturm gleichgültig zurück und nimmt einen tiefen Schluck aus der ziegenledernen Feldflasche.

Der Soldat reißt die Augen auf und starrt den Mitstreiter verständnislos an.

1 Es war üblich, nach jedem Gebrauch die Sehne vom Bogen abzuhängen.

»Aber die sind doch verrückt!«

»Nein, keineswegs«, erwidert Tsao ruhig, der auf einem Schimmelhengst hinter ihnen reitet.

Erstaunt wenden sich alle nach dem Anführer um. Eine unbegreifliche Heiterkeit liegt in seinem Gesicht.

In einigem Abstand folgt Höllengalopp, ein gebrochener Mann. Mit gesenktem Kopf starrt er auf die Felsbrocken, die seine Stute geschickt umgeht. Er weigert sich, aufzublicken, er will die tödliche Sackgasse nicht sehen, in der sein Freund unrettbar gefangen sitzt. Durch seine Schuld wird der Drache binnen kurzem einem der grausamsten, der abscheulichsten Gemetzel zum Opfer fallen.

Nach dem Treffen mit Long-Jian war er ohne Zwischenfall kurz vor Morgengrauen zurückgekehrt. Seine Kameraden schliefen fest. Allein Heiterer Tiger, dessen Wunde schlecht heilt, hatte sich schlaftrunken auf seiner Matte umgedreht und ihn fragend angesehen.

»Ich war pissen«, hatte er zu seiner Rechtfertigung gesagt – und bei sich hinzugefügt, indes er schmunzelnd an den nächtlichen Ausflug dachte: »Wie der Fischer!«

Kaum eine Stunde später herrschte bereits Kampfstimmung. Trompetengeschmetter, harsche Befehle, Stalljungen, die kopflos hin- und herliefen, Lanzen, Hellebarden, Schwerter, Schilde, in aller Eile aus der Rüstkammer herbeigeschafft . . . Antreten im Hof.

Und dann erschien Tsao. In vollem Ornat, der Brustpanzer purpurrot, Goldfasanenfedern auf dem Helm und Drachenschuppen auf der Brünne unterm bodenlangen Mantel aus schwarzem Brokat.

Eine grauenhafte Ahnung erfüllte Höllengalopp, und er wußte bereits alles, noch ehe Tsao seine Männer anwies, den Drachen aus Shandong zu fangen, tot oder lebendig.

So war er also hintergangen worden. Long-Jians Botschaft war auf irgendeine Weise in Tsaos Hände gelangt, und der wußte nun über ihn Bescheid. Das Räuberversteck in der Höhle des Weißen Tigers war nur ein Vorwand. In Wahrheit hatte Tsao ihn benutzt, um an Long-Jian heranzukommen.

Seit dem Aufbruch geht ihm eine brennende Frage durch den Kopf. Weshalb hat man ihn nicht verhaftet? Lieber hätte er sich mit dem Kopf voraus, gebunden an Händen und Füßen, von den gelben Wassern des Jenseits fortreißen lassen, als diesem unseligen Schauspiel beizuwohnen.

Gleich darauf durchzuckt ihn die Erkenntnis wie die Klinge eines Messers. Weshalb hat er die Taktik nicht längst durchschaut! Er mußte natürlich am Leben bleiben, weil man ihm die Schlachtung seines Freundes und Bruders nicht vorenthalten wollte. Sein eigener Kopf würde noch früh genug rollen.

Nervös fährt er sich mit der Hand über die schweißnasse Stirn. Welcher seiner Gefährten wurde auserwählt, ihn zu überwachen und ihm im gegebenen Augenblick den Garaus zu machen?

»He, du zitterst ja, altes Gerippe!« witzelt Heiterer Tiger. Er reitet mit gepolstertem Panzer, die Brust gesalbt und verbunden, denn er hat sich von seiner schlimmen Verletzung noch längst nicht erholt; nur um den Tod des Vetters zu rächen, erhielt er die Erlaubnis, mit in den Kampf zu ziehen.

Höllengalopp lächelt bitter. In allen Gesichtern sieht er dieselbe kalte und blinde Entschlossenheit zu töten, genährt durch die Erinnerung an gefallene Brüder und Gefährten, und er möchte vom Pferd springen und ihnen zurufen: »Schluß mit dem Massaker! Der Drache hat damit doch gar nichts zu tun!«

Heiterer Tiger hält sich an den Zügeln fest, als könnten sie Schutz bieten; ihm ist nicht recht wohl zumute. Diese Talsenke, ein Kessel ohne Ausweg zwischen Hängen und Felswänden, erinnert ihn fatal an die Schlucht des Kastrierten Mönchs; und wieder sieht er die Räuber über sie herfallen, schmeckt das Blut, die bleierne Sonne. Und dann die grausige Stille, unterbrochen nur von den Schreien der Aasgeier.

Ihm dreht sich der Kopf. Er hat keine Lust mehr, an irgend etwas zu denken, wozu auch. Donnergrollen ist tot. Nie wieder wird er das unendliche Entzücken in seiner Miene betrachten können, die geblähten Nüstern, die gespitzten Lippen, wenn er ein besonders köstliches Stück Pekingente zum Munde führte.

Allein Yi-Shou war nicht zum Appell erschienen. Zwar hatte der Gedanke an Shu-Meis Befreiung ihm Flügel verliehen, so daß er lange vor den anderen in voller Rüstung bereitstand, doch die Enttäuschung folgte alsbald: In barschem Ton wies Tsao ihn ab.

»Aber ich bin völlig wiederhergestellt . . .«

»Ich brauche dich nicht!«

Yi-Shou erbleichte, und die Empörung nahm ihm für kurze Zeit den Atem.

»Habe ich mir denn wenigstens etwas vorzuwerfen?« fragte er schließlich, nun in flehentlichem Tone.

Indes, Tsao kehrte ihm wortlos den Rücken, die Miene verschlossen wie eine Auster.

Immer näher rückt der Zug der Bewaffneten, ein todbringendes Ungeheuer, das sich den Abhang herabwälzt. Binnen kurzem werden Long-Jian und seine Gefährten sich in Schußweite der gegnerischen Truppe befinden.

Shu-Mei steckt das Grauen noch immer tief in den Knochen. Verstört klammert sie sich an die ledernen Zügel.

Es ist alles so schnell gegangen: Brüllskorpions Tod, das plötzliche Auftauchen des Vaters: wie Yama, der König der Unterwelt . . .

Wozu dieser großartige Aufmarsch, die verschwenderische Ausstattung mit Fahnen, Trompeten und Trommeln? Vielfarbige Prunkrüstungen und blutrote Banner vor tiefblauem Himmel – ein apokalyptischer Anblick! Wozu dieser Aufwand – ist wirklich soviel nötig, um eine lächerlich kleine Schar Bauern zu vernichten?

Was haben sie getan, um ein solches Ende zu verdienen! Was ist gut, was ist böse? Diese Zurschaustellung von Macht ist grotesk: ohnehin siegt das Recht des Stärkeren.

Als Long-Jian sein Pferd neben dem ihren pariert, blickt sie auf, und ihre Miene erhellt sich. Allein seine Gegenwart genügt, um ihr mit einem Schlag die gewohnte stolze Sicherheit zurückzugeben. Als könnte nur er noch ihrem Leben einen Sinn geben.

Sie lächelt ihm zu.

Über ihren Halsansatz zieht sich eine dünne Spur getrockneten Blutes.

»Du hättest gehen sollen, Shu-Mei.« Er flüstert es fast, ganz nahe an ihrem Ohr.

»Nein, ich gehe nicht von dir fort. Nicht jetzt.«

Beim Klang der eigenen Stimme erschrickt sie fast.

»Das ist Selbstmord.«

»Ich weiß.«

Sie sehen sich an, und mit einem Mal verschwindet alles ringsumher. Sie sehen sich an, wie man den Duft einer besonderen, einer einzigartigen Blume einatmet und sich ein letztes Mal einprägt, in einem verzweifelten Versuch, die flüchtige Essenz zu bewahren.

Ein goldener Funke schimmert in ihren tiefschwarzen Augen, wie zwei winzige Goldklümpchen. Sie ist schön, in ihrer Verzweiflung, ihrer Verwirrung, mit der trotzigen Entschlossenheit in ihrem Gesicht.

Dies ist wohl das letzte Bild, das er von ihr mitnehmen wird. Ein erhaschter Augenblick, das letzte Aufblitzen ihrer Liebe, die der Zeit und aller Vergänglichkeit die Stirn bietet, bevor das blinde Wüten losbricht, und schließlich das schwarze Chaos sie beide einholt. Hufgetrampel, klirrende Schwerter, gemarterte Körper, Todesschreie; das Nichts . . .

Wenigstens diesen Augenblick wird ihnen keiner nehmen, nicht einmal im Tode.

»Bleib dicht hinter mir und beuge dich tief über den Sattel, wenn wir losreiten.«

Sie nickt, kaum merklich. Plötzlich zieht sie ihren Dolch aus dem Gürtel und schneidet sich mit einer raschen Bewegung den Zopf ab.

Der Trommelwirbel kommt näher. Fast verlegen reicht sie ihn Long-Jian:

»Nimm das, bitte. Du hast ja gar kein Andenken an mich.«

Long-Jian nimmt das geflochtene Haar und drückt es an die Brust. Er wendet sich ab. Vor seinen Augen schwebt Shu-Meis blasses Lächeln und hallt in seinem Kopf wie das Echo eines verklungenen Tons.

Mag er selbst ums Leben kommen, es ist nicht wichtig. Aber sie muß durchkommen, sie muß leben: für sie beide. Es muß sein.

Er spornt sein Roß und sprengt davon im Galopp, gefolgt von seinen fünfzehn Getreuen, hinter ihnen eine Wolke von rotem Staub.

»Bei den Hörnern von Wan-Shou, diese Bande von Wahnsinnigen stürmt geradewegs auf uns zu! Nehmt Euch in acht, Herr!« brüllt GuanShang.

Sofort lösen die Flügel sich auf, und die Soldaten formieren sich dichtgedrängt um Tsao. Darauf hatte Long-Jian gewartet.

Sie profitieren von der vorübergehenden Verwirrung und brechen durch eine der entstandenen Breschen.

Um den Gegner festzuhalten, stürzen Büffelhorn sowie zwei weitere mutige Männer auf Tsaos Leibwache los, so daß ihre Freunde wertvolle Zeit gewinnen.

In rasendem Galopp fegt Büffelhorn über die erste Reihe Bogenschützen einfach hinweg, die zweite weicht vor seiner Axt, mit der er blindlings rechts und links auf die Feinde eindrischt. Doch Tsao ist unangreifbar hinter einem Bollwerk aufgerichteter Lanzen.

Büffelhorn läuft mitten hinein. In seiner Raserei gelingt es ihm nicht mehr, das Pferd rechtzeitig zu zügeln, und spießt sich selbst auf den entgegengehaltenen Speer. Der Aufprall reißt ihn aus dem Sattel, leblos fällt er zu Boden.

Dies war der Auftakt, der Kampf beginnt. Muskelkraft, der sich an Long-Jian ein Beispiel nimmt, schlägt um sich mit übermenschlicher Stärke, gleich einem Vajra vor den Pforten des Himmels. Mit einem Arm schwingt er die Sichel, mit dem anderen den Krummsäbel: Auf solche Weise setzt er zwei Reiter außer Gefecht, die kopfüber zu Boden gehen, hackt einen Arm ab und metzelt einen Hellebardier nieder – doch dann stürzt sein Pferd.

Er schlägt der Länge nach hin, das Gesicht im Staub, und ringt nach Atem. Sogleich fahren drei Lanzen auf ihn hernieder und durchbohren ihn wie ein erlegtes Wildschwein.

Und während langsam das Leben aus ihm rinnt, träumt der kleine Bauer zum letzten Mal von seinem Land und der nächsten Reisernte.

Das Grollen der büffelhautbespannten Trommeln wird lauter, im gleichen Maße wie die Hiebe wütender werden, und tödlicher; die Tiere keuchen, Schaum steht ihnen vor dem Maul, und wenn die Schwerter aufeinandertreffen, stieben die Funken.

Sirrende Pfeile, und immer wieder der dumpfe Aufprall eines Körpers, der aus dem Sattel stürzt. Unter den hochgeklappten Helmen rinnen Schweiß und Tränen über verbissene Gesichter, und ein heißer Wind bläht die seidenen Banner.

Dicht gefolgt von Goldsiegel und Lenzregen, gelingt es Long-Jian, die Verteidigungslinie zu durchbrechen.

Er wirft einen raschen Blick zurück. Auch Shu-Mei hat sich nicht abdrängen lassen. Sie folgt seiner Spur, in der Haltung einer wahren Amazone: Tief über den Widerrist ihres Pferdes gebeugt, scheint sie mit dem Tier eins zu sein, geschmeidig wie ein Schilfrohr im Wind. Nie hätte er gedacht, daß sie so rasch lernen würde; ihre Fortschritte sind beachtlich. Stolz erfüllt ihn, und seine Hoffnung wächst ...

Hinter ihnen herrscht Chaos. Wieder blickt er zurück; der Abstand zu den Verfolgern ist größer geworden. Es sieht so aus, als könnte sich wider Erwarten das Schicksal noch wenden. Mit der Wut der Verzweiflung gibt er Lanzenspitze die Sporen.

Erloschene Leidenschaft aber fällt zurück; sein Gaul hat zu hinken begonnen und vermag die Geschwindigkeit nicht mehr zu halten.

Das grelle Sonnenlicht, zurückgeworfen von den vielen kupfernen Schilden, blendet ihn, und so bemerkt er nicht, daß von links ein eisengepanzerter Reiter auf ihn zuhält, die Lanze im Anschlag.

Das Eisen dringt ihm mitten in die Kehle. Ein stechender Schmerz streckt ihn nieder, aber noch immer klammert er sich an die Zügel. Vor ihm erscheint ein grinsendes Gesicht unter einem Helm mit Leopardenfell. Schon füllt sein Mund sich mit Blut. Da nimmt er seine letzte Kraft zusammen und ruft so laut er es vermag:

»Es lebe der Drache ...«

Der Rest geht in pfeifendem Röcheln unter. Langsam gleitet er aus dem Sattel, doch die geflochtene Sandale verhängt sich im Steigbügel, so daß der Gaul ihn noch mehrere Meter weit mitschleift; die Mönchskutte zerreißt, die Sutrarolle rutscht aus dem Gürtel und wird von Pferdehufen zertrampelt.

Indes, der tapfere Bonze spürt nichts mehr. Er lauscht einer eigentümlichen Flötenmelodie, die wie von fern in ihm erklingt. Und einen Augenblick, bevor sein runder geschorener Schädel auf einen Felsbrocken prallt und zerbirst, erkennt er sie: Es ist das Lied seiner Kindheit, das Grübelnder Kot ihm zum Einschlafen vorspielte.

GuanShang, der die Finte der Angreifer schnell erfaßt hat, erteilt alsbald den Befehl, das Häuflein Flüchtiger gemäß der Taktik der »Wütenden Krabbe« zu verfolgen: Leichte Reiter werden ausgesandt, eine Zange zu bilden, wodurch jeder Versuch eines seitlichen Ausfalls von vornherein vereitelt wird.

Als Goldsiegel erkennt, wie schlecht die Chancen stehen, beschließt er, sich zu opfern. Er wendet das Pferd und stellt sich seinem letzten Gefecht.

Zwar kam ihm die Streitaxt im Kampfgetümmel abhanden, doch es bleibt ihm sein kostbarstes Stück: eine Peitsche aus stählernen Ringen, erbeutet einst in Jiang-Su. Frohen Herzens hatte er dafür seinen Dreschflegel hergegeben – für die Aussicht auf einen würdigen Tod.

Mit großer Geschicklichkeit handhabt er seine Waffe, schlägt um sich wie ein rasend gewordenes Raubtier. Gliedmaßen, Gesichter, Köpfe, alles, was in Reichweite ist, wird unbarmherzig zerfetzt.

Zwei Pfeile treffen ihn, ohne seine Wut zu dämmen. Mit unverminderter Kraft geißelt er seine Feinde, bis Weißer Wirbelsturm und zwei andere ihn schließlich niederstrecken.

Er sinkt in die Knie, blickt sie an, ohne zu sehen, keuchend wie ein Ackergaul und fast erstaunt über die Ruhe, die sich in ihm breitmacht, die langsam an seinen Schläfen herabrinnt und ihn inwendig mit sanfter Wärme erfüllt. Dann bricht er zusammen, die Hand um die Peitsche geklammert.

Heiterer Tiger hat sich vom Kampfgetümmel ferngehalten, um seine Kräfte für Long-Jian zu sparen. Jetzt ist der Zeitpunkt gekommen: Entschlossen nimmt er die Fährte auf und treibt mit Peitschenhieben sein Roß voran, den Blick starr auf den Rücken des Räubers geheftet, auf dem die Sonne in hellen Flammen züngelt. Er wird ihn töten: Dies ist sein Recht, dies ist seine Pflicht. Rache für Donnergrollen.

Als nur noch wenige Schritte ihn von seinem Opfer trennen, hebt er das Schwert mit beiden Händen hoch über den Kopf und setzt an zum tödlichen Hieb auf den Nacken des Verräters – da wendet Lenzregen sich zufällig um und entdeckt die Mordabsicht.

Vergessen sind Groll und Haß auf den Treulosen, und es erwacht wieder die mutige Kriegerin in ihr. Mit einem Satz ist sie neben dem Tiger, und ehe der sich's versieht, hat sie ihm das Schwert aus der Hand geschlagen.

Indes, sie verlieren beide das Gleichgewicht, stürzen vom Pferd und landen im Graben. Unter dem Aufprall bricht des Heitern Tigers alte Wunde auf; schwer lastet Lenzregen auf seiner Brust.

Er tastet nach dem Dolch im Gürtel; mit größter Anstrengung gelingt es ihm endlich, das Messer zu ziehen: Ein stechender Schmerz durchzuckt ihn und lähmt seinen Arm. Er schließt die Augen. Um freizukommen, muß er den Gegner erstechen, um jeden Preis...

Er spannt seine Muskeln an und stößt zu, und im selben Augenblick, da der Dolch in den Leib über ihm eindringt und Lenzregen in ein wildes Geheul ausbricht, weicht mit einem Schlag alle Kraft aus ihm. Sie hat ihm die Kehle durchgeschnitten.

Lenzregen, selbst tödlich getroffen, läßt von ihrem Opfer ab. Eine Hand auf die linke Seite gepreßt, empfindet sie Dankbarkeit und Erleichterung: Long-Jians treueste Mitstreiterin, doch schon lange nicht mehr seine Gefährtin – dieses Leiden wird jetzt ein Ende haben. Sie sinkt in sich zusammen, und ihr Blut vermischt sich mit dem des Soldaten.

Long-Jian und Shu-Mei aber sehen sich nicht um. Ohne einen Blick zurück auf die hingeschlachteten Körper der Freunde galoppieren sie dahin in rasendem Lauf, die Augen stets auf den gleißenden Horizont geheftet. Schon haben sie einige Längen Vorsprung gewonnen, doch rechts und links hinter ihnen folgt die tobende Meute.

Mehrmals versucht Long-Jian einen seitlichen Ausfall, doch jedesmal schneiden Tsaos Männer ihm den Weg ab, und er kann nicht anders, als die einmal eingeschlagene Richtung beizubehalten.

So ist er abermals in die Falle geraten.

Statt über flaches Steppenland reiten sie jetzt durch grüne Eichenwälder, stets gezwungen, den Stämmen auszuweichen, und dadurch im Lauf behindert. Bald erreichen sie die Hochebene des Einsamen Büffels. Hier ist die Flucht zu Ende:

Der Weg führt sie direkt zur Schlucht des Li-Jiang, dorthin, wo die Felswände senkrecht abfallen, zweihundert Fuß in die Tiefe.

Will er sich nicht von der Horde seiner Verfolger zerfleischen lassen, so bleibt ihm nur die eine Möglichkeit: in den Fluß zu springen, um zerschmettert auf den Felsen liegenzubleiben.

Er kann es freilich nicht wissen, doch es war eben diese Stelle, von der Schneekranich sich hinab in den Tod stürzte.

Tsao indes hatte fast bis zum letzten Augenblick wider den Augenschein gehofft, daß seine Tochter sich anders besinnen und zu ihm zurückkehren würde. Doch er kann sich der Erkenntnis nicht länger verschließen: Shu-Mei wird dem Drachen folgen bis an sein Ende.

Nun fällt ihm freilich ein, daß dies auch ihr Ende bedeuten könnte, und er erteilt die Weisung, Shu-Mei um jeden Preis lebendig aufzugreifen.

»Wie Ihr befehlt, Herr.«

Eskortiert von Tsaos Leibwache macht GuanShang sich auf, das Unmögliche zu versuchen.

Nach einer wilden Verfolgungsjagd im gestreckten Galopp müssen sie indessen einsehen, daß es ihnen niemals gelingen wird, die beiden rechtzeitig noch vor dem Abgrund einzuholen. Da spannt Weißer Wirbelsturm seinen Bogen und betet zum Erhabenen Buddha, er möge ihn sein Ziel nicht verfehlen lassen ...

Sein Gebet wird erhört. In die Flanke getroffen, geht die Stute zu Boden, Shu-Mei wird aus dem Sattel geworfen.

Ihr Sturz ist Long-Jian nicht entgangen. Sogleich macht er kehrt, um sie zu sich aufs Pferd zu nehmen. Doch im Bewußtsein der Gefahr, die unabweislich näher kommt, stößt Shu-Mei ihn verzweifelt von sich.

»Nein, fort von hier! Reite allein, rasch!«

Sie fleht es fast. Wenn er sie zu sich nimmt, ist er verloren. Er muß sie zurücklassen!

»So geh doch endlich!«

Long-Jian zögert. Wozu soll er leben, wenn sie nicht mehr bei ihm ist?

Unterdessen naht unerbittlich das Heer der Verfolger, angeführt von Narbengesicht. In lederner Rüstung, auf dem Helm einen Löwenkopf, legt er die Lanze an, und das Herz lacht ihm im Leibe, als er sich anschickt, den Drachen zu durchbohren.

Doch da erscheint Höllengalopp.

Gerade rechtzeitig.

Unter Anspannung aller Kräfte ist es ihm gelungen, den Waffengefährten einzuholen, und mit einem brutalen Hieb wirft er Narbengesicht aus dem Sattel, ehe dieser den tödlichen Hieb ausführen kann.

Ohne seinen Schwung zu bremsen, stürmt er auf Long-Jian zu und beginnt, auf die Kruppe der Stute einzuschlagen, wodurch er den Freund gegen dessen Willen zur Flucht zwingt.

»Lebwohl, älterer Bruder!«

Dies sind seine letzten Worte. Schon ist Weißer Wirbelsturm neben ihm und schlägt ihm mit dem zweischneidigen Schwert den Kopf ab: So lautete GuanShangs Befehl.

Doch gleich darauf wirft er zornig und angewidert zugleich die bluttriefende Waffe ins Gras. Höllengalopp war doch sein Freund, trotz allem!

Während Tsao auf seine Tochter zueilt, nimmt GuanShang die Verfolgung des Drachens auf, den Krummsäbel gezückt und stoßbereit in der drohend emporgereckten Faust.

»Halt!«

Tsaos schneidender Ton läßt GuanShang mitten im Galopp innehalten. Der Herr hat beschlossen, dem Räuber eine letzte Chance zu gewähren.

Die Ritterehre gebietet, dem Feinde niemals in den Rücken zu fallen, erst recht nicht einem tapferen Krieger. Soll er vom Felsen springen, wenn er es wagt. Dies hat bis heute noch niemand überlebt.

Tsao hat Long-Jians Verhalten gegenüber seiner Tochter sehr wohl beobachtet. Er hat gesehen, wie der Drache bereit war, alles aufs Spiel zu setzen, um sie zu retten, auch sein eigenes Leben. Solche Zeichen trügen nicht.

Und in Shu-Meis Augen hat er die Liebe erkannt, die wahre Liebe – es war derselbe Blick, wie er ihn damals von der Blauen Dame empfing, nachdem er sie entführt hatte: Ja, er selbst, Tsao, hatte die Geliebte von ihrer Familie fortgerissen.

Der Staub brennt ihm in den Augen, indes die Erinnerung ihn einholt... Eine verbotene Liebe zwischen den Erben zweier Sippen, die seit undenklichen Zeiten in erbitterter Fehde miteinander lebten.

Der unablässigen Provokationen der Gegenseite müde

geworden, hatte Tsaos Vater schließlich Liao-Ping, den Onkel der Geliebten, im Zuge eines mit Absicht herbeigeführten Scharmützels getötet. Daraufhin hatte eine Weile Waffenruhe geherrscht; die Jahre vergingen, nicht aber der Groll, der mit jedem Tag wuchs.

Und eines Tages geschah es, daß Tsao, achtzehnjährig und im Überschwang jugendlicher Unbeschwertheit, der Blauen Dame begegnete, die ebenso alt war wie Shu-Mei, und ebenso schön, und die denselben unbeugsamen Willen besaß. Sie hatten sich über alle Verbote und Regeln der Älteren hinweggesetzt und sich geliebt, die Feindschaft mißachtend und den Haß, der die Sippen entzweite . . . und die Beharrlichkeit lohnte sich: Von einem Jahr zum anderen wurde der Widerstand schwächer, die Familien gaben nach und schließlich versöhnten sie sich.

Die Blaue Dame aber starb, als sie Shu-Mei zur Welt brachte, die Frucht ihrer Liebe. Eine Ironie des Schicksals. Und ein merkwürdiger Kreis, der sich hier für ihn schließt, eine sonderbare Wiederholung, über Generationen hinweg.

Verwirrt taucht Tsao aus dem Dunkel der Erinnerung auf; rings um ihn tobt der Kampf. Für den Bruchteil einer Sekunde war er bereit gewesen, alles zu verzeihen und zu vergessen, für den Bruchteil einer Sekunde hatte er seinen Seelenfrieden gefunden – und gleich darauf wieder verloren.

Es ist ohnehin zu spät.

Die Funken stieben, als Long-Jians Stute mit donnernden Hufen über den Felsboden dahinstürmt, immer geradeaus, auf den Abgrund zu, magisch angezogen von der gähnenden Leere.

Ein letztes Mal wendet der Drache sich um und sucht Shu-Mei mit den Augen. Beim Anblick der niedergeschmetterten Gestalt, umringt und halb verdeckt von der Schar der Reiter, krampft sich ihm das Herz zusammen. Doch er schiebt alles

Bedauern von sich: keine Rührseligkeit. Er wird sich nicht an Vergängliches klammern: Shu-Mei und er, sie beide haben die ganze Ewigkeit, um sich wiederzufinden.

Am Rande des Abgrunds bleibt Lanzenspitze jäh stehen und bäumt sich wiehernd auf. Long-Jian aber, mit der Geste des Siegers, schwenkt weithin sichtbar Shu-Meis abgeschnittenen Haarschopf zum Zeichen des Abschieds, und gibt seinem Pferde die Sporen.

Tsaos Soldaten verstummen jäh. Staunend sehen sie zu, wie Long-Jian, eng an sein Pferd geschmiegt, über dem Li-Jiang ins Leere springt – nein, er springt nicht, er steigt empor gleich einem mächtigen Vogel, der sich in die Lüfte aufschwingt.

Einen Augenblick lang starren alle wie gebannt auf die rote Mütze, schwebend über dem Abgrund, unfaßbar lange – eine Herausforderung an die Schwerkraft.

Die Zeit ist stehengeblieben, über der Felswand hängt erstarrt der Schatten des Reiters. Ein markerschütternder Schrei durchbricht die Stille: Shu-Mei hat sich zu Boden geworfen, das Gesicht in die Erde gepreßt, um sein Verschwinden nicht sehen zu müssen.

Niemand ist je dem Flußgeist entkommen. Auch Long-Jian wird keine Ausnahme sein . . . Es sei denn, es geschähe ein Wunder.

Es ist vorbei. Die Erstarrung hat sich gelöst, das Leben ringsum geht weiter. Shu-Mei steht langsam auf, die Augen tränenblind, und sieht weder ihren Vater noch seine Reiter, die unter aufgeregten Kommentaren den Rückzug antreten.

Sie ist allein. Den Blick auf den leeren Horizont geheftet, umklammert sie mit beiden Händen die Pfirsichkernkette und betet zu Guan-Yin, daß das Wunder geschehe.

Long-Jian wird nicht zugrunde gehen. Eine innere Stimme sagt ihr, daß er überleben wird. Heißt es denn nicht, daß der Drache aus Shandong niemals untergeht?

Epilog

Die heimkehrende Shu-Mei wurde mit offenen Armen empfangen, und alle taten, als sei nichts weiter geschehen: Sie kam eben von einer längeren Reise zurück. Hinter vorgehaltenem Fächer, die ihre schadhaften Zähne verbarg, wischte Dame Yu sich verstohlen eine Träne der Rührung aus dem Augenwinkel, indes Schimmernder Jaspis und Li-Mai sich beeilten, die verlorene Tochter den Blicken gewöhnlicher Sterblicher zu entziehen, indem sie ihr tausenderlei Aufmerksamkeiten angedeihen ließen, sie hegten und pflegten mit behutsamer Hand, als gälte es, eine zerbrochene Porzellanvase zu kitten.

Die Kleine Tante wußte sogleich, wie die Wiedergefundene zu behandeln sei:

»Wesentlich ist vor allem, sie von der Berührung mit diesen haarigen Wilden zu säubern«, drängte sie immer wieder, und in ihrer Stimme schwang eine Spur Entrüstung.

Bescheidenes Talent, der ehrwürdige Ahne, begnügte sich damit, mehrmals mit dem Kopf zu nicken, denn vor Ergriffenheit fehlten ihm die Worte:

Seine Großnichte war zurückgekehrt, und sie war wohlauf, das war das Wichtigste. Jetzt konnte er beruhigt die Augen schließen.

Die Ereignisse der letzten Zeit waren zuviel für ihn gewesen, sie entzogen sich seinem Verständnis. Freilich verwunderte ihn auch nichts: Nur zu gut entsann er sich der ingrimmigen Wut seines Bruders, nachdem Kleiner Tiger die Blaue Dame entführt hatte.

Das Rad des Gesetzes drehte sich.

Entsprechend einem stillschweigenden Übereinkommen hütete man sich, Shu-Meis wenig damenhaftes Auftreten zur Sprache zu bringen; insbesondere sah man über ihr abgeschnittenes Haar hinweg. Shu-Mei indes nahm das Entgegenkommen ihrer Umgebung nicht zur Kenntnis. Sie ließ sich vom Staub der hundertjährigen Wandbehänge einhüllen und sprach fortan kein Wort mehr.

Sie sah keinen Grund, ihr Zimmer zu verlassen. Sie war tot seit jenem Tage, an dem Long-Jian von ihr gegangen war.

Während ihrer Abwesenheit hatte sich nichts geändert – das Leben der Frauen in den Höfen änderte sich nie. Von morgen bis abends klapperten die Mah-Jong-Steine auf den elfenbeinernen Spielbrettern, und unter den Vordächern standen die Webstühle und ächzten unter den fleißigen Fingern der Mägde, unermüdlich flogen die Schiffchen hin und her.

Doch hinter Wandschirmen und vorgehaltenen Händen wurde geflüstert und getuschelt, mehr denn je. Die Zofen waren hingerissen: Dieses Abenteuer, wider Erwarten noch einigermaßen glimpflich zu Ende gegangen, war ihr ganzes Entzücken, und sie besprachen das Vorgefallene – soweit es ihnen zu Ohren kam – in aller Ausführlichkeit. Hätte man ihnen erzählt, Shu-Mei sei gar aus Siam zurückgekehrt, so wäre ihr Staunen kaum größer gewesen.

Alle, Kammerzofen wie Küchenmädchen, und, wer weiß, vielleicht auch manche Hofdame – alle sahen ehrfürchtig und ein wenig neidvoll zu Shu-Mei auf. Gab es denn eine unter ihnen, die noch nicht von den kräftigen Armen des sagenumwobenen Räubers geträumt hätte?

Die geröteten Wangen, das halb unterdrückte und gleichwohl anzügliche Kichern ließen keinen Zweifel daran, welcher Art ihre Gespräche waren: Die junge Herrin hatte sich gewiß nicht gelangweilt!

Einzig Li-Mai schwieg. Sie kannte freilich keine Einzelheiten, doch sie erahnte das Ausmaß des Dramas, das Shu-Mei erlebt hatte und erlebte, mit dem sie noch lange würde kämpfen müssen. Und so beschränkte sie sich darauf, ihren Beistand anzubieten, wo er gewünscht wurde, und hielt sich ansonsten taktvoll im Hintergrund.

Shu-Mei war ihr dafür dankbar. Wie merkwürdig war es

doch, daß ausgerechnet der Schrecken ihrer Kindheit jetzt der einzige Mensch war, dessen Gegenwart sie ertrug.

Bei Yi-Shous Anblick war Shu-Mei wie vor den Kopf gestoßen. Gewiß, zunächst war sie froh, daß er am Leben war, doch dann stellte sie bestürzt fest, wie bedeutungslos er ihr jetzt erschien – es fehlte ihm an Größe, an Charakter, an Willen. Der Müßiggang hatte ihn weich und haltlos gemacht, teigig wie ein Stück Sojakäse.

Wo war der Spielkamerad früherer Tage, sprühend von Witz und Einfallsreichtum, der sich immer wieder neue Streiche ausgedacht hatte? Vielleicht war sie schneller erwachsen geworden als er?

Man unternahm verschiedene Versuche, sie abzulenken und ihre selbstgewählte Einsamkeit zu durchbrechen. So wurde auch der Musikunterricht wieder aufgenommen, doch Meister Sun vermochte ihr kein Lächeln mehr zu entlocken. Seine Nähe flößte ihr Ekel ein wie ein fetttriefendes Stück Fasanenpastete.

Indes, der Musiker bekümmerte sich um ihren sichtlichen Widerwillen höchst wenig, sondern war mit völlig neuem Eifer bei der Sache, und frei von schmutzigen Hintergedanken bezüglich seiner Schülerin. Seit er endlich sein Ziel erreicht und im Birkenhain nahe dem Goldlotospavillon die Gunst des Küchenjungen gewonnen hatte, schwor er nur noch auf die »Duftende Blüte des Hintergärtleins«.

Jede Flötenstunde aber beflügelte so sehr seine Vorstellungskraft und entfesselte in ihm einen derartigen Rausch der Gefühle, daß er nach Beendigung des Unterrichts alsbald in die Küchen enteilte, wo seine schwärmerische Stimmung allenthalben Befremden hervorrief: Wenn die Kunst sich fortan zu Töpfen und Pfannen gesellte, war dies nicht geradezu als ihr Niedergang zu verstehen? Der ehrwürdige Kong würde sich im Grabe umdrehen!

Meister Sun aber war selig: Endlich war ihm der lang verwehrte und gleichwohl redlich verdiente Erfolg zuteil.

Monddämmerung befand sich seit geraumer Zeit in guter Hoffnung. Diesen Umstand machte Tsao sich zunutze, um die Geliebte in Shu-Meis Dienst zu stellen. Er war überzeugt, daß es ihm über die Vermittlung einer unbeteiligten Dritten früher oder später gelingen würde, sich der entfremdeten Tochter wieder zu nähern.

Fortan erstattete Sun-Li ihm allabendlich über den Tagesablauf und die jeweilige Gemütsverfassung der Tochter getreulich Bericht. Das Ergebnis war zwar recht unbefriedigend und half ihm nicht weiter, denn Shu-Mei schwieg und gab nichts über sich preis, doch zumindest fühlte er sein Gewissen beruhigt.

Noch wagte er nicht, sie zu besuchen. Indes, er vertraute fest darauf, daß die Zeit die Wunden heilen und die Kluft zwischen Vater und Tochter überbrücken würde.

»Heimliche Liebe verwirrt den Verstand«, heißt es. Eine ordentliche Heirat, die Gründung eines eigenen Hausstandes würden ihr den Kopf gewiß wieder zurechtrücken. So hoffte er zumindest, und er sagte sich, er wolle ja nur ihr Bestes. Niemand könne das Geschehene rückgängig machen und, man müsse sich nun einmal mit der Lage der Dinge abfinden.

Während Sun-Li pflichtbewußt die für den erfolgreichen Verlauf einer Schwangerschaft vorgeschriebene Anzahl Wachteleier verzehrte, nutzte Tsao die Unpäßlichkeit seiner offiziellen Konkubine weidlich aus und prüfte die vereinten Fähigkeiten von Tin-Le und Sumpflibelle.

Beim Barte des zornmütigen Zhu-Rong[1]! Solcher Umgang

1 Der Feuergott, der auf einem von zwei Drachen gezogenen Wagen fährt.

weckte in ihm längst verloren geglaubte Lenzgefühle. An der neuartigen Liebesakrobatik entzündeten sich seine geistigen wie körperlichen Kräfte mindestens ebenso wie nach der Einnahme jenes altbewährten Mittels aus Bernstein und der Leber eines während des ersten Mondes getöteten weißen Hundes[1].

Und bisweilen liebt es der müde Wanderer, während der wohlverdienten Rast sich am Anblick zweier ausgelassen tollender Truthennen zu ergötzen.

Im Augenblick jedenfalls bot ihm solche Beschäftigung eine willkommene Ablenkung von den Sorgen, die ihm die überzogenen Forderungen Liu-Yins bereiteten.

Tsao hatte Elfenbein und Edelhölzer nach Guilin geschickt, sämtliche Gold- und Silberbarren aus Hsias Nachlaß sowie eine stattliche Summe baren Geldes, welches ihm aus dem Verkauf mehrerer Ländereien zugefallen war, und war folglich der Ansicht, nicht allein seine Schuld gegenüber dem König getilgt, sondern auch seine verlorene Ehre wiederhergestellt zu haben. Weit gefehlt. Mit dieser Einschätzung verkannte er den wahren Charakter Liu-Yins.

Denn dieser, in seiner Unersättlichkeit kaum zu übertreffen, witterte sogleich den persönlichen Vorteil, den er aus den gegebenen Umständen ziehen konnte, und erklärte, die erhaltenen Gelder und sonstigen Kostbarkeiten vermöchten ihn nicht einmal annähernd für den erlittenen Verlust zu entschädigen, zumal er unverschuldet bei der Tributzahlung an den Kaiser in Verzug geraten sei, weshalb man ihm eine Buße auferlegt habe. Aus diesem Grunde sei es nur recht und billig, von den Bauern eine zusätzliche Steuer zu erheben.

Und so waren es wieder die Armen, die für die Willkür der Mächtigen ihren Kopf hinhalten mußten.

1 Dem *Tong-Xuan-Ze* zufolge eines der zu jener Zeit äußerst beliebten Aphrodisiaka.

Wochen vergingen.

Trotz gründlicher Suche – täglich waren Suchtrupps ausgesandt worden, die systematisch die Gegend durchkämmten – war Long-Jians Leiche noch immer nicht gefunden. Allein das Gerippe seiner Stute hatte man einige Li flußabwärts entdeckt.

Schon wurde allenthalben behauptet, der Drache habe wie durch ein Wunder überlebt: Vielleicht war es ihm ja gelungen, die unter sprühender Gischt verborgenen Felsen und Klippen zu vermeiden. Freilich, der Strömung hatte noch niemand widerstanden: Die Wildwasser des Li-Jiang waren tödlich für Mensch und Tier.

Die Legende, die sich schon zu Lebzeiten um den Drachen aus Shandong gerankt hatte, wurde durch das Gerücht von seinem Überleben natürlich von neuem und in ungeahntem Maße belebt, und bald war in den Dörfern von nichts anderem mehr die Rede. Die Vermutungen über sein weiteres Geschick wucherten ins Uferlose.

Tsaos Tochter, so verbreitete die wohlunterrichtete Dienerschaft, habe seit ihrer Rückkehr ihr Zimmer nicht mehr verlassen; sie verweigere jede Nahrung und weine sich die Seele aus dem Leibe, Tag für Tag.

Natürlich schlossen die Dorfbewohner hieraus, sie habe ohne Zweifel in den Armen des Räubers ihre Jungfräulichkeit verloren; dieser aber habe sich geopfert, um ihr die geraubte Ehre zurückzugeben.

Schlimmer noch, böse Zungen behaupteten gar, daß eine Engelmacherin gerufen worden sei, welche ihr einen Trank von unfehlbarer Wirkung verabreicht habe: eine Mixtur aus den Eiern des Seidenspinners, zerquetschten Bremsen und Blutegel nebst einer Prise Zinnober.

Andere wiederum streuten die Nachricht aus, die entehrte Tochter habe versucht, sich aufzuhängen.

Verzerrte Wahrheiten und schlichte Lügen. Angesichts solcher Gerüchte, die sich beängstigend rasch gleich einem

Lauffeuer ausbreiteten, beschloß Tsao, den Gang der Dinge zu beschleunigen, und verkündete, die Hochzeit von Shu-Mei und Yi-Shou werde zum nächstmöglichen Zeitpunkt stattfinden. Die Hoffnung auf eine bessere Partie war Tsao in Anbetracht der Umstände leider verwehrt.

Andererseits war sein Adoptivneffe nicht nur von unverminderter Bewunderung für Shu-Mei erfüllt, sondern er schuldete ihm, Tsao, unbedingten Gehorsam. So war dieser Bund zweifellos für alle die beste Lösung, und, was ein nicht zu unterschätzender Vorteil war, die unerfreuliche Angelegenheit würde nicht nach außen getragen, sondern innerhalb der Familie bereinigt.

Die Hochzeit sollte mit so großem Gepränge gefeiert werden, daß allfällige üble Nachreden bereits im Keim erstickt würden. Nach der Feier dann sollte das junge Paar nach Guilin ziehen und sich dort häuslich einrichten. Schließlich war es an der Zeit, daß dieser Nichtsnutz von Yi-Shou sich auf die Prüfungen vorbereitete, wenn er je Beamter werden wollte!

Nachdem der Beschluß einmal gefaßt war, ließ man alsbald den Hausastrologen Sternenstaub rufen, dessen Aufgabe es war, gemäß dem Yu-Xiaji[1] den günstigsten Tag für die Eheschließung zu errechnen.

Der weise Mann befragte lange und gründlich die Sterne und befand endlich, daß die Hochzeit am neunten Tag des neunten Mondmonats, am Tage des Mittherbstfestes, stattfinden müsse.

Dieses Fest wurde seit jeher ausgiebig gefeiert, und nicht nur von der Landbevölkerung. Büschelweise wurden Chrysanthemen gepflückt und verschwenderisch verteilt, in Strömen floß der süße Wein, in dem vielfarbige Blütenblätter schwammen, in jedem Haus wurden die berühmten Mondkuchen gebacken und mit großem Genusse verspeist.

1 Ein astrologisches Werk der Taoisten.

So war dieser Tag ein gutes Vorzeichen und versprach ein friedliches und erfülltes Eheleben.

Wie aber würde Shu-Mei die Neuigkeit aufnehmen?

Als er ins Zimmer seiner Tochter trat, fand er Shu-Mei am Fenster sitzend über eine Stickerei gebeugt. Sie hob die Augen zum Vater auf und lächelte ihm zu, als habe sie seinen Besuch schon lange erwartet.

Als Tsaos Blick zufällig auf die Handarbeit in ihrem Schoße fiel, entfuhr ihm ein Laut der Überraschung. Shu-Mei hielt zwei winzige Samtpantöffelchen in den Händen, auf welche sie mit Goldfaden zwei umschlungene Mandarinenten stickte: das Symbol ehelicher Treue.

Wie konnte sie bereits Bescheid wissen? War dies eine erneute Herausforderung an ihn oder das erste Anzeichen einer zwar unerwarteten, aber um so erfreulicheren Unterwerfung unter den väterlichen Willen?

Forschend blickte er sie an. Ihre Miene war gelassen, so als könne nichts mehr ihre geistesabwesende Gleichgültigkeit stören. Er vermeinte indes, eine Spur von Schicksalsergebenheit im bleichen Gesicht der Tochter zu entdecken.

»Was ist Euch, mein Vater? Ich sehe Zornesröte auf Eurer Stirn!«

Er fuhr auf. Hatte sie seine Gedanken erraten?

»Die Gerüchte verbreiten sich rasch in den steinernen Höfen.« Jetzt schwang leichter Spott in ihrer Stimme. »Ihr braucht mir nichts zu erklären. Ich weiß bereits, welches Schicksal Ihr mir zugedacht habt.«

Zu anderer Zeit hätte Tsao ihre Worte als dreist empfunden, doch nun durchströmte ihn eine Woge der Erleichterung: Er konnte sich jedes weitere Wort sparen. Sie würde keinerlei Schwierigkeiten machen, weder in Tränen ausbrechen noch versuchen, sich seinen Anordnungen zu widersetzen. Wunderbar.

Ja, seine Tochter hatte viel geweint – soviel, daß ihre

Augen jetzt trocken waren wie ihr Herz. Ihr Widerspruchsgeist war dahin, die jugendliche Auflehnung hatte ein Ende, ein für allemal. Und Tsao war darüber recht froh.

Shu-Mei schlug die Augen nieder und nahm ihre Arbeit wieder auf. Tsao hüstelte verlegen und begann nervös im Zimmer auf- und abzuschreiten.

»Ich bin glücklich, daß du die Nachricht so gut aufnimmst«, sagte er, indem er auf die Samtpantöffelchen wies. »Ich bin überzeugt, daß Yi-Shou meiner geliebten Tochter ein vortrefflicher Gatte sein wird . . . War diese Verbindung denn nicht ihr sehnlichster Wunsch, vor noch gar nicht allzu langer Zeit?« fügte er leise hinzu und trat neben sie.

Einen Augenblick lang verspürte er das Bedürfnis, sie unter dem Kinn zu kraulen, wie er es früher so oft getan hatte. Doch er wagte es nicht mehr.

Eines Tages würde sie verstehen. Sie würde begreifen, daß er nicht anders handeln konnte. Eines Tages, gewiß . . .

Nachdem er das Zimmer verlassen hatte, wickelte Shu-Mei ihre Stickerei in ein seidenes Tuch. Ihr Herz klopfte, als sie die Schmuckschatulle öffnete und mit ungläubigem Blick behutsam Long-Jians rote Quaste herausnahm.

Während der vergangenen Woche hatte Sheng-Fu täglich seine Aufwartung in den Küchen gemacht und bei dieser Gelegenheit die dicke Lu um ein paar hühnerfleischgefüllte Teigtäschchen für seine Tante gebeten, die leidend war. Doch an diesem Morgen brachte er einen Korb mit Wachteleiern für Sun Li und verschaffte sich auf diese Weise Zutritt zum Pavillon der Frauen.

Die aufmerksame Geste erregte Sun-Lis Wohlgefallen, so daß sie geneigt war, ein Auge zuzudrücken, als Sheng-Fu sie inständig bat, sie möge ihn doch in die Kammer ihrer Herrin führen.

Shu-Mei erkannte ihn sogleich: Der kleine Junge mit dem zerzausten Schopf war kein anderer als der Bote, dem sie damals in Yangyou den Brief an ihren Vater mitgegeben hatte.

Stolzgeschwellt stand er nun vor ihr und zog aus dem Ärmel die seidene Quaste:

»Das hat man am Flußufer gefunden, in den tiefhängenden Zweigen einer Weide verfangen. Ich habe gedacht, Ihr würdet sie vielleicht gern als Andenken aufbewahren.«

Shu-Mei erbleichte und klammerte sich mit beiden Händen an das hölzerne Geländer.

»Hat man auch seine Leiche gefunden?« stieß sie stammelnd hervor, und ihre Schläfen klopften heftig.

Sheng-Fus Augen glänzten wie schwarze Oliven.

»Nein!«

»Aber es heißt doch, daß noch nie jemand . . .«

»Nur ein Narr behauptet Dinge, die er nicht beweisen kann!« flüsterte Sheng-Fu, ehe er durch die Tür schlüpfte und sich leise davonstahl.

Was sollte das bedeuten? Konnte es sein, daß Long-Jian noch am Leben war?

Immer hatte sie sich an diese schwache Hoffnung geklammert, als trüge sie eine Blume in ihrem Herzen verborgen, die in jedem Augenblick nach neuer Nahrung verlangte.

Eine Weile hatte sie sich mit dem Gedanken getragen, ihrem Dasein auf Erden ein Ende zu setzen, um den Drachen in einem anderen Leben wiederzufinden.

Tagelang war die Versuchung groß, doch sie widerstand, und schließlich tadelte sie sich ob ihrer Schwäche: Sie wußte doch, daß er wiederkehren würde, um sie zu holen.

In dieser Welt oder in einer anderen – sie würden einander wieder begegnen.

Sie war sicher, daß er eines Tages auf dem Goldenen Kranich der Unsterblichen vor ihr erscheinen, oder daß er sie rufen würde, aus der Tiefe der Grünen Wälder heraus.

Deshalb mußte sie warten und sich bereit halten.

Wie der Kluge sich ins Unvermeidliche fügt, hatte Shu-Mei sich mit dem Gedanken an die Ehe mit Yi-Shou abgefunden. Doch im Grunde ihres Herzens konnte dies nichts ändern. Was immer sie tat, sie würde Long-Jian bis ans Ende ihres Lebens treu sein.

Wenn der Vetter dies auch nicht mit Sicherheit wußte, so ahnte er zumindest, wie es um sie stand. Trotz zarter Erinnerungen, die sie miteinander verbanden, war es doch ein kleiner Bruder, den sie heiratete.

Und er gehörte ihrer Vergangenheit an.

Seit dem Tag, an dem sie an den steinernen Einhörnern vorbei durch das Tor der Drei Seligkeiten geschritten war, erschien das Leben ihr unwirklich, und es ging an ihr vorüber wie ein Traum, der in der Erinnerung verschwimmt. Nur gedämpft drangen die Geräusche der Außenwelt bis zu ihr, wie die vom Wind verwehten Spuren der Vögel im Schnee.

Vertraute Gestalten umgaben sie, bemüht, ihr jeden Wunsch von den Augen abzulesen, doch sie bemerkte sie kaum. Sie zog sich in ihr Schweigen zurück und tastete sich durch die Stille, den Blick nur noch auf ihr Herz gerichtet.

Shu-Mei schloß behutsam den Deckel des elfenbeinernen Kästchens. Draußen wehte ein kühler Wind und fuhr durch das Laub der Pflaumenbäume vor ihrem Fenster. Es regnete.

Mit klatschenden Flügeln hob ein Schwarm Wildgänse sich schwerfällig in die Luft, und Shu-Mei lächelte. Zum ersten Mal seit ihrer Rückkehr wollte sie das Haus verlassen: Sie würde heimlich zum Ufer des Li-Jiang gehen.

Auf der Böschung kauernd, würde sie die beiden Pantöffelchen schwimmen lassen, die sie für Long-Jian genäht hatte.

Der Vater hatte die symbolische Geste richtig gedeutet: Sie hatte diese Stickerei als Zeichen ihrer ewigen Treue gefertigt. Doch wußte er auch, wem sie zugedacht war?

Das Mandarinenentenpaar würde den Drachen finden.

Wo immer er sein mochte.